雾中村

李晓平 著

吉林人民出版社

出品人：常　宏
选题策划：吴文阁
统　　筹：张文君　王　斌
责任编辑：李沫薇

图书在版编目（ＣＩＰ）数据

雾中村 / 李晓平著 . -- 长春：吉林人民出版社，
2023.7
ISBN 978-7-206-20598-9

Ⅰ . ①雾… Ⅱ . ①李… Ⅲ . ①长篇小说 – 中国 – 当代
Ⅳ . ① I247.5

中国国家版本馆 CIP 数据核字 (2023) 第 189332 号

雾中村

WUZHONG CUN

著　　者：李晓平
装帧设计：周　源
出版发行：吉林人民出版社
　　　　　（长春市人民大街 7548 号　邮政编码：130022）
咨询电话：0431-85378007
印　　刷：吉林省优视印务有限公司
开　　本：787mm×1092mm　　1/16
印　　张：27.5
字　　数：355 千字
标准书号：ISBN 978-7-206-20598-9
版　　次：2023 年 7 月第 1 版
印　　次：2023 年 7 月第 1 次印刷
定　　价：69.00 元

引 言

　　在吉林省北部一座大山下，有一个不为人知的小村庄，周围的清水湖每天都蒸发出大量的水汽，小村庄常年雾气缭绕，因此被称为"雾中村"。由于地处偏远，交通不便，加上云雾浓谲，小村庄时常会消失不见，所以，很多很多的人，都把雾中村遗忘了。一同被遗忘的，还有村后的一座又老又旧的古庙……

目 录

第一章　楔　子

　　水莲的家里藏有一面八角莲花古镜，镜子的背面雕刻着交相辉映的五朵出水莲花，妈妈说这面古镜是她唯一的嫁妆，它预示了自己一生无子，仅有五个女儿的命运。每当妈妈这么说时，姐妹们便都暗暗地拿镜中的花与自己对照，那朵朴实无华、端庄绽放的便是大姐水蕖，而那两朵流光溢彩、并蒂开放的分别是二姐水菡和三姐水芙，在田田的荷叶上方羞答答露出半面脸的是四姐水荷，水莲则是那含苞欲放的小花蕾，她从一片荷叶后小心地伸出尖尖的角儿，向春意正闹的花丛中凝望。

　　可这样一面三代家传且与五姐妹命运息息相关的神秘宝镜，却不知道在哪一天，被人盗走了。

　　莲花古镜的"被盗事件"，立即在平静如水的水家掀起了惊涛骇浪。之所以是"事件"而不是"案件"，是因为经过姐妹们秘密侦查，发现盗走并卖掉古镜的"犯罪嫌疑人"就是自己的亲爹，虽然古镜所卖的价格足以翻修家里那年年都要抹泥、年年都要漏雨的石头房的房盖，但水莲每每想起这件事情还是觉得堵心。

　　因为突发了这个"被盗事件"，妈妈曾一度精神紧张，十分焦虑，虽然"犯罪嫌疑人"最终浮出了水面，但妈妈那已经痊愈十几年的"神经官能症"还是被气犯了。她在炕上足足躺了半个多月，也足足叨咕了半个多月。犯病期间，那些令姐妹们早就耳熟能详的历史，她天天都要叨咕七八遍，最后听得姐妹们个个都要吐了，耳朵也都被磨出厚厚的老茧。

妈妈每天都要唠叨的历史，就是那面古镜的历史。那面古镜是妈妈唯一的嫁妆，一百年前，它被妈妈的姥爷从一片庄稼地里刨了出来，当时这件事在当地轰动很大，官府曾派人多次追缴，却都被她那聪明绝顶的姥爷搪塞过去了，从此古镜就秘不示人，成了姥爷家的镇宅之宝。妈妈的姥爷死后，古镜被妈妈的妈妈作为嫁妆带到了婆家。

直到古镜传到了妈妈这一辈，家人们才隐隐发现了这面古镜的"怪异"，也许铸在镜子背后的五朵莲花就是一个谶语？这面古镜无论到了谁家，这家里的女人就只生女孩儿，不生男孩儿，并且所生的女孩儿，一律都是五个。当妈妈的姐妹都知晓了这个秘密后，古镜便立即变得廉价了，凡是想要儿子的，便都不再觊觎这面古镜。五姐妹中，只有妈妈是个不信邪的人，见大家都摇手不要，她就表态说："你们不敢要，那镜子就给我吧！"

靠着不信邪，妈妈一直坚信自己能生出男孩。水藻出生后，接着就是水菡和水芙这对双胞胎，可妈妈还是铆足了劲儿要生男孩。怀了水荷后，农村的计划生育就抓得紧了，那段日子妈妈很是担惊受怕，特别是当肚子显怀后，她真的就像《超生游击队》所演的一样，辗转躲避了好几个地方，才生下了水荷。因水荷还是女孩，妈妈就发下重誓："水荷是我最后一个孩子，从此以后我再不生养了。"为兑现誓言，水荷还未满月，妈妈就到乡卫生所做了绝育手术。

然而怪异的事还是发生了：也不知是乡卫生所的技术太差，还是那个古老的莲花宝镜在暗中作祟？结扎以后的妈妈，竟然又怀孕了。怀孕初期，妈妈还以为肚子里长了什么不好的东西，等孩子越来越大，能够在她的腹内拳打脚踢时，她才害怕了，东挪西借到医院一检查，才知道自己又怀孕了。

妈妈这个气呀！马上跑到给她做手术的大夫那里大闹了一场，直到那个大夫答应免费再给她做一次人流手术才罢休。由于妈妈的身体过于虚弱，手术时间只能一直往后拖，当妈妈终于可以做手术时，大夫却病倒了。又经过一番艰难的协商，医院才答应换别的大夫给妈妈做免费手术，可当妈妈终于躺倒在手术台上时，手术又做不成了，因为负责给妈妈做手术的大夫的母亲，突发脑出血去世了。

这时就有人劝妈妈：瞅你这面色，你肚子里的孩子一定是个男孩子，要真是一个男孩子，那你不是白捡了一个大儿子？还有人说：你这种怀孕是极特殊的情况，上边一定不会罚你款的，再说，孩子都这么大了，做人流手术也实在危险，不如干脆把孩子生下来。回家以后，一个女人又找到了妈妈：说如果妈妈不愿意养，她想要这个孩子！妈妈当即就和那个女人约好，如果生下的还是女孩子，妈妈就把孩子送给她养。

水莲就是在这种情况下诞生的。

就在水莲刚刚降生，妈妈得知她又是女孩子时，突然有人来敲门了，来的是乡计生所的人，一进门就撂下了脸子，口口声声要罚水家的款。妈妈急火攻心，一下子昏倒了，从此患上了严重的"神经官能症"。刚刚患病的时候，她一连几天都神志不清，所以孩子的归属问题便全由爹一人掌控了。姐姐们后来告诉水莲，水莲出生时，模样好看得出奇，无论黑黑的眼睛，还是光洁白嫩的脸蛋，让人看了第一眼就想看第二眼，所以当时别说是爹爹了，就连幼小的姐姐们，也都舍不得把水莲给人了。

在妈妈无力抚养自己女儿的情况下，爹爹默默地承担起了妈妈的责任。爹爹不像妈妈，从来都不愿意述说往事，所以水莲一直都不清楚她那位右手有残疾、仅会用左手画画的爹爹，到底是怎样一把屎一把尿地把自己拉扯大的。水莲记得最多的镜头就是自己在爹的怀里拱着、黏着；听到的最多的声音，也是爹因为患有气管炎而特有的喘息声。对于水莲来说，无论什么时候，爹爹的怀抱都是世界上最温暖最幸福的港湾；爹的喘息声，也是世界上最亲切最好听的天籁之音。

"知道你是从哪儿来的吗？"小时候，常常有人这样问水莲。

"你是从你们家的老镜子里蹦出来的。"问水莲的人又都这么说。

也许就是因了这些历史吧，水莲对家里的那面莲花古镜总有一种着说不清道不明的感情。一旦有机会摸到古镜，她总会没完没了地端详它，抚摸它。因了这个缘故，当古镜被卖以后，水莲很长一段时间都显得失魂落魄的，就像丢了魂儿了一般。

记忆中的古镜就是一个普通的铜镜，八角形，虽然锈迹斑斑，但因为抚摸得多了，也慢慢地变得光滑发亮。古镜直径26厘米，重1900克，镜子的背面铸有五朵水莲花，花纹精致，线条古朴匀整，在花与花的间隙里，铸有细密的曲线，给人一种莲花随水摆动之感。钮上方正中为四个凸起的铭文，这四个铭文就是妈妈口口声声喊的契丹字。当水莲问起这四个铭文怎么念，翻译成汉字是什么意思时，妈妈却说不出来了。

为了破译这四个契丹文字，水莲在师范上学期间，查阅过大量关于契丹文字的资料，虽然最终也没能破译出这四个字的意思，却因此了解了契丹民族的一些事情。特别是当她读完了《天龙八部》后，也不知是萧峰的传奇人生让她对契丹人感上了兴趣，还是那个神秘消失的契丹部落让她迷上了萧峰，反正那段日子她无论睁眼睛闭眼睛，脑袋里面想着的全是和契丹有关的故事。往校报上投稿，她的笔名叫耶律雄鹰。

从此，那座契丹的祖地——神秘的木叶山，就像一个绮丽的梦境，让水莲产生了无尽的遐想……终于有一天，水莲明白自己为什么会对那个与契丹有关的白马青牛故事感兴趣了，原来这种情有独钟不仅和那面契丹古镜有关，也和自家后边的一座大门向东的古庙及庙里的一幅壁画有关。

这幅斑斑驳驳的壁画还是自己在古庙上学时在正殿墙上看到的，墙上所画的，就是一匹白马和一头青牛，并且白马和青牛的背上都还骑着人，只是画的上半部分破损严重，已经看不清人的面容了。后来，水莲还发现雾中村的自然景观，与契丹部落祖地的记载，也惊人地相似甚至吻合，比如北面的这座无名大山和山上所生的植物，比如从东西两个方向奔流而下、最终交汇在古庙南端的两条河流……

那天，当水莲独自站在那座高耸入云的无名山上登高远眺时，她无意间一低头，突然看到一抹柔美的阳光照在那座飞角凌空的庙宇之上，只觉得一束灵光倏地一闪，于是，那个猜想就诞生了！在乱石嶙峋、松枝繁茂的山腰上，水莲突然张开双臂大声喊道："无名山就是木叶山！雾中村就是契丹部落的祖地！"

晚上，水莲激动不已地把这个猜想说给姐姐水荷听，水荷听了便无奈地笑了，立即告诫她不要再说这种话了。水莲问她为什么，水荷就宽容地说："这句话我听了也就听了，最多也只能说你'童言无忌'，我当然不会嘲笑你的；可这句话要是让别人听到了，那他们就又该笑你冒虎话了。"末了，姐姐到底没忍住嘲笑了她："你呀！就像井底之蛙，看到上面有一个圆圆的天，就说'啊！这天真圆真大啊！'你说你刚刚走过几个地方？懂得啥叫真正的山？啥叫真正的河？啥叫真正的庙？仅仅因为雾中村有一座小山，有两条小河，有一座小庙，就把这里称为神奇伟大的契丹祖地了？你知道契丹到底怎么回事吗？那可是整整传了九帝，享国二百多年的大辽国啊！对于大辽国，你又究竟了解多少啊？真是无知者无畏！"

从那以后，水莲果真三缄其口，因为水莲最怕听的就是别人说她虎，更何况在她的家里，"虎车车"早已是她甩不掉的外号了。

第二章　梦断古庙

古镜丢失以后水莲无论做什么事都觉得堵心，而最令她堵心的，是她不得不承认自己真的变丑了。虽然眼睛还是那双眼睛，嘴还是那张嘴，可怎么就变丑了呢？

那天，一位久未谋面的小学同学在路上遇到她，突然睁大了眼睛瞪着她说："你……你还是水莲吗？你真的是雾中村的水莲？你咋的啦？咋变得这么吓人了？"小学同学眼睛里的惊诧，让水莲心中那缕游丝般的希冀彻底断了。是的，就算一千个不愿意一万个不愿意，水莲真的已经变丑了。

水莲是一名很普通的农村小学教师，普通得就像古庙外的一棵榆树，古庙里的一张桌子。然而变丑之前的她却偏偏不认可自己的普通，就像不认可无名山就是一座普通的山、交汇的河就是两条普通的河一样。

一节课上完了，水莲经常披着一身粉笔灰，站在书声嘈杂四处漏风的古庙中间，翻着大而漏神的眼睛胡思乱想，尽管呆想了好久好久，她都不知道究竟在想着什么。

水莲暗暗地摇了摇头，遐思便又飞到了那个遥远的县城，她的几位同学都在那里光鲜地活着，尤其是何绿萍，现在已经成了典型的城里人，她的单位就在那个森严的县委大院里。她办公室里有电脑，有电话，有打印机，有很多很多的书籍和洁白的稿纸，甚至连地面都是印着图案的地板。玫瑰色的地板，发出暗暗的光泽，这对于天天在泥地泥房里烧柴火的自己来说，简直就是一个遥不可及的梦……看着绿萍穿着拖鞋在地板上面懒懒走动、用柔柔的低音和人交谈的情景，水莲的心都疼。

古老的钟声突然响了，水莲疲惫地对学生说了声："下课！"便把手中的那半截粉笔准确无误地扔进了粉笔盒里，本来已经走出教室了，突然又折回到炉子前，填了满满一炉膛的柴火，才一边拍着身上的灰尘，一边向教研室走去。

教研室设在古庙的"前殿"，为了办公方便，学校把这座大殿用碎砖头破木板临时分隔成了好几个屋子，水莲的教研室就在庙门边的那个小屋子里。老师们都冷呵呵地回来了，把炉子捅得叮当响，小小的斗室内到处都飘着灰尘烟气。

水莲挤到自己办公桌边坐下，假装无意似的看了邻桌的张石老师一眼，没想到这个男人也正看着自己，水莲的心便异样地跳了一下，脸也红了一红。她偷偷地扫了莲花一眼，她见莲花那双过大的眼睛果真朝这边看着，水莲的心就有些不是滋味。她讨好似的冲莲花一笑，便没话找话地说："我听大婶说，她把被面都给你买了？"话音还没落，莲花的脸就唰地一下子红了，她有些恼火地瞪了水莲一眼，什么也没说，就埋头批起作业来。

水莲愣了愣，才明白莲花为啥又生气了。正在捅炉了的赵老师闻听水莲的话，笑嘻嘻地问莲花："哟，邹老师，你妈开始为你准备嫁妆了？"屋里的人便都停下手中的活计，笑着看莲花，有人还瞟了一眼张石。

莲花的脸就更红了，像个熟透的柿子，她的头埋得更低，什么也不说。

水莲因后悔自己刚才的莽撞，就为莲花解围说："你们真邪性，什么事儿都往那上面想，人家邹老师还没对象呢。"

"邹老师还没对象？"赵老师冷笑了，"那就怪了？可别是谁给翘走了吧？"话音未落，屋里便响起咮咮的笑声。这回轮上水莲脸红了，她立即恼怒地质问："赵老师，你这话是什么意思？"

"什么意思还用我说？"赵老师阴阳怪气地说，"小偷的眼睛就像孕妇的肚子，哪个看不清楚？"话音未落，又引起一阵笑声。

"我叫你无事生非！"水莲呼地站起来，抓起一把苞米瓢子就向赵老师扔过去，赵老师一躲，那玉米瓢子便全落到莲花的身上。水莲见没打到赵老师，便向赵老师扑打过去，赵老师尖声笑着，一闪身钻到张石身边去了，一面对张石，水莲就有些不知所措了，举着一手的苞米瓢子正不知如何是好，幸亏上课的钟声敲响了。

这一节张石和莲花都有课，他们一前一后走出教研室，俨然农家房檐下的一对若即若离的夫妻。刚才赵老师说的并不差，他们早该是一对夫妻的，如果不是水莲横插一腿，他们的下一代也许都出生了。莲花今天穿了一件新衣服，因为怕弄脏了本来就束手束脚的，刚才无端地又被水莲扬了一身灰，便十分心疼懊丧，一边走一边还拍打着新衣服。看了莲花的可怜相，水莲心里很不是滋味，也说不出是烦是内疚还是其他什么，总之很难受，像被什么东西勒住了似的。

水莲真的觉得自己卑鄙，无论如何，她都不该去和可怜的莲花抢男人的，她明明知道那本来就是莲花的，可她偏偏管不住自己的心。平时想得好好的，可一面对张石清俊隽秀的脸、修长挺拔的身躯，她就禁不住心醉神摇，总不自觉地要摆出可人的姿态或说出貌似深奥的话语……只要张石能看她一眼或对她轻轻一笑。

莲花大名叫邹莲花，是代课教师，她家和水莲家至今还是邻居，她们从小在一起长大，应该算是水莲最要好的朋友了。水莲早在师范学校念书的时候，就听莲花说起过张石，每次说起张石，莲花都眉飞色舞，爱情使她变得勇敢而且美丽。见莲花这样幸福，水莲也曾为儿时的朋友由衷地高兴过，真诚地祝福过，但这种高兴和祝福是居高临下的，包含着怜悯意味，因为她觉得，穷山沟子里是不会产生什么浪漫的爱情的。那时的她还压根就没有想到，有一天她竟然回到这个穷山沟子里来了，也像莲花一样对张石动了感情。但动情归动情，水莲并没有想过真的要和张石终成眷属，因为她的心早已留在那座绿树环绕、有高楼和柏油路的县城里了。

毕业分配前，水莲为了能留在县城，几乎什么招数都想了，找同学的爸爸，找远房的亲戚……当这些路都被堵死后，她甚至冒冒失失地直接走进城里的一所小学校，直接向那位陌生的校长推销起自己来。尽管校长对她的才能表现了十二分的赏识，但赏识归赏识，一个小学校长又能帮助她什么呢？当时的水莲确很单纯，并不知道校长能起什么作用，如果那时的她知道真正说了算的人就是教育局局长的话，她一定会闯到局长办公室的。

那天独闯学校，她还是有一些收获的，她从那位校长的嘴里，得知县文化馆要招人的消息，这个消息对于她来说无疑是悬崖边的一根救命草。从那所小学一出来，她就直奔县文化馆而去了。县文化馆是三层的小楼，比学校还显得富有，更令她庆幸的是那位50多岁的馆长正好独自一人待在办公室里。当时已近中午，办公室静静的，亮亮的，散发着一种好闻的清茶的味道，有几盆花在阳光下舒舒服服地生长着，就像城里人一样，带着一种炫耀的明绿色。

馆长十分热情地接待了她，他戴着一副金边眼镜，面目白皙，文质彬彬，有一种儒雅的学者风度。水莲自我介绍后，就落落大方地拿出自己发表的文章让馆长看，馆长扫了一眼报上的文章，便问水莲："这个署名水莲的文章……就是你写的吗？"

"我就叫水莲！"水莲马上说。

馆长这才十分认真地看起了她的文章。办公室里静静的，只有墙上的那座大钟在慢慢地响，水莲发现馆长真的进入文章里去了，以至于忘了下班的时间。

看完文章，馆长果真赞不绝口，这是水莲早已料到的事情，因为她拿来的文章都是最出色的，这些文章曾经在学校掀起过一股水莲热，她也因此赢得了"契丹作家"这个继"古筝美女"之后的第二个称号。

按计划，水莲在展示完文章以后，还想展示一下自己音乐方面的天赋，因老馆长突然看了一眼墙上的钟，水莲便意识到时间已经不允许了，只好断断续续地说了自己的来意。老馆长沉思片刻，突然十分快乐地说："如果你能调来，当然太好了！我们这里非常需要像你这样的才女！"

"真的吗？"水莲是受宠若惊。

"当然！"馆长再次看了看钟，"这样吧，你大概也没有吃饭的地方吧？我请你吃顿便饭怎么样？"他边说边站起来，"咱们边吃边聊！"

一说起吃饭，便勾起了水莲的一系列想法。这些天为了跑工作分配的事儿，她读懂了很多关于城里人的道理，比如办事要请客送礼，等等。这些道理是她妈妈的一个远房亲戚四舅母告诉她的。四舅母说："现在天大的事儿都能办，就看你怎么办啦，你得舍得投资！"

"投资？我连工资都没发呢，拿什么投资？"水莲鄙夷地说，"再说了，就是我发工资了，我也得先给我爹花呀！他们又不是我爹，我凭什么给他们？"水莲越说越来劲儿，四舅母听了水莲的话，只是冷冷地笑了笑，便再也不提此事了。

当水莲一连碰了几个钉子，又来到四舅家时，四舅母便笑了，她带着有些嘲笑的口吻说："你的事办不成是正常的，人家又不是你爹，凭什么给你办工作呀？"

如今，还没等她出城，她竟又被绕到这个道理上来了，她该怎么办呢？水莲悄悄地摸了摸衣兜，她知道里面只剩下三十元钱了，这是她准备回家的路费钱。望着这位慈爱的老馆长，水莲突然毅然决然地站起身，豪放地对他说："好，馆长，今天我请客！"

"你请客？"老馆长愣了一愣，突然笑了，快乐地拍了拍水莲的肩膀说："耶律雄鹰，你行，你真不愧叫这个名字！这么小就这样懂事，将来一定前途无量啊！"几句话说着水莲如在云端，她万万没有想到一顿饭会换来这么高的评价，这可比让人家骂成"虎车车"好听多了。

那顿饭老馆长吃得十分开心，从饭店里一出来，他便热情地邀水莲到自己的住处去，他说他也是个农村人，他的家至今也没有搬到城里。他还说你不是很愿意看书吗？我那里有很多好书哩！水莲听了当然乐意前往，因为她的心还悬着呢，她要办的事儿还没有着落呢，怎么能说走就走？就这样，水莲被慈祥的老馆长领到了自己的住处。

后来的事儿，对于水莲来说，简直就像是一个噩梦，她感到自己一下子就从高高的云端摔落到了冰冷的地上，那种痛楚一生一世也忘记不了。她没有想到干干净净的老馆长，住的地方会那么的脏，那么的臭；她更没有想到那么慈祥、那么儒雅的老馆长，会突然变得下流无耻起来，刚说了几句话就色眼迷离，慢慢地就把那只白白的胖手放在了她的腰上……直到这时，水莲依然没有做出反抗的动作来，这段日子以来，她实在是碰壁碰怕了，她怕连老馆长的动作，也是城里人的什么道理。

就这样僵硬地笑着，水莲感觉到腰上的手越搂越紧了，心便剧烈地跳了起来，她一边试着抽了抽身体，一边冲老馆长笑了笑说："噢，我想看看你的书！"

"你说话的声音真好听！"老馆长的声音突然跑了调儿，他涎笑着，一下子就把水莲搂到自己宽阔的怀里，"小雄鹰儿，你把我的魂儿都勾走了！"说着，就把臭烘烘的肥嘴向水莲的脸上贴过来，水莲直到这时才开始反抗，但她的嘴很快就被馆长的肥嘴咬住了，身体也被强行推倒在床上……

"水老师！"一个嫩嫩的声音把水莲吓一激灵，她见张石班级那个梳着歪桃儿，扎着大大蝴蝶结的小班长冲她有些神秘地笑了笑，并顺手扔给她一个折叠的纸条，然后转身噔噔噔地跑走了。

水莲的心异常地跳了两跳，她向四处看了看，发现教研室里只有赵老师背对着她坐在那里批作业。水莲把手塞进抽匣里，无声地把纸条展开，张石那微微有些右斜的笔体赫然映入眼帘：

"水老师，今天晚饭后，希望你能到教研室来，我有件事想告诉你。不见不散！"

盼望已久的时刻终于来到了！只是天空还是那么灰蓝，并没有变成什么粉红色；怕冷的她还紧裹着那个小棉袄蜷缩在炉边，更别提什么像白云一样洁白的长裙了。当然，心情的确比往时振奋多了、宽敞多了，脸上也自然溢出喜悦的笑容。她看了看手腕上的表，感觉到时光很慢。她又回头看了一眼赵老师，不由得失望起来，遗憾她怎么没有看到鸿雁传书的镜头？

好像经历了半个多世纪，水莲终于等到了晚上，便急匆匆地走出家门。深蓝色的夜空下，悬挂着一弯下弦月，寒星闪着神秘的光泽。阴风习习，一切都显得冷飕飕、黑沉沉的。水莲沿着那条发白的山路快步地走着，喷薄而出的爱情并没有减弱身上的寒冷。不一会儿，嘴边茸毛及头发上就挂了一层细细的白霜。一边走，她一边用冻得不好使了的手捂着自己被冻得通红的双耳，她的围巾就在脖子上围着，可因为怕精心梳理的头发被围巾弄乱了，她一直没有把围巾戴上。

走过那片冰湖，又转了一个弯儿，水莲就在一片云雾里看到了那座古庙的前殿，此时，"长明灯"从那扇古老的窗子里透出来，神秘得就像梵高的画。水莲当然知道那不是长明灯，而是60度灯泡发出的光亮。望着那昏黄的灯光，水莲恍然听到了笃笃的木鱼声在响个不停。这诡谲的声音让她觉得自己正在走进一个忘我的境地，四周充满了莲花的清香。

美丽的想象很快就被赤裸裸的现实击碎了：走近老庙门，才不得不承认，老庙真的太老了，尤其旁边的"配殿"，像极了一个垂暮的老人，老态龙钟地趴在地上，隔着夜幕，水莲仿佛听到苍老的喘息声。

偌大的校园里，只有前殿——也就是教研室里亮着灯，连门卫老头住的小屋都寒门紧锁。当水莲意识到整个校园里，只有张石一个人在等她，冷冻的心便慢腾腾升起了一股暖流。

站在庙门前，水莲先用冻僵的手把围巾整理了一下，又小心地把头发捋了捋，这才推开庙门走进去。庙里很暖和，炉子正呜呜地叫着，正坐在炉边添柴火的张石，脸被炉火烤得通红，看起来比往日更多了几分魅力。见水莲进来，他立即站起身，微笑而且礼貌地用目光迎接她。水莲正想用更加亲昵更加煽情的目光回看张石时，心却异常地一跳，眼睛里的热情也随即凝固了。昏黄的灯光下，水莲发现莲花也在她自己的桌边坐着，手里拿着一本书，脸上洋溢着抑制不住的胜利笑容。对于水莲的到来，她不惊讶，也不说话，还不起身，仅仅微微地笑了笑，端庄的神情像极了在庙里避难的契丹皇后。

　　也许是过分的寒冷，才让水莲的感官迟钝了吧？她好半天都没明白到底发生了什么，只是感到很别扭，特别的心跳也倏地平缓了。她跺了跺脚，什么也没说，就忙乎乎地去炉边烤火了。

　　为了能更快地暖和起来，她几下就把围巾拽了下来，裸露出一直试图遮掩的有些脏的棉袄领子。她在炉边前前后后地烤着，时而跺几下脚，并假装无意地把一丝不乱的头发抓了两把，直到凌乱了心才舒服。有那么一会儿，她甚至想坐下来把棉鞋脱去，好好烤烤已经冻得发麻了的双脚，但她终于忍住了，因为她突然想起袜子上的洞还没有补上。

　　在她忙着烤火时，张石和莲花一直都沉默地看着她。过了好一会儿，张石才猛然想起什么似的，给她沏了一杯热茶。水莲把茶水从张石手中接过，四目相视一瞬间，水莲突然就开窍了，一下子什么都明白了。

　　张石清了清嗓，想和她说话，但又似乎不知怎么说才好。水莲偷偷地瞟了莲花一眼，也许是刚才看炉火把眼睛看花了，水莲发现莲花周身都发着红光，心便猛然一疼。水莲稳稳地坐下了，把茶杯放在办公桌上，她终于知道该怎么应对这突发的一切了。

　　张石终于开口说话了，眼神也略含胆怯地落到了水莲的脸上。水莲发现他并不像自己原来所想的那么俊美，继而又发现他的眼睛有些斜，这一发现无疑使水莲那始终缩到一起的心，有了一些放松。张石字斟句酌地说:"水老师,今天晚上我把您邀到这儿来,主要是想告诉你,我和莲花要结婚了……"

水莲端坐在桌边,一直微笑着听他说下去。

张石有些歉意地笑了笑说:"其实,我知道你……只是,我觉得,你那么有才华,早晚都得进城,我家庭条件不好,还是和莲花般配些……所以,我想请您谅解。"

水莲脸上带着奇怪的表情睨视着张石说:"你们俩把这件事儿告诉我,我想是把我当成了最好的朋友,我真的很为你们高兴。只是我不明白张老师的意思,你要我谅解什么?我们在一个单位共事不是很融洽吗?你难道做了什么对不起我的事儿了吗?"

见张石满脸惊诧,一时不知怎么回答了,水莲就故作宽厚地笑笑说:"张老师,您也许在这个土窝子待的时间过长了,对于我的一些做法,您是不是有些多心了?"

张石的脸红了,赶紧说:"没有,没有,我有啥多心的?"水莲从眼睛余光里看到莲花也在惊怔地看着她,心里就涌出了一股解恨似的欢畅。

水莲端起水杯一饮而尽,放下水杯后,就开始慢慢地戴围巾,当然是当地农村女人的普遍戴法,把围巾紧紧裹在头上,并在下巴处狠狠地打了个结。"在此,我先口头向你们表达一下我的祝福吧!如果没别的事儿,我就回去了,天这么晚了,我怕我妈惦记我。"

张石有些窘迫地笑了笑,对莲花说:"你是不是也回去呀?再不,我把你们俩一同送回去?"

水莲马上拦住他说:"别别,你们继续唠你们的,我自己回去。莲花知道我,我胆子特别大,大得近乎于虎,我的外号就叫虎车车,哈哈!从小到大,我水莲还不知道啥叫害怕呢!你说是吧,莲花?"

莲花立即笑着说:"水莲从小胆子就大。但水莲可不虎,水莲可是绝顶聪明的……"还没等莲花讨好的话说完呢,水莲已走出教研室,一头冲进冷风里了。

那一段寒透筋骨的夜路，水莲走得依然很快，但她的周身还是更快地被寒冷打透了。一路上，她一边匆忙地走着，一边问自己："还活不活了？还能不能活下去了？"她就这样一路问着，一路走着。水莲知道自己不会死的，一切只不过是说说而已，她水莲再怎么痴情也不会为一个男人而死的，更何况他还是自己并不想嫁的、眼睛有些斜的张石！

水莲刚到家，大姐的大女儿袁红果就像个棉花口袋似的从外面一步一步地挪进来，后来跟着拎着大包小裹的大姐水蕖。一见她们进来，妈妈便像大难临头了似的从炕上下来，站在地中间反复说："这么冷的天……你把红果带来了，那紫叶呢？"

红果被包裹得只能看见一双细长的小眼睛，一进屋她就张开双臂嚷着让大姐给脱棉衣服，她穿着大姐夫的棉衣，两只大衣袖子都耷拉到地上了。大姐放下大包小裹，一层层地给她脱，直到露出又瘦又小的红果。

红果因出生时受到挤压，造成发育不正常，不说话不走路时看着还很正常，一说话就鼻斜眼歪，挤眉弄眼，走起路来也是一瘸一拐的。后到医院检查，被确诊为轻度痉挛型脑瘫，大姐才因此要了第二胎。虽然红果有残疾，但这并没影响她淘气包的本色。红果可是真淘啊，除了睡觉时老实一会儿，醒着的时间她一直在动，箱子上，柜子上，地窖里……只要她能去的地方，哪怕老鼠洞她都敢探一探。红果不但好动，还有主意，胆子也大，谁管都不听，谁吓唬都吓唬不住，所以红果一到哪儿，哪里就像鬼子进村了一样不得安宁。

卸下障碍的红果已经游鱼一般游动起来了，先是哗啦一声碰掉了炉钩子，又啪嚓一声碰倒了搓衣板，一转身又踩到了水菡的新皮鞋上，坐在炕上盖着小垫儿的水菡马上尖叫起来，气哼哼地翻身下地，没捡鞋子前先往红果的屁股上来一巴掌，水蕖那本就很酸的脸子便又多了一层醋。

四姐水荷踩着红果的哭声从东屋缩头缩脑地走过来,红果见了四姨,哭声就更大了。见大姐一脸酸楚,水荷不问什么原因,就气呼呼地说:"咋的?我大姐夫打你了?我早就说过,你对我大姐夫过于娇惯了,处处顺着他让着他,你看看,惯出毛病来了吧?"

二姐一边擦鞋,一边对镜照了照银盘一般的脸,轻蔑地说:"我看,大姐就是太熊!搁我身上看看?小样儿!"说完又对镜晃了晃头,抚了抚头发。

水荷说:"大姐,你能想起跑回来,也算你进步了,这回你就住下别走了,咱们得好好治治他!"

妈妈瞪了水荷一眼:"我说小荷你可别火上浇油了,宁拆一处庙别破一桩婚,哪有你这样当小姨子的?还住下不走了,住下不走你拿口粮啊?"

水荷嘴一撇,冲二姐小声说:"妈妈真是小心眼儿,口粮比她闺女都值钱呢!"

妈妈马上冲大姐喊着:"我根本不是心疼吃的,闺女到妈家那还有啥说的?扶水缸都站三天呢!我的意思是你家紫叶那么小,你可别把孩子拎达出病来!"

大姐水蕖噘着嘴,瞪着那双和爹酷似的小眼睛说:"孩子是他们老袁家的,爱咋咋地!"水莲看了大姐一眼,觉得大姐长得的确像爹。妈妈常说,自己的五个女儿就属大姐长得丑,因为她长的像爹,那意思无疑在说爹是一个丑男人。

二姐哧地笑了一声说:"大姐会有那个骨气?大姐要真有那个骨气,就应该把红果也扔在家里。"

水莲的心还停留在那个炉火融融的古庙里呢,想到张石莲花还在一起,心便又被刀子剜了一下。水莲叹了口气,突然驴唇不对马嘴地说:"天要下雨,娘要嫁人,随他去吧!"说罢还拍了一下被烟熏得黑乎乎的炕墙，只可惜炕墙里面全是死死沉沉的土，发不出太大的声响。

水莲在家里真的不是主要角色，所以她说的每一句话都相当于废话，根本没人搭腔。此时此刻，全家人的注意力都在水蕖娘俩身上呢。妈妈瞪了坐在炕头始终默默不语的爹一眼："你爹你倒是说小蕖几句呀？泼出门的水儿，嫁出门的女儿，她不能总这样住在娘家吧？"

大画家爹爹绰号"一把手"，哪怕天塌下来了，都不改不紧不慢的秉性。见妈妈不耐烦地盯着自己，他才慢慢地直起身子，依然不回答妈妈的话，一双小眼睛只是看着二姐水菡说："小菡你咋还不回家？一会儿牛牛醒了不找你？"

水菡瞥了一眼墙上的挂钟说："醒就醒呗，牛得水又不是个死人。"

水荷便说："你还是快回去吧，不然爹又该让我们送你了。我爹就是偏心，同样都是女儿，晚上走夜道儿为啥偏偏担心我二姐，却从不担心我们？"

水菡又照了照镜子，自我陶醉地晃了晃头说："还不是因为你二姐我长得漂亮嘛！你们都是没长成的小家禽，还没到危险期呢。"

妈妈的心思依旧拴在大姐身上呢："我说小蕖，不听老人言，后悔在眼前。人家袁泉对你挺好的，啥活儿都帮你干，哪像你爹？就知道揩油儿，连人家从娘家带来的嫁妆都不放过！人嘛，可别不知足！"怕勾起妈妈的老病，姐妹们都噤声不语了。

大姐嘴依旧嘬着，小眼睛无意中落到水莲的脸上，突然想起什么对水莲说："对了，昨天税务所赵秋雨的同事到我们单位找我去了，是赵秋雨托他去的，让我问问你对赵秋雨到底有啥想法儿？赵秋雨那孩子多好，有正式工作，家庭条件也好，他家的四间砖瓦房正对着税务所的大门，那才叫阔气，咱这儿谁家能盖得起？"说着说着，嘴也忘了嘬了。

水莲瞟了爹妈一眼，见他们都没有吱声，便想：他们的心思一定都在大姐是否住下这档子事上呢，或者他们根本就不在乎自己的事？

果然，妈妈看都没看水莲就说："水莲的事赶趟，你也不用劝她，有正式工作的人，再怎么丑也烂不到家里。现在的老大难是水荷，她都 25 了，小蕖你还是多在水荷的婚事上上些心吧。"

水荷嘴一撇："还烂到家里了，哎呀呀，咋就糟糕到那种地步了？我妈也真是的，连我都不着急，你们着哪门子急？我倒觉得水莲应该好好考虑考虑这件事，别总把进城当砝码，那样太蠢了，早晚都会吃亏！"

水莲酸溜溜的心，在百忙之中又飞到古庙转了一圈儿，像是没听明白水荷的话似的。水荷便苦笑着叹了口气："你可真不愧叫虎车车，怎么连话都听不明白了？"

水莲冲她傻傻地一笑，索性让自己更像一个虎车车。

妈妈出屋去了，大姐便凑到水莲的身边，小声说："你别听妈那么说，在农村，你这个岁数也不算小了，婚姻大事一定得自己拿主意，过了这个村可就没这个店了！"

水莲试图回想一下赵秋雨的模样，可越想越觉得形象模糊，晃了晃头不想了，又反倒觉得他就清晰地站在那里。见大姐等着她的回话，水莲便信口开河地说："他长得也太老了，那天和大姐夫在一起站着，比大姐夫还显老，我又不缺爹。"

水荷看着大姐问："不是刚刚 24 岁吗？再老能老到哪儿去？水莲是不是太夸张了？再不哪天我替水莲相看相看去。"

妈妈走进屋来，听到此话突然眼睛一亮："小蕖，水莲要是不同意，你不如真就把水荷给他介绍介绍……"

大姐马上说："那好像不行，人家的条件老高了，没有正式工作人家边都不搭。"

水荷也连连摆手："你们少扯上我，我再怎么烂，也不会去捡别人挑剩下的。"

大姐又换了个口吻："水莲，不是我埋汰你啊！没事时你也对镜子照照自己，你真的不如小时候好看了！赵秋雨一点儿都不老，还在税务所工作，人家不嫌你就不错了……"

水莲暗暗地拿张石和赵秋雨比了比，马上摇了摇头："反正我水莲非城里人不嫁！"说罢便扬着头走出了屋子。

水莲高调出屋，却又低调地在门外驻足片刻，她就是想听听大家的反应，可令她沮丧的是，偌大的屋子里竟然一点儿反应都没传出来。水莲苦笑了一笑，信步走到了小后屋。这个小后屋表面上是四姐的画室，实质却是爹爹秘制版画的小作坊。这么多年来，无论多么挤巴，家里都要为爹爹专门建造一个这样的所在。

这件大事的起因，是爷爷的"天书"事件。水莲的爷爷 17 岁的时候，跟着太爷爷一家十几口从山东来到了东北，用后来的话叫"闯关东"。过辽河的时候正赶上辽河发大水，太爷爷便扎了一个筏子带着一家老小横渡辽河，可筏子划到河心之时，突然被大浪打翻，全家十几口人全都落入了洪水中被冲散了，水莲的爷爷水性好，在洪水里踩水游了三天三夜，才闯过了辽河。上岸后，他在河边寻找亲人，一个都没有找到，一路逃荒来到了洮儿河畔。直到一个好心的人家收留了他，又把女儿许配给了他，再然后就生下了水莲的爹爹。

水莲的爷爷家一直是靠制作木版年画为生的，听爹爹说，爷爷家传的这门手艺，在爷爷的祖地已经流传了 800 多年，因为"传男不传女"的风俗，水莲的爷爷在很小的时候就掌握了这门技术，等有了爹爹以后，爷爷便又把这门"技术"传给了爹爹。虽然爹爹先天右手残疾，但因为他非常刻苦勤奋，加上天资聪颖，靠着一只左手，很快就全盘掌握了水家的版画技术。

水家的版面制作工艺以神像画为主，爷爷在画作完成之前，总要"照葫芦画瓢"，在画的一角刻上"天书"般的图案。爷爷只知道这个图案是水家版画的标志，究竟代表什么意思，连他都没来得及弄清楚。

小作坊之所以"隐秘"，就是因为看不到。不信你就到小后屋里走一圈，哪怕你长了一双透视眼，除了水荷涂鸦的画板，与版画有关的任何工具你都看不到。水莲心烦地在四姐的画板边站了一会儿，发现四姐画的荷花儿越来越不招人看了，也说不清是颜色不好，还是构图太差，反正就是让她心烦。

水莲恹恹地回到东屋，脱了衣服就钻进了被窝里。被窝里当然很凉，她把身体尽量缩成一团，才感到温暖些。水莲把头埋在被里，对自己说："再不，就哭一场吧！"眼泪便果真汹涌而出了。她越哭越悲，眼泪越流越汹涌，转眼就把被子淋湿了一大片。一想到第二天还得笑着去面对张石和莲花，她突然打了一个寒噤。

怎么办？怎么办？

水莲红肿的眼睛死盯盯地看着被缝儿里的一小块光亮，脑子里突然响起了爹推牌九时总要叨咕的顺口溜："实在没了法，毕十勒个八！"水莲就有主意了：对，三十六计，走为上计！明天就进城去！

第三章　莫测的路

这是一座过于古老的小县城，街路狭窄，房屋拥挤低矮，唯一的一条柏油路和几幢破旧的高楼是这座小城曾经繁华的象征。然而家住农村的人们还是拼着命地往这里挤，毕竟这里是县城嘛！

一路的颠簸和憋尿，使水莲暂时忘记了失恋的痛苦。从大客车上一下来，水莲就迫不及待地直奔车站后面的公厕，她已经在车上憋了整整两个多小时了。

500多里的路程并不遥远，可因为路难走，再加上停车的地方较多，大客车从早晨7点启程，足足颠簸了8个多小时才到城里。这中间，水莲曾上过一次厕所，后来车上人越来越多，挤得大家都脚不沾地了，要想下车，简直比登天还难，水莲只好干挺着。在最难熬的时候，水莲甚至想到过死……那时她人生的全部意义，都落在一泡尿上了，什么张石，什么进城，与撒一泡尿相比，都太微不足道了。

可以想象，当水莲终于把小腹中积存的废水全部清除干净时，她的感觉有多么的顺畅！轻轻快快地走在古城的柏油路上，一切烦恼都不见了，甚至忘记了自己进城的目的。她一边走一边欣赏着路边一个紧挨一个的杂货店、粮店、医院、旅馆，欣赏着城里面无表情、匆匆而行的人们。她看见有的路段正在扩修，便想起绿萍几天前写给她的信来。信中说：咱们县马上就要变市了，不但要多盖楼，宽修路，听说还要修公园呢……水莲这么一想，就着急起来。一着急，所有的烦恼就都回来了。

水莲走进路边的一个杂货店，在柜台边转了好一会儿，才选购了两样水果，因为她还得到四舅那里去落脚，如果不买点什么，别说别人，连四舅的那个黄毛丫头她都搪不住。

那个17岁的丫头叫英子，长得瘦小枯干，初中都没念完，就在一个厂子当了临时工。可就算这样，她也瞧不起水莲，有意没意地，经常拿话儿敲打她。那天吃饭时，她甚至嘻嘻哈哈地叨念起顺口溜来："老农进城，身穿趟绒，头戴狗帽，腰扎麻绳，先进饭馆，后进国营，打个电炮儿，不知哪疼，找不到厕所，拉了满城。"虽然水莲立即用顺口溜还击了她，不外是"的确良裤子，苞米面肚子，早晨上班忙得像个兔子"，但终觉得底气不足。不是顺口溜不到位，而是她内心里早就认同英子的话了。

顺着一条长长的胡同，左拐右拐，便来到了四舅家。四舅家的院子也像那条胡同一样，又窄又长，尽头是两间很小的砖平房。

小砖房虽然矮旧，但很精致，不像农村的土房子傻大傻大的，一进门就是两个大锅台，两口大锅傻傻地张着朝天大口，盆盆罐罐也全摆在外面。更显得傻气的，是屋子里的通天大炕，所有破被子烂枕头都明晃晃地叠在炕梢上。

城里的房子就显得小巧多了，比如四舅家的房子，瞅哪儿都觉得好看，一进屋是小小的外屋，小小的炉子北面，连着个带炕的小屋，隔着一个四四方方的小窗子，小窗子上挂着水灵灵的花布帘，把里边的炕遮得严严实实。进那间小屋，需经过旁边的两个小屋子，依然是小门小窗子的。屋里面摆放的也都是小床小柜，有的人家连床上都挂着花帘子，水莲每次来，都和英子一起住在外屋的小床上。

四舅叫杜憨，虽然名字叫憨，人却长得风流倜傥，40往50上奔了，却依然像30岁的小伙子一般，和四舅母并排站在那里，就像是四舅母的大儿子。他平时喜欢写写小诗、吹吹笛子什么的，因为水莲也喜欢这些东西，他就和水莲很是谈得来。他和四舅母同在一个厂子工作，他是技术员，四舅母则是看宿舍的。

和四舅相比，四舅母不仅显老，还又矮又黑，满脸雀斑，加上平时总是绷着脸，便更显老显丑。除了恶狠狠地咒骂英子外，水莲平时轻易听不到她说话。

也许四舅母也知道自己的弱点吧，每天早晨她都要花很长时间在镜前打扮自己，松垮垮的肚子被勒进裤子里去了，扁扁的胸脯被乳罩塞得鼓鼓囊囊的，白白的脸，红红的嘴唇，高跟鞋尖尖的，背着小坤包儿一扭一扭地上班去了，直到走出小房门，才算有了点笑模样。等一天的班下来，人就变成了另一副样子：脸变黑了，嘴唇却变白了，好衣服脱下去小心挂上，却把又脏又破的衣服套上了身。换巴完了，才甩着松垮垮的大肚子到小炉子边去做饭。这时，如果英子在家，她就边做饭边骂英子，不是骂英子懒，不收拾屋子；就是骂英子太能花钱，干吃饭不干活。英子被骂烦了，就冲水莲龇牙咧嘴，说水莲一来，她就挨骂，水莲是她的丧门星。

可水莲除了这里，真的没有地方可去呀。于是，水莲只有装聋作哑。

然而这次水莲来，四舅母却一反常态，对水莲出奇地热情起来，水莲受宠若惊。四舅母先是翻了水莲一眼，绷得紧紧的雀斑脸意外地挤出了一丝假笑："这真是来得好不如来得巧呀！正想打电话叫你来呢，没想到你竟到了！"

四舅母的话吊起了水莲的胃口，正等着下文呢，没想到四舅母却用挑剔的目光看起水莲来了，刚挂上的假笑也转瞬即逝。"都说是女大十八变，越变越好看，可你这孩子咋越长越丑了？"一句话就像冷水，一下子把水莲心里的小火苗儿给浇灭了。幸好四舅母很快话题一转："也好，长得丑也许更好，更显出农村人的朴实……"水莲被四舅母的话说得云里雾里，她习惯地冲四舅母翻了翻那双漏神的眼睛，期待着她继续说下去，可四舅母却又一次把话断住了，这次截断四舅母话的，是炉子上的水壶，水壶里的水咕嘟咕嘟地开了。

水莲趁四舅母灌水的时候，把小兜子里的两袋水果掏出来，放到矮柜上。四舅母见了，又一反常态地客气说："亲戚里道的，你还买什么东西？"边说边拎着水果向里屋走去。

直到吃饭的时候，水莲才知道四舅母让她来的原因，原来四舅母给水莲介绍了一个对象，是一家商场的保安，只是年龄大了一些，比水莲整整大六岁。

"除了年龄大些，其余的可真都没个挑了。这个小伙子的爹在县人事局当局长，县人事局的局长啊！别说是你，就是你爹都不一定见过这么大的官！小伙子的妈是我们厂子工会主席。他们家的钱多得花不了地花，还就这么一个儿子，他爹妈对他可是要星星给星星，要月亮给月亮的。要说这小伙子的长相，更是百里挑一，一米八十的大个子，往那儿一站那才叫有派。你要是能成为他家儿媳妇，可就一步登天了，别说是进城这点小事儿了，包括干啥工作你也得挑挑呢！归根到底一句话：就看你的命了。"

四舅母说得唾沫星子四溢，把水莲沉甸甸的心也说得飘起来了。水莲想象着当她领着一个又帅又有钱的城里小伙子往张石面前一站时，张石会是什么样的表情？心里的郁闷顿时散了。

四舅母似笑非笑地看着水莲说："你要是真能走运，那我们将来还得借你光呢，到时候你可不能忘恩哪！"

水莲赶紧说："那当然了！忘了谁也不能忘了四舅母呀！"

然而四舅对此却显得不那么热心，四舅母不在屋时，他曾奇怪地看了水莲一眼，似乎想对水莲说些什么，但四舅母马上伸进头叫他去干活了。四舅单位最近正组织什么舞会，他显得很忙，边干活边放了几段舞曲后，就踩着舞步走了，留下四舅母独自支配水莲。

当天晚上，四舅母就安排她和那个小伙子见面了。相对象的地点就在小伙子也就是人事局局长的家。为了让水莲好看一些，四舅母把英子最好的衣服和她自己最好的化妆品都拿出来了，她一边忙着打扮自己，一边又忙着帮水莲打扮，同时还不忘骂英子几句。在四舅母和水莲都忙得团团转时，英子一直冷笑着在旁边干坐着，四舅母指使她干啥她都不干，一直那么冷笑。

四舅母舍不得钱坐车，就计划骑自行车去。见支使不动英子，她只好自己忙忙地跑出去，借了一辆自行车，等到三个女人终于推着自行车走出门时，天已经黑透了。她们鱼贯地顺着狭长的院子走进狭长的胡同，水莲往黑黝黝的前方看了一眼，不知道再走回胡同时会是什么结果。

城里哪儿都好，就空气不好，此时虽然天还没黑透，但烟气却把天塞满了，好像千家万户烟囱里冒的烟，都被压到地面上了，一喘气就有一股呛人的气味。向四周一看，也是烟气氤氲，车辆行人游走其中如同鬼魅。

水莲对这一段路况很陌生，别说往远望，就算眼前的路都很莫测。老式的水泥路中常常突然就出现了一个坑，水莲好几次骑到了坑里，连人带心猛地坠了下去，像坠到地狱里了，正不知如何是好呢，自行车又猛地升了上来，幸亏她的车技不错，还能让自己平稳地升了上来。

在路上骑了好半天，水莲才发现路边也有路灯，只是路灯那昏黄的光晕太暗了，路灯与路灯之间隔得又太远了，灯光随着她颠簸的移动慢腾腾地闪过来，又慢腾腾地甩过去。路灯扫到四舅母的白脸上，水莲突然毫无缘由地打了一个激灵。

水莲总觉得四舅母的那张雀斑脸里藏着什么玄机，转念想想，就算真有玄机又能怎么样？成与不成还不是自己说了算？这么想了，心也就放下了。见自己已经落在四舅母和英子的后面了，水莲脚下便加了些力气，不管前方有坑没坑，她都豁出去了！对于自己的前途，她还是充满信心的！

走过了那段莫测的路，街道渐渐地变宽了，变亮了，不但路边的楼显得多了，车辆行人也多了。当她们终于骑到了那幢阔气的住宅楼前时，水莲已被冻得浑身发麻了。

尽管浑身发麻，水莲还是显得有些兴奋，因为相亲的那家就住在楼里。楼啊！那是多么令水莲向往的所在啊！不但吃水不用拎，烧火不用柴禾，连上厕所也不用冷呵呵地跑到外面去。一想到如果亲事相成了，自己将来也能到楼里生活了，水莲便心花怒放了。有那么一瞬间，她甚至偷偷感谢起张石来了，如果不是他伤了自己，自己这工夫不得还在那个破烂不堪的古庙与他眉来眼去？同时还要防备莲花可怜的目光。

楼就是普通的楼，但在水莲的眼睛里却如同天堂一般明亮。家庭条件真的能抬高人的身份，当水莲站在亮亮的楼道里，望着那扇关得紧紧的防盗门时，她突然就觉得身子矮了，刚刚涌起的兴奋也如潮水慢慢退去了。四舅母在按门铃声时，不放心地看了水莲一眼，这一眼更把水莲看矮了，水莲的心也慢慢地悬到了空中。

门很快开了，水莲只觉得眼前更加明亮了起来。楼厅显得大极了，到处都是门，到处都是人。闻听女方来了，每扇门里都涌出人来，有的根本挤不出来，只站在门边探头探脑地看。走出来的人高高矮矮站了半个客厅，虽然一张张脸上都带着热情的笑容，但一双双眼睛里也都闪着好奇的神情，就像观看动物园里的猴子一般。

水莲突然就想开了："丑媳妇早晚都得见公婆，既然脸不能塞进裤裆里，不如大大方方地让他们瞅吧！"这么一想，水莲就近乎夸张地扬起了那张丑脸，还特意挂上了无所谓的笑容。在四舅母的引领下，她就那么扬着脸笨笨磕磕地往前走，一直走到靠窗的一排沙发前。

直到这时，水莲才看到一位形体富态却不苟言笑的妇女在沙发上欠了欠身，同时抬了抬下巴让她们坐到对面的小凳子上去。在水莲落座的这个时间，那些高高矮矮的人们也都看完了水莲，缩回各扇门里去了。

"小亮子！小亮子呢？咋还不出来？"那位不苟言笑的妇女，突然威严而低沉地叫了一声，突兀得让水莲打了一下激灵。话音刚落，一个身材修长，个头像张石那么高的小伙子就从一扇门里被人推了出来，不用人介绍，水莲就知道他是谁了。四目相对一刹那，水莲的心便微微地荡了荡，也说不出那是啥滋味。小伙子的确像四舅母说的那样，一米八十的大个子，第一印象就是个白，具体怎么个白，水莲也没敢细看，反正觉得那白怪怪的，说不出来的怪。

几个穿着体面的男女忙着倒茶拿烟递水果，四舅母趁着这个空档，把一位稳坐在沙发上、神态威严的男人介绍给水莲："这位是陈局长，你就叫他陈叔吧！"男人依然没有动，也没有说话，脸上依旧带着威严的神情。水莲的心突然翻了个跟头，觉得他像极了那个老馆长。

四舅母这才介绍那位不苟言笑的妇女："这是我们厂工会的王主席，你叫王姨吧！"妇女礼貌地朝水莲点了点头，没有说话，也没有笑。

四舅母又把小伙子介绍给水莲，因为四舅母说得很快，水莲也没听清他的名字，只记住了那个用威严而低沉的声音喊出的"小亮子"。

见四舅母和一直贼眉鼠眼瞟着四周的英子都把手中的水果放到茶几上去了，水莲也把一个女人硬塞给她的红苹果放到了茶几上。那个苹果不但大，而且红，周身都散发着诱人的光泽，水莲从小到大还从未吃过这么大的苹果，心中不禁感叹：不凭别的，仅凭能天天吃到这样的苹果，嫁到这样的人家也是值的。正这么想着，一股唾液便不合时宜地涌到了嘴里，水莲便忐忑起来：嘴里含着唾液，万一有人问话怎么办？

水莲低头看了看自己的围巾，觉得如果咽下唾液，围巾一定能遮挡住嗓子吧？心里这么想着，口中的唾液也就分几股咽下去了。一抬头，突然看见小亮子正目光灼灼地看着她，水莲心一虚，脸就红了。骨子里的强硬，迫使水莲不甘示弱地把目光迎了上去，突发的逼视，反倒让小亮子猝不及防了，他愣了愣，只好把目光挪开了。

小亮子穿着随便，言谈举止更随便，见四舅母从一个男人手里接过烟卷，他便大咧咧地站起身，掏出火机先给四舅母点着了烟，自己也叼了一支在嘴上，就着火点燃了，狠狠地吸了口，便一屁股瘫坐在沙发南头的坐墩儿上，烟雾转眼笼罩了他的脸。灯光下，他的脸显得出奇的白，浓眉大眼，鼻子挺拔，嘴也棱角分明，但水莲怎么看怎么觉得他的五官搭配得有点怪，正如那怪怪的白一样。

威严的陈叔突然说话了，不知怎的，他一说起话来，反倒显得和蔼了许多。他问水莲是哪个学校毕业的，现在教什么，又问水莲学校有多少教师？校长是谁？他问一句，水莲答一句，他不问了，水莲便低下头，屋子里便没有人说话了。

四舅母欠了欠身，笑着问小亮子："小亮子，我发现你穿那件呢子夹克挺好看的，今天怎么不穿了？"

小伙子吐了口烟，挤了自己父母一眼说："你说的是那件银灰色的夹克吧？早没了，一个把兄弟相中了，硬给穿走了。"

不苟言笑的王姨突然一笑，吓了水莲一跳："还好意思提你那些丢人现眼的狐朋狗友……"突然，她又把话打住了。

又寒暄了几句，四舅母便说："太晚了，我们得走了！"便站起来围围巾。陈叔王姨不约而同地站起来，小伙子也懒洋洋地站起身，回头冲他妈妈挤了挤眼，他妈妈就笑了，瞪了他一眼。水莲发现母子俩的笑容简直一个模子里刻的。

水莲和英子也把围巾戴好了，一行人便在众人的相送下走出了房间，转眼就走出了阴凉凉的楼道，等身后的楼门砰的一声关上，水莲的心也落下去了，她知道自己没戏了。

正胡思乱想着，四舅母突然拍了水莲一下，孩子似的缩头一笑说："好像有希望，你们到楼外面的拐角那儿等我……"说完又回去了。

"有希望？难道，那家人真的看上了自己？"水莲仔细地想了想小伙子的模样，突然明白他的长相为什么怪了：她觉得他的五官与其他人相比，距离显得远了些，就像五个人一同从中间向四方走步一样，当然走得特别快的，是那两只牛眸子似的大眼睛。

"如果他们真的看上了自己，那将来就得和那个小伙子在一起生活了？"水莲突然毫无缘由地打了一个冷战。

很快，四舅母就出来了，却不说话，一直默默地在前边骑着车子，水莲和英子只好一路跟着，转眼又驶入了那条莫测的路。直到进了家门，四舅母才瞥了水莲一眼说："你对小亮子啥个态度？"

四舅母这么一问，就把水莲死去的灰烬点燃了。水莲小心地看了她一眼，故作矜持地说："我还没想好……"

四舅母突然生气了："我说水莲，你也别破大盆捧着。我作为你的舅母，对你们老水家也算够意思了，你摸摸良心说说，这些年我们借着你家啥光了？哼，要不是陈局长喜欢农村孩子的本分，人家小亮子早就结婚了，好事儿还能轮到你的头上？"

英子插嘴道："妈呀，这么说他们家是同意了？"

四舅母说："现在还不好说呢，人家陈局长说商量商量再给咱们信儿！我瞧他那神情，陈局长像是同意了，只是那小亮子没相中水莲的长相，但他相中水莲的个头了。"

那天晚上，四舅母一直说到口齿含糊，鼾声大作。水莲翻来覆去一直睡不着，翻得英子十分闹心，甚至在睡梦中也骂了她一句。水莲的脑海里一会儿是张石，一会儿是小亮子，一会儿是人声喧嚣的城市，一会儿是静寂贫穷的农村……迷迷蒙蒙中，张石渐渐地和小亮子交叠在了一起，那个混合的人一直远远地站在一团雾里，脸上带着英子式的冷笑。

第二天一早，四舅母反倒破大盆"端"上了。水莲见她这样，也不说一句话，只是默默地做着家务活。直到临上班前，四舅母才冷冷地说："水莲，我可不是求你，我最后再问你一句：你到底啥意思？"

水莲正在把四舅母一家人的脏衣服往一个盆里捡，她头都没抬就小声说："要是男方同意，就处处吧！"

四舅母总算露出了笑模样："你这样想就对了，我和你说实话，人家老陈家昨天晚上就亮明态度了，同意让你们处处。"说完挎上包就往外走，走了几步又停下来，"这些衣服你要非洗不可，那你就抓紧点洗，趁空儿好好打扮打扮，万一小亮子突然就上来了呢！"走出几步，她再次停下来，冷冰冰地说："你记住：小亮子大名叫陈天亮！"

　　水莲把衣服泡在盆里，默默地洗了起来。洗了一会儿，她在盆里洗了洗手，在屋子里转了一圈，用湿手试探着打开了那个小小的电视机。里面正在播放歌曲，水莲哪敢尽情看电视？只是把音量放大了一些，便又坐到洗衣盆边搓洗了起来。四舅家本来有一个小型洗衣机的，可四舅母推说洗衣机洗不净衣服，每次水莲来她都让水莲手洗衣服。水莲当然知道四舅母是怕费水费电，但水莲既然要讨好四舅母，也只能心甘情愿用手洗。

　　一曲完了，又一曲，水莲的衣服总算洗完了，她把衣服晾出去，又收拾了一会儿屋子，这时，电视机里播放的一首情歌突然抓住了她的心，她就呆在那里了。

　　水莲先是暗泣，接着恸哭，电视机已经在播放广告了，可水莲的哭却刚到高潮，不知什么时候就哭倒在床上了，被摞子转眼就被她的眼泪浸湿了。

　　也不知哭了多久，突然一股洋烟的味道让水莲一惊，不禁在哭泣中抬起头来，接着就坠入了梦中。窗下的凳子上，一个男人正在那里自由自在地吞云吐雾。水莲用枕巾擦了擦红肿的眼睛，又向那边看看。凳子上坐着的果真就是小亮子也就是陈天亮，瞧那情景，他已坐在那里有一些时候了。

　　水莲没有理他，又趴到被摞子上，刚才的一幕冲淡了她的悲痛，她不再恸哭，只是抑制不住地要抽噎两声。

　　陈天亮突然哧哧笑了，毫不顾忌地往地上吐了口痰："我想你肯定不会为我哭吧！"说完又笑。水莲第一次觉得他的声音很好听，好像在哪部电影里听到过——对，他的声音很像一部外国电影里的一位配音演员。

"我妈让我来，是想让我请你去看电影的。可你哭成这样，这个电影还看个毛了？"

水莲身体还那么趴着，非常惊讶。一个男青年，再怎么随便，也不该当着一个女孩儿面前说粗话。忍了忍，终于说："你不该不敲门就进屋的。"

"还敲门？闲的呀？"陈天亮又咻咻地笑："我这个人……这么说吧，长这大还从没用手敲过门呢！"说完还笑。

水莲问："不用手敲门？那你用什么敲？"

陈天亮："用脚啊！"

水莲的心一动，一种从未有过的叛逆便冲向前胸，便也笑了——她奇怪自己竟然笑得出来："你这么说话……我还真的爱听！"水莲抬起已经肿了的脸，"其实我也很厌烦那些虚套子，明明心里都要骂人家呢，脸上却对人家笑，嘴里却对人家说谢谢，这样的人我最烦了。还不如就像你这样，想咋做就咋做，想骂人就骂人！"说完笑着坐起来，抹了抹眼睛。

陈天亮惊讶地看着水莲："你这么说话我也爱听。"

水莲突然什么都不在乎了："我这个人老任性了！我妈总骂我不定性，我在家里的外号就叫虎车车。"她为了表示任性和虎车车，特意拽了拽衣袖，蹬了蹬脚。

陈天亮不解地问："啥叫不定性？啥叫虎车车？"

水莲也蒙了，就比比画画地说："虎车车就是一只虎拉两辆大车，一句话，就是缺心眼儿，二虎吧唧的意思！"她边说边笑，"不是我吓唬你啊！你们家要真娶了我做媳妇，保准全都会把肠子悔青了的，尤其是你的妈妈！"

陈天亮突然把口中的烟卷吐到地上，慢慢地走到水莲的旁边，把双手放在了她的肩膀上，黑黑的直往两边跑的眼睛一动不动地盯着她看。水莲的肿眼睛始终挑战似的看着他，以至于把眼睛都看疼了。

陈天亮突然笑了，胡乱地抚弄了一下她凌乱的头发，轻柔地说："本来是我妈让我来的，没想到我还真来对了！你这个小娘们虽然长得丑，却挺对我的心。"说完就把一只大手塞进裤兜里掏，转眼那只大手里就多了一个红色的小盒子，打开盒子，一只雕着莲花的金戒指就出现在了水莲面前。

水莲没有去接那个金戒指，心里却想："真俗气！他是不是真把我水莲当成荡妇了？"

陈天亮强行拽过水莲的手，把金戒指插到她无名指上，嘴里哀求地说："求你了，别翻白眼根子看人行不行？实在太吓人了！"

"乌鸦嫌猪黑，自己不觉得！你长得好啊？哼，我要是不差模样变丑了，也不会下贱到让你这种人相看的！"水莲气狠狠地说。

"哈哈，还模样'变'丑了！听这话就好像你以前长得咋好看似的！原来你不仅个子大，脸也大！"陈天亮突然嘎嘎地笑了，甚至笑出了眼泪。水莲气得肺子都要炸了，却只是干张了两下嘴，一句话都没有说出来。

陈天亮终了不笑了，擦了一把眼泪，突然严肃地瞪着水莲说："我保证，你肯定不是处女！"

水莲千疮百孔的心又被刺了一下，也许心里的刺儿太多了，竟不觉得疼。她长叹了一口气，重重地歪倒在被摞子上，用近乎挑逗的眼神，斜睨着陈天亮，声音柔柔地说："我要是说……被人强奸过，你信不？"

陈天亮也笑着说："我信！也不信！"

水莲不明就里地问："啥意思！"

陈天亮依然那么笑着："凭你这腰条儿，我信，凭你这张脸，我不信……除非，除非强奸你的人是在晚上，因为晚上看不清你的脸啊！嘎嘎嘎！"陈天亮又大笑了，就像汉奸的笑声。但水莲没有再生气，就像看戏一样看着他笑。

陈天亮却不笑了，白得颇不正常的脸突然涨得通红，"告诉我，是谁强奸你了？我去整死他！"

水莲不相信地盯着他的眼睛："你说啥？"

陈天亮不耐烦地说："你告诉我谁把你强奸了！我好替你报仇！听不懂人话吗？"

水莲依然不相信："你这么厉害？"

陈天亮那一左一右的眼睛，突然气势汹汹地横了一下水莲。

水莲轻蔑地一笑："我被人强奸了，和你有啥关系！"

陈天亮奇怪地看着水莲："都戴上我的金戒指了，还说没关系？你这人真不愧叫虎车车。"

水莲的心里又堵了一下，奇怪自己干啥要把外号告诉他？不是自讨苦吃吗？以前听到这个外号，水莲虽然也不舒服，但却从来没有像今天这么发堵。想到未来，自己真的要和这样的人生活一辈子，水莲的心就更觉发堵了。

陈天亮突然一扬手，像要把什么挥走一样说："喂，你要想去玩点什么，时间可还赶趟！"

水莲依然一动不动。

陈天亮几乎央求她了："快去梳梳头打扮打扮！"边说边推了她一下。

水莲这才懒洋洋地起身洗了一把脸，接着就当着他的面坐到镜子前梳起头来。她这是第一次当着一个男人的面打扮自己，不知为什么，她竟然不觉有一丝别扭或羞愧。

"要是张石坐在旁边这样看着我，我敢这样吗？"她暗暗地叹了口气，一种悲哀又涌遍了她的全身，"也许这一生，他都不会像陈天亮这样看我一眼的！"她慢慢地把一个黑皮筋儿系到了头发上。

"你这么做，是不是想要报复他呀？傻子呀，你这个傻子呀，假如他知道你在报复他，他能在意吗？"一滴眼泪又慢慢地从眼角儿浸了出来，水莲假装擦脸，悄悄地把泪抹掉了。

"我一直有一个问题，不知道你咋答。"陈天亮又点着了一根烟，深深地吸了一口，"你说你们女人到底是为谁打扮呢？"

水莲笑了笑说："书上不是说'女为悦己者容'吗？"

陈天亮笑了："那你今天这是为谁打扮呢？"

水莲瞟了他一眼，绷着脸说："为你吧。"

陈天亮狠狠地吸了一口烟，然后才说："真的，别看你丑，我好像真他妈的有点爱上你了。"

水莲正穿外衣，听了这话她立即摆着手说："别别，你可别这么说。爱这个字太大太太神圣，我可受不了。"她边说边弯腰穿鞋，"告诉你吧，我这个人可怪呢，你越柔情蜜意的，我越觉得难受。你不如还保持着你的大大咧咧、马马虎虎。"说完便围上围巾率先走出去，可陈天亮还像刚才那样坐着抽烟，并不跟她出来。她便生气了，粗着声冲他说："你到底去不去？"

陈天亮想了想，站起来走到她身边，拽了拽她的围巾小声而严肃地说："你还没告诉我到底是谁强奸你了？"

水莲吓了一跳，啪的一声打开他的手说："我们可是刚刚认识一天，你千万别认真啊！"说完把陈天亮拉出门来，顺手锁上了门。

坐在陈天亮的摩托车上，他们一路都没再说话。水莲这是第一次坐摩托车，心里始终荡着新鲜的感觉。就这么一路新奇地来到了电影院，他们发现电影院早就关门了。

陈天亮把摩托车锁好，拉着水莲的手就向大门那边走去。水莲说："已经关门了，咱们进不去了！"陈天亮并不听她的话，依然拉着她向大门那边走。走到大门边，陈天亮抬腿就朝大门上踹了一脚，又把水莲吓了一跳。

门里面很快跑出两个气势汹汹的人来，先头跑过来的人一见是陈天亮，脸上的怒气马上被笑容所替代。"我以为是哪个醉鬼呢，原来是亮哥呀！"他边说边把门打开。陈天亮连声"谢谢"都没说，领着水莲就进了放映大厅里。

里面黑洞洞的，屏幕上的男男女女正在跳舞，下面黑鸦鸦一片，水莲什么都看不清，她只能任陈天亮拉着，深一脚浅一脚地向前走。

水莲觉得走了很久，才向座位里拐，眼睛也渐渐适应了里面的黑暗。她发现座位上全都坐满了人，已经没有空位了，便想提醒陈天亮。陈天亮掏出票借着银幕的光看了一眼，然后一弯腰就从座位上拽起一个人来，二话没说就把那个人推了出去，那人叫了一声，周围顿时一阵喧哗。

陈天亮把水莲按到座位上，又冲旁边坐着的人低声吼道："你咋还不滚？"那人马上站起身，几步就离开了。陈天亮嘴里嘀咕了句什么，才坐在了水莲的身边。

周围渐渐地恢复了平静。屏幕上，一个美丽的少女正坐在牌桌边和对面的"黎明"赌牌，黎明长得真是帅极了，特别是他戴着墨镜的样子，让水莲怦然心动。这时，水莲突然感到自己的身体颤抖了一下，原来是陈天亮把手臂伸过来放在她的后腰上，水莲的心就吊起来了，生怕陈天亮会有更进一步的举动，幸好陈天亮的手一直都是那么老老实实地在腰后面放着。

就这样过了好一会儿，水莲才渐渐平静下来。刚刚有些明白影片的情节，陈天亮突然拉了她一把，又把她吓得一个激灵，才明白陈天亮想要和她换座位。她向自己旁边看了一眼，原来那边坐着个小伙子，正朝她这边看，水莲便明白陈天亮想换座位的原因了。水莲的心里有一种说不出来的滋味，但她什么也没说，乖乖地和陈天亮换了座位。

接下来，水莲便再也看不进去电影了，她的脑子里的电影全是陈天亮，那种无缘由的恐惧又充溢了全身，她真不知下一步该怎么对他了。

"张石，我恨你，我恨死你了！是你把我逼到这个境地来的。"

电影院的灯唰地亮了，水莲才知道电影已经结束。她看了一眼陈天亮，见他挑衅的目光正探照灯一般向四处探着，好半天才把目光落到水莲身上。

第四章　精神堕落

从电影院出来，两个人就径直来到了四舅家。里面热气腾腾的，老远就闻到了香味儿。听到门响，四舅母带着一股油香热气腾腾地迎了出来，她笑着看了陈天亮一眼，命令他说："一会儿在这儿吃饭！我特意请假早回来一会儿，你看我包子都蒸上了。"陈天亮笑了，说："真有点儿饿了！"回头瞟了水莲一眼，竟然礼貌地让水莲先进了屋。

那顿饭，陈天亮在四舅家吃了很长时间，他和四舅你一杯我一杯的，整整喝了两瓶子散装白酒，白净的四舅变成了红脸关公，陈天亮脸色却反倒更白，十足的白脸曹操。两个人越唠越投机，四舅那只有谈诗时才滔滔不绝的嘴，此时也论起时事来了，从国外到国内，从城里到农村，转眼就落到陈天亮的家中。他先夸陈天亮他家人好，尤其陈局长，人更好。说着说着突然把酒杯往桌上一磕，竟大声咒骂起陈局长来了，骂他是出了名的大色狼。吓得四舅母脸都白了，上来就捂四舅的嘴，连声跟陈天亮说小话。没想到陈天亮根本没生气，四舅骂一句，他喊一声对，后来他也跟着骂上了，弄得小屋子里一团糟。

第二个酒瓶子见底了，陈天亮便直着嗓子要四舅母上酒，四舅也跟着起哄。四舅母实在没招儿了，就拿出一瓶酒，倒出了大半瓶后，又兑了半水舀子凉水，让英子送了上去，他们这才消停下来，你一杯我一杯地接着喝。

酒桌边好容易消停了，两个人都醉得不省人事，四舅母和水莲连拉带拽，把两个人分别弄到两张小床上。陈天亮一躺下就呼呼大睡起来，鼾声搅得四邻不安。四舅却没有那么省事儿，躺下没一会儿，就哇哇地一顿大吐，小屋子里顿时臭气熏天。

在陈天亮睡着了的时候，水莲曾站在他的床前看了他好久，心如江涛一般翻腾着，陈天亮的大醉驱走了他在水莲心中仅存的一点好感。正恶心得想吐呢，水莲突然看到自己手指上的金戒指，直往上涌的恶心就被堵在嗓子眼了。"我这是怎么了？就算变得再丑，也不能这么糟蹋自己呀！"趁没有人注意，水莲一下子就把金戒指撸了下去。

那天晚上，水莲和英子是在邻居家借宿儿睡的。水莲的心情别提有多坏了，她一眼都不想再看到陈天亮了，甚至看到他的摩托车都觉得恶心，一门心思只想快点把金戒指还给陈天亮，快点回家，哪怕张石和莲花当着她的面亲呢，她都不在乎了。

漫长的一夜终于熬过去了，早晨起来，水莲站在镜子前看了看自己，心里又咯噔一声响。她发现自己蜡黄蜡黄的、充满无限愁绪的丑脸，因为多了两个黑眼圈，更加不堪入目了，还别说，这种丑态和陈天亮的醉态真是般配。就这么沮丧着走回四舅母家，发现院子里的摩托车已经不见了。屋里乌七八糟，桌上杯盘狼藉，四舅母正在里间忙着什么，水莲实在没心情帮她收拾了，早饭都没吃，就逃难似的跑到了绿萍的单位，她必须得向绿萍讨个主意了。

水莲气喘吁吁地赶到县政府时，森严的大门还没有打开，只有旁边的小侧门半开着。水莲从侧门走进院中，正想到楼里去，门旁的小屋突然追出一个小伙子冲她狂喊："你找谁？那个女的，说你呢！"

水莲向四周看了看，附近并没其他人，门卫的确喊她呢！便走回去对门卫笑着说："我找何绿萍！"

门卫上上下下地看了她一眼，不耐烦地挥了挥手说："还没到上班时间呢，你一会再来吧！"

水莲还想和他说些什么，可小伙子已经缩进门里去了，转眼又探出头来冲水莲喊："要等到门外去等，这里可是县政府大院儿，你当是你家呀？"

水莲满肚子的气，一丝都发泄不出来，只能乖乖地出了大门，站在冷飕飕的门墩下面鼓气儿。偶然一抬头，就看见乡税务局的赵秋雨拎着一个小黑兜儿大踏步地向这边走来。

这个赵秋雨，就是那晚大姐说起的小伙子。几个月前，大姐水蕖把赵秋雨介绍给水莲，二人便非正式地相看了。非正式相看还是水莲的创意，她要的就是一种邂逅。那天，水莲到乡中心校去找大姐，恰巧赵秋雨也到学校办事，于是在大姐的引见下，两个人便恰巧见到了。非正式见面的确有非正式的好处，两人虽然都看清了对方，但并没有正式地交谈，更不用正式地表明态度。也正因为这种非正式，此事直拖到现在才没有被"正式地"提起。

怕自己的狼狈相被赵秋雨看见，水莲一闪身就躲到了门墩子后面。赵秋雨果然没有看到她，带着一股寒气，大踏步地顺着侧门走进大院了。他身穿有着硬硬肩牌的税务局制服大衣，显得魁梧且壮实，黑黝黝的脸被寒风吹得透着红晕。水莲惊异地发现他不但不老，而且还很英俊，这一点自己以前怎么没有发现？

直到他走进大院里了，水莲才探出身来，她看见赵秋雨仅仅和门卫点了点头，门卫就笑着让他进去了。水莲顿时怒火中烧，她恨门卫狗眼看人低，更恨自己干啥越长越丑？水莲咬着嘴唇儿，任自己在寒风里瑟瑟发抖，眼泪噼里啪啦流出眼眶，转眼就在围巾上结了一串冰溜儿。

直到大门开了，水莲才看见绿萍走过来。她穿着一件深紫色的大衣，显得婀娜多姿，仪态万方。大衣的毛领子向上翻着，半截雪白的围巾从衣领下飘出来，把她的小脸儿衬托得白皙皙、红扑扑的。见她走过，许多人都对她微笑，那个门卫更是满面笑容，谦恭的神态就像哈巴狗见到了主子，绿萍却像是没有看到门卫一样，就那么高傲地飘进楼里去了。

水莲几次低头审视自己的大衣，终于没敢进楼去。手在往衣兜里揣时，衣兜里的金戒指硌了她一下，她心里也突然打了一个旋涡……唉，衣兜里还藏着人家的金戒指呢，就凭这金戒指，也不能不辞而别呀！这样想着，她便怏怏地回到了四舅的家。

四舅母一家人都上班去了，屋子里不仅收拾干净了，还显得暖融融的。水莲大衣也没脱，坐在小床上发了好一会儿的呆，时而瞟一眼小镜子里那半面蜡黄泛黑的脸。站在门卫的角度，水莲重新审视了一番自己，觉得自己除了年轻，除了师范毕业，再找不出别的优点了，更可怕的，是她还特别能吃，这也是尤其令水莲自卑的隐私。

刚刚考入师范时，水莲并不怎么能吃，可临毕业时不知为啥突然就能吃了，女同学中间就属她最能吃，人家一顿吃四两，甚至二两，可她八两都能吃进去。为了不让人笑话，她每顿只吃四两，可还没等吃完呢，她就已经饿了。在师范最后的半年，水莲基本是在饥饿中度过的。更何况她还不会打扮自己呢！"这世上还有比你更笨的人了吗？谁要是娶了你当老婆，可是倒了八百辈子的血霉了！"她的耳边又响起妈妈骂她时咬着牙的恶语。

"就你这样的，连陈天亮这样富家子弟都想踹？你是不是过于不自量力了？"一滴清泪从水莲的眼睛里流了出来，她啪的一声把镜子扣到桌子上，顺手就给了自己一个耳光。没想到打完之后，脑袋竟然清亮了许多。

水莲扑哧一笑，破罐子破摔地站起身，几下子甩掉大衣，就到碗柜里去找包子。可油渍斑斑的碗柜里面除了冷气，什么也没有。水莲失望地叹了一口气，顺便把炉子上的小锅盖打开看了看，一股热气顿时扑面而来，水莲的心里便一热。锅里不但有热包子，还热着昨晚剩下的炒菜……她拿了双筷子，一边站在锅边吃一边想："四舅母怎么会突然疼我了？还不是看在陈天亮的面子上？"这样一想，陈天亮就不再令人讨厌了。

吃完了饭，水莲重新洗了把脸，又上了层妆。可无论怎么抹，都遮不住脸上的青黑蜡黄。打扮完了，她便焦急地等陈天亮，可左等右等，脚步声都没有响起。等得实在太累了，她便躺到了小床上，没想到竟悠悠地睡了过去，英子下班回来她都没有发觉。

　　英子跺了下脚，见水莲还不醒，就猛然在水莲耳边说了声："陈天亮来了！"水莲果然睁开了眼，英子哈哈大笑，拿笤帚打了水莲一下子，便笑嘻嘻地去外屋找饭去了。

　　水莲打了个哈欠，揉了揉眼睛，歉疚地笑笑说："你可别生气呀！包子都让我吃了，中午饭我还没给你做呢！"

　　英子冲水莲拍了拍衣兜说："我今天开工资了，再不，我请你吃肉火勺去？"

　　"那敢情好！"水莲有些不相信似的看了她一眼，见她并没有耍笑自己的意思，便又一次在心里感激起陈天亮来。

　　水莲被英子领到离家不远的肉火勺饭店，英子让她在外面等着，自己进了饭店，不一会儿就捧着四个热乎乎的肉火勺出来，她几步窜到饭店西墙的胡同里，冲水莲招招手，二人就在背风的胡同里吃起肉火勺来。那肉火勺的确好吃，特别的香味儿不仅驱走了冬日的寒冷，还让人的心也越来越暖了。水莲边吃边向英子许愿说："我要真嫁给了陈大亮，那我就有钱了，到那时我一定请你到屋子里饱饱地吃上一顿肉火勺。"

　　英子嘴边上全是油，嘴里也塞得满满的，她鼓着腮帮子含混地说："肉火勺倒不用了，你只求陈天亮帮我换换工种就行，我实在不愿意三班倒了，我想干长白班的活儿，哪怕扫地也行。"

　　水莲连连点头："行，包在我身上！"

　　两个人吃完了，又逛了会儿商店。水莲看见橱窗里挂着绿萍穿的那种大衣，一问价钱吓了一跳，她三个月的工资也不够那一件大衣的钱。在一个露天的摊床上，一件仿皮的棕色大衣吸引了水莲的目光，水莲看了一眼衣服上的标签，见价钱并不贵，就拿起衣服问英子，自己穿这件衣服怎么样。英子用城里人的眼品了品，又让水莲试了试，便肯定地说："行，咋地也比你身上的衣服强。"卖衣服的女人在旁边又一个劲儿地夸好，水莲偷偷地算了一下兜里的钱，又向英子借了20元钱，就真的把大衣买回了家。

到家又在镜子前后左右看了看，水莲就开始后悔了，咋看咋觉得别扭，腰身有些瘦，袖子也有些短，心情就烦躁起来。闷了一会儿终于和英子说，她想去商店退大衣。英子把头摇得像个拨浪鼓，说那摆摊的一个比一个刁，好不容易卖出去的东西，她死也不会给你退的，不信你就去试试。末了英子又说："这件衣服你穿真的很好看，咋就不信呢？"

水莲半信半疑，又在镜子前照了照，心里就更烦躁了，脑子里除了大衣，再装不进去别的了。趁英子睡觉的工夫，她包起大衣就又去了那家商摊，幸亏那个妇女还在。水莲低声下气地向她央求，可无论怎么赔着笑脸说小话，都没感动那个女人。女人的脸绷得像个紫茄子，见水莲央求起来没完了，亮开嗓门就冲水莲大喊大骂起来，引得很多人前来观看。

水莲大衣没退成，又添了些气，便闷闷地回了家。刚一进院儿，英子就从门里探出头来冲她笑，嘴里却说："陈天亮来了！"

水莲以为英子又和自己开玩笑，就一猫身钻进了屋子，却见陈天亮一面墙似的挡在里屋门口，正用那双往两边跑的眼睛看着她，仅一天没见，他就憔悴了许多。

"操，昨天差点没把我喝死，今天躺了一天！"陈天亮说。

水莲的烦躁消了一半儿，她从陈天亮身边挤进屋子，扑通一声瘫坐在床上，仰脸儿看着陈天亮说："一会儿你陪我去看我同学行不？她是我最好的朋友，看完她明天我好回家！"

陈天亮笑了，说："咋的，想让你同学帮着参谋参谋？"

水莲说："我自己的事儿，从来都不用别人参谋的，我找她有点别的事！"

陈天亮说："听说你买了件大衣？穿上我看看！"

水莲的脸唰地红了，她猜想英子一定把自己换衣服的事告诉陈天亮了，转念一想又觉得没什么丢人的，就大大方方地站起来，穿上了那件大衣。陈天亮用那向两头跑的大眼睛仔细看水莲，看得水莲越来越心虚，幸亏陈天亮什么话都没有说，只打了一个哈欠。

县政府的大门四敞大开，没有一个人过来阻拦他们。水莲和陈天亮畅通无阻地走进了大楼，楼里面有一面大镜子，经过大镜子时水莲看了看自己，发现这件大衣穿在身上还真挺有范的，心情也开朗了一些。上楼梯时，她发现有许多人都热情地和陈天亮打招呼，有人还特意看了水莲几眼，水莲便渐渐地自信了起来，腿好像也有劲了。

何绿萍正好独自一人在屋，她穿着件奶油色的毛衣，黑色的长裤，显得既清纯，又苗条，那件大衣就在衣架上挂着，上面搭着那条白纱巾。见水莲和陈天亮一同站在门口，绿萍先是愣了一下，接着就亲热地迎了出来。也许和水莲不外，她先冲陈天亮笑盈盈地说："亮哥，你今天怎么有空儿到这儿来了？"然后才奇怪地看着水莲说："你们咋遇到一块了？"

水莲故意轻描淡写地说："我们是一起来的！"

绿萍突然明白了，小手往自己脸上一拍，就笑了："你瞧我，一时还真蒙住了！"说完便把水莲拉进了屋子，她边拉水莲，边冲陈天亮俏皮地歪歪头说："亮哥真有眼力！水莲可是我们学校的大才女！她有两个响当当的名字！一个叫耶律雄鹰，一个叫古筝美女。"

"这都是啥名字呀？野驴雄鹰？到底是野驴呀，还是雄鹰啊？"陈天亮冲水莲笑了，"另一个叫啥了？"

"古筝美女！"绿萍说完这句话，也像陈天亮那样笑了，水莲品了品她的笑脸，脸就红了。

"美女？我没听错吧？这个名儿要是安在何老妹儿身上，好像还说得过去……"陈天亮突然看到水莲眼睛里喷出的怒火，立刻顿住，得咧咧地一笑，就摘下手套晃荡荡地进了屋，一屁股坐到门边的打字机旁。

见陈天亮主动挂起了免战牌，水莲才把那股子怒气咽了回去。绿萍把水莲按到椅子上，用那双笑眼亲昵地看着水莲，突然哪壶不开提哪壶："哟，这还没到两个月吧？你咋变得这么漂亮了？"

水莲刚刚平息的怒火，就又升起来了，刚要说句解恨的话，转念一想：虽然绿萍说的句句都是假话，但她毕竟是在夸自己，没有骂自己不是？想到这里，就假装自己真的很漂亮似的，冲绿萍一笑，伸了伸脚说："我没有换鞋就进来了，行吗？"

青萍笑着说："别人不行，你也得行啊！你可是我这里最高贵的客人！"

水莲心里的冷笑声就更响了，哼！哼！哼！就像半夜的鬼笑。她想绿萍肯定没有忘记，上次来时，她是怎么逼水莲换鞋的。

两个同学又闲聊了一会儿，这期间绿萍接了两个电话，腰间的传呼机又响，她又打了一个电话。趁绿萍忙的时候，陈天亮小声说："你们唠吧，我到别的屋待一会儿！"说完就出去了。

绿萍的电话终于打完了，水莲就小声问绿萍："你认识陈天亮多久了？他这个人咋样？听没听说过有什么劣迹？"

绿萍犹豫了一下，便笑笑说："你这么一问，还真把我给问住了，我和他只是通过他父亲那头认识的，对于他本人嘛……我还真说不出什么来。"末了，她搂着水莲的肩膀笑着说："你这个大心理学家还用问别人？你不是具有非凡的洞察力吗？"然后伏在水莲的身上快乐地说，"这回可好了，我在城里终于有伴儿了！"

两个人又亲昵地说了一会儿话，陈天亮就转回来了。水莲站起来要走，绿萍执意要请他们吃饭，瞧那神情像是真的。水莲却说啥也不肯了，因为她实在害怕再欠绿萍的人情了，衣兜里的钱又无法和绿萍抢着算账。绿萍盛情无果，只好把二人送出了政府大楼。

刚出县委大院，陈天亮就笑问水莲："这下后悔了吧？"

水莲揣在衣兜的手，正捏着那个金戒指，犹豫着是否应该交给陈天亮，见陈天亮如此说，便愣愣地看了他一眼："你说啥？"

陈天亮说："你放心，我这人不是无赖，你随时都可以和我说拜拜的！"

水莲更糊涂了，止住脚步："咋说起这种没味的话了？"

陈天亮也站住了，两头拽的眼睛直瞪着水莲："你同学没和你说起我的光荣历史？"

"光荣历史？"水莲更加云里雾里了，"你有啥光荣历史？"

陈天亮惊奇地："她不是你最要好的朋友吗？"

水莲说："是呀！"

陈天亮突然无奈地咧了咧嘴："你这个人到底是啥眼光啊？就她这样的……还是你最好的朋友？真是岂有此理。"说完一骗儿腿上了摩托车。

水莲丈二和尚摸不到头脑，可陈天亮就是不肯解释。水莲一路犹疑着，直到看到四舅家胡同口了，才字斟句酌地和陈天亮说："本来临走前，我应该明确向你表态的，可不瞒你说，我还在犹豫。这样吧，等我回家问一下爹妈，再给你写信吧！"

陈天亮无所谓地说："行啦，人活着就得及时行乐，捋那么清有意思吗？你爱咋咋地，高兴了就过来找我玩，不高兴就拜拜！我这边啥问题都没有。"说着一支腿，就把摩托停住了。

陈天亮的一番话，一下子把水莲心上的负担都掀去了，她便什么都不再说，脚步轻快地就往四舅家走，连金戒指的事情都忘到脑后了。

陈天亮突然叫住她："哎，你们家那里的风景好不好？是叫雾中村吧？为啥叫了这么个怪名字？是不是雾特多啊？"

水莲只好站住了，回身翻眼白了陈天亮一眼。

陈天亮马上双手投降："别别，往后你再找我玩，千万别再冲我翻白眼根子，太吓人！"见水莲的眼睛突然睁得更大，马上笑着解释，"有人送给我爹一个小照相机，挺好玩的，你们家那里要有啥好景儿，我去照几张相片玩玩。"

"你还会摄影？"水莲不相信地问。

"有眼不识泰山，我可是摄影大师，都加入县摄影家协会了！"

水莲的思绪马上飞回古庙里了："如果陈天亮真的走进了雾中村，张石和莲花会有什么表现？赵老师们又会说什么？"正琢磨着应该怎么说呢，陈天亮的神情突然严峻起来："对了，有件事儿虽然不大，但我真得和你说清楚！本来我寻思你同学能替我说呢，可她也太不够意思了！我瞧你四舅他们家人的样子，也一定都没说……"

水莲很冷，并且越来越冷，她预感陈天亮要说的话，一定比胡同里吹来的风还要冷。

陈天亮也显得很冷，脸色煞白："别看你装得像见过什么世面似的，其实你啥也不懂！"

水莲冻得都浑身乱颤了，就双手操袖不耐烦地说："咋那么多废话？"

陈天亮擤了一把鼻涕，顺手一甩："我流氓罪，在里面蹲了六年，出来还没到半个月呢！"

水莲一定是冻透了的缘故，才对他的话毫无感觉吧？"你才啥也不懂呢！哪个有心眼子的人，会把这种烂事说出来？"水莲从袖筒里抽出手，狠狠地擤了一把鼻涕，才继续说："我也跟你交实底吧！我水莲冰清玉洁，怎么会不是处女？那个老骚头子……他强奸未遂！"说完这句话，就向那个狭长阴暗的胡同跑去。

"到底是哪个老骚头子？你把话说清楚再跑啊！"陈天亮的喊声顶着寒风追了过来，水莲始终都没有回头。

水莲跑进屋时，四舅母正炒爆米花一般骂四舅。水莲实在太冷了，缓了好一会儿才听明白，原来导火索又是四舅跳舞。"杜憨你跳舞我不反对，可你干啥总和那个小妖精一个人跳？至于搂得那么紧吗？我告诉你杜憨别以为我一个看宿舍的就真的成了傻子了，我的眼线多着呢，弄急眼了我可是啥样的事都能干出来的……"四舅母都骂得嘴冒白沫了，可四舅依然一声不吭。

水莲默默地听了一会儿，依然没有劝解他们，直到身子热乎一些了，才脱了大衣来到外屋，踩着四舅母的骂声把晚饭做好了。可直到饭好了，四舅母依然还在骂，两个人谁也没有过来吃晚饭。

第五章　意外惊喜

直到坐上了回家的大客车，水莲才发现衣兜里的金戒指，心便忽悠一下沉了。水莲先向车厢里看了一眼，见没有人注意她，才把金戒指拿出来偷偷看了看，心里便愈加烦躁起来。水莲发现这枚戒指不仅沉甸甸的，上面还镶嵌了一颗莲花状的钻石，一看就知道非常值钱。水莲暗骂自己怎么就这么粗心？竟然把这么贵重的东西都忘到脑后了？难不成为了还他金戒指，自己还要重跑县城一趟？

"行啦，人活着就得及时行乐，捋那么清有意思吗？"直到耳畔响起了陈天亮的话，水莲的心才渐渐平缓了一些。

回家的路如来时一样漫长，水莲虽没有憋尿，但她的心却憋了尿似的，始终又胀又疼。冬天的路上没有风景，到处灰蒙蒙的一片，寒风呼啸着，时而卷起一片风沙。远山紧紧地绷着深灰色的脸子，土地裸露着冷冰冰的黑色肌肤，树木把如戟的枯枝刺向苍天。残雪被风雕成各种魔鬼的姿态，冰河也咧得豁牙露齿的，黄草在各个夹缝里瑟瑟发抖……水莲的心如同这冬天的景致，灰秃秃的形容枯槁，她就这么任大客车随意颠簸着，把她带回了那个悬在半山腰上的、只有25户人家的雾中村。

"家再穷，家也好啊！"水莲疲惫地从车上走下来，远远看见自家的石头房上正冒着浓浓的炊烟，一股暖流便涌上心怀。临进门之前，水莲特意把金戒指放进了里面的衣兜。

水莲开门进屋时，雪白的大馒头刚刚起锅，在白白的热气里，水莲惊讶地看着那一个个暄腾腾的大馒头，还以为自己看岔了眼。

"这馒头！怎么这么白？"水莲劈头就问。

水荷满头是汗，一边把大馒头放进盆里："傻子，白面馒头白面馒头，哪能不白呢！"

"白面馒头？"水莲觉得水荷有些怪："从哪儿弄的这么白的白面？"

水荷笑着说："啥弄的？是大姐夫家给拿来的，整整大半袋呢！这回吃吧，管够吃！"水莲仔细地看了四姐一眼，觉得她如此快乐，绝不仅仅因为大半面袋子的好白面。

进了屋，水莲发现爹妈的脸上也闪着以往没有的光彩。大姐和孩子已经走了，二姐和她的宝贝儿子却在炕里坐着，见水莲进了屋，二姐立即吊嗓子一般冲水莲叫道："哟，虎车车回来了？"说罢立即拍了拍正低头玩炕笤帚的儿子牛牛说："快看你五姨买回啥吃的了！"

见到憨憨的牛牛，水莲觉得欣慰了许多，她也不顾身上凉，一下子就把牛牛抱在怀里，一边颠着，一边从包里取出一个苹果，逗着牛牛说："快叫五姨！"

牛牛见了苹果，便张开两只小手尖叫了起来，身子一蹦一蹦地，哪还顾上叫姨呀？见他要哭了，水莲才把苹果塞给他。

牛牛胖墩墩的，摸哪儿都是肉，实在是可爱极了。同样是孩子，水莲不明白为什么红果那么烦人，而牛牛却这么可爱？

水莲把大衣脱下，二姐马上问大衣的价钱，并腾地跳下地，穿起水莲的大衣就在镜前左照右照了起来。水荷撇了下嘴说："快吃饭吧你，没听人说'试人新穷断筋'吗？"

二姐突然模特般走起台步来，然后摆了一个造型，问大家："你们说这件大衣我和水莲谁穿好看？"

四姐嘴一撇，拉长声说："当然你穿好看，你长得比她漂亮嘛！"

妈妈美滋滋地晃了晃脑袋："该咋是咋的，我二闺女穿啥都好看。"

她又邀功似的瞟了爹一眼，"不是我当妈的吹，小菡当演员都够料，只可惜她生错了地方。"

爹的眼睛一直都在看二姐，虽然一脸得意，却什么也没说，只用健康的左手把酒壶放到了热水杯里。

水莲觉得家里人全都有些怪，猜想一定发生了什么大事，但她却没有问，默默地洗了手，便坐在炕桌边吃起饭来。

妈妈果然冲水莲神秘地笑了："你走这几天，咱们家出了两件大喜事儿，你猜猜！"

水莲头也没抬，也没费心猜，只是笑了笑。她深知自己的妈妈，半分钟都憋不住的。

妈妈果然就有下文了，连个停顿都没给水莲留："你妈我说话就是准，你们不服是不行的。那天我一看见咱家房后的那棵大树上有了一个喜鹊窝儿，就说咱家最近准有大喜事儿！水莲当时你不是也听见了吗？咋样？照我话来了吧？"

水莲依旧专心吃饭，她这种神态并不是装出来的，她现在就是一个字——饿！或者她真的已经麻木了？

"告诉你吧，你三姐有信儿了！"妈妈突然尖叫起来。

水莲一愣，继而一阵惊喜："她现在在哪儿？"

"你再猜猜！"妈妈又卖起了关子。

水荷说："远在天边，近在眼前！"

二姐笑着碰了水荷一下说："你让她猜！"

水莲这才认真地想了想："她们家……搬到雾中村了？"

妈妈笑得脸都红了："你不是老想要进城吗？人家你三姐早就是城里人了，她9岁那年不是来咱们家一次吗？完了人家就搬走了，音信全无，哪知人家那是进城了……"边说边从怀里掏出一封信递给水莲。

水莲展开信，信上仅几行大字，却写得龙飞凤舞，一看就知道出自男人之手。信这样写道：

大哥大嫂：

　　原谅我直到现在才给你们写信。这些年，水芙一直在外地念书，我怕影响她的学业，所以一直没有把真相告诉她。为了尊重你们做亲生父母的，我也一直没有给孩子改名，当然在落户口时，我在水芙的前边加上了我的姓氏，所以她的大名叫李水芙。水芙这孩子很有主见，也很出息，如今她已大学毕业，先是在工厂当团书记，因为工作出色，她还被提拔重用，调到团县委上班了，很有希望当上团县委副书记。

　　我患了肺炎，恐怕过不去这个冬天了。我死不足惜，只是放心不下水芙，她不太合群儿，性格有些内向。我希望你们在我死后，能够帮我照顾她，那样我在九泉之下也安心了。

　　　　　　　　　　　　　　　　　　　　弟：李有山

　　　　　　　　　　　　　　　　　　　　十一月二十八日

　　妈妈看了爹一眼，突然长叹了一声："真是后悔的药难吃啊，当初咱真不该把孩子送人，再穷也不差她一口啊！"

　　二姐却不以为意："我看老三还是走对了，咱这个破家有啥待头？幸亏她走了，要不也得像我们似的在垄沟里找豆包。"

　　妈撂下了脸子："水菡你说话别没良心，老三现在好那是人家老三有能耐，当初我又不是没供你念书，谁让你不好好念了？这可怪不得父母。"

　　二姐脸上的横肉丝儿便现出来了，她正拿笤帚扫炕，牛牛趔趔趄趄地从笤帚上走过去，差点儿被绊摔了，二姐便顺手用笤帚打了牛牛一下，牛牛就号啕大哭起来。二姐突然发狠似的把牛牛往旁边一推，嘴里硬硬地说："还说供我念书？嘴说得好听吧！车子也不给买，还三天两头就让人请假，柴火少打一捆不行，菜少剜一筐不行，孩子一天不看也不行……那书还有个念？本来我在我班总是考第一……"

　　水莲一回头，发现妈妈的脸色变了，立即冲水菡摇头，意思是你再不闭嘴，妈的老病可要犯了！

妈妈的大嗓门已经亮起来了："水菡你别歪，这些年我受着你奶奶的，我还受着你们的？我虽然得过神经官能症，可我还是没耽误把你们养大了不是？告诉你水菡，这是我家，你愿意打孩子回你们老牛家打去！"

　　牛牛见妈妈骂二姐，止住哭声听了听，就又号叫起来，妈妈脸上带着气把牛牛拽过来，顺手从炕上捡起牛牛吃了一半的苹果，牛牛便不哭了。妈妈便抱着牛牛接着说："我把你们拉扯大那么易的吗？咱家那时不就是那个条件吗？大凡能挺，我能把老三给人吗？缸里一点儿米都没有了，你奶又在炕上装病儿，你爹那只左手除了会刻那些不值钱的版画外，还能干什么？家里又没有地，干吃干嚼你爹的那几张版画，够干啥的？最难的时候，哪怕有一口好的，我也只能给你奶留着，我和孩子们就只有喝稀粥吃野菜，把我饿得肚子瘪成一个大坑，奶水都是清汤的。那时你和老三正在吃奶，老三在左边吃，你在右边吃，吃不饱就对着在那儿号，号得人抓心挠肝的。那时李有山正在雾中村蹲点呢，听到孩子的哭声就进来了，进来了又什么话都不说，第二天就扛来了半袋子米和半袋子面。当时我还奇怪他咋这么好心呢？哪知他是想要孩子，不光要一个还想要俩。我听了当时就把你们抱得紧紧的，孩子是我心头的肉，我吃糠咽菜也要把你们养大。谁知没隔几天，他老婆儿竟然大老远也赶来了，巴巴地也说起这件事，还说什么要是两个舍不得给一个也行。我当时就哭了，对他们说你们就死了这条心吧，我是不会答应的。接着你那狠心的奶不就发话了吗？说长霞你就答应了吧，人家李有山是有工作的，家里的条件比咱们家好得多，咱家是地狱，人家可是天堂，孩子到了他家也不会遭罪的，别眼看着她们饿死了……你爹这个王八羔子当时竟一声不吭，说什么让我拿主意。我就哭了，我就对李有山两口子说：'她大叔大婶，再不你们就叫叫她们吧，看她们谁能上你那儿去，要是谁去了你就把谁抱走吧！'你们两个当时正一边一个坐在我的腿上，李有山两口子就拍着手儿变着法儿叫你们俩，哪想到刚叫了几声，小三儿就爬过去了！李有山两口子就真的把小三儿给抱走了……我哭成了泪人，你爹也站在那里吧嗒吧嗒地掉眼泪瓣子，可你奶却一个眼泪疙瘩都没掉，说什么儿孙自有儿孙福。我不怕你爹生气，其实你奶的心肠最狠，我看在这一点上，小三就随你奶，这孩子被抱走时竟然一声都没有哭，就好像天生就是人家的孩子似的！唉，这都是命啊！虽说是从自己肚里爬出去的，却和自己没缘……"妈妈的泪水又流出来了。

水莲的眼睛湿润了。这些年了，她也说不出为什么，就是看不得妈妈哭，妈妈一哭她的眼泪儿就忍不住。看了李有山的信后，水莲心里有一种特别的滋味，也说不出是悲凉还是欣喜，她觉得这个三姐离自己很遥远很遥远，遥远得就像贴在墙上的画中人。

水莲把牛牛从妈妈怀里抱过来，一边颠着一边走到那屋去，四姐水荷正坐在炕边写着什么，见她进来了，马上把本子掩了，笑嘻嘻地把牛牛从水莲怀里接过去。水莲没有去抢她的本子看，此时她满脑子里想的都是三姐，想的最多的则是三姐的工作。团县委，太让人羡慕的工作了，记得去县委大楼找绿萍时，水莲曾在绿萍的楼上看到过团县委的牌子，当时水莲只向那牌子敬畏地望了望，根本不敢有什么想法，因为它与水莲的距离像自己家和北京天安门一样遥远。

"四姐，你还记得二姐来咱家时候的事吗？你说二姐和三姐长得能像吗？"

"双胞胎嘛，咋能不像呢！"水荷亲了一口牛牛说。

"这么说她也和二姐一样，长了一张漂亮脸蛋了？"

"那当然！"水荷笑了，一边对镜挤了挤月牙儿似的弯弯眼，自我陶醉地说，"我还是喜欢这样儿的，尤其是这双弯弯的眼睛！"她又向镜子凑近一些，做了一种乖觉的神情："你看，多么和善，多么美丽，我美就美在这种气质上了。"

水莲笑得差点没岔气儿，二姐闻听笑声也凑过这屋来，刚要说些什么，见牛牛向她张开两只小手，马上一瞪眼，又缩回那屋听妈唠叨去了。

水莲问四姐："你说咱们姐五个，到底谁长得最好看？"

水荷不假思索地说："这还用说，当然是二姐了。"末了想了想，又补充道，"当然，还有三姐，人家是双胞胎嘛！只是不知道三姐后来变没变模样。"她亲了口牛牛，突然又感慨起来："妈不是常说自古红颜多薄命嘛，现在看起来，这几个姐妹还就真苦到二姐和三姐这儿了。"

"她们不都挺好吗？"水莲不解地望着四姐，"三姐就不用说了，给到了一个好人家，早就是城里人了！二姐不也行吗？二姐夫把她当宝贝似的，就差拿块板儿把她供起来了，她还不好？"

"三姐咋能叫好呢？从小到大，连自己的亲爹妈是谁都不知道，外人再对她好，也不如亲爹妈呀！"四姐又压低了声音说，"二姐就更惨了，你知道二姐夫为啥对二姐好吗？那是他有愧，他当初是把二姐骗到手的！"

"骗到手的？"水莲虽然吃惊至极，但也压低声音问道，"不会吧？妈不是说好女怕缠郎吗？二姐不是硬让二姐夫给追去的吗？"

水荷看了那屋一眼，小心地关上了门："我也是前天才听妈告诉我的，听得我牙根都咬疼了，恨不得放一把火把老牛家的房子点着了！事实上，是牛大脑袋一家人合伙把二姐骗了！"

"到底怎么回事呀？"

水荷趴在水莲的耳边说："牛大脑袋转业回来，自打见了二姐，就相中她了。可他那牛头小队长的蠢样，二姐哪能看上他呀？见二姐实在不同意，他们一家人就使上鬼主意了。他们家后院不就是咱家的园田地吗？那天二姐正在铲地，牛大脑袋他妈就站在后园子喊二姐，说她家的钥匙掉到仓房里了，她看不着，让二姐帮着找找。这二姐也傻，也没寻思咋回事，就真的跟她去找钥匙了，哪承想她刚进仓房，那老牛太太就在外面把仓房的门给锁上了，原来牛大脑袋就在仓房里猫着呢……你还记不记得二姐有一天回来眼睛哭得通红的？夜里睡着觉也哭醒了？就是那天发生的事儿！"

水莲气得直跺脚："他们家怎么这么损？那老牛太太看着挺好的人儿，原来这么坏！二姐也是的，不是挺厉害的吗？这事儿咋就忍下了呢？咋不告他去呢？告他个强奸罪，要是那样，牛大脑袋都够枪毙的了！"

水荷叹了口气说："个人不是有个人的想法吗？二姐是怕丢人，寻思把他告进去了，自己的名声也完了。于是她就忍了，后来怀了孕，就只好嫁给了牛大脑袋……唉，这也是咱们做女人的悲哀呀！"说着，泪水就流了下来。

水莲说："二姐也是白厉害了，这不让人家当猴子要了吗？"

水荷说："你咋能说二姐厉害呢？她根本就不厉害，只不过会抬杠子顶撞人罢了。性格即命运，二姐她当初就不该忍，她这一忍就把自己毁了！那天我还跟二姐说，要不爱他你趁早和他离婚，可她竟不肯，说是怕牛牛将来受气……"

姐妹俩正恨着，那屋的门便响了，二姐趿着鞋向这屋走来。水荷赶紧擦了擦眼角的泪水，往上抱了抱牛牛，直到这时她们才发现牛牛不知啥时候已经睡着了……

家里遇到了人事，这对于好久都没遇过大事的爹妈来说，便有些接不住。包括去城里认三姐的事，都一直犹豫不决。不去认吧，怕错过了好时机；去认吧，又放心不下家里的两个闺女。正举棋不定呢，二姐咣当一句话给一锤定音了："去，你们两个都去，她们小丫头崽子我管。这几天晚上我回家来住。"听二姐这么说，妈妈和爹才放下心来，决定第二天一早就动身。

第二天，在村头的路口，一家人在冷风中等了足足半个多小时，才把爹妈送上了那辆挤满了人的大客车。在与两位妹妹分开的岔路上，二姐到底把水莲的新大衣给穿走了，把身上的旧大衣换给水莲穿。水莲看了看表，已经是早晨九点多钟了，虽然一想到古庙里的莲花和张石，她的心就堵，可还是骨头不疼肉疼似的向古庙走去，一边走一边低头看着二姐的雪花呢大衣，觉得自己穿这件大衣更显得自然、文雅、好看。水莲就这样一路磨磨蹭蹭走进了学校的大门。偌大的操场里静静的，古老的青砖上冷冷地结着一层白霜。水莲在前殿小门边驻足片刻，心就怦怦地跳了，隔着门她就听到了赵老师那烦人的笑声。

校长室在教研室的里面，到校长室有两个通道，一是经过教研室再往里走，就可以直接走到校长室；再就是从大庙门进去，经过平时堆放着体育器材的活动室。大庙门很沉重，连校长出出进进，都很少走这个通道。水莲为了避免和赵老师们见面，费了很大的力气，才把那扇锈迹斑斑的大门推开，当她突然出现在校长面前时，校长被吓了一跳："你怎么从这扇门里进来了？"

校长的脸型四四方方，均匀地布满雀斑。见水莲支支吾吾，校长立即宽容地笑了，瞟了一眼水莲的衣服说："你这件大衣挺漂亮啊！新买的吗？"水莲刚要回答她，没想到校长已经问起第三个问题了，"咋样？你同学的婚礼热闹不？"

水莲这才想起自己在假条里编的瞎话，马上说："热闹，热闹极了！"为了让假话成真，水莲本来还想渲染一下婚礼的场面，没想到校长突然站起身，快步走到了自己身边，说："这样吧！我索性再给你两天假，你去乡里帮我办点事儿，我打听了，这件事只有你能办妥。"

水莲傻呆呆地看着校长，脑筋有些不够用。

校长说："我弟弟在乡里开了个小卖店，根本挣不着几个钱，就一直没有交税。那天税务所的人去了，一个个脸黑得像锅底似的，非要重罚他，说要是再不交罚款，就封了我弟弟的小店。把我弟弟愁坏了，大老远地找我来借钱，可那么多的钱我也拿不出来呀！我听人说这件事就归税务所的小赵管，我想求你去和小赵说说，看能不能给个面子别罚他了？"

水莲懵懵懂懂："你说的是赵秋雨吗？我和他……其实也不太熟！"

校长突然笑着推了她一把："得了吧！小水老师，你就别瞒我们了，咱们这个巴掌大的小屯子，能藏住多少秘密呀？你和小赵就是早晚的事，大家的心里全都明镜似的。"

水莲心里一动，终于笑出来了："我和他……真的八字还没一撇呢！"

校长说："不就是一撇吗？顺手一画不就完了？你们两个无论年龄，还是工作，都是绝配，像你们这种条件的，咱们乡里也就只剩下你们两个了。行啦，这事儿就这么定了！"

如此看来，在校长的心里，自己和张石并不般配。这样一想，水莲那始终像扎着刺儿的心，就不那么痛了。她立即冲校长点了点头说："行，我这就去找他！"说完这句话，她的脸上终于绽放出久违的笑容。

从校长室出来，水莲就直接走进了教研室。教研室里像往常一样乱哄哄的，张石和莲花都在。水莲一进屋，屋里就静了，大家都用特殊的目光看水莲。水莲大大咧咧地冲大家笑了笑，这么一笑就把心上的最后一个包袱甩出去了。

赵老师却偏要落井下石："哎哟，水老师，你是什么时候跑到校长室去的？咋没看见你进去呢？是不是又挨校长批了？哎哟哟！咋几天不见，就憔悴成这个样子了？是不是遇到什么打击了？"她一边用假嗓儿叫着，一边瞟了张石和莲花一眼。

水莲把脸往赵老师跟前凑了凑："憔悴？你的眼睛是泡儿啊？好好瞅瞅这叫啥，这应该叫'人逢喜事精神爽'。哼，马上就是城里人儿了，高兴还来不及呢，还憔悴？"水莲横了横有着黑眼圈的眼睛，趾高气扬地说。

水莲的气焰果真起到了震慑效果，赵老师那幸灾乐祸的脸果然黯淡了，正不知如何反击呢，另一位老师马上递过了刀子："哟？要调到城里了？这可真是好事呀！要调到哪个单位去呀？"

是啊，根本还没有谱的事儿，自己干吗张口就来啊？但话已经说出去了，水莲只好硬着头皮把撒谎进行到底："有两个单位让我挑……我还没想好呢！"

　　"哟？还两个单位让你挑？你以为那城里是你家的呀？小水老师，这吹牛也是要上税的。"赵老师阴阳怪气地说。

　　一股怒气直冲上来，"你算个什么东西？我就吹牛了，你想咋的？"水莲刚要这么回怼她，却听莲花慢悠悠地说："水老师说的都是真的。我听说她从小送人的三姐找到了。现在人家在城里都当上大官了！将来别说水莲，她们全家人都得搬到城里去。"

　　大家这才都不说话了。张石真心真意地冲水莲笑了笑说："祝贺你，水老师。"他的笑容还是让水莲一阵心痛。

　　莲花也笑着说："我早就说过，水莲天生就长着城里人的模样。"

　　赵老师鄙夷地说："莲花，你别总是长人家的志气，灭自己的威风。就她那个样子还是城里人的模样？可别埋汰城里人了！你们不觉得她现在越长越不砢碜了？"

　　水莲冷笑道："你还真别不服气，城里人还真都是我这个样子的。"边说边冲赵老师摇了摇脑袋："羡慕去吧！气死你！"趁赵老师未及反驳，水莲飞快地从抽屉里拿出一本书在手中掂了掂说："行了，不和你们闲扯了，我得给校长办事去了！办大事！"边说边快步离开了教研室。

　　"小人得志！"门关上的瞬间，赵老师的话还是从门缝里挤了出来。水莲站在小庙门前气得干瞪了两下眼睛，本想返回去再骂她一顿，一想到赵老师乌眼鸡儿似的眼睛，马上又怕了。

　　赵秋雨的税务所在一座二层小楼上，这也是古庙乡仅有的两幢小楼之一。水莲刚走进楼门口，一个迎面走来的男人就冲她笑笑说："你是来找赵秋雨的吧？他去县城培训了，得好几天才能回来呢！"

　　水莲心里动了一动，正如校长所说的那样，自己和赵秋雨的婚事早已让这些人给定下来了。

没找到赵秋雨，水莲无事可干，便去小商场里逛了一圈，一想到晚上牛牛可能随二姐到家来，便给牛牛买了一包饼干，又在各个柜台前卖了一会儿呆儿，才百无聊赖地回家了。

乡政府离雾中村仅仅八里路，可水莲在那段崎岖的山路上整整走了两个多小时，之所以要走，是她的确想独自走走，更何况她想不走也是不行的，因为她的那辆破自行车，还没出乡政府，就没气了。本来在乡政府大门附近，还有一位修自行车的老人在阳光下晒太阳，但水莲却停都没停，也没看看自己的自行车到底是扎了，还是气门芯出了故障，反正她就是想走走，只要走到了家，水荷自然会把车子修好的。别看水荷长得柔柔弱弱的，她可是修自行车的好手呢！翻自行车车带，就像翻花头绳一样容易。

乡政府的出口处，也有一座小桥，那座小桥可是真真正正的石拱桥，每到夏天，小桥下的水总会淙淙作响。小河很清，连细小的蝌蚪都清晰可见。过了小桥，就是通往雾中村的那条蜿蜒曲折的山路了。远处，云遮雾绕影影绰绰的群山像一个睡意未醒的仙女，披着蝉翼般的薄纱，脉脉含情，凝眸不语。在仙女的凝视下，掩在山杏林中的小径就像一条彩带从云间飘落下来。

顺着那条杏林小路，水莲闭着眼睛也能摸到家，初中三年，她每天都要在林带里穿梭。后来考入了师范，本以为终于可以彻底走出这片杏树林了，没想到念了四年书后，还是被这杏树林给拽回来了。

第六章　长青指路

下午的阳光很充足，水莲始终不紧不慢地走，觉得自己的人生之路像极了这片山杏林：前方除了杏林还是杏林，一棵棵，一片片，乱蓬蓬的，扭出各种顽强的姿态；杏林中偶尔突兀地伸出了一两棵大榆树，挡住了头顶的阳光，也挡住了自己的视野，等过了这两棵树，杏林的前边就又还是杏林了，怎么走也走不完。

可事实上，杏林路再长，也终有走完的时候。这不，她刚刚从村头那两棵歪脖子树下穿过，一抬头，就看到了自家的那幢黑乎乎的石头房。

水莲把自行车停到家门前，悄悄地打开门走进屋去。为什么要悄悄地？当然是想看看家里有没有发生新奇的事情。水莲就是水莲，不喜欢日子天天都是同一副嘴脸，总希望有什么新奇特的事情发生。令她失望的是，她眼里的家还是早晨离开时的那个家，一切都没有变，无论家具的方位，还是柴火堆的摆放，都和早晨离开时一模一样，甚至大锅盖上面放的饭勺子，也是早晨离开时的姿态，难道水荷也没有吃中午饭吗？

屋子里静静的，只见水荷一个人坐在桌前，正用两只葱白似的手在揉捏着一团泥，水莲进屋半天了，她都没有发现。水荷虽然总自诩自己长得有气质，其实水荷最有"气质"的是她的手，细软修长，白如凝脂。尽管水荷几乎包揽了家里所有的活计，可水荷的手却一点儿也不粗糙，白得匪夷所思。

四姐水荷是家里最省事儿的人，也是谁都离不开的人。水莲最奇怪的是水荷的耐性，最服气的也是水荷的耐性。按理，在这个家中，水荷才是最应该闹心的人。她年方25，风华正茂之时，却像笼中鸟一般被关在家里，成了典型的锅台转儿……可是她为什么从不像水莲那样，总是唉声叹气呢？

"我这个四姑娘呀，最懂事，也最让我省心。真不知道她嫁了人以后，咱家的日子该怎么过？"妈妈经常这么感叹。

水荷初中毕业后，本来以高分考上了高中，但高中离家太远了，得翻过无名山。水荷顽强地上了几天学后，终因一次与狼相遇，给吓着了，得了一场病，从此就三天打鱼两天晒网，最后还是辍学了。水荷的这段经历成了水莲的前车之鉴，水莲初中毕业后，马上就报考了中等师范学校，因此才避开了那条有狼的山路。

辍学在家的水荷，不知不觉就成了家里的顶梁柱。早晨她总是第一个起床，做饭喂鸡，收拾屋子，家里无论大事小事，谁找不见东西了，谁需要帮忙了，都要找水荷。等所有的活计都做完了，水荷还不闲着，因为她还有很多的事要做，比如弹秦琴，比如背古诗，比如看名著。水莲背会了几首《春江花月夜》之类的长诗，啃完了几本大部头的名著，都是水荷影响的结果。

水荷做得最多的，是神态平静地坐在画板前画荷花，用爹爹的话说：假如你们都是儿子，那真正能接自己衣钵的人，也只有老四。然而水荷偏偏是女孩儿，既然女孩儿接不了爹爹的衣钵，那她就只能画荷花了！水荷不愧叫水荷，她画的荷花就像她本人一样，既恬静，又淡雅，还独特。

水莲敲了敲桌子，吓了水荷一跳。见是水莲，她长舒了一口气，奇怪地问："咋这么早就回来了？下午没上班吗？"

水莲好奇地问水荷："你这是在干什么？"

水荷笑了，弯弯的眼睛便更显得弯了，与两个酒窝相对应的，是嘴里的那两只可爱的小虎牙："你看不到吗？我在学习雕刻泥塑呢！"

水莲更好奇了："刚三天不见，你就会雕刻这玩意了？真是士别三日当刮目相看。你要放弃偷学爹爹的手艺了？"

水荷说："搞不到适合的木板，爹连自己能不能继续吃这碗饭，都两说着呢！人总不能在一棵树上吊死吧？幸好遇到了一位泥塑高手。"

水莲惊奇地瞪圆了眼睛："泥塑高手？快说说，是男的还是女的？"

水荷脸突然一红，嘴里却说："我学的是艺术，管什么男女？"

水莲："你越这么说，我就越知道咋回事了！是不是迷惘的吴琼花，终于遇见洪长青了？"

水荷笑了："我这样的人……怎么会遇到你那种奇葩的事？"

水莲一屁股坐在刚才水荷坐过的地方，仔细地端详那团泥，还别说，那个半身的人像已经有了雏形，就像一个慵懒的少女在伸懒腰。

"是什么？春困吗？每日家情思睡昏昏？"水莲突然想起了林黛玉。

水荷正在洗手，听了这话马上凑回来，歪头审视自己的作品："怎么？你这样看？"

水莲仔细品了品那块泥："如果让我命名，这个泥塑除了《春情》，没别的可叫！"

水荷的笑意变浅了："我本来想叫它《挣扎》的，看起来又失败了。"

水莲审视地望着姐姐："水荷，你是不是遭遇爱情了？"

水荷的脸腾地红了，柔软的白手向前一摁，就把泥团摁扁了。水莲心疼地说："其实这团泥真的挺好的，很有神韵。"

水荷决断地说："再好，也偏离了目标，必须重塑，基础是最重要的。"边说边把泥团成团，用塑料布包上了。

水荷洗完嫩藕般的玉手，一边甩着手上的水珠，一边诡谲地看水莲，水莲便知道她要问什么了。如果水荷不问，水莲也要马上和水荷汇报了，这就是两姐妹的默契。

果然，水荷命令地说："说吧！咋还破大盆捧上了？你这个不安分的虎车车，说说你这次的奇遇吧！"

"这次可真有奇遇了，遇到了一个大流氓！"水莲耍赖似的往炕墙上一靠："可我饿了，中午饭都没吃呢！你不会让我空着肚子给你讲吧！"

"你瞧，我咋把这茬给忘了？"水荷马上出去，从锅里端出温乎乎的饭菜，又把碗筷给水莲拿到桌上。水莲洗了洗手，便从内衣兜里把金戒指拿了出来。

"我没看错吧？你这个精神至上的虎车车，怎么也这么物质了？"

"你听我说呀！急什么？"

水莲吃了一口饭菜，才说评书一般讲了起来。这是水莲有生以来第一次如此大声地向水荷讲述自己的奇遇，以前这种时候，她只能找个旮旯胡同压着嗓子和水荷说。在水荷面前，水莲才是真正的透明人，她信任水荷甚至胜过了自己。

听了水莲的述说，水荷突然义愤填膺："四舅母是啥人呀？再怎么喜欢溜须拍马，也不该拿别人的终身大事当筹码呀？她怎么能把一个大流氓给你介绍呀？气死我了，真是气死我了！"

水莲也认为应该生气，可奇怪的是她就是气不起来。此时的她还满肚子玩心，因为陈天亮这个人真的很好玩。心里的话虽然没有说出来，但脸上却表现出来了，水荷便睁圆了 双弯弯的眼睛，训斥她说："你还笑得出来？水莲你现在很危险你知道不？我们现在谈的可是关乎你后半生的大事！幸亏你遇到好人了，那个陈天亮还别说，还算是一个好人！"

水荷突然顿住了，看着水莲的眼睛问："你都知道他是大流氓了，为啥还把人家的金戒指带回来了？"

水莲无奈地："当时光顾着吃惊了，就把这茬儿忘了。"

水荷突然欠身，戳了水莲的额头一下："你这种话，也就我能信！因为我太了解你了，你这个小脑袋瓜里，一次只能装进一件事。但别人可不会这么想，特别那个大流氓，他一定以为你还想和他藕断丝连呢！"

水莲的眼睛长了："不会吧？"

水荷不放心似的看着水莲的眼睛问："你告诉姐姐，你和姐姐说实话，这个大流氓……真的没对你做出什么出格的事？"

水莲马上冲水荷摇头："我再怎么虎车车，也不会吃那种亏的。况且还有过那一次的经历。对于这些男人，我的防御能力还是超强的。"边说边向前猛踢一脚，笑着说："真痛快，现在回想起来还觉得痛快呢！那个骚馆长还想占本公主的便宜？这么一脚就解决问题了！哈哈哈，也不知那个老色狼最后废没废。"

水荷打断她的话："不行，不行，你必须赶快给人家还回去，这种事儿时间拖得越长越不好。"

水莲边吃饭边叹气："我这两天愁啥呢？愁的不就是这件事吗？可因为这个再跑一次城里，总觉得划不来……"说着说着，眼光儿就定到窗户上了，嚼饭的嘴也不自觉地张开："哎呀妈呀！"她含着满口的饭说："这回想不还都不行了！人家找上门来了！"

水荷闻声一回头，整个人也呆在那里了：外面的夕阳里，只见一位个子高高、面目白白的男子正大踏步地穿过对面的小树林，向家里走来。他身穿一件深蓝色的呢子大衣，背着一个军挎，显得很精神很帅气，身上还披着一片晚霞绚丽的余晖……

一直自诩为遇事不慌的水荷，此时也傻眼了："你是说……这个男的……就是那个大流氓？"

"可不就是他嘛！他咋来了呢？"水莲也不知如何是好了，小姐俩正面面相觑时，门已经开了，陈天亮已经走进了屋子里。

陈天亮站在门边，先看看水莲，又看看水荷，见二人都呆愣愣地瞪着他，便笑了："不认识了咋的？"说着把挎包往炕上一放，一屁股坐到了炕沿上："哎呀我的妈呀，你咋住到这个败家的地方来了？这车没把我给颠死！我终于明白这里为啥叫雾中村了，咋整个村子都雾沼沼的？离得远，根本就看不到这里还藏着个村子。"

水莲和水荷都像没听到他说话似的，只是愣愣地看着他。

陈天亮那双两头抻的眼睛向屋子里看了一圈，又怪叫起来："那天你说你们家穷，我还没信。这家伙，真啥都没有啊？连个黑白电视机都没有吗？真够穷的。也是，就你们这憋死牛子的地方，就算有电视机，八成也收不到信号吧？"说着变戏法似的，从衣兜掏出了一个手机看了一眼："还真让我猜到了，一点信号都没有，你们这里到底是个啥鬼地方啊？"

水莲终于声音颤抖地说："你咋……来了？"

陈天亮不认识一般看着水莲："还我咋来了？当然是来看你啦！你不会翻脸就不认人吧？"她站起身，向柜上巡视着，"我都要干巴死了，快给我弄碗水去！"说着掏出烟来，拿出一支，想了想，先把那烟冲水荷让了让，见水荷摇手，才又叼上，找到火柴点着了，深深地吸了一口。

水莲摇了摇暖瓶，还真有水，就倒了一杯温水，又拿了一个小木凳放到炕边，把水杯放到了凳子上。陈天亮端起水杯，在嘴唇上试了试，便一饮而尽："好妹妹，温度正合哥儿的口，再倒一杯！"

水莲又倒了一杯，他接过去又喝了大半杯，才放下。这才奇怪地问："你家大人呢？不会都出远门了吧？"

水荷慢慢地坐在桌子边，直视着陈天亮，手里拿着那个雕着莲花钻石的金戒指："你叫陈天亮吧？我是水莲的姐姐，刚才我已经听我妹妹介绍您了，包括您的过去……我和我妹妹都觉得您个好人，我们都很感谢您。我妹妹那天因为吃惊，忘了把金戒指还给您了，幸好您来了。"说完，就把金戒指放在陈天亮面前。

陈天亮无所谓地咧嘴一笑："这话……好像不应该你和我说，好像应该她和我说吧？"

水莲清了清嗓子："刚才我姐姐的话，也正是我想说的话……"

对什么都毫不在乎的陈天亮，此时也不知所措了。他近乎无助地向外面看了看说："你们不会马上就赶我走吧？咋地也不会……让我空着肚子走吧？"

水荷为难地说："我爹妈赶巧有事出门了，你瞧，天马上黑了，我们姐俩儿……真的不方便招待您。我们这样做当然很失礼，可我们没有别的办法！"

陈天亮满脸哭相："可你们这个憋死牛子的地方……又没有饭店，又没有旅馆，这个点又没有车了……你们这不是要把我往山沟子里赶吗？"

水荷笑了笑："怎么能那么做呢？我们想趁亮把您送到我姐姐家去，我姐姐家离这里也不太远，过了清水湖就是……"

水莲一跳而起，声音里含着惊喜："二姐来了！"

真是说曹操曹操就到，在美丽的暮色中，二姐水菡正披着一身的晚霞，骑着一辆新自行车回家来了。

晚霞中的水菡，不知因为骑自行车太猛了，还是那件新大衣的缘故，脸色显得红红的，眼睛显得黑黑的，实在漂亮极了。还未等她开门，门就被推开了，水荷和水莲几乎同时从门里挤出来迎接她，傻傻地呆立在两姐妹身后的，是两只牛眸子炯炯发亮的陈天亮。

水菡看到陈天亮，愣了愣："这位是……"

陈天亮大大方方地从二人身后挤出来，潇洒地向水菡伸出手："这位漂亮的女士……一定是水莲的姐姐吧？没想到小地方还藏着大人参呢！"

面对陈天亮伸过来的大手，水菡只是傻站在那里。见陈天亮的手始终不放下，水菡只好木木地伸出手来，与陈天亮的大手握了握，但马上就抽回了自己的手。

"这位……到底是谁呀？"水菡直露露地问。

因两姐妹一直不说话，陈天亮只好自报家门："我叫陈天亮，这次专程从县城赶来，是想拜访你家父母的，可二老偏偏不在……我的姐姐呀！你简直及时雨了！你要再不回来，这小姐俩肯定会把我赶进山沟子喂狼。"

水菡的脑袋一晃，脸上立刻挂上了一朵花："二姐我生来就是及时雨！总会在别人需要的时候闪亮登场！"

水菡说罢，把自行车往水荷手里一推，就风情万种地向陈天亮做了一个请进的姿态，陈天亮马上谦让，两个人就这么你推我让地进了屋。水菡一回头，见水荷和水莲全都苦着一张脸傻站在那里，就责备说："客人坐了一天的车，一定饿了，水荷你马上炒两个菜！"说着几下脱了大衣，见陈天亮的大衣还没脱，就示意他也脱去了大衣，并顺手把陈天亮的大衣挂在了墙上。

水荷冲水菡使了个眼色，想让水菡跟着自己出来一下。可无论她怎么使眼色，水菡就是看不见，因为她所有好奇心都在陈天亮身上呢。

"这下……可咋办哪？"水莲小声问水荷。

水荷瞪了水莲一眼："二犟驴子要是热乎起来，十匹老牛都拉不回来的。还能咋办？打土豆皮，引锅，烧火，炒菜呗！"说着瞪了水莲一眼，"我早就说过你这个虎车车要惹火烧身的，看看，照我的话来了吧？"

小姐俩边说边向屋里探头看了看，发现她们的二姐已经热火朝天地和陈天亮聊上了。

水荷炒了两个菜，一盘是土豆丝，一盘是白菜片。两盘菜的香气在屋子里氤氲着，一下子挑起了陈天亮的食欲。"挺香啊！真他妈的饿了！"忙不迭地夹了一口菜放进嘴里："还别说，小妹妹的手艺还真不错，味道好吃极了！"

看水荷和水莲只是站在旁边，他便停止了咀嚼："你们咋不过来吃呀？"一回头，见水菡也坐在旁边，便不高兴了，"二姐，她们不陪我吃，你也得陪陪老弟吧？你们三个就这么瞅着我，我的脸子再大也抹不开啊！"

水菡就凑过来："大兄弟，我真的很喜欢你这种痛快劲儿。去，水荷，看爹的酒壶里还有没有酒了，取来，我陪陈兄弟喝两盅。"

陈天亮欢呼雀跃："还有这样的好事呢？太好了，太好了！"

水荷再次向水菡使眼色："爹的酒壶里早就没有酒了，爹那天晚上不是把酒都喝了吗？"

"那去小卖店打酒呀！我这里有钱！"水菡边说边掏兜拿钱。

陈天亮一拍脑袋，打开自己的军挎说："酒我这有，而且还是好酒，本来是孝敬老爷子的，可谁让他老人家不在家了？干脆咱姐俩替老人家享用了吧，等回头我再给老爷子拿来更好的。"说着就从军挎里拿出两瓶酒，两盒点心，两袋核桃粉，还有两个袋装的烤鸭烤鸡。最后拿出来的，是一个小巧的照相机。

水菡客气地说："买这么多东西干啥呢，真让你破费了！"

陈天亮笑了笑说："啥买的，和你说实话，这些东西都是别人孝敬我家老爷子的，他吃不了，就让我给你们拿来了。"

"听你这么说，你父亲肯定是个当官的吧？"水菡小心翼翼地问。

陈天亮大咧咧地说："那叫啥官儿啊？就是人事局的小局长，他偏偏又是个热心肠，总愿意给别人调调工作啥的。"

一句话，让水菡漆黑明亮的大眸子，顿时变得锃亮："你说啥？你说你爹爹是……人事局的局长？那可是很大的官啊！"水菡并不掩饰自己的羡慕。

陈天亮一直在研究着瓶子盖儿，无所谓地笑笑。水菡突然跳下炕，去碗柜里拿出爹的酒壶和两个小酒盅，正好陈天亮已经打开了瓶盖，她就亲自烫上了。见暖壶空了，又吩咐道："水荷，你把炉子点上，烧壶开水！"说罢特意向水荷使了一个眼色。意思是："马上照姐的吩咐做，有好处！"

水荷瞪了水莲一眼，气哼哼地说："你去点吧，都是你惹的！"

水莲冲水荷做了一个鬼脸儿，真的去点炉子了。

陈天亮亲自到碗柜里拿了一个盘子出来，用衣袖蹭了蹭，就把烧鸡放到盘子里，回头对水莲吩咐："去，小老妹儿，你先把这个切了，咱们索性都替老爷子享用了吧！"这是自二姐回家后，陈天亮第一次和水莲说话，并且还用了这么一个崭新的称呼——小老妹儿。水莲心里怪怪地跳了两跳，如果陈天亮不这么说，水莲甚至都忘了，他陈天亮今天到家里，是奔着她水莲来的。

炉子点着了，小屋里热乎乎的。酒桌上的氛围也和炉中火一样，越烧越烈了。陈天亮和水菡就像遇到了知音，转眼一壶酒就下了肚。见水菡还要烫酒，水荷就制止说："二姐，别再喝了，再喝你们就都多了！"

"多？啥叫多？我和陈兄弟酒逢知己千杯少！"水菡显得十分亢奋，说起话来也手舞足蹈的。

水荷只好直露露地提醒："你已经没少喝了，你一个女的，可别喝多了丢人！"

陈天亮微笑着对水荷说："妹子，别看你是水莲的姐姐，但你也是我的妹子，你不用担心酒的事，我不可能让咱二姐喝多。咱二姐长得这么漂亮，喝多了酒真的会影响容貌。"末了又看着水莲说："我这个人虽然毛病不少，但有一个优点却是别人无法比的，那就是怜香惜玉。这·点你最了解吧，小老妹儿？"说得水莲的脸一红，头也不由得低下去了。

水荷索性提醒到底："二姐，酒还是少喝，一会儿陈天亮还要赶路呢！"

"赶路？赶什么路？"水菡情绪正高亢，水荷的话就是耳旁风。

水荷说："刚才不是说好了嘛，晚上让陈天亮上你家去住。"

水莲也说："现在都九点多钟了……"

水菡收了笑容，瞪着两个妹妹说："不就是刚九点吗？离睡觉不是还早着呢吗？这大长个夜，睡那么早的觉干啥？爹妈不在家，现在家里我说了算！你俩就别闲吃萝卜淡操心了。"

水菡说罢回头，脸上又堆满了笑："陈兄弟你也别怪我这两个妹妹不礼貌，她们还都年龄小，一些事还看不懂呢！二姐我是看明白了：人活着，就得及时行乐，今朝有酒今朝醉！"说着又拿起酒瓶子，满满地斟上一壶酒，啪地往茶杯里一放，便用京剧的唱腔说："来来来，小的们，烫了吧！"说得陈天亮拍着巴掌直笑。

见"陈兄弟"如此捧着自己，人来疯的水菡就更来了兴致，突然亮起嗓子唱了起来："今日同饮庆功酒，壮志未酬誓不休，来日方长显身手，甘洒热血写春秋。哈哈哈……"

令所有的人都没想到的是，水菡唱到第三句时，陈天亮也跟着亮起了嗓子。陈天亮声音浑厚，音准也好，在他的应和下，水菡的嗓音自然放开了，唱完最后一句，两个人甚至相对着大笑了起来，疯狂的笑声把小屋的房盖都要掀起来了。

唱罢笑罢，陈天亮的眼圈突然红了："二姐，像你这么要貌有貌、要才有才的人，窝在这里可真是白瞎了！你们这里也太落后了吧？我刚才走进村子，还以为穿越回古代了呢！你要是在城里，一定会大红大紫。我妈的毛纺厂年年都要组织文艺演出，可他们那帮玩意是啥呀？要长相没长相，要身段没身段，假使拎出他们的台柱子，也比不上你一个犄角！"边说边用拇指和食指做出小犄角的手势。

一番话，顿时说到了水菡的心坎上，她的眼圈也红了："可再不济人家的狗尿台也生在金銮殿了，你二姐我怎么敢和人家比呢？"

陈天亮突然神情郑重地举起酒杯："二姐，今天你遇到兄弟了，你也就时来运转了！你的事包在我身上，我一定想办法让我爹给你在城里安排个工作！你放心吧！你兄弟我只要是想办的事，就没有办不到的。"说着一仰脖干了杯中酒。

二姐水菡受宠若惊地看着陈天亮，想了想，又痛苦不堪地摇了摇头："不能像兄弟说的那么容易吧？我妹妹……你无论咋说，她都不会和你处下去了，我这个当姐姐的，也不会因为调工作就强迫我妹和你处。可要是这层关系都没有了，你爹怎么可能帮我安排工作？凭啥呀？"

"凭啥？凭的就是姐弟俩的投情对意！"陈天亮无所谓地拍了一下桌子，回头看了水莲一眼："我陈天亮今天敞开窗子说亮话，我这次来……纯粹是闲着没事跑来玩的。我和小老妹其实早就黄汤了，说一句不怕小老妹生气的话，小老妹的模样我也没相中。我陈天亮要真能自己做主找对象，还真就得找二姐你这样的。"

二姐的眼圈也红了，慢慢端起了杯中酒："兄弟，你说这话我信。从今往后，二姐的人生就全交给兄弟你了！你要是真能把二姐从苦海里救出去，二姐我一辈子都不会忘了你的大恩大德！"

水菡说罢就干了杯中酒，泪水也奔涌而出："陈兄弟，你并不知道二姐究竟过的啥日子，就像书上说的，那可真叫怀才不遇！我的那个对象牛大脑袋……唉，不怕你笑话，就是一堆牛粪，当初我是被他骗到手的，唉，啥也不说了，你二姐我就是一朵鲜花插在牛粪上了。可这样，这坨牛粪还瞧不上我呢！你知道他今天叫我啥啦？他叫我魏宝娟。"

"魏宝娟？你不是姓水吗？"陈天亮奇怪地问。

"那是骂我的话，意思是天天喂饱了就把我圈起来，他是把我当猪呢！唉，不说了！啥也不说了，这样的话我要是说起来，能说上三天三夜……"说着一抹眼泪，又拿过酒壶给双方倒上了。

陈天亮突然一拍桌子："二姐，我陈天亮说到做到，回去就给你办。你啥都不用管，只准备一些拿手的歌儿啊曲儿的就行！"

"不用准备，二姐我可是张口就来！"水菡说着，就冲水荷和水莲命令道，"你二姐我今天时来运转了！去把你们的家伙式儿都拿出来，给我助助兴，咱们好好地给陈兄弟表演一个。"

水莲和水荷相互着看了一眼，水荷便小声说："快去拿吧！哪怕为了二犟驴子的工作，也给她助助兴吧！"水莲想了想，只好骨头不疼肉疼地站起身，去墙上拿下二胡和秦琴，并把秦琴交到水荷的手中。

两姐妹的举动让陈天亮更惊奇了："怎么？你们还会弄这个？都有两下子呀？"

水荷和水莲没有抬头看他，全都低头调弦儿。水菡大大方方站到了地中间报幕："下面请欣赏歌曲，演唱者：水菡，伴奏：水荷，水莲！"报完了幕，姐妹俩的前奏就响起来了，水菡随着节奏，拉开架势，亮开歌喉，声情并茂地唱了起来。

水菡真不愧是人来疯，她不但表演得美，唱得更好，窈窕身段风情万种，明眸皓齿顾盼神飞，别说把个陈天亮都听呆了，看呆了，就连水荷和水莲的伴奏也进入了忘我的状态。

小姐妹们没事的时候，经常这样自娱自乐，可在她们的记忆中，二姐第一次发挥得这么好，就像从收音机里听到的一样。

陈天亮真的傻了，除了把一双大手拍得啪啪响，连话都说得磕巴了："太……太精彩了！今天我才算开了眼了！"说罢突然想起了什么，马上拿出了那个小巧的照相机，对水菡一阵狂拍……

二姐为了自己的前途，可谓是使出了浑身的解数。而陈天亮却也懂得深浅，第二壶酒见底后，就主动把酒瓶子盖上了："二姐，歌也唱了，舞也看了，酒呢，咱们今天就喝这些。往后你调到了城里，咱们喝酒的时候有的是。"一番话，说得水菡万分动情，明亮的眸子里转眼注满了晶莹的泪水。

吃完饭，时钟已经指向 11 点了。自打陈天亮答应帮二姐调工作后，水荷再没敢催促二姐，但望了望时钟，水荷还是把提醒的目光投给了二姐。二姐便一甩胳膊决定说："时间这么晚了，就别让陈兄弟冷呵呵地往我家跑了。毕竟是五六里地的山路，还要过桥，这里又总是云山雾罩的，万一一脚踩空了，那可是要命的！今天陈兄弟你就在我爹妈的屋子里住。"说着就上了炕，拿出家里最干净的被子，亲自帮陈天亮铺在了炕头上。

见二姐如此独断，水荷也不能说什么了，几个人又闲唠了一会儿，水菡还破天荒地端了一盆温水进来，让陈天亮洗漱。

习惯于早睡的水莲早已困得哈欠连天，就先过这边的屋子，草草地洗了洗就躺下了。躺在冰冷的被窝里没有一会儿，就恍恍惚惚地进入了梦乡。等她一觉醒来，发现水荷和水菡也都过这屋里来睡了，整个屋子静悄悄的，笼罩着一种夜的神秘。

水莲悄悄地起身上厕所，经过外屋时，充满好奇地向东屋看了看，偌大的东屋此时安静极了，别说呼噜声，甚至连喘息声都没有。她正纳闷呢，突然，她看到红红的烟头火闪了一下，才知道陈天亮还没有睡，便马上兔子一般敏捷地从门边蹦了出去，到外面去解手了。

第七章　临水听潮

水莲冷呵呵地从外屋回来，嘴里冻得哧哧啦啦，心里也哧哧啦啦地咒骂起来，她骂自己怎么就那么粗心？如果当初还了那枚金戒指，陈天亮肯定不会来雾中村；如果陈天亮不来雾中村，自己又怎么可能跑到外面去遭罪？就这么一边骂着，一边游鱼似的钻进了温暖的被窝，焐了好半天，缩成一团的身体才慢慢地舒展开来，哧哧啦啦的咒骂也被沉梦驱走了。

毕竟是心里存着事吧？水莲的睡眠还是不如往日深，忽忽悠悠的一觉后，不知为什么又醒了。外面的夜依然很深很深，有一弯月亮挂在窗户上，半睁着昏昏欲睡的眼。慢慢清醒的水莲突然发现身边有一种异样的气息，她也不知为什么，首先把手臂向二姐水菡的位置摸了摸，这一摸不要紧，周身也猛地一震：二姐的被窝果然空了。她立即睁开眼睛，向四处看了看，只见朦胧的月色中，水荷紧裹着被静静地沉沉地睡着，四周静极了，静得让水莲有些窒息。

"到底发生什么事了？二姐去哪里了？"水莲慢慢地支起身子，晃了晃脑袋，试图让自己快一些清醒过来。突然，一种怪怪的声音飘入耳际。那声音很低很低，像被什么掐住了似的，隔一会儿响一声，隔一会儿又听不到了，隔一会儿又响了一声……如果不是夜如此的寂静，如果不是水莲如此仔细地倾听，那种细微的声音她也许根本就听不到的。

水莲慢慢地坐起来，想探究一下这种怪声到底来自何方，可那声音突然就大了，急了，就像呼啸的海潮，一声接着一声，一声高过一声，在声音的最高处，水莲听到了一句："哎呀！"随即那声音就又憋回去了。水莲一下子呆在那里了！这句"哎呀"让她终于听明白了，那是二姐水菡的声音。

"二姐？二姐怎么了？"对男女之事还有些懵懂的水莲，似乎有些明白了，又似乎什么都不明白。

"不能吧，不能吧！"水莲下意识地去推四姐水荷，水荷睁开眼睛后，她又紧张地冲她摆手。水荷一脸睡意，正不知所以，那屋的声音恰巧又传过来了，这一次更加肆无忌惮，但已听不出是人的声音了，虽然仅仅两声就又憋住了。

水荷的弯弯眼睁得圆圆，她仅仅看了一眼水菡空空的被窝，便什么都明白了。"完了，这下可真出大事了！"水荷压着嗓子冲水莲说。

水荷的声音，令那屋突然死一般的寂静……好久好久。

那屋终于响起了窸窸窣窣的声音，随着呀的一声门响，就有脚步声悄悄地向这屋走来了。两姐妹马上钻进被里，闭上眼睛，装成了熟睡的样子。随后屋门便被轻轻地推开了，水菡带着一种特别难闻的气味慢慢地向炕上摸了过来，很快钻入了被窝里。

夜又恢复了以往的平静，不过实在是过于静了，静得让人窒息。从喘息中可以听出三姐妹谁都没有睡着，但三姐妹又都像是睡着了一样，连翻身这类的动作都没有了。此时，弯弯的月亮又下移了一个窗格子，它仿佛比刚才更亮了，它就那样亮亮地从小窗子里透进来，照在三姐妹那紧闭却睫毛颤抖的眼睛上……

水莲是什么时候睡过去的，她也记不清楚，等她醒来，天已经大亮了。如同所有的早晨一样，外屋响起了水荷做饭的声音。水莲向身边看了一眼，见水菡还在沉睡着，她甚至打起了很响的呼噜。水莲猛地想起了昨天夜里发生的事情，松弛的心弦便绷紧了。她甚至奇怪：发生了这么大的事情，水菡为什么还得睡得这么死，这么沉？

"完了，我成了千古罪人了！"她绝望地叹了口气。

水荷进屋来了，水莲闭上眼睛装睡，水荷气哼哼地拽了拽她的耳朵："装！还装？天都大亮了！"

水莲只得坐起来，麻溜地叠被扫炕，想用干活弥补自己的过失。

水菡睁开惺忪的眼睛，贼似的看了看水荷，见水荷正目光灼灼地盯着自己，便翻过身想继续装睡，水荷咬着牙压着嗓子说："赶紧起来，让他吃完了早饭赶紧走。"

水菡没有说话，也没有动。

水荷拿起笤帚打了她一下："别以为别人都是傻子，你惹的烂摊子，还指着谁给你收拾咋的？赶紧起来，惹急了别说把这件丢人的丑事给你捅出去！"

这句话的确好使，水菡马上就起来了。她简单地收拾打扮了一番，就到那屋去叫陈天亮了。陈天亮被二姐叫醒后，无论做什么也都悄悄地，快快地。水荷把饭桌子摆好了，他三口两口吃了早饭，便张罗着要上车去。

陈天亮离开时，水菡显得恋恋不舍，送出了门口，还要继续往外送，水荷狠狠地拽住了她。水菡眼泪汪汪地一直目送着陈天亮从大门走出，走进前面的杏树林，挺拔的身影转眼就被晨雾吞没了。

几滴清泪突然从水莲的眼睛里滚落了下来，她马上就把泪水擦去了。水莲说不清自己的心情，更不知道自己为什么流泪。

水菡做了亏心事，就不再像以前那样颐指气使了。擦了把眼泪回到屋里，就默默地收拾东西准备回家。水莲、水荷默默地看着姐姐收拾东西，水菡一伸手，有什么东西一闪，水荷马上走了过去，拽住了二姐的衣袖，果然，那个金戒指已经戴在了她的手上。

"你是想让全世界的人都知道你的丢人事儿咋的？"水荷严厉地说。

水菡为难地："他非得要给……我就……"

"给你也不能明晃晃地戴着它回家去呀？牛大脑袋问起来你咋说？

你傻呀？"水荷一把就从水菡的手指上撸下金戒指，"还是先放到家里吧！我替你保管着。"

水菡想了想，也就默许了。

水荷咬了咬牙，瞪着她说："你咋这么傻呀？在城里安排工作哪是那么容易的？更何况你连正式工作都没有呢！犯得上这么犯傻吗？就算他真的能帮你调工作，你也不至于用这种方式报答他吧？你这么容易就成了人家的盘中餐，人家还能看重你吗？再说纸包不住火，这要是让牛大脑袋知道了，看你怎么办？"

水菡横了横自己的头："你们俩要是不说，谁能知道？"

水荷说："我们是亲姐妹，你丢人了我们也捡不到什么。别说别人了，就是咱爹妈，咱都不能透露半句。我只是担心将来，你们要是继续这么胡搞下去，那可就要出大事了。奸性出人命，赌博出贼性。古人的谚语句句都是真理！"

水菡发誓似的说："不会再出这种事了！"

水荷冷笑一声："不会？我可信不着你。行啦，都好自为之吧！不为别人想，也得为牛牛想想，为咱爹妈想想，别都把进城当成啥救命稻草似的，人要是充实，哪怕在小山沟沟里也快乐；人要是空虚，就是住到金銮殿里，照样还是空虚。"

水莲知道水荷的这句话是冲自己说的，立即低下了头，生怕引出水荷更多的话来。此时此刻，在早晨的清晖中，四姐水荷就像一尊智慧的女神，周身笼罩着理性的光芒，让水莲和二姐想不敬畏都不行。

二姐走后，水莲没有上班，而是央求水荷给自己修了自行车，便又到乡政府去了。听说水莲要去找赵秋雨，水荷脸上显出一种怪怪的神情，因为这种神情稍纵即逝，水莲也就没放在心上。

自行车修好后，水荷还给各个关键部位上足了油，骑起来轻快了许多，转眼就到了乡政府。远远看到税务所的二层小楼，水莲的心里便升起了一股特别的希冀。她想：四姐说得很有道理，人要是充实，哪怕在小山沟沟里也是快乐的。如果站在这样的角度思索，自己与赵秋雨结合，才是最稳妥的选择。

回想起那天在县委大楼前见到赵秋雨的情景，水莲突然有些紧张了。离那次赵秋雨托人问大姐至今，又过去很长时间了，这期间赵秋雨能不能处对象了？他还能同意和自己相处下去吗？心里这样想着，脚下的步子就显得急切了。

二楼的楼梯对着大门，水莲直觉上认为赵秋雨一定不在楼上办公。水莲站在楼梯口向西走廊望望，又向东走廊望望，东边的一排屋子，大多关着门，而西侧的屋子却一律开着门，显得乱哄哄的，时而有人进进出出。

水莲突发奇想："不如赌一下吧！如果赵秋雨的办公室就在西侧第五个屋子，我就嫁给他。"

这样想着，水莲就往前走了：第一个屋子，第二个屋子，虽然屋子里都有人，但都没有赵秋雨。因了这个赌博，水莲的心也怦怦乱跳起来，隔着厚厚的大衣都能听得见。

第三个屋子显得清静一些，只有一个女人在桌前埋头写着什么。水莲走到第四扇门边，心就凉了：她一眼就看见了赵秋雨，他正靠着一张办公桌，与一个男人说着什么。

"第四个屋子！完了，完了，我和他注定无缘啊！"水莲沮丧地想。

赵秋雨音域极宽，腔音很重，很像播音员。站在他对面的男人看见了水莲，便示意了赵秋雨一下。赵秋雨愣愣地向门边看了一眼，迟钝的大眼睛虽然和水莲的眼睛对上了，但他却没有认出她来，又把眼睛转回去了。

此时的赵秋雨，比以往任何时候都显得雄性十足，水莲再次心动了。可令她觉得无趣的，是赵秋雨根本没有认出自己，正沮丧着呢，赵秋雨突然转过头来，傻愣愣地看着她说："水……老师吧！你干啥来了？"边说边迎了出来。

赵秋雨一步步走出来了，水莲的心也一点点地提起来了，平时那无理都能辩三分儿的嘴，也变得磕磕巴巴起来："我……求你点事……"话没说完，脸已红到了脖子根。为了抑制慌乱，水莲便给自己打气儿："既然和他命中注定无缘，那你还紧张什么？"这样一想果真没了负担，说出的话也变得顺溜了："是我们校长托我来找你的。"

"你们校长？"赵秋雨坦坦然然地看了水莲一眼。

水莲发现正面看赵秋雨，竟比在县政府大门边看到时还要英俊，他的脸庞四四方方的，就像用尺子画出来的一样，双眼皮的大眸子不仅又亮又黑，还透着智慧的光芒。最有特点的是他的眉毛，过于黑浓了，两道眉毛都连到了一起。虽然他的皮肤有一些黑，但黝黑中却透着一种健康的光泽，这个发现不禁让水莲再一次怦然心动。

见屋里的人都看着他们，赵秋雨便往前走了几步，走出屋里人的视线后才又问："你们校长找我啥事呀？"

水莲没说正题，只是心存不甘地问："你就在这个屋子办公呀？"边说边回头，像个孩子似的用手指查门："一、二、三、四，啊！你就在第四个办公室办公啊？"

对于水莲的话，赵秋雨感到奇怪，又不知道说什么好，只好傻呆呆地看着水莲。

水莲又孩子似的叹了口气，指着第五扇门说："你干吗不在第五个办公室办公啊？"

赵秋雨更觉得奇怪了："我就在这个办公室办公呀！"边说边引领水莲走进了第五个办公室。

水莲突然心花怒放，不禁惊喜地问："你真在……这第五个办公室办公？"

赵秋雨丈二和尚摸不着头脑："在第几个办公室办公？有什么关系吗？"

"关系可太大了！"当然这句话水莲是在心里说的。水莲掩饰着自己的心乱，抬眼看了看门牌，见门牌上写着"科长室"，便又针扎火燎起来："你当上科长了？"

赵秋雨无所谓地一笑："一个小副科长……"便不屑似的不往下说了，突然话题一转，"你姐好吗？"

水莲一愣："我姐？"

赵秋雨窘迫地笑了一笑："我是问你那个画画的姐姐……她的画画得真不错！"

水莲警觉地看着赵秋雨："你什么时候看过她的画？"

"那天在杏花坡……"赵秋雨突然顿住，掩饰着什么似的从抽屉里取出了一本表格，又去笔筒里找笔，找到笔了却不在表格上写字。

"在杏花坡？"水莲心里一惊，在杏花坡能发生什么事呢？不会也像二姐那样……水莲不敢想下去了。转念一想，水荷并不是水菡，她的心又渐渐放下了。

见水莲始终质疑地看着他，赵秋雨也紧急调整情绪："你们校长让你找我……到底有什么事呀？"

水莲便把校长对她说的话都对赵秋雨说了，赵秋雨显出一些为难的样子，沉吟着说："我通融通融吧，但全免是办不到的，再说那个小子好像仗着什么似的，态度很恶劣。"说着抄起了桌子上的电话。

赵秋雨打电话时，水莲依然不错眼珠地看着赵秋雨，她发现赵秋雨打电话的姿态潇洒极了，好看极了。尤其让人心动的，是他说话的语调和气势，那么干练，那么沉稳，那么有气势。这样一比，就把张石比下去了。水莲不禁自问："你怎么就看上张石了？为了张石而舍赵秋雨，不是丢了西瓜捡芝麻吗？"

见水莲始终在痴痴地看着自己，赵秋雨有些不好意思起来，打电话的态度也不自然了。水莲发现了他的变化，才把眼睛挪开了。眼睛挪开了，必然要落到一个地方，可除了办公室，她又能看什么呢？赵秋雨的办公室不仅干净，而且宽敞，比自己的办公室强上百倍，况且人家还有电话可以随便打，不像自己办公室的电话，还用铁盒子锁着……这么一比，敬慕的情怀就更浓郁了。

此时此刻，整个办公室都充满了赵秋雨那感染力极强的声音，虽然谈的都是税务方面的术语，但水莲还是听出了弦外之音：那铿锵有力的话语，句句都在为校长的弟弟争口袋呢！见赵秋雨如此为自己的事卖力，水莲的心里不由得升起一股暖流，正这么感慨着呢，眼睛无意间落到赵秋雨的办公桌上，水莲就呆在那里了！

在赵秋雨的办公桌上方，一块大大的玻璃砖下，压着一张水莲非常熟悉的荷花图，水莲一眼就认出那幅画出自水荷之手。

水莲的脑袋便急促地转开了：水荷的画什么时候压在赵秋雨的桌子上了？记得自己去县城前，那幅画还在画板上夹着呢！再有，水荷为什么要送画给他？

正这么想着呢，窗台上的一尊泥塑映入了水莲的眼帘：这是一尊表现远古俊男靓女的雕塑，人面龙身，下体融一，水莲以前在画册里看到过类似图片，知道雕塑中的男女是伏羲和女娲两兄妹，他们是人类的始祖，由他俩通婚才产生人类。窗台的这尊雕像，虽然雕工精细，惟妙惟肖，但一眼就可看出还是个半成品。

赵秋雨终于打完电话了，像是完成了什么重大任务了似的，长舒了 口气。他刚要向水莲汇报战果，见水莲正在专心地看着窗台上的雕塑，便兴致勃勃地凑过来说："这是拙作，不好意思了！"

水莲的心里动了一动："你是说……这尊雕塑是你……您雕刻的？您还擅长雕塑？"

赵秋雨谦虚地笑笑说："谈不上擅长，不过是业余爱好！和你们的父亲根本就没有可比性，他才是名副其实的版画艺术家！"

水莲想起水荷坐在桌前揉捏泥团的情景，当时水荷还说"遇到高人了"。要是这么说来，水荷所遇到的洪长青就是他赵秋雨了？那么水荷到底是什么时候遇到了赵秋雨？那天在县城自己不是也遇到了赵秋雨了吗？难道是遇见他的前两天？

但水莲问出的却是另一番话："这人面龙身的……就是伏羲和女娲吧？"

"对呀！"赵秋雨很惊喜的样子，仿佛遇到了知音，"你们姐妹不愧是艺术家的女儿，都有较高的鉴赏能力呀！"一句话又把水莲的心说冷了。"你们姐妹？什么意思？"

水莲对于雕塑实在是外行，就不敢造次评价了。赵秋雨这才想起让水莲坐，还拿出了一个干净的杯子给水莲倒了一杯水。水莲接过水试探地喝了一口，水很热，正好可以焐她冰冷的手。她就那样两手捧着水杯，默默地猜疑着。由那张画，联想到杏花坡；由杏花坡，又想到水荷。水荷不仅有主见，更有内涵，如果没有特殊的关系，她轻易不会把心爱的作品送人，除非两个人的关系已经非同一般了。

水荷是水莲心目中最亲近的人，她也一直为水荷的幸福而牵挂着，如今水荷终于找到意中人了，按理水莲应该高兴才对，可她就是高兴不起来。

此时水莲的心，就像被什么包住了，还缠了几道绳索，水莲理性上觉得应该能够解开，可解来解去就是解不开。慢慢地，一种懊悔也浸入筋骨：早干什么去了？放着这么好的人你不要，干啥要和莲花去抢张石？抢张石不成，干啥还傻子一般去招惹那个大流氓？以至于把二姐都连累了……如今，你最爱的四姐终于找到意中人了，你却又跑来掺和，是不是太不仗义了？

水莲沉默，赵秋雨也无话，刚才还被赵秋雨那腔音极重的声音震得嗡嗡直响的办公室，顿时陷入了怪怪的静寂。

突然，门口的光暗了一下，水莲抬头一看，发现门前站着一位身材微胖、面色酡红的中年妇女，就像一扇门堵在门口。她也是四方脸庞，浓眉大眼，眉宇间有一种令水莲依稀熟悉的神情。此时，她那双充满善意的双眼，正在水莲的脸上逡巡呢，水莲本能地站起身，冲着妇女笑了笑。

中年妇女也冲水莲笑了，笑出了一脸的慈祥大度。水莲正猜疑她的身份呢，赵秋雨突然站起，脸上露出一种似羞怯也似无奈的神情："你咋来了呢？没看人家正忙着上班呢！"他小声说。

妇女瞪了赵秋雨一眼，大大咧咧地笑笑："我知道你忙，谁不知道你上班咋的？那你就上你的班呗，谁又没说不让你上班，我又不影响你。"妇女绕口令似的说着，自自在在地走进屋来。

妇女说话的语音很特殊，有一种怪怪的硬，卷舌又显得特多。她就用那种特殊的口音，主人一般冲水莲笑笑说："姑娘你坐，什么时候来的？"

水莲明白妇女为啥这种腔调了，因为水莲学校就有一位同样口音的女教师，她是蒙古族人。水莲仔细看了一眼进来的妇女，发现她的浓眉大眼也很符合蒙古族人的特点。

水莲直觉上认为这位蒙古族妇女，是与赵秋雨关系很近的人，便礼貌地说："我也是刚到。您找赵……科长有事要谈吧？要是不方便，我就出去。"

妇女马上摆手，卷着硬硬的舌头说："没有事没有事，我就是过来闲逛逛，我家就在楼对面住，我没事的时候常来的。"

赵秋雨几近哀求地说："没事儿你还是回家吧！让人家看见不好。"

妇女却一转身坐在水莲对面了，理都没理赵秋雨："他是我儿子，你瞧，让我给惯坏了，总爱管着我，我到单位来看看他都不行。"

"啊？您是大婶呀？真没想到您这么年轻……"水莲惊得站了起来，恭维的话脱口而出。

老人顿时笑容满面，她一边拉水莲坐下，一边慈爱地打量着水莲。水莲明白了，赵秋雨已经二十四了，她这个当妈的不一定怎么为儿子的婚事着急呢，一定是谁向她通风报信，她才突然跑来，专程来看自己了。

这个想法一出，水莲心里那已经黯淡的鬼火儿就腾地烧起来了。水莲下意识地理了理凌乱的头发，然后就主人似的站起身，先把水杯里的水倒出去了，洗了洗，又倒了大半杯热水，小心放到茶几上。赵秋雨的妈妈一直乐呵呵地看着水莲忙，等水莲有条不紊地做完了这一切，她就拉住水莲的手嘘寒问暖起来。

"好孩子，你的手怎么这么凉啊？这是没有人疼啊！"

水莲心里一暖，嘴上却说："大婶，您是蒙古族人吧？"

"是啊是啊！"赵大婶眼睛始终不离水莲的脸。

"那……赵科长也是蒙古族人啊？"水莲飞快地瞥了一眼面无表情的赵秋雨。

"是啊是啊！"赵大婶依然笑容可掬："可他的汉语比我说得强多了！"老人的眼神里全是爱的笑意。

蒙古族人的特点，在赵大婶的身上体现得非常明显，心里有啥，脸上就全写出来了。而水莲又是那样的乖巧聪明，知道赵大婶的软肋在哪里，一句句温柔的话语就像一只软乎乎的小手，专往她的软肋上摸，摸得赵大婶这个舒服这个高兴啊，知心的话儿就像那闸门里的水，一股一股地直往出冒。

赵大婶疼爱地看了一眼赵秋雨，对水莲说："我就这么一个儿子，他上边还有一个姐姐，已经出嫁了，他的姐姐叫赵春花。"

水莲便笑了："春花秋雨？大婶您很有文采呀！"

赵大婶笑着说："唉，我有啥文采呀，这两个孩子的名字都是他的那个死鬼爹给起的。"虽然说出的话有一些凄凉，但赵大婶的脸却始终都是笑的，并且是真心的笑。水莲突然对赵大婶心生敬意，觉得这位老人一定非常有主见、有能力。

水莲和赵大婶的聊天就像两团火，先是试试探探，慢慢就烧到了一处，难解难分了。赵大婶百忙之中，还不忘冲赵秋雨煽风点火，可无论她怎么努力，赵秋雨的火都始终点不着。赵大婶与水莲唠嗑时，他不仅总打岔，还趁赵大婶喘息的空档，撵她回家。

赵秋雨的态度，让水莲顿觉寡然无趣，烦躁也如同猪食缸里的泡泡，慢慢地鼓起来："有意思吗？继续待在这里左右逢源有意思吗？水莲，你真的堕落到嫁不出去的地步了？真的要和最亲爱的姐姐抢夺意中人了？"这么一想，水莲就反射似的站起来，对老人说："大婶，既然赵科长忙，我就不打扰了……您坐，我先回去了！"说罢转身就往门外走。

眼睛的余光里，她看见赵大婶狠狠地瞪了赵秋雨一眼，马上跟出来说："怎么说走就走呢？秋雨，你这孩子，你怎么不留留呢？"但水莲已经走到了门外。赵大婶见留不住，便迈着小碎步跟着水莲走出了税务所。

对于老妈的突然出现，赵秋雨的心里既烦躁又无奈。见单位里的人有事无事都要往办公室剜那么一眼，赵秋雨就更加不自在起来。水莲要走，赵秋雨当然不会挽留，他巴不得两个女人赶紧离开呢。

水莲都走出门了，妈妈依然拽着水莲没完没了地唠，赵秋雨就更加生气了，却也只能憋着气跟在她们身后。怕自己压不住火，还未等水莲把自行车锁打开呢，他就转身回办公室了，回办公室后依然直喘粗气。

"第四办公室"的热心大哥，偏偏不知深浅地踩着赵秋雨的心跳走过来，问道："老人人是不是很满意呀？"

赵秋雨便明白了，原来是这位热心的老兄通风报信的呀！他朝同事瞪了瞪眼睛，实在找不到理由冲他发火，只暗暗地攥了攥拳头，幸好同事又乐颠颠地跑到窗前，替赵秋雨"观察敌情"去了。

是啊，能怪谁呢？只能怪自己。一周前自己不是还托人去问过水老师啥意思吗？正因为有了先前的态度，同事才如此热心地帮他张罗婚事，同事这样做有错吗？自己是妈妈的宝贝儿子，妈妈对自己的婚事早就心急如焚了，这次女朋友上门来了，当妈妈的相看相看儿媳妇也没有错呀！可是自己为什么要如此气愤啊！

是啊！他就是生气，忍不住地生气。如果他有透视眼，能看到楼外面的一幕，他一定更会气得发飙！因为就在他气不可遏的时候，老妈还站在暖阳之下拽着水莲不撒手呢！单位里的同事，也都把目光投向了窗外，热心地观看这对婆媳的免费表演。演出最高潮的时候，推着自行车的水莲，甚至被老太太硬拽到家里去了……当热心的大哥把这一结果通报给赵秋雨的时候，赵秋雨气得都喘不出气了。

"妈呀！你咋这么能添乱啊！水荷，你等着，我明天就向你求婚！"赵秋雨突然张开手掌，在水荷的画上拍了一下。

第八章　情窦初开

　　水荷和赵秋雨的邂逅，苍凉得像村后的杏花坡，美丽得也像村后的杏花坡。

　　正如水莲所猜想的那样，那的确是水莲去县城当天发生的事。那天下午，水荷干完了所有的家务活，又修改了一下那张荷花图，便挑了两只柳条筐，到村后的杏花坡上捡牛粪。没想到收获还很大，杏花坡上的干牛粪特别多，一袋烟的工夫就捡了满满的两大筐。

　　水荷挑着牛粪往家里走，突然看见赵秋雨蹲在一个土坑里，手拿一个铁铲子，正往一个军挎包里装土。赵秋雨奇怪的举动，激发了水荷的好奇心，从土坑前走过时，水荷便歪头看了赵秋雨一眼。听到脚步声，赵秋雨也扬头回看，于是，美丽的晚霞里，一个身材适中、透着满身健康气息的水荷的剪影，便定格在赵秋雨的心灵底片上了。

　　太美的女孩儿了？这是谁家的女孩？

　　水荷的脸色红扑扑的，那双弯弯的眼睛分外地好看，心里的惊奇让水荷嵌在桃花般圆腮上的笑靥显得格外分明。在普通人的眼睛里，水荷只是一个普通的捡牛粪的女孩儿，穿着普通的棉袄，戴着普通的围巾，并且还挑着两筐和美一点儿都不沾边，甚至无法用"普通"二字形容的牛粪，但在一名雕塑家的眼睛里，水荷早就是一个透着活力、闪着热情、含着艺术神韵的美丽精灵了。

　　更何况，水荷还有那么好听的声音呢！"你装这些土干什么呀？这些土有啥用啊？"水荷正好想歇歇脚，便放下了粪挑子，在土坑边站住了。晚霞好像也被她的声音感染了，忙不迭地飞到天边，争先恐后地为她当布景。

赵秋雨就看呆在那里了。从摄影的视角看，赵秋雨看水荷的角度正好是仰视，而晚霞偏偏又给水荷的剪影笼上了一抹神秘色彩。

"这土可是好土啊！它有个学名叫目结土，因为土质细腻且有黏性，所以非常适合做雕塑，这土在南方很贵的，有的人想花高价买都买不到的！"赵秋雨贪婪地吸了一口气，一边拍打着身上的土，一边搜肠刮肚地组织语言。

"泥塑？"水荷的眼睛一亮，立即蹲了下来，歪着头仔细地看了看土坑里的土，"这杏花坡上，到处都是这种土啊！在这里住了这么多年，我还头一次知道它叫目结土呢！"

水荷说着，便从手闷子里抽出修长的白藕一样的手，轻轻地抓了一把土在手里捻着，同时抬起头，用弯弯的长着长睫毛的黑眼睛探究地看了看赵秋雨："你会雕泥塑？那你一定是大艺术家了！泥塑一定很难学吧？一定比画荷花还要难吧？"

赵秋雨笑了，几步从土坑里跨出来："雕塑和绘画是相通的，只要你有绘画的功底，很快就能学会雕塑。"

水荷的眼睛充满了惊喜："真的？"随即那缕光芒就黯淡了，"我虽然非常爱画荷花，可我的功底很浅呢！"

听女孩儿说她还爱画画，赵秋雨的兴趣就更浓了："你爱画荷花？"嘴里这样问着，心里却说，"你本身就是一幅美妙绝伦的荷花图呢！"

女孩说："我一有时间就画荷花，只是画得不算太好！不信你可以到我家去看我的画。"

这么美丽的女孩儿竟然还爱画荷花，这简直是生活中没有的事情。如果非得要有，也只能在美丽的童话里。赵秋雨有些不相信地看着女孩儿，挑战地说："可以呀，你家就在附近吗？"

女孩指着美丽的晚霞里那一排正冒着袅袅炊烟的石头房说："就在

前边的雾中村!"女孩儿说这话的时候,赵秋雨的眼前突然出现了幻觉,无论远处绚丽的晚霞,晚霞里冒着炊烟的人家,还是近处这个会画画的美丽少女,都显得不真实起来……直到女孩的一句显得有些后悔了话,才又把他拉回了现实:"可是……你不能到我的家里去……"

啊!感谢上苍,这一切都是真实的!这美丽的晚霞,这水墨画一般静寂的人家,还有眼前这位比画还美的少女都是真的!而这一切真实的美丽,都让我赵秋雨领略到了。我是多么的幸福啊!

在赵秋雨呆愣愣的目光下,水荷有些不好意思起来:"我是说……我只能把我的画偷偷地给你拿出来。"

赵秋雨的意识直到这时才算回到脑袋里,他不禁微笑地问:"为什么?"

水荷不说话了,低下了头,白而修长的手掩饰地整了整自己的围巾。

赵秋雨明白了,宽容地笑了笑:"行,那我等你把画拿出来……"

那天晚上,背着父母,水荷果真为赵秋雨拿来了自己的画。但水荷把画拿出来了,就再也不能拿回去了,因为赵秋雨说啥也舍不得还给她了,赵秋雨甚至在心里说:"别说是你的画了,就是你的人我也想要呢!"

那天晚上,在村口的两棵弯脖子树的下面,赵秋雨还给水荷讲了很多关于泥塑的知识,一下子把水荷说入迷了。

"我爹虽然也会画画,但他只会刻版画,他别说去讲这样的大道理了,甚至连印在画上的符号他都弄不懂呢!"水荷顺嘴说道。

赵秋雨愣住了:"你说什么?你说你爹会刻版画?你爹姓啥?"

水荷笑了:"我叫水荷,我爹当然也姓水了!"

赵秋雨的脸顿时通红:"我不是那个意思,我是想问你……你爹的版画技术是不是祖传的?"

水荷收住笑容,警觉地问:"你怎么想起问这个了?"赵秋雨马上解释:"你别紧张,我并不是那个意思。有一段日子,咱们这里不是非常时兴卖年画吗？记得那时家家都贴年画，咱们县不是还被评为'民间绘画乡'了。但我爸爸最喜欢的，是一个叫水德会所画的年画，我爸爸说水家的每一幅画上都印着一种神秘符号，谁都破译不出来。对了，你听没听说过水德会的名字？"

"我爷爷……用于画画的笔名，就叫水德会呀！"

赵秋雨立即惊喜万分："哎呀我的妈呀！这真是踏破铁鞋无觅处，得来全不费功夫！我找这个水画家，可是找了很多年了！"赵秋雨边说边忘情地拉住了水荷的手。

赵秋雨忘情的举动，一下子把水荷弄愣了，她立刻慌乱地抽回了自己的手，满脸通红。

赵秋雨这才意识到自己的失态，马上规规矩矩地站直了，不好意思地说："对不起，我实在是太高兴了，才失礼了！"

水荷慌乱地把眼神移开，也语无伦次地说："我爷爷的版画当然很有名，但我更喜欢我爹的版画，只是现在的人都不喜欢贴年画了，并且版画木板又非常贵……"

赵秋雨说："我听说现在唯一懂得他们家这门手艺的，只有水德会的独臂儿子……难道你父亲？"

"我父亲并不独臂，他只是幼年患过小儿麻痹症，才导致右臂萎缩，我们村里的人，都叫他一把手。"水荷羞涩地一笑。

"一只手的人也能画版画？真是太神奇了！"

"你可别小瞧我爹的一只手，很多两只手的人，都赶不上他的一只手呢！"水荷自豪地说。

"真是太好了！和你说句真心话，我想拜这个水老师为师，可不是一天两天了！哪天我要是登门拜师，你能不能帮我引见？"

水荷连连摇头："我爹爹肯定不会把技艺传给外人的。我们水家的版画，传男不传女，他连自己的亲生女儿都不肯教呢！"

"你的意思是说……他连你们也不肯传授？"

"这是水家版画的铁规，我爹爹很在乎这个的。"

赵秋雨痴迷地望着水荷，心里揣摩着，嘴里也说出来了："女儿不能传，那女儿的丈夫总能传了吧？"

"这……我可不知道。"水荷的脸突然涨得通红。

那天晚上，为了讨好水荷，赵秋雨可谓是绞尽了脑汁。为了让水荷加深印象，他甚至添枝加叶地给水荷讲起歪脖树的传说。

水荷自打出生后，几乎天天都看到这两棵树，但关于这两棵树的传说却还是头一次听说。这两棵黄榆形态奇特，树根紧挨在一起，东边的树粗壮高大，向西弯着腰，仿佛要拥抱西边的树；西边的树略细，广袖轻舒，舞姿婆娑，仿佛要投入东边树的怀抱，远远望去，两棵树就像一对久别的夫妻刚刚相见。

赵秋雨神情凝重地告诉水荷："原来雾中村里除了一座古庙，并没有村子。后来有一对老夫妻带着 17 岁的女儿逃荒到了这里，看到这里有烧不完的柴。吃不光的鱼。打不尽的山猫野兽，就在古庙里安置了下来。有一天，姑娘到树林里采蘑菇，碰上了一位高大英俊的蒙古族小伙子，两人一见钟情。当晚突然来了一伙强人，要抢走姑娘，两位老人当然阻拦，就被强人杀了。强人们正要抢走姑娘时，蒙古族小伙子赶到了。经过一场混战，小伙子虽然杀了几个歹人，可好虎架不住群狼，最后，这对情人还是双双倒在了血泊中。人们为纪念这对忠贞的情人，把他们双双埋在离古庙不远的石头坑里，后来，这个石头坑就长出了一对小榆树。说来也怪，自从有了这两棵榆树后，雾中村便再没出过一件横事。这也就是说,雾中村的所有平安和幸福,都是夫妻树带来的。"

"夫妻树！太美的名字了！"水荷不相信地看了看赵秋雨："您是不是在和我编故事呀？我在这里住了这么多年了，怎么从来都没有听说过？"

赵秋雨说："没有听说过，并不等于没有。我们这个地方历史悠久，有着很深的文化底蕴，也有很多美丽的历史传说。但再深的文化底蕴，再美的历史传说，也得靠爱它的人去挖掘，靠有心的人去倾听不是？就像那首"高山流水"，虽然曲子还在，可如果没有知音，就算奏响了也是对牛弹琴。"

水荷噘起了嘴："你这人骂人真狠，都不吐骨头。"

赵秋雨笑了："哈，都不吐骨头？这句话岂不是更狠？"说着两个人都笑了。

赵秋雨收住笑容，真诚地说："你要想把荷花画好，就必须走进我们的家乡的百花园里，去寻找凝结在花根的深层次的美丽。"

"您说得太好了！在您的面前，我发现自己真的太浅薄太狭隘了！以前也有人评价过我的画，说我的画里小女人味太浓，可我总不服气。现在我明白了，我就是视野太窄了，阅历太浅了……今天认识您真是太幸运了！"

"这么说，你不怪我了？"赵秋雨微笑地问。

"我……压根儿也没怪过你！"水荷羞愧地说。

"那你能……向你爹爹引见一下我吗？"

"这个嘛……我得回去问我爹。"

因了这个缘故，第二天两个人再见面，就成了理所当然的事情。

两个人第二天的见面，本来和水莲那次见赵秋雨一样，也应该是在赵秋雨单位里相见的，可偏偏老天有眼，水荷还没走进税务所大门，赵秋雨就从小胡同里走出来了。而当时赵秋雨的妈妈又恰巧没有在家。惊喜异常的赵秋雨立即彬彬有礼地把水荷请到了那个满室字画、满室墨香、挂着"素雅斋"牌匾的小小画室。他小声告诉水荷，她可是该画室"落成"之后除妈妈以外，第一位走进来的美丽女子。

掀开一块油毡纸，水荷的眼前顿时一亮，呈现在她眼前的是什么呀？那是满满的一八仙桌的泥雕作品啊！有动物，有人物，有山水，有花草，千姿百态，神态各异。尽管在那间画室里，赵秋雨收到了水荷爹爹非常决断的口信儿，他既不想认什么徒弟，也不想赵秋雨到家里拜访，更不希望赵秋雨再与水荷私自见面。但赵秋雨却一点儿都没有焦急失望，因为水荷那异样热切的眼神，让赵秋雨坚信自己总有一天会成为水家的乘龙快婿。

那天的赵秋雨甚至预测了更多事情，唯一没有预测到的，是在水荷走进画室的第四天，又一位妙龄女孩儿也怯生生地走进了他的画室，这个女孩儿就是水荷的妹妹水莲。

任何东西，只要多了一个人争，就会变得价值不菲，人也如此。水荷的无声介入，让赵秋雨这个普通的男子，一下子飙升成需仰视才见的男神了，更何况这个长相英俊的蒙古族男子，还有一手令她望尘莫及的泥塑绝活呢？水莲恨只恨自己当初为什么有眼无珠，与这个才美不外现的艺术大师失之交臂？

从乡政府回来，在那片稀疏的山杏林里，水莲又一次慢慢地独步，虽然她的自行车并没有坏，可那条漫长的林荫路，水莲依然是一步一步量回来的，因为她要在路上为自己"洗脑"。

一路上，水莲想了很多很多，她想起自己刚刚毕业时，曾经是一位多么心高气傲的少女啊！眼里闪着绚丽的色彩，心里装着浪漫的情怀，用那时的眼睛看张石，看陈天亮，看赵秋雨，都只是雄性动物而已。可究竟从什么时候开始，水莲的眼光变得如此低俗了？甚至低俗到和可怜的莲花抢起民办教师来了？

水莲下意识地摸了摸自己的丑脸，越想越悲凉。是啊！人在背运的时候，连喝凉水都塞牙。好好的模样儿，咋说变丑就变丑了呢？生活真是太能折磨人了。一滴清泪不知不觉地顺着冻得发木的面庞流下来，有一种暖暖的痒痒的感觉，可水莲没有去擦。

"当——当——"远远地，传来了学校的钟声，那么清晰，那么悠远。伴着钟声，水莲吸了一口长气，突然有一种被净化了的感觉，冰冷冷的阴郁和忧伤，也渐渐被这钟声淘净了。望着山坡下一片又一片冰冻的天然湖泊，望着悬浮在小村庄上空那无声无息的诡谲云团，一句诗突然在她耳畔震响：行到水穷处，坐看云起时。是的，她一定不能再和别人抢男人了，更何况这个人是她的亲姐姐，她决不能再那么做了！

一条林荫道，一路走过来，曾让水莲心灰意冷；同样的一条林荫道，一路走过来，却让水莲眼清心明。水莲突然明白了水荷的恬静沉稳，也读懂她的从容淡定。是的，水荷的美来自她深藏于心的崇高理想，水荷的静也来自她对艺术的执着追求，不争才是大争，也正因为水荷的"不争"，她才赢得了赵秋雨的心，赢得了美丽浪漫的爱情。

水莲刚把车子停靠在窗户边，水荷就砰一声打开房门，风风火火地迎出来了。水莲笑了，原来水荷也无法自始至终做到物我两忘、淡定从容啊！

可水荷并不问她什么，只用弯弯的眼睛审视着妹妹："饿了吧？我给你端饭去！"

很快，热腾腾的饭菜端上来了。也许水荷在家里待得太闹心了吧，才把所有的情绪都发泄到饭菜上？那饭菜做得真是太好吃了！水莲大口大口地吃着，两人目光相遇时，水莲说："你猜我今天去哪里了？啊！那真是一个奇妙的所在。"

"那是哪里呀？"水荷连喘息都不敢了。

"那里叫'素雅斋'，堪称艺术圣殿！"水莲故弄玄虚。

就像一团燃烧的火，猛然被人泼了冷水，水荷的眼神黯淡了。

"姐姐，你怎么了？脸色这么不好？"水莲明知故问。

水荷掩饰地笑笑，抚了抚一丝不乱的长发："没有啊？我怎么了？"

水莲步步紧逼："你一定遇到什么事了，赶快从实招来！坦白从宽，抗拒从严！"

水荷早没心思开玩笑了："别闹！继续说！"

水莲突然生气了："这么多年了，你总是让我告诉你秘密，可你却从来不告诉我秘密！这不公平！虎车车也有长大的时候！"说罢继续吃饭。

水荷突然把饭碗遮住："饭是我做的，要是不说，饭也别吃了。"

水莲瞪着姐姐："这么在意我的秘密呀？以前你可不是这样的，以前想和你说点悄悄话，就像求着你了似的，高兴了就听听，不高兴爱理不理的。"

水荷突然站起："不说是吧？我还不想听了呢！"说罢摔门走了。

水莲没有理会她，继续吃饭，一边庆幸自己幸亏想开了，假如真和她抢起来，姐姐一定会更加痛苦的。都说爱情是自私的，只是不知一向贤惠大度的姐姐，为了爱情，到底能不能和最亲爱的妹妹翻脸？

吃完饭，水莲把剩饭剩菜又放进了锅里，这才悄悄地靠近了后屋。隔着半开的门，水莲见水荷举笔坐在画板前，水莲知道水荷一定什么都画不进去。果然，水荷把笔一扔，就站起了身。

水莲潜回东屋，水荷很快也走进东屋，可她依然不理水莲，而是取下了秦琴弹奏了起来。她弹的是《苏武牧羊》，本来就很悲凉的曲子，经她这个伤心之人的弹拨，更加鳌愤龙愁了。闻听此曲，别说是懂她的水莲了，就算不懂音韵之人，也会肝肠欲断的。

水莲再也听不下去了，静悄悄地走到水荷的身边，声音也显得静悄悄的："赵秋雨是爱你的！你就等着稳稳地做他的新娘吧！"

水荷弯弯的眼睛一下子睁圆了："不可能！我们只见过两面，哪就谈得上爱了？就算他真动了那方面的感情，我也不会同意的。"

"你们在讨论啥呢？门四敞大开的，小鸡儿都进屋了！"妈妈的一个亮嗓，顿时让小姐妹俩欣喜异常："哇！妈妈回来了！妈妈回来了！"孩子再大，也是妈妈的孩子，刚才还是文文静静的大姑娘呢，转眼都回到孩提时代了。

"咋样啊？看见我三姐了吗？"

"我三姐她爹病好了没有？"

"我三姐啥时候能回家来呀？"

……

叽叽喳喳的问话，令两位老人无暇回答。还是年纪大的懂事一些，水荷见妈妈一脸疲倦，马上去外屋生火做饭了。水莲偷偷摸了摸妈妈的大提包，妈妈便笑了说："多大都改不了馋嘴的病。"这才掏出一包蛋糕，小心打开袋子，分给水莲水荷每人一块，又赶紧把蛋糕放进柜里了。

饭桌上，妈妈断断续续地讲述了县城之行，但从妈妈那怅然若失、近乎悲愤的神情可以看出，二老的这次认亲，并不如想象的顺利，最令他们不快的，是三姐对爹妈的态度。

"你三姐现在……哼，人家行了，长大了，出息了，都当上团县委的副书记了，翅膀硬了，也犯不上认这对窝里窝囊的农村爹妈了！哼，我这个人，还真就不认这个邪！'宁可身受苦，不让脸受热！'她不想认我，我还不想认她呢！"妈妈突然气哼哼地说。

爹一仰头，干了杯中酒，又拿起酒壶倒了一盅，才咳了一声说："人家小三……也没说不认咱，孩子只是一时无法接受这个现实。这也怪你，你当时要是不翻脸，她备不住也就认咱们了。"

妈妈的声音突然变大："还不翻脸？她都说出啥话来了！还不翻脸？什么'你们都来干啥来了？来寻找爱了？可我需要人爱的时候，你们在哪里'？这叫啥话呀？那意思好像咱们看她过得好了，是城里人儿了，才去认她似的。也就是你这个窝囊废不翻脸吧？有点尊严的人谁都接受不了！"

妈妈说着，眼圈就红了，忍着眼泪接着说："去县城前，我本来还觉得对不起你三姐呢，寻思着怎么弥补她一下，给她点母爱。可见了面才知道，她这样冷酷无情。我都怀疑她到底是不是从我肚子里爬出来的。她都赶不上静客呢！你看人家静客，对咱们多亲近，多体贴！不是我这个当妈的嘴损，那孩子找咱们水芙真是白瞎了。"

"静客？"水莲心里一动。

妈妈突然指着爹冲姐妹俩撇嘴："也就你爹吧，简直泔水缸了，啥话他都能容。你三姐都说出那样的话了，他还不吭声！"说着又回头点了一下爹的脑门："我说你爹，你这辈子没儿女呀？不认她你没法活了咋的？"

爹说："小三说出那样话，不是话赶话赶的吗？你咋能较真儿呢？孩子毕竟不记事的时候就走了，和咱们能有啥感情？等往后她遇到啥为难遭灾了，咱们多关心关心她，她自然就会认咱了。"

妈翻了爹一眼，信誓旦旦地说："让我关心她？让我这个当妈的去捧她的臭脚？休想！我还有四个闺女呢，宁可不要这一个。"

爹惊讶地看着妈："不管咋说，她都是咱们的亲骨肉啊！"

妈妈高傲地说："再是亲骨肉，也得先看她的态度……"说着突然瞪着水莲和水荷："你们往后都给我长点志气，快点出息出息给你三姐看看，省得她在咱面前总是高高在上。"

水莲还想着那个怪怪的名字呢："妈，静客是谁？是三姐夫吗？"

妈妈还愤怒着呢，没理会水莲的话："哼，那种不可一世的样子，真是太气人了！你们看到了也会气炸肺的！"

好在爹爹听到了水莲的话，便睁圆了红红的小眼睛，慢悠悠地说："静客就是你们的三姐夫，那可真是个好孩子，在医院里当大夫的，虽然不太喜欢言语，可心肠却好，对人也有个热乎劲儿。"

听爹这么说，妈妈的语气就渐渐平和了："那天我听他说，他的老家原来就是咱们这撇子的，我本来想问问到底是哪个屯了的，可当时一打岔就忘了。"

爹说："我问了，离咱们这里还真不远，就是北边好斯台的。他是少数民族，那族名挺难记的。对了，叫达斡尔族。"

妈妈嘴一撇："你爹就对这些没用的事儿上心。"突然想起了什么，"对了，那个孩子好像喜欢鼓捣古物，我看他家柜子里装满了这些乱七八糟的玩意。这可不好，老话不是说嘛，玩物丧志。"

"他的玩儿和那些人怎么能一样呢？他的玩儿好像并不是一般的玩儿。"爹加大了声音。

"行啦！你就别绕口令了！无论啥样的玩儿，不都是个玩儿？"妈妈恶声恶语。

爹的小眼睛突然泛出一丝别样的光来："对了，那天闲着没事儿时，我还和他聊了几嘴咱家的古镜，他说在古物市场好像看到过……"

"古镜？"小姐妹不约而同地看了妈妈一眼。

自从妈妈犯了老病以后，古镜便成了家里的忌语，别说爹不敢再提，姐妹们也都不敢提。可此时爹却把这事提出来了，不能不让两姐妹担心。

可这一次，妈妈竟出人意料地平静，她只是翻了爹一眼："古物市场里的古镜多了，他看到的哪那么凑巧就是咱们家的古镜？"

爹咳了一声，慢吞吞地说："听他描述镜子背后的花纹儿，我感觉到像。对了，那小子还懂得古字，他还凭记忆，把那面镜子背后的四个古字给我画下来了，他说这四个字是契丹字。来，你们看看，镜子上铸的，到底是不是这四个字？"爹从衣兜里掏出一张折叠得扁扁平平的纸，小心地展开，让姐妹俩看。

姐妹俩看到纸上的字，异口同声地说："就是它，一点儿都不差。"

纸上用铅笔画的，是四个由许多古怪的小汉字拼凑在一起的大汉字。为了弄清楚这四个字，水莲差点也像妈妈似的，犯了神经官能征，虽然最终也没弄清字里面的含义，但四个字的形状却早已铭刻在心了。水荷虽然没痴迷到水莲的程度，但对这四个拼凑字也烂熟于心。

水莲急不可耐地问："这个静客说没说，这些契丹字到底什么意思呀？"

爹又咳了一声，还不改他那慢吞吞的腔调："他还真懂，他说那四个古字是……是……他当时真的说了，可我忘了……要咋说这孩子的玩儿，不是一般的玩儿呢！"

水莲急了，摇了一下爹残疾的小胳膊儿，埋怨他说："我的爹呀！这么重要的事儿，你咋能给忘了呢？你好好想一想，再好好想一想嘛……"

爹被摇得不能好好地喝酒了，只得挺了挺身子，翻了翻那双小红眼睛认真地想了想，说："好像是什么'千金'吧？"

水荷提醒道："一诺千金？"

爹摇了摇头："不是。"

水莲说："一言千金？"

爹又摇了摇头说："好像有个什么'在'字。"

像是一道光，倏地在水莲的头脑里一闪，一句话便涌现出水莲的脑海："一念放下，万般自在。"水莲一口咬定："我知道了，一定是自在千金！"

爹想了想，点了点头，又摇了摇头，身体也随之软下去了，继续喝了口酒说："好像是，也好像不是……反正我记不清了。"

水莲遗憾地叹道："你说你这个酒鬼有多耽误事啊！连这么重要的事都忘了……"

水荷突然叹息起来："原来这些小碎字……就是契丹字啊！为了弄清这几个拼凑的怪字，我可是查过太多的资料，什么韩文、朝鲜文，包括钟鼎文，就是没有想到契丹文。要是这么说，咱们家的那面古镜也应该是契丹古镜了？"

水莲说："我倒猜到是契丹字了，因为当初契丹人造字时，就是参照汉字创制的。契丹原本无文字，耶律阿保机建立辽后，为了记录，才创制了契丹大字和契丹小字。但在当时，通晓契丹文字的人并不多，仅仅有几十个人。等到辽灭亡后，金就明令废除了契丹文，所以能读懂契丹文字的人就更少了。"

爹爹用奇怪目光看了小女儿一眼："你懂的倒是挺多呢！"

妈妈突然急促地喘息起来，声音也变得恶狠狠的了："你们都有病咋的？几个破字至于这么费心思吗？眼珠都没有了，何况眼眶呢？"

妈妈直转而下的语气，顿时让两姐妹噤若寒蝉。

爹爹并不理会妈妈的态度，咳了一声，继续说下去："静客还答应有时间再去古物市场里转转，帮咱们打听一下那面古镜的下落，他说要是找到了，就帮咱们买回来！"

妈妈恶狠狠地翻了爹一眼说："你这个人呀，给个棒槌就当针，不过是顺嘴说说而已。一面小小的古镜，哪就那么容易打听到了？就算打听到了，那么贵的古董，人家真能帮你买回来？就是真的买回来了，你又能拿多少钱来给人家？你去翻翻咱们家的箱子底儿，看看那里面还有几个钱？"

妈妈的几句话，顿时把爹眼睛里的光亮说没了，他又像往日一样闷头喝起酒来。喝了几口又抬起头，像是对虚空，又像是自言自语："唉！真不知道静客喜不喜欢版画，也不知道有没有这方面的天赋？"

"啥意思呀？还琢磨你的传人呢？别做美梦了！如果你真想传，不如解放思想，就传给水荷得了，孩子又那么想学。"妈妈目光闪烁地看了爹爹一眼。

"传男不传女，是我们水家的规矩，你还让我说几遍啊？"一向低声细语的爹，声音突然提高了八度，果然把妈妈的气势压下去了。

爹爹趁势而上，又瞪了瞪水荷和水莲："你们要是真的想传承水家的技艺，就去找一个喜欢画画的人回来当女婿。不过话得说到前头，想要接我的衣钵，不仅他要改姓水，将来他的儿子也要姓水。"

水莲和水荷相互看了一眼，全都低下了头，什么话都不再说。

第九章　古庙结盟

莲花终于结婚了。

令水莲没有想到的是：张石为莲花准备的，竟然是一场具有蒙汉两种民族特色的热闹婚礼。

为了使婚礼锦上添花，张石的妈妈专门为新郎新娘租了一套全新的蒙古袍，那蒙古袍实在是太美了，精致得让所有人羡慕不已。人是衣裳马是鞍，平时总是一身汉服的莲花，因着这身红色的蒙古袍，就像变了一个人似的，不但个头显得高了，人也变得更加漂亮了。

莲花结婚的那一天，水莲可是真心真意地为莲花高兴啊！真心的微笑洋溢在脸上，所有的人见了都觉得心情舒畅，特别是赵老师们，甚至觉得吃惊，以为她们当初是不是看走眼了？水莲也许并没有爱上张石？

但水莲的好心情，仅仅持续到晚上，就被水荷的一个无声的举动搅乱了。

在爹妈的屋子里，水荷背对着门，正在偷偷地看一张纸条。

水莲这才想起了联欢时的一幕：当时她正坐在蒙古包里认真地调二胡音儿，一个她不认识、水荷也同样不认识的蒙古族小伙子突然挤过来，塞给水荷一个小纸条，水荷仅看了一眼纸条上的字，脸就腾地一下子红了。水莲好奇地伸过头去看，令水莲没有想到的是，一直都在无偿占有自己秘密的水荷，立即飞快地把纸条塞到衣兜里了。

水莲是因为取东西才走到西屋的，还没等走到柜子旁，就见水荷慌慌张张地把纸条收了，然后便神情讪讪地离开了妈妈的屋子。瞧那慌乱的神情，无疑把水莲当成了一个贼。事实上，在这个家里，水荷如此小心提防的"贼"，既不是爹，也不是妈妈，恰恰只有她水莲一个人。于是，水莲便更加伤感了，用的当然是"小女人"的心思！

"爱情到底是什么东西啊！竟然把一对那么亲密无间的姐妹硬生生地分开了！"

梳洗完，水荷又坐到了书桌前，桌上的泥塑是水荷的处女作《思》，已初具雏形，只差艺术处理了。作品展现的是一位身材纤长、婀娜多姿的女子独自思索的瞬间。水荷自认为这个作品很成功，虽然还没有着色，但神韵和风采已蕴含其中，用水莲的话，就是"笔未到而气已吞"。

水荷忘了时间已经很晚了，习惯地把泥塑捧到自己的眼前，因突然看到女子手上有一处瑕疵，刚想处理一下，就听到水莲脚步拖沓地走进屋来了。水荷马上把泥塑捧回原处，并快速用布盖了。水莲正巧发现了水荷的这一举动，她什么话都没说，只用鼻子"嗤"了两声，便再不肯看她一眼，快速地脱了棉袄棉裤，就游鱼一样钻进了被窝里。

水莲以为一定会辗转难眠，没想到刚一沾枕头，就悠悠地睡着了。而在水莲的意识里，她却始终都没有睡着，没有睡着的她一直都在一个迷雾状的世界里忧伤地寻找、孤独地流连……那里说不清是山谷，也说不清是水边，反正到处都灰蒙蒙的，抬头看看天，觉得那的确是天，飘浮着些许白云，但白云的色彩也是灰暗的、阴郁的。

恍惚间，水莲走进了一个更黑更暗的屋子里，屋里传出孩子的哭声。水莲循着声音找去，转眼就看到牛牛了。只见牛牛孤零零地坐在一铺窄窄的炕上，炕下面是一个深不见底的坑……是谁把牛牛一个人扔在了这里？这有多危险啊！

水莲一飞就到了炕上，一下子就把牛牛搂在了自己的怀里。牛牛倚靠在水莲的怀里，哭得小胖脸儿又红又肿。水莲的心这个疼啊，一个劲儿地颠着牛牛，摇着牛牛："好牛牛，不哭，好牛牛，不哭……"

嘴里这么说着，眼泪已经流下来了。

一抬头，水莲看见牛大脑袋穿着一身浅蓝条纹的病人住院服，表情木然地独自前行。水莲想叫他，又叫不出口，只有眼看着他幽灵一般从眼前飘过去了……水莲的眼泪便奔涌而出，这一次是真哭，都哭出了声，她就这样被自己给哭醒了……

第二天，天上飘着大雪，清清的雪无声地落在庙上，落到操场的青砖上，落到水莲的头发上，让水莲本就不快乐的心又增添了一丝凄凉。上班后，水莲什么都干不进去，办公室里冷冷清清的，张石的桌边空着，莲花的桌边也空着，连赵老师的桌边也空了。平时挤挤擦擦的办公室因着这些突然的空，立即显得大了起来，墙角的桌子边，只有那个平时总是独来独往的鲍老师背对着她写着什么。

水莲坐了几分钟又站了起来，走了几步又坐了下去，空中总像在悬着什么东西似的。水莲当然知道，那个东西就是水荷手里的那张纸条。

正胡思乱想着，门被敲响了，还未等水莲喊进来，一位穿着大棉袄、头上戴着厚厚围巾的女人就披着一身雪花走了进来。她进来后，先在门边抖了抖雪，然后就直奔水莲而来。水莲正在发愣呢，女人摘下了围巾，露出了一张四四方方的、酡红的脸。见水莲没有认出自己，她就冲水莲宽厚地笑了。这一笑，把水莲惊得站起了身，马上叫了一声"大婶"。

这来的人，是赵秋雨的妈妈。

"这么大的雪？您怎么来了？"水莲惊异地看着赵大婶。

赵大婶叹了一口气："唉，为了儿子，别说是下雪了，就是下刀子，我也得来呀！"

水莲忙忙地给赵大婶倒水沏茶。赵大婶向四周看了看，又向鲍老师的背影瞧了瞧，便用硬硬的舌头说了一句："你们这个庙还很暖和！"便接过热水喝了起来，再也没有了下文。水莲知道老人有话要和自己单独说，正思忖着把赵大婶领到哪里去呢，那个一直独来独往的鲍老师突然站起身,冲水莲点了点头就出门去了,出门时还替水莲关上了门。

鲍老师一走,赵大婶的话匣子就打开了:"孩子,大婶我是蒙古族人,说话就喜欢直来直去!今天大婶顶着大雪大老远地来找你,就是想要告诉你,你这个儿媳妇大婶我娶定了。"几句话令水莲更惊异了。

赵大婶把水杯放在桌子上,气哼哼地说:"你八成也知道了,我儿子向我摊牌了,这孩子不知道抽啥风了,他竟然……要娶你姐姐!"

水莲有些心虚地说:"其实,我姐姐也挺好的,要说过日子,她可是样样活计都拿得起,比我可强多了。"

赵大婶马上摇头:"不行,不行,他们真的不行!"说着解开大衣扣子,掏出一张学生作业纸,交给水莲:"你瞧,我都找人算过了,这就是他们的运势。算卦的说他们俩都属金命,在八字上是犯克的,你看看……"

水莲见上面龙飞凤舞地写道:

两金夫妻硬对阳,

有女无男守空房,

日夜争打语不合,

各人各心两相殇。

赵大婶叹了一口气,用硬硬的舌头恨恨地说:"有女无男守空房,这是啥意思?这就是说我儿子要是和你姐结了婚,就会被你姐姐活活克死的。"说着又指了指下面的一段话:"可你就不一样了,你看看你们的命……你是土命,土命要是和金命结合了,那可实在是好上加好了!"

水莲又往下看,见上面写的:

金土夫妻好姻缘,

吃穿不愁福自然,

子孙兴旺家富贵,

福禄双全万万年。

赵大婶说："你看你们的命多好！秋雨这孩子，真是气死我了，前几天还说要和你好好处呢，咋突然变卦了？我一定得阻止他们。"老人伸出粗糙的大手，抓住了水莲的手，"孩子，现在关键就看你了，你一定得支持大婶。"

水莲心里说不清是啥滋味，便为难地说："我一个女孩子，咋支持您呀？再说，您儿子心里又没有我……"

赵大婶马上接过话头："他心里怎么没有你？他牙对牙口对口地说过他挺相中你的，要不然他咋能三番五次地托人找你大姐？"

水莲说："大婶，和您说句实话，我除了有工作这一点比我姐强外，其余哪方面都不如我姐，我懒，还笨，还不会看人的眼色，不瞒您说，连我亲妈都烦我……我家人都叫我虎车车。"

赵大婶把头摇得像波浪鼓："谁说你虎？你可不虎！虎咋能当老师呢？大婶我看人最准！不爱干活也很正常，小孩子哪有爱干活的？等你结了婚，家务活就让大婶干，你只要好好上你的班就行。"

水莲又说："迷信这东西毕竟是迷信，也不能信。"

赵大婶马上摇头："哎哟哟，这你就不懂了，这八字婚配可是从老祖宗那里传下来的，准着呢。孩子，别犹豫了！今天大婶顶着大雪来找你，就是想要你一句话，你到底同不同意和秋雨处，你要是同意，大婶我马上下聘礼。"

水莲为难了，虽然同意或不同意仅仅是一句话的事，但这句话却实在难以说出口。

正在这时，古老的钟声敲响了，苍凉的声音顿时给了水莲逃避的借口："大婶，我要上课去了，您先回去，先容我想一想，我要想好了，就去找您。"

赵大婶着急地看着水莲："孩子，你最好别犹豫了，最好快点决定了吧，你要是同意了，那你可就救了大婶了，也救了秋雨了！你没听人说吗？救人一命胜造七级浮屠，这可是我们老赵家的两条人命啊！"

水莲真心地说："大婶，您真不该迷信的，更何况我姐姐真的很好，无论过日子，还是脾气，包括为人处世，都比我强多了，要是她能成为您的儿媳妇，您一定能幸福。"

赵大婶把头摇成了拨浪鼓："不行不行，这门婚事我是坚决不会同意的，即使你们不成，我也不会同意！我就这么一个宝贝儿子，可不能拿我儿子的命开玩笑！"赵大婶一边急急地说着，一边期待地看着水莲。

水莲从赵大婶的眼睛里，已经看到她的心了，她可是真心诚意地想让自己做她的儿媳啊！见水莲着急上课去，赵大婶便无奈地叹了口气，把心里要往出倒的大河堵住，慢慢地站起了身，把大衣扣子系了，把围巾又戴了，本来决心再不说啥了，可还是没忍住："孩子，听大婶的话，快点给大婶回信吧！就算大婶我求你了！"赵大婶说这句话时，眼泪一直在她那有些混沌的大眼睛里闪动着。

水莲一直把赵大婶送到了大门口。雪还在下着，心平气和地把那一片片白，均匀地撒到每一个角落，赵大婶就顶着风雪，一步三回头地走了，身上很快就披上了一层白雪。真是可怜天下父母心啊！那么远的雪路，老人就是这么一步一步地走过来的，如今又要一步一步地走回去。水莲心一热，一句话便没经过人脑，直接喊出去了："大婶！我同意了！"

赵大婶马上回头，不相信地看着水莲。

水莲一副豁出去的样子，声音却变低了："我是说……我同意了！"

赵大婶依然看着水莲，看着看着，两行热泪就从结了霜的眼睛里流了出来。

回家的路上，水莲默默地对自己说："等见了水荷，你不仅要管住自己的嘴，还要控制脸上的表情。"可她走进家门才发现，一切计划都是徒劳的，水荷根本就不在家里。

一定是炉子又不好烧了，冰冷的屋子里充满了呛人的生烟气味。

爹蹲在炉子边慢腾腾地掏炉子，炉中火烧得蔫蔫的，燃烧声都赶不上爹气管的喘息声。

"水荷呢？"水莲扫了一眼坐在炕上卷烟卷儿的妈妈。

"叫一声姐姐咋就那么难呢？一天比一天大了，别老是水荷水荷地叫了！习惯成自然，你姐姐哪天找了婆家，你当着婆家的面也这么叫她吗？知道的说你们姐俩感情好，不知道的还以为咱们家没有家教呢！"妈妈每次说话总是这样没头没脑，该说的她一句都不说，不该说的，一说就一大筐。

"炉子又呛烟了吗？"水莲又问爹。

爹咳了一声，呼哧带喘地把蹲位转成了坐位，这才慢吞吞地说："你四姐……好像去约会了！早上走的，到现在还没回来。我担心这个人就是那天要拜我为师的人，但愿他找你四姐，并不是带着不可告人的目的。"突然又咳了一声，"也犯不上着急！到底是个啥东西，等见了面，看一眼就知道了，除非他这一辈子不见我。"

"能有什么目的？还不可告人？哪有那么严重？就算他真有目的，你又能损失多少？也就你把你们家那门子破手艺当成狗头金了吧？现在这个世道，谁还在乎这些没有用的东西？"妈妈的声音又粗了。

"能不能把嘴闭上？"爹的声音也粗了。

水莲没有理睬父母的吵嘴，转身就离开了屋子。掀开锅，锅里的确温着饭菜，她便端出饭菜放到锅台上，坐在锅边就吃了起来。冬天家里总是两顿饭，而水莲的学校却始终三顿饭，这就让水莲的晚饭变成了一个人的小锅儿。可饭还没吃上两口，外面突然响起了人声马吠，乱哄哄的也听不清到底有多少人有多少马。水莲马上把饭放回锅里，刚要开门，门已经被人打开了。只见雪地里，乱哄哄地站了许多的人。

这来的人，就是专门为水莲送聘礼的。站在最前面的，是赵秋雨的妈妈，跟在她身后的，是大姐水蕖和大姐夫袁泉，后面还有两个陌生的小伙子，正忙忙地从马车上往下搬东西。

"水莲，这是赵大婶，不认识了咋的？"水蕖笑着推了妹妹一下，让出路来。

赵大婶摘下手闷子，热乎乎粗糙糙的大手一把就拽住了水莲的手，她就那么拉着水莲走进了屋子。

面对不速之客，爹和妈的表现比水莲还显得傻。水蕖便笑着冲爹妈说："爹，妈，这位大婶就是赵秋雨的妈妈，她这次来是专门给咱们家送聘礼来了！"

"送聘礼？给谁……送聘礼？"快嘴的妈妈第一次结巴了。

"当然是给水莲了，你没看见人家娘俩的近乎劲儿？"水蕖笑看着站在地中间手拉着手的赵大婶和水莲。

水莲的脸红了，借口去倒水，硬是把手从赵大婶的粗手里拽了出来。

两个小伙子已经把聘礼都搬到屋子里了，大箱子小包裹足足摆了半个屋地，最显眼的是两只用红布条绑着的时而还要咩咩叫两声的老绵羊。

水莲的记忆中，爹和妈还从没收过这么丰厚的聘礼呢！所以才显得手足无措。幸好水蕖两口子左右逢源，才使屋子里的气氛融洽了一些。赵大婶也真实在，很快就脱鞋上了炕，和妈妈大烟袋小烟卷地相对着抽了起来。赵大婶边抽烟边把两个小伙子介绍给了大家，原来他们都是老人的侄子，年纪大点儿的叫大马车，年纪小点儿的叫二马车。听了他们那怪怪的名字，水莲又差一点笑出声了，她奇怪大家怎么都不笑？爹妈甚至一脸郑重地叫了他们的名字，热情地让他们坐。

水莲终于笨手笨脚地把茶水端上来了，老太太的笑眼就粘到了水莲的脸上，再也不舍得挪开了："你这个闺女我真是太喜欢了！"老人用硬硬的舌头说，"你们呀真是命好，生了这么好的闺女！我娘俩可是一见钟情。"一句话就说得妈妈喜笑颜开。

"你们看看这聘礼，水莲真是掉进福堆儿了！"水蕖边说，边忙活活地打开箱子和包裹，展示里面的被面、衣服、好烟好酒。

望着眼花缭乱的聘礼，妈妈的眼睛明显变亮了："哎呀，大妹子，你们家可真是正经过日子的人家呀！"

"这个档次的聘礼在我们蒙古族亲戚里也是一等一的！我大姑做什么都讲究，她的讲究在我们那里也是一等一的。"大马车也用硬硬的汉语附和着。

妈妈把水杯往赵大婶的面前推了推说："大妹子，你喝水。我们虽然第一次见面，但一看见你我就知道你是痛快的人，泼辣的人，我听说赵秋雨他爹死得早，你这么多年拉扯他也不容易吧？"

赵大婶说："不容易那是当然的了，好在我儿子懂事，从来都不气我，娘儿俩就这么和和乐乐地，一晃就过了这么多年，也没觉得有啥不容易的。"她边说边征求地看了看爹，"我说大哥大嫂，你们看看这聘礼……还缺啥不？"

还没等爹说话，妈就抢着说："还缺啥呀？不缺了不缺了，我们也都是开明的父母，多多少少还识了些字，看了些书，对孩子的婚事，我们从来都是尊重孩子的。"

可爹却白了妈一眼，不高兴地咳了一声，可妈妈正说到兴头上，没有觉察到他那特别的咳嗽。水蕖捅了妈妈一下，妈妈才发现爹爹的反常，讪讪地说："你还有啥要求咋的？做人可得知足，可别太过分了。"

爹因为生气，脸都憋红了，猛地一甩那只软绵绵的小手，随即那只小手就被自己的左手接住了。这是爹生气时的习惯动作，于是，大家都不再说话，都把目光投向了爹爹。

爹又咳了一声，才慢吞吞地说："怎么不缺？"

赵大婶的笑容顿时僵在了脸上，小心地说："大哥，你还有啥要求，都说出来，我保准满足你！"

爹的声音里全是恼怒："主角呢？"

"煮饺子？"妈又打岔了，"我活了这么多年，还没听说送聘礼还要煮饺子的呢！他爹……我劝你也别太苛刻了，只要两个孩子愿意，聘礼多少都是次要的。"

"会不会听话？"爹的脸都气成酱紫色了，软绵绵的小右手又急得甩动起来了。

大姐水蕖这才反应过来，马上拍了拍大腿："可不是嘛，大婶，我这一路上就觉得差点啥，光顾着说话了，就一直没想起来差到哪儿，赵秋雨这个主角应该来呀，赵秋雨咋没来呢？"

妈妈也才反应过来："可不是嘛，咱们光顾着唠嗑了，咋把他这个主人公给忘了呢？他赵秋雨再怎么忙也应该来送聘礼呀！咋的也得让我们老两口相看相看呀！"

赵大婶的脸上就有些挂不住了："怎么？你们还不知道啊？这么大的事，你们家的两个闺女都没和你们学吗？"

"没学呀？出啥事了？"爹和妈面面相觑，都把目光投到了水莲的脸上，水莲马上把头低了。

赵大婶刚要说话，门突然开了，二姐水菡带着一身的寒气走进屋来。她连大衣都没穿，只穿着一身贴身的棉袄棉裤，披头散发的，脸上还带着两道血道道。

"你咋的了？是不是和牛得水打起来了？"大姐水蕖担心地问。

"没有没有，我回家取点东西。"水菡抚了抚自己乱蓬蓬的头发。大马车二马车礼貌地站起身来，水菡马上冲他们点点头说："你们坐你们的，我不是外人。"

水蕖马上冲赵大婶笑笑："这是我二妹妹，自己家的人，您老接着说您的。"

突然，外面传来了一阵近乎狼嚎的声音："魏宝娟，你给我出来！"屋里人听了都吓了一跳，纷纷向窗外看去，外面已经黑透了，借着灯光，只见一个黑乎乎的人影正站在雪地里大喊大叫着，吓得那几匹正吃草的马一个劲儿地刨蹶子。

"魏宝娟？谁叫魏宝娟？"赵大婶奇怪地问。

水菡顿时泪如雨下："他这是在骂我呢！这日子真的没法过了……"

"这是咋的了？好好的日子，又打哪门子仗啊！"妈妈的声音里也掺杂了哭声。

爹气得睁圆了一双充血的眼睛，冲大姐夫袁泉喊道："你让他进来！有啥事让他进来说！"

大姐夫走出去了，水萲、水莲和赵大婶的两个侄子也跟着大姐夫走了出去。雪地里，只见牛大脑袋戴一顶狗皮帽子，穿着军大衣，腰间扎着一条麻绳，正一跳一跳地在雪地里叫嚣呢："魏宝娟，你别他妈的装死！你出来！再不让你爹出来！咱们好好说道说道！"

大姐夫一回头，见后面有这么多的人，便底气十足地断喝一声："得水！你喊啥呀？家里有客人，不怕人家笑话呀？有话进屋来说！"

牛得水见屋子里突然冒出这么多的人，更加猖獗了："太好了！来客了！来客更好，让他们好好看看这家人家到底是他妈的什么人家……"

大姐夫试探着向前走两步："有啥话进屋来说，你们不是没离婚吗？家丑不可外扬……"

"离婚？美的她！想跟我离婚，除非我死了！魏宝娟，你给我出来！出来！"牛大脑袋好像喝了很多的酒，水莲只觉得一股酒气直冲过来。

小莲耳边传来剧烈的喘息声，一回头，见爹左手拿着一把铁铲子正气乎乎地走出门来，还未等众人反应过来，只听嗖的一声，那把铁铲子就从众人头上飞过，直奔牛大脑袋的头上飞去，牛大脑袋头一偏，那铁铲子便紧挨着他的头飞到了雪地里。

尽管牛大脑袋躲得及时，但铁铲子还是刮到了牛大脑袋了，只听他嗷的一声，狗皮帽子也掉了。"你想整死我咋的？好，你就整死我！你们家的姑娘好吃懒做，一点儿过日子的心都没有，可你不管，你今天还他妈的想整死我，我跟你拼了……"牛大脑袋直冲过来，抓住了爹的脖领子就往门上撞，一只手把爹那健康的左手攥得死死的，勒得爹满脸通红，只能干乍着那只软绵绵的右手，连气都喘不过来了。

"哎呀妈呀！这可要出人命啦！"妈妈顿时大哭了起来。

赵大婶也趿着鞋从屋子里出来了，见状马上冲两个侄子喊道："大马车，抓住他，二马车你还瞅啥？快抓住他！"两个侄子一拥而上，把牛大脑袋那如铁锤子一般的手硬掰开了，并强行把他拽到了旁边，爹这才长长地喘了一口气。

"你们放开我！放开我！"牛大脑袋疯子一般挣扎着。

爹趁机上前，抢起左手叭叭叭对牛大脑袋一顿左右开弓，转眼就把牛大脑袋打得鼻孔流血。大姐夫和大姐用了很大的劲儿才把爹给拉开。

"哎呀妈呀，这可咋的是好啊！多亏了大妹子你呀！他爹呀，你也压压气，别把事往大了整了！儿女养多了真是孽呀！"妈妈哭得鼻涕一把泪一把的。

牛大脑袋挨了打，又憋气又窝火又动弹不得，便发出狼嚎一样的声音大哭起来："魏宝娟！我整死你！魏宝娟，我烧了你们家的房子！"

赵大婶冲牛大脑袋厉声喝道："你整死谁呀？还烧房子！看把你能耐的？杀人放火不偿命咋的？"她回头冲大马车二马车命令道，"问问他到底想咋样？要是回家，赶马车给他送家去，要是再闹，就直接给他送到派出所去！"说完一手拉起妈妈，一手拉起爹，劝慰道："大嫂，别这样，哭能解决啥问题？大哥，你也消消火，进屋吧！"说完便一边搀一个，把爹和妈都劝进了屋子。

妈边哭边说："大妹子，让你见笑了！今天幸亏你在这里了，不然可真就出大事了。"

赵大婶笑笑说："笑话啥，家家有本难念的经，谁家不都这样？连我家秋雨这么好的孩子还尥蹶子耍驴呢！"

一行人进了屋，见水菡正趴在炕上哭呢，水蕖便说："你还哭啥，快让大婶上炕。"

赵大婶一边提鞋一边说："还上啥炕，就在炕边上说完这几句话，等车回来了，我也得回去了。"

水菡便爬起来，捂着脸就往东屋去了。赵大婶四处看了看，奇怪地说："对了，咋一直没见你的……那个叫水荷的姑娘呢？她是老四吧？"

妈妈说："她是老四。"又指着水莲说，"水莲是我的老丫头。"

赵大婶又把爱怜的目光投到水莲的脸上，再次拉起水莲的手，一边抚摸着，一边简单扼要地学起了赵秋雨要娶水荷的事，同时表明了自己的态度：坚决不同意这门婚事。

妈想了想说："按理，都是我自己养的，这话我不该说，但大妹子既然把话都说到这份上了，我就得表明我的态度……"边说边清了清嗓子，又喝了一口水。

妈妈这种表现，就意味着要做长篇大论了："我这两个姑娘要说长相，她们是不相上下的，不是我当妈的吹，不能说有沉鱼落雁之容、羞花闭月之貌吧，也是各有各的好。可要讲处理人情世故，讲舞针弄线过日子，那我这个四闺女可比我这个老闺女强多了。我不怕你笑话，这个老闺女让我给惯的，横针不知竖线，啥活儿都拿不起来，而我的四闺女就不一样了，那可是扔了耙子拿笤帚，干啥还干净利索，家里家外样样都行。这么说吧，谁家要是娶了我的四闺女，那他们家可就烧高香了！"见赵大婶张嘴要说话，妈妈马上加快了语速，"话又说回来，现在都啥社会儿了？大妹子你又是这么明白的人，你咋能也信迷信呢？主席都说了要破除迷信，解放思想。"

赵大婶倔强地晃了晃头："主席说啥我不管，你夸你四姑娘好，我也不能说啥，但我的态度是坚决的，除非我死了，除非他们从我的尸体上踏过去，要不然的话，他们就别想成亲！"话音刚落，外面就响起了一阵马的踢踏声，不一会儿，大马车和二马车就冷呵呵地进了屋。

瞧大马车、二马车和赵大婶之间的融洽默契，水莲觉得他们姑侄的感情好像胜过了赵大婶和赵秋雨的母子感情。后来水莲才知道：原来大马车和二马车的父母死得早，他们都是赵大婶养大的。

见大马车和二马车冷呵呵的样子，赵大婶往旁边挪了挪地方，让两个侄子坐，一边笑着问他们："你们把他送哪儿去了？"

大马车笑了说："一上车他就没尿了，我们问他你想咋样？他说不想咋样了，困了，只想回家睡觉，我们就直接把他送回家去了。"

二马车说："他一定是没少喝，没喝一斤，也得有七八两。"

赵大婶气哼哼地说："牛得水我也认识，看着挺好的一个孩子呀，喝了酒咋就不是他了呢？这酒喝到人肚子里了，又没喝到狗肚子里了。"

正说着话，门突然开了，只见水荷文文静静、悄无声息地进屋来了。静美的像一朵花，悄然的像一缕风。

水荷虽然没有发出一点声音，但她的现身却像一声炸雷，震到了屋里的所有人，大家都把目光投落到她的身上。喧闹的屋子顿时安静了，连老式座钟的走动声都清晰可辨。

本该严肃的时刻，一只老绵羊偏偏不合时宜地叫了一声咩，让肃穆的寂静充满了滑稽。水莲突然又想笑了，那笑意就像火山，一股一股地直往上喷，幸好她还有顽强的意志能够抑制。为了抑制这股笑意，她不仅憋得浑身都颤抖了，也憋出了一身热汗。事后想起此事，她恐惧至极，如果当时真的抑制不住大笑出来，那自己可就废了。事实上，如果一个人连哭笑都控制不住了，那不是真成了精神病了？

无论水莲的情绪发生了多大的变化，别人都注意不到她了，所有人的目光可都盯着水荷看呢。水荷的确是水荷，始终表现得落落大方、文质彬彬的，圆圆的脸上还带着一抹笑意。她就这样微笑着冲赵大婶礼貌地点了点头，声音清丽地说："大婶，您来了！"说完便自然地拿起水壶，给老人倒了杯茶。

水荷连倒茶的姿态都做得完美无缺，先是把茶杯里的凉水倒了，用清水涮干净了，轻轻放到赵大婶身边，然后才用那只嫩藕般的玉手拿起水壶，先把壶嘴儿低低地对着茶杯倾倒，边倒拿水壶的手边往上抬，淡铜色的水流越拉越长，拉成一股水晶般修长的、带有禅意的泉流。过程太美了，那种意境就像水荷的泥雕，形态静美，神韵悠长……水杯满了，泉流也断了，戛然而止，恰到好处，多一滴则溢，少一滴则缺。

赵大婶突然扭了扭身体，神情刁钻地说："哟，瞧这个样子，这孩子是对我有意见呢！"一句话说得大家都一愣。

赵大婶转过头笑看了妈妈一眼说："大嫂，我不拿你当外人，你也不会挑我说话酸吧？小孩子做错了事，我看到了，就忍不住要说！不信你们就问问大马车和二马车，从小他们也都是这么过来的。"

妈妈马上说："那当然，当面教子，背后教妻，这个道理谁都懂的。"

赵大婶又把头转过来，脸上的笑容转眼就被甩掉了，说："给客人倒水，学问可大了，比如你刚才这种倒法，就是对客人的不尊重。我估计你妈妈也告诉过你吧？给客人倒水，只能倒八成满，多了有捉弄人的嫌疑，少了有不尊敬的误会。"

几句话说出口，不但水荷的脸红了，连妈妈的脸也有些挂不住了。可赵大婶却依旧我行我素地说："再有放茶壶也是有讲究的，你看这茶壶嘴儿，你就不能这样子冲着客人放，幸亏这个客人是我，要搁了别人，站起身就会离开，因为茶壶嘴儿对人，是骂人的意思。"

妈妈始终是说上头话的人，此时突然来了个赵大婶，处处表现得比自己强势，所以心里早不受用了。可刚才多亏了人家临场救阵，又没法说什么，只能把心里的怨气发到水荷身上了，生气地说："你这一天都跑到哪里去了？走的时候连招呼都不打一个，还嫌家里不够乱咋的？刚才你二姐夫来闹，闹得家里像唱了八台大戏了似的，笑话可都让外人看了去了！可你一直都是懂事的孩子呀，今天咋也这样了呢？"说得水荷本来红红的脸上，又加了一抹红。

赵大婶审视地看了看水荷，又侧耳倾听了一会儿。她突然抬起头，冲二马车喊道："去，你把赵秋雨这个小犊子给我叫进来，这小犊子就在外面。"二马车听了，马上跳起来向外面跑去，大马车愣了一愣，也跟着跑了出去，大家都回头回脑地看着，不明白到底发生了什么。

妈妈奇怪地问赵大婶："这外面也没有什么声音啊！你怎么知道你儿子在外面？"

赵大婶说："我刚才听到摩托声了。我熟悉那种声音。"然后回过头冷冷地问水荷："他刚才是不是骑摩托车把你送回来的？"

水荷想了想，点了点头。

妈妈这才明白是怎么一回事了，不由得喜上心来。为了掩饰心中的快乐，她马上绷起脸，冲水荷叫道："这么说你今天一整天都和赵秋雨在一起呀？你这孩子……你这孩子咋也不让我省心了呢？"说罢又抹起了眼泪。但妈妈的表演实在是太差了，不但愤怒表演得假，哭得更假，假得都让水莲替她感到难受了。

水莲正这么替妈妈难受着呢，随着一阵脚步声，赵秋雨已经怯生生地跟着大马车和二马车走进来了。只见他穿着税务所的制服大衣，四四方方的红脸绷得像一张鼓。大家又都不说话了，都凝神观看赵秋雨的鼓。可赵秋雨真不愧是鼓，没人敲打，就是一声不吭。

赵大婶脸一阴，突然冲赵秋雨一声断喝："跪下！"

赵秋雨身子震动了一下，求救的目光向四周看了看。见大家都在看他，并没有人为他解围，赵秋雨就真的跪下了，和两只老绵羊并排跪在一起。两只老绵羊为了显示自己智商不低，一起扭过头来审视赵秋雨，其中一只还礼貌地冲赵秋雨叫了一声咩。

水莲又一次想笑了，那种笑意比喷发的火山还要猛烈。怕抑制不住，水莲转身离开了屋子，幸亏她坐的地方离门边并不远，没有人注意到她。水莲跑出门以后，就弯着腰在门口默默地大笑起来，笑得眼泪都流出来了，笑得正在吃草的几匹马都不吃草了，都用水汪汪的双眼皮儿的大眼睛认真地看她。终于笑够了，水莲才直起腰，擦了擦眼泪，觉得自己最好还是回屋去，虽然屋里的事情和她已经没什么关系了，但谁又能说真和她没有关系了？

水莲进屋时，妈妈正在给赵秋雨解围说："大妹子，孩子大了，就别让孩子跪了。来，秋雨，快起来，快起来吧！"

赵秋雨感激地看了妈妈一眼，刚要站起来，赵大婶马上说："不行！继续跪。"赵秋雨只好继续跪着。

赵大婶清了清嗓子说："你也看到了，你妈妈我今天亲自到这里来，是给你未来的岳父岳母送聘礼来了！但我送聘礼不是为了你和那个什么水荷的，我是为了水莲！"赵大婶边说边指了指水莲，大家便都看水莲，水莲便想：幸亏自己及时进屋来了。

赵大婶横了两下威严无比的眼睛，又舌头硬硬地说："过了年你就要和水莲结婚，当然日子你可以自己选，但这门亲事我给你定下来了，我平时虽然惯着你，宠着你，但这一次你必须得听我的，不管你同意也好，不同意也罢，我生养你一回，你的婚事我就给你做主了。"

赵秋雨看了自己的妈妈一眼，又深情地看了水荷一眼，目光中含着和赵大婶同样的倔强："妈！我啥事都听你的，但只有这件事，我得自己做主。"

叭的一声响，那个刚才被水荷注满了水的水缸子，就被赵大婶摔碎在赵秋雨的身边了，惊得那两只羊顿时蹦起来叫个不停。两只羊在旁边叫嚣，使赵秋雨连下跪都不得安宁，可他又不敢贸然站起来，那副躲避羊提防羊的狼狈样子让水莲又一次要发笑了，转眼看到赵大婶那阴沉的脸，她的笑意才被强行地咽在了脖子下面，咽得嗓子都发疼了。

"你自己做主？小点儿动静！我还没死呢，还没轮到你来说了算！"赵大婶声音洪亮地说，同时用粗粗的手指点着水荷，"你这个孩子给我听着，你赵秋雨也给我听着，你们要想结婚，除非把我弄死了，除非从我的尸体上踩过去！"说着就站起身，对两个侄子一甩头说："大马车，二马车，咱们走！"几个人就呼啦啦地走出了屋子。

赵大婶的话把所有的人都震惊了，大家好半天才想起来要去送她。

赵秋雨这才爬起来，伸开双臂止住了大家。他先是求救似的看了水莲一眼，眼圈渐渐地红了。然后又回头看了爹一眼，又望了妈一眼，最后把目光投向了水荷，嘴里一字一顿地说："水荷，你放心！我一定能说服她，我一定能娶你的。你要有信心，你一定要等我！"赵秋雨说完，就规规矩矩地站直了身体，冲着爹和妈妈行了一个九十度的大礼，直起身，又冲水莲行了一个一百度的大礼，这才抹了一把眼泪，大踏步出门去了。

屋子里一直静静的，时而听到地上的羊咩咩地惨叫一声……

第十章　寒夜抓奸

说没有事，一点儿事都没有，日子平静得就像村口那块闲置多年的石碾；要说有事，一个晚上就发生了这么多的事，多得大家都不知道先想哪一件了。

多事之秋，别说人要思索了，连那两只老绵羊也不得不思索起来。临睡觉前，爹把它们全都拽到外屋地上去了，还给了它们一些草。有了草料，它们就显得更深刻了，吃一会儿想一会儿，想一会儿吃一会儿，严肃的神情就像两个绅士。唯一不绅士的，是不知什么时候，静悄悄地挤出了两滩羊粪。

自从客人们走后,水荷和水莲一句话都没有说。两个人这样不说话，已经是第二个晚上了，幸好来了个水菡隔在了二人的中间，很自然地隔开了两个人的沉默。

从早晨开始，水荷的心就处于一种怪怪的感觉里，她没有想到赵秋雨会对自己用情之深。特别是晚上，当他面对自己母亲的淫威时——对，她当时想的就是这个词：淫威！他竟然依然坚持自己的想法，毅然决然地向自己表达爱情。

本来，早晨按纸条上的约定去见赵秋雨时，她是抱着断然拒绝的态度的。去的时候，她特意用小纸壳箱装好了那尊心爱的泥塑作品。她计划一见到赵秋雨，就把泥塑作品送给他，然后就转身回家。在她的心思里,这尊泥塑就是她和赵秋雨爱的句号。正因为有了这样的计划，水荷对自己的赴约行为才没有一丝负疚感。

按照纸条上的约定，水荷分秒不差地来到了村头的歪脖子树——也就是赵秋雨所谓的夫妻树下。远远地，她就看见赵秋雨披着一身白雪坐在一辆摩托车上。两棵老树，一个雪人，一辆摩托车，这是多么苍凉的画面！水荷一下子被这特殊的画面震撼了，坚定的脚步也变得犹豫起来。

按计划，她应该快步上前，把东西交给他就转身离开，可赵秋雨突然黑着脸冲她打了个手势，意思是让她坐上摩托车。水荷从没坐过摩托车，甚至也很少见到摩托车，当她看见身穿税务制服大衣的赵秋雨骑着一辆那么酷的摩托车时，心就已经异样地跳了，更何况赵秋雨见她始终不动，还再次回过头来，用漆黑锃亮的大眸子责备地瞪了她一眼。

水荷就这么心甘情愿地上了赵秋雨的摩托车，上了车后，水荷便更不能为自己做主了，因为摩托车已经迎着风雪向前奔去了。啊，好大的雪，好白的雪，好美的雪啊！雪花落在脸上凉凉的，多么柔软，多么美丽，就像一个个俏皮的小精灵。水荷渐渐地心花怒放了，她甚至想伸出手来，接那么几片雪花在手心里，然后便大声地唱一首关于雪孩子的歌。

摩托车在雪地里嗡嗡地叫着，一路欢快地前。因为很久没有下雪了，路上没有残雪，所以雪落在山路上就只有雪；也因为这是早晨的初雪，没有被人踩过被车轧过，所以才蓬蓬松松的，摩托车行驶在上面一点都不滑。

摩托车一直驶进靠山屯的一方小小院落。靠山屯离雾中村不太远，两个村庄背靠着同一座大山，但这里的村民却比雾中村多了近一倍，房子的布局也显得杂乱无章。

与村庄不同，眼前的一方所在处处显得规矩。从四四方方的小院落，到四四方方的小屋子，全都像用尺子画过了似的。院子里的飞雪，白得像毡，看不见一个人的脚印；屋子里的炉火正旺，暖得像春，也看不见一个人影。一切都太美了，这可是水荷做梦都想要的所在啊，除了静，还是静，就像静美湖面上的一朵荷花，梦里除了心爱的人，看不到一个外人。

停好摩托，关好门，在门边抖落掉大衣上的白雪，又帮助水荷抖掉白雪，脱下大衣……赵秋雨神情坦然地做完这一切后，就看着水荷不动了。水荷第一次发现，赵秋雨除了浓眉大眼，嘴也棱角分明。水荷用雕塑家的眼睛审视过这张嘴，如果雕刻应该怎么下刀？当然这种审视是水荷后来在家回想时才有的，而当时水荷的脑袋里，却只有一片空白。她就那样大脑空空地看着赵秋雨，看着赵秋雨，耳畔清晰地响着赵秋雨的心跳，怦怦怦……伴着水荷自己的心跳，怦怦怦……

终于，赵秋雨向自己走来了，就像在电影里看到的那样，脸上带着深情，也带着胆怯，一步步地向她走来。水荷没有动，也没有说话，但水荷颤抖起来了，心里依然洋溢着那种怪怪的感觉。水荷知道这种感觉不是害怕，但水荷为什么要颤抖呢？

赵秋雨终于走到自己身边了，为了这一刻，水荷足足等了25年。所以当赵秋雨十分自然地伸开双臂，把水荷紧紧拥抱在自己怀里的时候，水荷一点都没有反抗。她甚至默默地闭了眼，小猫一样乖乖地任赵秋雨紧紧地搂抱自己，狠狠地揉搓自己，爱昵地亲吻自己。

此时，水荷真的什么都顾忌不得了：什么"纸毕竟是包不住火的"？什么"奸性出人命，赌博出贼性"？那都是水荷说给水菡水莲们听的，说给所有的与爱情无关的人听的。幸好赵秋雨及时控制了自己的情绪，果断地放开了水荷，不然水荷一定会任由赵秋雨这簇烈火燃烧下去的，哪怕把两个人都烧成灰烬。

接下来，在那个小屋子里，赵秋雨就文文明明地和水荷规划起未来的日子了。赵秋雨的计划很周密，也很现实，当然实施起来，也会非常地艰难。

赵秋雨说："母亲守寡多年，我不能让她寒心，但我们如果坚持下去，用暖去感化她，用爱去包容她，我们就一定能够成功，你能做到这一点吗？"

水荷立即服从命令："我能……"

赵秋雨又说："抗日战争的胜利，靠的是持久战，我们的战争可能比抗日战争还要艰难，还要持久，你能和我一起坚持下去吗？"

水荷坚决服从命令："我能……"

赵秋雨快乐地笑了，又一次拥抱了水荷，眼里含着热泪。他像是对水荷，更像是对自己说："我得控制自己的情绪，决不能做出任何对你不负责任的事，我要用最高的礼仪、最隆重的婚礼把我最心爱的女孩儿娶回家！我一定要做到。"说完他便近乎悲壮地放开了水荷，文文明明地隔着一段距离，和水荷谈起泥塑创作来了。

水荷像呈献珍宝一样，一层层打开小兜子，捧出了自己的处女作。当那尊身材纤长秀丽的"思"美人突然亭亭玉立地站在赵秋雨的面前时，赵秋雨顿时惊呆了："你真是天才！我虽然比你早做了五六年的泥塑创作，但我的天赋远远比不上你！你才是名副其实的水家艺术的传承人。"

水荷不相信似的看着赵秋雨问："真的这样吗？能是这样吗？"

赵秋雨把泥塑放到桌子上，远远地看了一会，又走近来细瞧了瞧，说："在写实基础上进行适度的夸张变形，这样不但突出了美的特征，更产生了一种魔术般的效果。"赵秋雨快乐得像个孩子，"我最欣赏的是这种轻描淡写，稍加点缀，不靠外来的雕饰，而是靠泥的本色施展自己的创作思想。太神奇了，太唯美了！泥土的芳香、泥土的美丽，连同你的梦想，都融为一体了，我给你的第一个作业打120分！"赵秋雨孩子般地笑了，又说："就凭我给你这么高的分数，你是不是还应该奖励奖励我？"

水荷愣愣地站在那里，没有动。

赵秋雨又一次忘情地拥抱了水荷，久久地拥抱着。

此时，月亮还是那么圆，并且越来越明亮了，有一抹月光甚至不安分地从窗棂里射进来，照在了水荷的脸上，当然也照在了鼾声如雷的水菡和同样在默默地思考着的水莲的脸上。

此时此刻，水莲也在失眠。水莲的失眠不缘于生气，也不缘于嫉妒，主要缘于激动。对于和赵秋雨的尴尬关系，水莲除了好笑外，真的再没有其他感觉了。特别是当她发现赵秋雨真的深爱水荷时，她是多么为姐姐高兴啊！是的，就凭能为姐姐高兴，水莲就知道自己不爱赵秋雨。所以，当赵秋雨眼含热泪，恭恭敬敬地向自己深鞠一躬时，水莲就决定放手了，她现在最为难的是怎样说服赵秋雨的妈妈，怎样把聘礼退回赵家。

突然，一个声音划过她的脑海：聘礼不能退！因为聘礼一旦退回去，水荷就不可能收到同样的聘礼了。

在水莲辗转反侧之时，挂在窗棂的月亮始终照着水莲的脸，不知过了多久，水莲一回头，突然在月光下，看到了一片山峦，最让水莲感到神奇的，是笼罩在山峦上的五彩香雾。

水莲恍惚觉得自己遇到过这样的香雾，可具体在哪里遇到，却怎么也想不起来了。突然，一缕仙乐缈缈传来，水莲循着乐声望去，第一眼看到的，竟是自己学校的古庙，只不过那飞翘的琉璃庙顶更加金碧辉煌，屋脊上还雕刻了好多仙人，栩栩如生。

这时，一个穿着白色纱裙、面带微笑的小女孩儿，也不知道从哪儿突然走了出来，在庙门前舞动了起来，她一直不停地舞啊舞啊！把白色的纱裙都舞圆了，舞成了一把巨大的伞。突然，小女孩儿飞起来了，在蓝蓝的天空中，飞成了白天鹅的仙姿。水莲正发愣呢，小女孩儿却像小鸟儿一般，轻盈地落到自己身边了，递给她一块光滑圆润的扁扁的石头。

"她的名字叫'诗'！"叹息似的声音响在耳畔。

水莲看了看石头，发现上面刻着一堆怪怪的文字。"这是什么字呀？"水莲歪着头看着，看着，就是看不出来，"诗"就笑了，喃喃地在水莲的耳边低语："这就是契丹文啊！"

"契丹文？可我看不懂啊！"水莲继续研究石头上的字。

"去问你的亲人啊！""诗"说。

"我的亲人？"水莲这才想起了自己有一个亲人，可她实在想不起那个亲人是谁了。

"这些契丹文的意思是——莲若！"叹息似的声音又在耳边响起。

水莲一回头，就愣在那里了。她看见了一个亲切的身影正在山间慢慢地走，那是一个身材秀颀的男子，着一身白色的长衫，水莲还没看到他的脸呢，就已经被他修竹临风的身材迷住了。

"他是你的亲人！他就是你的莲若！""诗"的呢喃幽幽响起。

水莲便跟着他走了，转过了一座山，又过了一条小河，无论脚步多快，那个白衣男子永远都在前边慢悠悠地走。水莲非常想看看他的模样，便冲他"喂"了一声。迷蒙的彩云里，那人果然回过头看了水莲一眼，水莲便惊在那里了！好美的男子啊！水莲还从来没有见过如此俊美的男人呢！水莲的心就跳个不停了。

"你能告诉我，这座古庙是做什么的吗？"水莲迫不及待地问。

"你知道耶律倍吗？"

"耶律倍？"

"这里就是耶律倍的行宫，每年的'春捺钵'，他都会在这里停留。"

"行宫？'春捺钵'？"水莲正痴痴地想呢，突然看到了一轮圆圆的月亮，从古庙上方慢慢升起！实在是太美的月亮了，比圆规画的都圆，明黄色的，端端正正贴在深蓝天空上。水莲诗情大发，正想说些什么，一个庞然大物突然擦身而过，水莲一回头，原来是一辆大客车从身边开过去了。水莲这才想起自己原来在等车的，可那辆车却越开越快，一点声音都没有。水莲想追上那辆车，却迈不开腿；水莲想冲那辆车呼喊，却喊不出声音……这么一着急，水莲就急醒了，原来却是一个梦。

水莲看了一下时间，突然想起梦里无声驶过的大客车，便焦急起来。是的，无论水莲的"相对论"是什么，她第一个要做的，就是进城，马上进城。

洗漱的时候，一个具体的计划也渐渐成型，她越想越兴奋，转眼心花怒放，甚至手舞足蹈起来，连洗漱的程序都削减了。在外屋地走动时，她奇怪地看了那两只老绵羊一眼，不明白它们为何趴在了那里？直到一只老绵羊咩地叫了一声，才让她想起了昨晚的事。

"行啦，你们就好好地按你们的规则活吧！我却要去寻找属于我的不一样的人生了！"水莲突然小声地对那两只老绵羊说。

可无论心里的计划多么浪漫，多么瑰丽，水莲进城的第一站，也只能到四舅家。

水莲进屋的时候，四舅一家三口正围坐在小桌边吃晚饭。见水莲来了，四舅马上站起来，热情地冲水莲打招呼。四舅母的表情却显得很古怪，眼神里有一缕游离的高深莫测。四舅母用这种眼神看了水莲半天，才明知故问："没吃饭呢吧？"

水莲马上摇头，赶紧从兜子里取出礼品放在箱子上，刚要去碗柜取碗，四舅母已经到碗柜里拿碗了，还亲自盛了一碗饭，说："我今天做饭时好像预感到你要来似的，你看，做这么多的饭。"四舅母异常的热情令水莲立刻绷紧了神经。

英子那双得黑黑的眼睛突然斜了水莲 下，不阴不阳地说："这家伙可就更热闹了！"水莲发现她好像越长越往回抽似的，腰也不如以前挺直了。

水莲讨好地冲英子一笑，问："热闹？什么热闹？"

四舅母狠狠地瞪了英子一眼，英子便不回答了，阴阴地一笑后，就又趴在桌子上，百无聊赖地边看电视边往嘴里扒拉饭粒。四舅母见水莲瞧英子的腰，便也看了看英子的腰，像是刚刚发现问题了似的，她啪地打了英子一下，恶声骂道："没骨头啊？直溜儿地吃！"英子直起身吃了两口，那腰就又弯下去了。

水莲早习惯了娘俩的战争，便吃起饭来。也不知是饿了，还是四舅母做的饭的确好吃，水莲发现，自己一到四舅母家，就显得比在家里能吃，吃了一碗后，到底厚着脸皮又盛了一碗。水莲以为英子的注意力都在电视机上呢，没想到英子还是翻了水莲一眼，阴阴地说："我发现你们农村人咋个个都像个饭桶似的？"一句话就把水莲的脸说红了，只好厚着脸皮笑了笑，我行我素地继续吃饭。

转眼第二碗又进肚了，正犹豫着该不该再去盛呢，幸好四舅连声催英子上夜班："再不动我可不去送你了！"英子万般不愿地从饭桌边抻起来，骨头不疼肉疼地咧着嘴，去穿外衣拿小兜子，水莲瞅准了这个空子又盛了一碗吃了下去，真香。

吃完了饭，水莲就和四舅母一起捡碗。虽然屋里并没有别人，可四舅母还是压低声音责备水莲说："你这孩子咋整的？水灵灵的黄花大闺女，再怎么丑，再怎么没有魅力，也比已婚的女人强啊？何况还是师范毕业的呢！咋一点手腕都没有，连个陈天亮都抓不住？反倒让水菡给抢了去了？"一番话说得水莲一愣，字斟句酌地问："四舅母，你刚才说啥？"

四舅母突然来气了，声音也加高了八度，说："你就别跟我装迷糊了，你家那点丑事瞒得了别人，还能瞒得了我？你二姐是啥人啊？咋连自己妹妹的对象都抢啊？这都哪儿挨哪儿的事呀？你们家也太没家教了吧？"

水莲的脸一赤一白的，嘴却依然问："出啥事了？"

四舅母说："你问我，我还想问你呢！陈天亮从你们家一回来，就像吃错了药似的闹上了，非逼着他爹给你二姐水菡调转工作。闹得陈天亮他妈昨天都来找我来了，非让我给你打个电话，问问到底发生啥事了。你二姐原来我就没看好她，一脸妖精样儿。我猜呀，她一定把陈天亮糊弄到手了！唉！这回好了，正好你来了，你自己和陈天亮他妈说去吧。"末了又叹一口气说："真是林子大，啥鸟都有。"

"难道陈天亮把他和水菡胡扯的事都说了吗？不能吧？"水莲心里这样想着，嘴里却说："我已经和陈天亮断了，陈天亮没说吗？"

　　四舅母乌眼鸡似的看着水莲说："断了？你傻呀你呀？那可是人事局局长的儿子呀！多好的条件啊！干吗说断就断了？就算真断了，你是不是得先跟我这个介绍人说一声啊！水莲你说你办的这叫啥事呀？"

　　水莲撒了个谎："不是我要断的，是陈天亮要断的。他非要断，我一个黄花闺女，也不能死皮赖脸地缠着他吧？我还以为你都知道了呢。"

　　四舅母便急了，说："你根本不把我放在眼里，我上哪知道去？你说你们家一个个的，咋全都那么不懂事呢？包括你爹一把手，不怪他残疾，还是什么版画家呢！活那么大的岁数我看他就是白活了，上次来县城，可下子找到了当大官的亲姑娘，哎呀妈呀，那家伙牛的，老情旧恩全都忘了！也没说到我家来看看我们，我们再没有功劳总还有苦劳吧？为了给你介绍对象，我整天像个三孙子似的，我图个啥呀？"

　　水莲低下了头，心里沮丧极了，自己为了进城，挨点骂也就认了，没想到连爹也跟着吃锅烙，这样做到底值不值呀？

　　天黑下去了，四舅母突然想起了什么，连句话儿都没留，就匆匆忙忙地出去了。水莲猜想自己该过的关应该都过完了，便暗暗地舒了一口气，庆幸自己太幸运了，赶上了英子上夜班，这样晚上的觉自然会睡得舒服。

　　正庆幸呢，突然门开了，陈天亮一身凉气地走了进来。也不知是他身上大衣的效果，还是他有些胖了，一段时间不见，水莲发现他魁梧了不少，脸色也不像以前那么惨白了。夜风一吹，他的双颊甚至显得红扑扑的，英武了许多。

　　陈天亮在说话前，先用那双向两边推搡的眼睛在屋里巡视了一下，见真的没人，才小声说："赶紧走，有话跟你说。"

　　水莲警觉地说："有话就在这里说呗！"

陈天亮飞快地说："你四舅母在我家呢,一会儿估计得和我妈一起来找你,你不能见她们,会破坏我的计划!马上和我走,你放心,我保证给你找一个安安全全的地方。"

水莲看了看陈天亮的眼睛说："你妈妈为啥要找我?我又不欠你啥!"

陈天亮向外面看了看说："说来话长,一会儿我告诉你!你快点穿大衣,不然来不及了。"见水莲还在犹豫,便严肃地说："你还有啥信不过我的?我已经是你二姐夫了,还能把你咋样?你这孩子……"边说边替水莲拿过大衣,拉着她就往出走。水莲叫了声:"我的兜子……"陈天亮又把水莲的兜子拿到手中,拽着水莲出了门。

水莲被陈天亮连拉带拽地"劫持"出门,大衣也是跑的时候胡乱穿上的。陈天亮又换了辆崭新锃亮的摩托车,水莲边系大衣扣边撇了一下嘴,英子一样阴阳怪气地说:"哼,什么当官家的公子哥儿呀?混得和农村人一个样子,我们乡税务所的都骑上摩托车了!"

陈天亮无所谓地说:"小轿车还算个事儿吗?我大奔都开上了!可你瞧瞧你四舅家的这个小胡同,我敢开车来吗?"

水莲愣愣地看了他一眼:"啥叫大奔?"

"你连大奔都不知道,还和我扯这个?"陈天亮撇了撇嘴。

两个人一边斗嘴,一边拐出胡同口,前方突然传来骑自行车的哗啦声。陈天亮连忙把水莲拽到了一棵大树后。两个人刚藏好,就看见四舅母和陈天亮的妈妈骑着自行车过来了。由于颠簸,两个老女人一进胡同,就下了自行车。

水莲听到四舅妈讨好地说:"王主席,你就把心放在肚子里吧,一切都听我的安排!她一个农村孩子,没啥心眼子的,咋摆弄咋是的,只要生米煮成熟饭,那小亮子再是一头野驴,我相信她也能拴住他。毕竟是个黄花大闺女呀!"

两个女人走进院门时,四舅母还哧哧一笑说:"她这个孩子猛丁瞅,是显得丑,可我刚才细瞧她的眉眼儿了,眼睛大,嘴小,五官端正,就她这个五官，将来要是生个男孩子一定好看。"

陈天亮暗暗捏了一下水莲的手，意思好像在说："怎么样？幸亏我把你救出来了。"

一股怒气，使水莲甚至想跳出来，冲四舅母大喊大叫。但陈天亮始终紧紧抓着她的手，生怕她做出什么激进的反应。

两个女人刚进院儿，陈天亮和水莲就快速往胡同口走。陈天亮直到走出胡同口，才发动了摩托车，笑着说："还真好奇呢！这两个老太太到底要对咱们动啥歪歪肠子呀？真后悔把你拉出来了，反正不管啥样的鬼主意，都是你吃亏。"

水莲因为生气，也忘了和他斗嘴了。直到摩托车上了路，陈天亮才长舒了一口气说："真悬，就差那么一点点。"

水莲气哼哼地说："你不是后悔把我拉出来了吗？那还怕什么？"

陈天亮笑着说："再不，咱俩返回去？"

水莲气得打了他一下说："去你的。"

天已经黑下来了，水莲在摩托车上调整了一下坐姿，便放开了搂抱陈天亮腰的两只手，让自己与陈天亮的后背隔开了一个缝隙。

陈天亮突然柔声地问她："寻思啥呢？"

水莲这才想起下一步的事，便冷冷地问："你要带我去哪儿？"

陈天亮说："我带你去咱们俩的新房。"

水莲一惊："你说啥？你可别和我动那种歪歪肠子，我可不是我二姐！"水莲的声音都变了，说："你停下，不然我跳车了！"

陈天亮一个急刹车，回手拽住她说："小祖宗，这可不是玩的，真的会出人命！"边说边向后面看了看，说："别闹了，一会他们追过来了！"

水莲也回头看了看，公路上除了几个骑自行车的行人外，并没有四舅母她们的影子。水莲挣开了陈天亮的手，真的从摩托车上下来了。见水莲如此，陈天亮便笑了："你这人咋这么认真呢？连句玩笑话都听不明白。我说的新房，就是我妈给我预备结婚的房子，你这个孩子，咋一点儿都不懂得幽默呢！"

自从陈天亮和二姐有了那种关系后，他和水莲说话，总一口一个孩子的。不过让他这么一叫，水莲反倒安心了许多。想了想，还是放心不下地问："那新房……安全吗？万一你妈到新房来找呢？"

"你就把心放到肚子里吧，她怎么能想起到新房来找你呢？虽然她是我妈，可她的智商却比她的儿子差远了。"说着话，摩托车又飞奔在公路上了。

陈天亮的车速慢多了，边骑车边向她保证："你放心！我那新房平时总闲着，我妈从来都不到那里去，只是我爹有重要材料要写时，才去那里住两宿。可我爹昨天去省里开会了，听说得四五天呢，所以我用人格担保：那里现在绝对安全。"末了，又笑了笑，"八成是老天爷可怜你吧？见我丢下了你和你二姐好上了，就为你打抱不平，先让你在新房当一把压寨夫人。哈哈……"

水莲面无表情，当然，就算她表情很丰富陈天亮也看不见。

陈天亮突然回过头来说："回家和你二姐说，让她放心，我保证不出半年，就让她成为那里的女主人。"

水莲嘴一撇说："不能那么容易吧？那天牛得水都把我二姐打了，口口声声说死都不会离婚的。"

陈天亮嘎地一下把摩托车停在公路上，问："你说啥？你再说一遍？谁把你二姐打了？他还想不想活了？"

水莲被陈天亮的气势吓了一跳，马上说："还能有谁敢打我二姐呀，也就是牛得水我二姐夫呗！他那个人可驴性了，那天他都和我爹动起手了！"

陈天亮问："把你姐打成啥样了？受伤没有啊！哼，这个畜生，你看我咋收拾他！"

水莲发现陈天亮说这话时，应该出于真心，心里便一热，说："没把她打咋样啊，快点骑你的摩托吧。"

摩托车又悠悠然地骑起来了。水莲便想："要是陈天亮真能把二姐调到城里，真能让牛得水和二姐离了婚，那对二姐来说也许是一件好事。"

水莲突然想起了那天的梦，想起牛牛哭肿了的脸，想起牛大脑袋穿着住院服随风飘荡时幽灵般的神情，心里便又阴郁起来了，便问陈天亮："我二姐一个农村人，能那么容易调进城吗？我听我四舅母说，你们家都被你闹成一团粥了，你这个人咋不讲点策略呢？"

陈天亮说："你不懂我家的事，我要是不闹才调不成呢。"末了又加了一句："这也是被逼无奈的事。谁让我那么爱你二姐呢！"

一辆幸福摩托车迎面驶来，骑车人奇怪地看了陈天亮一眼。

水莲说："这个爱字，该有多重呢？你在大路上都敢说出来，就证明你的爱是假的。"

陈天亮突然又是一个急刹车，回过头严肃地看着水莲说："和你说真的，老妹儿，我从来没信过这世上会有他妈的什么爱情，可自从遇见了你二姐，我才知道有，真有！你信不信？为了你二姐，我都能杀人。"

水莲吓了一跳说："我信了，快点骑你的车吧！"

摩托车驶入一个胡同，陈天亮放慢了车速。胡同里的路很颠簸，水莲就从车上下来了。胡同里非常黑，阴森恐怖，陈天亮怕水莲害怕，让水莲在前边先走，自己则在后面慢骑，用车灯给她照亮。

水莲正慢慢地走着，没想到陈天亮突然熄灭了，胡同里顿时漆黑一片。"哎，真他妈的怪了，好像有灯光？"水莲听陈天亮自言自语地说。

水莲没听明白他的话，回头愣愣地看他，虽然看到的只是一团模糊的黑影子。

陈天亮指着不远处的一幢高脊的大砖瓦房说："你看，就是那幢房子，真他妈的怪了，里面好像有人。怎么会呢？会是谁呢？我妈腿再快也不会跑到咱俩前面去呀？再说，要真是我妈，她咋不点大灯呢？"

水莲顺着陈天亮的手指看去，果然在一个四四方方的大院子里，看到一幢黑黝黝的大瓦房，尽管月光昏暗，但房子恢宏的气势清晰可辨。在大瓦房的东屋窗户上，挂着厚厚的窗帘，但一抹微弱的光还是从窗帘的四周透了出来。陈天亮把摩托车停在胡同里，拉着水莲的手就向房子那边潜行过去，等快走近新房时，新房的灯光突然灭了。

"妈的，是不是进小偷了？"陈天亮压低声音问水莲："你自己在这里害不害怕？"

水莲在黑暗中摇摇头，身体却明显发抖。

陈天亮早就顾不上她了，小声地说："你就猫在这里别动，无论发生啥事你都别吭声，我过去看看。"说完，鼓劲儿似的拍拍水莲的后背，就悄然地向房子靠过去。月光下，水莲看见他高大的身影一直跳跃着走路，转眼就消失在夜的混沌中。

随着他的影子，水莲的心一直怦怦狂跳着，水莲一直以为自己喜欢刺激，喜欢冒险，可如今真的遇到了，她除了害怕，便只剩下害怕了。接下来会发生什么？陈天亮会不会真抓了一个盗窃犯出来？

水莲习惯地抬头看了看星空，水莲从很小的时候就养成这种习惯了，只要晚上一出门，总会抬起头来看星空。也许在黑暗中待久了吧，星星显得愈发亮了，水莲不了解星星们的事，她只认识北斗星，那还是小时候妈妈告诉她的。妈妈说北斗星像饭勺子，可水莲怎么看怎么觉得像水舀子。

背后砰的一声响，吓了水莲一跳，陈天亮从身后的一堵墙边跳过来了。水莲虽然一直在看星星，眼睛也一直在看那所房子。她万万没想到陈天亮会在身后出现，他是什么时候绕到身后去的？

"天赐良机！真是天赐良机！"陈天亮一边兴奋地说着，一边拉起水莲往摩托车那里跑，水莲甩开他的手，奇怪地问："这又是干啥去呀？"

陈天亮强行拉住水莲的手，在水莲的耳边说："我在窗外听了一会儿，就什么都明白了。是我爹那个老骚头子在房子里呢。这个老骚头子，说什么去省城开会了。哼，他根本就没去省城开会，而是背着我妈到这里来会女人了。我得马上取照相机去。"

水莲更糊涂了："你取照相机干啥？"

陈天亮说："我得把这个场面照下来呀！"

"这个场面你照它干啥呀？"水莲更不明白了。

"证据啊！你这孩子真傻！这可是我威胁骚老头子的最好证据！要不然，他提上裤子就会不认账的。哼！只要有了照片，我根本不用说一句废话，把照片往他面前一拍，就什么都搞定了。"陈天亮得意地说。

水莲惊得都站住了，说："你这个人啥素质啊？连亲爹都敲诈勒索？"

"你这孩子，咋能这么说你二姐夫呢？谁都可以这么说，就你不可以！这不都是让你二姐给逼的吗？"边说边继续拽着水莲向前走，走了几步又停下来，"拖拖拉拉的，你还是别跟我走了，带着你太慢。那你去哪儿呢？"

水莲望了望黑茫茫的夜，无助地说："是啊！去哪儿呀？"

陈天亮着急地说："再不，你还是回你四舅家去吧。估计这工夫我妈也回家了。没有了我，她们又能把你怎样？我给你点儿钱，你一会儿万一遇到个倒骑驴什么的，就雇他拉你一段路！"说着从衣兜里掏出一沓子钱塞进水莲的手里，飞身骑上摩托车就走了。由于路太颠了，崭新的摩托车发出了凄厉的响声，转眼就消失在茫茫的夜色中。

水莲在胡同里站了　会儿，手里紧紧地攥着那一沓子钱。钱真是硬头货，有了钱，水莲就一点都不生气了。她小心地把钱塞进了小兜里，便摸索着往回走了。

夜越来越深了，周围静静的，连一声狗叫都没有，只有阴阴的风时而刮过来。水莲的心提到了嗓子眼上，耳朵也狗一样地竖了起来，生怕哪里砰的一声响，再钻出一个陈天亮似的大流氓出来。水莲隔着小兜又拍了拍那一小沓钱，钱硬硬的，水莲便想：该不该把钱放到鞋壳里呢？万一遇到个抢劫的，问自己有没有钱，自己应该怎么说？这样一边想着一边走着，竟然很快摸回了四舅家。

"夜再恐怖，也不如人恐怖。"当水莲终于走到四舅家的小胡同时，突然对自己说。

听到敲门声，四舅母半天才出来开门，一见水莲，她就恶声恶气地骂道："你这个孩子又跑哪疯去了？都这么大的姑娘了，大半夜的咋能说没影就没影了？也不知道你妈平时是怎么管你们的……"

水莲也没有好气地说："是陈天亮把我拉走的，我不走他硬拉我走，我有啥招儿？"

四舅母就愣在那里了，微弱的灯光下，水莲看见她的眼睛里突然亮了一亮，声音也变得柔和了，问道："你是说是小亮子把你拽出去了？告诉四舅妈，他把你拽哪里去了……他没把你咋样吧？"

水莲没好气地问："四舅母想让他把我咋样啊？"

四舅母又一愣，不满地说："你这个孩子说话咋这么不中听呢？我能有啥想法呀？和我有一毛钱的关系吗？"说着气哼哼地先转身进屋了。

水莲没再说什么，也没敢点灯，深一脚浅一脚地摸进了英子的小屋，衣服没脱就睡了。

唉，真是一个不平静的夜啊！

第十一章　执手相看泪眼

第二天早上，水莲把一切收拾好，就直接去了县委大院。当时正是上班的时间，大门前都是行色匆匆的上班族。水莲跟在两个夹着包的男人后面，目不斜视地走进了大门，门卫看了她一眼，竟然没有上前拦她。

水莲低头看了看水菡换给她的雪花呢大衣，还别说，虽然旧了些，但穿在身上既合体又端庄。也许是大衣给了水莲自信，走进县委大楼，水莲突然不觉得紧张了，进小门时，她故意把身体挺得直直的，目不斜视地直往前走，没想到还真管用，小门边的门卫也没有阻拦她。

在水莲的记忆里，团县委应该在二楼。何绿萍的办公室在一楼，按习惯，水莲应该去问下何绿萍的。可此时不知为什么，水莲最怕见到的，就是何绿萍。从一楼走过时，水莲都没敢往何绿萍办公室那边看，直接就向二楼走去。

在二楼的走廊里，水莲从东头走到了西头，也没有看见团县委的门牌，只好又向三楼走去。刚拐上楼梯，水莲就看见对着楼梯的一扇门上赫然写着"团县委"，心里就一阵乱跳。门开着，水莲向门里望了望，里面没有人。这时，走廊里走过来一位中年男人，样子很像领导。水莲落落大方地走过去问他："请问，李水芙在吗？"

男人马上摇头说："不认识。"就低着头走过去了。

"难道是爹记差了？三姐根本就不在团县委工作？"水莲的心渐渐沉下去了。

楼下走上来一个拎着暖壶的女孩儿，十八九岁的样子，脸上还带着稚气，一蹦一跳地就上楼来了。女孩儿一抬头，目光正好与水莲对上了，水莲的心便异样地一动。她觉得这个小女孩儿很面熟，一时又想不起到底在哪里见过。见水莲注意地看自己，小女孩儿有些不好意思地一笑说："你找谁？"

水莲这才意识到失态，马上说："我找李水芙……李书记，李书记来了吗？"

女孩儿注意地看了水莲一眼，便笑着说："李书记还没来呢，每天这个时候早都来了。再不，你进屋等一会吧！"

女孩儿的话让水莲沉到谷底的心再次浮了上来，她马上道了声谢，就跟在小女孩儿的身后怯生生地走进了办公室。女孩儿让水莲坐，水莲便坐在了门边的沙发上。

女孩儿放下暖壶，就手脚麻利地擦桌子、扫地。无意间，眼睛又与水莲的目光相遇了，她便又甜甜地笑了。水莲一下子就喜欢上了她，甚至想站起来帮她打扫屋子，终于还是忍住了。女孩儿穿着高领白色毛衣，浅色牛仔裤，脚蹬一双运动鞋，就像出水的芙蓉，在水莲的心目中，这个女孩儿应该是这幢楼里唯一鲜活的、洋溢着真实微笑的人。

办公室里面挤挤的，有三张办公桌，桌上都堆满了文件纸张。这时，走进来一个40岁左右的男人，脸像铁板似的毫无表情。水莲坐在那里，他竟然像没看见她似的。进屋后，铁板脸并不走进来，只是默默地站在门边想着什么。

见到来人，小女孩儿忙不迭地站起身，笑了笑，可男人依然没有表情，但他终于踱进办公室了，慢慢坐在靠门的桌子边，拿起桌子上的一份文件，一页一页翻看起来。女孩儿始终站在那里看着他，同时也看了水莲一眼，犹豫了一下才说："这位女同志……是找李书记的。"

男人这才从文件上抬起头来，看怪物似的看了看水莲，脸上依然毫无表情。水莲正不知如何是好呢，男人的眼睛又回到文件上去了，但他的嘴却说话了，他的嘴唇很厚，说话了也像没说话的样子，但却清晰地发出呓语般的声音："李书记今天有事，不来了。"

一开始水莲还发愣，直到女孩儿冲水莲做了一个无奈的表情，水莲才明白男人嘴里的李书记，就是自己的三姐。水莲想问李书记的家在哪里住，终于没敢问出口，只是失望地说："谢谢你们，我明天再来吧。"

带着明显的失落，水莲走出办公室。小女孩儿礼貌地送出门来，水莲受宠若惊，连连让她止步。

从楼梯上下来，水莲实在不甘心，便拐到了一楼，向何绿萍办公室走去。办公室的门虚掩着，水莲敲了敲，很快就有人说了声"进来"。水莲轻轻推开门，发现何绿萍的座位上，坐着一位陌生的女人。女人坐在电脑前正打字，抬头看了她一眼，又低下头去。

水莲问："何绿萍在吗？"

女人头也没抬，说："她调走了。"

水莲又问："请问，她调哪里去了？"

女人张口就说："不知道！"停了停，才补充一句，"你去四楼问问，应该在人事局吧？"

水莲冲她的背影道了谢，便向四楼走去。突然，一个信息就像流星，划亮了她的星空："陈天亮的爹不是人事局局长嘛！何绿萍调人事局了，那她不就是他爹的下属了吗？"

人事局秘书科办公室的门半开着，水莲向里面探了探头，正巧何绿萍正往门边看，水莲便冲她笑了。何绿萍一愣，转眼也挂上了笑容。她快步走出来，人还没出屋，手已经拉住了水莲，"什么时候来的？真有点想你了。"何绿萍说罢，就向局长室翘了翘下巴，小声说："是不是来找你未来的老公公的？"

以前上学时，何绿萍从来都没这么冲水莲笑过。那时的她们是多么亲密啊！在师范的四年，水莲大部分时间，都是和绿萍一起度过的。她们一起写诗，一起迎着朝霞向东边的菜园子奔跑，一起坐在运动会场的铁架子上看夕阳。晚上睡不着时，又一起从校门底下爬出去，在空荡荡的街道上闲逛……这才刚刚毕业几年啊，如此心心相印的好朋友怎么都变得如此虚伪了？县城啊县城，你到底有什么魔力呀？

水莲咽下了心里的不快，只是问何绿萍："你啥时候调到这里来了？"

"我调过来还没到一周呢！"说着就亲热地把水莲拉进办公室。何绿萍的新办公室比一楼的更宽敞，特别显眼的是桌上的电脑，屏幕上正在变幻的神秘图案，很像何绿萍的眼睛。

"多好啊！"水莲羡慕地摸了摸着那台电脑，感慨地说，"我们家连电视机都没有呢，与你相比，我们简直天上地下！"

何绿萍笑着说："等你结了婚，不是啥都有了？"

水莲本想笑笑的，咧了咧嘴，到底没有笑出来。

何绿萍脸上却明显漾起溜须的笑容："你未来的老公公就是我的顶头上司，有机会你得帮我美言几句呀！"

水莲突然想起昨夜陈天亮抓奸的事，也不知道他抓到了没有，便试试探探地问："他……我是说你们的局长，现在……就在办公室吗？"

何绿萍假装生气地说："你看看，我猜对了吧，你根本就不是来找我的。怎么？你没到他们家去吗？"

水莲摇了摇头，站起身就往出走。因为她突然想到陈天亮有可能到四舅母家找她，她真的很想听听关于他抓奸的消息。

何绿萍打了她一下说："忙啥走啊！成了大局长的儿媳，眼眶就变高了？中午我请你吃饭咋样？"

水莲冲何绿萍摆了下手，脚步还是没有停下来。是的，就凭何绿萍的虚伪的假笑，水莲也不想再和何绿萍说一句话了。

何绿萍果然不是真心留水莲，见水莲不停步，就顺势把水莲送到了楼梯口，唯一和水莲不同的，是她的脸上自始至终都挂着虚伪的假笑。水莲拐弯时又回头冲她招了招手，没想到她早已收了笑容往回走了，两个昔日的闺蜜就这么草草地各奔东西了。

在一楼，水莲在那面房子一般大的镜子前站住了，因为平时她很难照到这样大的镜子。没想到镜子里突然闪出了那个女孩儿来，就像一团跳动的白火焰，通身洋溢着热情。当女孩儿清澈的目光和水莲混浊的眼睛在镜中相遇之时，她马上冲水莲笑了，转眼就风一般飘到了她的跟前，一脸真诚地说："你还没走呢？"

水莲笑着点点头，问："你还忙呢？"

小女孩儿突然压低了声音说："我猜，你一定是李书记的妹妹吧？"

水莲不由惊喜地问："你怎么知道？"

"你们俩长得挺像的，我看你第一眼时就猜到了。"小女孩儿又向她走近了一步，"你是从农村来的吧？咋不直接去她家找她呢？"

水莲只得实话实说："其实……我还不知道姐姐家住在哪儿呢。"

小女孩儿奇怪地看着水莲说："你们不是亲姐妹吗？自己亲姐姐家住哪儿还不知道？"转眼又理解地笑了，"一定是在农村待久了，在城里找不到路吧？"

水莲的眼睛突然湿了，她没有说话，生怕自己一说话，那眼泪就会流下来。

"你等我一会儿，我去穿个衣服，完了领你去她家。"女孩儿似乎读懂了水莲的心。

女孩儿已经一路小跑地上楼去了。水莲的心暖暖地跳了一跳，眼泪就真的濡出了眼眶。也就一分钟左右的时间，女孩儿就又在楼梯上出现了，身上多了一件乳白色的羽绒服。由于忙，她长长的秀发衣服里一半，衣领外一半，把鹅蛋形的脸衬托得如一轮满月。水莲迎上去，依然什么话都没有说出来。

"你是不是想问我叫啥名啊？我叫韩翘楚，你就叫我翘楚吧。"小女孩儿微笑着说。

"韩晓楚，真好听的名字！"水莲的脸上也洋溢出真心的笑容。

"不是韩晓楚，是韩翘楚……"小女孩儿拿过水莲的手，在她的手心里写个"翘"字，"翘楚是指杰出人才的意思。"说完又笑了，露出了两个小虎牙，水莲发现她的笑容很像水荷。

"真想和你成为朋友！"水莲痴痴地说，"只可惜我是一个农村人。"

韩翘楚笑着说："农村人咋就不能和城里人交朋友了，真正的朋友是不受任何限制的。"两个人就像一对久违的朋友，一起向外走去。

走过了两条街，穿过了一条宽宽的柏油路，韩翘楚就在一个胡同边站住了，她指着胡同里最深的一个黑色的大门说："你姐姐家就住在那里，以前她没调到我们团县委时，我几次见她从那扇门里走出来。"

水莲向那扇关闭得紧紧的大黑门望了望，陡升一缕古怪的滋味。

韩翘楚抓住水莲的手摇了摇说："那我就走了，你有时间别忘了来看我，我愿意和你交朋友！"

在水莲迷蒙的视线里，韩翘楚脚步轻盈地越走越远。转出胡同时，她突然转过身来，再次冲水莲摆了摆手，接着就消失在一幢铺着灰色旧瓦的老房子后面了。

阳光此时很强烈，水莲有一种恍然如梦的感觉："自己这是在哪里呀？为什么要站在这里？那个叫韩翘楚的女孩儿真的出现过吗？还有那个飞翔的、穿着白纱裙的女孩儿，到底是谁？"

水莲转了转昏昏的头，强迫自己快一点回到阳光里来，回到这个胡同来。胡同深处的那扇黑色的大门，此时就像一个无法破译的黑色谜语，里面关着水莲的希望，让水莲既畏惧又期待……她深深地吸了一口气，再吸了一口气，便鼓起勇气向那扇黑大门走去了。

大门就是普通的大门，可水莲看它，就是觉得特殊，是那种令人敬畏的特殊。水莲轻轻地敲了敲门，心跳竟然比敲门的声音还要响，可里面却一点反应都没有。

水莲透过大门的缝隙向里面看了看，除了一堵毫无表情的墙壁以外，她什么都没有看到。水莲突然想起自己戏弄学生时间的一个问题：

"请问：隔着门缝看人，是否能把人看扁？"那天，学生们的答案真是五花八门，可没有一个人这样回答：在一个阳光明媚的冬日的上午，有个人想隔着门缝看人，却没有看到半个人影。

胡同里的另一扇门呀的一声开了，从里面走出了一位中年妇女，手里拿着个网兜。见了水莲，她便站住了，目光警惕地问："你找谁？"

水莲马上说："我找李水芙。"

妇女刚要说什么，突然从胡同口那边过来了一位骑自行车的男人，妇女就把笑容向男人投去。男人还未走近，就嗓门大大地说："我听说老李头子今天早晨死了？是真的吗？"

妇女马上把声音放低说："可不是嘛，唉！前天我还去看过他，瞧着那光景还以为没事了呢，谁知到底没扛过这个冬天。"

男人在紧挨着水莲三姐家的大门前停住了，一边咣咣咣地敲门，一边喊话似的说："也不知道死的时候遭没遭罪！我听我儿媳妇说，他死的时候连他闺女最后一面都没见到，真是一个可怜的老头子！"

"可不是，咽气的时候，就他姑爷一个人守着他。他闺女也不知整天忙什么，经常不着家。这老李头子幸亏摊上个好姑爷！要不然死在炕上都没有人知道。"那个妇女说。

"要咋说老天爷饿不死瞎家雀儿呢！"男人边说，边把门敲得震天响，震得三姐家的大黑门都嗡嗡地叫了。妇女就说："你儿子好像没在家吧？今天一大早我看见他跟着静客走了，是不是帮静客办丧事去了！"

"静客！"水莲的心猛地一动。

男人这才注意到水莲，直直地问："你这孩子在这里等谁呢？"

"说是找李水芙的……"妇女突然不说了。

"那你不如去医院找，这种时候她应该就在医院！"男人说了这句话，就骑着自行车走了，妇女也拎着网兜匆匆地走出了胡同。

水莲又站在门前傻站了一会儿，便慢慢地向胡同外走去，心里算计着是回四舅母家好呢，还是应该去医院。水莲曾和英子去过一次医院，应该就在附近不远，水莲便决定先去医院。心里决定了，行走的速度也加快了，也就十几分钟的时间，水莲就到了医院。

在医院大门附近，还没等水莲四处打听呢，突然看见一行人从门里转出来，前面的两个男人水莲没有注意看，因为水莲的目光早已被后面的一位美人吸引了！她长得太像二姐水菡了！虽然她的身上有着水菡不具备的冷艳与高贵，但水莲还是一眼认定：她就是三姐水芙。

一辆轿车行驶过来，停在了两个男人身边，两个男人在临上车前，全都态度谦恭地与女子握手，其中一个男人小声说："放心吧，到时候我给你找两辆大客车，再给你拉一车的人来，帮你造造声势！"水莲这才看到女子的胳膊上戴着黑纱，心便跳到了嗓子眼儿。

轿车鸣了一下笛就开走了，女子目送着那辆车走远，这才转过身去。水莲突然来了勇气，向前紧走几步，怯怯地喊了一声："三姐！"女子就站住了。

"三姐，我是水莲，是你最小的妹妹！"水莲几步走过去，话还没说完，眼泪就奔涌而出，她也说不出自己为什么突然就流泪了。

女子开始还有些惊愕，可不知是水莲的眼泪打动了她，还是自己所处的际遇真的让她很伤心，水莲隔着泪帘，看见水芙的眼睛也渐渐地红了，几点晶莹剔透的泪光若隐若现。

水莲又叫了一声"三姐"，三姐便不再犹疑，迎上前来，一把攥住了水莲的手，泪珠儿扑簌簌地流出来了。见三姐哭了，水莲的眼泪就更加汹涌。三姐的手实在是太凉了，水莲只觉得一股彻骨的寒气侵入骨髓。在医院的大门前，姐妹俩就这样执手相看泪眼，竟无语凝噎了。

最先冷静下来的还是三姐，她好像一下子想起了什么，拽起水莲就向医院里走去。一路上，姐妹二人再没说一句话，一直走进了大楼深处。

直到从大楼里再度走出，水莲的眼泪才渐渐地止住。医院的后面，有一排水泥墙面的平房，水莲不知道那里面是干什么的，水芙也不说那是哪里，直接把水莲领到了其中的一间房子里。

小屋里挤坐着很多人，也挤着一股难闻的怪味儿。有香烟的味儿，烧纸的味儿，烧香的味儿，也有一股臭味儿。见了水芙姐妹俩进来，几个坐着的人马上规规矩矩地站了起来。

一个女人看了看水莲，问水芙说："这是你姐吧，你们俩长得挺像。"

水芙马上介绍："她是我妹妹！我才是姐姐！"

那女人一拍脑袋："瞧我这眼神儿，我还以为她是你的姐姐。"

女人的话，让水莲的心沉了一下，沮丧地想：自己再怎么老，也不至于比水芙还老吧？嘴里却说："主要是我姐姐长得年轻。"

女人抱歉地笑了笑，从一个兜子拿出了一块黑纱，无声地帮水莲别在衣袖上。水芙满意地瞟了女人一眼，就对水莲命令说："这两天你如果没什么事儿，就在这里陪着我吧！"水莲马上点头如捣蒜。水芙的声音低沉柔媚，含一丝轻微的沙哑，但却吐字清晰，顿音果断，有一种特殊的震慑力，别说她开口命令了，哪怕一个眼神，水莲也会俯首听命的。

在水芙的引导下，水莲很快就进入了角色，再有人进来，她都会主动地拿烟、倒茶，尽管拿的烟大家都抽了，倒的茶却没人喝上一口。水莲知道自己在做这些事的时候，显得很笨拙，便后悔为什么没好好和水荷学学。正胡思乱想呢，门再次开了，上午在三姐办公室里见到的铁板脸男人突然踱了进来。水芙马上迎上去低低地叫了一声"钱书记"，接着眼圈就红了。

面对水芙的悲戚，铁板脸的"脸"竟奇迹般地溢出了一种柔情，他马上握了握水芙的手，安慰地说："李书记，节哀顺变！"

男人向屋内望了望，里面的烟气一定让他无法忍受，只见他微微皱了皱眉，想离开又觉得不合适，只得干巴巴地在原地站着。水芙微微敛着头，也不再说什么，陪着他干巴巴地站着。喧嚷的屋子突然静了，所有的人都默默地看着他们，唯一喧闹的只有那一卷一卷的烟尘。

水芙叫那个人为"钱书记"时，由于声音低，水莲并没有听清，她只是直觉以为那个铁板脸和何绿萍一样，不过是一个"很能装"的机关干部。水莲虽然瞧不起他的浅薄与虚伪，可见他干巴巴地站在那里，又着实替他难受，就顺手拿过一个凳子，放到铁板脸的身边小声说："请坐吧！"水莲的举动果然缓解了铁板脸的不自在，他向水莲道了谢，果真坐了。

水芙见铁板脸坐了，自己也坐在了旁边的一个板凳上，和铁板脸隔了一个小方桌。水莲马上拿烟倒水，并把烟和水都放到了小方桌上。铁板脸像是没见过水莲似的问水芙："这位是？"

水芙微微一笑说："她是我妹妹！"

"你妹妹？"铁板脸声音里有一些惊奇。

水莲明白他为什么惊奇了，就随随便便地说："您如此惊讶，一定是奇怪妹妹怎么会比姐姐长得还老？"

水莲的随便令铁板脸更加惊奇，冷冷的铁板上竟令人意外地溢出了一丝笑容，他就那么冲水芙笑笑说："你妹妹挺幽默！"

水芙这才想起什么，对水莲说："这位是县委钱书记！"

水莲只觉得大脑嗡的一声响，便杵在那里了。真是有眼不识泰山，原来铁板脸竟然是这么大的官，心脏立刻怦怦乱跳起来。

铁板脸无话找话似的问水芙："你妹妹……在哪里上班啊？"

水芙一时语塞，水莲马上声音清脆地回答："我毕业于大岭师范学校，在雾中村小学当老师。"

"雾中村？没听说过！"铁板脸老老实实地说。

水莲马上说："雾中村这个名字，其实老早就有了，因为村子就在半山腰上，山上面又总是云雾缭绕的，所以平时人们全都看不到它。"

"你说的……是不是地处北部半山区的古庙乡里的一个小村子啊？我听说过这个村子，因为雾大，总让人找不到。古庙乡举行活动时，也常常忘了这个村子。"铁板脸说这话时，脸上的神情突然鲜活起来。

"您说的就是我们雾中村，其实我们村子的风景可美了！我们雾中村后边还有一座古庙，我们学校就在古庙里办公。"水莲语速飞快地说。

铁板脸回头看着水芙说："大岭师范学校，可是一所师资力量非常雄厚的学校啊！咱们县里很多优秀教师都是那所学校毕业的。"说着那张铁板脸又转向了水莲，"当初你能考入这所学校，可见你的学习成绩不错啊！"

水莲那"人来疯"的瘾头就上来了，马上口齿伶俐地说："当年考试时，我是我们学校的状元。"

"那你真的很厉害！"铁板脸又笑了，这回可是真笑。水莲怀疑他是不是在笑自己滑稽呀？铁板脸审视地看了看水莲，质疑地说："怎么？你这个状元咋跑到那么偏远闭塞的小学当老师去了？这不是大材小用了吗？"

铁板脸一下子说到了水莲的心坎里，她马上笑着说："我非常想调到城里来，做梦都想呢！"水莲还想说："我还擅长写作，经常发表文章；我还会弹古筝……"转念一想三姐家正办丧事，在这样的场合推销自己似乎不妥，便强迫自己把话又咽回肚子里了。

水芙突然用那双清亮秀丽、深如洞潭的眼睛望了水莲一眼，尽管她什么也没说，水莲的心里还是一紧。见铁板脸似乎坐不住凳子了，水芙就站起身对铁板脸说："您事务那么多，就不用在这里陪我了。"说着指了指正在外面忙的那个干部模样的男人说："有刘主任帮忙张罗，我什么心都不用操的。"

铁板脸点了点头，果真站起身，慢慢地向外面走了。水莲默默地跟在他们后面，一直把他们送出了门。怕他们有什么私密话要谈，她没有跟上去，只是站在门口，目送着两个人的背影慢慢地走到前面的树丛边，又慢慢地向医院的后大门那边走去。

"县委钱书记，那是多大的官呢？不会是这个县城里的一把手吧？"水莲初见大领导，不免有些激动，正胡思乱想呢，那个给水莲戴黑纱的女人突然走过来，亲热地对水莲说："这个钱书记就是大名鼎鼎的钱若林，主管你们教育系统的副书记！往城里调工作，就是他一句话的事。"

水莲便冲着那个女人笑了，心里想："一个副书记就这么铁板了，要是正书记，那脸不成了钢板了？"

女人又捅了捅水莲，水莲才看见水芙正独自一人站在房前的树丛边，眼睛向医院那边的一排房子望着。

水莲立即向水芙迎过去，但她还是晚了一步，那个干部模样的男人已经先于水莲向水芙走去了。看他的神情，好像也有背人的话要和水芙说。水莲便把脚步停下了，直到他们把话说完了，直到水芙向她招了招手，她才向水芙走了过去。

接下来的时间里，水芙一直都在迎来送往，每个来的人都说了千种话，万种话，但每个人临走时都会把50元或100元的钞票塞进水芙的手里。水芙的衣兜里装不下了，就拉着水莲到了一个背人的地儿，把衣兜里的钱都装进一个小坤兜里。

也许怕自己背兜的形象不好吧？水芙犹豫了一下，才把兜儿让水莲替她背着。水莲从来没有接触过这么多的钱，轻飘飘的小兜子一到了肩上，就变得炸弹一样沉了。为了不被水芙猜疑，自打背上了那个小炸弹，无论来了多大领导，水莲都不再回避了。就算水芙示意她回避，她也想办法让自己不远不近地跟在水芙的视线里。

令水莲一直奇怪的是：那个懂得收藏，还精通契丹文的神秘男主人——三姐夫静客，为什么始终没有出现？

水莲自打进屋，就暗暗猜疑哪个人会是静客，因为她对静客真的充满了好奇。为了找到静客，水莲始终都在观察着身边的男人，并把几个看着体面的男人当成了静客，可还未等询问，她就推翻了先前的猜测。

在水莲的心里，静客应该是戴着眼镜、衣衫不整、面目黝黑、不拘小节且能说会道的人，因为水莲经常碰到来雾中村寻宝的，这些人大多都是那个样子。自打见了水芙，水莲的想法又变了。她猜想静客的长相一定很特殊，否则仙女一般的水芙怎么会选他为丈夫？

妈妈回家后，常常夸静客能干活，懂得事理，还心细如发，令水莲百思不得其解的是：如今家里出了这么大的事，如此"能干""心细""懂得事理"的静客，为什么反倒不见踪影了？

那个干部模样的刘大哥，好像是一个主任，一直忙里忙外，水芙遇到了什么问题，也去问他。这时，刘大哥不知又从哪儿回来了，显得风尘仆仆的。水芙为表达感激，亲自倒了杯水给他。刘大哥果真渴了，接过水杯就一饮而尽，突然小声问水芙："你家那个孬种，还没过来吗？"

水莲想：难道刘大哥嘴里的孬种，就是静客？

水芙无奈地说："你就别提他了！那天你猜他说了啥？他说人活在世上，你为他干啥都是有意义的；可人要是死了，那你干啥就都没意义了！按他的意思，这丧事办不办都是无意义的！"

刘大哥说："他这不是认死理儿吗？因为没意义就不办丧事了？平时他不是挺孝顺的吗？怎么忍心看着老人光光地离开？"

水芙决断地说："实在不行，灵幡就由我扛，丧盆子也由我摔！"说罢头发　甩。

"你瞧你姐姐的脾气？"刘大哥冲水莲无奈地摇了摇头，苦笑了一下，这是刘大哥第一次正眼看自己。关于静客，水莲有很多话想问他，但刘大哥已经转过眼睛不看她了，而是看了看表对水芙说："该去烧纸了，烧完纸你得去饭店看看，有的客人直接到那里了。对了，你省城的同学啥时候到？"

水芙慢慢地站起身："应该到了！我安排他们直接去宾馆了。"

刘大哥说："你在省城的同学，个个都很厉害呀！"

水芙说："可不是，有一个给省长做秘书！还有一个在省委组织部当副部长……"

两个人边说话边出了屋子，向西北角的几间孤零零的小屋走去。水莲因为肩上的钱兜子，便一步不离地跟在水芙后面。刘主任走到一扇门边，轻轻一推，门就开了，里面的清冷不由得让水莲倒抽了一口冷气。

与刚才烟气弥漫的屋子截然相反，这个屋子显得太冷清，太肃穆了，彻骨的阴凉就像水芙的手。水莲还没进门，就看见里面摆满了花圈，中间一张石床，一个人孤零零地躺在上面，穿着黑色的丧衣，脸上蒙着一块黄色的布。

死人！

只觉得唰地一下，水莲的汗毛儿一下子竖起来了，这才意识到这个屋子叫太平间，是停尸的地方。水莲从小到大，最怕的就是死人，因为她还从来没有见过死人呢！这一天的经历，就像一团乱麻，塞满了水莲有限的思维空间，以至于都忘了水芙始终在忙什么了。是啊！水芙是在办丧事呢！

"你要是觉得害怕，就别进来了！"水芙突然体贴地说。

"是啊是啊，小姑娘哪里见过这样的场面……"刘大哥也理解地说。

水莲却一闭眼睛走进去了。

还真别说，进去了也就进去了，那个死人还真没把水莲怎么样。在石床前，水莲还和水芙一起跪下磕了头，烧了纸。当水芙流泪时，水莲也跟着流了很多泪，水莲那可是真哭啊，水莲从小到大就是看不得别人的眼泪，只要有人哭，她总会跟着哭，常常哭着哭着，都忘了为啥哭了。

这一次水莲算是哭到点子上了，不但哭得水芙更加悲泣，也让别人看着舒服。见水莲哭得止不住，水芙还把一块干干净净的小手绢塞进了水莲手中。

见周围并没有多少能哭的人，水莲就偷偷地问水芙："老人去世这件事，用不用给爹妈和姐姐们捎个信儿？"

"不用！"水芙马上摇头。

水莲看了下水芙的脸色，就再没提这个话茬。

几个人从太平间里出来，恰巧一辆白色的轿车也停在了门前，水芙打开前车门坐了进去，水莲站在车门边正不知怎么办呢，水芙回头吩咐道："你也上来吧！回我家，帮我烧烧暖气。"

刘大哥站在车下说："可不是，别忙中出岔，把暖气管子再冻裂了！"

水莲还从没坐过小轿车，听了水芙的话，便伸手去开车门，可那车门怎么都打不开。刘大哥马上过来，按了一下车把手，那门才咔的一声开了。水莲的脸就有些红。上车后关车门，也关不严，幸好刘大哥在外面帮她关上了。

"你呀！真是个废物！"水莲刚刚骂了自己一句，小轿车就启动了，水莲坐在车里，看到还有一些人陆陆续续地往这里走，瞧他们行走的方向，一定都奔着看水芙来的。

第十二章　月下听琴

小轿车很快驶到了水芙家的胡同口，水芙没有下车，只把钥匙递给了水莲，并指了指胡同里的黑色大门。水莲神情郑重地把小兜子交给了水芙，水芙接过，顺手扔在了后座上。小轿车载着水芙，一转眼就消失在一幢老房子的后面，那是韩翘楚最后向她招手的地方。直到听不到车响了，水莲那始终绷着的心弦才松弛了，这才觉得自己很累很累。

打开大门，一个平整干净的小院展现在水莲的眼前，小小甬路边，两段花墙围出了一块菜畦，因为是冬天，菜畦里当然没有菜，但从那两棵冷风中瑟瑟发抖的枯树和整齐的田埂，还是能够想象夏日的繁茂。

打开房门，一种阴凉清爽的感觉扑面而来。这是两间中间开门的砖瓦房，一进门就是小客厅，西边是一个大屋，东边是一个小屋，后面是厨房，暖气炉在厨房里。水莲进了屋什么都没顾得上看，就忙着烧炉子。

在水莲的记忆里，烧炉子就是一种挨累不讨好的烂活儿。家里只要一烧炉子，总要冒一会儿烟，并且还非常麻烦，又要抓柴火，又要取玉米瓤子，还要运煤……家里每当要烧炉子，水莲总是躲瘟疫一般躲得老远。实在躲不开时，只得噘着嘴做，每次做完都一身灰。

可令她没想到的是，三姐家的炉子竟然那么好烧，炉子边的木箱子里，既有干干的茅草柴，又放有码得整齐的干木柴，小簸箕里还放着装好的轻飘发亮的煤。没冒一丝烟，水莲就把炉子烧起来了，转眼水暖炉就嗡嗡直叫起来，暖气管子里的水也哗啦啦地流动了。啊！城里真好，连烧炉子都是一种享受呢！

暖气很快就热了，水莲屋里屋外转了转，想帮三姐做一些家务活。没想到什么活计都没找到，到处都窗明几净的。三姐家的日子过得富裕极了，有电视机，有录音机，西屋的地面上还铺着地板，地板是紫檀色的，一尘不染，反射着暗暗的光泽。

水莲走了一圈就什么都明白了！三姐家之所以显得干净，是因为房子高阔，并且家具大都是新的，不像四舅家的房屋低矮破旧，有那么多的零碎东西，还有那么多的沟沟缝缝。

因为西屋地面是地板，水莲便没有进西屋，而是在东屋转了转。东屋除了一个上锁的书柜，剩下的都是一些老人的物品了，水莲便认定老人活着的时候，就是住在东屋的。可令她奇怪的是：东屋竟然一点都没有病人的气息。老人被抬走时一定很匆忙，炕上显得有些乱，但乱的也只是被子，收拾了被子，所有的东西就都归位了。虽然家具老旧了些，但一切摆放都那么井然有序。

老人们最富有的，就是零碎东西了吧？老花镜，痒痒乐，药瓶子……可在东屋，所有的零碎东西全都规规矩矩地放在盒子里，甚至痰盂里的痰，也都用纸一块一块地包上了。一位患气管炎多年、常年卧病在床的人，该是多么难以护理呀？可在三姐家竟丝毫看不出这样的信息。这些细节都在说明什么呢？当然无声地说明：那个叫静客的三姐夫，的确是一个非常能干、非常干净的男人。

可那么能干的静客，普通日子里那么难干的活计都已经干完了，为什么在最该露脸的特殊时节却"消失"不见了呢？水莲百思不得其解。

在车上，水芙告诉水莲碗柜里有挂面，让她下挂面吃。水莲忙了一天，真的很饿了，又懒得下挂面，见碗柜里面还有点剩饭，就把饭热了，匆匆地填饱了肚子。吃完了饭，水莲再找不到可做的事儿了，一闲下来就坏了，胡思乱想的毛病就上来了。

站在东屋里，水莲很自然地想到了水芙的爹——那个死人，周身便猛然一抖，隐在心底的恐惧感也立即复苏。水莲只觉得小屋里飘满了死者的魂魄，每一个魂魄都镶着一只苍老的眼，这些眼睛从各个角落向她望着，望着……吓得水莲立即逃出东屋，并砰的一声关上了门。

西屋里静极了，除了暖气管里的沙沙声外，还有一种压水井似的声音。水莲探究地向门里看了看，发现声音是从石英钟里发出的。西屋的小炕上，平平整整铺着床单，一丝褶皱都没有，上面既没有被褥，也不见炕柜，真不知这些东西都在哪里放着。东屋炕上的虽然有一床被子，可水莲再困也不敢去东屋睡呀，更何况那床被子还是死人用过的。怎么办，怎么办啊？水莲真的一筹莫展了。

水莲又往门里伸了下头，看见紫檀色的书柜边，放着一个怪怪的蒙着红色天鹅绒的东西。这个东西长长的，中间还鼓出个肚儿。水莲的心猛然一跳：那是不是古筝呢？这么一猜，心就直奔嗓子眼儿里来了。她马上换了鞋走进屋子，一把掀开了那块天鹅绒帘布，一架古香古色的古筝就像一个久远的梦，立刻呈现在水莲的眼前。

水莲顿时心花怒放了！到底多久没有摸古筝了？记得最后一次摸古筝，还是在师范学校毕业会演上，水莲的一曲《云裳诉》打动了在场所有的同学，"古筝美女"的大名就是那时诞生的。唉！那时的水莲到底有多美啊！皮肤那么娇嫩，眼睛那么明亮，哪像现在这样形容枯槁，双眼发干？农村啊！农村到底是一个什么样的地方，究竟长着什么样的利爪，竟然把那么超凡脱俗、美丽清纯的水莲，折磨成如此不堪的模样了？

告别古筝时，水莲并没有意识那是一种诀别，直到回到雾中村，她才不得不承认：自己真的与心爱的古筝彻底告别了。那么擅长且热爱古筝的她，因为穷，别说拥有一把古筝了，哪怕看古筝一眼都成了奢望。而如今，仅仅一回眸的工夫，自己就在三姐家这个小小卧室看到了心爱的古筝，水莲怎么能抑制住自己的激动呢？

水莲再顾不上许多了，拽过小凳子的同时，顺手在古筝上弹拨了一下，一阵沁透心扉的淡雅之音顿然响起。好美好纯正的音质啊！水莲在师范整整弹了四年古筝，还从没弹过音质这样好的古筝呢！

　　带着井喷般的热情，一首又一首古筝曲便在小小卧室响起来了：《高山流水》《梅花三弄》《春江花月夜》……琴声响处，不但恐惧没了，寂寞没了，连劳累也没了，更别提人世间所谓的烦恼和忧伤了！弹拨到最后，甚至连水莲自己都消失不见了。

　　拿手的曲子很快弹完了，水莲凝神片刻，就试着弹起了刚刚学会的《鸳鸯酷》。这是契丹名曲，由于是刚学的，便觉得分外新鲜。渐渐地，水莲的魂魄便随着如丝如缕、如泣如诉的琴声，慢慢地飞升起来了，心也渐渐如远天一般清澈透明。

　　“张鸣筝，恰恰语娇莺。一从弹作《房中曲》，常和窗前风雨声。”

　　伴着辽国皇后萧观音那幽怨凄美、如泣如诉的诗情，水莲仿佛回到了千年以前的大辽圣地，那里不仅有白马青牛的美丽传说、白鹤救主的神奇故事，更有冬捕狩猎、四季捺钵的苍凉画卷。平生能够弹一弹这样好的古筝，水莲就很知足很过瘾了，更何况还有那么阔博的辽风古韵呢？

　　可是，那一抹影子，到底是什么影子？在那里有多久了？

　　水莲开始弹古筝的时候，外面并没有黑，可等水莲全身心地沉浸在清凌凌的柔波之后，时光的脚步便跑得飞快了，不但外面黑了，屋里也黑了。再后来，斜斜的月光就透过明亮的窗棂照在了室内，把一抹影子投到了墙壁上……当月亮偷偷地做这一切时，水莲始终没有发现；后来，水莲虽然眼睛发现了，但心却在大辽王国里尽情徜徉呢，所以她一直没有意识到那是一个人的影子，直到那个影子动了一下……

　　“是谁？”水莲马上回头去望，绝美的琴音也戛然而止。

　　水莲看到什么了？水莲一生都不会忘记那个镜头！

　　朦胧的月光下，水莲看到了一个人，一个美得不可思议的男人，一个似曾相识的男人。更令水莲惊异的是：那个超凡脱俗的男人，竟然还满面泪水……

如泣如诉的琴音到底勾起了这个俊美男子怎样的愁绪了？水莲真的不得而知。

关于听音，古时有许多传说，最凄美的传说是当有知音人听琴时，琴弦会突然迸断，不但令弹琴人心灵骤痛，也让听琴人黯然神伤。岁月流淌了这么多年，如今，水莲也亲身经历了古人的这一传说，但与传说不同的：听琴人都已经泪流满面了，纤纤的琴弦却完好无损。

水莲的猛然回眸，令这个男人吃惊不小，他愣了一愣，才意识到自己如此偷听可能有些无礼。掩饰地咳了一声后，他便偷偷擦拭掉泪水，脚步匆匆地向后屋走去了。不一会儿，水莲便听到了往水套炉里填煤的声音。

这就是理想与现实的关系，也是紫色古筝与黑黑水套炉的关系。是啊，水莲因为弹琴，竟然忘了烧炉子了，这可真是罪过啊！水莲马上走出屋子，忙忙地换了鞋子。

炉火早已熄了，为了让死灰复燃，男人正蹲在炉子边，侧着头，用炉钩子小心地透着火。他干这一切都轻手轻脚的，一看就知经常干这类事。望着这个俊美洁净的男人，水莲突生一种怜悯之情，觉得让他做如此低贱的活计，就是对造物主的亵渎。

"静客……是吗？"水莲脱口而出，直到话出了口，才意识到不该用如此口吻和三姐夫说话。

静客没有说话。

"那个古筝是您的吧！太好的古筝了！"水莲又说。

静客还是没有说话。水莲便想：一定是因为流泪了，才不好意思了吧？

"我叫水莲，是我三姐最小的妹妹……"水莲只能自说自话。

静客依然没有说话，也没有抬头看水莲，依旧认真地干着手里的活。

可水莲却一点都不觉得他狂傲无礼，就像认识好久了，在他冷漠的神情中，水莲甚至读到了一种亲切……

水莲仔细看了看他的脸，想弄明白他为什么会长得那么美？他的眼睛长长的，细细的，眉毛也是淡淡的，鼻子并不挺，嘴也显得很大，既没书里面的浓眉大眼，也没有画里面的齿白唇红。可如此普通的五官，在他脸上为什么那么协调那么美呢？水莲可是越看越糊涂了。

静客被她看得有些不好意思了，或者是被炉子烤的吧？脸就有些泛红。水莲便微笑了，轻柔地说："人活在世上，你为他干啥都有意义；人要是死了，你为他干啥都没有意义了！你真的这样认为吗？"

静客一惊，用细长的眼睛看了水莲一眼，还是不说话。

水莲的微笑便深了："其实，我也这样认为。"

静客站起身来，走到洗脸盆边，洗了洗手，又用脸盆架上的白毛巾擦了擦手。他真是一个干净的男人，脸那么白皙，黑发一丝不乱，衣服的每一个纹理都透着特别的洁净，尽管隔得那么远，水莲还是闻到了一缕清新的气息。啊，那是什么气息啊！沁人心脾，清爽无比。

"可是，办丧事虽然对死者没有用，但对活着的人有用啊！对自己的心有用！"水莲兀自地说着。

炉子烧起来了，暖气管里响起了哗啦啦的流水声，夹杂着咣咣当当的撞击声。水莲不明白小小的暖气管里为什么会有撞击声？想问静客，但水莲还有更重要的事情要问静客呢！比如，自己家古镜背后的契丹文……

水莲的肚子里挤满了想说的话，这些话全都你推我搡地往嗓子里挤，可当务之急，水莲必须尽快说服他去参加葬礼。水莲向他走近几步，强迫自己说得慢慢的："你一直都是对老人最好的人，不是因为别人，而是因为你的心！所以，明天你一定会去送葬的，对不对？一定会去见老人最后一面的，对不对？不为别的，也为你的心！"

静客还是什么都不说，但水莲已经听到他的心在说了："是的，是的！"

　　静客向卧室里走去了，先走到西屋，把天鹅绒的帘布罩在了古筝上面，接着就上了炕，变戏法儿似的从镶嵌在墙壁里、藏在两幅画后面的炕柜里，拿出了两床被子。啊，那两幅画竟是对开的柜门啊！静客手脚麻利地把被子一一展开，放到了那铺着橘黄色碎花床单的小炕上。

　　水莲默默地看着他干着这一切，像是对他说，也像是自言自语："人活着很难，很无奈，不是吗？有一些事，我们虽然明明知道没有用，可我们偏偏还要去做。既然我们必须得去做，不如让自己做得开心一些，哪怕仅仅为了自己的心……"

　　静客依旧不说话，但他一直认真地听着，并且一直用心回应着水莲的话。静客从炕上下来，习惯性地拍打了一下并不脏的衣服裤子，水莲再次看了看他浅蓝色的高领毛衣，黑色的趟绒裤子，其实那都是普通的衣裤，但这套衣服穿在静客的身上，怎么就那么文雅那么高贵啊？静客，多完美多干净的一个男人啊！无论是肉体，还是灵魂……

　　静客终于说话了，连声音也透着一股干净的气息："早点睡吧，明天还要早起呢！"静客说完就到东屋去了，出门后小心替水莲关上了门。

　　第二天早晨，等姐妹二人醒来时，静客已经走了，临走前，他特意为姐妹俩准备了早餐。他是什么时候起来的，又是怎样做的饭，水莲一点都没有听到。

　　自从屋子里多了一个静客后，水莲就再没有恐惧了，就像回到了自己的家，回到了爹妈身边一样，她头一沾枕头就睡着了。水莲睡得实在太死了，连梦都没做一个，连水芙是什么时候回来的都不知道，一觉就是大天亮。

　　水芙不知是累的，还是心情不好，从起床后，就一直沉默地收拾自己，一张小嘴闭得紧紧的。虽然三姐已经视水莲为妹妹了，甚至连钱财都让水莲保管，但水莲还是很怕三姐，心与心还是隔着相当遥远的距离。三姐不说话，水莲也只好把嘴唇闭得紧紧的，喘气都不敢大声。

两个人就这么默默地吃了早餐，水莲刚刷完碗，车就来接她们了。

第二次坐小轿车，水莲不但学会了开车门，还明白了坐车要坐在后座的道理。她发现挨着司机坐的都是有身份的人。没上车前，水莲先帮水芙打开了前面的车门，直到水芙安稳地上了车，才忙不迭地坐到后座。

小轿车很快就驶上了街路，拐出胡同时，水莲再次想起了韩翘楚，想起她的笑脸，想起她走路时蹦蹦跳跳的样子。举办葬礼时，水芙单位的人都会来吧？那么韩翘楚也一定会来！一想到很快就能看见韩翘楚了，水莲的心里便升起了一股暖意。

医院的大门虽然大开着，但小轿车却没走大门，而是从侧门进去，直接驶到太平间前面。水莲姐妹下车时，太平间门前已经横七竖八停了很多车，挤挤擦擦站了很多人。在早晨的冷风里，大家全都显得瑟瑟缩缩的，在瑟瑟缩缩的人群里，水莲一眼就看见了鹤立鸡群的静客，心便暖了。

静客穿着一件乳白色的羽绒服，胳膊上戴着黑纱，正面无表情地听刘大哥说着什么。水芙姐妹俩从车上走下来，他仅仅抬头看了一眼，细长的眼睛里全是忧郁。水芙下了车，似乎犹豫了一下，便向静客走过去，好像有什么话要对静客说。静客显然发现了水芙的意图，理都没理水芙，转身就向太平间走去了。

水芙被撂在那里，显得有些难堪，幸好刘大哥走了过来，对她说了句什么。在刘大哥的引领下，姐妹俩也向太平间走去。穿过人群时，水芙一直神情忧郁地向大家点头致谢。在太平间门前的阳光地带，水莲还看到了几位穿着体面的人，其中就有铁板脸钱书记。他们的胸前都佩戴着小白花，表情也都肃穆庄严。水莲又向四周看了看，却始终没有看到韩翘楚的身影。

太平间的屋门大开，有个穿黑衣的老头正站在门口，指挥着几个男人往出抬花圈。太平间的屋檐下，冷冷缩缩地站着一堆农村人，刘大哥从他们身边经过时，突然停步，小声地嘱咐他们说：一会哭的时候声音都大些！他们便都神情漠然地点了点头。

太平间里站了很多人，黑衣老头把静客叫到死者的头前站好后，就掀开了死者的蒙头布，屋里顿时静了下来。水莲不敢看死者，眼睛又不敢乱看，就只好死盯着黑衣老头看。她发现老头不仅衣服黑，脸更黑，漆黑锃亮的脸上还布满了黑疙瘩，耳朵边的一个尤其大，旁边还长了一缕很长很长的黑毛。老头一说话，那黑毛就会抖动一下。黑衣老头就这么抖动着黑毛大声叨念起来了，他念一句，静客就跟着他念一句。

"开眼光，观六路！"

"开鼻光，闻色香！"

"开耳光，听八方！"

"开足光，脚踏莲花上天堂！"

一高一低的声音在灵堂里产生了一种特殊的回音，所有的人都被那种肃穆震住了，也许实在是太冷了吧？水莲抑制不住地抖动了起来。

水莲紧挨着水芙，她感到水芙的身子也在颤抖，就赶紧抓住了她的胳膊。水芙就势靠在了她的身上，仿佛没有水莲的支撑，她真的会倒下去似的。

有人在门外扯起了席了，几个大男人便把死者往出抬了，太平间里顿时哭声一片，水芙也嗷嗷哭了起来。关键时候，水莲却说啥都哭不出来了，幸好老头高喊着让亲属们出来，水莲急忙扶着水芙到指定的地点跪下了。直到这时她才看见静客已经跪在最前边了，双手高举着一个泥盆。

老头高喊一声："起灵！"静客就把手中的泥盆一摔，泥盆便被摔得粉碎。哭号声再度响起，水莲没敢回头看到底有多少人在哭，只觉得那哭声震耳欲聋。

刘大哥示意水莲把水芙从地上扶起来，并引领她们上了灵车。水莲看见静客打着灵幡站在第一辆敞篷车上，敞篷车上摆满了花圈，随着车的开动，花圈上的纸花金箔便在风中摇晃，好像也在为离开的人哭泣。在路口转弯时，坐在灵车里的水莲回头看了一眼，发现灵车的后面，跟着好多的车，排成了一条长龙，龙头都转弯好久了，可龙尾还没出现呢。

送灵的车队在大街小巷里慢慢行驶着，敞篷车上，几个男人不时地把白的黄的纸钱抛洒在风中。气氛真的是可以营造的，望着漫天飞舞的纸钱，水莲的心里涌上了一种很凄凉、很难过的情绪。

如果将来我死了呢？一切会是什么样子呢？水莲突然一惊，马上害怕起来。

是啊！自己又有什么特殊呢？也许还不如水芙的养父呢！人家毕竟还有俊美的静客给打灵幡摔丧盆，还有魅力四射的水芙给张罗丧事，还有那么多陌生男女为他哭丧，天上还飘着那么多的纸钱……

而自己呢？除了爹妈和姐姐，谁还肯为自己流几滴泪水呢？张石会吗？水莲摇了摇头。张石也许会有些心酸，但他不会流泪的；赵秋雨会吗？水莲又摇了摇头，赵秋雨只会为了水荷流眼泪的。那陈天亮呢？水莲又一次摇了摇头，水莲甚至怀疑陈天亮还有没有泪腺！

静客一定会为自己流泪的！

水莲心里一动，眼泪就涌出了眼眶。水莲自打看了静客第一眼，就觉得二人的心是相通的。水莲甚至知道静客月下听琴之时，为什么会泪流满面。不知为什么，每次想到静客，水莲冰冷的心就会变暖。虽然认识静客还没超过10个小时呢！静客也才和她说过一句话，但水莲就是觉得他亲！仿佛早在混沌蒙昧的人之初，静客就已经遥遥地向她凝望了，隔着一座小城，也隔着一个水芙。

灵车很快就开进了火葬场的大门。水莲这是第一次来火葬场，在她的想象中，火葬场应该到处都是黑的，天空应该悬浮着黑色的阴云，空中也应该刮着可怖的阴风，就像小说里的阴曹地府。可令她没有想到的是，虽然这里果真刮着阴风，但也有蓝天，也有白云，房子也是砖瓦结构的，既美观，又大气。平整的水泥路边，还有一片风景林，有松树、柏树，还有常青藤。这一特殊的发现让水莲惊异万分，从灵车里下来站在阳光下，水莲甚至不知道自己身在何处了！

接下来的时光，水莲就更不是自己的主人了。她先是躲在一个墙角，呆呆地看着一只冒着浓烟的大烟囱，等着火化工把骨灰送出来；后来又陪着水芙在一辆车上颠簸了半天，来到了一块墓地旁。

正当水莲懵懵懂懂，弄不清自己究竟身在何处之时，有一个人也和水莲一样，始终都在费心巴力地探究着水莲的去向，这个人就是陈天亮。这两天，陈天亮找水莲都找疯了，他可真是神通广大，先是找到了医院，又沿线追踪到了火葬场，后来甚至跋涉100多里，跟踪水莲来到了乡下的墓地旁。

水莲陪着水芙站在墓地边的小树林里，看着人们掩埋棺材、筑牢墓碑。水莲觉得很累，想找到一个能坐的地方，转念一想：连水芙都在坚持着，自己怎么能偷懒呢？就这么四处观望着，也不知哪一缕阳光触动了她，水莲突然想起了韩翘楚，趁着身边没人，她便问水芙："你们单位……有个叫韩翘楚的，她咋没来呢？"

"韩晓楚？韩晓楚是谁？"水芙一脸迷惑。

"她是你的同事呀！她叫韩翘楚！"水莲认真地咬了咬那个"翘"字。

"我同事？我同事中根本没有叫这个名字的人啊？"水芙更加迷惑了，她的迷惑不是装出来的。尽管她也非常劳累，显得很憔悴，但水莲知道：水芙的意识永远是缜密清晰的。

水芙怎么会不认识韩翘楚呢？这实在是一件匪夷所思的事。

也许迷惑更让水莲觉得累吧？水莲慢慢地后退了几步，把沉重的身体靠在了一棵粗树上。刚要闭目养神，后背突然痛了一下，水莲反射地一回头，却见陈天亮鬼鬼祟祟地站在树的后面，着实吓了她一跳。

陈天亮把手指放到嘴上嘘了一下，又向树林深入指了指，就游鱼一般地躲到另一棵大树后面去了。陈天亮鬼祟的神态让水莲非常厌恶，自从见到静客以后，水莲审视男人的眼光就像坐了直升飞机，一下子变高了。回想起自己曾经和如此龌龊的陈天亮走得那么近，她甚至都不寒而栗了。

刘大哥向水芙这边招了招手，水芙就往那边走了。水莲不想和陈天亮有任何瓜葛了，刚要跟着水芙过去，没想到陈天亮突然窜回来，拉起水莲就向树林深处跑，就这么一路跟跟跄跄地，很快被陈天亮拽入了树林深处。

"小祖宗，这家伙把我找的！就差挖地三尺了！你真行啊！找到你三姐了，就把你二姐夫给忘了！"陈天亮揩了揩流出来的清鼻涕。

"你找我啥事呀？"水莲觉得身上的气力都耗尽了，陈天亮一松手，她就瘫坐在了地上。

"快点给你二姐打个电话，你让她马上来县城。"陈天亮一脸成功的喜悦。

"干啥非让我给她打电话呀？你不是有手机吗？直接告诉我二姐一声不就得了？"

"我不是不知道她村子的号码吗？再说了，为了不打草惊蛇，这个电话也不能我亲自打啊！你还是不是你二姐的亲妹妹了？"

"这么说……你的抓奸计划……"水莲还没等说完，陈天亮就上来捂住了水莲的嘴，一种汽油的气味顿时塞满了鼻腔。水莲一阵恶心，立即推开了他的手："你干啥呀？动手动脚的！"

"千万别再提什么抓奸计划了，半个字都不能提！尤其是在你们家人面前！"陈天亮一脸严肃地警告她，正往两头跑的眼睛里，全是杀气。

"那为啥呀？"水莲的气力真的耗尽了，大脑就像缺氧了似的一阵恍惚。仰望着高高的陈天亮，那种做梦的感觉又上来了。

"连为啥都不要问！从现在开始，你就必须强迫自己把这件事忘了！忘得一干二净！"见水莲始终梦游似的看着他，陈天亮便弯下腰，居高临下地瞪着水莲："别跟我装糊涂，我说的都是真格的！别以为我惯着你，你就可以为所欲为，你要是真给我说出去，看我怎么收拾你！"

"可是……那天晚上，你到底抓没抓住啊？"陈天亮越是恐吓，水莲的好奇心越往出冒。

"你这孩子……缺心眼儿咋的？我不是刚刚警告过你吗？咋还问？"陈天亮的腰都弯到九十度了，他就那样一脸怪哉地瞪着水莲。

"那你找我二姐干啥呀！"水莲这才转移了话题。

"干啥，调工作呗！她的工作成了！"陈天亮的脸上再次挂上了成功的喜悦。

"成了？"水莲不相信自己的耳朵。

"成了！真他妈的没有想到，实在太顺了！这世界也真他妈的太巧了，那句话咋说的了？无巧不成书！"陈天亮直起身体，原地转了一圈，又弯下腰："哎！你别用这种眼神看我好不好，我知道你读了不少书，可你就是累死了，也猜不出来那天到底发生了什么！可比书上写的精彩多了。"

见水莲苍白的脸上再度写满了好奇，陈天亮这才收敛了乱七八糟的笑容，严肃地嘱咐水莲道："听没听到我的话？和任何人……任何人都不要提起这件事了。"

"可你……老吊人家的胃口！"水莲有气无力地说。

"那你也不能提！这可关系到你二姐我俩的身家性命！"陈天亮夸张地绷着脸。

水莲犹犹疑疑地点了点头。

"你回城以后，第一件事就是找个电话亭打电话，你让你二姐明天就到城里来！"陈天亮从兜里掏出一张纸条，塞到水莲的手中："你二姐来了以后，你让她打纸条上的号码找我……记住没有？"

水莲又点了点头。

陈天亮向远处望了望，又嘱咐道："千万别和你姐姐……"边说边向墓地那边指了指："就是你新认的那个三姐，千万别和她说你认识我！"

"那又为什么？"水莲更加迷惑了。

"你这孩子咋那么多为什么？告诉你啥你就听啥得了。"陈天亮又揩了一下清鼻涕。

水莲马上点头如捣蒜。

陈天亮再次冲水莲做了一个警告的手势，便转身向林带那边跑去了，水莲看见那里停着一辆军用越野车。

水莲好不容易才从地上爬起来，便拖着沉重的双腿，向墓地那边走去。水芙看见水莲问："去厕所了吧？"水莲就点了点头。这时，人们开始陆续地向车那边走了，水莲看见静客满身尘灰地走在人群的最后面，脸上的疲惫使他的美增加了一股苍凉的意蕴。隔着很多人，水莲看到静客关切地看了自己一眼。

"唉，静客，三姐夫，他是多么好的人啊！要是能在他的胸前靠一会儿，只靠那么一小会儿，死了都值！"水莲自然地想，继而一惊，冷汗就流出来了！她的这身冷汗……是被自己的想法给吓的。

第十三章　望闻问切

从墓地回来，大家就都被一辆大客车拉到饭店里。水莲进屋时才发现：那个铁板脸的钱书记和好些有身份的人，已经坐在最里侧的饭桌边了。桌边仅剩下两个空位，水莲猜想那应该是为静客和水芙预备的。水莲在门边找了个位置，悄悄坐下。水芙直到入座，才发现水莲没有跟过来，她回头向水莲望了望，果然没有叫她过去。

可是，静客呢？

水莲在人堆里找了好几个来回儿，都没发现静客。水莲向门外看了一眼，见静客正顺着饭店门前的那条路，向远处走去。水莲立即走到刘大哥跟前，悄悄地向门外指了指。刘大哥看到静客的背影，果然骂了一声"犟种"，就追了过去。追上静客比比画画地说了半天，到底把静客给拽回来了。

静客进屋时，脸上除了疲惫，又多了一丝无奈，水莲便后悔自己多事了。被刘大哥挟持着，静客坐到了水芙身边，吃饭的过程中，他又被刘大哥挟持着，陪水芙给每个饭桌都敬了酒，当然敬酒时，一直都是水芙在宣讲感谢之语，静客始终没有说话。

水莲太累了，也太饿了，从上第一个菜开始，她就认真地吃，一直吃到最后一个菜上桌，连水芙向她摆手她都没有看到。直到身边的一个女人捅了她一下，她才明白水芙在叫她。水莲抹了抹嘴上的油，就向水芙那边走去，肚子里有了底，身上也有些力气了。

水芙见水莲走过来，便站起身，对着桌边的男人们说："这是我妹妹，她是大岭师范学校毕业的，现在窝在偏远农村的一所小学校里调不出来了，将来得仰仗大家帮忙啊！"

桌边的男人们都把目光落到了水莲的脸上。水莲微笑着向大家行了一个注目礼，心突然一惊：陈天亮的父亲竟也坐在酒桌边。对于水莲的突然出现，陈天亮的父亲也很惊讶，但他很快就把那种表情隐去了。他像不认识似的冲水莲礼貌地点了点头，神情似乎在说：你也可以不认识我。

偏巧有一个男人问水莲："处对象了吗？"

水莲看了陈天亮的父亲一眼，陈天亮的父亲就低下头去，水莲这才冲那个男人摇摇头说："还没有！"

那个男人便笑了："没处对象就好弄了，到时候让你姐姐在城里帮你物色一个对象，为解决两地分居，自然可以调进城里了。"大家纷纷点头称是。

饭桌边除了静客，大家都没少喝酒，一个个红头涨脸的，情绪也都很高昂。水芙拿过一个酒瓶子对水莲说："妹妹，在座的除了我省城的同学外，都是咱们县德高望重的领导，他们也都是姐姐人生的贵人，生命的知己，姐姐就像珍惜眼睛一样珍惜他们。你就代表姐姐，给各位领导敬杯酒吧！"此时的水芙，人面桃花，妙语连珠，与在火葬场时相比，好像身体里被人注了鸡血，蔫蔫的秧苗顿时支棱起来了。

水莲接过酒瓶子，声音清脆、口齿伶俐地说："我是农村长大的孩子，没见过多少大世面，不太懂酒桌上的礼节。这样吧，我就按顺时针的方向给各位领导倒一杯酒吧！如果做得不当，请大家看在我姐姐的面子上原谅我！"

一句话说得大家都很高兴，有一个领导还称赞水莲说："农村孩子才好呢，农村孩子朴实、厚道、能干，比华而不实的城里孩子强多了！"

几句好话，让水莲那"虎车车"的毛病马上犯了，她觉得是时候展示自己的才华了！她从衣兜里掏出了一张叠得四四方方的《北方农民报》，顺手递给了离自己最近的铁板脸说："我平时喜欢文学创作，也经常在各类报刊发表文章！"她的举动不但把铁板脸弄愣了，连水芙都用惊异的目光看着水莲。

男人们便都伸头去看那张报纸，有人嘴里夸张地叫道："啊，这么厉害啊！"

还有人打趣："没看那是谁的妹妹吗？"大家便都冲水芙笑了。

铁板脸只是默默地扫了一眼报纸，就把报纸递给旁边的男人，什么话也没说。水莲心里突然没了底，求救一般看了一眼静客，发现静客的脸也变成了铁板，便有些后悔了。自己这么炫耀，是不是显得太浅薄了？

见水莲突然杵在了那里，水芙便笑着解围："还是喝酒吧！我妹妹的文章有时间再看！"说着把报纸夺过来叠好，塞给了水莲。水莲这才开始倒酒，没想到手却颤抖个不停了，这是怎么回事呢？这怎么是"虎车车"的做派呢？

酒溅到了一个男人的手上，男人就笑了，风趣地说："哈哈，没关系，激动的心，颤抖的手嘛……"大家也都笑了，笑得水莲无地自容。

水莲是心里有啥、脸上就显示啥的人，此时的她别提有多沮丧了，脸色也自然阴沉了下来。倒完了酒，水莲甚至什么礼貌的话都没有说，木讷讷地就回到了原来的座位。幸好她水莲实在不是什么人物，大家也都没在意她的失礼。回到桌边后，水莲一口菜也吃不下去了，觉得自己就像个小丑，不但尊严尽失，连人格都丢了。

酒席很快就散了，等那些领导往出走时，水莲的心情也平复了许多。跟在水芙的身后，她默默地把客人送到了饭店门口。因水芙走路都趔趄了，就上前扶住了她。

水芙见是水莲，立刻靠在了她的身上。水芙的脸上一直笑盈盈的，说话的声音也比平时高了许多，软了许多。她就那样靠着水莲，美美地送走了一批又一批客人。

水莲直觉上认为三姐不该这么表现的，尤其是她的胳膊上还戴着黑纱，她应该表现得深沉一些。水莲回头看了看静客，发现静客正用痛苦的眼神瞥着水芙。静客失望的目光，让水莲的心敞亮多了，连水芙这样的完美女子也有举止失当的时候呢！看来人无完人，不如饶了自己吧！

送完最后一拨客人，饭店门前就只剩下水莲和静客陪着水芙了。水芙看了静客一眼，突然激动起来，深情地说："静客，你这个小犊子，怎么就不理解我的心呢？"

水芙的话还没说完，静客脸子一沉，转身就走了，头都不回大踏步地就走了。自认为最懂得静客的水莲，都被静客的举动弄愣了，觉得他这样做真的过分了，简直无情无义。

水芙蹲在沟旁就呕吐起来，边吐边哗哗地流眼泪。三姐这突然的举动让水莲猝不及防，鞋和裤子全都溅上了三姐的呕吐物。水莲一边轻轻地拍着三姐的后背，一边用尽全力搂抱着她。抬头看看静客，发现他始终没有回头看三姐一眼。

水莲把三姐扶回饭店坐好，又要来一杯热水让三姐漱口。三姐口也漱了，水也喝了，就拉着水莲大哭起来："老妹！好老妹！你来得太及时了！简直就是老天爷派来照顾姐姐的对不？"边说那眼泪便哗哗地流，"姐姐没想到你不仅师范毕业，还能写文章！太好了，写吧，写得多多的，这比什么都强！回想自己这么多年，真的是白混了！不学无术，不学无术……"

水莲万万没有想到三姐会说出这么一番话来，也流出了眼泪说："三姐，你别这么说，我都羡慕死你了！你活得多成功，活得多好！我和你比，就像……死嘎巴！"

"好？你说三姐活得好？三姐活得一点都不好！简直糟透了！"水芙擦了一把眼泪，见几个服务员都用好奇的目光看着她们，才挣扎着站起身，对管事的女人说："饭钱不是都算完了吗？"

管事的女人马上热情地说："都算完了，是刘主任算的！"

水芙便一摆手，对水莲说："那就好！走，扶姐姐回家！有话咱们回家说去！回家！"说着便拉着水莲，向外面走去……

静客已经把屋子烧热了，此时正在东屋收拾老人的东西，见姐妹二人回来也没有说话，该怎么忙还怎么忙。三姐真的很累了，没有梳洗就歪到炕上睡了。水莲怕她冷，找了一个小被给她盖上。

水莲虽然也疲倦，因心里装着打电话的事儿，便没敢歇息，想和静客说点什么，又怕惊动了水芙。一低头发现自己的裤子和鞋溅满秽物，便找个抹布沾了些水蹲在那里擦。正擦呢，静客走来，手里拿了三姐的一条裤子说："换这条吧！"水莲心里一暖，什么话都没说，接过裤子就进屋去换了。

换完裤子，见静客也找出了一些脏衣服，水莲便说："我要去打个电话，你把该洗的都放到一堆儿吧，我回来洗！"

静客没有说话，默默地走进仓房，推出了一台半新的自行车。那自行车很久没有人骑了，满是灰尘，静客便找了个抹布擦了起来。水莲知道静客是为自己擦车，心里又涌出一股暖流，她张了张嘴，还是什么话都没有说出来。

水莲收拾齐整走出了屋门，见静客正给自行车打车气，水莲站在静客身边看着他打车气，幸福感就更浓了。静客打完了车气，又检查了一下车锁，才慢慢地说："这辆车子往后你就骑吧！办完事早点回来吃饭！"

静客把自行车交给水莲，水莲望了静客一眼，静客也望了水莲一眼，水莲在静客又细又长的眼睛里，看到一种熟悉的神情。那是什么神情呢？那不是男人看女人的神情，也不是姐夫看小姨子的神情……水莲一下子明白了：那是平时爹爹看自己时的神情。水莲的眼圈一红，推起自行车就向外走了，心里洋溢着幸福，脚步也轻飘飘的了。

县城就是比农村先进，电话亭到处都有，尽管很多电话都被损坏了，成了街头的摆设。打完了电话，日头又移了一小段儿。经过菜市场时，水莲又买了些菜。查了查钱，又给三姐买了几样水果，她真的很怕三姐看轻自己，不能让三姐觉得自己吃白食。驮着大包小裹回到了三姐家，一进院就看见洗衣绳上挂了满绳的衣服，就像一面面的小旗帜，其中的一面旗就是自己的裤子。水莲的心便又暖了啊！啊！静客，多好的三姐夫啊！

水莲打开门，一股菜香扑面而来。按理，水莲中午并没少吃，可闻到这香味，食欲就又上来了。见水莲拎着大包小裹地进来，正在里屋洗头的水芙马上冲她笑了。水莲把水果和菜放在后屋的桌上，静客便皱了皱眉说："买这些做什么？净花没用的钱。"

水莲向静客堆了一脸的笑，故意大声说："谢谢三姐夫帮我洗衣服！三姐夫真能干！"这句话，她是说给水芙听的。果然，听水莲这么说，静客显出别扭的神色，不但皱了皱眉，脸也红了。

水芙睡了一觉，显得精神多了，听水莲夸静客，便在里屋应和说："你三姐夫这些年，一直都是这么能干的。"水莲本来想接着三姐的话茬再恭维他几句的，见静客的脸愈发阴郁了，便把那些虚话咽回了肚子。

水莲洗了手，见静客炒的菜也装了盘，就马上捡碗，放凳子，甚至主人似的冲里屋喊了一声："三姐，吃饭了！"话音刚落，就见水芙披着一头长发香气四溢地走过来，稳稳地坐在了桌边。

水莲盛了一碗饭，小心放在水芙的面前，水芙就用笑眼看着水莲说："你别忙了，也坐下吃吧！"水莲笑了，又麻利地给静客和自己都盛了饭，静客也洗完手，三个人就默默地吃起饭来。

水莲是不甘寂寞的人，见水芙和静客都不作声，就有些憋闷。本来她想说说自己的工作的，又不知怎么开头。因为静客炒的白菜木耳实在是香，就赞叹地说："三姐夫，你炒的菜真好吃！"水芙正想着什么，没有回答她的话。隔了一会儿，见水芙依然不说话，静客便说："那你就多吃点！"

水莲怎么也放不下工作的事，就字斟句酌地说："三姐，明天我就回家了，我工作的事……就得仰仗三姐多费心了！"

水芙这才抬起头来，甩了甩半湿不干的长发说："你们不是放寒假了吗？那急什么回家呀？就在三姐家多待几天，等我有时间帮你买几套像样的衣服。工作的事也不是着急的，得等机会。"

水莲很快吃了一碗，见三姐小半碗都没吃下呢，静客碗里也还有几口饭，就犹豫起来。没想到静客很自然地站起来，拿过她的饭碗就盛了满满的一碗饭。水莲的脸就红了，不好意思地说："我很能吃！"

静客突然注意地看了她一眼，又凑近看了看水莲的眼睛。静客的反常令水莲很不好意思，立即躲开了他的目光。可静客却得寸进尺，竟然命令说："你抬起头让我看看你！"水莲不知所措，快速地看了水芙一眼，见水芙并没有什么异常，这才抬起头，飞快地看了静客一眼。

没想到静客却把手伸过来，把她的脸往上抬了抬，清澈细长的眼睛甚至盯住了水莲的脖子，看得一向以大方著称的水莲都脸红了。可静客还不罢休，又在水莲的脖子上左摸了摸，右摸了摸，摸得水莲的心怦怦直跳。水莲窘得不知怎么办才好了，求救似的看了看水芙，她发现水芙也停止了咀嚼，一脸犹疑地看着静客。

静客终于放下手，轻轻地咳了咳说："你是不是心跳快，经常全身无力，总控制不住要发脾气？"

水莲连连点头。

静客语气平静地说："你可能患上了甲状腺功能亢进。"

水芙问："这是什么病？我怎么从没听说过？"

静客说："这是一种地方病，俗称甲亢，也有叫它大脖根病的。这种病的症状就是能吃，并且越吃越瘦，双手颤抖，心率过快，神经脆弱，全身无力，情绪也容易激动。对了，你把手伸过来，我测测你的心跳……"

水莲把手伸到静客身边，静客便默默地给水莲号了号脉，一边点头说："真的患上这种病了，明天你去医院做一下检查吧！"

水莲恍然大悟："我说我怎么越来越能吃了呢？原来这是病啊！"

水芙问："这种病严重不严重？"

静客说："如果不治当然会越来越重，不但会引发其他脏器的衰竭，严重时眼球都会突出来。"

水莲一脸胆怯地看着静客："那我会不会死啊？"

静客宽慰地说："没有那么严重，要是治疗方法得当，会很快痊愈的。"

水芙又问："要是真的确诊了，该怎么治疗啊？"

静客说："目前咱们医院……见效最快的，应该就是手术了。"

水莲惊悚地说："开刀？妈呀！"

静客笑着说："没事的，只是一个小手术。"

水芙便对水莲说："那你明天就去医院诊断一下吧。"

水莲为难了："我是不是得先回家……和我妈说说？"

水芙不高兴地说："和他们说干什么？瞧你这个状态，你得这个病也不是一天两天了，他们为什么没有发现？作为老年人，这种地方病他们早就应该知道，可见他们的心里根本就没有孩子。"

一句话说到水莲的心坎里，水莲便说："爹对我还行，妈却很烦我，对我明显不如对水荷好……"一抬头见静客正注意地看着她，便解释说："也是，我平时也不像水荷那么能干活。"

一句话勾起了水芙的心事，不禁愤愤地说："你这句话很对，爹那个人还很好，可妈那个人好像脑袋进水了，什么事都弄不明白！"

静客责备地看着姐妹俩说："你们怎么能这么诋毁自己的妈妈？毕竟是亲生母亲。"

水芙瞪了静客一眼，想说什么，又把话咽回去了。

屋子里再度沉默了起来。

第二天早晨，因为要去化验，水莲连水都没敢喝一口。静客简单吃了些饭，就上班去了，临走前把一把钥匙交给水莲，嘱咐她八点半左右去医院找他。水芙在镜子前打扮了好一会儿，出了门又转回来，从小坤兜里抽出 100 元钱塞给水莲。水莲嘴里说自己有钱，硬是把钱塞回了三姐兜里。三姐想了想，便把钱放进一个抽匣里，一边说："钱就放这里了，你要是需要就拿。"

水莲的心便又热了，觉得三姐再怎么生疏，也比四舅他们亲。可自己干吗不敢要三姐的钱呢？三姐走后，水莲忍着饿又收拾了一番屋子，才推起自行车到医院化验。

静客的办公室在三楼东侧，门牌上写着化验室。身穿白大褂的静客与平时相比，更显得洁净高雅、超凡脱俗，举手投足多了一缕仙气。水莲默默地看了一眼静客，心里忽悠了一下，觉得自己之前一定在哪里见过他，却说啥也想不起到底在哪里见过了。

办公室里除了静客，还有一个穿白大褂的女子，正对着显微镜研究着什么。水莲默默地在门前站了一会儿，想看清她长得什么样子，可无论怎么努力，也只看到她半面脸。倒是静客先看到了水莲，马上走出门来，什么话都没说，示意水莲跟着他走。

水莲也不说话，乖乖地跟在静客的后面，水莲希望自己永远这么跟着静客走下去，走到地老天荒。

"晕针吗？"静客回头问水莲。

水莲苦苦地笑了笑："为了治病，别说针了，将来万一手术，晕刀也得挺着。"

静客没有说话，水莲也看不到他脸上的表情。前面就是抽血室，静客向里面望了望，一个穿白大褂、戴白口罩的姑娘就冲静客笑了，水莲只能看见她的眼睛在笑。"萧哥！"水莲直到听她这么叫了，才知道静客姓萧！

静客指了指水莲说："她来了！"

姑娘看了水莲一眼，眼睛里的笑容就淡去了。说了句"把胳膊露出来"，便回身去拿针管。水莲一阵忙活，终于把手臂露了出来，姑娘就把一个胶皮带子勒到了她的手臂上。水莲心一抖，就把头转过去看静客，静客便冲她笑了，像极了小时候到卫生所打针时，爹对她笑的样子。这是静客第一次冲自己笑，笑得水莲十分激动，眼泪差一点没流出来。

还好，针扎得并不怎么疼，水莲冲那个姑娘道了谢，用药棉按着针眼，随着静客往回走。静客见周围没人，突然掀开白大褂，从里兜掏出一个钱夹，拿出两张 20 元钱塞进水莲的衣兜说："医院门前有个小吃部，那里的馄饨很好吃，去吃一碗吧！"

水莲没有说话，也没有推辞，只是默默地点了点头。

静客又说："那我去工作了，吃完了饭你就直接回家吧！"

水莲的肚子里憋了太多的话要和静客说，一时又不知从何说起，只能眼巴巴地看着静客走回办公室去了。

"我要是静客屋子的女同事多好？那样就天天能和静客在一起了！"

"再不就当那个抽血的姑娘吧！那样也能天天看到静客！"

……

水莲忧伤地想着，拿下了棉花，检查了一下针眼，这才放下衣袖。

"当静客的小姨子也不错啊！虽然不能天天看到他，但后半辈子如果想看……就总能看到吧？"这样 想，水莲便觉得应该笑笑，可努力了一下，不仅没有笑出来，反倒差一点流出泪来。

走出楼梯口，水莲才想起静客给的钱，掏出来看了看，哈，竟然是两张嘎嘎硬的新钱，水莲小心地把那两张新钱装进贴身的衣兜里，计划一回到家就把这钱珍藏起来，保存一生一世。

从医院出来，水莲便把目光投向医院对面的小吃部，犹豫着到底去不去吃那里的馄饨。没想到迎面却碰见了四舅，只见他神情有些鬼祟地向医院走来，拎着一个兜子。水莲赶紧低头蹲下身子，假装系鞋带，边系边看着四舅那穿着反毛皮鞋的脚紧挨着她的身边走过去。

"是不是四舅母病了？"水莲向街道上走了几步，咋想咋觉得自己不仗义，就又折了回去，偷偷跟着四舅，一直走到西侧的三楼。水莲远远看见四舅走进了一个病房，便认定四舅母病了。水莲摸了摸外衣兜，算着兜里的钱，假如给四舅母买东西，自己还够不够买车票的？这样想着便不敢再往里面走了，慢慢地又折身回来。

刚走两步，后面就传来一阵脚步声，水莲一回头，见四舅扶着一个打吊瓶的女人从病房里走出来，正和水莲打了一个照面。水莲不好再躲，只得迎上去叫了声四舅。四舅见了水莲，愣了一愣："你到医院干什么来了？"

"我来化验一下……"水莲还没有说完，四舅突然打断了她的话："正好碰见你了，她想上厕所，可是女厕所……"

水莲立刻明白了："我扶她进去吧！"就上前扶过女人，向女厕所走去。

女厕所脏极了，那种混合的味道令人喘不过气来。水莲本来就肚里空空，如今闻了这种气味，就一阵干呕。怕女人多心，又不敢呕出来，只能默默地干挺着，一只手高高地举着吊瓶。终于等女人尿完了，才又扶女人出来，就像过了一次鬼门关。

女人的左手臂和左小腿全缠着绷带，她声音嘶哑地冲水莲说了声谢谢，就毫不客气地靠着水莲一瘸一拐地向外走了。见二人出来了，四舅马上迎过来，接过水莲高举着的吊瓶，两个人便一左一右扶着女人走进了病房。

病房里共有六张床，每张床上都有病人，充溢着闷吞吞的难闻气味。一想到自己也得住到这种病房里来，水莲的心就一阵发堵。水莲和四舅共同扶女人上了床，又说了几句不着边儿的话，无非是天很阴了，是不是又要下雪啦？那女人也就二十四五岁，林黛玉一般瘦瘦的，也林黛玉一般美美的，水莲扶她时只觉得手臂里全是骨头。水莲很想知道女人的身份，见四舅不提起，也始终没敢问。

女人终于躺下了，吊瓶也挂到了高高的铁架上，水莲见没有什么事可做了，就告辞要走。四舅说："你等我一下！"回头又对女人说："我一会再来！"就随着水莲走出病房。

两个人一直走到楼梯处，见周围没人，四舅才小声嘱咐水莲："要是遇见你四舅母，千万别提在这里看到了我。"

因水莲眼睛里满是疑问，四舅又上前一步小声说："我们俩是一个车间的，她是我徒弟，其实我们俩真的没有什么，既然是师徒，当然要比别人近了些，再有就是单位活动时，在一起多跳了几次舞……对了，那天我和你四舅母打仗你也听到了，她就因为这些叮住人家不放了，那天竟然和英子合伙把她骗到了家里，打了人家半死！你说你四舅母多不讲理？"

水莲也不知道说什么好，只有连连点头。一路上，水莲一直在想四舅和那个女人的关系，瞧女人看四舅的眼神，觉得他们之间，绝不仅仅是师徒关系。四舅虽然长得年轻，毕竟也 40 多岁了，这个女孩子刚刚 20 多岁，走到今天这步，是不是有些犯不上？

水莲到底没舍得钱去吃馄饨，回到三姐家，便热了早晨的剩饭吃了。见自己头一天买的菜都还没有做，水莲就把那些菜摘好，洗干净了，计划中午好好炒两个菜表现表现。她一定要让三姐和静客都吃得香香的，吃了这一顿想下一顿，这样他们就不会厌烦水莲了。

用"心"做的饭就是不一样，当静客一身寒气走进小院时，一股诱人的香气扑鼻而来。这对于习惯了寒屋冷灶、每天只能自己做饭吃的静客来说，的确是意外的享受。静客走进屋，水莲马上蹦蹦跳跳地迎上来，接过静客的大衣，笑盈盈地说："饭菜都好了，我三姐一到家，咱就开饭。"静客偷偷吸一口气，随着饭香气入肚，幸福感也涌了上来，但他依然什么都没有说。

水莲却恰恰相反，一肚子的话争着抢着往出涌，第一个想问的，当然是古镜背后的契丹文字。不知道为什么，她满心希望那四个字就是"自在千金"，可静客给她的答案却是"主宜千金"，水莲的微笑就僵在脸上了。

"你是不是翻译错了？哪有自在千金好啊？"水莲并不掩饰自己的失望。

静客说："'主宜'说的是人要时时反观自我，'千金'自然含有珍贵富足之意。"静客说这番话的时候，并不闲着，拿过一块小棉布擦拭起古筝来。

水莲一见到古筝，自然就把古镜上的契丹字丢在脑后了："我和古筝……那可真叫有缘啊！"水莲说。

水莲刚入学不久，学校就成立了鼓乐队，买了很多的新乐器。水莲上小学的时候，和一位老师学会了拉二胡，鼓乐队选人时，水莲凭一曲《赛马》，就被选进了鼓乐队。那天，她无意中看到仓库里放着一架古筝，心就痒了。但心痒也是白痒的，一个农村考来的学生，水莲怎么敢提过分的要求？幸好学校始终没有找到合适的古筝选手，那架古筝也就一直在仓库里静卧着。

后来两个学生为了争一把新二胡，闹起了矛盾，并且据说二人都是相当有"背景"的。鼓乐队的老师解决不了二人的纠纷了，就找到水莲，想用一把旧二胡，换走水莲刚刚到手的新二胡。水莲便趁机说要弹古筝，那位老师想了想说："那你就试试吧！"没想到这一试就试成功了。

"大岭师范的那架古筝，让我为学校捧回了五个金杯！"水莲伸出了一只手，眉飞色舞地说。水莲说这话的时候，正午明媚的阳光把她的身体涂上了一层金色，静客便想："她真是一个精灵。"

水莲滔滔不绝之时，静客始终细心地擦拭古筝，一双细长的眼睛，也始终没有离开那架足足陪伴自己五年的古筝。他突然发现：在午时的阳光里，他的古筝无论色泽还是神韵，都显得比往日美了、靓了，便认定乐器也是有灵性的，这架古筝遇到水莲，总算找到知音了吧？

"你也给我弹奏一曲，让我听听？"水莲突然向静客走近几步，微微外凸的眼睛，闪烁的全是孩子般的兴奋。静客怎么敢在水莲面前弹奏呢？便看了看时钟说："你三姐又不能回来了，我们吃饭吧！"

时间过得真快，水莲觉得还没说几句呢，半个小时就过去了？听说三姐不能回来了，水莲更觉高兴了，马上蹦蹦跳跳地跑到厨房里，端出两盘自己精心炒制的拿手好菜，又给静客盛了满满的一碗饭。最不愿意做饭的水莲，万万没想到原来做饭也是享受。"要是能给静客做一辈子饭，可就不白活了！"忙碌之时，水莲曾这样自言自语。

静客细长的秀眼瞥了一下那两盘菜，就把饭倒回饭锅，顺手从碗柜取来了半瓶散装酒，又拿出一个酒杯。哈，连静客都想喝酒了！见静客正要往杯里倒酒，水莲立即制止了他，转身把一个大碗拿过来，放在桌上，便去取暖壶。静客拿过一把酒壶，刚给酒壶注满酒，水莲的开水也倒了大半碗，静客就顺势把酒壶往热碗里一放。

两个人在烫酒的时候，谁都没有说话，但彼此配合得多么默契啊！仿佛一起生活好久了！

静客喝酒的时候，依然不说话，但脸上的幸福却清晰可辨。水莲也沉默下来了，水莲沉默，不是她无话可说，而是有太多的话，一辈子也说不完。

自打坐在饭桌边，水莲的心就有一种鼓胀胀的感觉了，那种感觉一直无声地奔涌着，膨胀着，她都不知怎么发泄了！她想叫，尖声贼气地大叫；想唱歌，声嘶力竭地引吭高歌；也想跳跃，不是跳舞，是跳跃，胡乱地伸胳膊扔腿……水莲知道，那种鼓胀胀的感觉就叫幸福。

此时，小屋里静静的，水莲的面前，只有静客面容安逸地享用着美味佳肴，水莲舍不得破坏这种千载难逢的安逸，只能任那幸福在五脏六腑里四处乱窜。实在鼓荡得难以抑制了，她也只能一次又一次地冲着静客傻笑。

可无论水莲怎么笑，静客都不笑，但他的脸却一点点地泛红，显得比月下听琴之时还要美，还要动人。水莲看了他一眼，又看了他一眼，心就异常地跳了。为了掩饰自己的窘态，水莲突然忘情地抢过静客的杯子，一仰脖就干了。静客责备地看了她一眼，水莲的脸就红了，水莲庆幸自己喝了酒，脸上的潮红才有了理由。

酒进了嗓子里，辣辣的，麻麻的，水莲才明白男人在高兴的时候，为什么都想喝酒了，原来那种辣和麻，是能够让心里的幸福结晶的，这种稍纵即逝的幸福就像蚌里的珍珠，能永远地留存下来！水莲一直希望科学家们能发明一种可以摄梦的录像机，能够在人做美梦时，把美梦刻录下来。此时水莲的希望又升级了，她希望科学家们能发明一种可以控制时间的机器，能让幸福的时间静止下去，直到地老天荒。

然而，幸福的时光总是过得很快，两个默默吃饭的人还谁都没说一句话呢，下午上班的时间就要到了。酒后的静客满面桃花，当酒壶里的最后一滴酒进肚后，他看了看表，桃花的粉红里便掺入了几分无奈，刚要站起身，水莲立即按住了他，蹦起来走到饭锅边，硬是往静客的碗里盛了半碗饭。

静客连连摇头："我不想吃。"

水莲决断地瞪着他："喝完酒必须得吃些饭压压，这样对身体好！"末了又加一句："这是爹说的！"

静客躲开水莲的眼睛，真的把那半碗饭吃了。饭吃完了，静客便嘱咐水莲在屋里面把门插好，又屋里屋外检查了一下水电是否都关好了，才穿上大衣上班去了。

水莲一直望着静客的身影出了大门，才把屋门关上，但她并没有按照静客的嘱咐把门插上。农村人嘛，有时夜间都忘了插门的！水莲站在门边又听了听，当她确认静客真的已经走远了的时候，突然一声尖叫，就在小小的斗室里跳跃起来了，张牙舞爪地跳跃，同时尖声大气地号叫着……在水莲的尖叫和跳跃都达到了最高潮，换句话说：就在水莲最狼狈最丑陋的时候，门突然开了，只见静客满脸惊诧地站在门前。

水莲当时正在折跟头，屁股撅着脑袋挨地而脸却正对着门。门一开，水莲很自然地就把眼光从两腿之间投到了门上，一眼看到了静客惊诧的脸，她就顿时蒙了，只好瘫坐在了走廊里的地上，把头埋在了膝盖深处，再也不肯动上一动了。静客便笑了，甚至笑出声来了，咯咯的，像个女人。

水莲实在太难堪了，只好继续把脸埋在膝盖里一动不动，任脸部烧得如同火炭，烤得双臂都热了。静客在后面的饭桌上找到了钥匙，便匆忙地往外走，边走边嘱咐水莲："这回别再忘了插门了！"水莲依然没动，直到听到大门咣当一声响，门锁咔的一声扣上了。

脸都丢尽了，水莲便再没有继续疯下去的心情了。她狼狈不堪地从地上爬起来，才插了门，到暖烘烘的卧室睡觉去了，没想到心真大，马上就睡着了，还做了一个乱乱的梦。梦中她也在跳跃，只是这一次跳跃并不只是她一个人，也有静客，静客也像她那样乱喊乱跳着，直到累瘫在大地上。

睡醒后，水莲依然觉得很累，脚步拖沓地走到东屋的书柜旁，发现原来挂在柜门上的锁，竟然被摘下了，放在旁边。水莲打开柜门，发现里面除了少量的古董，剩下的全都是书，大多是和辽代契丹有关的史书，还有一些关于考古方面的工具书。水莲才知道静客为什么能读懂契丹文了。

水莲取出几本书翻了翻，发现每一本书里面，都用铅笔画成了道道，有的空白处还写满了密密麻麻的小字。看书的时间总是过得很快，水莲觉得只翻了一小会儿，外面的天色就暗了。水莲这才想起什么，急忙做了晚饭，因为心里面装着愿意，做饭的效率也非常高，时间掌握得也恰恰好，这边晚饭刚做好，水芙就拎着一个大兜子回家来了。

"哎呀妹妹！你炒的什么菜呀？这么香？"水芙刚一进门就冲水莲喊道，水莲马上迎出去，一边接过三姐的衣服和兜子一边说："我炒了吉菜粉儿，还给你蒸了一碗鸡蛋糕！"水莲发现三姐的心情也显得愉快，想了想又说："中午我也给你炒菜了，也炒了两个呢！"

水芙就笑着说："中午我们单位来客人了，我只能陪着……"想了想，又加一句："我们单位就是这个性质，中午经常回不来的。"

水芙走到后屋，还没洗手就站在桌边吃了一口菜，一边品一边笑着说："啊，很好吃呀！妹妹，原来你这么能干啊？等你调过来以后，就天天住在三姐家吧，天天帮三姐做饭吃！"

一句话正中水莲的下怀，她一边把热水倒进盆里示意三姐洗手，一边笑着说："行！我也愿意天天给三姐做饭吃！"

水芙显得兴致很高，水莲直觉上感到三姐的兴致似乎与自己有关，猜想三姐一定有什么喜事要告诉自己。可三姐不说，水莲也不敢问，只好默默地让猜疑在心里发酵。

姐妹俩正说着话，静客也回来了，水莲因为中午丢了人，始终没敢抬头看静客的脸，只是快速地为静客兑好了洗手的温水。与中午相比，静客显得有些忧郁，自打进屋，始终没说过一句话。水莲便想：是不是自己的疯狂让静客瞧不起了？唉，什么叫乐极生悲，这就是乐极生悲啊！

三个人就这样各揣心事坐到桌边了，水莲先给三姐盛了碗饭，看了一眼静客的空碗，又不好问他是否再喝一点酒了。正犹豫呢，静客已经站起了身，给自己盛了碗饭。

水芙真是一个心里能搁住事的人，直到吃完了饭，也没有和水莲透露一点信息。水莲和静客一起收拾碗筷时，水芙突然问静客："水莲的诊断结果出来了吗？"直到水芙这么问了，水莲才想起早晨检查的事。看来自己真的是被幸福冲昏了头了，竟把性命攸关的事都给忘了。

静客当时正低头透炉子，听水芙问他，就皱着眉点了点头。水莲的心便忽悠一下沉下去了。原来果真被静客说中了，自己真得了那种叫甲亢的病。妈常说：没啥别没钱，有啥别有病，现在两种情况都凑到一块来了。

"那种手术……得花很多钱吧？"水莲问静客。

静客算了算："全下来……少说了也得一千多吧！"

水莲惊在了那里："一千多元？"

静客便说："无论多少钱，都得看病啊！"

当时水莲正刷碗，乍着两手，她就慢慢地靠在墙上，再提不起一点精神来了。

第十四章　黑云压城

同样的一个人，白天还快乐得像一只皮球儿，可刚到晚上，这只皮球就被扎瘪了。

水芙见水莲蔫蔫的，就安慰地拍了拍水莲说："车到山前必有路，别愁眉苦脸的了，开心些！来，姐姐告诉你一个好消息。"

刚才水莲还期待三姐的好消息呢！此时却连听下去的兴趣都没有了。水莲眼睛看着水芙，心里却始终在想手术的钱。

水芙说："今天，县委办的刘主任找我了，就是帮着张罗办丧事的刘大哥，他是受钱书记的委托找我的，他说钱书记的意思……是想和我攀大辈儿，要把他儿子介绍给你！"

"钱书记？就是那个……"水莲刚要把铁板脸三个字说出来，马上换了种说法，"他有那么老吗？儿子都那么人了吗？"

水芙便笑了："你以为钱书记多大岁数啊？就是瞧着年轻，他都50多岁了！他的儿子上大学的时候我就见过，长得就像你三姐夫这种气质，可以说一表人才，现在县委宣传部工作，比你大两岁，这门亲事我估计成功的概率很大，因为他儿子不仅读过你的文章，也看过你的古筝表演。"

"他儿子……是不是在省里读过大学？"水莲出名后，曾被破格选拔到了省里，参加过大学生艺术比赛。

"应该是吧？但这些都是次要的，主要是……他爹看中了你这个'妹妹'的身份！要是和我结了亲戚，他可是受益无穷！"水芙从拎回的兜子里拿出一件明黄色的高领毛衣来，展开对水莲说："这是我下午托人给你买的，你试试，要是不合身，明天好去调换。"

水莲的心一热，感激地看着三姐，却一时不知说什么好。水芙不由分说，拽过水莲就把高领毛衣往她的身上套，水莲也配合着把毛衣穿上了，走到穿衣镜前，果然身材显得比往日苗条了，但脸却更黄更黑了。"三姐，这件毛衣花……不少钱吧？"

"钱你就别问了，这是三姐送给你的见面礼。一会儿我再给你一条裤子。那是我前几天买的，还没上身呢！"

这是她有生以来收到的最贵重的礼物，一想到明天就要穿着这样的毛衣去相亲，那种因病引发的忧郁也似乎淡了。是啊，自己多么想进城啊！不是一直把进城当作人生的跳板吗？可如今，自己离这个跳板已经很近了，凭什么不开心呢？

中午，水芙因为忙又没有回来，静客因为值班，也回得晚，走得早，吃了口饭就匆匆地离开了。静客刚走，刘大哥就来了，他告诉水莲相亲定在晚上六点半，地点就在水芙的家。

刘大哥临走时又特意打量了一下水莲，笑着说："那个孩子叫钱望，非常好的小伙子，个头就像静客那么高，脸形也是他那种脸形，还别说，他们两个长得还挺像。你别看你以前怎样，但现在的人都很现实，你懂我的话吧？这么说吧！这个小伙子很有发展，正像他的名字一样，前程兴旺！就凭他能同意与你相亲，就可看出他不仅孝顺，还务实。将来一定会比他爹还有发展。"说完便笑呵呵地走了。

水莲正愁自己的大衣与里面的毛衣不相配呢，听刘大哥这么一说，就放下心来了。因为这次相亲，不用再像上次那样，要到寒夜里去跋涉去挨冻了，现在的情况正好反过来了，稳稳地坐在家里，自自在在地就能把那个叫什么钱望的男人给看了，就像上次陈天亮在自己家，随随便便地就相看了水莲一样。

晚上，水莲早早地做好了饭等着水芙和静客，可不但水芙没有回来，连静客也迟迟不见归影。眼瞅着相亲的时间就要到了，水莲只好胡乱地吃了一口饭，便按部就班地准备上了。

水莲先是认真地化了妆，又把新衣裤穿上，哈，红花还真得绿叶扶，穿上水芙的裤子，那件毛衣就更显好看了。水莲在穿衣镜前转了转，甚至都有些不认识自己了。真是人逢喜事精神爽，有了新衣服的衬托，水莲的脸似乎也显得比以往圆了，眼睛也比以往大了，加之用化妆品一盖，脸色也新鲜了许多。

时间转眼就到了六点半，可外面的大黑门却如同一个黑色的谜语，把一切谜底都关在了门外，连一阵风都不肯进来透一透消息。水芙怎么了？静客怎么了？太蹊跷了！

静客迟迟不回来，水莲还能够理解，因为水莲知道：静客最厌烦这种世俗的交往了，甚至可能是故意晚归的。可水芙不回来，水莲就很不理解了，水芙再怎么忙也不会把这么大的事忘了吧？对方再怎么高攀她，人家也是堂堂的钱书记呀！

随着时钟一点一点地转动，水莲高亢的情绪也一点一点地低落了，她再也无法安稳地坐在凳子上了，眼睛一次又一次地向门外瞭着，每看一眼，心里的希望就会少一点。

就这么等待着，煎熬着，直到那黑色的大门终于啪嗒响了一声。水莲隔窗向外面看去，才知道外面已经黑了，昏暗的小院里，她模模糊糊地看见水芙一步三摇地走进来了，水莲马上迎了上去。

水芙一身的酒气，也不知道她喝了多少酒，水莲想帮水芙把大衣脱下来挂上，水芙却一反常态地躲开了她，自己把大衣脱下来挂到了衣架上，水莲的心就沉了。

水芙洗了手，换了鞋子，稳稳地坐下后，才讥讽地斜睨了水莲一眼说："打扮得这么好看，还准备着要相亲呢？"一句话说得水莲更加忐忑不安，心里就像蹦进了个跳蚤，抓也抓不到，看也看不着，又痛又痒。

"去，给我倒杯水去！"水芙阴着脸子说。

水莲一路小跑，把水杯端到水芙身边的茶几上。水芙喝了水，又用红红的醉眼盯了水莲好一会儿，看得水莲在痒与痛之上，又加了一层忐忑。此时此刻，水莲早就不抱有任何希望了，只盼水芙快一点向她宣判，哪怕向她宣判死刑，也比这样的折磨她要强得多。

水芙终于说话了，带着明显的厌恶："真没想到你竟然是个骗子！"

"三姐，你说我啥？"水莲不相信地看着水芙，她万万没想到事情会变得这么严重！骗子！这可是用在犯罪分子身上的词汇啊！水芙为什么会用这样的词汇咒骂自己？

"我那么信任你，那么为你着想，可你却连一句真话都不跟我说！"水芙长长地叹了一口气。

"时间这么短，你又一直在忙，我当然不可能把所有的一切都讲给你听，但我真的没骗你啊！"水莲的心里难受极了，觉得人格受到了侮辱。

"都什么时候了？还和我演戏？"三姐的脸如沉潭，根本不给她辩解的机会。

"我怎么了？我到底演什么戏了？"水莲豁出去了，心里说，"连自己的亲妈妈都可以扫地出门呢！你还指着她会对你好？"

"装！还跟我装！你什么时候才能和我说一句实话呀？"水芙的脸色都阴得胜过了阎罗王。

"你们往后都给我长点志气，也快点出息出息给你三姐看看，省得她在妈面前总是一副高高在上的样子。"

妈妈的话突然响在耳畔。

"怎么不说话了？不是挺能说的吗？声音还挺高！"水芙满脸讥讽。

"我真的不知道怎么骗你了？我刚才从头到尾想了想，我不仅没有花过你一分钱，也没和你说过一句谎话。"水莲的头都要爆裂了。

"还撒谎？你的心理素质倒挺好的！"水芙红红的眼睛刀子一般刮

着水莲的脸。

"虽然你从小就给了人了，但我们真的是亲姐妹，你长的和二姐真的像极了，不会错的，如果错了你又怎么会认我？再说，凭你的智商，我又怎么能骗得了你？"水莲的声音越来越低，觉得力气都耗尽了。

"你还演戏？你明明在农村都有对象了，丰厚的聘礼都送到你家里去了，你还到我这里跟我装未嫁的少女，你这不是骗我是什么？"

水莲这才明白了，马上急急地说："我还以为是啥事呢，是这件事呀！那个人是赵秋雨，我只是和他相了亲，真的没有像你说的那种关系的，他没有相中我，他妈相中了我，他相中了我四姐，他妈妈却……"

"不用跟我狡辩了，你只说一句明白话：你收没收人家的聘礼吧？"

水莲说不出话来了。

"那你还狡辩什么？你不是骗子是什么？"水芙愤怒地瞪着水莲。

水莲不但心在抖，双腿也在抖。外面已经黑透了，水莲绝望地向外面看了一眼，便在明亮的玻璃窗里，看到了自己身着明黄色毛衣、弯腰受审的滑稽身影。水莲死的心都有了，别说继续辩驳了，连喘息的力气都没有了。

"你婆家的人正满世界找你呢！都找疯了！你可真聪明啊，把我这里当避难所了！要不是你那个叫水渠的大姐把电话打到了我们单位，我还被你蒙在鼓里呢！"

水莲向后退了一步，又退了一步，终于把沉重的身体靠在了窗台上。

"别给我装可怜相，站直了！"水芙一声怒喝。

"她一个病人，你干什么呢？"门突然被推开，静客走了进来。

"不要掺和我们的事！"水芙的声音低了些。

水莲只觉得脑袋一黑，身子就慢慢向下瘫去……

"她要摔倒了！"静客一把拽住正往下堆的水莲，连拖带抱地把水莲弄到了炕边上。水莲的眼泪如同开闸的河水，哗哗地淌了下来。

"咋的？骗了我还不过瘾，还想骗静客吗？睁大你的死鱼眼睛看看，这是哪里！这是我的家，在我这里演戏，还没轮上你呢！"水芙刚刚低下来的声音，又高了八度。

"够了！至于这么不依不饶的吗？你们可是亲姐妹！"静客气得脸都扭曲了。

水芙的声音再次变低了："静客，你不明白情况。她在农村已经有了对象，马上就要结婚了，却骗我说没有对象，这话你不是也听到了？害得我四处托人给找她对象不说，还挖门盗洞地给她调转工作！今天下午她大姐突然把电话打到了我们单位，幸亏接了这个电话，要不然真相了亲，我该怎么对人家钱书记说？万一哪天她婆家再找到我们单位讨说法，那我可真就没脸混下去了！"水芙噼里啪啦地说。

静客的脸色阴着，几次想打断她的话："多大点事？不就是相个亲吗？和你的政界又有啥关系？犯得上把自己的妹妹往死里整吗？行了行了，抓紧洗漱，都早点休息吧！谁都不要再提这件事了！"

水芙狠狠地瞪了水莲一眼，叹着气就到外屋梳洗去了，留下水莲堆在炕边双泪直流……

"好了，你也早点休息吧！你三姐就是那么个臭脾气！别放在心上！"静客一边柔声说，一边跳上炕，帮水莲和水芙焐上了被子。

那个夜晚，水莲到底是怎么熬过来的？连她自己都无法描述了。水芙梳洗完了，趁着酒劲就睡过去了，她几乎打了一宿的呼噜，在睡梦最酣的时候，她甚至在梦里都骂出来了："骗子！骗子！"

天色刚刚发白，水莲就悄悄地起来了，她想赶在静客起床之前，利利索索地离开这里。水莲把明黄色的毛衣连同水芙的裤子摸着黑叠好，把静客给她的钥匙放在了叠好的衣服上。水莲在做这一切的时候，水芙始终呼噜连天地睡着。

经过走廊时，水莲隔着门向东屋看了一眼，东屋的门玻璃是乌的，水莲只能看到静客模糊的身影……望着那一团影子，两行不争气的眼泪就又无声地流淌了出来。

当黑色的大门嗒的一声关在身后时,水荷的声音突然响起:"怨谁呢?你不是向来喜欢游戏人生吗?游戏人生的结果,就是被人生游戏!"

身心疲惫的水莲,一路颠簸地回到家,她多么希望能从爹那里获得一些安慰啊!可令她万万没有想到的是,手中的兜子还没放下呢,另一个黑洞洞的炮口已经对准了她。

这次对她发起攻击的,不是别人,而是自己的妈妈——总口口声声地标榜自己患有神经官能症的亲妈妈。

"叛徒!"这是水莲走进家门听到的第一句话,它就像一根毒针,不偏不倚扎进了水莲的心。插在心上的那根"骗子"的毒针还没等拔去呢,妈妈冷不防地又给她补了一针,水莲的心顿时鲜血淋漓。

妈妈的脸比外面三九天还要冷,水莲不用看就知道那种神情。水莲突然明白水芙的冷漠来自哪里了,水芙的冷漠是源于骨子里的,直接来自她的母体。水莲继而又发现:水芙在"审判"水莲的时候,那不容辩解的神情也和妈妈酷似,特别是训人时上翘的嘴唇,更是像极了自己的妈妈。

"你别以为不吱声,我就会饶了你!"妈妈说:"你这次犯的可是原则性的错误!我真是纳闷了,我这么刚强的人,怎么会生出你这个没有一点骨气的窝囊废!"

坐了一天的车,受了一天的冻,从早晨起来就滴水未沾的水莲,实在太累太冷了,自进屋后,水莲一直筛子一般抖个不停。

寒如冰窖的屋子静极了,炉火熄了,或者根本就没有点燃?外屋更是冰锅冷灶的。爹没在家,水荷也没在家,在家的只有妈妈一个人,也就是说:此时无论妈妈怎么对待水莲,水莲都得酸菜炖土豆——硬挺!水莲太了解自己的妈妈了,妈妈要是犯起病来,最快也得三天才能过劲儿,可现在的情况是,水莲是连一小时都挺不住了,连一分钟都挺不住了!

硬碰硬是不行的，可如果服软，前景依然不乐观，那样妈妈就会因为水莲的"逆来顺受"而变本加厉。水莲多想用热水泡泡已冻得没知觉了的手，再喝一口热水，吃一点热的东西，暖一暖寒如冰窖、空如冰窖的胃啊！

以前妈妈犯病时，水莲经常会钻进被子里，两手捂住耳朵，捂着捂着就睡着了。可如今，水莲甚至连这种待遇都成了奢望。

外屋的水缸，四周冻上了厚厚的冰，缸中间只剩下了一个圆圆的小洞，小得连水瓢都伸不进去了。水莲用刀砍了砍那冰，可她的手一直在抖，费了很大劲儿，也只砍出了几道白印。她走进屋子去取暖壶，可暖壶轻飘飘的，里面没有一滴热水。

"既然当了叛徒，就不要回来了！人家那里多好啊！有电视看，有好房子住，还有一个天下第一等好人的三姐夫伺候着你！多好啊！还回来干啥呀？"

妈妈坐在炕头上，腿上盖着小被子，身上披着棉衣服，膝盖上摊放着一本厚书，水莲知道那是《红楼梦》。那本书还是水莲向张石借的呢，因为忙，至今还没有还回去。此时炕头上一定很热吧？妈妈才如此有力量地冲水莲发泄。

"还是先对付一口吃的吧！"水莲这样想了，便去碗柜那儿看了一看，碗柜里空空的，除了一小碟咸菜，再就是厚厚的污垢和带着污垢的冰溜儿了；水莲又掀了一下锅盖，发现锅也不是原来那个黑亮亮油汪汪的旧锅了。此时，那口新锅也是冰冷冷的，闪着银白色的寒光，锅里面只有一小汪水儿，上面挂着几块古铜色的锈迹，就像一幅荒诞怪异的冷色调小画。

水莲已经顾不上新锅还是旧锅了，心里揣摩着做什么吃速度能更快？一回头，看见了敞着袋子口的玉米面，一股希望便冲上了脑际："要不做些玉米粥吧！"

水莲掏了两下掏灶膛里的灰，因屋角柴火堆那里，只剩下一些柴火屑了，只得强打精神去后院抱柴火。

离家几天，后院的景象就更显破败了。断墙边，残雪下，那可怜的一小堆玉米秆，正在寒风中瑟瑟发抖。

柴火堆是农村人是否会过日子的标志，水荷经常羡慕别人家的柴火堆，比如莲花家的柴火堆，不但柴火堆得又高又多，还摆放得有棱有角、整整齐齐的。

为了充实自己家的柴火堆，水荷没少逼着水莲和她一起去捡柴火，尽管两人都挨了不少的累，受了不少的冻，可自家的柴火堆总是比不过莲花家的。现在水荷有了恋人了，对柴火的问题也不在乎了！要真是那样，接下来的日子该怎么过呢？

望着眼前的柴火堆，水莲的心又涌进了一股寒气。水莲算了算，如果一顿饭只用一小堆，眼前的这些玉米秆，也不够烧十天的。妈妈经常叨咕说："再没有烧的，就只能烧大腿了。"水莲便忧伤地想：如果真烧大腿，家里人的这几条大腿，能不能烧熟一顿饭的？

水莲摸了摸贴身的衣兜，里面硬硬的，那是静客给她的新钱，心里就暖了暖："唉！静客，不知道这辈子水莲能不能见到你了！"这么一想，泪便涌出了眼眶，水莲用袖子擦了擦，抱了一小抱柴火就进屋去了。

柴火着起来了，玉米秆烧得噼里啪啦直响，那一小片暖意让水莲的心稍稍松缓了些。没做玉米粥之前，她先烧了些热水，当然，水是一勺一勺地从水缸里舀出来的。烧火的时候，水莲第一次如此珍惜地往炉灶里地填柴火，几小根玉米秆刚填进炉灶，转眼就被红红的火舌吞噬了，就像在烧自己的心。

接下来的日子，该怎么过呢？水莲回望了一眼自家的寒窑，不禁暗暗叹了口气。如果调不到城里，水莲就得正视这个家，正视柴米油盐，正视患病的妈妈，水莲真的无法逃脱。想到这里，水莲突然一抖：每次想到妈妈，水莲总会不寒而栗！

对了，屋子里什么时候开始静了？妈妈干什么呢？一定又沉浸在《红楼梦》里了吧？水莲祈祷妈妈永远这样沉浸在小说里。

锅里的水开了，水莲灌满了暖壶，当她把暖壶送到屋子里的时候，马上后悔不迭，她怎么能蠢到要去屋里送暖壶呢？

沉默的妈妈听见了声音，立即从书上抬起头来。水莲飞快地瞟了她一眼，发现她的眼睛红红的，应该是刚刚哭过。水莲马上把眼睛躲开，但晚了，妈妈的话匣子已经打开了："这世上还有脸皮这么厚的人吗？怎么不替好人死了呢？"妈妈恶狠狠地说："怎么不替林黛玉死了呢……"

水莲逃也似的离开屋子，心想：妈妈一定看到黛玉之死那一章了，所以才想起让自己的亲生女儿替黛玉去死。

水莲突然感慨起来：妈妈骂得没错，自己这样没脸没皮地活在人世，真是一种浪费呢！既浪费粮食，又浪费布匹，更浪费妈妈的金玉良言……真不如替林黛玉死了呢！

站在锅灶边，水莲一边干活，一边发起呆来：按理，林黛玉活得多好啊！要长相有长相，要才华有才华，还有那么高贵的出身，那么好的生活条件。就算寄人篱下，人家的生活也比自己强百倍啊！人家还能住潇湘馆那么幽雅的房子呢！还有那么多的丫鬟仆人服侍她！冬天不愁没有柴火烧，春天不愁没有粮食吃，可这么好的生活，林黛玉为什么还要天天流眼泪呢？难道黛玉的忧伤和短命，真的都是她自找的？用老百姓的话说就是吃饱了撑的，有福烧的？

"整天华而不实的，净想着投机取巧不劳而获，大事做不了，小事不愿意做，就你这样的窝囊废还想往县城里调？那县城是给你这样没骨气的人准备的吗？有能耐你别生在这里呀！有能耐你生到金陵去啊！或者干脆生在荣国府好了！"水莲已经开始往锅里下玉米面疙瘩了，伴随着妈妈铿锵有力的骂声。

"烦恼皆因强出头，人活着就怕异想天开，这山不知那山高！不就是多念了几年的屁书吗？就把自己当成人物了？你是谁呀？也不撒泡尿照照自己，真是'心比天高，身为下贱'，别说林黛玉了，晴雯都比你有骨气呢！我真是纳闷了！你这种人怎么还有脸活在这个世上？"妈妈咒骂的声音一浪高过一浪。

水莲再次呆到锅边了，连面疙瘩都忘了下了。还真别说，妈妈的话句句在理呢！人家晴雯真比你强百倍呢！在受到侮辱的时候，晴雯甚至都敢于用生命去抗争！而你呢？当你面对水芙的辱骂时，为什么像个挨斗的地主似的弯腰硬挺着？你为什么不去死？

"撒泡尿浸死得了！"真不愧是母女，妈妈连骂声都与女儿的心事契合。

如果真要去死，干吗非得撒泡尿浸死呢？多大的一泡尿，才能把人浸死呢？看来，连这种骂法也是一种侮辱啊！东北人骂人都骂得这么深刻！水莲突然苦笑了，一边笑，一边继续往热气腾腾的锅里下玉米疙瘩。

"咋不出声呢？真的死了吗？"

水莲继续笑着，心里想：幸亏妈妈没看到你笑，否则不知道会骂出什么话来呢！苏格拉底说过，摊上一个河东狮吼的婆娘，会让人变成思想者！如今自己摊上了这样的一个妈妈，是不是也能变成哲学家呀？水莲继而彻悟：哲学家之所以会成为哲学家，一定是怕死的缘故！

水莲在把玉米粥盛到碗里之前，先用勺子舀了一些送进嘴里，一种特别的暖顿时滑进了空空的胃：啊！真是美味佳肴啊！自己连玉米粥都吃得都这么香，怎么敢和黛玉去比呢？"一口为品，两口为饮，三口为驴饮耳。"而自己呢，不仅天天都在驴饮,进肚的还都是粗茶淡饭。林黛玉如果认识了自己，一定会把自己骂成母蝗虫第二的！

"怎么？吃上了？真是不要脸之极！我费了这么半天的口舌，竟然没影响你的胃口……唉，你让我咋说你好呢？"妈妈的声音停了片刻，不知为什么又响起来了。

水莲蹲在锅台边，一边听着妈妈那富有哲理的咒骂，一边嘶嘶呵呵地吃着玉米糊：是啊，自己咋就这么没有自尊呢？咋能吃得这么香呢？瞧人家林黛玉多有自尊？连一点弦外之音都听不得，连一个无礼眼神儿都受不了。而自己呢？谁逮着了都可以辱骂一番：赵老师可以骂，四舅母可以骂，水芙可以骂，姐姐们张口就来，妈妈更是家常便饭……而面对这些咒骂，自己竟然还能吃得这么香……唉！水莲啊水莲！你的不要脸简直登峰造极了！

"随你那个死奶！连个屁都不放一个！别以为你不吱声了，我就能饶了你！给我倒杯水来！"妈妈的声音又加了八度。

水莲连喝了三碗玉米粥，心里暖了，人也精神了，抵御辱骂的能力也增强了。接到妈妈的圣旨，水莲马上跳起来，乐呵呵地去给妈妈倒水，当然，在临进屋前，她强迫自己把笑容掩去了。因锅里还有两碗玉米粥，她甚至大着胆子问了一句："你吃不吃点苞米粥？可好吃了！"

妈妈的嗓门又亮开了，幸亏嗓子已经说干了，才没有唾液喷到水莲的脸上，说："你拿我当你呢？我哪能像你那么没脸没皮？整天就知道吃吃吃！"吓得水莲马上把水放下，转身就逃出去了。

门吧嗒一声开了，只见爹戴着个狗皮的帽子、夹着一个支棱棱的麻袋，一身寒气走进屋来。"啊！老姑娘回来了！老姑娘做啥好吃的了？这么香？"爹先是小心翼翼地放下麻袋，然后才咧开大嘴，冲水莲亲切地笑了。

"爹！"就像李铁梅见到李玉和时一样，水莲一下子就猴到了爹的身上，紧紧搂住了爹那满是寒气的脖子，父女俩就都哈哈大笑了……

在那个家徒四壁、冰如寒窑的外屋地，水莲就那么在爹的身上又猴了好半天，才瞥了一眼放在墙角的麻袋问："爹，你买到刻版画的木板了？你从哪儿借的买木板的钱啊？"

爹爹飞快地瞟了水莲一眼，随即就移开了那明显发贼的小眼睛，咳了一声，又咳了一声，却什么话都没有说出来。幸好门再次被人推开了，水荷冷呵呵地走了进来。

直到门开了，水莲才发现外面已经黑天了。也许是天太冷了，才把横在姐妹俩心灵间的隔阂冻麻了？面对审视自己的水莲，水荷那冻得红红的脸上，不仅没有显出任何不自然的神情，甚至还很自然地笑了笑，嘴里也自然地说："赵秋雨妈妈正四处找你，要逼你和赵秋雨结婚呢！"

"她逼我结婚，我就和他结婚吗？"水莲毫不在乎地说。

"可你不结咋办？爹已经把他们家送来的彩礼，全都换钱花了！"水荷正巧看到了立在墙角的麻袋，便盯着爹说："包括这些木头板子……用的也是水莲的钱吧？"

水莲立即质疑地去看爹，见爹一边掩饰地咳着，一边向屋里走去。

水荷突然压低声音说："你就认了吧！也别怨爹了！牛大脑袋又来闹了，你没看见吗？锅也砸了，米也扬了，差点没把房子给点着了！正闹的时候，莲花的爸爸王叔就过来劝了牛大脑袋两句，牛大脑袋就把王叔给打了，打得人家都起不来炕了。爹也是为了给王叔治病，不得已才把彩礼卖了。"

水莲立即关切地问爹："爹，牛大脑袋……没伤到你吧？"

爹正慢慢地向炕上爬，水荷一把拽过爹那软绵绵的残疾胳膊，撸起袖子让水莲看："咋没伤着？你看看，这么长的伤疤呢！这都是那天牛大脑袋用酒瓶子给划的，幸好没划到动脉上，否则咱爹命都没了。"

"你怎么不去医院包包啊？"水莲心疼地说。

爹爹用那只健康的粗手把衣袖拽下，咳了两声才说："没事，干巴两天就好了。"

妈妈瞪了爹一眼说："都是你惯孩子惯的，你看看一个个的让你惯成啥样了？说进城就进城，说当汉奸就当汉奸，那水菡更厉害，扔下孩子一个人就走了，一点妇道都不守。你说说这一个个的到底随谁呀？"

爹爹烦躁地一挥左手说："孩子想走，自然有走的道理。"

"现在咱们家可是穷掉底了！万一牛大脑袋再来闹，就只能任着他烧房子了！"

爹爹突然咆哮了起来："他敢？还无法无天了呢！我已经想好了！就算他牛大脑袋不再来闹，水菌也必须离婚！必须离！"

水莲瞟了一眼妈妈，正与妈妈的目光遇了个正着。妈妈马上瞪了水莲一眼骂道："瞅啥？这不都是拜你所赐？"

爹奇怪地看着妈妈："这跟水莲有啥关系呀？你捏柿子呢？专可软和的捏？"

妈妈就气哼哼地说："她还软和，我看能耐可是大了去了，都敢背着咱们去认她三姐了，这可是原则问题，是汉奸！"

爹瞪了一眼妈妈说："别一整就上纲上线的！还以为参加批斗会呢？还汉奸！多大点事呀！我倒觉得水莲去得对，亲戚在于走动，更何况是亲姐妹了，又不是冤家！等姐妹们走动得多了，她和咱们的感情也自然就近了。"

"我看人最准，就水芙那种人，就是无情无义！你给她十个好，有一个不好她都饶不了你！我宁可她一辈子不认我。"妈妈的嘴唇又像水芙那样狠狠地翘上去了。

"这次你去，水芙对你啥态度呀？"爹和水荷几乎异口同声。

水莲轻描淡写地说："一般般吧！我只是顺便看看，又没指望着她能帮上什么忙！"

爹和水荷相互看了一眼，两个人的神情全都怪怪的。

水莲的眼睛渐渐迷离了，说："这次去县城最大的收获，就是认识了三姐夫。就凭能见到静客，这一趟跟得也值！水荷，你无论咋猜，都猜不出三姐夫有多帅！我也算是见识过美男子的人了，第一眼见他，还是蒙登了！"

妈妈瞪着水莲："你是啥眼神啊？他那种长相咋能叫帅呢？不说别

的，就看他的那双眼睛吧，阳光强的时候，肯定睁不开，典型的阴天乐。"

水莲惊讶地看着妈妈，她不相信妈妈会说出这种话。连那么好看的静客她都欣赏不了，还说别人的眼光差！水莲终于知道她和妈妈为什么水火不容了。

水荷也奇怪地说："妈，你不是经常夸我三姐夫吗？今天咋又说起这种话了？"

妈妈说："我说的只是那孩子的长相，又没说他别的。只可惜好汉无好妻，娶了一个水芙这样冷酷无情的人，真是白瞎人家的好孩子了。"

爹又不愿意听了："她再怎么不好，也是你的亲闺女……"

"你少在我面前提亲闺女这几个字，我宁可没有这样的亲闺女！就算有一天她哭着跪下来求我认我，我都不会认她的！我这个人可是有钢条的，不像有的人天生一副软骨头。见好就上，见缝就下蛆！"妈妈边说边斜睨着水莲，吓得水莲赶紧拎着盆子出去了。

第二天，水莲吃完早饭来到庙里，发现里面人去庙空。学校已经放了寒假，只有打更的老头在庙门旁的小屋子里做早饭。老头见到水莲，眼睛异样地闪烁了一下，就像有什么猫腻似的。

水莲想不出这个老头对自己能有什么企图，和他闲聊了几句，便到办公室取东西了。见学校的录音机在窗台上，落满了灰尘，水莲便用抹布擦了擦，顺便拎回了家中。

水荷见她拎着个录音机回来了，以为她要搞什么活动，水莲便苦笑着说："学校都放假了，还有什么活动可搞？只是想听听音乐。"接着就叹了一口气。

水荷试试探探地问："咋的了？遇到什么难事了？"

水莲说："我个人倒没有什么难事，只是愁这个家。"

水荷更不明白了："这个家有什么愁的？"

水莲不满地说："还有什么愁的？你看不到吗？也难怪，你现在心里全是赵秋雨，当然什么都看不到了。"

水荷一脸无辜地说："'虱子多不咬，债多不愁'，难事太多了，自然就看不到了吧？"

水莲叹口气说："有的事能对付，可有的事就不能对付的，比如说柴火。"

水荷像看怪物似的看着水莲："真是太阳从西边出来了，去了县城一趟，学会过日子了？"

水莲苦笑了："你找到了意中人，早晚都要走的，当然不用愁了。我不愁行吗？城里又一时半会调不过去，总不能硬挺着挨冻吧？"

一句话也说得水荷低下了头。她闷着头想了想，刚要说什么，突然就听到一阵大马车的踢踏声，水莲把门开了一道小缝向外面一看，不由倒抽了一口凉气。

第十五章　喜出望外

浩浩荡荡驶进院子里的，依然是赵家的那辆大马车。但此时的马车上，只有赵大婶和她的侄子二马车两个人。

"咋办？对策还没想好呢！要债的已经上门了！"水莲立即跑回屋里，神情慌张地望着水荷。"再不，你出去应付应付，我躲一躲？"

说着话，两个不速之客已经停好了马车，呼啦啦地进了东屋了，虽然只有两个人，却把屋地踩得直颤。

水荷冷静地思索了片刻："躲好像是不行了，人家一定是摸到了你的须子才来的。你要是躲了，反倒会让老太太更生气的。"水莲突然明白门卫老头为啥是那种眼神了，只好胆兢兢地跟在水荷的身后来到了东屋。

屋子里静静的，爹又出去了，妈妈腿上盖个小垫子，本来正坐在炕上看《红楼梦》。但此时的她已经放下了书本，正无着无落地看着两位不速之客。

"真够新鲜的，这么大岁数还爱看书呢！"赵大婶舌头硬硬地说，听不出是讽刺还是夸奖。

"大婶来了！"水荷热情地跟赵大婶打了声招呼，赵大婶没有理她。水莲冲老太太笑了笑，赵大婶的脸上才露出了些许笑的模样。

"你跑哪儿去了？不是在躲着大婶吧？"赵大婶舌头硬硬地问水莲。

"我怎么会躲着您呢？我有点事去了趟县城。"水莲微笑地说。

水荷手脚麻利地把水倒好，小心翼翼地把水杯放到赵大婶和二马车身边。接着水荷便更加小心地倒水，水流缓缓地注入茶杯，正好八分满。

赵大婶却像是没有看到这些似的，眼睛都没向水荷瞟一下。她又一次拉住了水莲的手，让她坐在自己的身边："大婶找你来，还是因为你的婚事！"赵大婶说着挑战似的看了妈妈一眼说："现在当着你妈妈的面，大婶问你，大婶想让你们过了年儿，就把婚结了，你干不干？"

水莲的脑袋里突然灵光一闪，她马上笑了，微微地点了点头说："行，大婶，假如秋雨哥没有意见，我同意结婚！"说得水荷明显地一怔，水莲不用看妈妈的眼睛都知道，她的眼睛一定是瞪得圆圆的。

"好，大婶要的就是你这句痛快的话！走，现在就跟大婶回家吃饭去，具体商量一下结婚的事。"赵大婶独断地说，根本不把妈妈放在眼里。

水莲马上说："大婶，今天我就不去了，学校有些事我得处理，改日吧，改日我专程去。"

"改日？改日是哪日？"赵大婶又逼视着水莲。

水莲想了想："明天……明天不去，我就后天，最晚不过后天，我一定去您家看您！"

赵大婶终于笑了："行，那就后天吧，我给你包饺子吃。"说着就站起身来，冲二马车一打手势，两个人就往出走。走了几步又停下，抓住水莲的手说："这两天你没事时，好好想想还需要啥，你放心，人婶保证样样都让你满意。"边说边用双眼皮的大眼睛横了横水荷，水荷马上把头低下了。

两个人又举步生风地走出门去了，妈妈为了表示不满，也没有下地去送，只有水荷和水莲把姑侄俩送出了屋子。赵大婶直到坐着马车离开，一直都满面笑容，对于妈妈的无礼一点都没放在心上。

"你这个没良心、没骨气的，我一寻思你就得答应人家，也是，人家多趁钱啊？要啥有啥，哪像咱这个破家呀！"水莲还没进屋，就听到了妈妈的骂声，"汉奸！无论到啥时候，汉奸都是汉奸……"水莲踏着骂声走进外屋，回头冲水荷做了个鬼脸，逃也似的钻进了西屋里。

水荷跟着水莲走进西屋，不阴不阳地说："你真要和赵秋雨结婚啦？"

水莲笑了，说："可能吗？你怎么也像妈一样傻了？结婚是两个人的事，你怎么连这一点都不懂了？我说你们俩到底爱没爱上啊？刚刚有了这么一点小考验，你就对赵秋雨失去信心了？"

"那你干吗还答应她？"水荷质疑地看着水莲。

水莲烦闷地摆了摆手："我发现你自从爱上赵秋雨以后，智商都低了！那赵秋雨我是看透了，就是打死他也不会同意和我结婚的！我何不顺水推舟？更何况，我现在哪有退彩礼的钱啊？"

水荷想了想，脸上的阴郁才散了："你说得也是，只能走一步看一步了！"

水莲看了看水荷，发现几天不见，水荷不仅憔悴了，神情也有些恍惚，心里便有些难过起来。唉，多好的一对呀！为什么赵大婶偏偏那么迷信呢？一边感叹着一边出屋，撸胳膊挽袖子做晚饭。

水荷见水莲引着了大锅，叫道："咋的？亲自下厨了？还真别说，你这次回来像变了一个人似的。"说着也挽了袖子，拿过几个土豆，开始打土豆皮。

水莲头都没抬："有山靠山，没山独立！反正也指不上你多长时间了。"

一句话又勾起了水荷的忧伤，她眯缝了一下细长的眼睛，隔着厚厚的霜花，向屋外看了看，叹了口气说："也不知道你到底咋想的，反正对于这桩婚事，我是越来越没有信心了！"

灶膛里的火噼里啪啦地烧起来了，水莲舀了一瓢水放到锅里，笑着看了水荷一眼："瞧你这话说的？好像我有什么居心似的！你放心！就是全世界的男人都死绝了，我也不会嫁给赵秋雨的！"一句话，顿时把水荷的脸说红了。

第二天早上吃完饭，水莲就披挂上了。她穿上了爹的那件污迹斑斑的羊皮大衣，又把一条厚围巾缠到了脖子上，拿起手套便往外走。刚走几步又转回来，把手套扔在炕上，换了水荷捡粪时常戴的棉手闷子，然后便拿了两个大筐，从后门出去了。

雾中村的后山上，长满了光秃秃的杏树，但那些杏树都是国有的，别说水莲这种守法公民了，就算素质最差的当地百姓也不敢觊觎。水莲那双过大过空的眼睛，和当地百姓一样，只敢往山下那布满了冰湖残雪的大甸子上瞭望。大甸子上的风越来越硬，很快就把水莲吹了个透心凉，幸亏大甸子上的牛粪很多，不一会儿的工夫就捡了满满的两筐。

当她把两筐牛粪往肩上一挑，就傻眼了，实在太沉了！简直像两筐大石头。本来水莲计划每筐只捡一小平筐，就打马回山，令她没想到的是：捡粪也是一桩上瘾的活计，越捡越想捡，捡到筐里了，就再舍不得倒出去了。踩着硬邦邦的冻土，水莲走一段路停下来喘口气儿，再走一段路，再停下来喘口气儿，就这么一步一蹭地，还真的把两筐牛粪都挑回了家。等把牛粪倒在地上时，水莲也和那些牛粪们一起倒在粪堆上。

水莲倒在粪堆上的镜头，正巧被蹲厕所的妈妈看到了，她一边系裤子一边走过来。还未等她走近粪堆，水莲就已经爬起来了。劳累的水莲并没看见妈妈，她的心思全在牛粪上呢，一想到大甸子里还有那么多牛粪没有捡回来，她就感到心疼。水莲重新系了系围巾，便又挑起了两只空筐。

水莲刚走出两步，妈妈一把拽住了扁担说："行啦行啦！回去歇着吧！别在这儿整景儿给人看了！"一句话顿时说出了水莲满肚子的气。

水莲默默地回头看了一眼妈妈，有那么一会儿她甚至怀疑：站在眼前的这个老女人到底是不是自己的亲妈？水莲强硬地挣开妈妈的手，几步跨过倒塌了的后墙，疯了一般向大甸子奔去了，一边走，不争气的眼泪一边往下流。

后几趟的战果却是老太太上炕，一趟不如一趟了。中午吃完饭睡了一觉，养足了精神，水莲又背了粪筐去西长笼子碰运气，可在长笼子上转了好久也只捡了少半筐。水莲不甘心就这么回去，又向人迹罕至的榆树林那边转了转，还是没有多大的收获。

人就是这么怪，平时不捡牛粪时，看见牛粪要么厌恶，要么视而不见，可捡上了牛粪，牛粪就比金子还要金贵了。水莲一双过空过大的眼睛在林子间看啊寻啊，看见了一坨牛粪，身体马上直射过去。要是牛粪又大又干，水莲便急不可耐地用粪叉子往筐里装，粪叉子不好使时，就直接用手拿了。

水莲又在榆树林里捡了许多被风吹下来的干树枝，好好歹歹，总算把两个大筐都塞满了，塞成了两个圆圆的大刺猬。

这时，夕阳已经落到天边了，晚霞的颜色显得更浓郁了，水莲又渴又饿，挑着两个圆滚滚的刺猬一路笨笨磕磕地往回走，这才知道回家的路已经好遥远了。远远望去，不仅看不到一点雾中村的影子，连常年笼罩在村子上方的雾霭都看不到了。

自己来的时候，就这么一坨牛粪一坨牛粪地往前奔，也没觉得走了多远的路啊？怎么就离开这么远了呢？好不容易走出林带，望望漫无边际的长笼地，水莲的两腿突然就软了，噗通一声就跌坐在了地上，两个刺猬也东倒西歪地滚了出去。

孤独无助时，突见一辆马车顺着窄窄的土路往公路上赶去，水莲立即像充了气的皮球，马上精神了起来，冲马车又摆手又呼喊又跳跃的。赶马车的还真是个好人，他不但把马车停了，还调了个头，顺着羊肠小路就向这边赶过来了。等马车走近了，水莲才看清那个被晚霞镶了金边的马车夫的脸：天啊！他竟然是二马车！太可爱的二马车了，他此时此刻的豪举，充满了英雄救美的侠肝义胆。

"二马车！遇到你实在是太好了！二马车！"水莲身子一软，就连人带筐瘫在了地上。

二马车一直愣愣地看着水莲，越往近走马车的速度越慢。水莲冲他卖力地笑了笑，见二马车还愣呵呵的样子，才想起遮脸的围巾，马上往下拉了拉。

终于，二马车认出她了，赶紧"吁"了一声停了马车说："你……你……啊？"见水莲如此装束，他的嘴张合了半天，就是说不出一句完整的话。

"哎呀，累死我了，你简直是上天派给我的大救星！"水莲靠在粪筐上，索性让自己坐得更舒服些。

"柴火不够烧了？"二马车跳下马车，先把两个圆滚滚的刺猬筐放到马车上，见水莲还坐在地上不起来，又连拽带拉地扶她上了马车。水莲一上车，就倒在了马车上，马车颠簸起来了，水莲突然有一种轻飘飘的感觉，就像在梦中飞翔。

"捡粪烧火吗？现在还哪有捡粪烧火的了！"二马车咧着嘴说。

"我家人不是农村户口，全吃供应粮，家里没有地。"水莲说。

"不是农村户口？没有地？那你们干啥还住在农村？"二马车的嘴咧得更大了。

"我也不知道是咋回事，听我妈妈说：我爷爷当初好像被下放到农村了，从那以后就一直住在这里了。我们怎么不想到城去住？可没有工作，到了城里住什么、吃什么呀？不管咋说，农村还有房子，还有园田地。我爹就是个刻版画的，在哪儿住都不影响他刻印版画。"

二马车理解地笑了，露出了两个四四方方的大板牙说："你爹一只手也会刻画？原来我还奇怪呢！奇怪你们家的人怎么个个不像农村人？"往前行进了一段路后，又说："你们雾中村，怎么总被大雾包着呀？我在靠山屯都住了多少年了？要不是那天特意到你们家去，我都不知道这疙瘩还藏着一个村子呢！"

水莲特意学着二马车的口吻说："你们那疙瘩日子好过吧？"

二马车竟然没听出来水莲的戏谑，依然卖力地说："和你们这疙瘩相比，我们那疙瘩还好过一些，反正柴火够烧，我听南边过来的人说，他们那疙瘩的日子更好过，苞米秆子高粱秆子多得都荒在了地里。也不知道他们说的是不是真的。"

水莲点点头说："是真的，我经常往南边去，总能看到一大片一大片没人要的苞米秆子，只能干眼馋。"

二马车笑了，又露出了那两个大板牙说："是啊，有那雇车的钱，都不如买一车柴火回来了！"

夕阳的光晕，把二马车的面庞笼得很柔和很壮美。是因为他在关键时刻帮了自己才显得美，还是他本来就长得很美？如果他本来就长得这么美，可为什么直到现在才发现他的美？水莲一边享受着马车带给她的飞翔感，一边放肆地端详着二马车。

"还真没看出来，你还这么能干活儿！你也够胆儿大的，咋一个人跑了这么远？万一遇到个坏人啥的，多危险啊！"二马车远远地吐出一口痰去，又从手闷子里抽出手擤了一下鼻涕，也甩出了很远，说："等哪天我抽出点时间，给你拉一车柴火来。"

"真的？"水莲惊喜地坐直了身体，但随即又瘫下去了，心里想："可不能再欠人家的情了，又不能给人家大哥当媳妇，欠下的情可怎么还？"便马上改口说："不用了，我这也是闲着没事，才出来捡两筐的，家里的柴火还够烧，再说冬天很快就要过去了。"见二马车还要坚持，便岔开他的话问："你这是上哪儿去了？"

"我去我大姑家了。你不知道，我大姑这段日子像魔征了似的，天天净寻思着我大哥结婚的事，刚才娘俩又打起来了，幸好我赶上了，要不然我大哥还得挨打。"

"挨打？你说啥？你是说你大哥在家……还挨打？"水莲简直不相信自己的耳朵。

"我大哥在家经常挨打。将来你结婚了，你就知道了。我大姑打人老狠了，拿鞭子抽。"边说边做了个抽鞭子的动作，正好抽在了马屁股上，那马便跑得快了一些。见水莲一脸惊悚，他马上又笑着说："我小时候也没少挨我大姑的鞭子。没事，不疼的，打惯了，几天不挨打浑身还刺挠呢！"想了想，又说："你放心，我大姑只打男的不打女的，她对女的总是很偏向，我春花姐小时候无论多淘气，大姑也不打她。"

两个人一路说着，周围的云雾就眼见着浓了，马车一路穿破浓雾，踢踏前行，直到看到第一幢房子，二马车才知道雾中村已经到了。

水莲没让二马车往房前赶，而是让他拐到后面的小路上，直接把粪筐送到了自家的后墙外。二马车还没等水莲下车呢，就咚的一声跳下车，一手拎着一只筐，就像拎两个纸糊的灯笼，几步就跳进了后墙。二马车真是干活的好手，几下子就把树枝规规矩矩地摆放在柴火垛上，又把粪倒在了粪堆上。

见二马车在干活的间隙，扫了一眼可怜的柴火堆和更加可怜的粪堆，水莲就后悔让二马车把车赶到后园子来了。二马车却浑然不觉的样子，依然咧着嘴笑着，笑出明晃晃的大板牙。水莲便想：也不知道他多大年纪，有对象没有，要是没有对象，嫁给这样的人也没有什么不可以的，起码有一身的力气。

二马车干完活，就跳过断墙向马车那边走去。水莲热情地让二马车到家里坐坐，二马车说什么都不肯，一蹿就坐在了车板上，气力足足地喊了一声："驾！"马车就按原路返回去了。

直到马车消失在迷雾中，水莲才跨过断墙，挑着两只空筐向家里走去。当她的眼睛落到自己一天的战果上时，一种伤感便塞满了胸腔。太小的一小堆牛粪，太小的一小堆树枝了，为了这可怜的战果，自己竟付出了一天的劳力，是不是太不值了？

水莲从手闷子里抽出手，汗津津的手暴露在冷气里，立即热气腾腾了。水莲便更加伤感了，自己的手虽然不像水荷的手那么柔美，但也是玉指纤纤，洁白细嫩。在师范念书的时候，水莲用这只手写过诗，写过散文，也弹过古筝……有个男生给水莲写了二十几封情书，水莲硬是一封情书都没回，因为她实在舍不得动用自己高贵的手。那时的她万万不会想到，有那么一天，在偏僻的雾中村，这只高贵的手会被它的主人带到一个很远很远的地方，而劳顿奔波的唯一目的，就是让这只手捡几块牛粪。

水莲冷笑了起来，哼！哼！哼！是啊，此时站在冷风里，胡思乱想这些不着边际的哲学问题，有个屁用呢？柴火马上就没了，就要烧大腿了，要想不被冻死，就得用这只手去捡牛粪！想到这里，水莲突然笑出了声，她就那么笑着挑两只空筐，晃晃荡荡地踩着田埂向屋子走来，两个田埂正好一步宽，所以水莲的每一步都迈得一样大。踩着跳着，脑袋里突然又跳出了二马车，水莲就一步一条田埂地低吟了起来：

"赵秋雨有什么好？

二马车有什么不好？

城里有什么好？

农村有什么不好？"

水莲的声音渐渐大了，还加了音调，变成了喊唱：

"烧煤有什么好？

烧牛粪有什么不好？

都是一天三顿饭，

都是一宿一张床，

往后要是嫁不掉，

干脆就嫁二马车，

二——马——车！"

正这么绕口令似的大喊大唱呢，突然一抬头，水莲便呆愣在了那里。

站在后门边，笼着一双神奇而细长的眼，正在惊诧地看着她的，难道真的是——静客？

水莲晃了晃脑袋，坚信自己就是在做梦。

水莲闭上眼睛，睁开；又闭上眼睛，又睁开……站在门边朝她微笑的，依然还是——静客。

"静客！真的是你吗？"虽然明明就是他了，水莲还是蠢蠢地问了一句。

静客脸上的笑更浓郁了："嫁二马车？啥意思？"

水莲只觉得轰的一声响，雷管般的快乐就炸开了。此时此刻，水莲最想做的，就是尖叫一声扑上去，就像那天突然见到爹爹时那样，猛地往上一蹿，就吊在爹的脖子上……但想终归只是想，水莲到底没敢放纵自己的欲望。为了发泄如火的欲望，水莲使出全身力气把脚边的两只粪筐踢开了，踢得远远的，像两个球儿在冰冻的田埂上翻滚。

"你……怎么穿成了这个样子啦？"静客似乎看透了水莲的心思，有些发窘地笑了笑。

"太高兴了！我真是太高兴了！你咋来了呢？我不会是在做梦吧？"水莲打了一下自己冰凉凉的脸蛋儿，又一次想尖叫，想张牙舞爪地跳舞了，就像那天在水芙家里一样。

"我们单位要搞地方病调研，因为发现有你们乡，我就报了名跟着来了。"静客也是万分高兴。

"地方病调研？那是不是得调研一些日子啊？"水莲又晃了晃脑袋，她还觉得在做梦呢！

静客说："这次来，就是摸摸底，明天就得返回去！"

水莲的笑脸便黯淡了。见静客站在风口里，脸冻得发白，她才踢开挡道儿的粪筐，开门让静客进屋。静客看了水莲一眼，似乎有话要和她说，水莲知道静客有话要说，正如她有更多的话要和静客说一样，但水莲更怕冻坏了静客，手上一用劲儿，就把静客推进了后门。

后门的旁边，还有一扇小门，小门就是普通的木门，挂着一把大大的锁头。静客突然被印在木门上一个小图案吸引了，水莲发现他细长的、轻易看不到眼珠的眼睛里，竟然发出一种特别的光芒。

"这扇门上……怎么会有这种图案？"他的呼吸都变得急促了。

"这是印在我家版画上面的符号，这还是我小时候，背着爹偷偷印到门上的。我家的每一张版画上面，都有这种特殊符号。"水莲不以为意。

静客依然有些激动，但他仅仅是激动地喘息，什么话都没说。

爹的版画小作坊，就隐藏在这扇印着神秘符号的小木门里。尽管社会环境已经宽松了，爹完全可以大大方方地制作自己心爱的版画了！可也许爹坐下病根了吧？每次他创作，他都显得鬼鬼祟祟的，外人就算打破锁头走进去，所能看到的也只有一张长桌子和几张水荷的涂鸦画作。那些与版画有关的制作工具，全都被爹爹藏到暗格子中了，一同藏在里面的，还有爷爷亲手刻印的"门神"：麒麟送子和钟馗捉鬼。

一向清冷的屋子里，早像过年一样热闹非凡了。灶膛里火苗烧得噼里啪啦，水荷正铆着劲儿在大锅边挥舞着锅铲；爹坐在屋里的炉子边上照看着一口小黑锅，一片油污的铝锅盖被咕咕作响的菜汤顶得正一边唱歌一边跳舞；饭桌子已经摆到了炕上，轻易不下地的妈妈也擦起桌子了。对了，小屋子里还飘着快乐的歌声呢！那个水莲从学校拿回的半旧的录放机，正在播放姐妹们自己录制的歌儿！

见静客进屋来，妈妈马上放下手中的抹布，热情地让静客上炕坐。说话的时候，录音机播放起水菡、水荷和水莲三姐妹演唱的《吉祥三宝》，静客注意地听了一小会儿，就愣呵呵地问水莲："这磁带是盗版的吧？"

水莲笑了，没有回答他的话，因为她知道，有些话是用不着自己说的。

果然，快嘴的妈妈接过了静客的话说："你这个傻孩子，还真的被她们骗了！这是她们三姐妹闲着没事自己录的。你听，装爸爸的是水菡；装妈妈的是水荷；这个童声……别看像是四五岁的声音，其实就是水莲唱的。二胡伴奏的是我大闺女水蕖。你听到那脆脆的鼓乐声了吗？你猜那是什么乐器？"

静客侧耳听了听说："那应该是……三角铁吧？"

妈妈立即笑答："哪里哟，傻孩子，那是你爹在敲茶缸子呢！"

一句话，说得大家都笑了。

水荷把一盘热腾腾的炒菜端上了桌，笑着问静客："三姐夫，我三姐也喜欢唱歌吧？"这句话就像一个苍蝇拍，一下子就把飞翔的水莲拍进了冰湖。

静客的笑容也黯然了，说："唱得还行吧，但不如你们唱得这么好。"

水荷飞快地瞥了水莲一眼，水莲就心虚地把眼睛转开了，心里却恨恨地想："水荷是不是听到什么消息了，才故意这么问？"继而又想："静客这次来家，三姐知道吗？"

《吉祥三宝》的后面，是水荷录的独唱，妈妈正想借此夸夸水荷呢，水荷却把录音机关了。妈妈便责备说："听得好好的，干啥关了？"

"关了就关了吧，马上吃饭了！"爹把黑锅里的菜盛到小盆里，原来是猪肉炖酸菜。看到爹的拿手菜，水莲的心又宽敞了一些。

妈妈从柜子里掏出了一瓶好酒，静客见了，马上取出了自己带来的酒。妈妈对照地看了看，觉得静客带来的商标更好看，就把静客的酒放到了炕桌上。水荷再次诡异地看了水莲一眼，笑着说："你到西屋看看去，看三姐夫给你带啥来了！"

水莲云里雾里地看了静客一眼，发现静客正一脸认真地研究瓶酒的瓶盖呢，似乎故意不让水莲看到他的眼神儿。静客能给自己带什么来呢？水莲顶感这个东西一定非常珍贵，不然总是精神大于物质的水荷，不会特意地提起这个话题的。

就这么猜疑着，水莲慢慢向西屋走去。在东屋的渲染下，西屋那可是真静啊！静得就像水荷桌上的泥雕。但水莲仅仅一探头，就看到那个神秘的来客了，它就倚立在西屋的墙边，羞答答地蒙着紫红色的绒布。水莲仅仅看了一眼那中间起鼓的神秘外形，眼睛就模糊了，身体也凝成了水荷的雕塑。

古筝！

这是真的吗？静客真的把心爱的古筝也给水莲带来了？

更令水莲高兴的，是古筝的旁边，还放着一摞关于契丹部落的历史书籍。水莲用颤抖的手，轻轻地抚摸着那几本书，但她已经看不清书的封面了，因为眼泪早就哗哗地流淌下来了。幸好水荷的脚步声响起，她才紧急调整了纷乱的心思，并迅速擦干了脸上的泪水。

酒好，菜好，心情更好，更何况姑爷和老丈人唠得又是那么的投缘。两个人唠得最多的，是爹爹的木刻版画。对于水家的木刻版画一向讳莫如深的爹爹，此时一反常态，竟然吹嘘起水家的版画来。水莲当然知道爹的心思，他就是想点燃静客的欲望，让他成为自己的传承人。

"我们水家的这门手艺，在我们老家已经传了800多年了，我听我爹说：那里直到现在还保留着手工制作、传男不传女的风俗。要不是差钱，我早就应该回老家去认祖归宗了。"

"等将来有时间，我陪您一起去！"静客微笑地说。

听了静客的话，爹的脸上都笑开了花："好孩子，爹就等着你这句话呢！只是不知道：你这个孩子……是不是也喜欢木刻版画？"

静客说："学习木刻版画……那得需要天赋吧？可我自认为并没有这方面的天赋，我只是喜欢研究这种文化。今天您老不说，我还想向您请教呢！因为我对你们水家的木刻非常感兴趣，尤其是版画上的那个符号，是不是什么特殊的文字啊？"

"既然你不喜欢版画……说这个也没意思了！"爹爹的情绪就像一团火，刚刚烧起来，转眼又被浇灭了。

爹的低落，让静客显得很尴尬，便讪讪地解释说："我听说为了破译这个符号，有好多专家都到你们老家探寻过，可你们水家人全都秘而不宣，所以我才好奇。"

妈妈突然喘起了粗气："她爹我不是损你啊！你对外人遮遮掩掩，包括对自己闺女也闭口不谈，我都没意见，因为那是你们水家的规矩。可静客是外人吗？他可是你的亲姑爷，和你儿子有啥差别？"

妈妈的气愤传染给了爹，爹的脸都气红了："我当然想告诉他，可你没听到人家刚才的话吗？人家并不想学啊！"

静客马上解围："妈，您就别难为我爹了，他这种坚持是对的，我真的学不来版画。"说着回头看了水莲一眼，就把话题岔到她的病上来了，"你……和父母商量了吗？"

"有什么好商量的？"水莲立即别过头去。

两个人莫名其妙的对话，一下子把家人们弄愣了。水荷便问静客："三姐夫，到底发生啥事儿了？水莲这次从县城回来，怎么像变了一个人似的？"

水莲立即打岔："我变什么了？我怎么变了？"

妈妈勉强地笑着说："该咋是咋的，水莲是变了，变得有些会过日子了。静客，我不怕你笑话，水莲这孩子平时特懒，就像石磨，推一推才转一转，可今天你也看到了，她都能出去捡牛粪了，简直就是太阳从西边出来了。"

静客关切地看了水莲一眼，字斟句酌："她这样的身体，是不该做重体力活的。"

"这样的身体？"妈妈不满地瞟了静客一眼："她的身体怎么了？能吃能睡的，不是我当妈的损她啊！再不干些活，容易变成猪！"

水莲向静客使了个眼色，不想让他再说了，可静客依旧兀自地说："妈，水莲生病了，你们还不知道吗？"

大家都不吃饭了，都看水莲。水莲只得低下了头。

静客接着说："水莲患了甲状腺功能亢进，这次她到县里，我领她专程查过了。"

水荷担心地问："这种病严重吗？"

静客说："这是一种地方病，俗称大脖根病，如果不及时治疗，当然会越来越重。"

妈妈长舒一口气："我还以为啥病呢？原来是大脖根儿啊！这算啥病啊？在我们这里，这根本就不是病。"

静客严肃地说："妈，您可不能小看这种病，这种病要是拖下去，会影响其他脏器的功能，严重的……甚至都能要人的命。"

爹咳了一声说："那得怎么治疗啊？"

静客说："最快的治疗方式是手术。"

妈妈一听这话就傻眼了，说："啥？得手术？那得花多少钱啊？"

"要是住普通病房，全下来也得一千多块吧！"静客说。

"一千多块？"妈妈顿时满脸愁绪，"那咱们家可治不起！静客，反正你也是自家孩子了，我们也不怕你笑话。咱们家穷得都要揭不开锅了！再说，哪怕大家谁都不过了，把这房子这家产都拿出去卖了，也凑不够一千块钱呀！"

静客却毫无同情心地说："可病是不能等的，留得青山在，不怕没柴烧，为了保命，就是砸锅卖铁也得把病治好。"

话说到了这个份上，家人们就只能沉默了。水莲笑了笑说："我三姐夫当大夫是不是当出职业病了？总喜欢把小病说成大病！哪就那么糟糕了？妈说得对，像我这种比猪还能吃能睡的人，能有啥事？"

妈妈便笑了，赞同地说："水莲这么想很对，有些事想开了就好了！人只要想得开，就算是真的有病，也都会自然变好的。"

静客却不敢苟同，清了清嗓子，还想继续说服大家，直到水莲在桌下捅了他一下，静客才把话咽回去了。

酒宴就这样以快乐开始，以冷清收场。听说水莲有了病，爹喝酒的情绪就更低落了，但低落归低落，爹的酒却是一盅都不肯少喝的。

静客开始时还尽力陪着他，见他一盅盅地没有结束的意思，就看了看窗外的月亮说："爹，我就不陪您喝酒了！我早就听人说过，雾中村有一座不知什么年代留下的古庙，我想到庙里看看。"边说边下了地，扫了水莲一眼说："水莲，你陪我去吧！"

妈妈连忙阻拦道："你这孩子，真还是个孩子，古庙有啥看头？原来庙里还摆着一些老物件，现在啥都没有了，就是一所学校，看了肯定后悔，况且又是大冷的天……"边说边看了一下外面，又说："还好，今晚还有月亮，要搁平时，这里总雾沼沼的，晚上出去，更是啥都看不见。"

水莲深知静客的心，便说："妈，三姐夫既然想看，那我就陪三姐夫去看看！不远的路，也冻不坏他。"边说边站起身，去找自己的大衣。一回头见静客去墙上取自己的羽绒服，便拦住他说："三姐夫，你要是去，可不能穿你的衣服去。"

静客已经把衣服拿到了手，听水莲这么说，便奇怪地问："咋的？看古庙还要求穿特殊衣服吗？"

水莲就笑了，说："我是说你的衣服太薄，会被冷风打透的。"

爹一仰脖儿喝了杯中酒，说："穿我的大皮袄去吧，那家伙抗风！"

水莲真的把爹的黑皮袄从柜子上拿过来了，强行就塞给静客。静客果真听话地把大衣穿在了自己的身上。水莲一个诡笑，又从墙上拿过爹的狗皮帽子扣到了静客的头上，帽子一戴在静客的头上，不但水莲笑了，全家人都笑了。

妈妈笑着瞪了水莲一眼说："你这孩子，看把你三姐夫打扮成啥样子了？你三姐夫是个爱干净的孩子，也没问问人家嫌不嫌你爹脏。"

静客对着镜子正了正头上的狗皮帽子，笑着说："妈，瞧您这话说的？哪有孩子嫌爹脏的。"

一句话，顿时把爹的眼圈说红了，他又给自己倒了一杯酒说："好孩子，就凭你这句话，爹再多喝一杯！"

静客真诚地说："爹，说真的，我这个人没有别的喜好，就是喜好和老年人在一起，就是觉得老年人亲。我很小的时候就没有了爹妈，是我奶奶把我养大的。可我大学还没毕业，奶奶就去世了。本来我想挣了钱好好地孝敬孝敬她呢！哪想到……"说着说着眼圈儿就红了。

妈妈抹了一把泪水说："静客，好孩子，可怜见的！就算没有我三姑娘这层关系，我们还算是老乡呢！往后我们就是你的亲爹亲妈！"

静客认真地说:"行,爹,妈,你们放心,往后我一定好好孝敬你们。"

一番话说得全家人都眼泪汪汪的,水荷就埋怨妈妈说:"你看,我三姐夫都穿戴好了,你们还是让他快去快回吧!有话等他回来再唠吧!"

妈妈马上说:"行,行,静客,你们快点去快点回,可那破庙真是没啥看头。"

水莲飞快地把雪花呢大衣穿在身上,刚要出屋,静客却拦住了她说:"你怎么反倒穿得这么少?不行,不行……我看你不如穿捡粪时的衣服!"

水莲果真又换了捡粪时穿的衣服,这下两个人真般配了,都成了圆滚滚的棉花篓子。一家人看着他们都笑了,笑着把他们送出了屋子。

第十六章　古庙幽情

两个人一走到外面，就都沉默了。

周围静极了，亮极了，天如一片深蓝的海，月是一轮银色的盘，把静寂的小村照得像白天一样的亮。淡淡的薄雾朴素典雅，有如千匹漂游的锦，银丝样的月光从锦上飞下来，神奇的银辉充盈四野，仿佛一首音律抑扬的歌，在整个天地间飞来飞去，扣人心弦。

"啊！多么美的夜景啊！"静客喃喃地说。

静客静美的声音，令水莲的心异样地狂跳起来，这种心跳只有和静客在一起才会有。山路还是那条窄窄的杏林小路，路边的杏林当然还是那片光秃秃的杏林，可此时这一切都怎么了？怎么美得这么不可思议？

"你要是不说，我还真没觉得这里有多美！刚才站在你的角度观赏了一下，的确很美。"

"这就叫境由心造。"

"世上很多美，都是假象，也只有不相干的人，才觉得那是美吧？不信你就在这里住一段时间试试，憋也会把你给憋死的。"

静客瞪了水莲一眼说："身在福中不知福，说的就是你这种人吧？"

水莲立即争辩："这里一年四季，无论下雨还是不下雨，总云山雾罩的，你说整天在这样阴郁的环境里生存，心情怎么能开朗？为什么偏偏我们这个地方总是雾气沼沼的呢？真是倒霉！"

"你们这里多雾，是天然湖比较多的缘故。来的路上我观察了，到处都是天然湖，有的湖面都不结冰。山上面空气比地表空气低，湖水的水蒸气蒸发，自然就会凝固成小水珠在空中飘荡。按理，能够拥有如此优厚的天然环境，你应该觉得自豪才是，怎么能说倒霉呢？"

"也怪，自从这里多了一个你……我倒真的喜欢起这里的雾了！"水莲小心地看了静客一眼，突然得寸进尺地说："这里的雾，特别像你的眼睛。"

"瞎比喻，雾怎么能和眼睛相提并论？"静客轻轻地笑了，笑得水莲的心再一次乱跳起来。

"怎么不说话了？"静客问。

"太幸福了！我怕自己一说话，就把这幸福吓跑了！"水莲几乎在用气息说。

什么声音都没有了，除了两个人的脚步声，除了两个人的心跳声，真的什么声音都没有了，连几声鸡鸣狗叫都没有，连一点风声都没有。对了，那从遥远的天际一股一股地传过来的汩汩声，难道是月光与彩雾窃窃私语？

"是很幸福啊！"静客率先打破了美丽的宁静，"在城里，你永远都找不到如此清澈洁净的夜，更别提这种宁静和美丽了！'暮霭沉沉楚天阔'，描述的就是此情此景吧？"

水莲想起了那天去陈天亮家相亲时那烟气氤氲、颠簸不平的路，便说："城里晚上气压低的时候，咋有那么多的烟气啊？太呛人了！简直就是阴曹地府！"

静客突然讥讽地一笑，说："可有的人为了进城，却煞费了苦心。"

水莲无所谓地一笑，说："你就尽管讥讽我吧！反正我这个人皮实。"又叹了一口气，"农村的环境虽然很美很静谧，但环境能当吃能当喝吗？农村人的苦……说了你也不懂！"

静客却不以为意地说："苦难都是自设的，其实任何苦难都能转化为幸福。"

水莲嗤之以鼻地说："这种话，也只有你们这些吃饱了撑着的城里人才能说出来！不信你就去捡一天的牛粪试试？"

静客笑了，说："虽然你忙了一天，只是捡了很少的牛粪，但你毕竟捡到了牛粪不是？而在城里呢，有的人看起来真的很忙，忙得心力交瘁，忙得焦头烂额，但当他忙完了回头去看时，他又获得什么了？除了满腔愁绪，他真的一无所获。"

水莲突然埋怨说："你……真不该把古筝给我带来的，这礼物太重了，我承受不起。"

静客说："古筝也像一个人，只有遇到知音才能够体现价值。从那天你弹奏古筝的那一刻开始，这个古筝就非你莫属了。"

水莲说："我是怕……怕我三姐知道了，会生气的。"

静客突然冷笑了一声说："她管不了我的，正如我也管不了她！"

水莲心里一惊，问："你俩吵架了？"

静客叹了一口气说："能够争吵的夫妻，那才叫真正的夫妻。我们俩早就有名无实了！"

"有名无实？什么意思？"

"只要我能维护这个家，哪怕只做到表面上的维护，那么我和她的生活就可以互不干涉！"

水莲不解地望着静客，说："既然有了家，就应该维护啊！这是做丈夫最起码的责任啊！我正奇怪呢！你对别人都那么好，为什么就不能对我三姐好一些呢？"

静客的脸色突然黯淡了，但他只用那笼着雾的眼睛向远方看了看，什么也没说。

水莲说："我三姐的脾气可能躁了一些，但据我观察，她还是很在乎你的。有些话也许我不该说的，比如你们长期分居的事，我觉得我三姐心里……好像并不情愿。"

静客冷笑了一声："她当然不情愿，但如果让我维持这段婚姻，我们必须分居。"

水莲更加不解了，问："为什么呀？她有什么做错的地方，你可以指出来让她改，为什么偏偏用分居折磨她呢？"

静客犹豫了一下，说："有的错误，是无法弥补的。"

"无法弥补？那是什么错误？"

静客为难地看了水莲一眼，说："有些话，说出来就没有意思了！"

水莲撒娇似的说："我偏要你说！"

静客长长地叹了一口气："你三姐……她……已经脏了！"

水莲一惊，站住了，问："你说什么？"

静客狠狠地把两手插进兜里，兀自向前走去。

水莲终于明白过来了，一路小跑赶上了他，问："那……那你们的婚姻岂不是一个空架子了？"

静客冷冷一笑，说："更准确地说是一台戏，一台为了保住她的乌纱帽而唱的滑稽戏。"

"明明知道是一台戏，为什么还要唱下去？"

"不唱下去能怎么样？她已经发了毒誓：和她离婚的唯一条件，就是从她的尸体上踏过去。"

水莲一惊，想起赵秋雨的妈妈也说过同样的话，继而又想起明天要去她家吃饭的事，便烦恼起来。嘴里感叹说："人活着本来就很不容易了，可为什么还有这么多人为的折磨呢？"见静客满脸悲凉，又试图安慰他："她如此怕你和她离婚，就足以证明：她还是很爱你的。要不，你就宽容一些，原谅她吧！"

静客突然冷冷地看了水莲一眼，吓得水莲倒抽了一口冷气。水莲马上说："我是说……既然不能离婚……"

静客冷冷地一笑，说："她爱我？你说错了，她不爱我，她也不爱她自己，她爱的，只是她头上的乌纱帽！"末了，又无奈地摇了摇头，"唉，真是想不通！一个人溺爱外物会比生命还要亲。"

水莲一时不知说什么好了。她突然想起了陈天亮的寒夜抓奸，想到了水芙的夜不归宿，想到了陈天亮那些莫名其妙的话，心便异样地跳了两跳，暗暗地想："不会真的那么巧吧？"

像是要甩掉什么似的，水莲甩了甩脑袋，说："不说那些令人难受的话了，都对不起这么好的月色。"

静客也说："可有些话，却是不能不说的，比如你的病。"

水莲叫道："干什么呀？就不能让我好好享受一下这短暂的幸福吗？"

"正是因为要幸福，所以我必须要说。"静客掏出一个厚厚的信封，塞进了水莲的手中，"这些钱你先留着，有五百多元钱吧？我回去再想想办法。你的病必须得马上治了，不是我吓唬你，再不治会引起脏器衰竭，特别是你的眼睛，到时候会像死鱼那样凸出来的。"

水莲看了看手中的信封，马上珍宝一般塞进自己的兜里，说："真奇怪，为什么你无论送给我什么……我都想要？而且一点歉疚感都没有？"

静客便笑了，说："你当然应该这么想了，因为你的幸福归我负责！"

静客的话，让水莲突然想起了一个梦，一个似乎很久远的美梦。梦中，一个穿着白色纱裙、在庙门前独舞，后来甚至像白天鹅一般飞起来了的小女孩儿，递给她一块光滑圆润的扁扁的石头，石头上面写着契丹文，对了，小女孩儿的名字叫"诗"。

"这些契丹文的意思是——莲若！"叹息似的声音这样告诉水莲。

水莲一回头，就愣在那里了，她看见了一个亲切的身影正在山间慢慢地走，那是一个身材秀颀的男子，着一身白色的长衫，水莲还未等看到他的脸呢，就已经被他修竹临风的身材迷住了。

"他是你的亲人！他就是你的莲若！""诗"的呢喃幽幽响起。

在夜色静美的山路上，在比夜色还美的静客身边，水莲回味着那个美梦，嘴里却酸酸地说："为什么我的幸福归你负责？你只是我的姐夫。"

静客那迷雾般的眼睛望了望远方，说："其实每个人的活，都需要一个支柱。以前，我之所以还想苟活，是因为那个老人需要我。可那天，连那个慈祥的老人也抛开我了！我的支柱也坍塌了！那天的我就像一个幽灵，在城里四处乱逛，我真的不想再回那个家了！可又实在没有地方可去。正在这个时候，你闯进了我的生活！那天，在月光下，我认定你就是一个精灵，一个拯救我生命的精灵！"

　　静客突然拽出水莲的手，爱惜地看了看，又揉了揉，说："真奇怪，实在是太奇怪了！你这双小小的手，怎么就弹出那么美妙的曲子了？太美妙了，就像一阵清风，一下子就拨开了我心里的阴霾，让我有了一种活下去的希望……"

　　水莲深深地吸了一口气，什么也不再说了，只是尽情地品味静客带给她的幸福！

　　一条宽宽的冰河，横在了二人面前。

　　"这条冰河很宽啊！夏天一定很美吧？有名字吗？"两个人顺着岸边的山路逆流而上。

　　"有，名字还很美呢！叫饮马河，可我们这里的人却不习惯叫它的名字，平时唠嗑时都管它叫东河套。"水莲随便地向远方指了指说："原来那里也有一条西河套的，叫卧牛河，正好和这条饮马河在前边交汇，只可惜后来那条河被别的城市截流，改道了……"

　　"我研究过你们这里的地图，咱们县之所以叫双流县，就是缘于这两条河吧？"月光下，静客的微微一笑，真的很倾城。

　　"真可惜，自从我记事起，卧牛河就已经成了干河沟了，小时候，爹常常带我去干河沟里捡鹅卵石玩，那里面有各种各样的鹅卵石，五光十色的，非常好看……"水莲说。

　　静客突然不说话了，眯着雾一般的眼睛向北方凝望着。遥远的北方，深蓝的天边，潜伏着连绵起伏的黛色山峦，那美丽的曲线，就像柔软的手臂，正好托起一轮明月。

水莲突然压低声音对静客说："我曾经有过一个大胆的猜测，当然，只是猜测……我现在想把这个猜测告诉你，但你可得答应我一个条件！"

水莲诡秘的神情吓了静客一跳，静客问："什么条件？"

水莲一笑："不许笑话我！"

静客忍住笑说："你说吧，我不笑话你。"

水莲突然激动不已，说："我们这里，不就是那个部落……最原始的祖地吗？就是那个突然消失的部落。那个民族在刚刚起源的时候，只有'青牛''白马'两大部落，而这里就是'青牛''白马'的汇合地。你站在山上就能看清，这些山水的布局，和传说中他们的祖地非常吻合。"

因为焦急，水莲说话的语速明显加快，说出的话也显得语无伦次了，她又说："不信你看，你好好看看这座大山，虽然它并没有名字，但我怎么想怎么觉得它就是木叶山，那条饮马河和卧牛河，一定就是土河和潢河。只不过随着那个民族的消失，连这座山的名字、那两条河的名字，也全都一起消失了。"

静客回头看了水莲一眼，轻轻地问："你凭什么这么猜测？"

"凭……凭……凭直觉！"面对静客质疑的目光，水莲的脸腾地红了，声音也不自信起来，"还凭一个美梦……一个非常非常奇怪的美梦。"

静客笑了，问："奇怪的美梦？你的意思是说……你考古的依据仅仅源自一个美梦？"

水莲瞪了静客一眼说："你不是已经答应不笑话我了吗？"

静客马上收住笑容说："我并没有笑话你呀！"

水莲神情郑重地说："我并没有信口开河，有一段日子，我因为痴迷那个民族，曾疯了一般买书看，因为我对于这个民族实在太感兴趣了！"

"我当然知道！你那天在翻看我的书时，我在你的眼神里，早看出来了。"

水莲感激地说："所以，你才把那些书都给我带来了！"

"我之所以热爱考古，也是因为对这个民族感兴趣。我甚至怀疑……我们达斡尔族人其实就是这个民族的后裔，我现在正寻找证据呢！"静客的声音越来越轻。

水莲突然激动起来："我终于明白我们为什么如此心心相印了，原来我们连思想都是缠绕在一起的。"

"是啊！人世间的很多事情，真的难以用科学解释呢！现在有一个新词儿叫量子纠缠。"静客努力地维持着身体的平衡。

"你也相信量子力学？"水莲又惊又喜。"可享国二百多年、国土面积将近五百万平方公里的一个如此强大的民族，为什么突然就消失了？不仅这个民族没有了，连带着他们的语言，他们的文字也都消失了……这究竟是怎么回事呢？"

"契丹家住云沙中，耆车如水马若龙。春来草色一万里，芍药牡丹相映红。契丹，就像这首千年前的风土歌一样，神秘而遥远。"静客抬头看月，颇像自言自语。

"我查过了，契丹本意为镔铁，你想啊！镔铁，多坚固啊！所以，这个民族肯定不会凭空消失的，一定隐藏在哪个民族里了，比如达斡尔族。静客，你放心，我哪怕踏破铁鞋，翻遍所有的书籍，也一定要帮你找到铁的证据！"

静客微微摇了摇头："真正的答案，怎么能在书里轻易找到？"静客的眼神突然灼亮起来，"不过，我有信心，我一定要解开这个谜！"

"不入虎穴，焉得虎子？"水莲更像自言自语。

静客越说越激动："我研究过了：我们达斡尔族人，大多分布在内蒙古自治区莫力达瓦达斡尔族自治旗，只可惜现在工作缠身，要不然，我早就跑过去实地考察了。对了，你刚才说你做了一个奇怪的梦，到底是什么样的梦？"

水莲向不远处的古庙一翘下巴，说："一个关于古庙的梦，在梦里，我的一位亲人非常认真地告诉我，这座古庙根本就不是什么古庙，而是耶律倍的行宫，是专为'春捺钵'准备的。"

静客惊异地问："耶律倍？春捺钵？行宫？"

水莲叹了一口气，说："弗洛伊德说过：梦是一个人与自己内心的真实对话，是自己向自己学习的过程，用他的理论来解释，我就明白自己为什么会梦到这些了！"

"如果仅凭一个梦就想证明历史的真实，那考古工作岂不成了儿戏？"

"我怎么会仅仅因为一个梦，就贸然下结论呢？只可惜有的物证，真的很难留住。记得我小时候在古庙小学上学时，曾经在庙墙上看到过一幅奇怪的壁画，那壁画上画的就是白马和青牛……"

静客打断她的话，问："你是说，古庙的墙上，还画有白马和青牛？现在能看到吗？"

水莲说："现在上哪儿能看到了，我还是在上小学时看到的呢，现在古庙的墙皮就早都脱落了……"

"你能确定你小时候看到的，真的就是白马和青牛吗？"静客问。

"真的，我小时候不愿意听课，专门愿意瞎琢磨，所以才印象深刻。我记得那壁画整整占了一面墙，虽然斑斑驳驳的看不太清了，但离远了看，还是能勉强看清画里的大致轮廓的，画里不仅仅有白马，有青牛，白马和青牛背上还都坐着人呢！"水莲说。

静客充满向往地向远处的山望着，陷入了思索。

"后来，当我知道了契丹部落的那个白马和青牛的传说时，我就马上联想起那个壁画了。只是有一点解释不通的是，现在一般的庙，都是坐北朝南的，可我们这里的庙门，不知为什么向东开……"

"什么？庙门向东开？"静客愣住了。

"一会儿你就能看到了！"水莲说。

静客突然点了点头说："要是一切真的像你所说的，那你的这个猜测，有可能是准的。"

水莲不相信自己的耳朵似的，问："什么？准的？你没有骗我吧？"

静客严肃地说："契丹人有'东向为尊、敬鬼拜日'的风俗，因为他们特别崇拜太阳，把太阳当作神，把太阳作为民族的图腾。所以每天早晨他们都要朝拜太阳，连自己住的帐篷和房屋、宫殿都朝东修建，门窗也朝东开着。"

"啊！契丹人还有这个习俗啊！"水莲快乐极了，"照你这么说，那这座庙，很可能就是契丹人的祖庙了！"

静客说："回去后，我找一找这方面的历史资料，争取帮你找到佐证，如果这里真的是耶律倍'春捺钵'的行宫，那么水莲，你可就是了不起的考古学家了，你的发现，堪称伟大的考古发现。"

"真的这样吗？"

"作为一位曾横渡渤海海峡的契丹王子，耶律倍可是太传奇了！他不仅是阴阳家、医学家，还是翻译家、汉学家，但他最著名的身份是大画家，还写过很多诗呢！虽然他的画作传世很多，但完整诗作却仅有一首《海上诗》。'小山压大山，大山全无力。羞见故乡人，从此投外国。'"

"小山压大山？这是什么诗？"

"耶律倍是辽国开国皇帝耶律阿保机的长子，本应该继承皇位的，可在攻灭渤海国之后，因为太子一直在管理东丹国，就让居守在内宫的次子耶律德光钻了空子，耶律倍无奈之下，只能让出储位。这首诗就是他逃亡前在渤海边写的。"

水莲的眼睛里突然充满了神往，感叹道："要是一切都是真的，那这里还真是一块神奇的宝地呢！"

"将近九百年了！如果这座古庙真的是他们的行宫，唯一可以感谢的，应该就是这里的漫天云雾了！正因为有了云雾的遮盖，才让很多人忘记了这里。"静客脸色阴郁起来，"你的考古发现一旦公之于众，那雾中村可就再也藏不住了！"

水莲无所谓地一甩头说："我的想法和你正相反，任由这里沉寂下去才更危险呢！不说别的，那条卧牛河不就是例子吗？要是有人早点发现了这个秘密，把这里作为遗产保护起来，谁还敢轻易地就把一条大河给改道了呀？"突然焦急起来，看着夜雾里的古庙说："哪怕仅仅为了保护她，你也应该快点为她验明正身了。"

顺着水莲的目光，在朦胧夜雾的笼罩下，一个飞角凌空的古庙的剪影就出现在了静客的视野里，显得分外沉寂肃穆。

静客的心一动，激动地向前走了几步："的确是大门朝东啊！太神奇了！"静客快乐得像个孩子。

"我听老年人说：原来这座庙老漂亮了，金碧辉煌的，庙檐下面、木柱旁边，还镶着好多龙啊凤啊之类的木雕呢，连殿顶上都画着画呢。可现在，不但这些装饰早就没有了，颜色也褪得没有了原来的样子！"水莲感慨地说。

快乐的时候，连路都显得短了，几乎一转眼的工夫，两个人就走到了古庙的大门前。见打更老头的小屋还亮着灯，水莲便向静客一笑说："既然契丹的后裔已经来到行宫门前了，不进宫看看说不过去了吧？"说着便去门卫小窗户边敲窗户。

"可以进去吗？"静客抑制着内心的激动。

门卫的小屋门开了道缝儿，喝得醉醺醺的门卫老头从门缝里探出头来，费力地看着月光下的水莲和静客。

水莲也费力地冲老头笑着打招呼："大爷，我是水莲！"

老头儿马上哭一般笑着说："噢，小水老师啊！这么晚了也加班吗？好孩子，好孩子！"说罢就慢腾腾地把大门打开了。

"大爷，他是……"水莲刚要介绍静客，老头却打断她的话说："那不是你爹一把手吗？我认识的。快进去吧，庙里可热乎了！"

两个人进门后，老头便把锁头挂在了大门上，嘱咐说："你们爷俩走时就不用喊我了，直接把门锁上就行了！"说罢就冷呵呵地跨进屋里去了。

老头的话勾起了水莲的玩心，看着月光下戴着狗皮帽子的静客，水莲突然又有那种原地一窜，把自己吊在静客身上的欲望了，可关键时刻，静客那清澈圣洁的眼眸，又一次抑制了她的冲动。

"这里……实在太美了！"静客声音颤抖地说。

水莲又疯了，一边喊着，一边疯狂地在偌大的操场上——也就是铺满青砖的古庙院里奔跑起来，跑了一会儿又折起了跟头来了，一边折跟头一边尖叫。也许是乐极生悲吧，就在她极其快乐的时候，只听吧唧一声响，水莲就实实在在地摔了一个大跟头。

"你没事吧？"静客关切地问。

水莲突然笑了，干脆在青砖院里把自己摊成了一个大字。

"快起来，别任性，地上凉，会生病的！"静客说。

水莲依然任性地躺在青砖上，孩子一般地看天上的月亮说："哇，你看，虽然有雾，但还是可以看到月亮！还能看到星星呢！"水莲突然跳起身张开双臂，大声冲月亮喊道："月亮！我爱你！星星，我爱你！"

静客也朝天上看去，隔着一层薄雾的星空果然美极了。

水莲突然痴情地看起静客来，嘴里呢喃地说："静客，我爱你！"

静客愣了一下，仿佛没听懂水莲的话一般，从天空里收回了眼睛，惊诧地看了水莲一眼。

水莲变得大胆起来，突然加大了声音重复道："静客，我爱你！"

静客显出生气的样子，冷漠地说："水莲，咱们得回去了。"

水莲显得比静客还要生气了，大声说："静客，你别装聋……我是认真的！既然你和她已经名存实亡了，你为什么不可以考虑考虑我？你是不是嫌我丑啊？"

"不要再说这种话了！这件事是绝对不可能的！"静客决断地说完，就转身向大门外走去。

水莲默默地看着静客离去的背影，刚刚还热情似火的心，便渐渐地和周围的天地一样冷了。

回去的路很长，月光也黯淡了。两个人就那么一前一后地兀自走着自己的路，谁都没有再说一句话。

临近家门，水莲突然停住了脚步。她恨恨地望着静客好一会儿，才掏出那个鼓鼓的信封，使出全身力气往静客的脚下一扔，冷冷地说："往后我们没有关系了！任何关系都没有了！"水莲说罢就先进屋了，也不理迎出来的水荷，直接走进了西屋。

静客默默不语地把信封从地上捡了起来，脸色和天上的冷月一样惨白。

静客失魂落魄地走进屋来，见明亮的灯光下，爹、妈和水荷都用不解的目光看着他，静客便凄惨地一笑说："因为我劝她早点去看病，水莲就和我生气了……"

妈妈的笑容就僵在了脸上，她就那么讪讪地笑着说："你这孩子，哪儿都好，就是有些拧，也不怪水莲和你生气，你是不是也犯啥病了，咋偏偏和她的病较上劲儿了？"

"妈，水莲的病不能拖了，如果再拖下去，会有生命危险。"静客把大衣脱下来叠好，放到柜上，这才把自己带来的皮兜打开，从里面拿出了两个白色的药瓶，看着水荷说："这两种药你先让水莲吃着，对她的病能够起一些缓解的作用，你一定督促她天天服用。"

静客又把信封里的钱抽了出来，放到炕边上说："爹，妈，钱的事你们就不用愁了，这五百多元钱，先放在你们这儿，等我回去了再张罗点，凑一凑也就够了，到时候你们二老只负责把水莲劝到医院就行了。"

妈妈的眼泪就流下来了,叹息道:"可这么多的钱,咋能都让你拿呢!"

静客说:"我们是一家人,不用这么客气。水莲是一个很有艺术天分的孩子,将来她一定大有前途,咱们可不能因为暂时没有钱,就把她的一生给耽误了呀!"一句话说得一家人的眼圈儿都红红的。

第十七章　砰然琴断

　　一场大戏终于落下了帷幕，所有的戏中人，都沉入了梦乡。

　　那一夜，水莲虽然一直闭着眼睛，努力地睡着，但头脑却越来越清醒，心也始终翻腾着。随着时钟一点一点地走动，水莲对静客的恨也一丝一丝地抽走了，抽到最后，就只剩下敬爱了。

　　回想起自己在古庙院里突兀的表白，水莲的脸便发起烧了，尽管周围黑黑的，没有一双眼睛能看到水莲的脸，连月亮都掩去了，可水莲的脸还是越来越红。

　　就这么后悔着，自虐着，好不容易熬到了天亮。水莲睁开肿肿的眼睛，看了看结满霜花的窗子，心里突然一惊，她突然在一朵晶莹剔透的霜花里，看到了静客迷蒙的眼睛。

　　水荷已经起来做早饭了，水莲突然喜欢起这锅碗瓢盆的交响曲了，这才是生活的音乐，人只要活着，谁都离不开这种音乐。外面也渐渐地有了声响，脚步声，亲热的寒暄声，开心的笑声，马蹄踩着硬土路的哒哒声，偶尔掺杂着几声鸡鸣狗叫……雾中村就在这样特别的交响曲里一点点地醒了。水莲慢慢从被子里探出头来，正犹豫着下一步怎么办呢，心突然一蹦：因为交响曲里突然响起了静客的脚步声。

　　"不用你！三姐夫！你洗脸吧！热水我都给你调好了！"水荷的声音清亮亮的，显得心情很好。

　　水莲突然羡慕起水荷来了，水荷该是多么的幸福啊！她不仅能亲近坦然地面对三姐夫，还能为三姐夫亲手调好热水。这种幸福，水莲也许这一辈子都享受不到了。接着，水莲又听到了爹和妈走动的声音，妈妈时而和静客说一句什么，隔着两扇门，虽然听不清楚，但水莲听到了那种快乐的频率。

"不能再肮脏下去了！不能再懒惰下去了！你一定要振作！你一定要活出自尊给静客看！"一个声音突然悠悠飘起。水莲一个把式从被窝里坐起来，换上了干净的衣服，又套上了只有出门才舍得穿的毛衣。

水莲拿起脸盆，想端盆水进来，开门前，先透过门缝向外面看了一眼，心就又狂跳起来。在灶台边，静客正背对着自己帮水荷烧大锅。身穿乳白色高领毛衣的静客，此时显得多么秀颀多么清逸啊！面对静客的背影，水莲的自卑指数又升高了一格。

幸好暖壶里还有半壶热水，水莲就用暖壶里的水洗漱起来，洗完后，又把长头发梳得一丝不乱。等一切都收拾好了，水莲便问自己："这下可以出去见他了吧？"可当她走到门边时，怦怦狂跳的心还是几次阻止了她的脚步。

"吃饭了！水莲！吃饭了！"水荷突然清脆快乐地喊起来。水莲有些妒忌地皱了皱眉头，妒忌她干吗叫得这么响？她都已经那么幸福了，为什么还要这么喊叫？难道是幸福太多了，必须要宣泄吗？

"她起来了吗？这个懒蛋子？"静客含着笑意的声音。

水荷笑着说："我去看看！"

水莲马上把头转过去，叠了叠已经叠好了的被子。

"水莲——噢，已经起来了！还真出息了！快来吃饭吧，一会儿三姐夫单位的车就该来了！"水荷快速在说着，又转身去忙了。

水莲依然机械地抚弄着被子，动作却明显地慢下来了，一种悲凉随即涌遍全身。静客要走了，最亲爱最知心的静客马上就要走了，坐着一辆未知的小轿车，一点点地远离自己……这是多么令人难过的事情啊！水莲只觉得心里的肉，正在被一只看不见的小手一块一块地往外揪，越揪越痛，越揪心越空，眼泪也扑簌簌地流了下来……

静客突然向屋这边走来，随着脚步声的越来越近，水莲的心也慢慢地吊了起来。门终于打开，水莲突然把脸埋在被摞上，一动不动了。

　　门轻轻地关上了，脚步声慢慢地靠近了自己。"吃饭吧！"头顶上响起了静客轻柔的声音。

　　从声音里，水莲听出静客好像并没有和自己生气。他真的没和自己生气吗？水莲偷偷地问了问自己的心，一种新的希望便痒痒地燃烧起来了。

　　水莲抬起泪眼，快速看了静客一眼，她看见干干净净的、清逸秀颀的静客就站在自己身边，离自己真的很近很近，于是，那种胀胀的麻麻的感觉，就又在水莲的心里死灰复燃了。

　　大冷的早晨，静客竟然新洗了头发，油黑的头发梳得也是一丝不乱。但他的脸色很苍白，本来就笼着雾似的眼圈儿上，此时就像涂抹了一层眼影儿，一看就知道是没有休息好。水莲的心一阵疼痛，羞愧地说："我都没脸见你了！"

　　静客宽厚地笑了，说："再不见我，我就走了。"

　　水莲果然着急起来，嘴里快快地说："我错了！静客，我知道我错了……我真的不该有那种奢望！"说罢，就罪人一般低下了头。

　　静客宽容地笑笑，说："不怨你……都是月亮惹的祸！"

　　水莲突然大胆地看了静客一眼，说："有一个理想，我一定要实现！"

　　"理想？好啊！是不是和那个猜测有关？"静客好奇地问。

　　"我的理想就是：我一定要好好努力，多挣钱！然后好好治病……等有了钱，治好了病，恢复了容貌，我就去城里大大方方地追求你，我一定要和你结婚！"水莲豁出去了，语速飞快地说。

　　"你还让我说多少遍啊？这是不可能的！"静客的脸子撂下来了。

　　"三姐夫，她要磨蹭你就别管她了，先过来吃吧！一会儿饭该凉了！"随着东屋的门响，水荷向西屋走了过来。

　　静客答应了一声，就迎了出去，留水莲失魂落魄地坐在炕边上。

不管静客是什么态度，反正自己心里的话都说出去了，水莲顿时觉得一身轻松。接下来干什么呢？真的去吃饭吗？自己如此心慌意乱，怎么还能吃得下饭呢？再有，脸上的神情又怎能逃过妈妈的眼睛？水莲抚摸了一下热热的脸颊，眼睛无意中落到了古筝上，心便异常地跳了起来，心想："对了，还有什么样的方式，能胜过用古筝为亲爱的他送行呢？"

想到了就，水莲立即把凳子搬到了古筝边，情绪激动地打开了古筝上的红绸布，那架紫色的闪着幽光的古筝，便完全暴露在了水莲的面前。

啊！多么好的古筝啊？从此以后，它就可以永远地陪着自己了，这可是以前连做梦都不敢想的事啊！水莲爱昵的目光，从琴弦到琴沿，从中间到四边，把洁净而高贵的古筝抚摸了一遍。

水莲再也无法等待下去了，很自然地伸出了洁白如藕的玉手，轻轻地、软软地在琴弦上一抚一笼，一条清亮亮的小溪便欢快地流淌了起来，和着小溪那潺潺的流水声，一缕更缥缈更悠远的旋律，便在这个美丽而高贵的小小茅屋流淌起来了。

一家人已经围坐在桌边吃起早餐了，餐桌边冷冷清清的，与头天晚上的喜气洋洋正好形成了对比。就在大家相顾无言、沉默咀嚼之时，一阵轻吟吟的乐声突然飘进了大家的耳畔。这到底是什么声音啊？似是二胡，却不像二胡的硬朗;犹如钢琴，又没有钢琴的顿挫。悠悠扬扬，悲悲切切，似梦非梦，似幻非幻……

静客的心突然异样地一动，迟缓的血流也渐渐沸腾起来了，他慢慢地把饭碗放在了桌上。抬头四顾，他发现，家人也都愣愣地端着饭碗，相顾互望着。

妈妈惊讶地睁大了眼睛，她这是平生第一次听古筝，当然也是平生第一次听女儿水莲弹奏古筝。不怪静客那么爱护水莲,这曲子听起来，比二胡和秦琴还要好听百倍呢！"真是水莲弹的吗？她弹的这是什么曲子呀？"妈妈好一阵大惊小怪。

静客没有说话，静客的心已经被琴音勾走了，勾到了九霄云外。是的，一切都远去了，一切都消失了，忧伤，欲望，烦闷，痴情……一切的一切，全都消失了，此时的湖面上，除了一朵圣洁水莲，什么都不复存在了。

"这是什么曲子？三姐夫，你一定知道吧？"水荷问静客。

静客的眼睛依然眯缝着，此时更显得深深如水。水荷在那双细长的眼睛里，的确看到了水莲描述过的一抹雾状的神秘。"是契丹名曲《雾中莲》！"静客就这么眯缝着眼睛说。

流水般极富韵味的琴声依然响着，一家人听得如痴如醉，听到忘情处，爹甚至像往日一样，闭了眼睛，摇着头，用筷子敲起茶缸子来了。

外面喧闹起来，几个孩子趴到窗户上喊着："来车了！你们家来车了！小轿车！小轿车……"

静客的脸就白了，他真的不忍心从那片透明柔美的音韵中醒来，可分离的时刻还是到了。伴着凄婉如水、如泣如诉的心曲，静客慢慢地站起身来，深沉地对二老说："爹，妈，你们也听到了，水莲真的是很有艺术天赋的孩子，咱们一定得尽快治好她的病啊！"

"孩子，你放心，你这个当姐夫的都这么说了，我们当爹妈的还有啥说的？"妈妈眼圈红红地说。

那琴音，那溪声，依然如泣如诉，连绵不绝。静客背起了行囊，刚刚走出门，只听"嘣"的一声巨响，古筝的弦崩断了，割破了水莲的手指。

在巨响之后的静默里，静客加快了脚步，逃也似的离开了那个房檐低矮的小屋，几步就跨上了停在门前的小轿车里。

爹动得慢，此时，他刚刚蹭到炕沿边，正弯着腰去取鞋；妈妈也刚刚穿好鞋子往出走，所以送静客上车的只有水荷一个人。尽管静客百般掩饰，水荷还是看到了静客眼里的眼泪。

等妈妈和爹终于走到门外，一高一矮地站在门前之时，静客脸上的泪已经被擦去了，他刚刚向二老摆了摆手，那车就开了，载着水莲最心爱的静客，一路颠簸地冲破雾气，向村外驶去。

轿车越驶越远，很快被悬在半空里的云雾与地上掀起的尘灰一起吞没了。水荷望了望父母，发现爹的脸上带着悲戚，妈妈的眼里也含着泪水。是啊！三姐夫走了，把那种远离人间烟火的高雅情趣都给带走了，接下来的日子又该沿着以前的那两条艰难困苦的轨道迟钝慢行了。

爹回到屋子，便慢慢地收拾工具准备出去。水荷心里惦记着水莲，直接回到了西屋。

在早晨的阳光下，水莲的脸色惨白如纸，她就那么失魂落魄地瘫坐在那把古老的椅子上，眼神呆呆地看着自己的手指，看着手指上的血一滴一滴地流在地上……

"你的手……唉！怎么这么不小心？"水荷又找纱布又找碘酒的，很快帮水莲包扎好了。仅仅一宿，妹妹的小脸儿就瘦了一圈儿，水荷的心里便生发出一种怜爱，她拍了拍妹妹的脸蛋儿，柔声问："抓紧过来吃一口饭吧！姐给你热去！"

水莲心如槁木，仿佛没有听见一般。

"那你就躺一会儿再吃！"水荷说着，便把水莲拉起来，扶到炕上躺下。水莲周身无力，乖乖地任水荷摆布。

水荷轻轻地叹了口气，便去外屋收拾了。自从和赵秋雨恋爱后，水荷就像变了一个人，以前不能理解的现在都理解了，以前不能包容的现在也都能包容了。

外面又响起了孩子的跑动声，随即门又被砰砰敲响。水荷打开门，一个孩子就气喘吁吁地喊道："车来了，你们家又来车了！"

水莲的心猛地一震，一股希望犹如躲在乌云后的太阳，转眼喷薄而出了！"静客！一定是静客不放心自己，又返回来了！"

水莲一跃而起，因起得过猛，大脑都缺氧了。可水莲就那么跑出了屋子。一个拖着鼻涕的孩子正仰着脏兮兮的小脸儿，磕磕巴巴地向水荷比画："大马车，一辆大马车……正往你们家后园子卸柴火呢！"

"大马车？"水莲的心不由得一沉，一种不好的预感慢慢地升了起来。

另一个孩子也比画着说："老大老大的马车，装着老大老大的一车柴火……"

水荷打开后门向望了望，便冲水莲说："好像是赵秋雨的弟弟二马车……他怎么给咱家送柴火来了？"说着返身回屋拿了一件棉袄，边穿边向后园跑去。

"完了，这下可完了！这人情债可咋还啊！"水莲只觉得两条腿一软，便瘫坐在了屋门的旁边。

妈妈趿拉着鞋走出屋来，见水莲坐在门边，便用质疑的目光盯着水莲："你咋坐到地上了？"水莲最怕的就是妈妈的这种眼光了，吓得她马上站起身，也快速拿了大棉袄，逃也似的走出了后门。

大马车和二马车哥俩儿，一个在车上，一个在车下，正忙忙地往下卸着一捆一捆的玉米秆，果真是好大的一车玉米秆啊！由于是堆置过久的旧柴禾，灰尘过大，两兄弟的脸上都蒙上了黑黑的灰尘，显得眼睛异常地亮，牙齿异常地白。

见到水莲，站在车上的二马车就笑了，笑出洁白锃亮的人板牙："我人姑听说你去捡牛粪，很心疼你，非让我们把他家的柴火给你们拉一车不可。等有时间我们哥俩再帮你们搂一车柴草来。"他边说边瞟了水荷一眼，就差直接宣布："这车柴火我大姑是看在水莲的面子上才送来的！和你水荷边儿都不着！"

"让你们受累了！"水莲冲二马车勉强地笑笑。

哥俩卸完了车，又帮水荷码好了柴火垛。水莲身上一点力气都没有，只能蹲在一旁看着他们忙。这时妈妈也穿戴整齐来到了后园，客气地让兄弟二人进屋喝水。哥俩扑打了一下身上的灰尘，又用袖子擦了擦脸上的黑渍，便听话地随着妈妈向屋里走去。

大马车边往屋里走，边回头冲水莲笑笑说："一会儿，我大姑让我们把你直接拉到她家吃饺子去，她说你们说好了的。"

水莲本来已经起身了，听了这话又瘫坐在园子里了。水荷见水莲无着无落的样子，就说："今天这一关……你是躲不过去了！"说着把水莲硬搀起来，拖着她向屋子里走来。

东屋，妈妈已经和大马车二马车唠上了，也不知道唠着什么，反正只能听到她一个人的声音。水莲几步走到西屋,把自己撂倒在了炕上。不知为什么，一想到赵大婶那张真诚的脸，她的心就发抖。怎么办？到底该怎么办？

妈妈突然鬼鬼祟祟地进来，一进屋就关上了门，脸上也意外地挤出了一丝笑容，让水莲的心头一紧。"我听你四姐解释了，你答应他们结婚也是迫不得已。唉，也是，谁让咱们家穷了，要咋说冷尿热屁穷撒谎呢？"

一想到那么一大车的柴火，水莲的心就更没缝儿了，只能叹气。

妈妈凑得更近些，声音也更小了："我有一个主意，这次你到他们家去，就说你有病了，说得严重点，对了，你就说这种病将来不生养！老一辈儿很注重传宗接代的，你要是这么说，那个老赵太太也就放过你了。"

妈妈的话就像明灯，一下子照亮了水莲昏暗的心。见水莲始终不说话，妈妈立马恢复了以往的态度喊道："傻子似的瞅着我干啥？咋还不抓紧准备去？你别以为我这是求你呢！这件事到底谁惹起来的不知道吗？自己的屁股就得自己揩！"说完就气哼哼地出屋去了。

水莲傻子似的翻了翻两只漏神的眼，骨头不疼肉疼地从炕上爬起来，蹭到了东屋。大马车一见水莲就笑了："你要是收拾好了，咱们就走吧！要不我大姑又该着急了。"

"好吧，咱们走！"水莲说完就走出屋子，笨笨地爬上了马车。

马车冲破浓重的晨雾，一路颠簸前行。大马车和二马车分别坐在两个沿板子上，水莲则新娘子一般坐在了大马车正中，心里想："哈哈，左边一个大马车，右边一个二马车！屁股下还坐着一个三马车，我水莲今天可是和马车较上劲儿了！"

天空里，迷雾中，突然飘下了许多细小的雪屑，细小得都看不清雪屑的样子，只能看到点点细碎的银光在身子周围飘。"太美了！这飘的是雪吗？要是不是雪，这亮亮的霜点又应该叫作什么呢？"水莲想问大马车和二马车，张了张干涩涩的嘴，却什么都没有问出来。"是啊，他们又不是静客，除了静客，谁还能和自己探讨这些是雪非雪的问题呢？"

"大姐，咋不说话呢？"二马车突然回头冲水莲笑笑，又露出了那两颗洁白的大板牙。

"我在想你大姑呢！这两天不知道她又打没打你大哥。"水莲信口胡诌。

二马车笑了："哪能总打呢！这两天挺消停的。"

大马车瞪了二马车一眼："大姑啥时候打大哥了？你这孩子咋净瞎说话呢！大姑那个人就是刀子嘴豆腐心！她咋能舍得打自己的宝贝儿子呢？疼都疼不过来呢！"

一马车不说话了，看他的表情似乎并不服自己的可可，那两颗大板牙也一直在晶莹剔透的雪屑中晃着，水莲都替二马车牙疼了。

还未进门，就看见一股股白气从大砖瓦房那敞开的门子里喷吐出来，混合着一缕菜香。屋子里更是热气熏天，香气四溢。门边的大锅直通通地喷出气来，那气势正如小孩子的谜语："锅台上一棵树，十个小孩搂不住。"

乍一进门，水莲还以为家里有很多人在忙活呢，站在热气里望了一会儿才看清，屋里屋外忙得热水朝天的，只有赵大婶一个人。

"水都开了好几个滚儿了，就等着你们进屋煮饺子呢！"赵大婶舌头硬硬地说。

水莲就有一些感动，唉，要是没有水荷插了这么一脚，能和赵大婶这样的婆婆相依到老，真是一件很幸福的事儿呢！

屋中间已经放好了圆桌面儿，碗筷也都捡到了桌子上。水莲进屋脱了大衣，刚要出去帮忙，赵大婶马上把她推进屋来了。赵大婶一边让水莲在炕上坐，一边冲两个侄子叫道："大马车，你煮饺子去，二马车去喊你哥！这工夫咱们娘儿俩唠会儿嗑儿！"说着就大排二排地坐到了炕上，拿过烟笸箩就卷起了烟。

见赵大婶卷好了烟，水莲马上划着火柴帮她点着了。赵大婶美美地抽了一口，双眼皮的大眼睛就爱怜地看起了水莲来，看着看着脸上就现出了一种担心，问道："孩子，你咋的了？脸色咋这么差？是不是有啥病了？"

水莲的心便蒙上了一层阴影，她想马上把妈妈让她说的话说出来，可一想到老人忙了一上午了，就要吃饭了，就把话又掩住了。

"有病你也别害怕，有病就治呗！现在科技发达了，啥病都能治，你家要是没钱治，大婶家有钱，大婶给你治。"几句话说得水莲的心又一阵发热，眼圈也不由得红了，但她还是什么都没有说。

赵秋雨和二马车走进屋来，赵秋雨脸色阴郁地看了水莲一眼，也没有说话。赵大婶就瞪了他一眼说："哑巴了咋的？不会说话呀？"

赵秋雨那四四方方的红脸膛，到底挤出一丝假笑，冲水莲点了点头说："来了！"吓得水莲马上站起身，也连连冲他点头说："嗯，来了！"

赵大婶这才露出了满意的微笑说："这还差不多，告诉你赵秋雨，你老娘我今天高兴！你小子要是真孝顺，就给我识相点。"

赵秋雨没有说话，转身去外屋端饺子了。

赵大婶的饺子也不知道是怎么包的，就是个香，水莲吃得实在是太解馋了。但无论怎么香，总有吃饱了的时候，当水莲终于放下了筷子，赵大婶还是显出不高兴的神态，非逼水莲又吃进去几个。

水莲心里有话，便故意揉了揉青筋蔓蔓的脸颊，赵大婶果然担忧地问："告诉大婶，你到底得啥病了？"

水莲就放下饭碗，声音低沉地说："我的确是得了……很不好的病！我这次去县城，就是去看病了！那天怕您担心，才没有告诉您！"

赵大婶也放下了饭碗，问："医院咋说的？到底是啥病啊？"

水莲说："医院确诊是……甲状腺功能亢进，这种病，能吃，心跳快，全身没有力气，手也抖……"边说边伸出两手，两只手果然抖个不停。

赵大婶心疼地一把抓住水莲的手说："可怜的孩子，都病成这个样子了，你咋不早点儿去治病呢？我知道了，一定是你家拿不出钱来治！一定是了！你放心，你家不给你治，大婶给你治！"

水莲感激地看了赵大婶一眼，又看了赵秋雨一眼，为难地说："这种病虽然能治，但去不了根儿。更主要的……更主要的……"她又看了赵秋雨一眼，脸就红了。

赵秋雨不吃饭了，也担忧地看着水莲。

赵大婶等不及了，催道："好孩子，有啥话你倒是快说呀！咱们家又没有外人儿，你啥话都能说的。"

水莲就低下头说："大夫说，得这种病的人……将来结婚了，会不生养的……"

一句话说得赵秋雨的脸，顿时晴朗无云了，他感激地看了水莲一眼，又马上低头，一口一个地狂吃起饺子来。

同样的一句话，却把赵大婶的脸说得黯然无光了，赵大婶又问："啥？不生养？那意思就是说，你将来要是结婚，会生不出孩子？"

水莲的眼泪就奔涌而出了，突然攥住了赵大婶的手，说："大婶！我对不起您！您对我这么好，无论如何……我也得和您说真话了！我是一个没有福的人，我多想成为您的儿媳妇啊！可我……真的不配！"越说眼泪越汹涌。

赵大婶的眼圈儿也红了，她反过来攥住了水莲的手说："咋能这样呢？咋能这样呢？那卦上明明说得可好了，将来你们会子孙满堂！一定是大夫弄错了！"

赵秋雨就说话了："咱们县医院在省里都有名，那里的大夫一等一的都是专家，人家怎么能诊断错呢？妈，你不会傻到宁可信算卦的，也不相信大夫的吧？"

赵大婶立即训斥："你少在那里打自己的小算盘！我宁可不要孙子，也要保我儿子的命！"转脸就对水莲说："明天大婶亲自陪你去县医院看病，我倒要听听他们咋说，我不信事情真会糟到那个地步。就是真糟到那个地步了，孩子你也别上火，生不出孩子，咱们就抱养一个，啥叫亲生的？啥叫抱养的？照我看都是一样的！就像大马车二马车，我把他们养大了就是借力，比亲生的都孝敬我呢！"几句话说得赵秋雨的脸色又一次黯淡了。

唉，多么好的大婶啊！在这位一生都凄苦孤独的老人身上，水莲看到了人世间最为可贵的品质，她就像一座山，屹立在自己的面前。

望着赵大婶亲切的脸，水莲的眼泪又一次涌流出来，这一次她可是真的哭了，有那么一阵子，她甚至都想跪到赵大婶的身边，贴在她的胸前，亲昵地告诉她：自己刚才撒了谎。

"好孩子，别哭了，你放心，只要你能顺顺利利地嫁到我们老赵家，大婶我一定像待亲闺女一样待你的，只要大婶我有一口气在，我就一定让你在这个家里享福，不许任何人欺负你！"赵大婶边说边横了赵秋雨一眼。

面对母亲的眼神儿，赵秋雨没敢说话，又把一个饺子狠狠地塞进了自己的嘴里。

吃完饭，赵大婶又详细询问了水莲的病，还把二马车叫进屋来，对他说："你用纸给我把她说的啥甲的进的怪病名记下来，哪天我再找你二大爷去问问。"

赵秋雨打断她的话："找他干啥？他只会算个卦蒙人骗钱花……"话还没说完呢，就被大婶的眼神儿给噎在那儿了。

二马车果然拿个笔和纸蹲到炕边上来记了。水莲刚要说话，突然看见赵秋雨向她使了一个眼色，水莲就蒙了。凭她那点可怜的医学知识，她真的连撒谎都不会了。见二马车拿着个笔等着她说下去，她只好信口胡诌："是甲状腺肿瘤生殖系统。"

赵大婶接过话头："我记得你刚才说的，好像还有一个什么进的啥的。"

水莲马上说："那是全称，是甲状腺肿瘤生殖系统亢进。"

赵大婶冲二马车点点头说："把全称都记下来！现在也不知是人娇性了还是咋的，连病的名字都这么难记。孩子，我看没啥事，大婶我不是不相信科学，但有些病真就是那些大夫闲扯蛋扯出来的。前年我不就得了一场大病吗，大夫也说了一大堆的名儿，什么鸡冠动脉大米粥硬化。"

赵秋雨嗔怪地看了妈妈一眼纠正道："那叫冠状动脉粥样硬化。"

赵大婶就笑了，说："反正就是这些嗑儿，这家伙把秋雨吓得都没脉了，非要送我去省里看病。我就不信那个邪，坚决没有去。现在你看看大婶，咋的啦？啥事都没有。"赵大婶边说边抡了抡胳膊，果然虎虎生风。

水莲舒心地笑了，见水莲开心，赵大婶也咯咯咯地笑了，笑得满屋子全是她的回声。水莲突然想起赵秋雨在办公室里打电话的样子，真是谁的儿子像谁。

二马车记完了病的名字，把纸交给了赵大婶。赵大婶虽然不识字，还是眯着眼睛看了一眼，就小心翼翼地叠了，正要放进贴身的口袋里，赵秋雨突然露出了笑模样，向他妈伸出手去："妈，你还是给我吧，我让张大哥他爹给看看去，他爹你知道，那可是咱们这里看病看得最好的大夫了。"

"滚一边去！我不用你！"赵大婶黑着脸子瞪了他一眼，又忍不住笑了，就把纸条又塞进衣兜里了。见赵秋雨穿上衣服想去上班，就说：

"下午你给我支出点钱来！这件事我得亲自出马，明个我就陪水莲看病去！"

水莲连连摆手："不用大婶！我妈说了，让我四姐陪我去县里看。治病的钱我家都帮我筹够了。"

"筹够了？要是开刀不得几千元呀？你家哪来的钱？"赵大婶犹疑地说。

水莲说："我三姐夫昨天来了，他给拿来的。您老八成还不知道吧？我三姐夫就在县医院工作。"

"你三姐夫？就是当初送人的那个三姐吗？我听说了。"赵大婶长舒了一口气，"这下我就放心了！好孩子，你只管好好治病，钱不够花了你就向大婶要，马上就是我们老赵家的人了，大婶我一定管你到底。"一句话又说得水莲眼泪汪汪的。

冬天的天就是短，从赵秋雨家出来，太阳就又落到山头上了。赵大婶又和水莲说了好一会儿的话，见水莲张罗要走，非让二马车送："要不冬天他们也没事干，闲着也是闲着，你就让他送，跟他们不用客气。"

水莲马上解释："我寻思就要去县城了，想在临走时去看看牛牛。"

赵大婶听了，便叹了口气说："好孩子，你去看看他对，你能这样想，就证明你和你二姐不是一样的人。大婶我说句实话，不怕你听了生气，你二姐也太浮了些吧？咋能扔了孩子就走了呢？她这一走可倒好，那牛得水就像丢了魂儿似的，啥活都干不进去了，到底跟出去找媳妇了。那牛得水我也瞧不起他，那样的媳妇你找她干啥？找回来人能找回来心吗？"

水莲担心地问"那牛牛谁看呢？"

赵大婶说："那还能谁看？就得你二姐她老婆婆看呗！唉，最可怜的就是她的那个老婆婆，老了老了却摊上了这种事，你知道她的眼睛不好使，孩子又小，真不知道他们的日子到底咋过呢！那天我在路上遇见她了，吓得我倒抽一口凉气，那孩子把她给拖得，你就别提了，人不是人鬼不是鬼的，唉，你二姐他们两口子真是作孽啊！"

　　赵大婶就这么一边说着，一边送水莲走出了大门。水莲都走出很远了，一回头，还看见赵大婶在那儿站着呢。圆溜溜的夕阳，发出十分夺目的光芒，把个赵大婶托衬得周身一片金光，就像一尊金光闪闪的大佛，让水莲感受到无比的温暖和信赖。

　　"大婶，您是这个世界上最好的婆婆！可惜水莲我没福啊！"水莲一边远远地冲她摆了摆手，一边小声自语。

第十八章　穷极思变

二姐家的三间小土房，远远看着还算利索，可一走进院子就不堪入目了，破筐烂篓扔得东一个西一个的，苞米瓢子柴火棒子这一堆那一堆的，再加上污泥浊冰，猪屎鸡粪，简直成了破烂户了。

水莲还未进门，就听到了牛牛那嘶哑的哭声，推门进去，只觉得里面黑乎乎的，充溢着冰冷而腐朽的骚臭味，一块脏兮兮的棉布帘子吊在门上，却是半吊不吊的，开膛破肚的棉帘由于破败，已经禁不住钉子了，只有一根线儿勉强连着，露出了里面黑黑的棉花。

水莲掀开门帘进去，一眼就看见牛牛躺在黑乎乎的炕席上打着滚儿哭，嗓子都哭哑了，一听声音就知道已经哭了很长时间了。一段时间不见，他显得瘦多了，黑乎乎的小脸被眼泪冲出几道纵横交错的白印儿。望着可怜的牛牛，水莲的心猛然一疼，眼泪随即涌出了眼眶。她马上向牛牛伸出手去，可牛牛已经不认识她了，还是一个劲儿地哭。

"小祖宗哎！你是小祖宗哎！别哭了……奶奶给你找胡萝卜……明明有一个胡萝卜啊！哪儿去了呢？"老牛太太一边有气无力地唠叨着，一边弯着腰在地上的一个纸壳箱里掏，水莲进屋半天了，她都没有看见。

水莲爬上炕去，见炕上乱乱的，不仅扔着孩子的破衣服、烂裤子，还有几块干硬的馒头。让水莲倒抽一口冷气的，是她在炕头处，看到了一块已经风干了的孩子的大便……水莲几步爬上炕，就把脏兮兮的牛牛抱在了自己的怀里。牛牛还在嘶哑地哭着，也不知道他到底哪儿难受。水莲摸了摸他的头，烫烫的，小肚子也鼓鼓的，水莲不懂医学方面的事，但还是看出牛牛病了，而且病得不轻。

"大婶，牛牛病了，得马上去医院！"水莲一边颠着牛牛，一边向四处看去，想找到牛牛出门穿的衣服。

老牛太太直到这时才发现家里来了人，她弯着腰慢腾腾地走到水莲的身边，使劲儿睁着那双混浊的堆满眼屎的三角眼睛朝水莲看。

"你是谁呀？"她就那么一边看水莲，一边问。

"我是水莲，是牛牛的老姨！"

"谁？你说你是谁？"老牛太太不仅眼睛不好使，连耳朵也不好使了。

水莲就冲老牛太太使劲喊道："我是——牛牛——老姨！牛牛——得马上——去——医院！"由于喊声过大，反倒震得牛牛止住了哭声。

"去医院？俺家牛牛不去医院，牛牛没病！"老牛太太嘴一努，抽了一下鼻涕。

"牛牛——高烧——了！"水莲把牛牛送到老牛太太的身边，让她摸牛牛的额头："你摸摸——都烧成啥样了？"

老牛太太果然伸手胡乱地摸了摸，水莲发现她嶙峋瘦骨的老手又黑又硬鹰爪一般，就像戴了一个脏脏的皮手套，当然是那种劣质的老皮子，水莲担心这样的手还能不能测出冷热？

果然，老牛人人毫不在乎地说："没烧！俺家牛牛没烧！"

老太太抹了两下像是陷在浑泡子里的贼亮亮的小眼睛，阴阳怪气儿地说："别说是没烧，就是真烧了，俺们也不上医院！那个地方咱这样的人家可去不起啊！上医院得老多钱了，俺家一分钱都拿不出来！"说着咳出了一口黏黏的黄痰，叭的一声吐在了地上。

牛牛刚停了一会儿，又干号了，哭得有气无力的。

水莲一时没有主意了，她看了老牛太太一眼，正好与斜斜偷看自己的贼亮亮的小三角眼睛碰了个对着。水莲的心便突然打了一个拘挛，就像黑黑的屋子里猛然飘过来一双鬼眼似的。

在水莲的心目中，这个老太太无疑就是一个勾人鬼，当初就是她使用计策骗二姐水菡进了她们家的仓房，然后又快速锁上了门，让牛大脑袋在仓房里抢去了二姐的处女之身。如今她又在打什么主意？不会是又想偷走自己的什么东西吧？可自己现在除了兜里的两个20元钱，真的是一无所有啊！

　　牛牛依然有气无力地哭着，哭得水莲实在是太心疼了，突然一跺脚，就冲老太太喊道："牛牛真的病了！牛牛的外衣在哪儿呢？我得马上送他去医院！"

　　"你说啥？"老牛太太冲水莲伸长了细伶伶的脖子。

　　"我送——他去——医院！"水莲又得大喊。"把牛牛的——衣服找出来！"

　　老牛太太总算听明白了，慢腾腾地向西屋、也就是水菡的屋子走去了，水莲找到了一个脏盆子，胡乱地给牛牛擦了擦脸和手。等把牛牛擦得差不多了，老牛太太才慢慢地蹭回来，手里拿着几件还算干净的牛牛的衣服。水莲给牛牛换了衣服，一回头，在一堆乱糟糟的被摞子边，看见了一件油光发亮的大棉袄，便用大棉袄把牛牛包了，转身就往外走。

　　"他老姨哎，反正你看着办吧！上医院俺家可没钱哪！一分钱都拿不出来！"人都走出很远了，牛老太太那颤悠悠的细音还是随着一阵阴风飘了出来。

　　幸好乡卫生院离牛大脑袋家并不远，水莲走了十几分钟就到了。一位50多岁的老大夫给牛牛进行了初步的诊断，是病毒性脑膜炎，大夫告诉水莲：孩子必须马上住院治疗。

　　水莲问的第一句话，是住院得交多少钱的押金？那位大夫就有些火了，说道："多少钱也得住院啊！借钱也得住院啊！你家孩子得的可是要命的病！除非你们不想要这个孩子了！"

　　水莲心里一抖，马上小声说："我不是说不交钱，我只想问问得交多少钱。"

大夫便想了想说："先交500元押金吧！不够再往里续！"

水莲的贴身衣服兜里只有静客给她的40元钱，这40元钱对于水莲来说，相当于护身符，自从县里回来后，她一直贴身带着。犹豫了一会儿，水莲到底把那两张心爱的钱拿了出来，对大夫说："大夫求您了，我一会儿就出去张罗钱，我肯定能张罗到钱，您能不能先给牛牛治病？我怕时间拖长了，孩子该救不活了！"

大夫疑惑地看着她。

水莲又说："不信你给税务所的赵秋雨打电话问问，他是我未来的四姐夫，他知道我家的情况……等你这边治上了，我就回去张罗钱去，我说到做到！"

没想到赵秋雨还有这么大的面子，水莲一提到他的名字，大夫的脸色就变了。他想了想，果真开了一张药方，让护士先给牛牛配药,打吊瓶。

水莲暗暗地舒了一口气，赶紧把那已被攥出汗的40元钱又放回了衣兜里。大夫们忙了一会儿，牛牛终于打上了吊瓶，水莲便求护士帮她看护一下牛牛，自己就一路小跑儿，跑到了大姐水蓁的家中。

学校放寒假，大姐和两个孩子都被窝在了那幢小小的土房子里，一同窝在房子里的，还有一股子非常难闻的臭脚丫子的气味。红果和紫叶脸上黑一道儿白一道儿的，正穿着油光锃亮的小棉袄在炕上疯跑疯闹，一边叽叽嘎嘎地尖叫，弄得屋里乌烟瘴气的。水莲往炕上看了一眼，只觉得满满一炕都是破东西，可说不出到底都是什么东西。大姐头发蓬乱，一脸脏兮兮，好像自打放了寒假就没有洗过脸似的，此时她正站在屋地中间切白菜土豆，炕头的一个陶盆里，是已经发酵好了的玉米面，用来盖盆子的盖帘子正在炕上被两个孩子当球儿踢。

见水莲突然进来了，两个孩子都停住了玩耍，歪头吊眉咬着手指头看怪物一样看水莲，很长时间不见，她们对水莲更显生分了。看到了孩子，水莲便后悔自己来得匆忙，没给孩子买一些东西。可因为心里有事儿，内疚的感觉只在脑里一闪而过。

水莲知道大姐不当家，第一句话就问大姐夫上哪儿去了。大姐预感水莲有事，并且猜出不是什么好事，便神情警惕地说："去打麻将了！"接着便干乍着两只湿漉漉的手，干张着嘴只等着水莲说下句话。

大姐无论听人说话还是专心地看什么东西，总爱这样张着嘴，有时过于专心了，头会不自觉地歪下去，眼睛也会不自觉地斜上来。大姐夫因为这个就经常骂她傻呆呆。可大姐平时很会占小便宜，谁都知道她只是外表傻呆呆。水莲见大姐只听话不问话，只得把话说出来，她特意把牛牛的病说得重了些，可话都说了一大车了，大姐还傻呆呆地看着水莲呢！

"大姐，你说现在咋办啊？"见大姐不接茬，水莲只得问出来。

大姐这才吧嗒两下和爹十分酷似的小眼睛，依旧傻呆呆地看着水莲说："大夫说治，你就通知他们老牛家给孩子治呗！"

水莲说："可老牛太太说了，她们家一分钱都没有！"

大姐马上摇了摇头说："她家没钱？你可别听她白话了！她家可是真有钱！那个老太太抠门都抠出了名了，看到蚊子都想卡点血儿，今个突然冒出了你这个能搪灾的虎车车，她当然会说她家没钱了。"

水莲说："可不管咋说，牛牛的病得治吧？这都得了脑膜炎了，都有生命危险了，可她没事儿似的说孩子没病呢！"

大姐无所谓地说："她说没病就没病呗，牛牛是人家老牛家的孙子，人家都不着急，你跟着瞎着什么急？你把孩子给他们抱回去不就完了吗？"

水莲急了，说："要是送回去以后……牛牛真的死了，我们当姨姨的肠子不得悔青了呀？"

大姐又现出傻呆呆的样子说："你说得也对，大姐支持你！但大姐只能在精神上支持你，在经济上，大姐真的拿不出一分钱。"

水莲说："你去求求我大姐夫吧，先给他们张罗点钱，等我二姐回来，再管她要不就得了！"

大姐说："我能跟你撒谎吗？我也是牛牛的亲姨，牛牛有病我和你一样着急，可钱又不是能生出来的，这个家你也看到了，我这两个小要账的就够我受了，我真一分钱都拿不出来了，你大姐夫回来也一分钱都拿不出来。"

　　瞧大姐的态度，再说什么也没有意义了，水莲只得匆匆地告别了大姐，边往回走边琢磨着其他办法。一抬头突然看到了税务所的办公楼，便叹了一口气："看起来只能动用自己救命的老本了！"

　　水莲这么一想，就大步流星地走进了税务楼，幸好赵秋雨就在办公室。见水莲突然跑进来找自己，赵秋雨立即表现出冷漠的样子。水莲已顾不上他的态度了，一进屋就用命令的口吻让他去找水荷，让水荷把静客留下的钱全都拿来。

　　赵秋雨知晓了原因，脸上的冷漠才散去，马上拿起手套准备出发。水莲突然又想起了什么，一边在兜里翻找着，一边叫住赵秋雨说："对了，你的电话我能不能用一下？我想找找我二姐。"

　　赵秋雨马上把电话向水莲身边推了推，水莲真的找到了陈天亮给她的号码，就把电话拨过去了，电话刚接通，水莲就冲着电话大喊了一声"喂"。和老牛太太说过话之后，水莲便觉得大家都成聋子了。

　　那边的声音却相当低沉，是一个女人懒洋洋的声音："你找谁？"

　　水莲马上放低了声音说："麻烦你……我想找陈天亮！"

　　那边顿了顿，问："陈天亮？你是谁？"

　　水莲央求道："这个号码不是陈天亮的号码吗？"

　　那边的声音更低了："你还没说你是谁呢！"

　　水莲的眼睛转了转，还是无法说出自己的身份，就支支吾吾地说："我……真的有一件特别着急的事……"

　　那边的声音突然变高了："你这个人听不明白中国话咋的？"话未说完，电话就断了。

　　水莲无奈地叹了口气，便和赵秋雨一起走出了税务所，两个人的同行引来了许多好奇的目光。

赵秋雨一出门就跨上了停在大门边的摩托车，呜的一声就把摩托车骑跑了，水莲看着他走远，摸了摸外衣兜，感觉那两张硬硬的20元钱还在兜里放着呢，便直接往商店走去，她要给牛牛买些吃的。

就要过年了，商店里显得比平时热闹了许多，就连商店外面的小街旁，也多了一排出售各种年货的摊床。水莲没有心情看街上人们的脸色，但有一个人的脸色她却必须得看了，尽管那个人戴着大大的口罩，只露出一双有着长长睫毛的眼睛。"莲花！"水莲叫道，"你在这里干啥？"

莲花就笑了，马上摘下口罩说："你这个鬼头，我戴着这么大的口罩你都认出我来了！我站在这里你说能干啥？当然是卖货呀！"

水莲望了望莲花身前的摊床，只见摊床上摆着烟、酒、糖、茶以及带鱼、鞭炮等各种小百货，心里就佩服起莲花来了。一个刚刚结婚的新娘子，人家都能想到出来摆摊了，可自己呢？家里现在已经穷得叮当响了，可自己怎么连挣钱的想法都没有？

莲花不好意思地看着水莲，问道："你笑话我了吧？"

水莲说："笑话你？你可别噎我了！羡慕都羡慕不过来呢！可惜我没有你这个本事，不然我也出来摆摊。"

莲花说："摆摊需要啥本事啊？进了货就卖呗！张石也不同意我出来，可我实在是闲着没事干了，他家的情况你也知道，并不那么富裕！"

水莲苦苦地一笑说："啥？你是说我要是想摆摊也可以摆？你是不是耍我玩呢？我拿啥摆呀？这鱼，这酒，这鞭炮……得多少本钱呀？"

莲花凑近一些说："我其实也没有本钱，这摊是张石他老姑帮我支起来的，她是这家商场的负责人，她们商场内部职工有这个政策，可以先提货，等卖完了再一次性付款。"

一道星光猛然划过了水莲阴郁的心空，她马上冲莲花说："你也帮我跟她说说呗，让她也赊我一些货行不？"

莲花的脸上现出了犹豫不决的神色。

水莲一狠心，就把那两张硬硬的 20 元钱掏了出来，不由分说就塞进了莲花的手中，说："这是 40 元钱，你用这钱帮我给你老姑买点礼品，莲花，就算我求你了！你一定想法儿帮我撺掇成这个事儿！"

莲花看了看那个被折成两折的硬纸钞，马上把钱又塞回她的手中，说："你这是干啥？也就一句话的事，咱们卖完了又不是不给他们钱。不就是因为没钱，才出来遭这个罪的吗？我刚才犹豫是怕你受不了这个苦，你要是真想干，我就去和她说。"

望着莲花那张可爱的脸，水莲就差眼泪没流出来了，她高兴地说："太好了！太好了！你这个新娘子都不怕遭罪，我怕啥？莲花，不怪我妈总是夸你，总是骂我！我真的不如你脑袋瓜子好使，那我就听你的信儿了！"

水莲刚要离开，突然想起牛牛，便从莲花的摊上抓了两块糖和两块饼干说："牛牛住院了！我就不和你多说了！这个我拿点儿！白拿的！算是你这个当姨姨的给牛牛买的，我得抓紧去医院了！"边说边揣了糖和饼干就跑了。莲花便冲她喊："你倒是给牛牛多拿点啊！"水莲只是冲她摆了摆手，拐了个弯儿就不见了。

牛牛打了针，又有了饼干和糖，就不哭了，只是眼神倦倦地看着面前的姨姨。等水荷到了医院，天已经黑了。看到牛牛那可怜的小脸儿，水荷的眼泪也流了出来。

水荷不仅给牛牛带来了被褥，连水莲的晚饭也给带来了，水莲刚吃完饭，赵秋雨就来了，来了也不说话，一屁股坐在对面的床上，就像看电影一般，看两姐妹照顾牛牛。直到赵大婶闻讯赶了过来，才打破了这种尴尬的沉默。

赵大婶就像一阵风，永远都是生机勃勃的，除了给牛牛带来一些吃的，也带来了一冷一热两大车的话。热乎乎的话是说给水莲听的，硬硬的舌头虽然说了一大车，不外是让水莲晚上到她家里住；冷冰冰的话一句接一句，表面是骂水蔺的，但寒气逼人的剑锋，却全都刺进了水荷的心里，那可真是刀刀见血啊！

对于赵大婶的明枪暗箭，水荷一直平平静静地倾听着，就像一汪深潭，一丝波澜都没有泛起。见赵大婶嘴说干了，她甚至给赵大婶倒了一杯水。把赵大婶母子送走了以后，水荷突然对水莲一阵苦笑，有气无力地说："水莲，你真该认真考虑一下这门婚事！我可是一点儿信心都没有了！"

水莲也苦笑着说："这是我应该考虑的事吗？我现在应该考虑的只有两个字：那就是'挣钱还债'！"末了，又长叹了一声："我的婚姻其实已成定局了，这辈子我想嫁的只有一个人，可这个人，我可能一辈子都无法嫁给他！"说着说着眼圈就红了。

水荷目光深邃地看了一眼妹妹，眼圈也渐渐地红了。

天一亮，水莲就跑到街头找莲花，莲花正摆摊床，张石也来帮她了。见了水莲，莲花隔老远就冲她笑了，水莲一看到她的笑容，心里就有了底。果然，莲花笑着说："你就准备支床子吧，这事成了。"

水莲尖叫一声，上去抱住又矮又小的童年玩伴，就又啃又咬起来，弄得莲花连连缩着脖子咯咯笑："啥时候都改不了你的猴性！"一旁的张石也笑了，眼神特别地看了水莲一眼。

水莲回望了张石一眼，发现他比结婚前瘦多了，脸上的五官都有些移位了，水莲突然想起妈妈经常骂自己的话："越长越劣！"便呆在那里了。

这是一个多么平庸的男人啊！可自己当初怎么会觉得爱上他了？还为他流过那么多的眼泪？不自觉地，水莲又想到了静客，心便疼了。静客多好啊！和张石相比，静客就是仙境下界的王子，别说去看他的脸了，就是想一想他的名字都觉得幸福！可老天爷为什么要这么安排？为什么偏偏让静客成了自己的三姐夫？

"你还愣着干啥？咋不快去张罗东西支摊床啊？我老姑说了，你今天就可以去她那里取货！"莲花冲水莲说道。

"我这不是在琢磨……应该到哪儿去找木板子吗？"水莲突然想到了赵大婶，便朝莲花一笑，转身就跑了。

摊子像模像样地摆上，已经将近中午了。水莲第一次出来卖货，心里始终洋溢着一种新奇的感觉。她这个人天生脸大，也不怕羞，更不忌讳莲花说她抢生意，见来了人，马上远远地冲人家打招呼，恨不得把一张丑脸笑成一朵花儿。还别说，这个招儿的确见效，不长时间她就卖出去了不少的货。默默地一算账，竟然净赚了7元钱！水莲的心顿时狂跳不已，要是照这样干下去，穷还真就不是什么问题了。

但那种新奇感只持续了半天，接下来的就只有实实在在地遭罪了。天冷极了，无论穿了多么厚的衣服，很快就会被寒风打透，隔一段时间就得在摊床后面蹦跳一会儿，幸好莲花一如既往地帮她。

莲花真是刚强的女人，尽管如此遭罪，可她却从没叫过一声苦，一张小脸儿总是笑盈盈的。对于水莲的蛮横无理，她也从来都不计较。有了这个忠实的伙伴，水莲无论多苦都能够坚持。

实在受不了时，水莲干脆把摊子丢给莲花，自己去附近的一间修鞋铺暖一暖身子。修鞋铺的小房子虽然低矮，里面却点了一个大大的铁炉子，修鞋的老头年轻时唱过二人转，也能讲一些当地的奇闻逸事，和水莲十分谈得来，他也非常愿意让水莲来小屋里取暖。有了这些好心人的帮助，水莲无论遇到多大的困难都能坚持，唯一让水莲坚持不了的，是她的一双手。

卖货不同于捡牛粪，捡牛粪可以全程把手放在手闷子里，就算非要把手抽出来，也是短短的一小会儿。要是连手闷子也不暖了，还可以双手放进袖筒里。

卖货就不同了，无论是给顾客取货还是接钱，都得用手。特别是卖带鱼、冻梨或冻柿子，需要把这些东西一个个地捡到秤里。所以一天下来，水莲的手总是湿漉漉黏糊糊的。这样的手就再也无法往袖筒里放了，水莲身边又没有可以洗手的水，就算有，那水也要冻成冰。实在受不了冻了，水莲干脆就豁出了那个手闷子，无论多脏多湿的手也往手闷子里钻，这样几次下来，那手闷子也就不再是可以保暖的手闷子了。

仅仅几天，水莲的手就冻坏了。一直自诩白如嫩藕的手背上，很快就布满了冻疮，再后来脚上、耳朵上，也都有了那种紫红色的肿块。到了晚上，手脚一沾些热儿，生疮的地方就奇痒无比。按照修鞋老人给的偏方，水莲熬了几天的茄子秆儿的水洗过几次手，可晚上洗了，白天继续冻，后来水莲干脆连洗都不洗了，任那撕心裂肺的奇痒蚂蚁般撕咬着自己。

吃苦归吃苦，水莲也真的挣到钱了。过年时一算总账，还没到一个月，她就挣了400多元钱，着实让家人过了一个充足年。年前，她还把一些没卖完的年货送给了赵大婶，乐得赵大婶得隔着墙就冲邻居高喊："瞧我的儿媳妇多能干！还没到一个月就挣了五六百呢！"水莲记得自己说得明明白白的，仅挣了400元，可到了她那里摇身一变成了五六百了。水莲便暗暗告诫自己：再不要继续与老人家腻下去了，否则将来真就无法收场了。

临近年关，水莲学校的校长也出来逛街了，见到水莲和莲花都在摆摊儿，她当然要过来打一声招呼，可这一声招呼不要紧，却让水莲接到了一份额外的任务。本来打完招呼，她已经离开摊床了，走了几步突然拐了回来，对水莲说："有时间你找几个学生，准备几个小节目，县教育局的慰问团要来检查慰问了，乡教委领导让咱们组织一场汇报演出。"

水莲无所谓地说："这好办，我们班学生平时经常唱合唱，到时候召集起来练一练就行了。"

校长不满意地说："你那么有才华，怎么总弄那些老掉牙的节目，多没面子？动动脑筋，这次弄点新花样行不行？别让县里的领导把咱们村上的老师当成土老瘪！"

莲花也说："水莲，这是机会，你那么有才华，应该把握住这次机会。"

水莲突然来了勇气，便信口开河："再不，根据咱们古庙校园的特色，编一首校歌唱唱？"

校长当然立即赞成："那太好了！水莲，你就大胆地编吧，要是编好了，咱们把这首歌在全校推广！"

校长走了，水莲就一边卖货一边想着校歌的事儿，可说时容易，做时却难。自己虽然懂一些简谱或五线谱的知识，但作词作曲却从没尝试过。站在风中，水莲越想越觉得难，可说出的话又不能收回了，就没头没脑地骂起莲花来，骂她不安好心，帮着校长忽悠自己。把个莲花骂得哭笑不得，干脆给她放了半天假，让她回家专心写歌词。水莲就真的把个乱摊子都交给了莲花，骑着自行车就到古庙找灵感了。

牛牛的病好后，小脸儿也恢复了以前的胖乎乎，整天活蹦乱跳地在炕上疯着，无论谁给点好吃的，都会憨憨地做出怪相让大家乐，牛牛的到来让死气沉沉的水家充满了笑声。本以为这种快乐还会持续一段时间，谁承想水菡突然回来，要把牛牛接走了，并且水菡这次，还是"夫妻双双把家还"。

在娘家人面前，水菡和牛大脑袋第一次表现出很恩爱的样了，两个人不但全都换上了"城里人"的行头，连说话的腔调也像极了城里人。水菡的头发烫成了海潮式的大卷卷，每说一句话，她就要一晃头，一股香气就会飘荡过来，刺得人直打喷嚏。她说牛大脑袋已经在城里找到了工作，还租了房子，只等一过年就把牛牛接到城里过日子了。

两口子如此恩爱地回娘家了，始终睚眦必较的妈妈，立刻表现出不计前嫌的宽容姿态。和两个人唠嗑儿的时候，她不但避开了牛大脑袋几次到家又打又闹的伤心事，连全家人为牛牛治病操劳的事也一个字都没提。水莲这个气呀！如果妈妈不提，静客的钱该怎么往回要呢？

转眼到了做晚饭的时候，水菡看见水荷又从米袋子里舀出了高粱米，就孩子般撒娇地跑到妈妈身边，扬起漂亮的脸蛋儿抱怨上了，说什么自己已经是城里人了，往后再回娘家吃顿饭真的不容易了，说来说去不外是一句话：就是要让妈妈犒劳一下他们这对大功臣，包一顿酸菜带肉的饺子给他们吃。

妈妈为难地说："冻肉倒有一块，那是水莲买回来，准备过年吃的，可白面却真的没有了，水莲还没买回来呢！"

水菡的脸子就阴了，说："我妈就是不疼我，就是偏心，这要是水荷进城了，很长时间都不回来，看你咋做？"

水菡的话还没说完，妈妈就打手势止住了她，说："得得得，就算我欠你们的！"说着就真的舍着个大脸儿，到莲花妈妈家去借面了。水荷也只得把高粱米又放回了袋子里，到东屋去捞酸菜。

该忙的人都去忙了，水菡才百无聊赖地瞟了水莲一眼。见水莲的脸又黑又糙，手上的冻疮也万紫千红，便露出了明显鄙夷的神色，那只好看的白鼻子也皱皱了起来，说："我说水莲你到底是咋的啦？咋越长越像老土豆了？我的妈呀！不怪连赵秋雨那个样儿的都相不中你了！我一看你，心都翻了个个子。那天我还琢磨着在城里帮你介绍个对象呢！可你现在这种样了，我还咋给你介绍了？"

几句话说得水莲心里堵堵的，便气哼哼地说："谁用你介绍对象了？就凭你的眼光，还能介绍出啥好玩意咋的？"

水菡连连冲水莲点头："行，行，这话可是你说的！到时候老到家里，你可别说我这个当姐姐的没管过你。"

水莲气哼哼地说："不用你管！谁说用你管了？管好你自己的事儿别拖累别人就行了！"说完转身往西屋去，走了两步，又停下了，心里想：妈有义务偏向你，可我却没有义务！便忍着气又坐回炕边，向水菡和牛大脑袋说起了给牛牛看病的事。

水菡两口子仿佛听不懂中国话似的，水莲都把话说得很明白了，两个人还都木呆呆的样子，谁都不接水莲的话茬。水莲见牛牛的鼻涕淌出来了，掏出手绢就给牛牛擦鼻涕，水菡突然一把推开了水莲，嘴里娇声浪气地喊叫："行了，拿开你的粗手吧！我说水莲，咋几天不见，你不但变丑了，手咋也变得这么重了？我儿子可是皇子龙胎，金枝玉叶！你咋能这么给我儿子擦鼻涕呢？"末了又加了一句："农村人真是干啥啥不行！"

水莲把牛牛猛地往她的怀里一推，气哼哼地说："赶紧把你的皇子龙胎抱走！往后有啥事都别让我们管！"

水菡立即尖声喊道："谁让你管了？我老婆婆闲着也是闲着，就让她看着呗！谁让你们贱了，非贱了吧唧地把孩子接过来。"

水莲气得牙根都咬疼了，就把话直说了："废话少说，马上把那个500元钱还我！"

水菡不解地看着水莲，一脸无辜地说："你说啥500元钱？"

水莲说："就是给牛牛治病的500元钱！那是我三姐夫给我看病的钱，你马上还给我！"

"啥？你还有脸提给牛牛看病的事？还好意思管我要钱？我正想和你算这笔账呢！"水菡脸上的神情突然紧急凝聚起来，聚成一块冰雕。水莲直到这时才发现她和水芙长得像极了，就是一个模子刻出来的。有那么一瞬间，水莲甚至以为水芙回来了。

见水莲无语了，水菡就更有理了似的，加大了声音："我听我老婆婆说了，孩子好好的，根本就没咋的，你却吃饱了撑的似的跑过去，非说孩子有病了！到底把个好好的孩子抱到医院去了！医院那是啥地方啊？那就是屠宰场，到了那里还有你的好？就算没病，大夫都会让你生出点病来！哼，还想管我要钱？我还想管你要精神损失费呢！"

水菡边说边心疼地对孩子的小手看了又看，然后便扭动起肥肥的屁股，蹭到了正歪在炕头看墙上的报纸的牛大脑袋面前，说："你看看，得水你看看！好好的一个孩子，你看看给扎的？小手儿都给扎烂了！

这么小的孩子打哪果子吊瓶呢？你看你看，这针眼儿都还没消呢！哎哟哟！我的儿子到底遭了多大的罪哟！"

牛大脑袋也大惊小怪地说："可不是！水莲啊！你让我说你啥好呢？真是太愚昧了！怪不得你拉屎的力气都使出来了，还调不到城里去！你再看看你二姐，人家玩似的就调到城里去了！真是一步登天啊！这叫啥你知道不？这才叫能耐！"

牛大脑袋的几句话，把水莲的头发都说得立起来了，她终于明白这两口子为啥都是这个态度了，他们明明白白是想要赖账的。明白了这一点，水莲就啥都不说了，一个转身就往东屋去了，边走边暗暗发誓：这辈子你水莲要是再去管水菡的事，就真的撒泡尿浸死吧！

那天的饺子，水莲一口都没吃，水荷过来叫了她好几趟，她都没有出去吃，当然她也什么都没说，只是躺在炕上默默生气。

爹是在吃饭的时候回来的，水莲本以为爹回来了会提及钱的事，就算不提钱，也应该说一说牛大脑袋砸锅打人的事吧？正是他惹的这场大祸，才把自己的嫁妆花光了，才让自己陷入了撒谎的境地。可一直到吃完了饭，那边还都显得平平静静、祥祥和和的。水莲这个气呀！好几次呼地站起身，想再去东屋理论，但她终于还是忍住了。因为冥冥中，她突然听到了静客的声音。

静客就那么修竹临风地站在不远处，用雾似的眼睛望着她说："老人们都是讲求以和为贵的，这世上只有挑事儿的儿女，没有挑事儿的老人，所以为了这个'和'，他们宁可牺牲一些利益。你能够成为老人的牺牲品，就证明你是个懂事的儿女！"静客叹了一口气，又幽幽地说："这就是家啊！家就是一个没有道理可讲的地方！"

水莲眼泪汪汪地看着静客："可是，要是我不想当这个牺牲品呢？"

静客说："那你就和水菡一样，也成了不孝的女儿了！"

水莲又慢慢地坐下了。

自从静客走后，水莲每当独处时，总会这样突然就和静客超时空交谈起来，每次交谈后，水莲都大有收益。

水莲不知自己是什么时候坐在桌前的，桌上也不知什么时候多了一个新雕的泥塑作品。那是一个憨态可掬的男孩子正在玩耍，一看眉眼，就知那是牛牛。望着这尊雕塑，水莲的脸上渐渐地浮出一丝笑意，一缕慈爱也从心底里升了起来：是啊！无论他是谁的孩子，他都是生命啊！当初自己一路小跑着把牛牛往医院里抱的时候，还真的忘了他是水菡的孩子这件事了！当时无论他是谁的孩子，哪怕是仇人的孩子，自己也都会义无反顾的。

这么胡思乱想着，水莲一抬头，突然在镜子中看到了一张又黑又黄、粗糙、布满紫色冻疮的脸。好久没有如此照过镜子了，当然不是没有照过镜子，只是没有好好地看看自己。水菡说的一点都不夸张，自己的长相真的到了惨不忍睹的地步了，特别是那双圆鼓鼓的死鱼眼，眼珠转动的时候，凸出来的眼球把她自己都吓得倒抽一口冷气。

水莲慢慢地用双手捂住了脸，刚才还那么高尚、那么伟大的心，也渐渐抽巴起来了，抽巴成了老牛太太的那种核桃脸。"还在幻想着静客会来救你吗？真是笑话！你已经毫无姿色了，你已经沦落成垃圾了！"

她又伸出双手看了看，冻疮溃烂的部位，已经蔓延到整个手背了，那可真是红的、紫的、黄的、黑的五色杂糅，别说是嫩藕了，简直就是魔鬼的怪爪。水莲轻轻地攥了一下拳头，冻疮处就出现了几道纵横交错的皲裂，随即就有几滴鲜血迟钝地从裂缝里溢出来，那鲜血红红的，就像直接从心里滴落出来的似的。水莲又狠狠地攥了攥拳，那血便渐渐地成流了。水莲突然野兽般地狞笑了，继续狠狠地攥着拳头，解恨似的看着那如泉的血流蜿蜒地流淌，一滴一滴地滴落到地上……

"怪物！你真是一个可怕的怪物！连你的亲姐姐都不能忍受你了，还指望着那个超凡脱俗的圣洁男子去爱你吗？简直异想天开！"水莲只觉得身体慢慢地向下沉着，沉着，渐渐堕入地狱的最底层。

"完了！完了！没有了静客的爱，你还怎么活下去？"水莲瘫倒在椅子上，绝望地想。

"不能再欺骗自己了！不能再幻想了！这就是赤裸裸的现实！是啊！连你自己都不爱你自己了，还指望着博得静客的爱情？怎么办？怎么办？"水莲不安地站起身，在屋内转着，转着。

暗无天日的地狱深处，一道微光突然虚弱地闪了一下："除非你们永远不见面了！把他对你的印象就定格在某个瞬间！是的，只有这么一条路了！"水莲猛地一攥拳，那刚刚止住的血流就又从皲裂处涌流了出来。

"就算这辈子都不见了，也比让他讨厌你好过一些！"一个苍老的声音突然在耳畔响起。

水莲又一次凄惨地笑了，身上存留的最后一点力气也消失殆尽了，她颓废地蹭到炕边，瘫软地躺了下去，一双死鱼的眼睛却呆呆地瞪着。一想到今生今世再也不能见静客了，水莲的心里就开始滴血了，一滴一滴，那血先从眼睛里慢慢地流出来，又蜿蜒地流到了嘴里，苦苦的，咸咸的，涩涩的。

就这么痛苦着，自虐着，一直到水菡两口子抱着牛牛离开，水莲才像一个怪物一般慢慢地走出屋去。是啊！不与静客相见了，并不等于自己不活了，活下去就得填饱这个怪物的肚子。

水莲苦笑了一笑，默默地掀开锅，锅里果然有一盘热腾腾的饺子，当然是水荷给她热在锅里的。水莲索性连筷子都不拿，撅着屁股抓起饺子就开吃了。虽然饺子不如刚出锅的好吃，但因为水莲真的很饿了，吃得还是香极了，边吃边打嗝。

水荷走出屋，见到水莲这种吃相，嗔怪地瞪了她一眼，就默默地倒了一杯热水，放到了锅台上。水莲冷笑了，心里想：水荷做这些的时候，一定是强忍着她的恶心吧？就像《变形记》格里高尔的妹妹，在格里高尔突然变成令人厌恶的大甲虫后，他的妹妹就强忍着这样的恶心为格里高尔送饭的。

水荷突然凑过来小声问："你不吃饭，是不是水菡和你说了什么噎人的话了？"

水莲摇了摇头，什么都没有说。

怪物还需要向别人申诉吗？怪物更不需要别人为它打抱不平了！都说打碎牙齿往肚子里咽，水莲此时别说牙齿，连刀子也可以下咽的！

第十九章　丑陋的尊严

水莲那"永远不见"的计划，仅仅维持到正月十六，就泡汤了。

那是正月十六的傍晚，马上要收摊了，水莲正蹲在摊子边上清点货物。这时，有一辆车停在了摊前。水莲没有抬头招呼，依然专心清点着，直到莲花打了她一下。

水莲抬起那双死鱼的眼，先是看到了一辆银灰色轿车的车头，稍一回头，脑袋里就轰的一声巨响！她看到什么了？她竟然看到静客了！他就坐在灰轿车的前座上，正透过半开的车门里惊诧地看着自己。

就像条件反射似的，水莲仓皇四望，想找一个能够逃遁的地方，尽快让自己消失。但随即她就明白了：现在就算逃得再快，也毫无意义了，因为丑陋已经一览无余地落入了静客的眼睛里。

完了，一切都完了！

面对静客惊诧的目光，水莲仅存的最后一张自尊的面皮，也被无情地剥去了。苟延残喘的自己，正慢吞吞地向混浊不堪的泥潭里沉下去，沉下去，沉落的同时，还有一块巨石轰地压了下来。

静客似乎显得很累，他甚至连车都没有下，只用那双迷雾般的眼睛充满厌恶地盯了她一小会儿。是的，在水莲看来那就是充满厌恶的眼神！便一字一顿地下命令了："收摊！把账都结清了，明天跟我去县城！"下完了命令，就砰地关上了车门，银灰色的车就开走了，卷起一股呛人的尘灰，转眼就消失在了街角的转弯处。

轿车都消失好半天了，水莲还傻傻地蹲在那里呢，为了配得上脸上的傻，她还始终半张着嘴。

见莲花愣愣地看着自己，水莲才合上了自己的嘴，呆愣愣地回看了莲花一眼，她想问莲花：刚才到底发生了什么事情了？她多么希望这只是一个幻觉，只是一个梦啊！可未等她问呢，莲花却问起她来了："这个人是谁呀？怎么这么牛？"

一切都是真的了，尘埃落定！

水莲在师范时，读过《霍乱时期的爱情》，苦苦陷入爱河不能自拔的女主人公费尔米娜在市场里偶然一回头，突然看到她朝思暮想的阿里沙就站在自己的身后，不禁惊呆了：她就那么呆呆地看着那个面色苍白、憔悴不堪的男人，一刹那发觉自己上了一个天大的当，她不禁惊讶地自问："怎么可能让一个如此丑陋的魔鬼长年累月地占据了自己的芳心？"她仅来得及想："上帝啊！真是一个可怜虫！"就把手一挥，彻底地把他从心里抹去了。

"是的，和费尔米娜当时的心情一样，静客的心里也一定全都是沮丧吧？望着如此丑陋的自己，如此圣洁的他不一定会恶心成什么样子呢！可就算如此上当了，他怎么还能做到不动声色，依然要顽强地要把这场滑稽戏演下去？"

当然，这些话都是水莲心里所想的，水莲和莲花所说的，只有四个字："我三姐夫！"

莲花把嘴张成了莲花状："他就是你三姐夫啊！他刚才说让你去县城，什么意思啊？"

水莲冷笑："他要给我开刀去！"

莲花吓了一跳说："开刀？真吓人！说手术不就行了嘛？"

水莲对什么都无所谓了，说："手术不就是开刀吗？谁让我'没啥偏没钱，有啥偏有病'呢？我三姐夫就是想扮演一个慈善家，给我开刀就是他要演的一出戏！"

莲花瞪了她一眼说："别那么偏激好不好？手术就是手术，和演戏有啥关系？好了，别再发呆了！再磨蹭一会儿副食商店就要下班了，赶紧去结账啊！"

水莲似乎没明白莲花的话，问："结账？结什么账？"

莲花说："这些货物的账啊！明天你不是要去开刀吗？"

水莲苦笑着说："开刀当然得去开刀！但我得攒够了钱才能去啊！"

莲花说："你三姐夫不是说……"

水莲突然气愤起来，也说不清在和谁生气："他让我去我就去吗？人家已经给我拿了 500 多元钱了！我凭啥还让人家再给我拿钱？他是我啥人啊？他又不是我爹！"

莲花说："他……他是你三姐夫啊！"

水莲轻蔑地一笑："三姐夫就该为我看病吗？哪本书上写着姐夫就该有义务为小姨子看病？"

莲花不说话了，默默地看着水莲。

水莲的心一刿一刿地痛了，说："更何况又是那个态度！多牛啊？连车都不下！求人配合他演戏……也得有个姿态吧？"水莲越说心越痛："嗟来之食那个成语你还记得吗？那个齐国的人都要饿死了，还不食嗟来之食呢！我虽然穷，还没穷到那个地步吧？"

莲花突然慢慢地走过来，紧紧地抱住了儿时的伙伴，眼泪汪汪地说："水莲，你知道我最喜欢你什么吗？我最喜欢你的就是这种做人的志气！这方面我说不出什么大道理，但我知道，人的确是应该见好就收的，世上最难偿还的，就是人情债！"

水莲得意地晃了晃头说："受恩深处宜先退，得意浓时便好休。"

嘴上这么巴巴地宣讲着，心里却是另外一番话："可不能让那么好的静客再为自己操心了！自己早就没有那种资格了！"

"你们俩叽叽喳喳地唠啥呢？唠得这么热乎？我都站在这里半天了！"一个硬硬的声音突然在暮色中响起，水莲和莲花循声望去，发现站立在暮色里的是赵大婶。

"大婶！"水莲和莲花异口同声地叫道。

"都啥时候了？收摊收摊，到大婶家吃饭去！"赵大婶固执地一摆手。

莲花马上说："大婶，这次我可不去了！我家离得远，我得趁着天亮抓紧回家！"

赵大婶马上拉着她说："家远就住我家！这次你必须得去，你得替我劝劝水莲，她得快点去治病，治好了病抓紧结婚。"

水莲听了好一阵苦笑，心里说："我都这么丑了，你还要娶我当儿媳妇！大婶啊！就凭这一点，就值得水莲孝顺你一辈子！"但水莲依然什么也没说。

赵大婶却有很多话要和水莲说。见莲花去库里送货，她马上凑到水莲身边小声说："你那个病我找人去看了，去了好几趟，才找到人。人家说了，这病根本不像你说的那么严重，治好了肯定能生养，所以你得抓紧去治病……"

莲花正好走回来，听了大婶的话，便说："大婶，我俩刚才就议论这事儿呢！刚才水莲的三姐夫来了，让她明天跟他去县城治病，水莲却说啥都不肯去，她不想再花她三姐夫的钱了。"

赵大婶听了连连点头说："对，水莲这样想对，凭啥老让人家花钱啊！这样吧！你治病的钱大婶给你花，谁让你是大婶的儿媳妇了！"几句话把水莲和莲花都说得笑了起来。

几个人说笑的时候，张石骑着车子来接莲花了，赵大婶便又诚心诚意地留莲花两口子吃饭，莲花说什么都不肯留下，到底还是告辞回家了。水莲也想走，赵大婶却死死地拉住了她的手，终于把水莲拉到了她的家。

水莲进了屋，赵大婶就把热在锅里的饭菜端上了桌，水莲也是真饿了，立刻香香地吃了起来，边吃边赞叹大婶的厨艺实在是好！赵大婶就发誓一般说："你要愿意吃，等你过门后，大婶天天做给你吃！"一句话说到水莲心坎上，眼泪就涌流不止了，哭得赵大婶一阵发愣，以为自己说错了话。

赵大婶从柜子里掏出 1000 元钱放到桌子上，对水莲说："好孩子，既然你三姐夫想帮你，那你就跟他去治病，但你不花他的钱，你花大婶的钱。"

水莲刚刚止住的眼泪，又一次流了出来，她再也抑制不住自己的感情，噗通一声就跪倒在大婶的膝下，流着泪对大婶说："大婶，这钱你就是打死我，我也不敢再花了，但您的心意水莲记得了。将来无论水莲能不能成为您的儿媳妇，水莲都会把大婶当成自己的亲生母亲！大婶！你放心！水莲我说到做到。"

几句话说得赵大婶也热泪盈眶，边抹眼泪边把水莲往起拉。水莲就扑到大婶温暖的怀里，怎么也舍不得离开了。赵大婶拽下白毛巾给水莲擦了擦眼泪说："好孩子，别说那么不吉利的话，你咋就不能当我儿媳妇呢？儿子是大婶生的，我想让谁当儿媳妇，谁就能当上。"

水莲说："大婶，不是水莲给您泼冷水，事实已经越来越明朗了，我秋雨哥和我姐已经难舍难分了，他们俩也真般配，我劝您就别再棒打鸳鸯了！"

赵大婶坚决摇头说："我这个人，吐个唾沫都是钉！水莲，你也不许给我动摇！"

水莲在大婶的手心写了个"苦"字："大婶，这个字念苦，上面的两个'十'就是人的眼睛，中间的'十'是鼻子，而下面的'口'就是嘴，古人为啥这么造字？就意味着所有的人都必须受苦。既然人人都这么苦了，我们就别再让亲人苦上加苦了！"

赵大婶还是摇头："吃点苦没啥，咋地比丢了命强！我不是当你面损你姐姐，你姐姐她就是一脸哭相，我一看见她心就发堵！"边说边爱惜地抚摸水莲的脸，"不瞒你说：最近很多人都来说你的坏话，说你长得越来越砢碜了，我咋没看出来呢？我咋越看越觉得还是你好看呢？"

水莲笑了，说："大婶，这是我们俩投缘啊！当初我能答应让你送聘礼，也是因为觉得大婶好！现在细想一想，我们俩可是都错了，因为结婚的人并不是我们两个啊！再不这样吧！大婶，你就让他们结婚吧，等他们结了婚，你就搬出来和我一起过。"

赵大婶就哈哈地笑了："那成啥事了？那不成了咱俩结婚了！"大婶就这么笑着，把水莲送出门来。

外面已经月上中天了，赵大婶不放心水莲，拉起水莲的手就往税务所走，想让赵秋雨送水莲回家。水莲马上拦住她说："大婶，你看水莲都矿碜成啥样了？像我现在这样的，不吓着别人就不错了，谁还敢吓唬我呀？"几句话又把赵大婶说乐了，果真不再坚持去税务所了，就那么笑呵呵地一直看着水莲走出了那段柏油路。

水莲没有走大路，而是推着自行车拐进了一条羊肠小路。路上长满了细细的黄黄的野草，这些野草早被行人踩倒了踩折了，就像一条土黄色的毡子，紧紧附在地面上，软绵绵的。水莲突然可怜起这些草来了，她觉得自己就是其中的一株草，倒伏在冰冷的地面上，任各种各样的脚从身上踩过，连呻吟的声音都发不出来。

随着自行车的颠簸，挂在车把上的饭盒子便发出清脆的响声，那是饭盒里的铁勺子在牢房里呻吟。水莲听着这怪怪的歌声，扑哧一声笑了，因为水莲突然觉得自己不是一株草了！水莲可是比一株草强多了，水莲不但能够呻吟，连铁勺子也能替自己呻吟。就像所有的人都说水莲丑，却偏偏有个赵大婶固执地认为自己长得好看一样。

水莲习惯性地抬头看了看天，哈！难怪都说十五的月亮十六圆，悬在中天的月亮果然圆得特别，不但把天照得更蓝更深，也把大地照得如同仙境。月光白纱般飘荡而下，温柔地抚摸着每一棵树，每一株草，每一个顽石，每一堆粪便。当然，月光也没有因为水莲丑陋，而少给她一点点的爱抚。

学着静客的样子，水莲眯了眯眼睛更加仔细地看了看月光，她发现月光更像一个在深蓝色天幕里舞蹈的少女，那可是人世间最高的舞，水莲甚至在小树林里看到了月亮的小脚印儿，觉得如果不小心，甚至会踩到月亮的脚丫上。

是啊！在这由月光装饰的人间天堂里，人生的小苦难又算得了什么呢？正如赵大婶所说，人在世上，只要你能活着，吃一些苦是不怕的。更何况，人终究要经历一些失意与磨难的，就像负重的小草在泥土中抗争，穿石的水滴在无闻中溅起。况且小草早晚有重新生长的那一天，水滴也早晚有穿破顽石的那一刻。人生又何尝不是呢？只要能把心放宽，再放宽，宽到像月光那么广大无边，宽到能够把自己忘掉，那你还会有什么忧愁呢？

水莲笑了，水莲这一次可是真真正正地笑了，她就这样一边贪婪地望着天上的月亮，一边慢慢把自行车推出了那条羊肠小道儿，并顺着一段缓坡，向着那个有着洁白栏杆的小桥上面走去。等过了小桥，就是那条通往雾中村的山路了。

小桥上，那个一直在慢慢踱步，时而望望大路，时而看看月亮的身影，怎么那么像静客呢？

水莲使劲闭了闭眼睛，摇晃了一下昏昏的头，她真的不敢奢望自己会再有这种奇遇了。水莲把目光从那个身影上掠过去，继续伴着那叮叮当当的脆响，慢慢地踩着自己的心思向桥上走去。

那个很像静客的身影，突然挡在了桥头。

"本小姐都这么丑了！还有敢惦记本小姐的傻瓜吗？"水莲抬起头，凶凶地睁圆了那双死鱼的眼，这一看不要紧，水莲差一点就要窒息了：站在月亮下正看着自己的，竟然真的是静客！

"怎么这么磨蹭？我都在这里等你一个多小时了！幸亏今天晚上并不算太冷……"静客缩了缩双肩。

月光下的静客实在是太美了！水莲的心猛地疼了一下，马上低下头，强迫自己躲开这种诱惑，声音也冷冷地说："你等我干吗？"

静客不高兴了："你说我等你干吗？那个乱摊子你都处理完了吗？"

水莲依然冷冷地说："没有！"

静客更火了："我不是和你说好了吗？明天一早咱们就走……"

水莲再次睁圆了那双死鱼的眼，讥讽地看着静客说："明天我凭啥跟你走？"

静客愣住了："你怎么了？水莲？"

水莲面无表情地说："你上次留下的钱，都不知道啥时候能还上你呢！我怎么还好意思再花你的钱？我虽然什么都没有了，但我还剩下一点点的自尊！"水莲说罢，就避开静客往前走了。

静客一下抓住了水莲的自行车："水莲，你这是……和三姐夫生气了？"

"三姐夫已经对我这么好了，我怎么还敢和三姐夫生气？"水莲试图挣开静客的手。

静客不仅不放手，嘴里责备也明显了："那你为什么要对不起我？"

水莲愣住了。

静客说："你这么糟蹋自己，就是对不起我！刚才在车上，当我看到你的手都烂成那样了，我的肺子都要气炸了！我之所以没下车，就是怕控制不了……会当着那么些人的面骂你！"

"我糟蹋不糟蹋自己，和你有什么关系，凭什么你要骂我？就因为你是我三姐夫吗？"水莲依然往出挣着，因静客始终不放手，索性啪地推倒了自行车，气呼呼地步行向前了。

后面突然一点声音都没有了，仿佛根本就没有静客这个人了，仿佛本来就属于月亮的他已经"乘风归去"了。"是了，是了，一切都挑明了，他也犯不上再继续表演下去了！"水莲暗暗挤出一个冷笑，继续往前走。

"有些话，非得让我说出来吗？"静客突然喊道。

水莲越走越快，她现在最怕的，就是听到新的谎言。

"就凭……你是天才！"静客的声音在月光下，偏偏异常地清晰。

水莲慢慢地回过头去，惊诧地看了一眼月光下的静客。笑话，简直是笑话！这世上还有像自己这样的天才？

"我就算真是天才！和你又有一毛钱的关系？除非……你敢娶我！"水莲突然不怀好意地笑了。

静客没有说话，只是用那双雾一般迷离的眼睛看着她。

怕自己的心魂再被勾走，水莲便不再看静客的脸，而是走到自行车跟前，用近乎可怜的声音说："行了，别在我身上浪费你的乌托邦了！从哪儿来，就回哪儿去吧！您已经为我做得够多了！真的没有义务再对好了！我这个丑八怪……也不配！"说罢眼圈一红，就要去扶自行车。

静客的眼泪突然唰地流下来，他再也抑制不住内心的情感，一把攥住了水莲的手："水莲，你让我的心都碎了！你让我说什么才好呢？"静客哽咽着说。

"他为什么哭得如此伤悲？"

水莲想起自己第一次在月光下见到静客的情景，那天的静客也是这样流泪。

看着静客珍珠一般的眼泪，水莲心底里的柔情便一点一点地复苏了，可一想到自己那狰狞丑陋的面庞，刚刚柔软的心又急剧地变冷了，她把头深深地低了下去，羞愧地说："我有自知之明，我知道我自己变成啥样了！我实在是太丑了，丑得连我自己都厌烦我自己了！三姐夫，你就别再可怜我了，就让我自生自灭吧！"话未说完，眼泪也哗哗流淌了。

静客含着泪水，爱惜地看着水莲的脸说："水莲，千万不能自暴自弃！你在三姐夫的心中永远是棒的！你现在这种状况都是甲亢造成的，等你的病好了，恢复到以往的模样了，那你自然就会有自信了！你放心，三姐夫一定能把你治好，你一定要对自己有信心。"

"我不相信！都是谎言！你所说的都是谎言！"水莲想止住这不争

气的眼泪，可眼泪就是不听她的话，"我现在连镜子都不敢照了，我丑得连我自己看着都恶心了！更不敢奢望三姐夫这样爱干净的人关爱我了。除非三姐夫马上娶了我，我才敢相信你的话。"

静客想了想说："你如果真想做我的新娘，那你得和我般配啊！所以你必须和我去看病。"

水莲的眼睛渐渐地闪出新的光芒，但随即又黯淡下来，说："水芙不会和你离婚的！她不是说了嘛？除非你在她的尸体上踏过去！"

"这个世界上，除了你这个小傻瓜，还有谁真的会那么做呢？更何况你三姐爱头上的乌纱帽，都胜过了爱她自己！她就更不肯为了我去死了！"静客边说边推起了水莲那叮当作响的自行车，"行啦，行啦，咱们得抓紧走了，明天还要起早赶路呢！"说着一骗腿跨上了自行车，便驮着水莲轻快地前行了。

水莲紧紧地贴在静客的后背上，那种幸福的感觉就又在心房里上下乱窜了。"他为什么对我这么好？难道……在他心底里，也像我爱他一样爱我？"

"我们单位成立了一个地方病研究中心，我报名了！如果领导批了，我随时就能来这里工作了，那样我就更有机会照顾你了！"静客说。

水莲没敢去接静客的话茬，她怕这一切都是梦。妈妈说，做好梦的时候千万不要说话，不然那个好梦就会飞走的。

"怎么不说话了？最近古筝练得咋样了？练什么新的曲子没有？"静客问。

水莲还是没有说话，这次可是因为羞愧的缘故。因为水莲自从静客那天离开，就再没敢去摸古筝，连那条断了的琴弦都还没有接上呢！

"噢，对不起，我忘了你的手受伤了！三姐夫是不是又伤你的自尊了？"静客回头看了水莲一眼。

"对了，自己不是还有一首校歌吗？尽管那首歌很幼稚，但毕竟是自己的作品不是？"水莲这样想着，突然清了清嗓儿，对静客说："我给你唱一首歌吧！"

"唱歌？"静客没想到水莲会这么说，"我还真没听过你唱歌呢！"

水莲暗暗地笑了，又清了清嗓儿，便唱了起来：

是谁，拉我们走出人生的蒙昧，

是谁，引我们进入知识的海洋？

是谁，给我们插上高飞的翅膀，

是谁，为我们点亮希望的星光……

绿树环绕着古老的庙宇，

青藤爬满了寂寞的瓦当，

俊鸟羁绊了孩童的脚步，

鲜花熏香了少女的衣裳。

残缺的铜佛像旁，

我们在寻找消失的部落，

雕花的擎天柱下，

我们和未来一起捉迷藏

……

不知是柔美的月光赋予了水莲神秘的气息，还是圣洁的静客让水莲真的凤凰涅槃一般重生了。在月光下，水莲的歌声实在是太柔太美了，美得连她自己都醉了。月光如透明的纱在她的歌声里袅袅娜娜地飘荡，飘出了人世间无法观瞻的绝美舞姿，斑驳的树影儿把它那浅浅的笔画进每一个音符里，画出了神秘莫测的泼墨小画。当水莲唱到最后，静客甚至停了车子，回过头来惊诧地望着水莲，眼睛里闪现出比月光还要美的惊奇。

"这是什么歌？这么抓人的心？"静客雾一般迷离的长眼睛，闪烁的全都是崇拜的光泽。

水莲笑了，笑出了一缕比月光还要美的神韵。"是我的歌！"她就那么浅浅地笑着说。

静客没有听清似的，或者听清了却认为水莲在开玩笑？"你就糊弄三姐夫吧！反正三姐夫音乐知识匮乏，咋糊弄咋是。"

水莲急了，解释道："真是我作词作曲的校歌，本来我们校长说要迎接检查团的，可直到现在连个人影儿也没见来一个。"

静客正要继续骑车子前行，听了水莲这话，顿时惊得一个趔趄，差一点连车带人摔倒在地。

"你……说啥？"他震惊地看着水莲。

"真是我编的！其实这歌词……真的挺普通的呀！"水莲差一点被静客吓着了。

"我是说这个曲子，连清唱都觉得是天籁之音！这要是用乐器演奏出来，效果不一定会多美呢！"静客说。

水莲不相信似的看着静客问："真的……像你说的？"

"当然了，实在是太美了！这可是我有生以来听到的最美的曲子！"

水莲不相信似的望着静客说："可是，我这首歌……真的是玩似的写出来的，编歌词时倒是费了一些心思，可那曲子我一点心思都没费，哼着哼着就出来了……"

"这就对了！正因为歌词你用心了，才有了雕琢的痕迹；而曲子却是自然流淌出来的，就像山泉从山涧里流出来，所以才成了旷世奇音！水莲，世上很多绝美的名曲，都是这样从生命深处自然流淌出来的！"静客兴奋地说。

水莲瞪圆了那双死鱼的眼，依然不相信似的望着静客。

"你呀！你呀！你真是个怪才！"轻易都不容易激动的静客，突然疯了一般把车子一推，一下子就把瘦仃仃的水莲给举起来了，举在了月空下。"怪才！天才！小精灵！你简直……就是一个奇迹！"直到圆圆的明月提醒了他什么，他才强行抑制了自己的情感，把水莲放下了。

一种近乎爆炸似的快乐，又一次让水莲尖声地叫了起来，那声音先从地面上蹿起来，转眼就响到云霄里去了。那到底是什么声音啊！

像是野兽在嘶吼，更像是魔鬼在长啸，这具有杀伤力的声音，在柔美的月光上，明显地划出了一道血色的伤痕，把个月亮都吓得抖了好几抖。

接着，水莲就在月光下疯起来了，叫着喊着，蹦着跳着，做着各种奇怪的姿势。那种原始部落式的疯狂，让四周的光秃秃的树林都惊惧地吓扭了身子，做出了张牙舞爪的怪异表情。直到吼累了，疯累了，水莲瘫倒在了冰冷冷的山路上。

"行啦，别疯了！"静客俯身把水莲拉起，命令似的说："晚上，无论你多累，也要把这首歌给我好好地抄写一份……不，抄写两份！我有一个大学同学在音乐学院教书，要是这首歌被他相中了，你这个丑八怪就真有出头之日了！"

水莲魔鬼的眼睛猛地一亮。"真的？"她就那么充满惊喜地说："可还没有名字呢！我最后确定了两个，一个是《古庙记忆》，再一个是《古庙之歌》，可都觉得不好！"

静客轻笑了一声说："我不怕你生气，之所以起不好名字，是因为你的歌词本身就不太好！你想啊！为一所小学校写校歌，还未动笔就已经有束缚了！所以叫什么名字都无所谓的！将来你再琢磨琢磨，我看干脆就把歌词删了，直接把它改成一个古筝曲都行，名字就叫《拈花一笑》。"

水莲突然灵心一动，心里慢慢地涌出千万种思绪，可她却只是呆呆地看着静客，反倒一句话都说不出来了。

接下来两个人便并肩前行了，越往前走，雾气越浓，转眼就到了村头那两棵夫妻树下。静客看了看那两棵树，拍了拍树干问："这两棵树，应该有些年头了吧？"

水莲吃吃一笑："不知道，但就凭这么粗的树围，也应该上千年了吧？"

静客充满敬意地仰头看了看那两棵树，由于夜雾太浓，都看不清树冠。静客长吸了一口气，感慨地说："你们这里真的太好了！真希望能在这里……活到地老天荒。"

"这个很容易啊！你马上娶了我，然后我们一起活到地老天荒！"水莲喃喃地说。

静客仿佛从一场大梦里突然醒来似的，愣愣地看了看水莲，好半天才把自行车交给水莲："明天一早我就来接你！对了，你的货摊子怎么办？"

静客的呆愣让水莲的飘逸的心思沉了沉，本来她想说些什么的，可仔细想了想，又不知道说什么好了，便无所谓地说："没事的，我有一个最好的后盾，莲花会帮我处理好一切的。"

静客点了点头，透过浓重的夜雾，他向水莲家那要隐要现的小土房望了一眼，说："家里……我就不去了！觉得很累了！真的一句话都不想说了！"

水莲默默地接过自行车，狐疑地看了看静客问："刚才……你对我所说的话，真的是真的吗？"

静客一愣，问："我刚才说什么了？"

水莲突然瞪圆了她的一双死鱼眼，审视地盯着静客说："你给我画的……那是一张多大的饼啊？你竟然转眼就忘了？原来你果真在骗我！"

静客这才明白了水莲的话，马上说："你是说那些话呀？我怎么能忘呢？你就把心放到肚子里吧！"

水莲晃了晃昏昏的头，她突然不想深究下去了，转身就慢慢地向前走了。

夜雾越垂越低，水莲觉得自己的双腿软软的，就像走在软绵绵的雾的梦里。走着走着，水莲突然又觉得自己被骗了，便探究似的回头去望。

在夜的彩雾里，她突然看到了一个只有在梦中才能够看到的奇观：只见彩雾缭绕的半空中，盆景一般相依相靠地扭在一起的，是两棵虬枝苍劲、古朴优雅的树，奇形怪状的枝干，就像两双柔美上扬的手臂，托起了天上的那一轮明黄色的月亮。而在月亮之下、奇树之间，一位俊美如水的契丹王子，正冲出彩雾向水莲微微地笑着，笑出一首略带禅意的绝妙诗行……

水莲便惊立不动了，突然又想起了那个梦，那个奇怪的美梦！

静客冲水莲摆了摆手，破坏了那幅迷雾山水的静感，也把水莲惊醒了。她长长地吸了一口气，默默地说："假亦真是真亦假，管它是梦是真呢？就让我暂且享受这短暂的幸福吧！"

第二十章　明月唱歌

　　第二天早上，水莲一家人刚刚吃完饭，静客的车就到了。静客来到屋内，和爹妈说了几句礼节性的话，就张罗要走。水荷过来问静客："三姐夫，水莲手术得需要人护理吧？我用不用跟着一起去？"

　　静客说："这种手术，得先调节心率，再服用一段时间的碘，然后才能手术。等需要护理时，我给你打电话吧。"见水莲已经穿戴齐整，静客便神情郑重地对爹妈说："爹，妈，你们就放心地把水莲交给我吧，我保证把她的病治好！"面对这种不用花钱的承诺，爹妈除了千恩万谢，还能说什么呢？

　　车上除了司机，还有静客的一位同事，静客坐在副驾驶室，水莲坐在了静客的后面。静客的同事和水莲年纪相仿，一副乐观开朗的样子。他好像也很崇拜静客，一口一个萧主任地叫静客，无论声音还是表情，都显得恭恭敬敬的。后来水莲才弄明白，他还是个实习生，听说静客要当地方病研究中心的主任，就非常想到静客的手下工作。

　　"虽然你们是亲属，但你对我们萧主任一定了解不多，他可真是个奇人啊！本来他对工作并不太上心，天天只知道研究考古，是一个契丹迷。这段日子不知为啥，他又对地方病感上兴趣了，特别是甲亢病，向医院提交了不少建设性的意见，我们院长还在全院大会上表扬他了！对了，这位妹子，你刚才一上车，我就瞧出来了，你也是这种病吧？"实习生直到这时才又瞟了水莲一眼。

　　"行啦！行啦！说点别的吧！"静客阻止说。

水莲的心暖暖地一动："静客为什么放下了考古的爱好，转而研究起甲亢病来了？"一边想，一边摸了摸自己的脖子。

这条通往县城的路，到底走过多少次了？水莲都不记得了。可唯有这次县城之行，让水莲觉出了快乐和幸福。自从坐到车上后，水莲一直都是静客文文静静的小姨子，除了不得不回答几句实习生的问话外，水莲没有主动说过一句话。但心里的幸福之泉却一直装得满满的，随着车的颠簸，那泉流在心房里荡漾，担心车再颠簸些，幸福的泉水会不会漾出来？

自从银灰色的小轿车上路，实习生的嘴就一直在说。一直专心驾驶车辆的老司机突然打了一个呵欠，就对静客边擦眼泪边说："昨晚打麻将打到半夜两点，有些困了。"

静客就轻轻地笑了，说："那您……休息一会儿？"

水莲就听不得静客这样轻轻的笑，她也说不清为什么，只要听到这种轻笑，心莲的心跳就会加速，周身也像着火一般灼热难耐。她想看一眼静客，可前面的车座实在太高，除了能看见静客的一个脑袋尖儿以外，水莲什么也看不着。

司机也笑了，说："是得休息一会儿！真是年岁不饶人哪！"

水莲便想："他要把车停下……睡一觉吗？"

正这么猜想呢，司机已经把车靠在路边停下了。水莲又想：司机这么一睡，就不知啥时候能到县城了！但水莲真的不着急，只要和静客在一起，就算是一辈子不到县城，水莲也会觉得幸福。

接下来，只见司机和静客都打开车门下了车，接着就相互走到对方的车门边。水莲的心突然急剧地跳动起来！什么？难道静客要开车了吗？啊！我的静客！你竟然还会开车？

水莲正这么惊奇地想着呢，就见静客不仅坐进了驾驶室，还用那只白皙修长的手，姿态优美地挂了挡……接着，那车就继续前行了！在上午的阳光里奔逸绝尘！

水莲就蒙了！她惊奇地望着静客的背影，心里一次次地发问：静客！我最亲最爱的静客！你还会什么？你还有什么惊世骇俗的绝技？

实习生很快感知了水莲的异常，便笑看着水莲说："这有什么惊奇的？在我们医院，没有几个不会开车的，我的票也马上要下来了。"

实习生的话一下子把水莲说醒了，她立即狼狈地向实习生点了点头，便把目光又转到窗外去了，任胸腔里那不安分的心脏怦怦乱跳，心里却说："怎么会不惊奇呢？因为他是静客啊！"

静客轻轻地笑了，说："是啊！会开车，早就不算什么新鲜事了！"

司机也笑着说："那天谁说的了？在方向盘上挂个大饼子，连狗都能把车开走呢！"一句话把车上的人都逗笑了。司机把座位向后放倒了一些，便躺在椅背上，他真的要睡觉了！

静客开了车，实习生的话便少了，看来他也很懂交通规则吧？或者实在是太累了？水莲偷偷地看了他一眼，发现他不但嘴说干了，眼睛也说滞了，倦怠的眼睛死死地盯在一处未知的区域，好半天也不动一动。

直到实习生的眼睛闭上了，水莲才敢把眼睛从窗外抽回，尽情看静客。也不知是情人眼里出西施，还是静客真的太完美了，水莲发现静客连后脑勺都长得美，两个耳垂圆乎乎肉乎乎就像两个漂亮的肉色蘑菇，乖乖地贴在后脑的两侧，那种完美让水莲的心又是一阵狂跳。更令她心跳的还有静客的发际，到底是哪位高手帮静客理的发呢？怎么理得那么好看？漆黑油亮的头发，被修剪成唯美的椭圆形状，正好衬出了后脖梗儿的白，白得让水莲的心都窒息了，以至于再不敢往静客那里看了，害怕狂跳的心会从嗓子里飞出来。

有爱的感觉真是太好了！再远的路途都不觉得远，再坎坷的道路都不觉得颠。路边的冰河、土丘、干草地、秃树林，在她的眼中都成了美奂绝伦的风景，并且幸福的时候，周围还飘荡着神美的音韵呢！

云海相望寄此身，

那因远适更沾巾。

不辞驿骑凌风雪，

要使天骄识凤麟。

沙漠回看清禁月，

湖山应梦武林春。

单于要问君家世，

莫道中朝第一人。

　　不知是苏轼的这首《送子由使契丹》让水莲突然产生了联想，还是窗外的美景让水莲萌发了激情？水莲就那么感受着，倾听着；倾听着，感受着……感受和倾听了半天才明白，这哪里是由外面传来的音韵啊！这分明是从自己的心田里跳跃出来的豆芽状的音符啊！

　　为了把这些淘气的小音符都限制在心灵的五线谱里，水莲按住心跳，把杂乱的音符耐心理顺，于是，一支非常特别的音律就化茧成蝶了。为了不浪费这么好听的旋律，水莲灵光乍现，又配了两句歌词上去，于是，一曲天籁之音，就在这辆银灰色的车上诞生了。正如静客所说的，没有束缚的时候还真容易出精品，这首歌的歌词虽然很短，但实在是美极了，更何况，在水莲正要为这首歌起个名字时，她又恰好想起了那个梦！

　　水莲看了看石头，发现上面刻着一堆怪怪的文字。

　　"这些契丹文的意思是——莲若！"叹息似的声音又在耳边响起。

　　水莲一回头，就愣在那里了。她看见了一个亲切的身影正在山间慢慢地走，那是一个身材秀颀的男子，着一身白色的长衫，水莲还未等看到他的脸呢，就已经被他修竹临风的身材迷住了。

　　"他是你的亲人！他就是你的莲若！"

"莲若……是什么意思？"水莲又下意识地与静客隔空对话了，尽管此时的他们近在咫尺。

"莲若？应该是禅语吧？莲要有心，必当其苦；莲要无心，必当其空……"静客清逸的声音立即回应了她。

"难得莲子意，落遍慈悲心，还有什么可想的？这首歌的名字就叫《莲若》！"水莲深长地呼吸了一口含着静客体香的空气。

"人都说，真正相爱的人，心灵都是相通的，真的会是这样吗？"水莲望着静客的后脑勺，痴痴地想，"再不，就试一试？"

水莲暗暗地笑了，端正了一下坐姿，痴情望了静客一眼，便在心底里深情地叫了起来："静客！静客！你听到我的呼唤了吗？如果听到了，你就回一回头！"

不知是巧合，还是冥冥之中静客听到了水莲心灵的呼唤，正在专心驾车的静客突然侧过头来，向水莲这边看了一眼，一下子就把水莲看蒙了，脸也急剧地潮红了起来。怕实习生发现自己的失态，水莲立即把脸转过去，眼神慌乱地去看窗外的风景。

静客没有说什么，又把头转过去了，继续专心地驾驶着车辆。这时，车已进入了县城，新修的水泥路面让轿车不再颠簸，速度也似乎快了。水莲再次堕进梦里了，因为她不相信这一切会是真的。人与人的心灵再怎么相通，都不会产生这种结果吧？

"不信吗？那就再测一次！"

水莲的心又痒痒地跳了，测一次就测一次嘛！反正闲着也是闲着！水莲又端正了坐姿，再次呼唤了起来，只是这时的声音，既急切又焦灼："快点回头看我！静客！快点回头看我！你不能让我失望！静客！静客！"

天啊！水莲简直不敢相信自己的眼睛了！静客，她深爱的静客，似乎微微地犹豫了一下，然后真的又把头转了过来，关切地看了她一眼……水莲的心怦怦乱跳着，隔着厚厚的衣服都能听到那种咚咚的敲击声！

静客说话了，用的当然是姐夫的口吻："马上要到了，怎么样？累不累？"

水莲的眼睛湿润了，好半天，才声音嘶哑地说："还行！"

小轿车无声地驶进医院大院，水莲从车上迷迷糊糊地下来，直到双脚踏进医院的走廊，才突然想起自己来县城做什么来了。等着静客办入院手续的时候，水莲在走廊尽头的那扇个对开的、写着"手术室"的门边站了一会儿，这才开始知道恐惧了：开刀！一定非常疼吧？

静客终于办完了所有的手续，示意水莲跟着他走。在走廊里，见周围没有人，静客把剩下的一沓钱都给了水莲，小声说："这些钱你就留着买饭吃吧！"

水莲马上摇头说："我也带钱来了！"

静客瞪了她一眼，强行把钱塞进水莲的手里，嘱咐她到了病房一定把钱藏好了，以防失窃。静客嘱咐她的语气，和小时候爹说话的语气一模一样。

转上三楼，就看到了护士办公室的门牌。一位身穿白大褂的护士正好从护士办公室里出来，见了静客，远远地就冲静客笑了。她从静客手中接过单据，就示意水莲跟她走。水莲怯生生地看了静客一眼，静客安慰似的向她摆摆手，就向相反的方向走去了。水莲的心便空了，越往前走空得越厉害。这才意识到：剩下的时间，静客再不能爹一般地陪伴她照顾她了。

在飘着浓浓异味儿的走廊里，护士看了水莲一眼，笑着说："你是我们萧主任的亲戚吧？他这个人可好了！是我们医院公认的大好人。"

护士推开了一扇门，一股更难闻的气味马上扑面而来。病房里摆着四张床，每一张床上都躺着人，猛一进屋，只觉得里面乱哄哄臭烘烘的。护士进屋后，就向靠门的一张病床边走去，面无表情地瞪着躺在床上的人说："睡得挺舒服啊！"

那人马上反射地站起来，一边讨好地笑着，同时动作夸张地打扫了一下床垫子。护士便假装生气似的绷起脸说："陪护人员，别说是白天，晚上都不许睡在病床上的，这你又不是不知道！"

那人立刻冲护士弯腰屈膝，笑嘻嘻地说："累了，偷偷躺一会儿！"

护士就笑了，向他命令道："那就罚你帮我去取患者的被子吧！"说罢回头又冲水莲笑笑说："这就是你的病床，三号！"护士说完就走了。

水莲默默地坐在床上，向屋子里望了一眼，见屋里人也都看着她。水莲实在太累了，便没有和他们打招呼，她多想倒在床上睡会儿啊，可男人还没把被子帮她取来。突然想起了《莲若》，怕忘了，就找出一张纸来，伏在床头柜上急急地记起来。

等水莲记好了词曲，天也渐渐地昏暗了。水莲便想："静客该下班了吧？下班前他会不会来看自己一次呢？"正要回头望，门开了，静客已经走了进来。

静客手里拿着一个饭盒和一个水杯，他把两样东西放在床头柜上，对水莲说："快开饭了，等开饭时走廊里会有人喊的，到时候你出去买就行，医院的饭挺干净的。"说完拿起柜上的暖壶摇了摇，一边又向四周看了看。见全屋的人都在看着他，静客便冲大家笑了笑说："你们往后都是病友了，有事互相照应一下吧！"

对面病床上一个黑黑的女人，讨好地冲静客笑了，露出一口大龅牙说："我认识你！你是化验室的萧主任！这是你啥亲戚呀？得啥病啦？"

静客说："是我妹妹，得的是和你一样的病，对了，有时间您帮我教教她怎么练背脖儿吧！"

那个女人马上点头如捣蒜："行，行，我一会就教她。"

静客掏出一管膏药交给水莲说："这是冻疮膏，一会儿把它涂在生疮的地方。"

水莲顺手把写好的《莲若》交给了他，静客向纸上扫了一眼，眼睛里便露出了一丝笑意，但他什么也没说，俯身在床头柜边，小心翼翼地把那张有些褶皱的纸抚平，又折叠好，才拿着那纸离开了。

静客离开了，水莲也感到累了，刚躺在床上闭了一会儿眼儿，就听走廊里喊开饭了。水莲看了一下同屋的人，见大家都像是没有听见喊声似的，谁都没有去打饭的意思。

靠窗的二号病床坐着一个瘦瘦的女人，脸抹得白白，嘴唇抹得红红，猛一看真像是一个鬼，但细瞧眉眼儿还挺清秀的，水莲便觉得她如果不化妆一定会更受看一些。刚才躺在三号床上睡觉的男人是她的丈夫，此时他正把面包咸菜之类的东西摆到床头柜上，看来这就是他们的晚饭了。

水莲斜对角的一号病床上躺着一个老人，水莲自打进屋后，她一直都脸朝里躺着，直到这时才把脸转了过来，望着老人的脸，水莲的心里莫名一动，她发现老人不知哪里，长得有点像赵大婶。老人好像得了很重的病，一直在那里喘着，护理她的是一个40多岁的农村妇女，叫兰姐。从穿着看，兰姐显得很穷，水莲看了一下她的眉眼儿，发现她也长得很面善，也好像在哪里见过似的。此时，兰姐的两只大眼睛正哀伤地望着窗外，仿佛有无限的愁绪。

那个和水莲对床的面色黝黑、长着大龅牙的女人，此时已经吃上了，也不知道她在吃啥，只听得那嘴一直吧唧吧唧地响。水莲很厌烦女人的那张大嘴，刚才她在和静客说话时，许多唾沫星子从那张大嘴里喷出来，溅到了静客的脸上。

水莲起身打饭时，本想提醒兰姐一下的，可话到嘴边又咽回去了。

由于旅途劳顿，这一宿水莲睡得很香，梦里也在写歌谱曲，可早晨醒来就什么都忘了。第二天上午，水莲按照医生的吩咐，进行了一次全身检查。下午没有什么事，水莲才按静客的吩咐往手上抹了些冻疮膏，可这么一抹才知道有多不方便了，两只手都油油的，什么都做不了，只能干呆着两只手，便开始有些闹心。

静客自打头一天晚上看过水莲一次后，就再也没有露过面，于是，对静客的盼望便成了水莲心灵的焦灼曲。二号床上的两口子，像是知道水莲缺什么似的，总在那里炫耀两个人的小幸福，不是男的撩拨女的，就是女人嗔骂男的，就差没用个喇叭到街上去喊："看我们两口子多恩爱！"尤其那个女人，别看长得又瘦又弱的，说起话来嗓门却极阔，连嗲嗲声都是粗的，放屁更是叮当山响。

快要下班的时候，护士长走进病房，无奈地对兰姐说："一号，你们的押金要是再不交，医院就得停药了！"

兰姐马上站起来，可怜巴巴地说："护士长，求求你了！再宽限我一天吧！我上午打了好几次电话了，还没找到我嫂子，我想晚上去一趟她们家。"

护士长不信任地看着兰姐说："你就是找到你嫂子，她也未必能给你拿钱吧？"

兰姐肯定地说："她能拿的，这钱是她欠我的！"

护士长探究地问："是她欠你的，还是你哥欠你的？"

兰姐说："是她欠我的，她娘家妈有病，她亲自向我借的。"

护士长叹了口气说："我当然非常同情你们，可医院毕竟不是福利院，像你们这种状况的人多了，我们也同情不起。我只能再给你一天时间了，实在不行，就出院回家养吧！"

兰姐马上感激地点头："谢谢护士长！"

长相酷似赵大婶的老人虚弱地说："出院吧！出院吧！"兰姐就小声安慰她："妈，你别着急，我嫂子一定会给咱们送钱来的。"

护士长走了，二号女人就对兰姐同叹了口气说："唉！都说不着急，老太太能不着急吗？你哥也真是的。"

她丈夫接过话头："像他这样的男人，我看国家就应该制定一项法律，有一个崩一个。"正说着，"噗"的一声，一个响屁就从那女人的下面崩出来了。她男人就笑了："真准，我这边刚一说崩，你就给我来了个带响的。"

男人边说边看着大家笑，可病房里的人谁都没有配合他笑。农村的娘俩不笑是因为她们正在发愁。水莲一个姑娘家，当然更不能笑，况且水莲真的没有发笑的闲心。靠门的大龅牙不笑，是因为她正在练背脖儿。所谓的背脖，就是在脖子底下垫个枕头，让头向后仰去，让脖子完全露出来，将来手术，病人就得这种姿势，如果不练习，手术时会坚持不下来。

医院快下班的时候，兰姐见老人睡着了，才出去张罗钱。她刚刚离开，大龅牙就撇了撇嘴说："她去也是白去！我要是她嫂子，打死我都不会给她出这笔钱的。"边说边转了转甲亢眼。水莲发现她的眼睛突出得比自己还吓人，特别是她做夸张表情时，两只眼睛就像两个黑白相间的大灯笼。

见水莲疑问地望着她，大龅牙便转了转两个大灯笼说："她娘家哥哥不正经，年前领着一个比他小20来岁的女的跑了，老婆孩子不要了，工作也不要了，你说这样的男人多缺德？现在他老娘都病得要死了，他连个影子都找不到。要我是她嫂子，我也不会给她拿钱的，气都气死了！"大龅牙越说声越大，直到躺在病床上的老人动了，才把话止住。

水莲暗暗地叹了口气："这真是林子大，啥鸟都有。"

二号女人又放屁了，并且这一回是连发的。水莲向二号床边望了一眼，见那女人就跟没事儿人一样直直地坐在那里，描了眼线的双眼正望着暮色混沌的窗外想心事，仿佛那么响的屁根本就不是从她的身体里发出来的。水莲奇怪，她那么柔弱的身体怎么能放出那么响的屁来呢？她丈夫歪在她身边打着盹儿，嘴张得老大，嘴角挂着一条长长的唾液，脸正对着他媳妇的屁股，身体扭成了一条蛇状。

女人粗鲁的举止，让水莲很瞧不起这两口子。上厕所时，正巧大龅牙也走了进来，就和大龅牙说起了这件事。大龅牙告诉水莲，这个女人患的是直肠癌，已经到晚期了，她这么频频放屁应该和她的直肠有关。水莲心里猛然一紧，顿时改变了对二号夫妻的看法。

大龅牙却一点都不同情，甚至解恨似的说："该！这两口子平时是卖猪肉的，卖猪肉的人总是喜欢短斤少两，他们一定是没少欺骗顾客，才得到了这样的报应。"听大龅牙这么说，水莲更讨厌大龅牙了，人总是要有点恻隐之心的，人家再怎么短斤少两，也不至于用宝贵的生命抵债呀！

接下来的时间，就更难熬了，医院已经下班了，这就意味着静客一天都不能来看水莲了。没有了希望，心反倒清静了，一吃完饭，水莲就开始练起背脖来。这实在是一桩折磨人的练习啊！仰脖儿还没到五分钟，两耳就嗡嗡响了，接着头就开始涨，再后来就哪儿都难受了。尤其是唾液，出奇地多了起来，一不小心就流到了鼻子里，那滋味实在太难受了。

水莲开始还闭着眼睛顽强地挺着，一边默默地与静客说话，准确地说，是静客在一句一句地鼓励她。练到后来，连静客的鼓励话也不生效了，水莲就睁开那双死鱼的眼，让自己向外面看，以此分散这种难言的痛苦。

水莲是头冲墙躺在那里的，之所以要这么练，当然是防止自己的丑脸吓到进来的人，尤其怕吓着静客，因为水莲的贼心始终未死，始终希望静客能来看她。这样水莲向外看时，就有局限了，除了那一小块墙壁，水莲什么都看不到。

墙壁非常肮脏，上面布满了蚊尸蝇屎。幸好有一小块墙皮脱落了，怪怪的形状很像一个女孩的脸。水莲突然想起了那个叫"诗"的梦中少女，又想起了韩翘楚，心境果然开朗了。水莲计划等自己病好后，一定专程去见见韩翘楚。

转念一想，水莲就又为难了：去见韩翘楚，势必会遇到水芙，如果遇到水芙，自己又该怎么面对她？

一想到水芙，水莲便忧伤起来。静客拿这么多钱给自己治病，精明的水芙怎会不知道呢？她如果知道了该怎样对待静客？她和静客之间真的能做到"互不干涉"吗？由此又想到了静客和水芙的日子。那么年轻的两个人，在一间小小的屋子里，真的能做到绝对分居吗？如果不分居，静客和水芙会不会旧情复燃？想到这里，水莲突然一惊，身体也轱辘似的从枕头上一滚而下，心里涌出一股特别的绝望。

爱情啊！你到底是什么？怎么会让人变得如此糊涂？糊涂到连自知之明都丧失了呢？刚才不是还嘲笑大龅牙长得丑，长得令人恶心吗？可你水莲和大龅牙相比，又能好看到哪里去呢？不是还轻蔑二号两口子过于低俗、过于炫耀吗？人家凭什么不能炫耀？人家的丈夫再怎么普通，毕竟日日夜夜地陪着老婆，而你呢？你躺在这里算是一个什么东西？如此丑陋的你还真的幻想静客会娶你吗？

水莲是越想越痛苦，越想越绝望，有那么一会儿，甚至想站起身，收拾东西回家去了！这时门开了，那压在深渊下的垂死希冀也随着这声门响萌动了。水莲坐起身，死鱼的眼睛就像两只想要抓住什么的手，迫不及待地向门边抓去，但她仅仅抓了一下就停住了。这进来的，只是满面憔悴的兰姐。

不用看别的，只看脸色，水莲就知道兰姐此行的结果了。不知为什么，兰姐脸上的痛苦，竟然让水莲心上的痛苦有了缓解。水莲用询问的目光看了一眼兰姐，兰姐对她叹了一口气，什么都没说，就去照顾她老娘了。

水莲自从练背脖后，一直都是和衣躺在病床上的。此时所有的希望都死了，她也只好脱了外衣钻进被里，郁郁地睡了。转眼就发现自己一个人孤零零地走在一条堆满黑色残雪的路上，周围更黑，那种黑深不可测，但并不冷，附近有一片模模糊糊的林带，也是黑黝黝的，刮着阴阴的风。这时，水莲看到林带边有很多人在奔跑，虽然全都跑得非常急，却听不到一点声响。水莲走过去，抓住一个人的衣袖问他："你们这么着急，要去干什么？"

那个人面无表情地对水莲说："去死啊！"说完又疾疾向前跑了。

水莲又去问另一个人，那个人倒是冲水莲笑了笑，说的却同样的话："去死啊！"

水莲就有些蒙了，但水莲也开始跑起来了，随着那如水的人流向前跑去，跑去……

第二天早上，护士长领着护士来巡房，问的第一句话，就是兰姐的押金钱。兰姐心虚地说："我嫂子答应了，她说很快就能送钱来的！"

护士长皱了皱眉头，却没有说什么。护士长她们一走，兰姐就走到窗前向外面焦急地眺望，这种眺望就定格成兰姐这一天的造型了。后来，水莲也跟着兰姐一起眺望了，当然水莲眺望的目标可能更虚幻一点，因为水莲所看的空间是天空，准确说是飘在天空上的那片污浊的云。

水莲自始至终都没和兰姐说一句话，但水莲不知怎么的，就是觉得在心灵上和兰姐接近。在窗边共同眺望时，有那么一小会儿，水莲甚至默默地攥住了兰姐又粗又硬的手。

下午，静客终于来看水莲了，当时水莲正躺在床上看棚顶上的画。那当然不是画，只是漏水后留下的怪异的印痕，但水莲却从那狼头般的形状里看到了契丹的图腾，于是，想入非非的毛病便又犯了。因为想得太投入了，水莲甚至没有听到开门的声响，直到静客轻轻地碰了水莲一下。

一看到静客亲切的笑脸，水莲对静客的所有猜疑就都烟消云散了。水莲马上从床上坐起，含情脉脉地看了一眼静客，突然有一种要哭的感觉，就像想家的孩子突然见到了自己的爹。但水莲不是孩子，静客也不是爹，所以水莲只能把头低了，努力地吞咽着那一股股直向上涌的眼泪。

见水莲没有涂抹冻疮膏，静客就不满意地说："怎么不抹药膏呢？"说着便拿过冻疮膏，要亲自给水莲抹。

水莲什么都不说，把冻疮膏抢过来就塞进兜里了，然后继续低头。静客直到这时才发现水莲的异常，便轻轻地笑了，这一笑就把水莲的眼泪笑出来了，水莲的头就垂得更低，任无声的眼泪噼里啪啦地打到衣襟上。

静客暗暗地碰了碰水莲，提醒让她控制一下情绪，然后拿过一个皮兜子，掏出了两本书交给水莲，小声说："有时间看看这两本书吧！"

水莲隔着泪帘，看了一眼书的封面，却是《作曲入门》和《音乐和声基础》，水莲的脸就发热了，猜想静客一定是嫌她的乐理知识太差了，才给自己买了这么两本书吧？

静客又从兜里掏出了一副薄薄的手套，小声说："涂完冻疮膏，要是觉得不方便就戴上手套！"把手套放下后，他又变戏法似的从兜子里拿出了一些水果和蛋糕，放到了床头柜里。

水莲有太多太多的话想要和静客说，眨了眨眼却一句话都没有说出来。静客又询问了一些与病有关的问题，比如医生给的药都吃了吗？背脖练了吗？心跳变缓了没有？水莲都默默地点头回答了。静客便抓起空兜子慢慢地走了，水莲默默起身目送他，当静客俊逸的身影消失在门外之时，眼圈就又发红了。见屋内人都怪异地盯着自己看，水莲赶紧坐下，拿起一本书就飞快地看了起来，看了好半天，眼睛都看疼了，可除了静客的脸在书页上晃，她连一个字都没有看见。

门开了，护士端着装满药剂的白色托盘走进病房，为兰姐的妈妈打吊瓶。大家便都把目光投到了兰姐脸上。见兰姐一脸疲倦，一点精神都提不起来，水莲便认定她是饿的。在水莲的印象中，她除了在那里眺望或发呆以外，基本没吃东西。唯一一次吃东西，是在清洗妈妈装饭的茶缸时，吃了两口剩在里面的小米粥。

针扎上了，护士也走了，大龅牙就贼一样窜到了兰姐跟前，小声问："咋的？押金交上了？你嫂子给你送钱来了？咋没看见她人呢？"

兰姐默默地摇了摇头，想了想又点了点头。

大龅牙突然一拍脑袋："我知道了！你又去卖血了！"

兰姐马上制止大龅牙，一边飞快地瞟了一眼病床上的妈妈，幸亏她妈妈正闭着眼睛喘，并没有听到大龅牙的话，才长长地舒了一口气。

大龅也吓得一伸舌头，小偷一般地窜回病床，练背脖去了。

大龅牙的惊呼，一下子勾住了水莲的心，水莲的心也因此悬在半空里了。

"卖血？"

水莲看了一眼兰姐，发现兰姐的脸果然毫无血色，她就那么蔫蔫地坐在病床上，眼呆呆地看着那个细蛇一般的吊瓶管子。在管子中段，有一个略粗一些的管道，可以清晰看到透明的药液一滴一滴往下落，看着看着，那透明的药液就变红了，变成了兰姐的血。

水莲从柜里拿出静客送来的水果和蛋糕，默默地放在了兰姐的床头柜上。兰姐眼圈就泛红了，但她什么都没有说，只是感激地冲水莲点了点头。水莲见兰姐不好意思吃，就拿了几块蛋糕放到兰姐的手上，兰姐犹豫了一下，果然大口大口地吃了起来，水莲便欣慰地笑了，长长地舒了一口气。

那几块蛋糕很快就被兰姐吃进肚了。水莲又把剩下的蛋糕都拿出来，放到兰姐的床头柜上，兰姐却说什么都不要了，都给她送了回来。这时，护士长进来了，看了看老人的脸色，又扒了一下老人的眼睛，犹豫了一下，才小声说："你交的钱，只够补交你欠下的，要是有时间，我劝你还是去迫迫你的嫂了……"

兰姐马上点头说："我知道。"

护士长还想说什么，终于没有说出来，弯腰给老人掖了一下被子，就慢慢地离开了。

水莲的心像打翻了的饭桌子，乱七八糟的。她暗暗摸了摸贴身衣兜里那一小块叠得四四方方的钱，终于下了决心，便把那些钱都取了出来，不用查水莲都知道，那是580元钱，是自己一个寒假卖命的钱。水莲数出了400元，把剩下的180元钱放回贴身兜里，这才默默走到兰姐身边，无声地拿过兰姐的手，把钱塞到了兰姐的手中。

兰姐被水莲的举动弄得惊讶了,她不相信似的看了看手中的钱,又看了看水莲,两行眼泪就泉流一般流淌了下来。可她还是什么都没有说,只是默默地把钱攥紧了,又用另一只手紧紧地攥住了水莲的手,摇了摇。接着,她便拿着钱去交押金了,水莲便坐在刚才兰姐坐过的地方,精心照看起打吊瓶的老人来了,直到兰姐又回到病房。

接下来的时间,水莲的心始终洋溢着一种快乐,她真的没有想到:原来帮助别人也是一桩快乐的事情!中午吃了饭,水莲甚至踏踏实实地睡了一个香香的午觉,直到一阵说话声把她惊醒。

水莲的意识是逐渐醒过来的,一开始她并没有睁开眼睛,意识还处于半麻痹状态,只是在直觉上感到这种谈话有一些异常。到底有什么异常呢?突然,就像一瓢凉水浇在了水莲头上一样,水莲一下子就睁开了眼:"四舅母!那不是四舅母的声音吗?"

坐在下午的阳光里,正和兰姐有一搭没一搭说着话的,果然就是四舅母。

水莲突然坐起了身,眼睛直愣愣地看着四舅母,四舅母也惊讶地看着水莲,两个人都惊得不知说什么好了。

"这是我嫂子!"兰姐向水莲介绍说。

水莲还没有醒透似的,一时不明白发生了什么事情。慢慢地。慢慢地,心中的迷雾就一片一片被抽走了,思路也明朗了起来:"兰姐的嫂子就是四舅母!四舅母就是兰姐的嫂子!要是这么说来,那四舅……"

四舅母冲水莲无奈地一笑,语气淡淡地说:"你八成也听说了吧?你四舅这个挨千刀的……到底和那个女的跑了!"

水莲惊讶于四舅母语气之平淡,一时间,甚至怀疑坐在自己面前的,到底还是不是那个强势的四舅母?水莲永远都忘不了四舅母和四舅打架时那河东狮吼的样子,无论暴跳如雷的神态,还是气势汹汹的话语,不用闭眼睛都能想得出来。可现在的四舅母怎么了?面对如此厄运,她怎么变得这么平静了?难道这就是所谓的"小哀喋喋,大哀默默"?

四舅母问水莲："你怎么也住上院了？"

水莲笑笑说："甲亢！"

四舅母便想起什么似的："噢，我说你那么能吃呢！"

水莲没有听清四舅母的话，她还在苦苦拆解着这团乱麻似的关系呢！"四舅母是兰姐的嫂子，那兰姐就是四舅的妹妹了，要是这么说，兰姐的妈妈不就是妈妈经常念叨的二姨姥吗？"

记忆的大门轰然洞开，水莲想起了小时候的一个场景。那时她有多大呢？7岁？9岁？水莲不记得了。水莲只模糊记得那一年，二姨姥的女儿曾经来过自己家一次，记得当时，她还是个大闺女呢！要是这么说，那天来的女子就是兰姐了！那好像是一个秋天，家里刚刚烀了苞米，二姨姥的女儿就那么美美地坐在饭桌边吃苞米，一边和妈妈快乐交谈。

还没等水莲把这一切说出来呢，四舅母已经向兰姐介绍起水莲来了。兰姐的脸上便放射出快乐的光彩："噢，你是说……她是大表姐家的啊！"兰姐说着就把目光投向水莲："我说乍一看你时，觉得有点面熟呢！你小时候，我上你们家去过！可惜那时候你们都还小，一定不记得了！"

水莲笑着说："我记得！你还在我家吃了一顿烀苞米。"

兰姐也笑了："这么说你就是大表姐捡来的那个闺女吧！"

"你是你妈捡来的？"大龅牙突然插了一嘴。

兰姐又笑了："哪哟喂，是她妈结扎后又生的她，大家才这么说。"

"结扎后……还能生？"大龅牙的眼睛鼓得更厉害了。

"还不是她们家的那个老镜子捣的鬼？"兰姐突然压低了声音，"我听我姥姥说，那个老镜子可邪性了，你妈偏偏不信邪，最后咋样？肠子都悔青了。"

兰姐的话，唤醒了水莲久远的记忆，不由得百感交集。

"小时候的你，长得那可真叫俊！从你家走后，我好长一段时间都在想着你的小模样！啊，那张小脸啊，粉白粉白的，那双大眼睛啊，黑葡萄似的水灵！那么小的你，就唱得那么好了，让唱就大方地唱，一点都不扭捏，唱的那叫……什么精灵了？"

"《可爱的蓝精灵》吧？"水莲想了想说。

兰姐马上笑了："对，你当时唱的就是那首歌，当时你的声音真是甜真是亮，一边唱还一边在炕上扭，实在是太招人喜欢了！"

水莲突然想起了那首欢快的歌，飞扬的思绪不由自主地跳起舞来。

"这人可真没处说去，你大了大了，咋还变模样了呢？"兰姐这番话，瞬间就把水莲从飘着彩云的空中，拽到了肮脏的病房里。

水莲无所谓地笑了，走到老人的病床边，拉起依旧在喘的二姨姥的手说："二姨姥，我是你的外孙女！没想到我们在这里见面了！"

老人喘得还很厉害，她没有力气说话，只是用那双酷似赵大婶的眼睛亲切地看了水莲一眼，点了点头，又点了点头。

大家又说了一会话，四舅母就从小兜里拿出了一叠钱交给兰姐说："该借的我都借了，该挪的也都挪了，只能凑这么多了！"说着把钱交给兰姐。兰姐先从里面查出了四个一百交给水莲说："好孩子，难为你了，这么小就有一副好心肠，将来一定错不了。你的大恩大德大姨我永远都会记得，大姨今天就只能说声谢谢了！"说着眼泪就流下来。

当着大家的面，水莲没好意思解开衣怀藏钱，顺手把钱放到床头柜的小兜里了。因为兰姐提到了那面契丹古镜，水莲晚上又和兰姐多唠了一会，也就把这个茬儿给忘了。等第二天早晨想起这个钱，去小兜里翻时，不由得心里一惊：那400元钱竟然不翼而飞了。

第二十一章　大哀默默

钱的丢失，顿时打乱了水莲的生活秩序，一时间，不但耳膜嗡嗡作响，全身的汗毛儿也竖起来了，冷汗从各个汗毛孔钻了出来，转眼周身就湿漉漉的了。

丢钱的滋味原来是这么难受啊！它不同于把钱给出去，虽然性质差不多，但它多了一层被人欺骗的屈辱。水莲偷偷地环视了一下同室的病友，偷钱的肯定就在其中，可这个人会是谁呢？

早晨是最忙碌的时节，除了二姨姥在那里默默地喘，所有的人都在忙。刷牙的，洗脸的，吃早餐的。水莲细心观察了一下每人的表情，似乎每一个人都是无辜的，仿佛谁都没有做过亏心事。

二号女人正对着小镜子描眉打扮，她的丈夫一大早就出去了。水莲望了她一眼，她也望了水莲一眼，水莲突然发现她的眼睛里有什么东西闪了一下，难道窃贼是她？水莲探究地又细看她一眼，她就冲水莲笑了，笑出了黯淡的亲切，心软的水莲立即放弃了怀疑的念头。是啊！她都病得那么重了，所有心思都在病上呢，怎么可能是窃贼？

水莲又把目光投向了兰姐，当然，水莲应该改口叫她兰姨了。兰姨此时正蹲在地上背对着自己给老人洗内衣，水莲虽然在心理上排除了兰姨作案的可能，但她也不敢无条件地信任她。知人知面不知心，谁知道她的心到底装着什么？

正这么呆呆地想呢，眼睛的余光里，大龅牙那贼亮亮的眼睛突然鬼魂似的向她瞟了过来。水莲马上就把探究的目光投向了大龅牙，大龅牙立即就把灯笼似的贼眼转走了，尽管转动得还算快捷，可由于她的眼睛过大过鼓了，到底没能逃脱水莲锐利的眼睛。水莲不用再探究就已经认定了：窃贼就是这个一身邪气的大龅牙！

"好你个偷钱的贼！"水莲的气愤像火，腾地一下就在胸腔里炸开了，她恨不得马上冲上去，狠狠地抓住大龅牙的衣襟，让她立即把自己的辛苦钱吐出来。可火还未等蹿出去，就呲的一声熄灭了。或者更准确地说：水莲那个嗓门虽大、胆子却小的妈妈，还没来得及给她造出一个大些的胆子呢，她就忙不迭地出生了。

接下来的时间，水莲一直都在暗暗观察大龅牙，越看越认定自己的想法。大龅牙无论干什么都鬼鬼祟祟地，哪怕吃一口东西都要目光闪烁地偷看别人一眼。只可惜她那灯笼似的眼球太突出了，无论怎么藏匿，都藏不住眼睛里的贼光。水莲发现她笑的时候更像一个贼，不但大龅牙原形毕露，紫红色的牙龈也都石榴般地凸现出来，越看越像教科书里的北京猿人。

水莲的大脑急促地转着："我该怎么向她讨回我的钱啊？直接向她要吗？万一她死不承认，我该说什么？"

水莲忧伤地设想：当大龅牙听到了自己的质问，到底会有什么样的反应？"你凭什么说我偷你的钱了？你拿出证据来！"水莲仿佛看到大龅牙一边用灯笼似的大眼睛照着自己，一边唾沫星子四溅地张开古猿洞似的嘴，水莲便周身一抖。是啊！证据呢？

怎么办啊！静客！静客！怎么办啊！

那一天，水莲什么事都干不下去了，一颗箍得紧紧的心，始终处于高度备战状态，但也只是备战而已。有那么一会儿，水莲觉得已经准备好了，可以冲上去了，可还未等起身呢，颤动的心就已经衰竭了，所以真正冲上去的，只不过一个慌张眼神而已。

兰姨似乎发现了水莲的异常，特意走过来摸了摸水莲的额头说："你咋不吃饭了？脸色这么差？"

水莲马上摇了摇头说："没有什么，就是有点累！"说完便默默躺下了。

这一躺，便再也起不来了，软软的身体就像一摊棉花。和棉花一起摊在床上的，还有压在心上的一块越来越沉重的冰坨。

有那么一阵儿，水莲哭了，脸冲着墙默默地流眼泪，就像一只受伤的羔羊，躲在角落里舐舐伤口。更多的时候，水莲用灵魂向大龅牙挑战，她哭呀骂呀抓呀挠呀……结果除了自我伤害，连大龅牙的一根汗毛都没能碰到。

更多的时候，水莲在用妈妈的口吻咒骂自己："是谁呀，无数次地吹嘘自己'没别的毛病，就是胆子大'？又是谁呀，叉腰儿站在破旧的古庙里，一次次向小学生放话，说'在自己的字典里根本没有胆怯'的两个字？而事实上呢？你就是一坨扶不上墙的烂泥巴呀！"

静客是在快下班时来看水莲的，还未等水莲说什么呢，兰姨就走过去对静客说："快看看你妹妹吧，她一天都没吃饭啦。"静客心里一惊，马上凑过来看水莲。水莲便把脸儿转到墙壁那边，不争气的眼泪就又一次流下来了。

静客摸了摸水莲的头，并不怎么热，正担心着呢，水莲突然把一张纸条塞进了他的手中。静客展开一看，只见上面写着："昨晚，我的400元钱在床头柜被人偷走了。我观察了，盗贼就是对床的人龅牙！"

静客把纸条塞进兜里，若无其事地环视了一下病房，拿起饭盒便离开了。

水莲还等着静客给自己申冤呢，一回头，才发现静客已经不在屋子里了，他是什么时候离开的？怎么连句话都没和自己说呀？难道他也很怕大龅牙，所以才灰溜溜地躲开了？

静客沉默的逃遁，就像雪中的寒霜，让水莲越来越冷。孤零零地躺在病榻上，水莲就像一只丧家的孤雁，在黑色的天空里无着无落地飘摇。是啊！世上哪有什么能够永远倚靠的大树啊？

水莲又流泪了，滴出了几滴浊泪以后，脑袋也清醒了。与那么圣洁的静客相比，别说400元钱了，就算4000元40000元又算得了什么？静客一定是嫌你太庸俗了，才生气离开了！

　　这样一想，水莲的心就疼了！水莲啊水莲，你真是太糊涂了！怎么能让那么圣洁的静客去和大龅牙那种肮脏女人对峙呢？你根本不该把这类鸡毛蒜皮的俗事告诉他！为了区区的400元钱，你甚至把超凡脱俗的静客都给豁出去了？你怎么能这么愚蠢呢？水莲再也躺不住了，慢慢地爬起来，眼泪也渐渐干涸了。

　　病房的门突然开了，静客，水莲用生命深爱着的静客，竟然端着一个饭盒走了进来。见水莲坐起来了，他就冲水莲笑了，顿时笑出了水莲满腹的柔情。"趁热吃了吧！热乎乎的馄饨！"静客把饭盒放在床头柜上，打开，一股特别诱人的香味便飘散开来。

　　水莲不再在乎大家的眼光，斯斯文文地吃起来了！太好吃的馄饨了！水莲从小到大，还从没吃过如此好吃的馄饨呢！小馄饨皮薄馅大，乳汁般的汤汁香入筋骨，吃上第一口，心就暖了；吃上第二口，心就热了；吃上第三口，心里的魑魅魍魉就全都不见了！

　　更让水莲感到幸福的是：她的静客，她那总显得非常忙碌的静客，竟然一反常态，稳稳地坐在了自己的床边，和同屋的病友们拉起了家常来。

　　有那么一瞬间，水莲幸福得都有些蒙了，恍惚觉得已经嫁给静客了，两个人就坐在又矮又小的小屋里吃晚饭。邻居们来作客了，作为丈夫的静客就坐在水莲身边，与邻居们聊起家常来！啊！坐在亲爱的丈夫身边吃美味，听家常，是多么快乐的享受啊！

　　水莲慢慢地吃着，静静地听着，尽情地享受着，幸福得都忘了那400元钱的事了！大龅牙一直和静客喋喋不休地说着什么，此时听着她的声音，水莲都觉得分外好听了！她甚至在心里说："大龅牙，你说吧！就这么一直说下去！只要你能留住静客，水莲希望你说上一辈子！"

可大龅牙还是停下来了，因为静客突然把目光转向了二号病床的男人："兄弟，您妻子这是第二次手术了吧？"

男人也马上笑了："可不是，再住下去，全医院的大夫都认识我了。"

水莲看了一眼二号男人，发现清亮亮的白炽灯下，他的笑容也非常亲切，布满胡茬的脸上，还有一对浅浅的小酒窝呢！他的眼眉虽然秃秃的，三角的眼睛也一大一小，但笑眯眯的时候依然十分可爱。此时此刻，在水莲的心里，病房里的所有人都变得可爱了！这究竟是为什么呢？

静客同情地说："你是模范丈夫！我们这些医生在背后都没少夸你！这些年为了给妻子治病，你没少吃苦吧？"

男人爱昵地看了妻子一眼："可不是，啥事都干了！"

静客便笑了："我听说你妻子第一次手术时，你因为没钱给她看病，还做了一件令所有人都没想到的事情？"

男人无所谓地说："是，我偷了一台电视机，卖了！"一句话让水莲吓了一跳，以为耳朵出了问题。竟敢当着这么多人的面，承认自己偷过一台电视机？他可真是个人物啊！

男人抓住他媳妇的手，拍了拍说："这不都是被逼的嘛，为了保住我家宝贝的命，让我杀人我都得去杀的！"

他媳妇回头嗔视他一眼说："说嘴儿吧！"

男人叹了口气说："最揪心的是我媳妇正要往手术室里推，我就被警察带走了……唉！人活着真是太难了！"说着眼圈儿就红了。

静客审视地看了他一眼："我听说你现在……刑期还没服满吧？"

男人点了点头说："是啊！政府仁慈，为了让我照顾我媳妇，就给我取保候审了！"

静客便笑着说："要是你再犯了，可要加刑了！"

男人的笑就僵在脸上了："可不是！"

静客叹息了一下说："我当然不能赞成你这种偷窃行为，但你对妻子的爱心，我却很佩服。"

男人似乎动了感情："人家嫁给咱了，咱就得对人家负责，咱一个大老爷们，说啥也不能眼看着老婆没钱治病而等死啊！"

静客话题一转："不过兄弟，你有这种爱心很好，但你的爱心可不能建立在对别人的伤害上啊！你明白我的话吗？"

男人突然一愣，默默地看了静客一眼。水莲回头看了静客一眼，她发现静客正用一种深如寒潭的目光盯着男人看呢。

在静客的逼视下，男人的脸色渐渐地白了。

静客站起了身，意味深长地瞥了男人一眼，慢慢地说："兄弟是个聪明人，也是个讲究人，有些话我就不想多说了。我等您到明天，明天一早我来找您！"

男人想了想，突然冲静客一抱拳，非常仗义地说："不用说了！小事一桩！兄弟，明早见！"

两个男人最后的对话，让同屋的病人们全都莫名其妙，水莲更是摸不到头脑。直到这时，水莲才想起那 400 元钱的事，难道静客怀疑那个男人？怎么可能呢？

水莲审视地看了男人一眼，男人也笑着看了看水莲，水莲在男人一大一小的三角眼里，除了看到亲切，也似乎看到了坦荡！静客一定是弄错了！拥有这种目光的人，怎么会是盗贼呢？但静客却不管大家怎么想，微笑着看了水莲一眼后，就慢慢走出了病房。

那一晚，水莲的心一直半悬着，这种担心来自静客和男人最后的对话，静客说第二天一早就来找他，静客来找他到底要干什么？两个人要干仗吗？可瞅着他们的态度，又似乎打不起来……

夜晚真是一个怪物，它能把白天看起来很小的事物无形地夸大开来，最后大得吞没了人的想象力。失眠的前半宿，水莲一直在那被夸大了的担忧里忐忑着，睡着了依然迷梦连连。

梦中有一堵高墙，水莲想跳过去，可墙太高了，实在无法攀登，水莲就迷茫地在墙下逡巡。一个男孩儿蹦跳着过来对水莲说："好过，你看我的！"说完就嗖地一下登上了高墙。水莲仰头望着他，见他把墙上松散的砖推下了几块，露出了一个缺口，水莲就从缺口处爬上了墙。

墙下面黑洞洞的，立着许多高粱秆儿，水莲跳了下去，发现里面很窄很小，很像家里的厕所。水莲找不到出口，一阵乱摸，真的摸到了一扇门，轻轻一推，那门就开了。水莲向门外望去，呈现在眼前的，竟然是一片美丽的街市，楼阁密布，灯光闪闪……

等她醒来，天已经亮了，同室的病友们都起床了。水莲想起静客说的话，便马上起来，手忙脚乱地洗漱。去床头柜的小兜里取东西时，手突然碰到了一叠纸质的东西，水莲马上探头去看：你们猜水莲看到什么了？水莲看到那400元钱竟然回到兜子里了！

水莲立即贼一样地向室内看去，大家依然忙着，二号的两口子都还没有洗漱，正对坐在床上打情骂俏。

水莲趁人不备，把钱从小兜里拿出来，紧紧地攥在手里，生怕再被人偷跑了！啊！失而复得的滋味真是太让人快乐了！静客！静客！你真是太神了！

接下来的几天，二姨姥的病情眼见着加重，医生护士们都围着二姨姥在忙。

水莲也开始服碘了，服了碘，意味着手术的日期也临近了。静客依然是每天都来，有时穿着白大褂，有时穿着便衣，但他再没有坐下来与病友们聊过家常，每次都是来去匆匆，水莲也习惯了他的来去匆匆。

自从住院后，水莲几乎夜夜都在做梦，梦的都是稀奇古怪的事情。这天夜晚，水莲又一次做梦了，这一次竟梦见了自己所住的病房，也分不清是白天还是晚上，反正病房里静静的，静得连时光都凝固了。

水莲一回头，突然发现二姨姥的病床上空了，有一个护士正在床边打扫。"二姨姥呢？二姨姥到哪里去了？"水莲问护士，护士却像没听到水莲的话一样，水莲的心便一沉，恍惚觉得：二姨姥已经死了。

水莲被梦吓醒了。

水莲擦了一把脸上的冷汗，看了看表，时针正好指向夜半一时。水莲向病房里扫视一眼，发现病房如梦中的场景一样，包括那种固化的静。走廊的长明灯从门上面的窗子里射进来，照在二姨姥的床上，水莲看见二姨姥依然还躺在床上，兰姨趴在她的身边正睡着。

这些天二姨姥一直都在喘，隔很远都能听到她的喘息声，但此时此刻，水莲却一点声音都听不到了。水莲马上走到二姨姥的身边，侧耳听了听，除了兰姨的呼吸声，还是什么声音都没有。水莲马上捅醒了兰姨，向她指了指二姨姥，兰姨顿时大惊失色，马上向门外跑去："大夫！大夫！我妈好像不行了！"

二姨姥就这样去世了！咽气的时间大约在凌晨一点！

因为参加过水芙养父的丧事，水莲知道了一些办丧事的规则。水莲还以为二姨姥也会在三天以后才出灵的，没想到当天早晨，二姨姥就被拉走火化了。过后水莲才知道：尸体多停一天，要多交不少费用，兰姨那种条件怎么能承受得起？

因为静客拦着，水莲没有陪兰姨去火葬场送二姨姥，只在二姨姥往火葬场拉的时候去看了一眼。她发现来的客人少极了，加上四舅母的同事，才十几个人。

在太平间的门外，水莲意外地遇到了陈天亮。

陈天亮从一辆车上下来，把钱交给了四舅母，转身就要离开。一回头看到了水莲，愣了愣，走了两步，又回头看了水莲一眼，这才认出水莲来，马上返回来咋咋呼呼地说："你是……小老妹儿吗？我的妈呀！咋这么短的时间，你就变得这么吓人了？"

水莲正站在门边抹眼泪，听了他的话，什么话都没说。

"你啥时候来的？就为了这件事才来的吗？"陈天亮尽量亲切地说。

水莲摇了摇头，又点了点头。

四舅母接过话茬："水莲有病了，正在医院住院呢。"

"噢！有病了！我说呢！模样都变了呢？原来有病了？在哪个病房？哥儿不管咋忙，也得去看看你呀！"陈天亮真诚地说。

水莲摇了摇头说："不用！"

陈天亮大大咧咧地说："得去呀！能不去吗？"又小声嘀咕，"我小姨子病了，我这当二姐夫的不去看看那还对劲儿吗？"

水莲突然想起陈天亮寒夜抓奸的事，不由得又看了陈天亮一眼。一段时间不见，陈天亮越发显得壮实了，脸色也健康红润了，显得英俊了许多。可自打认识了静客，再英俊的男人在水莲的眼里，都如同敝履了。

见水莲待理不理的，陈天亮就撇了撇嘴："咋变得这么牛了？噢，我知道了，人家小老妹儿这是有靠山了！用不着哥儿了！是不是？"

水莲还是没有说话。

陈天亮突然讥讽地说："也对呀！你三姐多厉害的人啊？听说又提了！照这么下去，将来当个副县长什么的，都大有可能。"

水莲注意地盯着陈天亮的眼睛："你对我三姐的事，了解的可挺多啊？"

"那咋能不了解呢？她的小前途……可都在我的手心里攥着呢！"陈大亮突然笑出一脸的流氓气。

水莲不相信似的瞪着他："吹牛吧！我三姐大小不济也是个官，你是啥呀？凭啥能左右她？"

"我凭啥？"陈天亮欲言又止。

"凭啥？"水莲逼视地望着他。

陈天亮马上冲水莲做投降状："别别，小老妹儿，你可别这么瞪着我，你这样瞪眼睛……像鬼！不对，像夜猫子！行了，哥儿今天有事，下午哥儿去病房看你！你想吃啥告诉哥儿，哥儿好给你买。"

水莲马上摇头："不用不用，你忙吧！"

中午，水莲睡得正香，突然有人碰了碰她，睁眼一看，是陈天亮。站在陈天亮身后的，是打扮得妖精一般、香气四溢的水菡！怎么？两个人竟然是一起来的？

靠窗的两口子出去做检查了，大鲍牙也在睡午觉，水莲一边让两个人坐，一边小声埋怨说："你们两个……怎么这么胆大？要是让牛大脑袋看见了，还想不想活了？"

"牛大脑袋？"陈天亮用鼻子哼了一声，"我还以为你说谁哪？就他呀？不信你去问问他爹：有没有给他揍出那个胆子？也就能欺负欺负你们这些孤儿老小吧！"边说边把水菡往自己的怀里拽，"刚来的时候，他那个熊样儿的，也咋咋呼呼地想要跟我较量呢。都没用我动手，两个小哥们儿轻撩撩地弄了他一次，就老实了，现在他在我跟前算个球啊？你问他敢不敢放个响屁？"

水菡从他的怀里挣出来，瞪了他一眼说："你也就吹吧！有能耐你让他给我出手续离婚啊？"

陈天亮捏了一把水菡白里透红的脸蛋儿，笑笑说："离什么婚离婚，像现在这样不也挺好的吗？你说说你现在多享福？整天吃香的喝辣的，还真别说，你还真成了魏宝娟了！"

水菡噘起了嘴，哆哆地说："吃香的喝辣的就好吗？万一哪天相中了比我年轻的，踹了我找谁去？除非你和我结婚！"

陈天亮捧起水菡的脸就亲了一口说："小娟娟儿，你咋还没信心了？我踹了谁也舍不得踹你呀！行了！你就把心放在肚子里吧！学学你那个王八头的丈夫，你看看人家多聪明？出来进去总乐呵呵的，多好啊！"

水莲实在看不过了，压低嗓子说："这是病房，注意点影响啊！"

陈天亮无所谓地扫视了病房一眼，见大鲍牙正用一双灯笼眼，像观看动物园里的动物似的看着他们，便无所谓地一笑。突然想起什么对水菡说："咋还不把东西拿出来呀，你这个当姐姐的，咋不知道疼妹妹呢？"

水菡拿过一个皮包，把水果糕点之类的东西一样样拿出来，摆了半个床。

门突然开了，静客穿着白大褂走进了病房。他一看见水菡，便愣住了。陈天亮和水菡都以为静客是查房的大夫呢，两个人马上站起身，陈天亮还把坐乱了的床垫子拽了拽。

水莲只好介绍："三姐夫，这是我二姐。"

陈天亮和水菡都把关注的目光投向了静客。静客有些发窘，慌乱地说了句："二姐，您来了！"便再不说什么，远远地坐在了二姨姥的空床上。

水菡为了方便和静客讲话，一转身坐到了水莲的床上，面对着静客说："原来你就是三妹夫啊！你八成也看出来了，我和你媳妇双胞胎！你说我俩长得像不像？"

静客的脸红了，含混地说："真的很像！"便低下了头。

水菡加大了声音："我现在也调到城里来了，不知道我妹妹和你说没说过这件事？"

静客迷惑地摇摇头："没听她说过。"

水菡突然一撇嘴："不是我这个做姐姐的扒扯我那个妹妹！她也太牛了吧？我进城后，寻思我们两个是双胞胎，就特意到县委看了她一次。你说同胞姐妹有多亲啊？更别说是双胞胎了！没想到我的那个妹妹竟然对我那个态度！那家伙……那个架子端的？她咋那样呢？"

静客便说："她就那样的人。"

水菡摇了摇头说："怪不得我妈妈背后总骂她冷酷无情，她可是真冷，简直冷血动物。"

陈天亮责备地瞪了水菡一眼："你对你妹妹有意见，就和你妹妹说去，和人家妹夫唠叨这些有啥用？人家妹夫并没有对你冷。"

"二姐说的并不差！"静客冲陈天亮点了点头，"二姐夫也调进城里来了吗？"

陈天亮嬉皮士般地一笑说："我自来就在城里！我叫陈天亮！在第五商店工作。"说着起身向静客伸出手，静客马上站起，与他握了握手。

和陈天亮握完了手，静客便关切地看了水莲一眼，问道："今天怎么样？碘服了吗？"

水莲马上点头说："服了！"

静客看了看表，便对水菡和陈天亮笑笑说："二姐，二姐夫，我办公室里还有点事儿！先走了！"

陈天亮和水菡都站起身来目送他，静客便在大家的目光里离开了。水莲快速地瞟了陈天亮一眼，发现陈天亮一脸怪笑，正用一种特殊的眼神看静客的背影。

"你怎么那么笑？"水莲便没好气地质问陈天亮。

陈天亮说："我怎么笑了？"

水莲说："像个奸臣似的。"

陈天亮说："我不是一直都这么笑吗？你这个小鬼头！人家怎么笑你还管？"

"你对别人这么笑可以，对我的静客却不可以。全世界任何人都不可以用这种怪笑看静客！"水莲干张了两下嘴，却只能在心里说说。

二号的两口子检查回来了，都是疲惫不堪的样子，特别是女的，始终唉声叹气的。陈天亮站起来，看了水莲一眼说："你看你还需要啥不？需要啥就说，让你二姐给你买！"

水莲马上摇头："不需要了！"两个人这才离开。

第二天早晨，水莲刚服完碘，静客就跟着水莲的主治医生进来了，一进来就直奔水莲的病床。主治医生让水莲平躺在床上，给水莲进行了一次详细的检查。检查完就对静客说："看现在的情况，手术还得往后抻几天！"

静客对水莲说："这两天我要去省城开个会，卫生局那边指定让我去，一会儿就得走，最快也得两三天，你要是有啥事，就直接找张医生！"

一句话，一下子把水莲的心说空了。

张医生微笑地说："行，你有啥事就直接找我吧！估计也不能有啥事，只要好好服碘，每天练好背脖，手术这关就会顺利通过的。"两个人说完就离开了。

水莲躺在那里，一直看着静客走出病房，静客到门边时回头看了水莲一眼，水莲在他的眼神里看出了满满的牵挂，心便像是被什么剜了一下似的。

"完了，完了，两三天啊！该怎么熬？"水莲瘫在床上，像个蔫茄子。

没有静客的日子，便没有了盼望和期待。中午服完了碘和药，水莲便把手套拿出来，专心致志地往手上抹起了冻疮膏。正抹着呢，靠窗的男人拎着个暖壶从外面走了进来，对水莲说："你二姐叫你出去一下，她就在门外。"

水莲奇怪地问："她为啥不进来？"

男人把暖壶放在柜上说："她戴着个大口罩，样子可怪了！好像有啥机密的事。"

二号女人警觉地说："你看清是她吗？可别是啥坏人？"

"我也怕是啥坏人，就让她把口罩摘下来！她还真的摘了，就是她二姐。"男人说。

女人就生气了："你是谁呀？凭啥让人家摘口罩啊？你是不是看人家长得漂亮，纯心找借口要看看人家的脸蛋儿呀？"

男人就生气了："对，对，我是想找借口看看人家的脸蛋儿，我多有闲心啊！"

水莲踩着两口子的口水战，满腹犹疑地向门外走去。随着一缕幽香，一个女人突然仪态万方地迎上门来。水莲不禁倒抽了一口冷气：虽然戴着口罩，水莲还是一眼就认出了她：水芙。

水莲心里一紧，条件反射一般想退回屋去，但来不及了。水芙伸出手来，一把就攥住了水莲的胳膊，像从鸡窝里拽小鸡儿一般，一下子就把水莲从病房里拽了出去。

水芙也不说话，一直拽着水莲往前走，就像警察拽着一个小偷儿。到了楼梯口处，水芙又强行拽着水莲上了一段台阶，才把水莲甩到了墙角。水莲就顺着墙角瘫下去了，瘫成了一摊泥。

这个台阶是通往四楼小仓库的，平时基本没有人上来。水莲便知道自己完了！瘫坐在墙角里，水莲先是心在抖动，继而全身也抖动个不停了，就像那天被水芙咒骂时的感觉一样。

水芙慢慢摘下口罩，便双目如刀地瞪着水莲。一段时间不见，水芙显得更冷艳、更漂亮了，头发高高盘起，鹅蛋形的脸，玉石一样光洁无瑕。一件白色的新式大衣，把她的身段托衬得更加苗条俊秀，恍如仙女。如果黑眸子里没有射出刀锋般的阴冷，水莲也会被她的美貌迷住的。

"起来！别在这里给我装犊子！想博取我的同情心吗？不好使！"水芙居高临下地逼视水莲。

水莲无助地向四处看了一眼，四周除了墙壁和楼梯，一个人都没有。水莲挣扎地站起了身，可她的两腿软软的，真的支不住沉重的身体了。她只好把身体紧贴在冰冷的墙壁上，任周身打摆子一般抖个不停。

"骗子！你这个大骗子！竟然把骗局设到我的头上来了！都敢来偷我的丈夫了？真是吃了豹子胆了！"水芙突然伸出鹰爪，一下子就抓住了水莲的前衣襟，就像牛大脑袋抓住爹的脖领子一样。突然，水芙眼睛猛地一瞪，水莲的心便一紧，一股热流就慢慢地流到裤裆里了，暖暖的。

尿流进了裤裆里，水莲才意识到自己吓尿裤子了，便绝望地哀叹了一声，眼泪也顺着脸颊缓缓地流了下来。

水莲的眼泪在水芙面前毫无用途，水芙抓自己的手反倒越来越狠了，刀子般的指甲都抠进了她的肌肉里。

水芙盯着水莲的脸，突然冷冷一笑："都丑成这种妈样了？早知道你这么丑了，我怎么会亲自来处理你们这件破事？我的时间有多宝贵你知道吗？和你这种丑八怪纠缠这些破事，我真是吃饱了撑的！"

又一股热流溢出来了，水莲连控制的功能都丧失了，只好任那尿流一股一股地往外慢溢，就像眼睛里的泪水。

"真的这么胆小吗？真就吓尿裤子了？啊！我知道了，你这是理亏啊！是的，水芙说的一点都不差，你的确是个小偷，日日夜夜分分秒秒所想的，就是想偷走人家的丈夫！水莲，你应该受到惩罚的！"水莲一边漓漓拉拉地尿，一边均匀地抖。

"你到底用了什么招数啊？咋就把我们那位蔫驴迷成那个样子了？那头蔫驴人还没死，心已经先死了，你到底是靠什么手腕又把他给逗扯活了？连梦中都嚷着要给你治病呢！幸亏他在梦中嚷出来了，要不然我还蒙在鼓里呢！"水芙气得脸都歪了。

"怎么？静客梦中都在喊我？"水莲的眼泪流得更畅了，有恐惧，有自责，也有高兴。

"哟！还很得意……是吗？睁开你的狗眼好好看看我是谁？我是你的亲姐姐呀！我待你不薄了，你怎么这么忘恩负义，偷人都偷到你亲姐姐头上来了？"水芙声音就像从牙缝里挤出来的一样。

水莲除了抽泣，一句话都说不出来了，仿佛真的和她的姐夫做了什么见不得人的事了。

"说吧！你这个骗子！你是不是还骗他的钱了？到底骗了他多少钱？"水芙的手依然狠狠地抓着水莲的衣襟。

"我……我没有……没有骗他钱……"水莲使出全身的力气，才说出了这句话。

"还想狡辩吗？还说没有骗钱吗？那个古筝不是已经让你给骗走了吗？你住院的钱也都是他花的吧？"水芙步步紧逼！

水莲脑袋稍稍有些清醒："古筝是他给我的……可住院的钱……是我自己的！"

"撒谎！凭你那个穷家，凭你这种穷鬼，还能住得起院？别再跟我演戏了！那个明代青花大瓷盘呢？是不是也给你换钱花了？"

"什么大瓷盘？我不知道……我治病，用的是我寒假摆摊挣的钱！"水莲狠命一挣，终于挣开了水芙的手。

水芙声音又变调了："你们这帮穷光蛋，为什么总在我的眼前阴魂不散？"

棉裤裆里的温热渐渐变凉了，阴冷的寒气让水莲迷蒙的心渐渐明朗起来："士可杀不可辱，她都这样埋汰你的家人了，你还用这么怕她吗？再说了！你和静客之间根本没发生什么龌龊的事啊！要说龌龊，她李水芙可比你龌龊几百倍的！"

水莲心里有了勇气，口齿也伶俐了："那个家虽然穷，家里的人虽然窝囊，但那是你的根！不管你愿意不愿意。你瞧不起你的家人，就是瞧不起你自己的根，归根到底就是瞧不起你自己！"

"怎么？还想跟我谈哲学？撒泡尿照照自己，有没有这种资格？"水芙一副哭笑不得的神情。

"既然不屑于跟我谈，那你干什么还来打扰我？你不是很忙吗？赶紧滚蛋啊！我看你是害怕和我谈，不敢面对现实！是的，我爱静客！为了他，我可以豁出一切，包括我的生命！但我们之间真的光明磊落，我们什么都没做。"

"啪"的一声，水芙的巴掌就打过来了，水莲半面脸顿时麻了。水芙的脸都气歪了，"真是恬不知耻！"她就那么歪着脸子恨恨地说，"静客是你该爱的吗？笑话！真是笑话！就你这种小人，还配和我说什么光明磊落？"

水莲的底气却越来越足了："别看你地位比我高，但地位高有什么了不起？你的素质真能随着地位升高吗？刚才你撒野的时候，你的高官厚禄也没能阻止你像个野兽一样乱啃乱咬！要论尊严，我反倒比你更有尊严！我虽然穷，但并没有穷到卖身求荣的地步！"

这下轮到水芙颤抖了，疯子一般就向水莲挠过来。水莲用手一挡，就让水芙抓了一手的膏药。水芙这才厌恶地住了手，抖抖地掏出纸巾，一边擦，嘴里一边咒骂："真恶心！你们这对狗男女……也配讲尊严？真是恶心死我了！"

水莲说话的底气越来越足了："你侮辱我可以，可你不能侮辱他！他可是这个世界上，最纯最净最有尊严的男人！我和他没有做过任何见不得人的事。就算我有那个心，他也没有……"

"你说这话，我信！因为他就是那种人！"水芙突然站直了身子，"所以我也劝你趁早死心！就他那种老古董，你这一辈子也追不到手的！更何况你还这么丑！"

水莲也高傲地直起身子："这个就轮不到你操心了！"

水芙突然愤怒起来："你以为我今天过来，是吃饱了撑的，为你们操心来了？明告诉你吧！我想捏死你们，就像捏死个蚂蚁一样容易！不信是吗？知道他今天为什么要去省城学习了？哼！在这座城市里，我可以安排你们做任何事，我也可以安排你们做不成任何事！"

水莲的身体又瘫软下去了。

"好了，实在没时间再和你这种人浪费语言了！我现在郑重警告你啊！第一，马上从这里滚开！你不是有钱吗？那你愿意去哪看病就去哪看病，但你不能在这家医院看病！第二，从今往后不允许你和他有任何来往！如果你再敢勾引他，我李水芙就不是今天的这种态度了！第三，请转告你的家人！任何人任何时候都不要来找我！"

说完这番话，水芙便高昂着头、踩着清脆的足音下楼去了。水莲一直听着那清脆的鞋音一点点地变小、变弱，最后只剩下耳膜在响了，怦怦怦……水莲知道：那是心在敲击着自己的灵魂。

第二十二章　绝处逢生

水莲又一次仓皇出逃了，比上一次的出逃还要狼狈，因为路上，她还要忍受裤裆里的湿气。

当公共汽车驶离县城时，水莲一眼都没有往外看。此时此刻，这座城市已经容不下她的任何东西了，哪怕仅仅是一缕目光。

水莲到家时，见西屋里热热闹闹的，满屋子的乌烟瘴气。原来妈妈正和屯里人打麻将呢！爹站在她后面给她支招儿。还有两个人在旁边看热闹，每个人嘴里都叼着粗粗的旱烟卷儿。

在水莲的记忆中，妈妈可是不止一次咒骂过打麻将的人，说他们全都是"不正经的人"！真不知道始终"正经"的妈妈，为什么也突然"不正经"了？

妈妈初学，正是上瘾的阶段，所以对于水莲的突然回来，她显得非常扫兴，眼睛盯了麻将半天，才想起问她："你咋回来了？"

爹倒是一直关心地看她，但他也只是看，嘴里却不问出来。有人催妈妈出牌，他就把目光转到妈妈的麻将里了，直到妈妈出完牌，才又把目光盯在了水莲的脸上。"手术不做了吗？"他终于问出来了。

水莲面无表情地说了句："不做了！"便拿着暖壶往出走。

"为啥不做了？"爹的话跟着她走了几步。

"怕疼！"水莲说着关上了门，关门的瞬间，水莲发现妈妈神情漠然地瞥了水莲一眼。

在冰冷的东屋，水莲洗了脸，换上了旧棉裤，这才把那条新棉裤翻过来，烙到炕头上，怕被人看见，上面还盖上了垫子。忙完了这些事，水莲隔着门向西屋看了一眼，发现炕上的小牌桌并没有散场的意思，便掀开锅盖准备做晚饭。水莲也弄不懂自己，越是伤心的时候就越想吃东西。

这次做的晚饭，可比上次丰盛多了，甚至炒了两个菜：一个是土豆丝，一个是白菜片儿。菜炒好了，水莲的饥饿也达到了极限，她多想立即把饭菜填进嘴里？转念一想不对劲儿，便把头伸进西屋喊了一嗓子："饭好了，你们吃不吃？"当然，水莲既没叫爹，也没喊妈。可偌大的西屋，竟没有一个人回应她，瞧大家的紧张劲儿，牌桌上的战斗一定处于激烈状态。

爹妈不说话，就意味着不会挑她的理，水莲便坐在东屋的桌边，心安理得地享用起美味佳肴了。医院的饭菜水莲早已经吃腻了，此时吃起自己做的饭菜，真是越吃越香。直到肚子快被塞满后，水莲才发现小桌子面上，似乎少了什么。水莲死鱼般的眼睛转了好几转才明白：原来那占有大半个桌面的泥塑不见了。

水莲特意跑到后屋小作坊看了一眼，虽然里面的东西明显增多了，但水荷的泥塑，包括画作却全都不翼而飞了。摆在墙边的长条桌被移在了屋中央，原来藏在暗格子里的版画制作工具，全都摆到桌面上了。水莲打开了所有暗格子的门，依然没找到水荷的任何作品。

西屋终于散了，水莲收拾了满屋子的烟头烟灰，才帮他们放好饭桌，端上饭菜，还给爹烫了壶酒。也许是钱赢得比较多吧？妈的心情显得格外好，自夸了好半天，才想起和水莲说："不手术好！其实从一开始，我就不赞成你手术！好好的脖子，干啥要切个大口子？没那个必要！"

水莲看了一眼时钟问："都快九点了，水荷咋还不回来？"

"哈！对了，这件大好事，她还不知道呢！"喝了两盅酒的爹，突然冲妈做了一个鬼脸。

"你四姐和赵秋雨上地区了！你听清了吗？是地区！不是县里。地区可比县里要高出一个格儿呢！"妈妈一边说，一边端过爹的酒杯一口喝了。连妈妈也喝上酒了？这也是一桩新鲜事。

"到地区干啥？"水莲问。

妈妈顿时眉飞色舞："赵秋雨调到地区税务局了，这次让水荷去，是让她见一个大人物，如果这个大人物能看中你四姐的画和泥塑，那你四姐就有希望被特招进地区艺术馆！"

爹拍了拍妈妈的手臂，似乎想说句什么，妈妈却一巴掌打开了他的手说："这事要是成了，你四姐可就是大城市的人了！我早就说过你四姐命好！人家干啥事都不紧不慢的，这叫啥呀！这就叫有福不用忙，无福跑断肠！"说着意味深长地剜了水莲一眼，一下子剜到了水莲的疮疤上。

"要是水荷的事儿真的成了，那赵大婶可就左右不了她的婚姻了！"水莲突然有些伤感。

"还有一件更好的事儿呢！你爹已经决定收赵秋雨为徒了！你知道你爹这些年，为啥总是愁眉苦脸的？不就是怕老水家的手艺失传吗？这下好了！等教会了赵秋雨，你爹也敢于去见地下的老祖宗了。"妈妈说罢看了爹一眼，"你刚才想说的，是不是这件事？"

"是倒是，可啥话到了你的嘴里，咋都那么难听了呢？"爹瞪了她一眼。

按理，水莲听到这些消息，应该表示一下快乐才对，可水莲就是快乐不起来。见爹妈一边吃饭一边斗嘴，似乎一时没个完，水莲便默默离开了西屋。水莲刚刚把门带上，妈妈就恶狠狠地说："瞧见没？死人似的！连个哼哼都没有！一句话，就是自私！"

"既然骂自己自私，那就索性自私下去吧！"水莲索性连饭桌子都不去收拾了，回到东屋脱了衣服就睡觉了。

虽然睡了一夜长觉，可早晨起来，水莲还是觉得周身软软的。强挺着做了早饭，等把一切都收拾完毕后，她依然没敢躺下来休息，而是强打着精神来到了乡里。

莲花果然还在那里摆摊。见了水莲，她明显地愣了愣，水莲知道，一定是自己死人般的脸色吓着她了。水莲却是什么话都懒得和她说了，支好自行车，就一屁股坐在了莲花的小凳子上，吧唧吧唧吃起摊上的糖果来。

莲花见水莲这种样子，什么都没有问，只是上前摸了摸水莲的脸，接着，便拿出油腻腻的账本子让水莲看。水莲扫了一眼最后的结余，便现出惊喜的神情：那个乱摊子，竟然让她有了200多元的结余钱。

莲花打开胸前的小兜子，把200多元钱一分不差地交给了水莲。水莲拿着那叠钱，眼神定了定，才有气无力地说："再借我300元钱吧！但丑话咱可说到明处，这钱……我说不准啥时候能还上你！"

莲花苦笑着对水莲说："借钱就借钱呗，干吗那么凶狠地瞪着人家？眼珠子都要掉出来了。"说着就把兜子里的所有钱都掏出来了，连整的带零的，还真凑够了300元。

莲花走到邻近的摊子边，把零钱换成了整钱。交给水莲时，又小声问："够吗？不够我家里还有。"

水莲摇了摇头，眼圈儿就有些泛红，但她依然什么话都没有说，只是默默地拍了拍莲花的肩膀，就离开了。

赵大婶家里冷清清的，一看就知早晨起来就没有生火。水莲走进屋里，见赵大婶孤零零一人躺在炕上，脸色十分苍白。

"大婶？你怎么了？病了吗？"水莲上前摸了摸大婶的额头，并不太热。

赵大婶马上挣扎着爬起来，攥住了水莲的手，眼泪就流下来了，说："你八成也听说了吧？这个挨千刀的，竟然瞒着我蹽到城里去了！事先一点儿口风都没有露，这不是明明白白踹我呢吗？更气人的是：他还把你姐姐带去了！人都说娶了媳妇忘了娘，他还没娶媳妇呢，就把老娘撂到一边去了。"

水莲说："大婶，我秋雨哥能够调到地区，说明他是有能力的，这是多好的事呀！你怎么还窝在炕上生气呢？"

"还有更气人的呢！这个挨千刀的，为了讨好你爹，竟然要认他为师！为了能当上这个徒弟，他甚老祖宗给他的姓都不要了，都改姓水了！"赵大婶的眼泪像两条泉流。

"大婶，你应该这么想：他无论改姓什么，不还是您的儿子？"

赵大婶舌头硬硬地说："要是他不把姓给我改回来，这一辈子我也不会认他！"

水莲扫了一眼外屋的冷锅冷灶，叹了口气说："您连早饭都没吃吧？你躺着别动，我给你做饭去！"说着便屋里屋外忙开了，赵大婶也下了炕，和水莲一起忙了起来。

吃饭的时候，赵大婶终于忍不住问："你没手术啊？瞧你的脸色可不怎么好，这病……连县上的医院都治不好吗？"

水莲忧伤地点了点头。

吃完了饭，水莲又帮助大婶收拾了一番，这才把 800 元的彩礼钱放在桌面上。赵大婶当然不收，水莲便含着眼泪慢声细语地说："大婶，我成不了你的儿媳妇，也就不能收您的彩礼了，这样就显得我太不讲理了。您要是不收，我就会过意不去。我要是过意不去，还咋有脸来见你了？"几句话说得大婶又一阵眼圈泛红，只好收下了这些钱。

钱的事交接完了，水莲就像去了一块心病，身体也轻松多了。回到家里就直接走进东屋，甩下鞋子就躺在了炕上。爹马上要收徒了，显得非常忙，早早就出去了，很晚才回到家里。

妈妈的麻将眼见着勤了，早饭还没有吃完呢，牌友们就陆续地到了。妈妈也看出了水莲的状况不佳，到了该做晚饭的时间，见水莲依然躺在炕上，就把几个牌友撵回家去了，破天荒地做了一顿晚饭，饭好的时候还朝东屋喊了一声："吃饭！"这有些突兀的一嗓子，顿时把水莲的泪水喊出来了。

晚上吃完饭，爹突然看着水莲说："静客来电话了！电话打到了村部，原来你是瞒着他偷偷出院的？"

水莲点了点头。

爹便说："那你就太任性了，该手术还得手术，咋能因为怕疼就不治病了呢？病不治怎么能行呢？"

水莲便低下了头。

爹叹了一口气，就不再说话了，他就那么垂着头，任满腹的愁绪发酵。妈就安慰他说："其实大脖根病真的不算是啥重病，只要好好将养些，总会好起来的。"可爹依然那么垂着头堆着，一动不动。

水莲非常想听听静客到底都说啥了，终于忍不住问道："我偷着跑回来了，我三姐夫……没生气吧？"

爹好半天才抬起头说，懒洋洋地说了句："没有！"

妈妈又喘起了粗气说："病长在你的身上，愿意治你就治，怕疼你就不治，人家当姐夫的能生什么气？人家有闲心了就来管管你，没有闲心了，兴许就把这事儿给忘了！"突然又意味深长地剜了水莲一眼："姐夫和小姨子之间，毕竟还是见外的。"

水莲身心疲惫地回到自己的东屋，本来想看一会儿书的，因为四肢无力，只好又恹恹地躺倒在了炕上，一双死鱼的眼睛望着顶棚，好久都没有动上一动。"静客！静客！我真的完了吗？我真的没路了吗？"

回答她的，只有更深的落寞和更沉的悲哀！

水荷直到第三天才回家来，回来了就忙着收拾东西，为长期在外上班做准备。水荷这回可真的变成大城市里的人了，地区艺术馆不但招聘了她，还要专门为她举办一次泥塑展览。为了使她更像大城市的人，赵秋雨还给水荷买了好几套新衣服。所谓人是衣马是鞍，穿了新衣服的水荷，别说在赵秋雨的眼里是个大美人了，在家人的眼里，也成了众星拱月的女神了。

水荷在家里住了两天，家里也喜气洋洋地热闹了两天，屯中的老亲少友都来向水荷庆贺了，把妈妈乐得顿时年轻了十几岁，出来进去总是满面笑容，脚步生风。

和水荷相比，水莲却像秋后的秧苗，一天一天地变蔫了。尽管她百般掩饰，强装笑颜，可她的病还是越来越重了，最后连走路都吃力了，从家到古庙，仅仅三里地路程，可她却要走上半个多小时。再后来，她连走路的姿势都像个老人了，那可真是走一步喘一喘，走两步歇一歇。

因为迁校合并的方案一直没有定准，古庙小学的管理便始终不怎么正规。大家愿意来就来，愿意走就走，校长也是睁一只眼闭一只眼的。这天下午，水莲到单位点了个卯，因为身上没劲儿，便溜出了学校。经过门卫时，门卫老头突然喊住水莲，交给了她一封信："是卫生院的人捎来的，我以为你还没上班呢！正寻思着让谁捎给你呢……"老头絮絮叨叨地说着。

水莲一看信上的字迹，心就怦怦乱跳了起来，就像蔫蔫的气球突然被注入了氢气，水莲顿时觉得身轻如燕了！

啊！静客来信了！太阳出来了！

静客的信还是一如既往地简单："明天早晨5点在夫妻树下等我，不要吃早饭，也不要喝水！注意保密！"连个落款都没有。

同样的小村，同样的雾色，但此时在水莲的眼里，却全变了，变得那么美，到处都充满生机。水莲马上到校长室请了假，回到家又和妈妈说：莲花家有事，让她去帮两天的忙！

接着，水莲就忙开了，当然是大洗大漱，把自己从里到外都收拾得干干净净的，找出最好的衣服准备着。

真是人逢喜事精神爽，静客的消息对于水莲来说，胜过世上任何的灵丹妙药。已经是深夜了，可她依然睡不着，第一次觉得夜这么长。好不容易悠悠睡去，又猛然坐起来，狠命地睁着眼睛，透过浓浓的黑雾去看墙上的时钟，生怕错过了和静客的约会。

时针刚刚指到早晨4点，水莲就悄悄地起来了，拿起昨晚准备好的暖壶，又是一阵洗漱。等时钟差 10 分钟 5 点时，水莲就背着小兜子出发了。外面黑极了，静极了，东方虽然透过了一点可怜的微光，转眼就被早晨的云雾遮挡了。

水莲磕磕绊绊地向村头走去，一边走一边向前眺望。黑黝黝的夫妻树下，她突然看到了一个黑乎乎的影子，那是车的影子！怎么？静客已经早早地来了吗？

听到了水莲的脚步声，车灯就突然亮了，两道雪亮的光线，穿透了前方的林带，把雾气沼沼的一小方世界照得雪亮。

水莲还未走到车边，车门就打开了。车子里黑黑的，水莲模糊看到静客正坐在驾驶室里等她，水莲的眼睛便模糊了。

水莲笨笨磕磕地上了车，摸着黑关上车门。静客也不说话，探过身子重新打开车门，砰的一声又把车门关上了，好像和谁生气了似的。两个人身体擦过的一瞬间，水莲的心顿时一阵乱跳。静客又帮她扎上安全带，才兀自坐好，依然什么话都不说，随着呜的一声响，小轿车便冲破晨雾，沿着古老的乡间小路颠簸前行了。

车厢里一直都黑乎乎的，水莲偷偷地看了静客一眼，发现他的脸色比车厢里还要黑，迷离的眼睛只是注视着前方，瞟都不瞟水莲一眼。

天越来越亮了，东边的地平线上慢慢聚起了绚丽的朝霞，霞光从太阳即将升起的那一个点向四周荡漾，连成一片又一片向四方流淌的河。没想到这河还是舞文弄墨的高手，不仅把水彩均匀地抹到山上、树上、小路上，也趁着静客绷着脸的时候，在他的脸颊上抹了两下……

这是一条水莲从没走过的古道，水莲目测了一下始终与路平行的一条已经干涸了的老河套，默默地对自己说："按照老地图所标示的，这条古道应该就是'春捺钵'之路吧？那个才华横溢的耶律倍王子，当年就是在这条路上'转徙随时，车马为家'的吧？"

正这么胡思乱想呢，土路已经变成了柏油路，车速也越来越快，水莲只能听到车轮飞驰的唰唰声。水莲听大夫说过，她这种病最怕紧张，无论登高望远，还是坐快车，心脏都会受不了。可此时的自己怎么了？车速都这么快了，水莲却一点都不觉紧张？

几乎一眨眼的工夫，太阳就喷薄而出了，把万丈霞光毫无保留地喷射出来。水莲又看了一眼静客，发现俊美的静客已被绚美的阳光包装成一尊祥光四射、面目祥和的金质佛像了。坐在活佛身边，水莲又一次想唱歌、想大喊、想尖叫了！

哈，现实永远比想象更要精彩！头天晚上，水莲曾无数次地想象，想象静客见到自己后，第一句话会说什么？当时的她到底想了多少个版本啦？哭诉的，言情的，浪漫的……独独没有想到沉默。

水莲看了一下手表，发现距离上车，已经过去一个多小时了，可两个人还是没有说过一句话！水莲看了静客一眼，正巧静客也在看她，眼睛相碰的瞬间，水莲的脸就红了。啊！那被朝霞浸泡着的静客，实在太美了！美得水莲都要窒息了！为了防止自己真的会晕眩过去，水莲始终大口地喘着气，尽全力向大脑输送氧气。

静客突然长吸了一口气，声音阴郁地说："你呀！都要整死我了！"

静客的第一句话竟然会是这样的，静客不愧是静客，永远令水莲想不到。她惊诧地望了静客一眼，发现他的眼圈红红的，几滴泪珠闪烁在黑黑的睫毛间，晶莹剔透。

"怎么就这么弱智？怎么就这么不会照顾自己呢？为什么每次看到你，都让我这么揪心？"静客的眼泪扑簌簌地流淌下来。

"一定是我的丑陋吓着他了！一定是我的面相让他恶心了！"水莲的心里一疼，便羞愧地低下了头。

"怎么几天不见，就这么憔悴了？我不在你身边，你就不好好地活了吗？"停顿了半天，静客才声音嘶哑地说。

水莲的眼泪流下来了，却凄惨地一笑："没有你，生不如死！"

静客的呼吸顿时浓重起来："既然这样，为什么还要不辞而别？你知道为了安排给你做手术，我动了多少心思，费了多少脑筋？你怎么总这么任性？一点都不珍惜我的劳动！"

水莲又不说话了，她也真的不知道该说什么。

"我从省城回来，看到你的病床空了，你知道我有多担心吗？还以为发生了什么不幸的事。听病房里的人说，是你二姐找你了。你二姐怎么回事？她为什么总要干涉你的生活？你也不小了，为什么事事都要让别人支配？"静客越骂越气，脸都气白了。

水莲的头垂得更低了，就那么默默地垂着泪，听着静客一句一句地骂自己。原来听静客的骂也是一种享受呢！

静客见水莲始终一副可怜巴巴的样子，心就软了："要不，你眯一会儿吧！"便一手开车，一手把水莲的车座向后摇了摇。随着车座的后仰，水莲渐渐有了一种幸福的晕眩感，就像小时候躺在爹爹的怀抱被爹爹慢慢地悠。

"睡吧！"静客突然柔声说。

水莲突然抓住了静客的手说："我不睡觉，我想听你继续骂我！"

静客苦笑了，甩开她的手说："怎么总是长不大？睡一觉吧！"

"我不睡！"水莲任性地说。

静客加大了声音："怎么又任性了？抓紧睡！不然你会挺不住的！"

水莲可怜巴巴地说："我怕睡着了醒来，发现你并没有来找我！我怕这一切……只是一个梦！"

静客轻轻地拍了一下水莲的肩膀说："傻孩子，睡吧！三姐夫会一直陪你的！"

水莲质疑地看了静客一眼，真的舒舒服服地闭了眼睛睡了。没想到竟真的睡着了，睡得好香好甜好沉！连个梦都没有做。等她一觉醒来，发现车已经驶入了一片美丽的街市。啊！这是多么令人熟悉的街市啊？可水莲并没有来过这里呀？水莲突然想起了那个奇异的梦，眼前的这个街市，不就是那个梦中的街市吗？楼阁密布，彩灯盏盏。

"哈，多少天没有睡过觉了？都打呼噜了！瞧，口水都流出来了！"

静客轻轻地笑了，顺手递过一块洁白的手帕。

水莲看了看静客，好半天才明白过来似的。她用手帕擦了擦嘴角，便无赖地把手帕装进了衣兜里。静客又轻轻地笑了，水莲最不敢听的，就是静客的轻笑，它就像一只柔软的触手，轻轻一点，就把一缕春情送到了心灵的最深处，痒痒的，麻麻的。

静客笑看着水莲说："你可真是一个刁钻古怪的鬼灵精，我要是不说话，你就永远不说话吗？也不问问三姐夫要带你去哪里？去干什么？"

水莲喃喃地说："只要和三姐夫在一起，去哪里我都愿意！"水莲飞快地瞭了静客一眼，"我巴不得三姐夫领我私奔呢！"

静客的笑容便凝固在脸上了："又瞎说了！"他瞪了水莲一眼："这次去省城，我打听到了一种治疗甲亢的新式疗法，这种治疗不用手术，只需服用一种叫放射碘的药，就能治愈。从省城一回来，我就急急忙忙地到病房找你了，哪承想你竟然一声不吭地走了，这家伙可把我气坏了，我都发誓再不管你了。"

水莲嘟哝说："那你干吗还来管我？"

"是啊！我也奇怪呢！也许是上辈子欠你啥了吧？"静客无奈地叹了口气，接着说："现在能用这种放射碘治疗甲亢的，只有这家军队医院，我因为担心疗效，前几天特意来这家医院考察了一次，觉得这种治疗方式还算安全。因为这种药物全靠从国外进口，医院也没有保存的设备，头一天空运进来，第二天就得服用，所以才让你等了这么长的时间。"

水莲问："这种药很贵吧！"

静客说："还行，比手术贵一些，但毕竟能少遭些罪。"

水莲感激地看着静客："你为了给我治病，真的把你的那个明代青花大……"

静客警觉地看了水莲一眼，水莲才知道自己失言了，连忙把接下来的话咽回去了。

静客的脸色越来越严峻，也越来越苍白，嘴角又像水莲刚上车时所看到的那样，抿得紧紧的了。"我早该想到这一点的！"静客突然咬了咬牙，"官还不踩病人呢！她怎么连病人都不肯放过？她……又欺负你了吧？"

水莲说："都过去了！"

静客心疼地看了水莲一眼说："我要早能想到这一点，就不会骂你了！"

水莲再次凄惨地一笑："我也是罪有应得！谁让我总想着要偷人家的丈夫呢？"

"这个账，你就算在我的头上吧！你放心，三姐夫会加倍补偿你的！"静客像是对水莲说，更像是喃喃自语。

到了医院，就开始了烦琐的治疗。血液化验，仪器透视，医生面诊……因为静客始终陪伴在身边，水莲不但不觉得累，反而觉得看病也是一种享受呢！虽然每一项检查都由患者独自去面对，但因为有静客在门外等着她，水莲一点都没有感到害怕。

等终于服完了放射碘，已经是下午两点多钟了。水莲没想到仅仅一小口无色无味的药水，竟然花去了静客1200多元钱，实在是太昂贵了！自从喝进了那一口药水，水莲便有了一种被赎身的重生感。从那个隔离病房里走出来后，水莲就把静客拽到一个无人的角落，深情地说："你用这1200元钱，把水莲从死神的手里赎回来了！从此，我水莲就永远归你支配了！你想甩都甩不掉了！"话未说完，泪水已噼里啪啦地掉了下来。

"不许这么说话！"静客责备地瞪了她一眼，"你永远都是属于你自己的！水莲，你是天才！一定要发挥出你的才华！"

从医院出来后，静客就把水莲带到了一个环境清幽、装修别致的小餐馆里。在等待饭菜的过程中，静客突然微笑地说："刚才怕你激动，影响你心脏检查，有一个喜事，不对，有两个喜事，我一直没敢告诉你！"

水莲充满期待："两个喜事？什么喜事？"

"你猜猜看！"静客卖了一个关子。

水莲想了想，立即满脸飞霞："第一个喜事，就是你要离婚了！第二个喜事……当然就是你要和我结婚了！"

静客瞪了她一眼说："怎么净想这些俗气的事儿？就不能高雅一些吗？"

水莲噘起了嘴："结婚怎么会是俗气的事？生而为人，和你结婚就是人生最高雅的事！"

静客低下头说："水莲，别再有那种想法了！三姐夫真的配不上你！"

水莲急得站起来说："咱们可是事先说好了的！你可不许反悔呀！"

静客躲开了水莲逼视的目光："别再谈论这件事了！我们还是说一说那两件喜事吧！"

水莲任性地捂住耳朵："不听不听！"

静客想了想，突然一笑："不听那就不说了，到时候给你一个惊喜也好！"便真的不说了。

水莲突然抓住了静客的衣袖，苦苦地哀求："静客！好静客！你就别再逃避了！我了解你！这一辈子你都不会向水芙妥协的，水芙也不爱你！你们的家就是一个活棺材！我们的人生只有一次，你就别再犹豫了！快点从那个棺材里逃出来吧！你调我们这里来，我们一起研究历史，一起考古，一起好好地过日子！行吗？静客？"

静客摇了摇头说："你了解水芙，除了她真的死了，不然绝不会放手的！现在别说是离婚了，就是一想到和她谈判，我就心力交瘁！"

水莲说："你放心，静客！我和她较量过了，她除了位置比我们高一些以外，真的没什么大不了的！再说，人活着，就得斗争！与天斗，与地斗，与人斗，其乐无穷。"

静客依然摇头："水莲，现在你在病中，需要别人的照顾，所以才觉得三姐夫好！其实，这个世界上，还有很多很多更好的人等着你去选择呢！大夫刚才不是说了吗？你的病，一个多月后就会痊愈。等你病好了，你的容貌也就恢复了，到了那个时候，你一定会找到你理想的另一半的！"

水莲突然撂下脸子说："你是在咒我吗？自从喝进了那口药以后，我就已经发下毒誓了：我水莲这一辈子除了你，不会嫁给任何人了！我会永远地等着你的，一直等你到死！"话未说完，泪水已经蒙上双眼。

静客却冷漠而决绝地摇了摇头，又摇了摇头。水莲看了一眼静客的脸色，心里刚刚升起的一小片透明的希冀，就被风吹散了。

第二十三章　花容月貌

　　小汽车沿着辽阔的大平原一路前行着，来的时候，水莲大部分时间都在睡觉，所以并不记得路，但她发现车辆一直向南行驶着，便又闹了起来说："我不回家！不回家！"

　　静客叹了口气说："这哪是回家啊？我带你去的地方，一定会给你惊喜的，再走一个多小时就到了！你要是不信，就把表拿出来测一下。"

　　水莲果然把表从袖子里拽出来，人也显得老实些了。

　　一个小时转眼就到了，水莲把手腕指给静客，让他看自己的表。静客笑了说："看到前边的那个岔路口了吧？到了那里，我们就下路。"

　　水莲果然听话地坐直了身体，向前方望去。到了岔路口，静客果然把车拐下了公路，水莲便冲静客甜甜地笑了。

　　小汽车沿着一条小路，向前行驶着。因为前方除了一片秃秃的树林，一条弯弯的河水，并没有看到有什么村庄，也看不到一幢房子，水莲就又坐不住了："到底是什么鬼地方啊？除了野甸子，怎么什么都看不到？"

　　静客说："等到了那里，你自然就能看到了。"

　　水莲不相信地："你一定……又在骗我！"

　　"三姐夫什么时候骗过你？我要带你看的，其实是两座古塔！你不是一直想要证明：雾中村后的古庙就是辽代的建筑吗？你如果真想求证，必须先看一看那两座塔。"

　　水莲便噘起了嘴："你说的是不是老双塔呀？我早就知道这个破地

方！就离我们家不远。我听说那两座塔破得都要堆到地上了，可却一直不倒。我们村子里的人都叫它'塔坚强'呢！"

静客忧伤地说："如果不立即实施保护，再坚强的塔也会倒塌的。"

水莲便想：到老双塔看看也好，总比直接回家强，这样就能和静客多待一些时间。这么想了，情绪果然好多了，静客见她的情绪有所好转了，便叹了口气说："这样多好！别再闹了！再闹三姐夫也得哭了！"

一句话说得水莲的心一软，就强打精神笑了笑说："对不起，我知道我不好，我就是太怕和你分别了！"

汽车穿过一片树林，又顺着一道冰河走了不远，水莲就看见苍凉的穹庐下那两座灰头土脸的老古塔了。远远望去，那两座土黄色的老塔挺立在重重的云雾里，似隐似现，充满庄严雄伟的气势。可走近一看，心就凉了，因为这两座塔实在太破旧了，千疮百孔、满身伤痕地颓立于荒野之中，塔身多处已有开裂的迹象。

静客忧伤地说："我关注这两座古塔，已经好多年了，它们究竟建于何年，一直众说纷纭。自从那天和你一起看了古庙，我突然萌生了一个大胆的想法，我怀疑这两座古塔，和你们家后面的古庙，很可能就是同一时代的建筑。"

水莲惊得半张了嘴："真的会是……那样吗？你找到证据了吗？"

静客严肃起来了："我正在尽全力寻找，但必须得抓紧时间了，一旦古塔倒塌，就真的来不及了。"

两个人这么一路说着话，古塔已经到了眼前了。水莲和静客围着古塔转了一个大圈，越看，静客的脸色越严峻："这两座塔最鲜明的特色，就是镶嵌在第二层塔身上的那两大块石刻浮雕，这可是研究契丹建筑最宝贵的资料啊！像这样大块浮雕的装饰，一般塔上真的十分少见。你瞧：由于缺乏保护和维修，塔上的浮雕随时都在脱落，唉！我真的很着急啊。"

水莲说："你凭什么认为……这就是契丹古塔？"

静客向塔上指了指："你仔细看，在第二层塔身上的那块浮雕……那弯弯曲曲的符号，我怀疑那些符号，有可能就是消失了近千年的'契丹大字'。虽经千年风雨，但他们却依稀可见，唉！实在太伟大了！"

水莲歪着头仔细辨认着："你的意思……那些符号就是契丹大字？"

静客说："一开始还都是猜测，直到那天，当我终于与一位契丹学专家取得联系以后，我就坚信这个结果了！这位专家看了我传给他的照片后，也非常激动，他说他已经上交了报告，马上就会带领专家团来这里考察了！"

见静客欢乐忘我的神情，水莲便奇怪地问："我喜欢契丹历史，是因为我们家有一面契丹老镜子，你怎么也如此热衷这方面的研究呢？你无论职业，还是爱好，全都和契丹不沾边啊！难道仅仅因为你姓萧？"

静客用那雾一般迷离的眼睛，深情地看着古塔说："我爱好契丹历史，开始是受我爷爷的影响，等深入进去了，就欲罢不能，也解释不清了！每当面对一处古迹，我的心灵就像被洗涤了似的纯净，就会觉得个人的痛苦和失落全都不值一提了。是啊！与漫长的岁月相比，人的痛苦实在太渺小啦！"

水莲若有所思，静默地看着静客，什么话都没有说出来。

静客突然折回车边，从车里拿出一本刊物，塞给水莲。水莲展开一看，原来是一本《文物与考古》。

静客找到一篇题为《德宏傣族景颇族自治州一处墓穴，发现明代"乌木龙萧氏家谱"》的文章，让水莲看。水莲见上面写着这样一段话：

今年三月，在德宏傣族景颇族自治州的一处古墓，考古人员发现了一本明代的《乌木龙萧氏家谱》，里面有这样的记载："萧氏远祖曾任西南面挞剌，原姓舒噜，兴宗以后赐萧姓。先祖萧图曾出任东京留守的耶律斡腊，其显著功勋：一是向道宗皇帝举荐了弟弟萧兀纳，萧兀纳曾任两朝宰辅，屡立功勋；二是督建了'春捺钵'行宫，该行宫地处云雾山下，卧牛河与饮马河交汇处北 30 引，因此名为'雾中山院'。天祚帝在位 24 年，先后 12 次到长春州，6 次驻留'雾中山院'。公元 1112 年'春捺钵'凿冰钓鱼，天祚帝用钓到的第一条鱼犒劳诸部，时称头鱼宴，宴会地就设在'雾中山院'。宴会上，各个部落的首领都为天祚帝歌舞助兴，只有完颜部的完颜阿骨打因拒绝歌舞惹火上身，从此反辽，建立金国。"

水莲愣住了，傻傻地问："30 引是什么意思？"

静客说："这是明代的长度单位，我查了：1 里等于 15 引，30 引相当于 1 公里。"

"1 公里？我的妈呀！这也就是说：这座地处云雾山下的行宫，就在卧牛河与饮马河交汇处北 1 公里？那不正是那座古庙的地址吗？我再看看……"水莲不相信自己的眼睛，揉了揉眼睛后，再次重读了一遍这则消息。

静客笑看着水莲说："怎么样？看了这则消息，有什么感受？"

"这哪儿还能用'感受'来形容了？简直蒙圈了！静客，你快告诉我：这篇文章能不能算作证据？"水莲压着嗓子看着静客问，仿佛声音大一些，会把这个消息吹走似的。

静客也压着嗓子说："虽然算不上绝对的证据，但它可以作为线索啊！如果顺着这条线查下去，真的找到这本家谱，当然就是铁证了！要是专家们再能证明这两座古塔也是同时代的建筑，那咱们的这个考古发现，可就是铁定的事实了。"

水莲的声音都颤抖了："这就是你所说的第一个喜事吗？怎么不早说？不行，我的思维有些乱，我捋捋啊！这也就是说：如果真能找到这本家谱，那就可以证明我们村的古庙，就是当年耶律延禧举行头鱼宴的'雾中山院'？"

静客微笑着说："你的思路很清晰，正是这个意思！"

"我的妈呀！"水莲突然原地一蹦，她贪婪地看了静客一眼，又一次有了想"猴到静客身上"的欲望了，可她到底没敢，只是空空地蹦了一下。

静客似乎没有注意到水莲的变化，依然喜气洋洋地说："如果这本家谱是真的，那这个发现……就堪称东三省有史以来最重大的考古发现了！而这一切，全都要归功于你呀！水莲，正因为你那天的提醒，我在浏览报刊时，才有了这方面的留意。"

"一座'雾中山院'，一场'头鱼宴'，足足改变了两个王朝的命运！一个因此兴起，一个因此灭亡。我的妈呀！原来我们的这座古庙，不对不对，是行宫，竟然具有如此重大的历史价值啊？"水莲激动得满脸通红，又回头看了看古塔，"如果古庙就是'雾中山院'，那这两座古塔又是什么？"

"所以，我们才要进一步探索啊！"静客的脸上闪现出少有的兴奋，"看了这则消息，我也是激动得一夜未睡呢！真是没有想到，大家苦苦寻找了那么多年的头鱼宴的地址，竟然远在天边，近在眼前！追本溯源，我们还真得感谢常年悬在雾中村上方的那片云雾呢！正因为有了云雾的保护，你们雾中村才被许多人遗忘了，这座千年行宫才能够保存至今。"

水莲欣喜地说："下一步，你想怎么办？"

静客说："我正在整理这方面的史料呢，准备先写一篇论文，等文章写完了，就以你的名字发表出去，看看能不能引起相关部门的重视。"

"那可不行！"水莲立即把头摇成了波浪鼓儿，"我这个人最大的优点，就是无功不受禄！就算真的发表，也以你的名字发表。"

静客独断地说："文字只是血肉，而思想才是魂魄，事实上，我之所以萌发了写这篇论文的想法，还不是缘于你这个虎车车的大胆猜测？所以这篇论文必须以你的名字发表。"

水莲笑着说："折中吧！就以咱们俩的名字共同发表行不行？或者我们共同起一个笔名？就叫静莲，怎么样？"

静客想了想说："颠倒一下顺序，就叫莲静吧！但名字真的是次要的，当务之急，是抓紧写完这篇论文。水莲，你文笔好，等我写完后，你一定帮我改一改，然后我们就把它发表出去。我相信这篇论文一定能吸引更多的考古专家关注你们雾中村。"

静客的笑容再次让水莲想起了那个神奇的美梦，便要有所思地问："静客！在第一次见到你之前，我们见过面吗？"

"傻孩子，既然是第一次见面，又怎么能见过？"

"可在第一次见到你之前，我真的见过你！"水莲认真地说。

静客便笑着说："行了，别说梦话了！"

水莲喃喃地说："真让你说对了！那就是一个梦！一个神奇的美梦！是啊！现实中哪能有那么美的地方呢？这么说，我在没有看见你之前，就已经在梦里见过你了！静客，我们两个的缘分真的是天定的！包括我们要做的这些事情，也是天意呢！"

静客也深情地看了水莲一眼："你回过头去，一会再转过来！我再给你一个惊喜！"

水莲果然回过头去，因为心里流淌着那个绮丽的梦，耳畔里也响起了一缕如泣如诉的绝世仙乐。这时，她听到静客说："你转过来吧！"水莲听话地转过了身，只听咔的一声，自己的形象就被静客照进照相机里了。水莲马上捂住自己的脸，气恼地跺着脚说："不许给我照！我现在这么丑！快删下去！快删下去！"

静客笑着说："照上了，就删不下去了！"

水莲真的生气了："我现在这么丑，你存心羞我呀！"

静客真诚地说："水莲，对于我来说，人的美丑真的不在外表上，不瞒你说，我倒更喜欢你现在这种怪样子。"

水莲说："人家都爱美的，你却偏爱丑的。你真是个怪人！"

静客说："准确地说，我只是你的九方皋！九方皋相马时，甚至都记不清马的颜色，他所能看到的，只有马的精神和机能。"

水莲一把抢过照相机，看了看说："这是什么牌子的照相机？很难学吧！"

静客指着其中的一个键说："这是傻瓜相机，傻瓜都会用的！照相时，只把这个镜头对准你要照的人，一按这个键就可以了！"

水莲抬起头，不相信地看着静客问："真的？"

静客又轻轻地笑了："我什么时候骗过你？"

水莲便对准静客，静客赶紧伸出手去阻止，幸好水莲已经摁下键了。

无论多美好的相聚，总有分离的时候。尽管水莲百般阻挠，静客的小汽车还是把水莲载回了雾中村。

车离村子越近，水莲的心就越痛，当车驶到了夫妻树下，水莲连树都看不清了，因为她早已满面泪水了。天已经黑下来了，雾气沼沼的小村庄一片混沌。静客几次推水莲下车，水莲就是不肯下车，反倒越推得紧，越贴得近，弄得静客心力交瘁。

"我奶奶说，人的眼泪就像天河的水，是极其有限的，再哭下去，会把天河的水哭干的！"静客忧伤地责备水莲。

可水莲还是止不住眼里的泪水，还是死死地抓住静客的袖口不肯放手。静客便生气了，无情地说："你要是再这样，我就永远不来看你了！"

水莲这才不舍地放下静客，哽咽着问："那你什么时候再来看我？"

"我们医院成立地方病研究中心的事，上面已经批准了，所以我随时都能来的。"静客冷不防把水莲推下了车，当他确定水莲并没有栽倒之后，再不犹豫，驾车就离开了。

那天夜晚，水莲在夫妻树下哭泣了好久好久，才行尸走肉一般走回了家中。

就像大夫所预言的那样，服药以后，水莲真的感觉一天比一天精神，一天比一天有力量了。等过了一个多月，水莲的手不但不抖了，连吃饭也有节制了，常常刚吃了一碗，就觉得饱了，这对于以前一顿总能吃上三四碗的水莲来说，真的是一件令人高兴的事情。

那天水莲无意间照镜子，竟然在自己的脸上发现了几抹红润，再看看眼睛，黑油油水灵灵的，也不像以前那么干巴巴、鼓突突的了。水莲先是默默地看着，看着，突然一蹦三尺高地喊道："静客！静客！我真的痊愈了！"

那天水荷和赵秋雨回家来了。水莲迎了出去，忙忙地去接他们手里的东西，水荷看了一眼水莲，顿时愣在那里了，眼睛瞪得很大很大，仿佛也变成了甲亢的眼："水莲，你怎么了？这刚刚一个来月吧？你就变得这么白，这么漂亮了呢？"

水荷的喊声，不但引得赵秋雨跑过来看水莲，连爹和妈也都从屋里跑出来看水莲了。看得水莲一时间红了脸面："瞎说！我不还是我吗？"

赵秋雨马上拍马屁似的证明："真的，你四姐说得没差，你的模样真变好看了！我都有些认不出你来了！"

其实这段时间以来，爹和妈也感觉到水莲哪里变了，可由于朝夕相处，他们便都没有发现这种变化。如今听水荷和赵秋雨这么一说，他们也都跟着点起了头来。爹边看水莲边哈哈大笑："可不是咋的，我这些天就觉得我老闺女哪里变了，原来是模样变了！"

妈妈也笑着说："当初静客要给水莲治病的时候，我就说是多此一举！这人啊，只要心情好，就什么病都能治好！你看看，你们看看，照我的话来了不是？幸亏没听他的，要是真听了他的，水莲白遭罪不说，脖子上还会多出一个大疤瘌。要是那样，得多难看？"

于是，一家人便欢欢喜喜地准备晚宴了！未婚的准姑爷进门了，爹和妈自然是最高兴不过了，马上把柜子里珍藏的好酒好东西往出拿。赵秋雨也比赛似的打开大包小裹，把带来的礼品一样样地摆在桌子上。赵秋雨一边摆，嘴里还一边向岳父兼师傅套近乎，他的嗓门天生就大，仅仅几句话，就震得小小的屋子嗡嗡直响。

外屋地更是热闹非凡，姐妹俩一边做饭一边嘻嘻哈哈地说个不停。

水莲身体有了劲头，话也显得多了许多，加之姐妹俩很长时间不见面了，有说不完的话要唠，你就听吧，屋里屋外到处都是叽叽喳喳的交谈声。

当天晚上，在那个隐秘的小作坊里，爹爹就给未来的准姑爷、他的第一个关门弟子传授起水家的独门秘籍了。尽管传授技艺这件事对于水家来说，是可以载入史册的大事，但再大的事情，那个过程也仅仅是爹和赵秋雨两个人知道。小作坊的门关得紧紧的，并且那个小屋又非常隔音，水莲和水荷除了向小作坊瞟上几眼外，再也无法了解到更多信息了。

雾中村小学搬迁的事暂时搁置了下来，学生们依旧在古庙里上课。那天，乡教委突然接到了一份红头文件，说有重要的检察团要到古庙考察，还要求乡里组织一个欢迎晚会。乡教委立即把任务下达给了古庙小学，小小的古庙小学顿时忙开了锅。

人一忙，日子就过得飞快。水莲暗暗地算了一下日子，自打喝药回来，转眼就过去一个半月了，可静客不仅不露面，甚至连一点音信都没有。于是，在忙碌之中，水莲还总要抽出点时间，掉几滴眼泪。

利用排练节目之便，水莲曾几次溜进校长室，往静客的医院打电话，有一次静客下乡了；有一次静客不在；最后一次是一位女人接的，在没找静客之前，她先警觉地问水莲："你是谁？"吓得水莲一抖，确定这个女人一定是水芙安插的眼线，就立刻把电话放下了。

那天傍晚，水莲和莲花正在自家东屋领着学生排练节目，突然看到昏黑的窗子外面，有一束明亮的光猛地扫进屋子，接着就听到了汽车的停车声。水莲的心就异常地跳了，她太熟悉这种声音了！还没等大家反应过来呢，水莲就三步并两步地跑出屋去。雪亮的车灯下，从车上下来的，果然是她日思夜想的静客。看到静客，水莲的眼圈儿就红了，人也傻傻地站在门边，千言万语全都堵在了嗓子眼儿里。

水莲变傻了，静客也变傻了，他惊讶地看着水莲，呆呆的样子竟然比水莲还显得傻。作为甲亢病专家，静客本来有心理准备，估摸着水莲的模样应该已经恢复了。令他万万没有想到的是，她会恢复得如此明显，与原先判若两人。

在车灯的映射下，水莲的剪影简直是一幅古代仕女图，实在是太美了！她身穿一件浅蓝色的家常春装，松松款款、纤纤弱弱地站在门前，如同绰约多姿的仙女一样。

两个人就这么相对无言，时光仿佛都凝固了，直到西屋的爹和妈走出屋来，才打破了美丽的僵局。水莲眼睛红红地回头看了一眼，见莲花和学生们都堵在东屋的门边，探头探脑地往外看着，水莲更是什么话都说不出来了。

见爹和妈出来了，静客便笑了，从车里抱出了一个大大的纸壳箱子，就笑盈盈地走进屋来了。一进屋先看了一眼时英钟，便长舒了一口气，笑了笑说："哎呀，这一路跑的，我还以为来不及了呢！幸好还来得及！"一句话说得一家人云里雾里的，只能面面相觑。

爹和妈酒足饭饱，水莲因学生排练，又不允许他们玩纸牌，正闲着无事可干呢，三姑爷突然驾到了，便恨不得把所有的家常话都倒出来，所以静客一进屋，他们就立即剥夺了静客的"人身自由"。一句句的嘘寒问暖，弄得静客应接不暇。

段时间不见，水莲发现静客瘦多了，脸色也不好，心就一阵阵发疼。心里疼，嘴里说不出口，脸上也无法表现，就只能让干巴巴的疼痛在心里含着。眼泪几次要涌出眼眶，又不能任由它涌出来，得硬往下面咽。心疼的同时，又加上了嗓子疼，那滋味就别提多难受了。

懂事的莲花微笑着和三姐夫打了招呼，就对水莲说："家来客了，排练就到这儿吧！我们回家吧！"

静客马上摆手，微笑地说："莲花你们先别走，有一件大喜事，你们听完了再走吧！你让孩子们也都进来！"几句话说得大家更是丈二和尚摸不到头脑，你看看我，我看看你，目光里全都是惊奇。

农村的学生们都喜欢凑热闹，见水老师家里突然来了一个开着高级轿车的城里人，又抱着那么大的一个箱子，正在好奇呢！突听老师叫他们，便脸上带着惊喜，缩头缩脑地都进屋了。进屋了又不敢往前，你挤我我挤你的直往后面溜儿，嘴里还全都吃吃地笑着，笑出了一朵又一朵小红花。

静客看了水莲一眼，一脸神秘莫测的表情，水莲便预感这件大喜事肯定和自己有关。那次和静客出去治病时，静客不是说要给水莲两个惊喜吗？后来仅仅告诉她一件喜事。水莲为了表现得颇不在乎，嘴上一直没有发问，但心底里却记挂着这件事呢！难道那个谜底就要在今晚揭晓了？

静客把纸壳箱子搬到炕上，边打开边说："听这件大喜事必须得用录放机，我怕咱家没有，就到一个开电器商店的朋友那里取了一台，因为忙，还没来得及试呢。"说着话，一个崭新锃亮的录放机已经拿出来了，静客把录放机放在桌子上，边调试边说："这次来得匆忙，也没给爹妈买什么，这个录放机，就算是我送给爹妈的一个礼物吧！"

妈妈马上千恩万谢地说："那可感情好，咱家里虽有一个破收音机，可都老掉牙了，这回你爹听京剧就方便了。"

莲花就笑着说："现在买一个录放机也得七八百元吧？三姐夫你真孝顺，大婶您真命好啊！"妈妈听了顿时眉开眼笑。

静客看了看时英钟，笑问水莲："猜没猜到啥喜事呀？"

水莲摇了摇头，一脸茫然。

一屋子的人，全都盯着静客。此时的静客，只可用一个词来形容，那就是兴奋！尽管他一直试图掩饰自己的情绪。直到调试完最后一个按键，静客才长舒一口气说："我的朋友说得没差，这个录放机的质量的确是最好的！"说完，便神情凝重地按下了一个键。想了想，又从衣兜里拿出一个空白的磁带，塞进录音机里，又按下了内录键。

这时，录放机里传出了一段清晰而又优美的音乐声，随着音乐，播音员甜美的声音响起：

男：一段经久不衰的乐音传世百年。

女：一曲流华溢彩的旋律恒动永远。

男：一种不可抗拒的力量心随而悦。

女：一段追溯时光的历程尽情展现。

男女合：欢迎收听音乐之声特别节目！

小小的屋子里静静的，仿佛没有一个人。静客的神秘，导致大家的心情也都莫名地紧张了，此时，每个人的脸上都带着急切的期待，每一个耳朵都在侧耳倾听。

优美的旋律终于响起，太令人熟悉的旋律了！水莲只觉得怦然一动，耳畔就嗡嗡作响了。水莲太熟悉那缕意蕴无穷的天籁之音了！因为那段音韵就是水莲和静客坐着小汽车去县城看病、水莲痴情地望着静客背影时、在水莲内心飘荡的那个美妙的旋律。

此时从第三者的角度听起来，水莲甚至有一种恍如隔世之感。她不禁想起自己第一次和静客相见时，那个月光下静寂的夜晚；想起了无名山，也就是萧氏家谱里所说的云雾山下，那个关于消失的部落那凄美的传说；想起了古老的祖庙里两情相悦之时的怦然心动；又想起怪异的树林中，静客把她高高地举起时的疯狂……再然后，水莲便真的堕入梦中了。

周围的一切在水莲的眼前都变得虚幻起来，不仅静客、莲花和学生们，连这间小小的屋子都显得不真实了。水莲求救似的看了看静客，看了看爹，又看了看莲花，最后捏了捏自己的手臂……难道这一切真的不是梦吗？

歌曲终于播放完了，余音袅袅，不绝于耳，可除了静客和水莲，屋里的人还都没有弄明白发生了什么事情。妈妈甚至又在心里埋怨静客大惊小怪了！不就是一首好听的歌吗？如今的雾中村虽然还很落后，但收音机几乎家家都有，特别是音乐之声这个节目，大家也都经常听，真的没有什么大不了的事情啊？

就在大家面面相觑，云里雾里的时候，就听到一位声音甜美的女播音员说：

"听众朋友们，晚上好！您现在收听到的是华夏人民广播电台在每周四的晚间为大家带来的《音乐之声》栏目，我是大家的好朋友佳音，刚才我们给大家播放的是一首新歌的片段，这首歌的名字叫《莲若》，歌曲通过追忆一个消失的部落，讴歌了人与自然的和谐美丽。这首歌的词曲作者水莲刚刚24岁，目前在我省的一个偏远的乡村当小学教师。接下来，就请大家完整地欣赏一下这首歌吧！"

屋子里先是静极了，随即就发出了一片近乎爆炸似的欢呼声，此时此刻谁都不听收音机了，大家都把惊讶的目光投到了水莲的脸上，学生们也都忘了害羞，挤着跳着跑到了水莲的身边，围着水莲大呼大叫。

"水老师上广播了！水老师上广播了！"有几个孩子甚至跑出了屋子，向着外面大声尖叫了起来。莲花也跟孩子们一样地跳着喊着，小小的屋子一下子乱成了一锅粥。水莲的眼睛湿润了，她穿过欢呼的人群看了一眼静客，她发现角落里的静客，也早已满面泪水了。

妈妈一边擦眼泪一边说："水莲，我没听错吧？这首歌真的是你编的？这是啥时候的事啊！"

爹也睁圆了他的一双小眼睛，瞪着大家喊——他竟然也能喊了！"先别吵吵！听歌！听歌！"

爹爹的喊声起到了震慑效果，欢呼声果然被压下去了，大家又一起倾听起这首歌来了！好美的旋律，好美的词句，这是他们有生以来所听到的最美最动听的歌曲！

歌曲终于播放完了，静客默默地走过来按下了停止键，水莲从他抖动的双手看出了他内心的激动。爹看着静客奇怪地说："这个大喜事儿，你是咋知道的？"

静客笑了笑说："是我的同学事先通知我的，我听到了信儿，就给水莲打电话，可电话却没打通，我就急了，马上买了录放机，急急忙忙地赶过来了。这一路跑的，把车都跑飞了，幸好赶上了！"

莲花抹了一把眼泪，搂住水莲的肩膀，爱昵地说："水莲，原来我就说过你一定有大出息的，你看我的话说对了吧？这回你可出大名了！"

妈妈的激动劲儿过了，听了莲花的话，便不以为意地说："也就是写了一首歌呗，又不是在电视上，出名又能出多大的名儿？这首歌曲子倒是好听，歌词却让人糊涂。啥消失的部落呀？还有什么捺钵？莫名其妙。"

静客说："含蓄嘛！含蓄恰恰就是这首歌的魅力所在。真正好的歌曲就是要引发人的思索，寻求听众共鸣的。您听了这首歌，是不是觉得很舒畅？很享受？这就够了。"

静客的话让妈妈很不受用，就尴尬笑笑说："三姑爷你这话我可不赞同，我虽然没有念几年书，但磕磕绊绊地也算念到了初中毕业，我认为歌儿就是唱给大家听的，这大家当然就是指所有的老百姓了？连我这个有知识的老百姓都听不明白的歌，那能叫啥好歌呀？"

静客脱口而出："所以古人们才有'曲高和寡''大音希声'之说呢，就像当年的钟子期和俞伯牙，真正的好歌都是难遇知音的！这也是所谓的阳春白雪和下里巴人的区别吧。"

妈妈的脸上便挂不住劲儿了："三姑爷的意思是：水莲所写的就是'阳春白雪'，而我们听不明白的就都是'下里巴人'了？"

水莲怕妈妈犯老病，马上笑着解围："还是妈妈说得对，这首歌的确是一首糊涂的歌，我就是胡乱写的，连我自己都没有弄明白想要说啥呢！"接着又冲静客一笑，"咱妈可不是一般的妈，她看过很多书的。"

静客立即抱歉地说："我刚才也是太高兴了，才信口开河的，您老可别生晚辈的气呀！"

听静客这么说，妈妈的脸色才有了些暖意。静客把磁带倒回去，又试着播放了一段，果然都录上了，录音的效果非常好。

莲花对静客说："三姐夫，你这里还有磁带吧，给我复制一盘行吗？我还没有听够，想回家再听一遍。"静客立即冲莲花笑了，点了点头。

送走了莲花和孩子们，小屋里顿时寂静了。静客直到这时才觉出累了，坐在炕边上懒懒地看着水莲笑着说："水莲，我中午饭都还没吃呢！你看看家里还有啥剩饭没有，给三姐夫热一点。"

爹和妈马上受惊了一般站起来，一时又不知该怎么忙了。静客马上说："都这么晚了，我又不是外人，就让水莲帮我热一点剩饭，我简单吃一口就行。"

爹一拍脑袋，说："赵秋雨给我买的那两盒肉罐头，我还没舍得动呢！我这里还有一瓶好酒，今天这么大的喜事，咱爷俩得喝几盅！"说着就去翻箱倒柜，又让水莲去园子里割韭菜，炒一盘青菜给静客下酒。

水莲正找不到机会呢，靠在门框上看着静客说："三姐夫，你陪我去园子里割韭菜吧！外面太黑，我有些害怕！"

不知为什么，静客犹豫了一下，又摸了一下衣兜儿，才起身随水莲向后门走去，打开后门，发现薄雾笼罩的静谧田园，美得就像童话里的仙境。

刚才静客进屋时，外面已经昏黑了，这时候月亮已经爬上了天空，虽然月亮只是下弦月，弯弯的如同一叶明黄色的小船，但因为隔了一层薄雾，那月色就显得朦胧起来，就像一个神秘的谜语。

静客不熟悉路，只顾得看脚下了，所以一路磕磕绊绊地走得很慢，再一抬眼就找不见水莲了。他向四处看了一看，只见小小的菜园到处弥漫着怡人的清香。每个池子里都长着绿油油的菜苗，在朦胧的月色里，也辨不清到底都是什么菜，反正都是柔柔的，细细的，有的还绽开了细碎的花。静客又听了听，想凭脚步声猜一猜水莲猫到哪里去了，可周围静静的，不知哪里，突兀地响几声小虫儿们的鸣唱！

静客正在凝神四望，海棠树后，突然飞出了身段柔柔的水莲。水莲轻吟了一声，就扑倒在静客的怀里了："你这个狠心贼！咋才来看我……"接着就劈头盖脸地打起静客来，眼泪也扑簌簌地流了出来。静客吓得仓皇四顾，连声说："别这样，水莲，让别人看见！"边说边强行把水莲从自己的怀里"扒"了下去。

水莲虽然被静客"扒"下来了，可身体依然紧紧地贴着静客，怎么推也推不开，直到静客说："三姐夫真的饿了！你还想不想让三姐夫吃饭了？"才抹了一把眼泪，蹲下身割起韭菜来。

水莲割菜时，静客再次端详了一番月光下的水莲，他发现水莲的确越来越美了，纤弱妩媚的仪态，是水芙水菡们谁都无法企及的。水芙美得过于冷郁，水菡美得过于妖艳，而独有水莲，既独特又自然，就像她的名字，出淤泥而不染，濯清涟而不妖。最诱人的，还有那抹笼在眉宇间的忧伤，他相信无论谁看了，都会为之怜爱，为之心动，哪怕赴汤蹈火也在所不辞。

"不能再来见她了！"静客绝望地想，"她已经不再需要我了！"

水莲见静客始终望着自己，便有些害羞地笑了，指着不远处的葱地，对静客说："你去拔几棵小葱，现在的小葱又甜又嫩，可好吃了！"

静客掏出一封敞口信递给水莲说："这就是那篇关于雾中山院的论文，终于完稿了，你看一下，如果没有什么改动的，就标上那个笔名邮出去吧，投稿地址我写在信封上了。"

水莲抽出里面的稿件，发现是一份写得工工整整的手抄稿："手抄的？你都没有复写吗？"

静客说："仅此一份，连草稿我都毁了。"

水莲奇怪地看了静客一眼："为啥……连草稿都毁了？"

"你三姐这个官迷……你是知道的，为了破格晋升，她一直想在权威刊物上发表几篇有力度的学术论文，那天见我写东西，就凑过来求我，我当时就拒绝她了。"

"干吗拒绝呢？不如就写上她的名字发出去吧！反正这种论文就算

用那个笔名发了，也没有啥用途。你们俩夫妻一回，帮帮她也是应该的。"水莲苦苦地笑了，把稿子塞回信封，就要还给静客。

静客连连摆手说："这种事怎么能帮？弄不好反倒会害了她的。"

"发表了，也就意味着她成功了，怎么能说害了她呢？"水莲不解地问。

"如果论文反响平平，就算发表了，对她的提拔也是毫无用处的。一旦论文产生反响，那就一定会有许多后续工作，可她对此一窍不通，怎么应付得了？弄不好，反倒会落下笑柄。"静客一边说，一边眯着眼睛看了看远山，"直到刚才，我还纠结呢，不知道到底应不应该把它公之于众呢？"

"这有什么可纠结的？"

"为了这篇论文，这段时间，我查阅了大量的史料，获得了许多事先没有想到的收获。这么说吧！在'春捺钵'行宫'头鱼宴'的秘密之上，我还发现了一个更为惊人的秘密！"

"更为惊人的秘密？那是什么秘密？"水莲惊得站起身来。

"这个秘密，我全写在最后两页了！等你看的时候自然就知道了。如果这个秘密被公之于众，真的难以预料……会发生什么事情。"

"到底是什么秘密啊？你怎么总喜欢吊人家的胃口！"水莲嗔怪地说。

静客兀自按照自己的想法说："这么和你说吧！秘密一旦披露，这里势必会成为令众人竞相觊觎的喧嚣之地！要是那样，我们两个岂不成了千古罪人了？"

静客向远处眺望了一眼，夜很浓重，远处的山、近处的水都混沌在了那片迷蒙中，静客望了望那片迷蒙，轻叹了一口气说："这里太美了，太静了，毫无人为雕琢的痕迹，我真的不忍心破坏了这里的宁静。"

水莲一挥手，就把信封塞进了自己的衣兜，说："行了，管它什么秘密呢？不过是替古人担忧而已。"两人正说着，后门嘎吱一声开了，只见妈妈贼一般从后门钻出来。静客马上捧起韭菜，迎过去说："水莲说再拔几棵小葱！"

妈妈便说："这孩子干啥都这么磨蹭，再磨蹭一会天都亮了。"

说着话，水莲的葱也捧过来了，几个人就鱼贯地回了屋。

第二十四章　雾里看花

屋里的小饭桌已经支起来了，酒也烫了，罐头也打开了，水莲炒菜的工夫，静客也洗好了葱，接着他就和爹坐到了桌边，喝起了酒。

爹高兴，静客也高兴，两个高兴的男人相对着喝酒，自然会越喝越高兴，越高兴越想喝，你来我往，一瓶酒很快就见了底。

爹和静客喝酒时，水莲一直坐在旁边看着他们，灯光下的静客实在太令水莲倾心了，有那么一段时间，水莲已经把静客想象成自己的丈夫，于是，那种幸福感就又把胸膛塞得鼓荡荡的了。是啊！一个是岳父，一个是岳母，一个是女儿，一个是女婿，这该是多么完美多么幸福的人间图景啊！可为什么这其中偏偏要夹一层错位呢？人生啊！为什么就不能尽善尽美呢？

静客也许是酒量太浅吧，中途出去解手时，水莲发现他的脚步有些趔趄，眼神也不像以前那么雾一般迷离了。走到门边时，他甚至直露露地瞟了水莲一眼，水莲突然从他的眼神里看到了一缕与以往不一样的神情。

啊！酒！到底是什么东西？竟然有这么大的魔力？甚至能让如此内敛的静客也乱了本性？水莲想到这里，便后悔那天和静客去看病时，为什么那么傻，没有怂恿静客喝一点酒呢？如果那样，静客一定会处处让自己支配的。这样想着想着，一个计划就在水莲的心里生成了！计划刚一出炉，水莲就暗暗地笑了，一抹红晕也悄悄地爬上了双颊。

静客出去有一会儿了，也不见回来，水莲不放心，走出后门向厕所那边望了望，转眼就看见静客披一身月光、歪歪斜斜地走回来了。他一身的酒气，一身的阳刚之气，隔了很远水莲就闻到了。见水莲靠在门边微笑地望着他，他也快乐地冲水莲笑了，不小心绊到了田埂，突然一个踉跄，正想找什么东西支撑住自己的身体呢，水莲突然上前一步，就把静客搂到自己的怀里了。

"静客，静客，我都想死你了！"水莲深情地呢喃。

"这样不好！水莲……"静客的酒实在喝得太多了，虽然极力挣扎，手脚却一时不听使唤……

后门嘎的一声响，水莲回头一看，却见爹站在门边，正用那双通红的小眼睛惊诧地瞪着他们。水莲大脑顿时一片空白，这才松了手，静客又踉跄了几步，才让沉重的身体靠在了后门上。

爹咳了一声："静客……"他又咳了一声："这样可不行……这怎么能行？"

静客百口莫辩，只能手足无措地站在月光下，仿佛真的犯了什么罪了似的。

见他这个样子，爹便慢慢走过来，拉住他的手说："好孩子！你这是喝多了！才把水莲当成水芙了！"

静客的解释苍白无力："我刚才……真的是脚下一滑……"

爹一边拍着他，一边说："你就不用解释了！好孩子，爹知道你的心里苦，爹也知道水芙那孩子的性情，你的日子过得不随心！可再苦也得挺着不是？人活着就得逆来顺受不是？水莲是你的小姨子！到啥时候不能乱了套不是？"边说边把满脸通红的静客拉进了屋里，留水莲一个人站在月光下怵哭……

夜渐渐地深了，水莲默默地回到自己的屋子休息，耳朵里始终倾听着那屋的动静，幻想静客能偷偷地过来找她，然后领着她一起远走高飞，尽管连她自己也深深地知道那就是幻想。

那一夜，水莲一夜都没合眼，实在难熬了，水莲从炕上爬起来，扭开了灯，在灯下翻看起静客的论文来。

论文的主标题是《在吉林北部半山区发现辽代契丹"春捺钵"行宫"雾中山院"》，下面一行小字："据考证：一千多年前的那场导致辽、金改朝换代的'头鱼宴'，就是在雾中山院举办的。"

论文开头是这样写的：

在中国历史上，改朝换代频频发生，但原有的文化传统总能代代相传。然而契丹王朝灭亡后，不仅契丹族的祖地消失了，整个契丹文化也消失了。可事实上，伟大的契丹民族和博大精深的契丹文化真的消失了吗？

通过考证，笔者发现，这种消失其实只是一种人为的假象。近日，笔者在常年云雾缭绕的雾中村里，发现了一座虽历经千年依然保存完好的辽代"春捺钵"行宫。据在德宏傣族景颇族自治州一处墓穴发现的一部明代"乌木龙萧氏家谱"记载，这座行宫就是当年天祚帝耶律延禧举行"头鱼宴"的"雾中山院"。而且大量史料已经证明：一千多年前的那场导致辽、金改朝换代的'头鱼宴'，就是在"雾中山院"举办的。除了这座行宫，笔者还发现了一个更为惊人的秘密。

接着，论文便引用了大量的史料，从无名山脉的地貌、饮马河流的水系、契丹部落的生活区域、生活习俗演变的痕迹以及契丹古老部落的传说等角度，分条解读了无名山就是雾中山，饮马河就是土河，卧牛河就是潢河的论点，并用大量的史料，对照分析了当年辽代春捺钵的具体方位。在文章的最后两页，静客又对那个"惊人的秘密"进行了具体阐述。

头鱼宴作为一个政治宗教活动，使它名扬天下的却是它作为导火索，引发了女真部落的反叛，并最终灭亡了强大的契丹帝国。不过，辽朝虽然灭亡了，一个传说却流传至今。据《金朝民间故事》记载：天祚帝灭国前，曾在春捺钵的一处"面水背山"的行宫里藏匿了一段时间。由于追兵步步逼近，耶律延禧只能继续逃亡，离开之前，他把无法携带的金银珠宝埋在了行宫里。最引人注目的是一对金龙玉虎。当时还流传了一首民谣："金龙对玉虎，财富万万五！谁要识得破，买尽黄龙府。"为方便日后寻找，天祚帝还在行宫的石壁上刻下了藏宝暗语。如果破解暗语，石壁便会自动开启。另在《契丹野史》中，也查出天祚帝"曾经在雾中山的一处行宫里居住、并在行宫的石壁上刻下了契丹暗语"的记载，恰恰与这个民间传说不谋而合。

静客的这篇论文，的确查阅了大量的资料，下了很多的功夫。掩卷沉思，水莲信服地叹了一口气，又叹了一口气，她不禁想：如果这篇论文，尤其是"金龙玉虎"的秘密公之于众，势必一石激起千重浪，甚至有可能掀起寻宝的热潮。于是，围绕着论文的发表与否，水莲也纠结起来了。

第二天早晨起来，水莲的头疼得都要裂开了，她发现静客显得比任何时候都憔悴。由于发生了那件令人尴尬的事，静客在爹妈面前就像是真的犯了什么罪了一般，始终抬不起头来。他就那么蔫蔫地洗漱了，一句话都没有和水莲说，甚至没有看水莲一眼。

水莲纠结着静客的论文，有太多想和静客探讨的，可在屋子里转了几圈后，还是一句话都没能说出来。做完了早饭，爹妈逼着静客必须吃一口再走，静客果真的听话地吃了几口，吃饭的时候依然看都没看水莲一眼，很快放下了饭碗，他就声音嘶哑地说："爹，妈，那我走了！"便真的蔫蔫地向外面走了。

水莲就哭了，不顾一切冲过去，拽住了静客的后衣襟。静客眼神木然地看了她一眼，正不知说什么好呢！冷不防窜过来面色严峻、如临大敌的妈妈，一下子就把水莲推开了，凶狠的目光像极了水芙的眼神。

水莲周身一抖，只能无助地靠在门边，肝肠欲断地看着垂头丧气的静客驾车离开了。

每个孩子都是一个小喇叭，加上莲花这个大喇叭，这下可好，第二天一上班，水莲就发现自己已经成明星了。不但全校的老师都知道了这件喜事，村子里的人看到了水莲，也都远远地向她喊："小莲儿，听说你写的歌儿都上广播了？"

县考察团的人恰好到了。校长在汇报工作时，正愁没有什么可炫耀的呢！便把水莲这个"重磅炸弹"引爆了。为了证明炸弹的威力，她还把莲花上交的磁带播放给各位领导听。在一座阅尽千年沧桑的古庙，播放这首洞穿时空的天籁之曲，那意义可是非同一般啊！

也许千年的古庙也在为水莲摇旗呐喊吧？歌曲都播完半天了，沉默的古庙依然好久没有发出一点声音。就在校长忐忑不安之时，带队的县领导突然带头鼓起掌来，接着，雷鸣般的掌声就在古老的庙宇爆响了。原来这短暂的沉默，正是"于无声处听惊雷"的前奏啊！

"无声的惊雷"很快从县教委传到了县委宣传部乃至县委县政府，据说连县委书记都"亲自"过问此事了。随即，由县委宣传部牵头组织的特别采访小组，就扛着"长枪短炮"，拿着各种器材，专程到水莲的古庙小学采访水莲来了。

采访小组到达古庙小学的时候，正赶上古庙小学汇报演出。在简陋的舞台上，当采访组的成员看到一袭白衣、美如仙子的水莲娉娉婷婷地走到古筝旁边，稳稳地坐下来，姿态优美地弹奏起古筝名曲《雾中莲》时，所有听众的眼睛就都瞪成甲冗眼了。眼睛瞪得尤其大的，是宣传部里刚刚提拔的对外宣传科科长钱望。

"水莲！难怪我怎么找都找不到你，原来你躲到这个偏远而神秘的雾中村了！"因为惊喜，泪水几度涌入钱望的双眼。

要说钱望，大家一定对他还留有印象，他就是水芙想给水莲介绍的小伙子。早在师范大学上学的时候，钱望就看到过水莲的古筝表演，自从水莲的倩影进入钱望视线的那一刻起，钱望心里就再放不下水莲了。

最令钱望后悔的一件事儿，就是那次学校演出结束时，他没能把握住机会向水莲讨要联系方式。记得当时钱望都已经走到后台的小门边了，可因为有很多同学也都冲进了后台，围着水莲让她签名留念，钱望才没有挤上前去。之所以没敢上前，全都是虚荣心在作怪，钱望可是既怕同们看低了自己，更怕水莲看低了自己。

后来，当钱望得知水莲经常在报纸上发表文章后，就更加后悔自己那天没有上前了。尤其是读过水莲的散文后，钱望的肠子都悔青了，因为水莲的文章竟然比她的琴音还要美。为了及时阅读水莲的散文，钱望同时订阅了好几份报刊，凡是刊登水莲散文的页面，他都剪裁了下来，贴在小本子上。为了找到水莲，省里仅有几所师范大学他都去了，甚至托关系查找了学校的花名册……

钱望的父亲钱若林，也就是被水莲称为铁板脸的钱书记，现在可是不得了，他已经由原来的钱副书记，摇身一变成了钱县长，稳稳地坐上了县里的第二把交椅。钱县长表面上不苟言笑，骨子里却非常热爱艺术，尤其对有才华的青年，他总是很尊重很偏爱。那天水莲把自己发表的文章给他看，又朴实无华地讲了几句农村大实话，立即就让他对水莲刮目相看了。晚上回家以后，他就把水莲的情况和爱人说了，他的爱人一开始还没怎么搭腔，当听说水莲是李水芙的亲妹妹时，这才动了心，立即就把这件事儿敲定了。

钱望下班回来，钱若林便把二人的决定告诉了他们的独子钱望。和往常一样，对于父母所安排的每一次相亲，钱望的内心都是排斥的，直到父亲说了下面的话。

"对了，这个女孩儿还喜欢写作，你不是订过《北方农村报》吗？她经常在那上面发表文章！"

"她叫什么名字？"

"这我倒是忘了问了。她姐姐叫李水芙，她也应该叫李什么吧？但报纸上的笔名我却记得，叫水莲。"

父亲的这句话就像惊雷，让钱望周身一震！"你说什么？她叫水莲？"

钱望一较真儿，钱若林反倒犹豫了："应该叫这个名字吧？或者我记错了？叫……雪莲？"

见钱望一脸失望，钱若林马上板起了铁板脸："不过一个名字而已，至于那么在乎吗？人的名字啊长相啊，都是外在的。我觉得相亲找对象，还是应该注重内涵。要是论长相，那个女孩子的确丑了些。"

父亲的这番话，彻底打消了钱望前去相亲的念头，钱望正琢磨着应该怎么撒谎，才能够推掉晚上的相亲呢！幸好刘主任跑过来通知他们，说什么那个女孩儿临时有急事回家去了，才让钱望暗暗舒了一口长气。

事后，水芙曾专门到钱望家，就自己的"办事不力"，向钱书记两口子郑重道了歉，没想到亡羊补牢的道歉，反倒激起了钱望的好奇心，尤其是当他确定女孩儿的名字就叫水莲后，还对父亲的话产生了质疑：就凭李水芙的长相，她的妹妹再丑也丑不到哪里去吧？难道这个水莲，就是自己寻找几年的偶像？

特殊的社会地位，优越的个人条件，无疑使钱望成了女孩子竞相追逐的对象。正如钱望心里藏着一个水莲一样，有一个女孩儿的心里也藏着一个钱望，但和钱望不同的是：这个女孩儿自打见了钱望第一眼，就对他穷追不舍了。论条件，这个女孩儿可比水莲好得太多了，不但名牌大学毕业，家庭条件更是优越。毕业后直接就分配到了县电视台工作，人又长得超群出众，貌美如花，两个人站在一起，谁都夸他们是绝配的佳偶。

也许还是因为心底里藏着一个水莲吧？对于女孩子对自己狂热的追求，钱望始终一副无所谓的样子，父母如果追得紧，他就把这个女孩儿当挡箭牌，如果父亲放松了，他也就把女孩子撂在一边了，日子便这样稀里糊涂地向前过着。

说来也巧，那天晚上，本来钱望是和那个女孩子在一起的，可两个人谈着谈着，又话不投机地吵起来，望着女孩子那绷得紧紧的漂亮脸蛋儿，钱望突然万分沮丧了。脸色阴郁地一摔门，正要驾车离开，没想到女孩子立即放下了公主的架子出门来，忍辱负重似的向他道歉说"我错了"。这种毫无个性的妥协，反而更加剧了钱望的沮丧，他甚至连犹豫都没有犹豫一下，开着小轿车就回了家。

家里没有人，父母都出去应酬了，钱望郁郁寡欢地躺在床上生了会儿闷气，本来想看看电视的，又懒得站起身去取遥控器，一抬头看到了床头的小收音机，便顺手打开了。没想到这一听，就把他的情绪吊起来了：实在是太美的曲子了，特别是那哀怨悱恻的音韵，如乡间的风，吹散了钱望那郁结在心的哀伤，一下子就把钱望带入了一个无法企及的圣洁之地。

人世间还有这么好听的曲子吗？

这到底是一支具有什么魔力的曲子啊！听得钱望一时心驰神往，梦醉心摇，转眼就忘了自己身在何处，忧在何方了！

奇幻的曲子刚播到伴处，突然停了，接着，解说员便报出了歌曲的名字：《莲若》！钱望慵懒的思索顿时被激活了."花落子归泥，不过世态，无非因果。心滴菩提露，不过通透，亦是如来。莲若，应就此意吧？"

陶醉之余，钱望不禁自问："到底是谁、又是在哪里创造了这么奇妙的曲子啊？隔了那么浩渺的烟海，这个人怎么会知道我钱望此时的哀伤呢？"解说员就像知道钱望的迷惑一般，很快就介绍词曲作者水莲的名字。那轻柔柔的声音对于钱望来说，无疑又是一声霹雳，再一次把钱望惊到了！

水莲？此水莲……真的就是彼水莲？转念一想：像这种美如天籁的仙曲，也就水莲那样超凡脱俗的女子才会谱写出吧？

关于春捺钵的传说和那个消失的部落，钱望也早有耳闻，只不过以前听了也就听了，从没把这件事与当地的历史文化联系在一起。如今，这个话题被那个深藏于心的奇异女子提出来了，就不能不引起钱望的高度重视了。接下来的时间里，钱望的脑子里除了水莲，再也装不下其他信息了。

作为一县之长的公子，要想调查一位小学教师，当然易如反掌。钱望仅仅打出了三个电话，水莲的基本情况便都了然于心了。钱望静静地思索了片刻，一个快速接近水莲的方案便在心里形成。

经过巧妙的运作，钱望在第一时间就把《莲若》产生的"深层次原因"以及由此引发的"关于地域文化的思考"，就通过别人的嘴，夸大其词地传到了主管领导的左耳。非常碰巧的是，该领导的右耳，正好灌满了来自县教育局的关于"重磅炸弹"的消息。他马上找来对外宣传科科长钱望，命令他尽快与电视台取得联系，成立采访小组，去古庙乡雾中村采访水莲。

采访组一行四人，一个摄像，一个记者，一个司机，还有一个就是钱望本人了。那个记者姓刘，名字怪怪的，叫刘阿浏。一头毛茸茸、细软软的黄头发，虽然岁数也不小了，仅比钱望小几个月，可就是一副长不大的样子，偏偏还长了一张娃娃脸。为了显示自己的文化人气质，并不近视眼的刘阿浏竟然戴了一个没有镜片的眼镜框，这就使他可笑的娃娃脸多了一丝滑稽。大家闲着没事时，常常拿刘阿浏的眼镜框说事儿，刘阿浏却我行我素，整天戴着个空框眼镜走东闯西，走到哪儿都能引发一片笑声。

路很长，也很颠簸，大家在车上颠得难受，便又逗起刘阿浏来了。因为采访的对象是水莲，爱开玩笑的老司机就私自给刘阿浏和水莲配上了对儿。刘阿浏偏偏非常乐意大家和他开这种玩笑，许诺说如果真能把两人撮合成了，他一定请大家到县里最好的饭店吃大餐。

看着刘阿浏志在必得的嘴脸，钱望心里闷闷的，却只能任那烦闷在心里发酵。也难怪！谁让他钱望在县城里名气太大，而那个追求他的女孩子又太能吹嘘，每天都是钱望长钱望短的，尽管钱望根本就没有许诺她什么。

钱望永远都忘不了采访车驶入雾中村之时，内心那无语的惊诧。雾中村给人的最鲜明的印象就是"突如其来"。你想啊！一个如此静谧、如此古朴、如此绮丽的山中小村，在毫无预兆、毫无迹象、毫无铺垫的情况下，突然就从一片彩色的云雾中撞进了人们的视野，让人一点心理准备都没有。

之前，采访车一直沿着一条堆满山杏林的山间小路颠颠簸簸地前行着，直到快到村头了，除了悬在山间的那一片片彩雾，一车的人还是没有看到一点小村庄的影子。幸好老司机以前曾经来到此村，知道雾中村的特点，才轻车熟路地把车开进了小村庄。直到采访车已经驶过村头两棵老古树的旁边了，钱望一抬头，那个炊烟袅袅、宛若仙境的雾中小村，才泼墨山水画一般呈现在了他的眼前！

"这是一个什么村子啊？太有意思了！怎么突然就蹦出来了？变戏法似的？"刘阿浏一边咋呼着，一边让司机停车。

"是啊！事先连一点的影子都没有看到啊？怎么突然就冒出了这么一个小村庄？"性格内向、沉默寡言的摄像师，也破天荒地开口说话了。

"这就是所谓的'无状之状，无物之象'吧？"钱望眯着眼睛，惊异地看着眼前的一切。

车一停下，刘阿浏就孩子一般地跳下车来，眼睛不够用似的东张西望，一边看，一边乱叫着。摄像师也终于按捺不住，拿着摄像机就对着雾中村一顿狂拍。

"你怎么不下去看一看，这个地方真的很特别。"老司机冲钱望一笑。

"这样的小村庄，不能用眼睛看，得用心看！"钱望朝老司机笑了笑，又转过目光，继续坐在车上纠缠着老子的哲学问题。"三十辐共一毂，当其无，有车之用。埏埴以为器，当其无，有器之用……故有之以为利，无之以为用。"这个村庄之所以令人感到奇妙,就是缘于这种"大道无形"吧?

司机把车门关上,对钱望小声说:"前天在咱们机关食堂,我遇到你爸爸了,就坐在一起闲聊了几句。聊起你的工作时,你爸爸说:'咱东北的黑土地不仅是我国重要的粮食主产区,也是世界上仅有的三大黑土区之一,所以东北的年轻人要想真正干一番事业,最好先从基层干起。'听言外之意,他可能会让你下乡吧?"

钱望笑了:"这件事,他已经和我谈过多次了,我还一直没有答复他!不过,刚才,就在刚才,我已经做出决定了,但我得向他提一个条件。"

司机朝雾中村一抬下巴,意味深长地一笑:"你的条件……是不是'非此乡莫属'?"

钱望又笑了:"是啊!就凭这么特别的雾中村,我也应该到乡下历练一番了。可不能让这么美的村庄,永远藏在云雾里,这不是在浪费资源、暴殄天物吗?"

司机说:"按你现在的级别,如果到古庙乡,也应该任个副书记吧?"

"至于任什么职,我倒不在乎,我只想趁着年轻,踏踏实实地为咱们的家乡做些实事。"钱望真诚地说。

"我预感如果钱书记到任,古庙乡一定天翻地覆的,那句话咋说的?隐在凡尘无人问,一旦成名天下知。"

钱望笑了:"我当然志在必得!年轻人嘛,就得敢为人先!"

采访定在了汇报演出结束之后。因为早就和校长打了招呼,所以还未等和水莲见面呢,采访组的人就投入到工作中。水莲演出时,他们就采拍了大量水莲演出的镜头。等到演出帷幕刚刚落下,钱望一行人就聚集在校长室,只等着校长把水莲领过来,就开始深度采访。

在等待水莲的时间里,钱望突然有了一种度日如年的感觉,第一次感到紧张了,这对于已经"行过了万里路"且"阅人无数"的钱望来说，真的是一件新鲜的事。可令采访组的人万万没有想到的是，十几分钟以后，校长却独自一个人回来了，她为难地告诉他们：水莲说什么都不肯接受采访。

"做做工作吧！我们大老远专程跑来的，别让我们白跑啊！"钱望说。

校长为难地说："我刚才把嘴皮子都磨薄了，可水莲老师就是一句话，不接受采访。"想了想，又解释道："水莲老师这是随根儿，水莲的父亲是个刻版画的，按说也没啥名气，可这么多年来，无论多高级别的记者来采访他，他都让人家吃闭门羹。"

"刻版画的？"钱望心里一动。

刘阿浏急不可耐地问："就算不接受采访，见一面总还是可以吧？"

校长又无奈地摇了摇头说："我还真就这么说了，想让她陪各位领导吃一顿饭，她却二话没说，转身就回家去了。再不这样吧！左右这个人你们也见了，如果还有什么要问的，不如就问我吧！她的情况，我都了解。"

"可是我们想要询问的，并不仅仅是她个人的情况，我们还有许多由这首歌所引发的深层次的问题，比如这首歌里提到的一山二水，到底指的是什么样的山？什么样的水？"钱望说。

校长歉疚地笑笑说："噢，这些问题，我还真的回答不上来。"

晚上，乡教委的领导盛情款待了县领导。见采访组的一行人情绪都很低落，乡教委领导就安慰他们说："虽然采访没进行，但演出镜头你们不是录了吗，学生唱的那首校歌，也是我们水老师作词作曲的，不如就写一篇文字报道算了！"这种话说了等于没说，大家都高兴不起来，尤其是刘阿浏，一直闷着头在那里默默地吃，与在车上时判若两人。

司机瞟了一眼刘阿浏，对校长一笑说："你们这个小地方还真藏有大人参呢！这个女孩儿不但有才华，长得也美！这不，刚刚见了一面，就把我们这位小刘记者的魂儿都勾跑了！"

刘阿浏一点儿都不想掩饰自己的情绪，哭丧着脸子说："她这个人也太牛了吧？不接受采访也行，可咋的也得让我们见上真佛一面啊！做不成采访对象，做个朋友总还可以吧？"

乡教委的领导马上笑着说："小刘记者要是想和才女交朋友，那我们倒帮得上忙，因为据我们所知：这位水老师就想在城里找对象。凭小刘记者的个人条件，介绍介绍兴许还真能成。"

刘阿浏立即堆下笑脸求乡教委的领导帮他介绍，乡教委的领导就把古庙小学的校长叫了过来，当着大家的面儿就把任务落实下去了。见大家这么摆局设阵，真刀真枪地干上了，可让钱望急坏了，又不能表现出来，只能暗暗在心里着急。一边骂自己聪明一时糊涂一世，煞费苦心导演了这么一出好戏，却为刘阿浏做了嫁衣裳！

因为心里窝着气，那天晚上，钱望一口酒都没有喝，心情要多糟糕有多糟糕，加之乡里的住宿条件又非常不好，住的地方阴冷阴冷的，被褥潮得都能拧出水来，就更气上加气。进了房间气哼哼地在屋子里转，一低头在墙角处见了几个外形奇特叫不出名字的昆虫，就把那气都撒在了昆虫上，用脚踹，踹不到，便用手去捻，甚至都想用火烧了。

钱望正这么闹腾呢，刘阿浏突然推门进来，原来他也闹心呢！"钱科长！你说那个校长能行吗？她好像并不是能成事儿的人！一桩婚事到底能不能成，介绍人真的很重要。"刘阿浏可怜巴巴地说。

钱望没有好气地说："要是信不过人家，你不如跑到她家毛遂自荐好了，你一进屋就跪下说：'水莲老师，我爱上你了！'这样岂不更省事了？"

没想到玩笑似的一番话，竟让刘阿浏真的动了心："我咋没想到这一点呢？是啊！我还在这里等什么呢？幸福不得靠自己去创造吗？"

钱望万万没想到：这个小子竟然连这样的蠢事儿都敢做，就试图阻拦："我和你开玩笑呢！你怎么当真了？找对象能那么找吗？就像干仗似的，拿着枪狼哇哇地就冲上去了，那多没品位呀？咋的也得有个缓冲，制造一点悬念啊！这要是把人家女孩子吓坏了，你连补救的余地都没了。"

刘阿浏的眼睛又长了，说："那咋办啊！钱科长，快帮我想想办法呀！我可是一分钟都等不及了！不瞒你说，我看了她第一眼就相中她了！现在睁眼睛闭眼睛全是她的影子！她的美真是太特殊了，现在一想想那楚楚动人的哀怨神情，我都有一种要替她哭出来的感觉！"

几句话说得钱望更加堵心，因为刘阿浏所说的，正是钱望心里所想的。

刘阿浏眼睛突然一亮，说："哎，钱科长，左右天还不晚，夜又这么长，咱们蹲在这个破屋子里干啥呀？你不如陪我去雾中村溜达溜达去，万一真能见到这个水莲，咱们就跟她再唠唠，当然不唠提亲的事，就提采访的事，兴许还能说服她接受采访呢！"

一句话提醒了钱望。"是啊！谁知道最后的结局是什么样的呢？就行你刘阿浏有机会？难道机会就不能留给我一点吗？况且我无论长相、身材，还是身份、地位，又都在你刘阿浏之上……"

想到这里，钱望马上找到正在酒桌边吆三喝四的司机，要出了车钥匙后，便亲自驾车，拉着刘阿浏激情出发了。

当时正是春夏之交，随处可见粉的杏花、白的梨花、红的桃花，但和悬在山间的彩云相比，所有的姹紫嫣红全都变得稀松寻常了。山间的清风静悄悄地吹着，把一朵朵硕大的彩云水上轻舟般推了过来，又送了过去，瞧那种架势，好像要把云里雾里的小村庄给托到山顶上似的。

车上的两位青年却都没有欣赏美景的心情，一想到马上就要见到美丽、神秘的梦中水莲了，周遭的景色便全都虚化了，成了情绪的背景。

采访车以最快的车速冲破了彩云，驶进了小村深处，打听到了水莲家的方位后，采访车就"狼哇哇"地直奔水莲家而来了。

雾中村实在是太小了，顺着指路人的手指远远望去，明明觉得很远的，可刚踩一脚油门，那个又低又矮的白石灰瓦的石头小屋就从眼前一闪而过了，发现走过头了，刘阿浏马上喊钱望，钱望便来了一个急刹车，接着又把车往后倒了一小段儿，又倒了一小段儿，直到停在了水莲家的院门前。

此时水莲家可谓是热闹非凡，水蕖和两个孩子全来了不说，水菡也回来了，屋子里被两个淘气的孩子闹成了一锅粥。

水蕖带两个孩子回来，是来看水莲学校的会演的，看完节目本打算立即返回的，得知水菡也回来了，家里又做了许多好吃的，娘三个就留在娘家吃了一顿饭。吃完饭天就黑了，大姐夫袁泉又迟迟不来接她们，一家三口只好赖在了娘家。

水菡是因为和陈天亮怄了气才回家的，陈天亮虽然口口声声说一辈子对水菡好，没几天就与一位少女相了亲，与少女的婚事还没有敲定呢，陈天亮又和另外一个女人如胶似漆了。水菡忍无可忍，终于和陈天亮大吵了一顿，一气之下才回到了雾中村。

水菡一怒回娘家，本来想治一治陈天亮的。因为在她看来，不超过两天，陈天亮就会来雾中村找她的。可转眼一周都过去了，陈天亮不但没来找她，连个电话都没给她打一个，水菡就万分后悔了，觉得这次战略转移是决策失误，不但没有要挟到陈天亮，反倒给陈天亮创造了更为方便的条件。本来因此正窝在炕上烦心呢，没想到水蕖带两个孩子"鬼子进村"了！于是水菡在烦心之上，又加了许多闹心。实在忍无可忍，水菡便对两个孩子一通神喊，埋怨大姐把孩子惯上了天了。

两个孩子因了大姐的特殊培养，不仅都具个性，更富有反抗精神。听二姨这样呵斥她们，她们当然要反抗，带有哭气的尖叫声很快盖过了她们的二姨。水菡怒火中烧，再也按捺不住，攥紧铁拳就向瘦小的孩子挥舞过去，也不知那只铁拳到底打到了孩子的哪里，两个孩子立即针扎火燎地狂哭起来，惹得以"全家第一好脾气"著称的大姐也发了脾气。

大人孩子的混战，很快演变成姐妹两人的战争，并且战事又升了级，七年谷八年糠的全都出来了。爹妈劝这个不听，劝那个更不听，只能坐在炕头唉声叹气。水莲早就习惯了家里的纠纷，既懂得三十六计，更知道走为上计。在战争上升到了白热化级别时，水莲立即脚底抹油，钻进东屋就不出来了。进去了也不点灯，只是默默地坐在黑暗里，伴着西屋此起彼伏的枪炮声黯然神伤。

这段日子，水莲的心情像极了她的屋子，始终黯然无光。独坐在室内，她经常忘了点灯，因为对于她来说：无论有光还是没有光全都没有意义了，能够照亮水莲的，只有静客一个人。水莲当然也知道：静客再也不会来找她了，于是，思念的同时，水莲的心上又压了一层无边无沿的绝望。

"活着还有什么意义？"

"你还能活下去吗？"

绝望到极处，窗子里突然射进来一抹神奇的光芒，接着就响起了熟悉的刹车声。这种光线和声音对于此时的水莲来说，无疑是一根救命的稻草，一下子让正在死去的水莲看到了希望。

"静客！静客来了！"

水莲条件反射一般站起身来，三步并两步就冲出了屋子，推开门就向外面望去。直到这时她才发现：天早已黑下来了，因此车灯才显得尤为雪亮。在强光的刺激下，水莲的眼睛都花了，她看见驾驶室里，果然坐着她朝思暮想的静客。此时别说听静客说话了，仅仅看一眼静客的侧影，泪水就已经蒙上了她的双眼。

一向稳重驾车的静客今天真的奇怪，竟然把车开过头了。他这个人虽然在自己的面前，始终表现得冷若冰霜，但水莲始终坚信：在静客的心里，一定如同自己一样，藏着炽热的火，他是不是也被相思搅得乱了心性？

无论心里翻腾着多大的波澜，水莲只是默默地等在门边，眼含着泪，看着静客把车慢慢地倒回来一点，又倒回来一点。可还未等静客从驾驶室里走下来呢，另一个车门却开了，一个她从未见过的、穿着怪异的小伙子突然走下车来，可到了自己面前又不说话，只是手足无措地看着自己，披一身耀眼的车光。

对于水莲的出门迎接，刘阿浏做梦都没有想到。本来坐上汽车后，他一直都在和钱望合计着，应该怎样去敲水莲家的门，敲开门的第一句话又该怎么说？没想到车还没有停稳呢，心目中的女神就已经出阁迎接了，这种"突如其来"和雾中村猛地撞进眼睛里一样，实在太奇特了，奇特得令嬉皮士一般的刘阿浏也乱了阵脚。

还未等刘阿浏想起说什么呢，屋子里又跑出来一个美女，一出门就眼神火辣地向驾驶室张望，但她随即也像刘阿浏似的僵在那里了。

这跑出来的第二个美女当然是水菡了，听到车响后，反射到大脑屏幕的第一个信息就是：陈天亮来了！于是，正与大姐争吵得难解难分的她，马上偃旗息鼓，紧急退出了战事，忙乱之中还不忘拢了两下头发。可驾驶室里坐着的不是陈天亮，站在车门边的依然不是陈天亮……

同样是失望，但水菡却表现得相当洒脱："你们找谁呀？"在询问刘阿浏的同时，她还礼貌地冲钱望点了点头。

"我们……找水老师！"刘阿浏飞快地瞟了一眼水莲，他发现身穿家常衣服的水莲，比在舞台上看到的还要动人，小伙子的脸就更红了。

"那你们是谁呀？"水菡回头看了一眼自己的妹妹，奇怪自己的妹妹为什么泪水涟涟？

刘阿浏便自我介绍说："我是县电视台的记者……噢！那位是钱科长！"

刘阿浏的话让水莲心里一惊，她马上向静客望去，坐在驾驶室里的"静客"也正巧回过头来看她，四目相对，水莲的心就凉了，脸色也黯淡了。直到这时，她才发现被小伙子说成钱科长的男子真的不是静客，他只不过长了一张和静客酷似的白皙而清逸的瓜子脸。

刘阿浏向前走了一步，怯生生地向水莲伸出了右手说："水老师！

见到您真的很高兴！我们这次是……"

他的话还没说完呢，水莲就冷冷地说："对不起，我不接受采访。"说完便一转身进屋去了，把正等着和水莲握手的刘阿浏撂在了夜色里。

第二十五章　老人与海

　　钱望自打停了车，就坐在车里没有动，对于水莲的开门迎接，他也觉得很突然，经验丰富的他便只好坐在车里静观其变。直到刘阿浏的攻关陷入了危机，钱望才稳稳地下了车。

　　钱望走到水蔺面前，微笑地说："您是水莲老师的姐姐吧？我是县委宣传部的钱望。我们采访小组这次到雾中村来，是专程来采访水莲老师的，我们对水莲老师的那首《莲若》非常感兴趣，有很多问题要问她，可水莲老师不知出于何种考虑，就是不肯接受我们的采访。"

　　水蔺马上热情地说："啊！是县委的大领导啊！失敬了，失敬了！采访我妹妹，那是好事啊！要是接受了采访，我妹妹都能上电视了吧？多好啊！哎呀呀，我这个妹妹呀，真是不懂事，这么好的机会咋能放过呢？两位领导快请进屋！你们放心，我们一定劝她接受采访！"说着便热情地把两个年轻人让进了屋。

　　自从听到了刹车声，屋里人就都知道有重要客人来了，各路人马都顾全大局地调整了情绪，大姐水蕖还紧急地打扫了战场。所以当钱望二人进来时，不但两个孩子老老实实、规规矩矩地坐在了炕梢儿上，爹和妈也都在炕头固定的位置坐好了。贵客进屋后，水蕖立即笑容可掬地迎了上来，看了她的笑容，打死你都不会相信：这张笑脸一分钟前还在七扭八歪地冲着水蔺河东狮吼，喷得唾沫星子纷飞。

　　善于做接待工作的水蔺一边把两个年轻人往炕边让，一边简洁地向父母介绍了他们的来意。听说县里的领导都来采访水莲了，妈的脸上马上笑出了一朵花，赶紧吩咐水菡沏水端茶。

　　会来事儿的水菡已经这么做了，袅袅的茶香很快缓解了刘阿浏的尴尬，加之水莲并不在屋里，刘阿浏便转眼恢复了乐天派的本性，见正襟危坐在炕梢的红果和紫叶就像两尊滑稽的木雕，刘阿浏便笑着说："这两个孩子太逗了！怎么一动都不动？太像双胞胎了！"又回头看着大家笑，"你们看，连坐着的姿势都是一模一样的！"

　　红果和紫叶全都笑了，姿势依然僵僵地保持着木雕状。

　　"水莲呢？人家领导大老远地来了，她怎么还破大盆端上了？"妈妈问水菡。

　　水菡便笑着说："这丫头不知道抽哪门子风了，说什么不想接受采访。我去劝劝她吧！"边说边向西屋走去。

　　妈妈回头瞪了爹一眼，张口骂道："真是随根儿！"

　　妈妈正想接着说什么，突见爹的脸子撂下来了，便马上改口："你说你爹，你优点那么多，还身怀绝技，可她为啥都不随呢？为啥偏偏只随你这一个缺点？"又喘起粗气说："反正不管咋说，这孩子就是任性，接受采访不也是工作吗？"见爹的脸色依然严峻，又把声音压低了："也不怨她爹，这孩子都是让我给惯坏的，你们可别和她一般见识呀！"

　　钱望宽容地笑笑说："没关系的，有才华的人都是很有个性的。"

　　因为心里头一直惦记着水莲的婚事，见两个小伙子全都一表人才，妈妈便直露露地询问起他们的婚配情况了。刘阿浏当然最乐意回答此类问题了，几句话就把自己的优越条件全都向老太太做了介绍。

　　当妈妈问到钱望时，还没等钱望回答呢，刘阿浏就又抢着说："我们钱科长早就有女朋友了！他女朋友就是我们电视台的，一枚大美女，一米七十大高个，比时装模特都有范儿。"这番话可把钱望气坏了，一时之间又不知怎么解释，只是干笑了两声。

　　听了刘阿浏的回答，妈妈明显表现出失望的神情。自打钱望一进屋，妈妈就看中了钱望的气质，觉得他无论举手投足，还是说话唠嗑，都有一种刘阿浏所不具备的高贵和稳重。正想进一步探讨呢，刘阿浏一番话就像闸门，转眼就把妈妈的兴趣点给关掉了。而刘阿浏又非常能抓住时机，为了讨老太太的好，他可是连吃奶的力气都使出来了，两人你来我往，越唠越投机，越唠越热乎。

"你这孩子，别怪大婶说话直，你这孩子的眼镜里，好像没有眼镜片吧？"妈妈突然问刘阿浏。

刘阿浏的脸腾地红了，第一次对自己的眼镜框失去了信心，他马上摘下了眼镜框，揣到了兜里，尴尬一笑说："镜片昨个打碎了……"接着就不知怎么往下说了。

刘阿浏的尴尬让钱望觉得十分解气，刚想说一句落井下石的话，这时水菡独自一个人进屋来了，不好意思地说："我妹妹……嗯，说她只不过碰巧写了首歌，真的没什么可以宣传的，所以……她的意思……请各位领导原谅。"

妈妈不满地说："宣传不宣传，人倒是过来着着面呀！最起码的礼仪也得有吧？我说你爹，当年你遇到这类事，虽然也一直不配合，但你也没牛到她这种样子吧？架子也太大点了吧？她爹，再不你去说说她！"又抱歉地对钱望说："这孩子让我们给惯的，一直都很任性。但要是我家老头子急眼了，她还是很怕的。我说她爹，你咋还在这里拿稳呢？"

爹眨了眨那双红红的小眼睛，一点一蹭地下地去了。

屋子里突然静了，所有的人都盯着爹那慢悠悠蹭行的背影。因为爹那残疾的小胳膊在蹭行时尤为显眼，钱望和刘阿浏才发现了他的残疾。

客人的奇怪的眼神伤害了妈妈的自尊心，见爹爹终于关上门出去了，妈妈便急不可耐地解释说："不瞒你们说，别看我老头子右胳膊残疾，可他的左胳膊却好使着呢！比健康的人都要好使，不仅什么活儿都能做，他还会刻印版画呢！我们水家的版画你们年轻的这代人有可能不知道，但老辈人没有不知道的。"

钱望一愣："水家版画？您说的是不是每张画上……都带着天书一样神秘图案的木版年画？"

还没等妈妈开口呢，水菡立即回答："就是就是，不是和你们吹，我爹的木版年画当初可是老火了，全县……不是不是，全省都独一无二，无论画多少都供不上卖。这么和你们说吧！老多人都挤破脑袋想拜他为师呢！但是我爹就是不收徒弟。有的人更逗，甚至赖到我家不走，非要偷走他的绝活呢！绝活哪能说偷就偷走的？"

钱望惊喜地说："这么说水叔叔真就是那个'空山不见人，但闻人语响'的水画家呀！我父亲从小就喜欢水画家的年画，不瞒你们说：我们家收藏了好几张你们的年画呢。他说水家的木版年画，堪称国宝，将来肯定增值！对了，我父亲主管文教卫生以后，只要是下乡，他就一直打听水画家的下落，这都找了多少年了？"

"主管文教卫生？这么说你的父亲……一定也是个大官了？"水菡急不可耐地问。

钱望的脸有些红了，嘴里说："也算不上多大的官。"

插不上嘴的刘阿浏，这才找到了话题："都当上县长了，还算不上大官？钱科长，你是不是太谦虚了？"

见水莲一家人全都看着他，刘阿浏马上解释道："钱望的父亲……就是咱们县的钱县长，钱若林的名字你们一定听过吧？水叔叔的画能让一县之长看上，那可就不得了了！你们家的好运气真要来了！"

水藁马上向妈妈解释："妈，县长可是咱们县除了县委书记之外，最大的官了！"

妈妈的眼睛顿时瞪得圆圆的，一时不知道说什么好了，只是懵懵地望着钱望说："住在我们这种小地方的人，不就是井底之蛙吗？别说县里的大官了，就是乡里的官儿叫啥名儿，我们也都不知道呢！我只知道我们雾中村有个迟书记，外号迟大个子，但他很少到我们五社来。"

钱望不好意思地说："我父亲怎么能和咱们的国宝画家水老师相比呢？我父亲只不过是县里的一个小领导，水画家的版画那可是全国闻名啊！不仅我父亲，我也听别的长辈议论过他，他们说水画家虽然只有左手会动，可画起版画来一点都不比健康人差，他可是名副其实的版画大家呀！"

见钱望如此恭维一个乡间残疾画家，刘阿浏有些理解不上去，就解嘲似的一笑说："钱科长不愧是搞宣传的，夸起人来就像吹喇叭。"

钱望就不愿意听了，马上说："我这么评价水画家，一点都不夸张。水画家不仅版画出名，做人也非常低调，从不接受采访不说，平时也总独来独往，堪称大隐隐于市的高人。这么多年来，之所以很少有人知道他的下落，就缘于这种低调。我每次下乡，我父亲都嘱咐我留意一下水画家的消息。对了，大婶，我听说你们水家的版画还是祖传的？"

水菡又抢过话头："可不是祖传的，这都传了很多辈了！我小时候听我爷爷说:他当初是随着他的爷爷闯关东过来的，可惜在渡海的时候，船翻了，全家人都遭难了，只剩下了我爷爷一个人。"

妈妈终于抢到了说话的机会："我公公来咱们这里的时候，刚刚17岁，幸好他天资聪颖，硬是凭着记忆，把这门手艺研究明白了，还传给了孩子她爹。更值得高兴的是：现在她爹也终于找到传承人了！"

水菡愤愤不平起来："要不是'传男不传女'这个破规矩，我早就成了画家了！我爹也太较真儿，老一辈的都死绝了，还讲啥规矩？其实我很小的时候，就非常喜欢画画了，可我无论咋哭着求他，就是不肯教我。你们说，哪有这样当爹的？"

"你们是不是闲的？把这七年谷八年糠的都整出来了？"门突然开了，爹爹慢吞吞地走了进来。水菡顿时住了口，几步就窜到炕梢那边去了。

屋子里突然静了，所有的人都盯着爹看，钱望不知怎的，突然莫名地紧张了起来，他望了望刘阿浏，发现他更是一脸惶然。

　　爹爹咳了一声，慢吞吞地说："这孩子，不在屋，什么时候躲出去了呢？怎么一点声音都没听到？"说着便慢吞吞地往炕上爬。

　　妈妈瞪着爹说："你倒是去外面找找去呀！"

　　爹依然往炕上爬着："上哪儿找啊？她想躲着不见，谁都没招儿……"

　　水蕖自告奋勇地说："我出去找找吧！"就披了一件外衣出去了。

　　刘阿浏遗憾地叹了口气说："水莲老师要是坚持不让采访，咱们这些人可就白跑路了，五六百里地啊！肠子都快颠出来了！"突然看着爹爹一笑，又说："也不算白来，钱科长不是终于找到了您这样国宝级的大人物了！"

　　"国宝级？净瞎扯！你这个小伙子，怎么能随便贬低咱们国家？"爹气哼哼地瞪了刘阿浏一眼。

　　水蔺马上抢过话头："爹，这位钱科长……是咱们县县长的儿子，他说县长这些年一直都在找你呢！爹呀！不是我当面说你呀！你也改一改过去的老观念吧！"

　　爹爹瞪了水蔺她一眼，不满地说："你这个孩子咋回事？咋白打进城后，就像变了一个人儿了似的？在我身边长到这么大，就算耳濡目染，是不是也该弄懂一些事情了？"

　　水蔺嘟囔着："我又不懂什么了？"

　　"还说什么要学版画？到底什么是版画，你弄懂了吗？"爹的这句问话，不仅把水蔺问住了，也让钱望和刘阿浏严肃了起来。

　　见水蔺不回答，爹咳了一声，拿过一张烟纸准备卷烟，说："答不出了吧？那还当啥徒弟？什么传男不传女？要是真有那个心，就算听声儿也都听会了！"

　　妈妈不屑地瞪了他一眼说："版画就是版画呗！就像鸡就是鸡，鸭子就是鸭子！水菡你也是，怕啥呀？就大大方方地回答呗！"

水菡也突然放松了："是啊！我爹就是喜欢故弄玄虚。"

爹爹独手卷烟的过程堪称杂技，先把烟纸放在炕上，抓了一小堆儿烟放到纸上，手一翘旱烟就被卷成了喇叭卷儿，用唾沫粘了，拧下了纸头，叼在了嘴上。直到烟卷儿入嘴了，他才慢吞吞地说："你们女人啊！说你们什么好呢？咱们不懂不怕！这个世上不懂的事儿多了，最怕的就是不懂装懂。"真难为他嘴里叼着烟卷儿，竟然也把话说得这么明白。

钱望突然站起身，小学生一般双手下垂，恭恭敬敬地问："水老师，您刚才的问题……真的很深奥，晚辈非常想知道您的答案。"

爹爹看了钱望一眼，拿下烟卷，哭一般笑了："我说你这个孩子，更有意思！这个世上哪有什么深奥啊？更别提什么答案了！别说版画没有答案了，任何问题都没有答案。"

一句话，把钱望说得是云里雾里的。

水菡小声叨咕："这不是废话吗？"

爹爹又把烟叼在嘴上，划了根火柴，并不点着，任那火苗烧着，把爹的瘦脸涂了一层光。直到火苗要烧尽的时候，爹爹才把烟点着了，深深吸了一口才说："如果什么问题都要找答案，那版画也就不是画了！"

听了爹的话，不仅钱望更加严肃了，刘阿浏也肃然起身，小学生一般屏住呼吸。

爹爹吐出的烟雾转眼笼罩了他的脸，包括苍老的声音："如果非要找答案，那版画……就是揭示真理的谎言。"

钱望恭恭敬敬地向爹行了一个大礼，态度真诚地说："对于水老师的话，钱望是否应该这样理解？一个人做任何事，都不要让看法给拖住了。有很多事情，你看它像什么，它就可能是什么。如果你看一个人是人，他就一定是人，如果你看一个人是无限，他就一定是无限。这个世上之所以没有答案，是因为所谓的答案只来自个人，而个人的看法都是片面的，没有限制也没有止境。"

爹爹突然激动了起来，小眼睛猛然睁大，嘴唇颤抖了半天才说："没想到啊！小伙子，你这么小就有这么大的见识！是这样的！每个看法都是合理的，但没有一个看法是全面的，并且遗憾的是：不是任何看法都是可以概括的。当你感觉绝望或痛苦时，只是看法在欢唱，哪有什么真正的绝望？所以一个人做事，千万被给看法拖住了。"

钱望也激动起来，再次深深地向爹爹鞠了一个躬说："听君一席话，胜读十年书！钱望此次真的不虚此行！"

刘阿浏也许嫌自己沉默太久了，突然插话说："水画家原来这么高深莫测啊！难怪水莲老师也这么厉害呢！钱科长，既然水莲老师不肯接受采访，我看咱们也别白跑一趟，不如顺便采访一下水画家吧！"钱望马上给刘阿浏递眼神儿，可刘阿浏就是看不到。

爹爹的脸色果然变了，气愤道："我说你这个孩子，我……我该说你什么好呢？还是哪儿凉快哪儿待着去吧！"

妈妈也撂下了脸子说："是啊是啊，也不怪我们老头子嘴损，你这个孩子记性怎么这么差呢？刚才我和钱科长都唠什么了？怎么左耳朵刚听，右耳朵就冒了？我家这个老头子，年轻的时候就不喜欢出风头，为了躲开记者，我们才几次搬家，躲到这个瘪地方来了！你们就行行好，别再折腾我们了！已经这个岁数了，让我们再往哪儿搬？"

一番话，让刘阿浏的脸顿时成了紫茄子。

钱望连连弯腰致歉："抱歉！水老师不喜欢接受采访，那我们就尊重你们！不采访！我们将来无论做什么，都会事先征求您老的意见的。如果水老师能给我父亲一个薄面，我父亲……一定会登门拜访您的！"

"请回去转告你的父亲，他工作那么忙，就不要在我这个老朽身上浪费时间了！如果你这个小伙子愿意和水叔叔探讨哲学，水叔叔家的大门倒是愿意为你敞开！"爹爹又看了刘阿浏一眼，声音也缓和了一些，

"你这个小伙子照实说也是很优秀的，应该不会怪罪老朽不配合你的工作吧？其实作为一位父亲，我并不像我二闺女说的那样顽固不化，比如采访水莲的事情，等我见到她，一定会劝她的。"

刘阿浏连连点头说："那就太谢谢水老师了！等一会水莲老师回来，求您一定帮我们做做她的工作。您不知道，其实我们电视台的工作也非常难做，有不少人说我们的节目浮夸，不真实，还有人骂我们胡编滥造。为了改变这个局面，电视台的领导特别要求我们必须做好采访工作。"

钱望也笑着说："是啊！我们这次来，部里也给我们下达了特别指令，采访水莲老师仅仅是个开端，接下来我们还要结合古庙乡的地域特点，深入探讨由这首歌所衍生出的其他问题，比如歌里提到的春捺钵，还有消失的部落等等。如果不能和她本人唠唠，我们下面的任务都难以完成。"

听了钱望的话，妈妈突然喘起了粗气说："不是我这个当妈的骂她，这孩子其实并不随她爹，她爹虽然也牛，可人家那是有真本事的！可她呢！我看就是一个有名无实的浮灵。钱科长刚才说的问题，我看她也未必答得出来。她是不是怕丢人现眼，才躲着采访的？"

见妈妈如此损水莲，水菡就不愿意听了："水莲能把那歌写出来，当然一定知道这些事儿。她不肯接受采访，就是因为胆小，这都怨我妈，平时无论有人没人，总愿意损她骂她……"

妈妈马上冲水菡喊上了："你们咋一遇到啥坏事，就都往我的头上扣屎盆子呢？那天听了她的那首歌，我当时就发表观点了！那歌词写的到底是啥玩意啊？云里雾里的，不怪人家县里的大领导都听不明白。"

钱望马上解围说："听大婶您说话，就知道您知识渊博。我记得一个歌手说过：歌词在他的音乐里就是一种无意识，他总是通过曲调和旋律来表达艺术，因为好的曲子比歌词更重要。同样，我们的领导听不明白歌词，也不是这首歌有问题，而是这首歌引发了人们的兴趣和思索。比如春捺钵，比如行宫，还有很多关乎我们东北历史的深层次问题，而这，恰恰是这首歌的成功之处。”

妈妈的脸上这才又有了笑模样："真不愧县长的儿子，说话就是有水平，不怪这么年轻就当上了领导！不像我这个二姑娘，明明啥都不懂，还净跟着瞎呛呛。"

水菡脸上的横肉丝又暴露无遗了："啥不懂啊？我啥不懂啊？我妈就能损自己的闺女，长别人的威风。钱科长刚才所说的行宫其实就是咱们这里的古庙，在古庙里面，还藏有一个比天还大的秘密呢！这件事要是让别人知道了，那可就不得了了！"

钱望听了心里一动，马上急切地问："行宫就是古庙？您刚才说……古庙下还藏着秘密？您是从哪儿听说的？"

见钱望突然严肃起来，水菡顿一下，支支吾吾地说："我……我是在一篇文章里看到的……"

"一篇文章？哪篇文章？"钱望更感兴趣了。

水菡犹豫了一下："我……是在水莲的桌子上翻到的，可还没看到一半儿，就让水莲抢过去锁在抽屉里了。"

"一篇文章？是水莲老师写的文章？"刘阿浏插嘴道。

"我也不知道是不是她写的，反正抄得工工整整的，厚厚一沓呢。"

"标题您能记得吗？"钱望问。

"标题老长了，好像是什么在北部半山区什么丹什么行宫，还有什么山院？我忘了，反正就是揭秘之类的。有个顺口溜我倒是记住了：金龙对玉虎，值个黄龙府。"水菡边想边说。

"是不是'关于辽代契丹部落春捺钵行宫的最新揭秘'？"钱望说。

"好像是吧！"水菡说。

一向稳重的钱望，第一次表现出焦急的神情："唉，真遗憾！要是能亲眼看一看这篇文章，哪怕水莲老师不接受采访，我们这项工作也能完成了！"

妈妈突然一挥手说："那有啥难的？把那篇文章从抽屉里取出来不就完了。你爹这里不也有那个抽屉的钥匙吗？"

水菡听了，突然一跳而起："我去取！"

爹爹慢吞吞地看着妈妈说："这不好吧，这可是涉及学术权威的事儿，不经过孩子同意……"

妈妈不以为意地说："啥学术权威啊？你闺女平时啥样你还不知道吗？还扯到权威上去了！再说了，写文章为了啥呀？不就是为了让人看的吗？看文章又不是吃文章，看完了再给她放回去呗！要是我们大家谁都不说，她咋能知道？"

见爹还犹豫，妈妈便强行在爹的兜里掏，很快就把一串钥匙掏了出来，水菡接过就出去了。刘阿浏耐不住寂寞，在等待的间隙又回头回脑起来，他一眼看见两个孩子还那么规规矩矩地坐呢，就笑着说："那么坐着多累呀，这两个孩子，太逗了！来！别那么紧张，该怎么玩就怎么玩！"

说着话，水菡已经把那篇文章拿过来了，刘阿浏便和钱望一起看了起来。两个人看了几页，就都激动起来了，职业的敏感使他们知道，这篇文章，绝不是普通的文章，那种气势，一看就知出自专家的手笔。

"这篇文章如果发表，一定会在考古界掀起波澜的，如果事实真如文章里所说的，那咱们县的经济建设可是大有潜力可挖了！"钱望激动地说。

门突然吱的一声开了，水藁带着一身凉气出现在了门边。屋里的人循声望去，发现默默跟在水藁身后的，还有水莲……

见了水莲，刘阿浏顿时手足无措，孩子一般把论文往身后藏，这样反倒引起了水莲的注意，眼睛里立即冒出火来："你们……你们怎么能这么做？"

妈妈马上训斥："都是我的主意，你冲人家客人发什么火？不就是一篇文章吗？有啥大惊小怪的？"

水莲上前一把夺过了论文，转身就走了，出门时重重地摔了一下门。

"你这孩子怎么这么没礼貌？"妈妈的话跟着飞出来，转眼让门弹回来了。

屋子里的气氛无比的尴尬。

"妈妈，我困了！"孩子们还是小，还不懂得什么叫尴尬。

钱望看了看手表，站起身说："水老师，实在抱歉，打扰你们这么长的时间，我们俩也该回去了。"

刘阿浏也说："实在不好意思！"

自从两个年轻人进来，水菡开始打起小算盘了，见两个人要走，就脸上堆着笑递上了小话："两位领导……我呢，有一件事想求求你们，不知道行不行？"

没等钱望开口呢，刘阿浏马上说："你说吧，不用客气的。"

水菡说："你们回县城时，不知道车里面还能不能再坐下一个人，我想搭一下你们方便车回县城。"

还没等钱望回答呢，刘阿浏马上殷勤地说："我们明天返回去，车里正好有一个地方！再不，我们明天走时，顺路来家里接您？"说完才征求地看了看钱望。

水菡顿时满面笑容："那敢情好！那敢情好！太谢谢你们了！"

水蕖听到了这里，也凑上前问："你们一会儿是不是回古庙乡呀？"

刘阿浏又抢先说："是啊！是啊！"

水蕖立即见了救星一般："那我们娘儿三个搭你们的车回家行不行啊？"

刘阿浏又抢先说："行啊！行啊！一会儿让我们钱科长直接给您送家去！"

水蕖马上喜笑颜开："太好了！"边说边冲着两个乖孩子命令道："来，穿鞋下地，一会坐舅舅们的车回家！"

听说有车要坐了，两个孩子瞬间就恢复了淘气包的本色，穿了鞋就竞相向屋外面跑了出去，争着抢着上了外面的采访车。见刘阿浏把所有的功劳都抢过去了，钱望很是不受用，在上车之前，他特意看了一眼东边的屋子，那个窗子黑黑的、静静的，没有一丝灯光透出来。也不知道为什么，钱望的眼圈突然红了，一种责任感也油然而生。

在上大学的时候，钱望最喜欢的一本小说，就是海明威的《老人与海》，钱望非常佩服小说里的那位老渔翁，佩服他不屈不挠的斗争精神。"人可以被毁灭，却不可以被打败。"此时在钱望心里，水莲就是那条大马林鱼，而刘阿浏就是一直都在与老人争夺猎物的大鲨鱼，为了能征服这些鱼，钱望充满了必胜的信心。

"一个人做任何事，都不要让看法给拖住了。但一个人不抱希望却是很傻的！"

"现在不是去想缺少什么的时候，而是该想一想凭借现有的东西你能做什么。"

望着外面那黑沉沉的天，钱望突然默默地发誓："水莲，我的女神，我们早早晚晚都会在一起的！你相信我，你一定相信我！你紧闭的心门，早早晚晚都会为我打开的！"

早饭后，刘阿浏一直都在旅馆里坐立不安，焦急地等着相亲的消息。虽然水莲昨晚始终表现得很冷淡，但刘阿浏还是抱有希望的。因为采访是一回事，相亲又是一回事，她水莲再牛，也要把自己嫁出去吧？就这么盼啊盼啊，终于盼来了校长的脚步声，可一看见校长那灰灰的脸色，刘阿浏的心就冷了，校长说："水莲老师说了，她现在还不想考虑个人的婚事。"

刘阿浏的眼睛顿时长了，说："这么说她是没有相中我啊！她咋这么高傲啊？她再怎么有才，不也就是一个农村小学教师吗？像我这样优秀的大学毕业生她都不屑于考虑，那她到底想找啥样的人啊？"

刘阿浏沮丧，钱望却开心极了，马上挂上同情的表情，拍了拍刘阿浏的肩膀说："行啦行啦！人家不想相看你，咱们还在这里干靠什么呀？收拾东西，打马回山吧！"

刘阿浏便哭丧个脸子说："咱们不是已经答应去接她的姐姐了吗？现在她妹妹这种情况，咱们还咋去接了？"

钱望讥讽地一笑："别一口一个咱们的，我可没答应她什么。"说着便命令大家回县城。

刘阿浏的眼睛又长了："可要是真不去接，不是显得咱们的肚量太那个……窄了？再者说了，你爸爸不是非常在乎那个水画家吗？你要是不去接她，咋有脸再来找水画家谈工作？"

钱望就像没有听到刘阿浏的话似的，该做什么还做什么。刘阿济垂头丧气地上了车，见钱望还没有去接人的意思，就哀求道："钱科长，你就行行好吧，不管咋的，我这个男子汉的大话都说出去了，你就帮我圆了这个面子吧！"

几句话正中钱望的下怀，宽容地笑了笑，就对司机说："那就绕道再去一次水莲老师的家吧！谁让这辆破车那么好揽债呢！"汽车便掉了头，又一次向雾中村开进了。

上午校长亲自到水莲家里提亲，又一次搅乱了水莲一家貌似平静的生活。水菡见妹妹这么心高，自己搭顺风车的希望便也断了。坐在炕上正沮丧呢！恍惚听到外面又响起了汽车的声音，水菡翻了眼皮向外面看了一眼，也没有看得太真切，便以为是一辆过路的汽车，就又把眼皮撂下了。

爹去乡里购买版画材料了，妈妈因为跟水莲的婚事上火，此时正躺在炕上哼哼着，时而唠叨几句"儿大不由爷，女大不由娘"之类的话。突然门被敲响了，接着便见钱望彬彬有礼地走进屋来，第一句话就问水菡："大姐，您还想不想搭我们的车回县城了？"水菡一跃而起，一迭声地说着感谢的话，并以最快的速度收拾了行李。

妈妈由于刚刚哭过，眼睛就有点花，一抬头见钱望进来了，还以为是静客来了呢，就坐了起来，再仔细一看，才知是昨天来家的那个钱科长。钱望见她的眼睛红红的，便问她身体是不是不舒服了？老太太正有苦没处诉呢，听了钱望的话，刚刚干涸的眼泪就又流出来了："唉！唉！钱科长，不瞒你说呀！我这是在和我的老姑娘生气呢！"边说边抹眼泪儿。

钱望向屋里环视了一下："水莲老师……出去了吗？"

妈妈说："出去了，我骂了她两句，就嫌烦了，也不知道跑到哪儿去了！你说说，这岁数一年比一年大，好不容易遇到一个条件差不多的，可她连看都不想看，你说说这可咋整！"

钱望便笑了，说："你女儿才貌双全，心当然会高一些。"末了，又笑着恭维道："大婶，您可真会教育孩子，你的女儿实在是太优秀了！特别是她作的曲子，简直是天籁之音！昨天看了她的文章，更觉得精彩，她可真是名副其实的大才女啊！"

钱望的几句话，顿时让老太太眉开眼笑了，一边喜爱地看着钱望，一边笑着说："小伙子！你这孩子可真是好孩子，不但会说话，长相还好，人也稳当，又是县长的儿子，家里的条件一定老好了吧？也不知道哪家姑娘命好，傍上了你这样的女婿。"

"我正脑袋削着尖儿想当您的姑爷呢！"钱望心里这么想着，脸上依然挂着礼貌的笑容，就这么彬彬有礼地向老人告辞了。

采访组走了，一场戏也就散了。水莲正想好好休息一下，没想到接下来却更忙了。考察团离开后的第二天，校长便召开紧急会议，郑重地告诉大家："重修古庙的事，县里已经决定了，并且要求得还很急。上头命令我们学校立即搬迁，与乡中心校合并。"

学校搬家可是大事，全校师生全都忙起来了，水莲当然就更忙了。除了学校要搬迁，学生要安置，水莲自己也想从家里搬出来。她计划在乡里租一所房子，彻底地远离爹妈的管束，也只有这样，她才能顺利实施下一步的计划，让静客完完全全地属于她自己。

在乡里租房子容易，可租一处可心的房子却难上再难，水莲在乡中心小学附近的屯子里走了两圈，看到的房子不是破烂，就是埋汰。正这么在风里奔波呢，一抬头，却见赵大婶坐在二马车的马车上，沿着大路过来了。见了水莲，二马车马上把车停了下来，赵大婶也从马车上跳下来，亲热地拉着水莲的手，问她为什么很久没有去看她。

水莲便说起自己学校要搬迁的事情，听说水莲也调到了乡中心校，赵大婶马上邀请水莲到自己的家里住。水莲犹豫了一下，便对赵大婶说："我虽然和大婶亲，但我晚上却一个人睡惯了……所以，我想租一个独门独院的房子。"

大婶马上说："那好办，我家的闲屋子不是有的是吗？你相中哪个咱们就收拾哪个呗！住你单独住，但吃咱俩得一起吃，你不是愿意吃大婶做的饭吗？那大婶天天给你做着吃！"

水莲说："古人有一句话，叫'钱财分明大丈夫'！大婶虽然生活富裕，可我也不能总在你们家白吃白住啊！除非大婶愿意收我的食宿费。"

赵大婶知道水莲的性格，马上答应说："行，行，大婶知道你的脾气，只要你不烦大婶，大婶都依你！"

见大婶都这么说了，水莲便真的在赵大婶家收拾了一间单独开门的屋子，她还重新粉刷了墙壁，就等着到了大周末，把自己的东西搬过来。

那天中午，水莲一下班就直接回到了赵大婶家，娘俩正把热腾腾的饭菜往桌子上端呢，突然水葳急急地跑了来，说家里捎来了口信儿，让她和水莲马上回家一趟，有急事。

赵大婶说："这饭菜都好了，再着急也不差这工夫，吃完饭再走吧！"

水葳却说啥也不吃，也不让水莲吃。水莲便问到底咋的啦，水葳便说："捎信的人说咱们家来客人了，挺大的人物，开着一辆名贵的轿车！"因水葳连声地追，水莲只好简单收拾了，和水葳一起往家里赶。

停在自家门前的，的确是一辆"名贵"的黑色轿车。正是中午，屯子里很多孩子都围在自己的家门口，像看西洋景一般围着这辆漆黑锃亮的加长轿车看，有几个大人也远远地朝这里望着，看见了水莲姐妹回来，便朝她们笑。一个学生见了水莲，噔噔噔地跑过来通报消息："水老师，水老师，你们家安电视了！好大的电视！彩色的，一面墙那么大。"

水莲隔着窗子朝里面看了一眼，只见屋子里饭桌子已经放好了，爹和妈正和背对着窗子的一男一女说着什么，水莲看不清客人的脸，但从装束上，就知是体面人。

"是谁开着这么名贵的轿车到自己家的'寒窑'了？"

水莲和水蕖对视了一眼，便跟在水蕖的身后进了屋。

第二十六章　阴错阳差

令水莲万万没有想到的是：坐在炕边上正笑呵呵地和父母说着话的人，竟然是水芙。

见到水蕖和水莲，尤其是见到水莲，水芙的眼神里突然掠过了一丝尴尬的神色，但水芙不愧是水芙，那种神色转瞬即逝了。当然水芙眼睛里的神色除了水莲，局外人就算见了，也猜不出里面的内容。妈妈见到水蕖，马上笑着对水芙说："这就是你大姐水蕖！"接着便目光闪烁地对水蕖说："水蕖，你的三妹妹回家认妈来了！"话音未落，眼泪已扑簌簌地流了下来。

"大姐！"水芙笑容可掬地款款起身，轻轻握住了水蕖的两只手，姐妹俩转眼就都泪眼婆娑了。

妈妈抹了一把泪，才发现水莲脸色的异常，就撂下脸子说："水莲，看到你三姐咋不说话？"

水芙抹了一下眼睛，笑呵呵地对妈妈说："妈！我和老妹儿早就混熟了，亲姐妹见面还用说什么客套话？"边说边过来拉住了水莲的手，水莲只觉得一股寒气顺着那只瘦伶伶的手传输了过来，倏地传遍了全身，让她冷不防地打了一个寒噤。

"哎哟！几个月不见，老妹的容貌可是大变样了！啥时候变得这般漂亮了？咋的？手术了？"水芙说着看了看水莲的脖子，一丝犹疑在她秀丽的眸子里一闪。

水莲飞快地抽出自己的手，还是什么都没有说。为了不扫大家的兴，她也极力下压着心底里的反感。

"哪手术啊！自然就好了！当初静客张罗给水莲手术时，我坚决反对，一个大脖根儿的病，那算是啥病啊？现在你看看，是不是啥事都没有了？"妈妈说。

"小老妹儿，你不认识我了吧？"旁边的男人冲水莲一笑，水莲才发现他是刘主任。水莲强挤笑容冲他点了点头："刘主任也来了！"

刘主任说："没想到刚刚半年没见，你就出息成这样了，听说你写的歌曲都上中央人民广播电台了？小老妹儿真是才华横溢呀！"

水莲只是笑笑，什么话都没说。

妈妈瞪了水莲一眼，刚要发火，爹立即用胳膊碰了碰她，一边笑哈哈地往饭桌前凑了凑，朝刘主任大大咧咧地伸了伸手说："刘主任，来！上桌！开饭！"见爹如此，妈妈才把堵在嗓子眼儿的骂水莲的话咽回去了。

刘主任便笑了，见水芙的高跟鞋不好脱，就脱鞋爬到了炕上，在爹的对面盘腿坐了。他的这一举动，让爹爹更加高兴了，马上给刘主任倒酒。

见客人们都坐好了，水藁和水莲也都找了凳子在炕边坐下。水藁见饭桌上摆的都是烧鸡、猪蹄之类的肉菜，便奇怪地问："这么多的好菜啊！爹，你这都是从哪儿买的？"

妈妈便笑着说："这菜都是你三妹妹从城里带来的，还真别说，你三妹妹不愧是当领导的，考虑问题就是周到！"妈妈边说边有些胆怯地看了水芙一眼。

水莲便想：不是口口声声发誓，说就算死了也不认水芙这个女儿吗？怎么？一个宽屏的彩色电视机就把你俘虏了？或者这世上的母亲全都是不记仇的？

刘主任说："都不是外人，吃点家常便饭其实也行的。"

妈妈指了一指柜上面放着的电视机说："水芙大老远的，还给我和你爹买来了电视机！说是大屏幕彩色电视机呢！这在咱们屯子里，还是头一份呢！"说着说着眼睛就又红了。

水芙笑着说："第一次回家来，我也不知道买什么好，这还是静客提醒我的呢！"

妈妈便又夸起静客来了："静客这孩子真是好孩子，能干不说，还体贴人，想事也周到，水芙，你可得好好待他呀！"

水芙马上说："妈，瞧你这话说的，他是我最亲密的爱人，我怎么能不好好待他呢？我们俩现在感情可好了！也许是岁数大一些了吧？他对我比以前任何时候都要体贴！"边说边看似无意地扫了水莲一眼，水莲立即低下头吃饭，心里真的一剜一剜地疼了起来。

爹突然想起什么，问水芙："静客咋没跟着一起来呢？"

水芙说："他现在工作老忙了！他现在不仅是县医院出了名的业务能手，还是后备干部，所以他一时半会儿出不来了。"

水芙说着从兜子里掏出了一个黑色的手机，又拿出一张硬硬的纸片。水芙把纸片交给妈妈，笑了笑说："这是静客的手机号，您要是有事要找他，就给他打这个电话！"

还未等爹吱声，妈就苦笑着说："傻孩子，我知道静客有电话，可咱们家没有电话……想打拿啥打呀！"

水芙一拍脑袋："也怪我，倒是忘了这个茬儿了，哪天我再来的时候，一定给您老带个手机过来。"说着把自己的手机递给妈妈："您如果现在就想和他通电话，用这个手机打就行！这个手机也是静客给我买的。对了，妈妈，我和静客马上就要搬到楼上去了。"

水芙一边说着，一边拨打电话，可拨打了半天，手机都没有反应。刘主任伸过头看了手机一眼，无奈地摇了摇头："别打了，这地方根本就没有信号！"

水芙不解地看着刘主任："你怎么知道没有信号？"

刘主任指了指手机上的一处："这个小符号，你看看，这就是代表信号的。”

水芙无奈地举了一下手机，就满面失望地笑了：“唉！幸好没给您带手机来，咱们这个小地方……还真是的，连手机都打不通。”

水莲觉得水芙的失望是装出来的，她可是巴不得手机没有信号呢！既然并不想与静客通电话，可她为什么要演这出戏给大家看呢？她到底想要证明什么呢？

水莲一边想着，一边犹疑地瞥了水芙一眼，没想到正和水芙瞟她的眼睛碰了个正着，水莲的心里便猛地一紧，她从水芙那阴冷冷的目光里，感觉到水芙又有了什么阴谋。

果然，水芙像是刚刚想起什么似的对水莲说：“对了，你三姐夫是不是有一篇文章在你这里呢？”

水莲听了心里一惊，但她没有回答。

“文章？啥文章？是不是那天钱科长他们看的那个？”妈妈问水芙。

水芙便笑道：“是，就是那篇，静客让我顺便把文章给他捎回去。”

水莲警觉地问：“他让你把文章捎回去？”水莲还想说：“我不相信你的话……”但终觉不妥，就把那话给咽回去了。

妈妈马上责备地瞪着水莲说：“那你还等啥呀？快点给你三姐拿去呀！”

水莲坐着没动，大脑却高速运转起来：“什么意思？她到底想要做什么？不会要把静客的文章拿出去发表吧？”

水芙剜了她一眼，冷笑道：“又想啥计策呢？你不会撒谎说那篇文章丢了吧？”然后便冲妈妈一笑说：“老妹子这个人很擅长动心计的。”

“她动心计？这话水芙你可说错了，我看她就是个浮灵！”妈妈突然恶狠狠地瞪了水莲一眼，“还磨蹭啥呢？还不快点去把那个文章取来呀！”

水莲低了一会儿头，真的去取文章了，屋里的人全都沉默地看着她走出门去。

妈妈突然瞪了她背影一眼，冲水芙叨咕说："原来我还一直以为那个文章是她写的呢，感情是人家静客写的呀？那天钱科长他们夸这个文章好时，我还奇怪呢，说啥也不相信像她这么浮灵的孩子，能写出什么文章来。"

一向"事不关己，高高挂起"的水藁，破天荒埋怨起妈妈来："妈我发现你咋总是喜欢贬低水莲呢？明白的知道你怕她骄傲，不明白的还以为水莲不是你亲生的呢！水莲真的挺厉害的，那么小就在报纸上发表文章了，现在又能作词作曲了，妈你咋总不知足呢？"说完了赶紧冲妈讨好地笑。

妈妈果然脸上挂不住了，刚要说什么，突见水莲蔫蔫地进屋来了，手中拿着静客给她的那个鼓鼓的信封，就又把话咽回去了。信封里的论文的确是静客所写的那一篇，但为了不把那个藏宝的秘密公之于众，水莲到底把最后两页撕下来，准备找机会烧了它。

在把论文交给水芙前，水莲又警觉看了水芙一眼，犹犹豫豫地说："静客可说了，他现在并不想……把这个公之于众的。"

水芙不等回答，就把论文从水莲的手里夺过来，飞快地瞟了一眼，就把论文装进兜子里了。做完这些才笑盈盈地扫了大家一眼说："你说你这个老妹子，叫他一声三姐夫就累着你了吗？总是 口 个静客的，这也太随便了吧？论文最后发表不发表，那是我们两口子之间的事，你一个小姨子，就不用操心了。"

妈妈听出了水芙的弦外之音，便瞪了水莲一眼说："这孩子都是让你爹给惯坏了，这些年总是这么没大没小的，她和她四姐在一起，天天也都是水荷水荷地叫着，一叫就这么多年。"

一直没有说话，只是笑呵呵地陪爹喝酒的刘主任，突然看了水芙一眼，清了清嗓子说："李书记这次回来，一是来认亲的，同时还兼有另一项任务……"

水芙马上接过话头："主要是来认亲的，本来计划和静客一起回来了，可工作一直忙，所以才拖到现在。"

刘主任就又笑笑说："我刚才的话的确没有表达明白。李书记这次回来是认亲的，而我却身担两项任务！一个任务是给李书记当好司机，做好后勤工作。还有一个特别的任务……"突然笑看了水莲一眼，又说："这件事说出来，应该说是一件特大的喜事，那就是给小老妹儿说媒来了。"

爹和妈几乎同时停止了咀嚼，眼睛也都睁得大大的。水蕖笑着说："这可真是好事不断啊！刘主任这回提的是谁呀？"

刘主任喝了一口酒，得意洋洋地说："我提的这个人可是了不得了！我要是把他的条件说出来，我相信你们不但能满意，还都会大吃一惊！"

水蕖还没等他说呢，眼神儿里就已经表现出吃惊的样子了。刘主任便笑了说："大婶，这个小伙子你见过，他曾来雾中村专程采访过水莲。"

妈妈的脸色便黯淡了："噢，我还以为你要提的是谁呢！你是说那个戴着一副空眼镜框的、长着一头黄头发的男孩子吧？唉，要真是这件事……我看就别往下提了！那天水莲学校的校长特意来过我家了，可我家这个败家的孩子说啥都不同意。"

刘主任便笑了，说："大婶你说的那个孩子我也认识，他不就是电视台的小刘记者吗？他那个毛小子，咋能配得上水莲这么出色的才女呢？我介绍的是和他一起来的那个钱望！"

妈妈惊喜地说："钱望？就是那个稳稳当当、彬彬有礼的钱科长？那可感情好了！那孩子可是个好孩子！可我听说人家早就有对象了！"

刘主任说："他根本就没有对象，只不过有很多女孩子在追他，有一个女孩子喜欢他，到处宣扬自己是钱望的对象，可钱望始终都没有同意。钱望这孩子的情况我最了解了，心高得很！大婶，你八成还不知道钱望的父亲是干啥的吧？"

妈妈连眼睛都笑了："知道，知道！不就是县长吗？但我们家的人还真就和别人不一样，我们真的不在乎孩子的爹是做啥的，我们只在乎这个孩子是不是优秀。"

刘主任马上点头："可不是，大婶这么说，我就更加佩服你们了！"

水芙也笑着说："这人啊！再怎么清高，再怎么注重内涵，家庭条件也是应该考虑的。钱望是钱县长的独苗！这桩婚事要是成了，水莲可就一步登天，成了人上人了。不光水莲成了人上人了，爹和妈也算进福堆儿了！你想啊，等婚事成了，你们就和县长成了亲家了！要是那样你们在雾中村也住不长了，你的老姑爷子肯定能在城里给你们买个楼房的！"

"我们好像享不了这样的福吧？你爹爹这个人，你还不了解，他就喜欢窝在乡下。"妈妈无奈地说。

"年纪大了，住在乡下也是不错。对了，我那天还听钱县长说：将来钱望有可能下派到古庙乡工作，钱县长的意思，想让他从基层做起。要是那样，他照顾起你们来不就更方便了？"

妈妈听了，便真像掉进了福堆儿了一样，脸上顿时笑成了一朵幸福的花儿，也平生第一次用亲昵的目光看了水莲一眼说："唉，这可真没处想去，原来我还以为我这个老姑娘就是个劳碌命呢！要是这么说，水莲这孩子心高还真的高出理儿来了！连条件那么好的县长儿子都相中她了！"

刘主任马上说："主要还是小老妹儿才貌出众，归根到底，还是大叔大婶教得好。"一句话说得大家都笑了。

妈妈见水莲始终低着头一声不吭，心里便画了个魂儿，直直地盯着水莲问："水莲啊！那个钱科长你也看到了，刚才大家说的情况你也都听到了，咱们先撇开他这个县长儿子的身份，就凭人家小伙子的长相、工作，再加上他的谈吐，你也不能再说出啥来了吧？"

水莲把头垂得低低的，直到这时她才明白水芙为啥能放下架子回家认亲了，原来这一切还是拜自己所赐呢！水莲回忆了一下那个坐在驾驶室里的小伙子的面容，不得不承认，这个小伙子的确是一表人才，可和她的静客相比呢？

水莲的心突然又疼了：在这个世界上，谁能比得上静客呢？如果没有静客，你水莲现在又会在哪里苟延残喘呢？兴许早就化成一缕烟尘，飘得无影无踪了！

小屋子静极了，所有人都在看水莲。水莲躲开大家的目光，心里默默地说："静客，你放心，别说是县长的儿子！就是省长的儿子，玉皇大帝的儿子，我都不会再动心了！我水莲这一辈子只要你一个人！就要你一个人！"

"水莲！大家可都在等着你表态呢！你刘大哥大老远地为你的事来了，你总不是就这么一声不吭，连个谢谢都不会说吧？"水芙直视着水莲。

水莲慢慢地转过头来，看了看大家，眼睛不知什么时候已经泛红了、湿润了，说："刘主任，谢谢您！可我……暂时还不想考虑自己的婚事！"说完这句话，她便快速起身，飞一般走出屋子。因为她已经预感到：一场龙卷风加暴风雨，马上就要向她袭来了！

果然，还未等她走出屋子，屋子里就已经炸了营了："你上哪儿去！你别走！咱们好好说道说道！"水莲首先听到妈妈冲她尖声喊道。接着，水蕖水芙的声音也都同时响起了："水莲！水莲！水莲！"

但水莲没有听到爹的声音。

水莲没有回头，几乎一路小跑地冲出了屋门，推起自行车就飞身上路了。是的，不能再等下去了！她必须立即采取措施了，她必须马上要为自己的幸福而战了！

沿着飘着云雾的杏林小路，水莲一路飞奔，生怕谁在后面追赶她似的。直到离开雾中村很远了，才敢回过头看了看，除了看到若隐若现的一抹葱绿，并没有一个人追来。水莲就笑了，心里说："你真是幼稚啊！再怎么大的事，对于别人来说都是小事，谁肯为了别人的小事，专程驾驶那辆名贵轿车来追你？"这样想着，自行车的速度也慢了下来。

顺着林带的小路往前走，就到了那座小桥了，通往小桥的坡路虽然不陡，但水莲还是从自行车上下来，一路慢慢地踱了上去。啊！多美的小桥，多美的流水啊！这里，又留下了多少她和静客的回忆呀？那时，天有多冷啊！可静客为了等自己，竟然在这座小桥上一站就是两个多小时，如果没有爱，谁能做到如此的坚持呢？

此时，小桥下的流水正哗哗作响，水莲站在桥头向河面上望了望，河水不深，水面却很宽，水也很清，岸边长出了一片片水草，稀稀疏疏的，沿着蜿蜒的河岸一直连绵到远方。远处的坡上，有一群牛在悠然地吃草，视野的尽头是一座座青山，青山脚下一片片黄灿灿的麦子正待收割。

水莲长长地舒了一口气，又抬起头看了看天空，啊！好久没有这样悠闲地看看天了！在雾中村待久了，好像连天空都被遗忘了，此时抬头看天，水莲突然有一种久违了的感动。"静客，这里多美啊！就这么决定了吧！你就到我这里来！让我们就在这里相依到老吧！"水莲一边看着蓝天白云，一边默默地说。

"不能再往下拖了！马上就办！"水莲下定了决心，便推起了自行车，顺着漫漫的斜坡一路畅行！

忙碌，真是很好的一件事情，不但能让人忘却很多烦恼和忧伤，也让时间显得飞快了。一个月的时间，水莲不但把自己的小家收拾得里外一新，还不着痕迹地把自己的东西，全都搬到了那个小屋子里。

"小丫头，原来你还这么会张罗事儿呢！一切都让你料理得这么好！将来呀，你也一定是个会过日子的好妻子！"望着那两套暖色调的、点缀着睡莲花瓣儿的睡衣睡裤，水莲甚至学着静客的口吻，夸奖起自己来了。

最后的一步，也就是最关键的一步，就是实施那个计划。临去邮局前，水莲尽可能周到地又把每一个细节想了一遍，等到了邮局，一切计划都烂熟于心，就等着按部就班实施了。

水莲看了一眼手表，已经是下午两点多钟了，这个点儿静客只能在医院。水莲走到设在邮局里的公用电话亭，毫不迟疑就拨通了静客医院的电话。

电话嘟嘟了两声后，果然又是那个女人接的电话。

水莲尽力模仿水芙的声音说："忙着呢？快帮我找一下静客，我找他有点事！"

那个女人果然警觉地问："你是谁呀？"

水莲便学着水芙的声音笑了，说："怎么了？连我是谁你都听不清了？李水芙！"

"噢！李书记呀！你瞧我这耳朵！竟没听出来你的声音。你等着，我马上给你找！"女人说着，便放下了电话。

不知为什么，水莲的心直到这时才剧烈跳动了起来，一边埋怨自己怎么这么蠢，直到今天才想起这个主意？隔了有半分多钟吧，电话那边果然传来了静客冷冷的声音："什么事？我这忙着呢！"

水莲的眼泪就流下来了，尽力不让自己哭出声来："是我……"可她还是止不住地抽泣了！

静客果然紧张起来了，水莲虽然看不到他的面容，依然可以想象他慌乱的样子。果然，他顿了一下，冲着旁边说："刘大夫！我想和水芙说几句……呃……背着人的话……"

接电话的女人马上笑笑说："行，行！你们小两口有啥话就说吧！我回避就是了。"随着响起了走出门去的脚步声，水莲还听到了关门声。

"你怎么了？出什么事了吗？"静客这才对着电话说，当然，声音里多了许多牵挂，"身体又不舒服了吗？声音怎么这么嘶哑？"

水莲只觉得自己有千言万语要和静客说，可偏偏不争气地哭得哽咽了："……你这个狠心的！白把我救活了！我现在生不如死！"

静客就急了，问："你……你的病又反复了吗？"

水莲抽泣着，好容易才又说道："我就是想你！你马上来！"

静客马上压低声音："别这样！听话！"又字斟句酌："那个……呃……钱望，真的是一个很好的小伙子！咱们撇开他的身份地位不说，从人品上，根据我的了解……也是很好的！"

"你要诅咒我吗？我不是早已经向你发过誓了吗？我这辈子非你不嫁！"水莲因为生气，语言也流利多了。

静客耐下心来说："那是不可能的！水莲！你就不要再幼稚了好不好？行啦，三姐夫忙着呢！三姐夫要撂电话了！"

"不许撂！"水莲突然尖叫起来，"三天！我只给你三天的时间，三天之内！你必须到这里见我！要不然，你这一辈子就再也见不到我了！要见，也只能见到我的尸体！"最后一句，是从牙缝里挤出来的。

"水莲，别再胡闹了！你也应该知道的，我那天晚上和你说的，就是为了让你手术撒的谎！所以你不要再有这方面的想法了！那是绝对不可能的事，永远都不可能！你如果真想报答我，就重新开始你的新生活吧！"静客的声音里越来越冷。

一股怒火突然从水莲的心底里涌出，她的话语也变得极其冷峻了："谁在胡闹呢？你以为我在信口胡说的吗？萧静客！你听着，我和你说的每一句话都是极认真的！我现在已经搬出来了，咱们已经有自己的小家了，就在古庙乡税务所对面的房子里，三天之内，你要是不来见我，那你就是杀人的凶手，我保证你会后悔一辈子的！"说着就狠狠地放下了电话。

电话放下了，水莲的身体却抖成了一团。真有意思，紧张的情绪总在事后发劲儿！水莲向外面瞟了一眼，见并没有人等着打电话，便一直待在电话亭里面，直到抖动渐渐地好转了，才慢慢地推门离开。

第三天终于如期而至。

像每一天一样，当早晨的阳光爬上窗棂的时候，水莲便从甜甜的睡梦中醒来了，她慢慢从"婚床"上坐了起来，用旁观者的眼睛环视了一下她的新房，便微笑说道："静客！早晨好！今天可是我们的大喜之日啊！接下来，就让我们用色彩筑梦吧！"

水莲突然心花怒放了！她猛地舒展开四肢，就像摔跤那样把自己放倒在柔软舒服的床上，然后便得意洋洋地端详起墙上的婚纱照来了："怎么样，我的丈夫！你瞧我把我们的洞房装扮得有多美，简直胜过月宫仙境了！"

她就那么仰倒在床上，美滋滋地环视着自己的新房，一边遐想着静客进来后，会是一副什么样的表情？是的，她深信她的静客一定会来见她的！从来都没有怀疑过，连一丝的怀疑都没有。

水莲在床上懒了一会儿，又计算了一下静客可能出发的时间。如果静客起早驾车前来，最快也得中午才能到，而此时自己能做什么呢？

水莲羞涩地笑了，是啊！那还用问吗？当然是洗浴了！结婚是人生的大事，特别是和静客这样骨子里都透着洁净的丈夫结婚，水莲必须得把自己洗得干干净净的、彻彻底底的。于是，水莲又开始忙碌起来了，不但洗自己，也要洗衣服，更要擦洗地面，家务活儿不干不知道，干起来可真的没个完呢！等她终于把一切都收拾得干干净净、透透亮亮时，赵大婶已经敲着窗子喊她吃中午饭了。

水莲穿上了外衣，回视了一下自己的新房，这才退出门去。无意中，眼睛落到了放在书柜一角的小布兜上，马上拍了拍自己的脑袋，自言自语道："瞧我忙的，怎么把它给忘了！这么重要的东西怎么能放在这里呢？"

是啊！兜子里的两样东西，可是今天最特殊的道具！花去了她最后的钱。拿过小布兜，打开，里面就露出了两个瓶子：一个瓶子是透明的，装着无色的液体；一个是半透明的，浅棕色，里面的液体也就变成浅棕色了。

水莲把两个瓶子的商标转过来，透明瓶子上的商标是三个字"二锅头"，棕色的瓶子上的商标也是三个字"氧乐果"。水莲就苦笑了，自言自语道："一样的瓶子，一样的三个字，可喝了那一个，就能步入天堂；喝了这一个，就只有进地狱了！原来天堂和地狱这么近啊！只有两个瓶子的距离！"

见屋子里实在无处可藏，水莲便把两个瓶子放到了枕头后面，并把床幔拉下了，严严地盖住了那张美丽的婚床。做完这一切，水莲才长长地舒了一口气，脚步轻快地走出了屋，高高兴兴地吃饭去了。她边走边想，等吃完了饭，静客也就该到了！

赵大婶做的饭，对于水莲来说，永远都是世界上最好吃的饭。水莲还没等吃呢，仅看一眼那绿油油、黄澄澄的色泽，就垂涎欲滴了。"大婶！你是成心让我发胖啊！"水莲笑着说。

赵大婶也笑道："园子里的菜不是都下来了吗？种菜为了啥呀？不就为了吃吗？这要搁在冬天，你想吃这些好吃的，大婶我都没处给你买去。"

水莲帮大婶盛了饭，一边神秘地说："今天下午，可能有一位客人要来。这位客人对我很重要，他来了以后，我们就不能和您一起吃了。"

赵大婶马上说："只要是你的客人，不管他多重要，他就都是我的孩子！到时候只管到我屋里来吃饭就是了！"

水莲说："就算我想来，他也不好意思来的，到时候我们就单独做着吃吧！锅碗瓢盆我都准备好了。"

赵大婶笑了说："你说的那个客人，就是姑爷吧！昨天，我去你屋里灌水，看到你们的结婚照了！好俊的小伙子，我看一眼就喜欢了！你不提这事儿，我还惦着问你呢！小伙子是做啥工作的？姓啥叫啥呀？你为啥自己偷偷地张罗这事儿呢？是不是你爹妈不同意你们的婚事呀？"

水莲点了点头说："他在县城工作，至于姓啥叫啥，我往后再告诉你吧！对于我俩的事儿，我爹妈坚决不同意。"

赵大婶便叹了口气说:"唉!家家都有本难念的经,总没有顺当的事儿!可你父母为啥不同意呢?再不,哪天我去你家劝劝你爹妈去!该撒手时就撒手得了!孩子大了,有些事你想管也管不了!反倒捞个白生气。"

水莲便笑了,对大婶说:"大婶,我的事和我秋雨哥的不同,谁劝都劝不了的。不但不能劝,我还得求您帮我保密呢!大婶,您放心吧!我的事我自己一定会处理得很好的。"

赵大婶爱昵地看着水莲:"大婶知道你是个稳当本分的孩子,你的眼光也错不了的。行,那大婶就先给你们保密。"

娘俩吃完饭,水莲便让大婶在炕上歇着,屋里屋外收拾了起来。正这么忙着呢,突然窗子被人敲响了,水莲抬头一看,见鲍老师站在外面冲她招手,水莲便马上迎了出去。

鲍老师说:"外面有一个男的找你!像是刚从城里来的,开着一辆小轿车……"

水莲立即欣喜若狂:"是不是很高的个子,瓜子脸,白白的?"

鲍老师马上点了点头:"是,就是那个样子。我刚才走到路口时,正听他向街上的人打听你的住处呢!我不知道啥情况,就跑过来告诉你信儿来了!"

水莲便急急地往外走,一边走一边问:"他现在在哪儿呢?"

"就在那边路口呢,你一出去就能看到他的车了!"说罢就冲水莲神秘地笑笑,便摆了摆手上班去了。

水莲感激地冲她笑了,一边心里暗骂道:"破静客!笨静客!我明明说得清清楚楚的了,怎么放下电话就忘了?"一边骂着,一边向大门外跑去。果然看到一辆灰色的小轿车在路口停着,远远看过去,只看到静客一个人坐在车里。水莲远远地就冲静客摆了摆手,静客马上也看到她了,也冲她摆了摆手,水莲心花怒放,一路小跑就迎过去了。

静客把车开过来了,嘎的一声停在了水莲的身边。水莲便笑了,心想："真是三日不见当刮目相看！怎么突然就变得这么霸道起来了？"

就像那天早晨静客接水莲看病时一样，没等水莲走到车门边呢，副驾驶室的门就为她打开了。静客简短地命令了一声："上车！"

水莲心想："静客的心结，不是马上就能打开的，不如先顺着他吧！左右天还早呢着，逛一逛再回去也未尝不可。"便真的笨笨磕磕地爬上了小轿车。

这边刚关上车门，小轿车就箭一样射出去了，那种一反常态的速度吓了水莲一跳。水莲质疑地看了静客一眼，这一看可不得了了，就像猛地遭到了电击，水莲整个人惊在了那里！那个黑着脸子驾驶车辆的，根本就不是静客，而是和静客长相酷似的那个叫钱望的人。

小轿车疯了似的一路飞奔着，只觉得街边的树木行人全都唰唰地向后面甩去，水莲的心顿时提到了嗓子眼儿，因为她还从来没有坐过这么快的车。"你要拉我到哪里？"水莲紧张地抓紧了扶手，一时没有了主意。

"天涯海角！"钱望面无表情地说。他紧闭着嘴的侧影，真的像极了静客。

"你要劫持我吗？"水莲极力压制着自己的紧张。

"随你怎么想！"钱望依然面无表情。

几乎一转眼儿的工夫，那个人烟并不密集的小乡镇就没了踪影。顺着一条水莲从未见过的油漆路，小轿车越来越快。想起静客马上就到了，水莲便着急起来，豁出去似的盯了钱望一眼，嘴里说："你快把车停下！不然我跳车了！"

"随你便！"钱望非但不停车，反而把车开得更快了，如同一阵旋风。水莲只觉得头昏脑涨，耳膜都嗡嗡作响了。水莲又看了一眼钱望，发现他的嘴抿得更紧了，脸色也更阴沉了，如同雨前的黑雾。

水莲渐渐冷静下来了，心想："静客！我的命是你给我的，我就算真的去死，也要死在你的手上，怎么可能为了这个和自己毫不相干的人跳车玩命？"水莲的身体绷成了弓箭的弦，手依然紧紧地握着车的把手。

钱望嘴角带着讥讽的冷笑说："跳啊！怎么不跳了？"

小轿车毫不减速地飞奔着，幸好这条乡路很静很宽敞，没有一辆过往的车辆。水莲没有动，只是偷偷地看了钱望一眼，她发现他的眉毛比静客浓，眼睛也比静客大，眼神里少了几分静客的深邃，却多了几分静客没有的霸气。总体上看，并不像道德败坏的人！

"怎么办？现在怎么办？"水莲的脑子飞快地转了起来，"想一想，用你的脑子想一想，必须用智慧战胜他！就算他是一条疯狗，也一定要想法儿战胜他！"

不知为什么，一个短语突然跃入脑际："赏识教育！"这是最近研究教学时，经常被人提起的一个时髦短语，水莲便看着钱望笑了。

"你笑什么？"钱望警觉地看了水莲一眼。水莲发现他从正面看更是英气逼人，特别那双眼睛，黑亮黑亮，炯炯有神，比静客的眼睛更要阳刚明亮。

"我笑你身上的这种虎虎生威，你很像一个电影演员！"想了想，又加了一句，"我真的有些……为你心动了！"水莲挤出一丝假笑。

钱望的脸色果然柔和一些了。

水莲央求道："你把车开得慢一点吧，人家心脏都有些受不了了。"

钱望看了水莲一眼，果然把车速减慢了。水莲真的笑了，心里想："你无论多么厉害，也不过是个孩子！"继而又想："所有的男人都是孩子。"

"再不，把车停下吧，我们谈谈！"水莲得寸进尺。

钱望并没有停车，但车速的确慢下来了。"解释一下吧！凭什么拒绝我？"钱望就那么看着前方，"我哪一点配不上你？"

水莲瞟了他一眼，字斟句酌地说："你以为世上的一切问题……都应该有答案吗？"水莲向路边扬了扬下巴又说："你看看那片绿油油的庄稼，和那条谜语一般的小河，告诉我！凭什么这些庄稼非得要从土地里长出来？凭什么鱼儿非得在水里游，鸟儿非得在天上飞？"

"拾人牙慧！"钱望撇了撇嘴，又笑了，"不对不对，应该是英雄所见略同。那天你父亲阐述这个论点时，你并不在屋里。"

钱望的笑脸给了水莲信心，水莲便又笑得卖力些说："再有，你凭什么这么霸道？还转过来问我凭什么？仅仅就凭你是县长的儿子，而我是平民家的女儿？"

钱望突然不屑地瞪了水莲一眼："我说你有点自信好不好？如果非要比背景，那你还是国宝级大画家的女儿呢！我一个小县长的儿子怎敢和你比？你父亲说得对！所有的答案都是有个人倾向性的！和你说句实话吧！我今天之所以过来质问你！就是想告诉你：我钱望追求你并不是一时兴起，其实我早就看好你了！"

水莲心里一动，突然又讥讽地笑了，问道："早就看好我了？在我丑陋无比的时候？"

"你什么时候丑过？在我的眼里，你永远都是女神！"钱望突然情绪激动地说："这句话，早在一千六百二十三天前的那个……没有月亮的晚上，我就应该向你表白了！可惜当时……我失去了机会！"

水莲惊诧地看了钱望一眼问："你这话……什么意思？"

钱望的声音突然变低，说："我第一次见你，是在我们省师范学院的大礼堂，那天晚上，你演奏的古筝曲叫《云裳诉》……"

水莲这才明白了："你是省师大的？"

钱望："是啊！我后来才知道，你不是我们学校的，对了，你怎么去参加我们省师大的艺术大赛了？"

"不要小瞧人好不好？我可是你们学校特别邀请的嘉宾！"水莲高傲地说。

"我怎么敢小瞧您呢！我只是遗憾当时不知道这个情况。要不然，我早就找到你了！不瞒你说，为了找你，省里的几所师范大学我都去过了。"

水莲质疑地看了钱望一眼，一时不相信自己的耳朵。

钱望突然一字一顿地说："我自从见到你的那一刻，就在心底里认定了！你水莲生而为人，就是为了给我钱望做妻子的！"

水莲突然用鼻子哼了一声说："你太自信了吧？"

钱望没有理睬水莲，眼睛始终望着远方说："看过《老人与海》吗？"

水莲没想到他这样问自己，就敷衍地点了点头。

钱望说："知道我最喜欢那里面的哪句话吗？"

水莲不得不认真地想了想，答道："人可以被毁灭，却不可以被打败？"

钱望马上点头说："是的！"

水莲鄙夷地冷笑说："你怎么看待失败与成功，那只是你个人的事！此时我倒更想知道：《老人与海》里的那副鱼骨架后来到底怎么样了？扔掉了吧？当然只能扔掉了，因为它无论对于谁来说，都是一堆废物！"

"无用之用，方为大用！"钱望声音低沉地说。

水莲一愣，飞快地瞟了钱望一眼。

钱望笑着说："你别惊讶，这是庄子的原话。庄子说得对，任何事物都不是没用的，垃圾都是放错地方的珍宝呢！如果那个鱼骨架被我所得，我一定把它制成标本，供后人瞻仰，要是那样唠，那鱼骨架不就价值连城了？"

水莲叹了一口气说："就凭你这样说话，我不选择你也是对的！因为我们根本不是同一类人，你想要的，要么是物质利益，要么就是可笑的虚荣心！"

钱望斜了斜水莲说："你……真不愧是你父亲的女儿！"

水莲没好气地说："是你先和我谈的《老人与海》吧？我这边刚刚斗志昂扬，你怎么反倒偃旗息鼓？"

钱望无所谓地一笑说："反正一辈子呢！时间那么长，你什么时候想斗，我都奉陪！"

一句话提醒了水莲。"闲的人是你！我忙得很呢！"水莲突然央求起他来，"求你了，快送我回去吧！我真的约了人！"

钱望又斜了斜水莲说："我没听错吧？约了人？要真是这样，我还真得把你拉得更远一些。"

一股怒气猛地升了上来。"你这叫犯罪懂不懂？县长的儿子就可以无法无天了吗？那天我姐姐更可笑，还说什么如果我嫁了你，就一步登天了？原来天就那么高吗？一个小小的破县长就可以是一片天，那这个世界还装得下什么了？"想了想，水莲依然不解渴似的，"况且县长就真的很了不起吗？县长吃药就不苦，县长拉屎就不臭吗？"几句话，说得钱望扑哧一声笑了。

水莲惊讶地看了钱望一眼，正巧钱望正转过脸来笑着看她，四目相对之时，水莲突然发现钱望的眼神乱乱的，脸也开始泛红了。

这种酡红，就像古筝的弦，再次让水莲清醒了。"还待在这里干什么？和他谈情说爱？怎么还不抓紧回家？静客这时候也该到了吧？"水莲的心突然焦躁了起来，哀求地看了钱望一眼，"麻烦你快送我回去吧！我真的有急事！"

钱望含情脉脉地看了水莲一眼说："接着说呀！我可是有着一辈子的耐心呢！"

"完了！完了！这下可麻烦了！"水莲无助地看了看越来越远的路。

车虽然始终没有停下来，但却越来越慢。

钱望看了看远处说："过了这个坡，前边就是临风镇，那里有一个很好的小餐馆！我们去吃点东西好吗？从早晨到现在，我还滴水未沾呢！"

水莲就急了，说："不行，今天肯定不行！我真的有急事！你还是先送我回去吧！"

钱望用鼻子哼了一声说："送你回去？你说这可能吗？我这么辛苦

地到你这里触犯法律，仅仅为了听你几句讥讽我的话？"突然声音加粗了，霸气和专横溢于言表，"我钱望得不到的，别人也休想得到！"

水莲说："可你想过……那条鱼的感受吗？"

钱望笑着说："多没意思？如果你是聪明的，就千万不要去探究人性。就像喜欢吃鱼的人，千万不要去关注鱼的感受，那不是自讨苦吃？"

水莲苦笑着说："是啊！一个在优越环境中长大，整天大鱼大肉的，怎么会替一条鱼想呢？但无论如何，我也必须回去了！你不送我！我走也要走回去！"

"聪明的就老老实实地坐在车上，听我把话说完！"钱望突然把车一拐，停到了路边。接着就从兜里掏出了一盒烟，拿了一支，点燃了，狠狠地吸了一口，水莲的心突然一动，钱望刚才的举动，男子汉的风度十足。

浓重的烟雾笼罩了钱望的脸，也让他的声音变得迷茫了。"和你说实话吧！我今天来找你，一是向你表明态度的，既然该说的话都说出来了，我就不会再着急了！反正一辈子的时间呢！我会充满耐心一直等你到老的！"

钱望深深地看了水莲一眼，眼神坚定如铁。

水莲心里莫名地一抖，马上岔开话头："既然有一，就应该有二吧？"

钱望向前一欠身，打开轿车前面的一个格子，拿出一本崭新的刊物来，啪地一下摔给了水莲，水莲看了一眼那本刊物的封面，上面赫然写着《文物与考古》五个大字。水莲犹疑地看了钱望一眼，便翻开了那还含着墨香的刊物，第一篇文章的标题就是《在吉林北部半山区发现辽代契丹"春捺钵"行宫"雾中山院"》。

水莲马上翻开那篇文章，下面的副标题和原稿也是一字不差："据考证：一千多年前的那场导致辽、金改朝换代的'头鱼宴'，就是在雾中山院举办的。"但在副标题下方赫然印着的作者名字，竟然是李水芙。

一股愤怒之火一下子从水莲的心底里升腾了起来。

"我真的不是一个闲人，不仅不闲，可能比你还忙。你如果能如实回答我的问题，我今天肯定立即送你回去。至于咱们俩之间的事儿，我还是那句话：你早晚都是我钱望的人！"钱望面无表情。

水莲也面无表情地说："作者的名字，不是清清楚楚印在上面了吗？有什么问题，你直接去问作者岂不是更方便？"

"还真让你说中了，看到这篇文章后，我马上就拿着文章去找她了。"

"既然你已经找她了，干吗还来找我？"

"这篇文章……真的是你姐姐写的吗？"钱望扇了两下眼前的烟雾，直视着水莲的眼睛问。

"反正……不是我写的。"水莲避开了他的眼睛。

"那天我去找你姐姐，一共问了她三个问题。可她在回答第一个问题的时候，就让我生疑了。后两个问题更是所答非所问。所以当时我就确定……这篇文章根本就不是你姐姐写的，真正的作者其实是你。真没想到：你这个姐姐为了当官，竟然连自己亲妹妹的文章都剽窃！"钱望一边吸烟，一边透过烟雾斜着眼睛看了水莲一眼，仿佛连她也成了盗贼。

水莲从文章里抬起眼睛，质疑地问钱望："你和我姐姐是竞争对手吗？"

钱望一愣，问："在你的心里，我真的如此浅薄？"

水莲瞥了他一眼，没说话。

钱望突然信誓旦旦地说："不管你相信与否，我可以郑重告诉你：我深究这个问题，真的和我个人没有一丝关系。"边说边点了点《文物与考古》上的文章："这仅仅是一篇文章吗？这可是振聋发聩的考古学成果啊！你如果真是这篇文章的作者，那你也一定能认识到：一个地方的考古文明对当地经济建设的冲击力会有多大？"

水莲一愣，不由得又看了钱望一眼。

钱望凑近了些，质疑地看着水莲："这篇文章在发表之前，为什么放在你的抽屉里？就算你真的不是第一作者，你也一定知道第一作者是谁！告诉我，他到底是谁？"

"我刚才已经说了，这篇文章真的不是我写的。"

"水莲，就算我求你了好不好？你可能也听说了吧？你未来的丈夫，也就是我，马上就要下派到你们古庙乡工作了，主抓全乡的经济建设，找到这篇文章的第一作者，对我下一步开展工作真的很重要。"

"那是你的事情，和我没有一角钱的关系！"水莲一副事不关己、高高挂起的样子。

钱望叹了一口气，苦口婆心地说："这篇文章已经在考古界已经掀起了轩然大波，连省委都惊动了，古庙乡要想真正发展起来，必须抓住这个大好的契机，大做文章，修缮古庙，开发雾中山，以此带动当地的旅游事业。一句话：就是让历史搭台，让经济唱戏，让这里的百姓全都富起来。"钱望越说，声音越洪亮。

"你说的这些，不是已经开始在做了吗？我们学校已经搬迁了。"水莲冷漠地说。

"连真实的史实都没有搞清楚呢，就仓促上马，这样除了劳民伤财，能取得什么实际效果？水莲，难道你在《美丽的栖息地》里所抒发的情感，都是虚假的？"

水莲一愣，问："我还读过我的散文？"

钱望一字一顿地说："'那个美丽的栖息地啊！谁在那里制造回忆？'这不是你梦中的诗句吗？不瞒你说：你所有的散文我都读过，而且大部分都会背诵，你要不信，我背给你听啊？"

水莲惊讶地看了钱望一眼，有一种感动之情慢慢涌上心头。

钱望深情地看了水莲一眼，说："水莲，你之所以能写出那么美的文章，谱出那么动人的曲子，前提就是你心里有大爱。哪怕为了振兴咱们的乡村，你也最好告诉我实话。如果真要修缮古庙，开发雾中山，必须首先挖掘历史文化，也就是说：我们无论做什么事，都要一步一个脚印，把根须深深地扎在泥土里。"

水莲像是要摆脱什么似的，决断地摇了摇头说："行啦，这些官话套话，你还是去给你的下属们讲去吧！"

钱望笑了，说："当然，你作为妹妹，我也非常理解你的担忧，你一定害怕你姐姐的仕途会因此受到影响吧？这一点你放心！如果你和她之间真的是周瑜打黄盖，那我钱望肯定会睁一眼闭一眼的。"

"我还是那句话：不知道！"水莲决断地说。

"那咱们退而求其次好不好？如果你能如实解答我提出的问题，那我肯定不再追究第一作者到底是谁了！"钱望笑了笑。

"你问吧！"水莲面无表情。

"我的第一个问题：是关于隐藏在行宫里的'惊天秘密'，那天在你们家，我在文章总述里一看到这个短语，就非常好奇，正想着看个究竟呢！你就把文章抢走了。文章发表后，我急不可耐地看完了全文，可关于那个惊天秘密的文字，竟然全被删除了！你们究竟想隐瞒什么？"

水莲没有说话，大脑飞快地转动着。

"我去问你姐姐，她却说根本就没有什么秘密，当初文章之所以那么写，就是为了博取人们的眼球。这篇文章我读了至少五遍，这是多么厚重的文章啊？不仅文风严谨，有理有据，而且内涵深刻。能够写出如此文章的人，怎么肯垂下高贵的头颅去哗众取宠，博取人的眼球？这里面一定隐藏着什么秘密！水莲，你能告诉我答案吗？"

水莲面无表情地说："我的答案……就是没有答案。"

钱望叹了一口气："我早料到你会这么说的。看起来，今天你是回不去家了！"

水莲看了看来路，着急起来，问："你……这是逼着我步行回去吗？"

钱望反倒让自己坐得更舒服，说："我这个人是非常讲理的，并且我也早就明确地告诉你了！只要你配合，我马上就送你回家。对了，你再看看那张报纸……"

钱望不紧不慢地又续了一支烟，一边向车前面的那个格子翘了翘下巴。水莲把格子里的一张日报拿过来，展开，在头版头条，她看见了一行大大的黑字《寻找消失的部落，为当地乡村振兴探索新路》，大标题下面还有一行副标题："本报专访大岭县团县委书记、因一篇考古文章而备受国内外关注的美女考古专家李水芙同志。"文章前边还有一个编者按。

水莲忍着心里的厌恶，草草地扫了一眼这篇采访文章，文章用了很多华丽的笔墨，对李水芙的论文给予了相当高的评价，最显眼的是文章下面还附有一张水芙接受采访的彩色照片。那张照片把水芙拍得实在太美了，堪比当红影星。

钱望突然一皱眉头说："美女考古专家，你不觉得这个称谓非常滑稽吗？现在的人到底怎么了？要么美女作家，要么美女画家，就好像美女和艺术之间存在什么因果似的。"

水莲的牙都咬疼了，心里想："真不知道静客知道这件事后，会气成啥样子。"想到静客，水莲突然焦急了起来，她卷起那本书和那张报纸，就去开车门。她按了一下车门处的开关，一下子把车窗上玻璃摇下来了，车门却丝毫未动。水莲又按了一下，那玻璃窗便又摇上去了。

"我还是那句话：如果你如实回答我的问题，我马上送你回去。"钱望向后面靠了靠，悠然自得地吸了一口烟。

水莲胆怯了，一抬头，突然看见一辆大马车嗒嗒嗒地驶了过来，而坐在车檐板上把鞭子挥得啪啪响的，正是一脸快乐的二马车。水莲便开心地笑了，心里说："二马车呀二马车！你是不是我命中的吉星啊？为什么每次在需要你的时候，你就总会及时出现呢？"

钱望突然捻灭了香烟，启动了小轿车。为了防止钱望再像刚才那样突然把车给射出去，水莲马上把洁白柔软的手放到钱望挂挡的手上，两手相叠的一瞬间，水莲只觉得钱望周身一震，似乎全身都僵住了。

水莲向钱望一翘下巴，向着迎面过来的二马车说："看到那个赶车的年轻人了吗？他叫二马车，虽然他只是一个普普通通的农民！但他却懂得尊重别人，懂得站在一条鱼的角度考虑问题！"

钱望看了一眼二马车，又看了一眼水莲，一时云里雾里。

水莲脸上的微笑淡去了，换上了一种特别的冷漠："和你明说了吧！我宁可让雾中村永远这么沉寂下去，贫穷下去，也不希望你们把这里变成乌烟瘴气、争名逐利的喧嚣之地。"说完就打开车门跳下车去，连那本书和那张报纸都忘了拿了。

"水莲！"水莲听钱望急促地喊了她一声。

水莲没有回头，跑着跳着就朝二马车那边追过去了，边追边喊："二马车！二马车！"水莲很快追上了马车，飞身一跃坐到了马车上。弄得二马车一愣，好半天才明白发生了什么事情。

"你是水……水……！"二马车惊诧地看着水莲。

"我当然是水莲！"

二马车就笑了，露出了那排明晃晃的大板牙，说："你咋变得这么好看了呢？我都认不出你来了！"

钱望把轿车调了个头，很快就追上了大马车。他摇开车窗，边驾车边朝水莲微笑："至于吗？仅仅开了一句玩笑，就连我的轿车都不敢坐了？"

二马车看了钱望一眼，好半天才明白怎么一回事，突然大声地对水莲说："你不用害怕！有我在，看谁敢动你一根毫毛！"边说边攥紧他的皮鞭，向钱望怒目而视。

水莲微笑地冲钱望扬了扬手，抢过二马车的鞭子，朝那几匹大白马身上一甩，响亮地喊了一声："驾！"马车果然加速而行了。

钱望的轿车跟在马车后面行驶了一会，见水莲并没有下车的意思，只好冲她笑了笑说："好了好了！还是那句话：一辈子的时间呢！"说完鸣了两声车笛，小轿车就超过大马车驶远了，掀起一片烟尘。

"他是谁呀？这么牛？"二马车冲小轿车冒烟的屁股吐了一口唾沫。

"他是咱们乡最大的父母官！我说的是未来！"水莲说。

"父母官？"二马车眼睛长了，似乎想说句什么，又不知道说啥好，只露了露大板牙。

见水莲宁可坐自己的马车，也不愿意坐"父母官"的轿车，二马车便越捉越捉不明白。在赶车的时候，便时不时回头偷瞟水莲一眼。直到快到赵大婶家了，他才口齿笨笨地说："我听说那啥……我大哥到底要娶你姐姐了？我还听说五一他们就要结婚了！……你上火了吧？"

水莲便笑了，说："上火咋办哪！你大哥说啥也相不中我！"

二马车就收住了笑容，认真地说："不是我说我大哥啊！他就是没有眼光，你现在长得……可是越来越好看了，比你姐姐都好看！也不知道他到底是咋想的。"说着又向路边狠狠地吐了一口唾沫。

马车终于到了大门边，还未等停稳，水莲就从马车上跳了下来，飞快地朝院子里跑去，可院子还是自己离开时那样静悄悄的，并没有静客到来的迹象，水莲的心就一点点地沉入了谷底。

水莲在门前站了一会儿，怎么想怎么不甘心，就快步向赵大婶的屋子里奔去，差一点和闻声走出来的赵大婶撞了个满怀。赵大婶一脸神秘地压着嗓子说："小点声，姑爷早就来了，见他好像很累的样子，我就让他歇着去了。刚才我偷偷从窗户里看了一眼，我看他正在床上躺着呢！"

水莲提着的心，这才稳稳地回归到心房，身体立即瘫软地靠在了门上。"还真不客气啊！女主人还没回来呢，就到床上躺着去了？"水莲故意嗔怒地说，一抹红晕随即飘上了两颊，心里也涌上了一股甜蜜蜜的暖流。

第二十七章　天河干了

静客这一次可是真的让水莲给"叫"住了。

怎么办？水莲让自己三天之内就去见她，自己到底是去还是不去？去了，又能对水莲说些什么？他真的能够劝得动那个倔强如牛的水莲吗？可不去呢？万一水莲真的做出什么傻事来怎么办？

回想起自己和水莲从相识到相知的一幕一幕，静客觉得自己并没有做错什么。真心地关心一个特别需要关心的人，有错吗？默默地在心里暗恋上了一个人，也有错吗？可静客还是觉得自己错了！

也许，错就错在自己和水莲的身份上了！

可真正的爱情又怎么能受身份的制约呢？再说，如果没有爱，这种关心又能坚持多久？

自从接到水莲的电话后，静客几乎没有睡过一个囫囵的觉，没有吃过一顿安稳的饭，他一直都在苦苦求索着，默默深思着。是的，他深深地爱着水莲，就像水莲深深地爱着他，可两个人的爱情真的就是走到一起去的理由？当爱情遭遇了约定俗成的道德规范，自己到底应该怎么选择？是选择爱情，还是为道德让路？

就这么苦苦思索了两天两夜，最后，还是县电视台的一个访谈水芙的专题节目，促使静客终于下了决心。在那个节目里，水芙作为那篇论文作者，一直都在对着镜头侃侃而谈，可谓是出尽了风头。就在水芙对着镜头笑得最灿烂的那一瞬间，静客终于做出了那个艰难的决定。是的，那的确是一个极其艰难的决定。

当静客终于下定决心，决定那么做的时候，他以为他会流泪。可令他自己都奇怪的是：他不但没有流泪，反而还感到了一种从未有过的解脱感，心灵上也产生了一种近乎麻木的平静。

那天晚上，水芙依然如同往常一样，很晚了都没有回家。他站在窗边向外面看了看，外面黑黑的，漆黑得如同一个固体，此时别说月亮，连一颗星星都没有，黑暗把天和地都固定在了那扇小小的窗子外面，那种死气沉沉让人别说走出去了，连看出去的目光都透不进去。

为什么会出现这种情况啊？当然是因为没有光明啊！

静客打开了卧室的小灯，果然，小菜园里的各种蔬菜便都睁开了半明半暗的眼，向静客依恋地凝视着。菜园里的每一棵蔬菜都是静客的孩子，他们从抽芽到长高，都没有离开过静客的呵护。

静客暗暗地叹了一口气，又在各个屋子里走了走，看了看，他看见家中的每一个物体都如同镜中的自己，空空地睁着一双双呆滞的眼睛，死死地板着一张张冰冷的脸。是的，真的没有什么可留恋的了！

静客苦苦地笑了，耳边响起了奶奶亲切的声音："我的傻孙子！眼珠都没了，何况眼眶了？"

静客舒了一口长气，一种无比的轻松感便在身体里荡漾开来。早该这么决定了！既然爱情都死去了，为什么还要苦苦地坚持？难道这种坚持也是缘于那个所谓的道德规范？

凝立了一会儿，静客便坐下来给水芙写信了，带着近乎麻木的平静。他铺开稿纸，连思索都没有思索，就唰唰地写起来了："水芙，我走了！我不能再配合你继续演戏了！我很累！离婚书已签好，这个月的工资我带走做路费，剩下的一切都归你了！静客！"

写完了以上的话，静客又提笔凝思了好一会儿，才发现自己再也写不出其他的话了！多么可怕，在一个屋檐下整整生活了近五年的时光，可当他终于要离开的时候，依然还是无话可说。

正如水莲所预计的那样，在水莲刚刚离开不久，静客就到了。但和水莲的预计不同的是，静客并没有开车来，而是坐上了那辆水莲经常坐的公共汽车。一路上，他一直感觉很累很累，大部分时间都在闭目养神，可无论怎么闭目，他的眼睛还是酸酸的、辣辣的，大脑也分外地清醒。这时，哪怕仅仅是打一个盹儿，对他来说都是一种奢侈。

坐车和开车的感觉竟然如此不同啊！坐车的时候那么想睡觉，可却一点困意都没有；开车的时候那么怕睡觉，常常眼睛一闭睡过去了！是开车时精神过于集中，而坐车时精神过于懒散？直到后来，静客才想明白：这与坐车或开车又有什么关系？一切都缘于自己的心累呀！

到了古庙乡，静客先找了一个小旅馆，把那个装有日常用品的兜子放到旅馆后，才慢慢地步行到了赵大婶的家。赵大婶家的房子在这个小乡镇，应该算是数一数二的，敞敞亮亮的四间大砖瓦房，明亮的玻璃窗，四四方方的小院子，每一个角落都显得干干净净的。午时的太阳毫不吝啬，把小院照得暖烘烘的，微风过处，送来缕缕花香。

静客在没进屋前，先环视了一下这个春意盎然的小院，首先映入眼帘的，是一个小小的葡萄架，上面挂满了绿莹莹水灵灵的小葡萄芽儿。葡萄架上吊着一个鸟笼，一只小巧玲珑的八哥，正在笼中悠闲地啄食。

葡萄架前是一个并不太大的菜园，菜园里最显眼的是两棵枝繁叶茂的海棠树，树上缀满了绿色的果，一嘟噜一嘟噜的果子都像水晶做成的，个个晶莹剔透，娇艳欲滴。

果树下，花墙边，各种花朵头对着头，脸对着脸，在轻风中摆出招惹人的姿态，引得蜜蜂和蝴蝶都纷纷地飞过来，在花丛中跳舞。

菜园里，种满了各种新鲜的蔬菜，淋漓酣畅的光彩在每片叶子上闪耀，闪耀出梦的神秘。也许是太累了，太困了，站在院里，静客始终有一种昏昏然轻飘飘的感觉，觉得自己仿佛进到了一个童话里，周围的一切也因为过于美丽而变得不真实起来，眼前的小院，远处淡蓝色的山峦，也都变得虚幻了！

突然，门吱呀一声开了，一位脸膛红红的大婶从屋子里走了出来。

她一看见静客，就笑了，笑出了一脸的宽厚善良，让静客的心不由得一暖。在凡世间，像这样脸膛红红、慈眉善目的大婶，实在是太少见了！大婶的突然出现，让静客更觉得堕进童话里了。

为了证实一切并不是童话，静客上前一步，冲大婶礼貌地点了点头说："大婶，请问水莲是住在这里吧？"

"是！是！"赵大婶一边答应着，一边上上下下看了看静客，红膛膛的脸便笑成了一朵花儿，"你是姑爷吧？你可来了！水莲刚才还在叨咕你呢！她说你一定会来的，这不，从早晨到现在，她一直都在等你呢！"

赵大婶转身朝另一扇门边走去，边走边喊："水莲！水莲！"可屋里并没有回应，隔着窗子往里看了一眼，大婶便奇怪地叨咕开了："这丫头，刚才还在屋呢！这工夫跑到哪里去了？"

静客的脸就有些红了，他马上自我介绍说："大婶，你一定是认错人了，我不是……"

可还没等他说下去呢，大婶就接过了他的话头："你啥都不用说了，我认识你！你就是我的姑爷！照片都在墙上挂着呢！还瞒我干啥呀？好孩子！你不用担心！水莲就是我的亲闺女，我会帮你们保密的！哎哟哟，这孩子，病了咋的？脸色咋这么差呀？进去吧！那个屋子就是你们的新房，也是你们的家！先进屋歇歇！我这就给你找水莲去！"赵大婶替静客打开门，便脚步匆匆向外面走去了。

大婶的话让静客更有一种做梦的感觉了，尤其是当他默默地打开那扇被大婶称作是"家"的门时，更觉得自己在做梦了。

走进一扇小门，便看见一个走廊，通向后面的厨房，右边有一扇挂着绣花布帘的小门，推开那扇门，一个美丽的卧室就呈现在静客的眼前。

小小的屋子里虽然并没有太多的家具，但因为色彩搭配得协调唯美，使人一进屋，顿觉眼前一亮。看来懂艺术的人所装饰的小屋，就是与众不同，无论是白色墙壁上的诗意小画，还是蓝色窗棂边的淡紫色的窗帘，都让小小的居室显出了一种简约、高雅、洁净、美丽的情调。

靠窗的圆形小桌搭配一张欧式小椅，桌上放着一个小而精致的花瓶，里面插的丁香花香气四溢。靠北是一张双人床，乳黄色的印有白莲花的床幔垂至地面，在床与桌的中间是一个小小的书柜，上面整整齐齐地摆着许多洁净的书籍，其中很多本书都是静客送给水莲的！

书桌的对面，挨门的墙边，就是那个古香古色的古筝了，古筝的布帘也被水莲换上了有着神秘图案的花布，那种色彩与紫色的古筝相得益彰，古筝上方的墙上贴着一幅狂草的毛笔字画。静客走近前去看了一眼上面的字迹，便知道这幅字画是水莲亲笔书写的，字虽然写得不怎么到位，但猛丁看，还真的很像那么一回事。

静客先看了一眼落款，见那一行小字写的是"水莲书朱根勋行香子·闲居"的字样。静客便来了兴趣，开始用心品读上面的字：

窄道低墙，土瓦疏窗，算不如楼阁堂皇，但成一统，户对南方。却有些风，有些月，有些光。

爱莲芳香，陋亦何妨，贵无卑无俗无元，天光夜月，信守如常。竟共欢娱，共哀怨，共轻狂。

静客突然想到大婶所说的照片，便四处张望起来，可墙上除了这幅字画和儿张山水小画，并没有看到什么照片呀！

静客正奇怪呢，门开了，那位红脸膛的大婶笑盈盈地走进屋来，对静客说："我听说水莲被她们学校的一个老师找走了，一定是有啥急事，估计马上就能回来。"见静客束手束脚地站在地中间，赵大婶就又笑着说："这都回自己家了，咋不坐下呢？你饿不饿？大婶锅里还给你热着午饭呢！"

静客马上说："不饿不饿！我在路上吃了！"

大婶便说："好孩子，你怎么显得这么累呀？那你就先歇一会儿，等水莲回来你们再一块吃！"说着便退了出去，临关门时又嘱咐道："要是渴了，暖壶里有热水！"静客马上答应了。

静客目送着大婶走远，便慢慢地走到床边，略一迟疑，才掀开了床幔，第一眼就看到了墙上的那张婚纱照和照片下方的大红双喜字，整个人便定在那里了。

经过自己卧室的小窗子边时，水莲隔着窗子向小屋里看了一眼，她发现那印有白莲花瓣的床幔依然静默地垂着，一想到自己最爱的静客此时正躺在婚床上酣然入睡，水莲的心就剧烈地跳个不停了。

静客真的是"静客"，连睡觉都悄无声息。水莲轻手轻脚地走进了小屋，小屋里静静的，静得仿佛能听到丁香花的呼吸声。水莲先是向四处看了看，便暗暗地笑了，她笑静客的出行真是太简单了，竟然连个兜子都没有带。除了床幔后面藏着一个静客外，无论哪个角落都没有一点静客的迹象。

水莲慢慢地走到床边，心便跳得更剧烈了，在掀开帘幔之前，她先是侧耳听了听，可床里面竟然一点声音都没有。水莲的心就一紧，立即掀开床幔，整个人就傻在那里了：因为展现在她面前的，只有那张空空的床。并且，不仅床空了，连那张婚纱照也不见了！

水莲愣了愣，马上就向外面跑去。"大婶！大婶！"水莲一边跑一边凄厉地喊道，喊得大婶万分奇怪，以为发生了天大的事情。

赵大婶闻声跑了出来，二马车也跟着跑出来了，他们看见水莲疯了一般往出跑去，不但目光散乱，而且两眼含泪。一见到大婶，水莲就哭了，一边紧紧地攥住大婶的手，一边急切地问："大婶，大婶！静客在哪儿啊！哪有静客啊……大婶你是不是看错了？静客根本就没有来呀！不但他没有来，家里还遭贼了！我的婚纱照也不见了！"

赵大婶和二马车都跑进了水莲的屋子，果然，屋子里静静的，床幔的后面根本就没有人，那张婚纱照也不翼而飞了。

赵大婶肯定地说："大婶没有认错人，他就是姑爷！和照片简直脸扒下来的像！你别着急，姑爷是不是上厕所了，或者出去买东西去了？"

说着便回头冲二马车说："二马车，你快到厕所园子那边找找去，我去街上找找！"

赵大婶焦急的话语，反倒让水莲渐渐地冷静了，她直到这时才发现：不但婚纱照不见了，连那套给静客买的睡衣也不见了。

水莲看了看床上的枕头，便立即相信赵大婶的话了。静客真的来过了，因为枕头上，清晰地显出有人躺过的痕迹。水莲摸了摸那个枕头，上面还湿湿的，泪痕斑斑，难道，静客真的无情地走了？仅仅留下了点点泪痕？

水莲突然想到了什么，马上去枕头后面摸，心就如同坠了巨石一般沉下去了：是的，那两个瓶子也不见了！

"难道他……"水莲就像临近世界末日那样绝望。

水莲疯了似的站起来，开始四处寻找起来，床上，床下，地上……

果然，在书柜的抽屉里，她看到了一封静客写给自己的信。水莲还没等看内容，仅看了一眼那熟悉的字迹，泪水就蒙上了自己的双眼。

水莲：

我走了！这一次我可是真的出家了！当然，我会走得很远很远，走到一个你永远都找不到我的地方，所以，你就不要找我了，我也肯定不会让你找到我的！

水莲，还是那句话：我当初之所以要给你治病，就是因为你的才华！也许直到现在，你依然没有意识到自己到底多有才吧？可是我意识到了！所以我才没有在乎世俗的眼光，义无反顾地帮助了你！水莲，你来到这个人世间，是肩负着神圣的使命的，你一定要胸怀高远，珍惜自己，勇敢地活下去，千万不要亵渎了上苍对你的偏爱！

我带走了那张婚纱照和你给我买的衣服，就是想带走一切与我有关的东西，静客既然离开，就要离开得干净彻底。当然，我也带走了那两个没用的瓶子，因为那两个瓶子对你来说就是畸形的存在。你想啊！到底是什么样的关系，才必须要用烈酒来麻醉，要用毒药来调治呢？

当然是病态的不健康的关系了！水莲，人生在世，不是所有的欲望都能得到满足的！人生最美好的，不仅仅是献出来，有时，还有收回去！

我爱好考古，喜欢名山大川，所以接下来的生活，我将在漂泊中度过，你家的那面古镜，已被卖到南方去了，我会留意打听的，一旦发现我会给你们买回来，并想法儿给你们捎回去，让古镜物归原主。

水莲，忘了我吧！忘了我为你所做的一切一切，去开启属于你的健康快乐的新生活吧！不要觉得对我有什么歉疚，况且你真的没有什么亏欠我的，在我人生最低迷的时候，反倒是你给予了我活下去的信心和勇气，要照这么说来，我还欠你一条命呢！

对了，水芙接受采访的电视节目你也看到了吧？你把论文交给她时，留下了那个秘密，水莲，你做得非常对！对于水芙的无耻行径，我真的不知道该说些什么了。我想，你对此也一定无话可说吧？行了，一切都已经发生了，就让我们顺其自然吧！也许一切都是天意所为呢！

就此绝笔！

静客

水莲从信上抬起头来，她发现不知什么时候，赵大婶和二马车都已经进屋来了，此时他们都站在那里，用关切的目光看着自己。

水莲反倒没有眼泪了！是的，没有眼泪了！目光里只有一种空前绝后的孤独。望着大婶，望着二马车，水莲喃喃地说："他来了，可他又走了！这次可是真的走了！走得那么干净彻底！把我的心带走了！把我的命也带走了！大婶，他实在是太狠了！他这是存心让我变成行尸走肉啊！"

望着水莲可怜兮兮的模样，赵大婶酸楚地说："不能吧！他既然来了，怎么会走呢？要是想走，又干吗要来呢？就是真走，也得和你见上一面吧！"

水莲绝望地摇了摇头，闭上了灼痛难忍的双眼说："真走了！这次可是真走了！他说，他这一辈子也不会再见我了！"

赵大婶长长地叹了口气说："唉！你们这些年轻人啊！大婶真的是搞不懂你们！"突然，大婶想起了什么，又对二马车说："我估计他走也不一定能走远，二马车，你再去街上看看去，四处打听打听！万一能有他的消息……"

听了大婶的话，水莲呆滞的眼睛里也闪出了希冀的光泽，来不及说什么，她就跑出门去了。是的，静客不会马上就走的，他还有单位，还有家，他是一个非常有责任心的男人，他一定得处理完一些事情以后才能走的！一定要尽快告诉水芙，一定要让她留住他……水莲的生命里真的不能没有静客啊！

水莲几乎是一路疯跑着，很快就跑到了邮局，正赶上邮局的工作人员在锁门呢！水莲马上急急地哀求那个曾相识的工作人员，说自己有非常着急的事，一定要打一个电话！那个工作人员看了看水莲，真的很开恩，把已经关上的门又打开了。水莲几乎像箭一样射进了电话旁边，拿起电话，马上就拨打了静客单位的号码，可电话嘟嘟响了足足十几声，可那边还是没人接听。

水莲看了看手表，迟疑了一下，突然想起了水芙送给妈妈的硬纸片上的静客手机的电话号，虽然当时水莲仅仅向上面扫了一眼，就深深地记住了。水莲凭记忆拨打了那个号码，没想到电话刚响了一声，就有人接听了。

接听电话的人嗓音嘶哑，声调里透出了明显的焦急："是静客吗？静客！静客！你回心转意了吗？"那女人劈头就问。水莲直到她说到最后一个字时，才听出她是水芙。

水莲的声音也是急急的："三姐！我是水莲！静客要走！静客说他要出家！他今天晚上一定得回家处理事情，你要是见了他，一定要留住他！一定要留住他呀！"

水芙突然抽泣了："他已经走了！走得干干净净的！分别给医院和家留了一封信，他连医院那么好的工作都不要了……"水芙就哽咽了：

"这头犟驴,他这回可是真的抛下我了!可为什么……直到他真的走了,我才发现我是多么的需要他,多么离不开他……"水芙泣不成声了。

水莲慢慢地瘫坐在椅子上,她觉得身体渐渐地被抽空了。周围的一切都变得遥远了。

"是我逼走了他……是我太不珍惜他了!啊!静客,你怎么能这么狠心呢?"水芙哭着哭着,突然停顿了下来,似乎突然想起了什么,声音也一下子变得尖利了,"你怎么知道他走了?他是不是去见你了?"

水莲无力地说:"他没有见我,只给我留了一封信!"

水芙突然疯叫起来了:"骗子!你这个骗子!是不是你逼走了他?是不是?快说……"

水莲无力地喘息着,拿电话的手也无力地垂了下来,可隔了话筒那么远,水芙那疯狂的声音还是让人震耳欲聋:"就是你逼走他的!一定是你逼走他的!你还我的静客!你还我的静客!你这个骗子……"

水莲啪的一声挂了电话,接着,一切声音就都消失了,连同一切模糊的影子……

尾声

在静客"消失不见"了几个月之后,水莲也"悄然无声"地失踪了。

与静客相比,水莲的离开更加彻底决绝。没有预兆,未见异常,更别提信件了。赵大婶以为水莲回家过暑假了,家里人以为水莲一直在单位上班。直到学校开学一周了,因为水莲迟迟没来请假,校长便通过赵秋雨向水莲讨说法,大家这才知道水莲失踪了。

一个自然人失踪,大体有三种可能:一是离家出走;二是被人绑架或拐骗,三是自杀或他杀。可水莲的妈妈只认定第一种可能。

"这个孽种是我生的,我最了解她!她特别惜命,自杀根本不可能;还又懒又馋又没钱,人们也犯不上绑架或弄死她!别看她整天'烟不出火不进'的,其实鬼精鬼精的,不骗别人就烧高香了,谁又能骗得了她?你们就不用瞎猜了,她肯定又跑城里去了!等玩够了疯够了,自然就回来了。"

妈妈本来说得很平静,突然间就咆哮起来了:"不就是翅膀硬了,嫌家里穷了,嫌我们老两口是负担了,才躲出去享清福了?我告诉你们啊!水藁,水菡,水荷,你们都给我听好了!包括你爹!都给我长点志气,谁都不许出去找她!我看她还有什么脸面再回这个家?"

妈妈的猜测的确精准,却没有精准到百分之百。其实,水莲的"悄然失踪",仅仅和《文物与考古》杂志上的一张有些模糊的照片有关。

那是一则关于"寻找契丹后裔"的通讯报道,报道里详细介绍了考古专家如何利用契丹女尸的骨头标本及达斡尔族人,也就是耶律羽之家族的基因，最终破解了"契丹人究竟去哪里了"的"分子考古学"难题。那张照片就插在文章的正中间，画面所呈现的，是一群专家在内蒙古的一处古墓进行考察时的工作照。水莲仅仅看了照片一眼，心就狂蹦乱跳了。因为在照片的一角，她看到了静客的侧影。

尽管那只是一个模糊的侧影，但水莲一眼就确定：这个风尘仆仆的男子就是静客。也就是在那一瞬间，水莲就决定要远行了，就像静客当年一样，轻装简行、毫无羁绊地抬腿就走。水莲最初的想法非常明确，就是到内蒙古达斡尔族人居住的地方去找静客。尽管决定离开的时候，水莲甚至还没弄清楚：自己前行的终点，具体是哪个地方？

水莲这次出行，说白了就是"摸着石头过河"，从"大兴安岭"辗转到了"瀚里札河"，又由"河东八滨"追踪到了"兴庆银川"。凡是静客抵达的地方，水莲都抵达了，令水莲万分沮丧的是：她所抵达的每一个地方，静客都"曾经来过"，她所离开的每一个地方，静客又都"刚刚离开"。

水莲怯生生地走进那个萧姓小镇，是一个烈日遍野的午后。

一路穿过古老的黛瓦粉墙和小桥流水，走进那个地处大山怀抱的静美村落，目之所及，绿稻白塔，青山碧水，三五成群的白鹭在蓝天白云间翩然慢飞，所有的一切都像是时光从水墨里偷来的。当水莲终于站在一座与"雾中山院"非常相似的庙宇前时，她先是一阵眩晕，继而就神志恍惚，如堕梦中了。望着深藏在参天古木中的青灰色的殿脊，水莲不禁惊异地自问："这座古庙……不就是春捺钵行宫'雾中山院'吗？难道我转来转去，又转回到'原点'了？"

"我们这个小镇的人，大多数都是契丹后代，且统一为萧姓。"萧副镇长热情地向她介绍，"为了让子孙们都记住自己是耶律后代，200多年前，我们萧氏祖先特意集资修建了这座萧氏宗祠。"

萧氏宗祠依山势而建，和"雾中山院"一样，也是坐西朝东。整个祠堂由天池、大厅、厢房、正堂组成。尤其引人注目的是祠堂前的池塘，就像一轮皓月静卧在花草丛中。在萧副镇长的引领下，水莲从正门进去，赫然发现三面书架沿墙而立。祠堂以书当墙，这种创意真的令水莲惊异不已。除了书，大厅的墙上还挂满了历代萧姓祖先的题词和书法，以及"六子科甲""兄弟父子、叔侄同榜进士"等牌匾。

"这些牌匾楹联，是我们萧氏子孙的骄傲，为了能青史留名，我们每个人都不敢荒废时光。"萧副镇长的声音永远那么平静清澈。

除了外面的书墙，大厅里凡是能摆书的地方也都摆满了书，尤其以契丹类书籍居多。"这里简直是大山深处最美的契丹书店了！"水莲感叹。

"我们把这些书散放在这里，就是想让我们的孩子在下课之后，都养成读书的习惯，都不要忘了自己的祖宗。"萧副镇长解释说。

"下课之后？"水莲这才发现摆在两侧厢房的学生桌椅。

"这座祠堂也是我们镇唯一的一所学校，现在这里正缺老师，水老师如果愿意，不如留下来当老师吧！"

萧副镇长的话令水莲心里一动，但她什么话都没说，只是把目光游离到墙边几盆花卉上，但她只认出了百合花和玉兰花。与花卉相比，头顶上方那四四方方的天井却简单多了，除了一方湛蓝色的天空，连一丝白云都看不见。

"每当下雨时，天井中就会有水帘泻下，雨声夹着农田的清新气味，那种感觉……实在太美妙了！没事的时候，我常常一个人躲到祠堂来，坐在那把躺椅上，一边听雨一边读书，最诗意的阅读也莫过如此吧？"萧副镇长陶醉般地微笑着。

"在这样的环境里读书，心境也会变得宁静悠长了吧？"水莲像是自言自语。

"是啊！在我们萧氏祠堂里读书，就像走进了一场清梦，一朝入梦，谁都不愿意醒来。"萧副镇长看了看天井里的湛蓝，心满意足地笑了。

"昔我曾眠三径菊，今谁又抱一山诗？镇长也是一位大诗人呢！"

水莲由衷地叹道。

"虽不能至，心向往之。哪个不想攀升到陶渊明的境界里啊！"萧副镇长也像是自言自语。

"我来这里，其实是为了找一位名叫萧静客的考古专家的。"水莲拿出了静客的照片。

"萧静客？我没有见过这个人，镇里的考古工作一直都是我负责的，每个来这里考察的专家，也都是由我亲自接待的，照片上的这个人……肯定没有来过。"

"可是他明明和别人说……他的下一站，就是云南的萧氏宗祠！在你们云南，这样的宗祠很多吗？"

"不多，并且最具规模的只此一处。这位萧专家是不是在路上耽搁了？水老师，我建议你不如留在这里等他一段时间吧！"

也许水莲实在太累了，真的厌倦了漂泊。"既然循着足迹总是差那么一步，不如就在这里守株待兔吧！就凭这座萧氏祖祠，他萧静客早晚都会来此造访的！"突然这么决定后,水莲便主人一般坐在了竹椅上。

萧副镇长的秘书送过来两杯清茶，萧副镇长把茶往水莲面前推了推，笑着说:"这是我们村民自己做的野茶，大家都习惯叫它契丹老茶。水莲老师，你如果肯留下来，我保你天天都能喝到这种新采的契丹老茶。"

水莲品了一口，果然芬芳清洌，有一种妙不可言的舒畅。

从这一天开始，水莲便"临时"滞留在"雾中山院"了！在萧镇的日子里，水莲的生活就像机器，每一天从几点到几点，都充满了固定的内容：教学，读书，钻研契丹文化，写日记，站桩……这种心无旁骛过生活、专心致志做学问的感觉实在太美妙了，不用迎合和讨好任何人，更不用约束和委屈自己。渐渐地，水莲就和祠堂里的青砖、书籍、花卉、清风融为一体了。滞留到后来，水莲甚至都忘了自己当初为什么留下来了。

有一位导演曾经说过："只有离开故乡，才能够真正地拥有故乡。"这也就是所谓的"无关生智，局外生慧"吧？在这座与雾中村酷似的萧姓小镇里，水莲第一次站在局外人的视角，深度剖析了自己在"雾中村"所经历的一切事情，并且也第一次真正理解并接受了自己的故乡。

当学生散去，祠堂里一个人都没有了，水莲便会紧闭大门，拿出自己非常喜欢的十六开大日记本，坐在花香和清风里写心灵日记。这人啊！真是一种奇怪的动物，当她身在"雾中村"之时，心里奔涌的都是"诗与远方"；而此时身在萧氏宗祠，眼前所见反倒都远去都模糊了，而八千里之外的故乡却变得一天比一天清晰。当汹涌澎湃的情感在胸腔里撞动得实在抑制不住了，水莲就会非常自然地拿起笔来，把发生在"雾中村"所有的故事，全都一段一段地记在她心爱的日记本里。

日记无论写得多尽情，也总有被打断的时候。而打断水莲思路的，是隔壁老宅飘来的混着花香的晚饭香味。从萧氏宗祠的侧门出去，就是那幢古香古色的百年老宅，论年纪，这幢老宅应该算作萧氏宗祠的重孙子了！尽管它一年四季，总像隐士一般沉默在参天古木里。

老宅也是坐西面东，除了门楼、上房，还有南北两处二层带围栏的厢房，无论建筑砖雕，还是小木作制作，都是不可多得的雕刻精品。老宅虽然辈分低，但其肃穆的青砖黛瓦，斑驳的石灰外墙，一点都不显得比萧氏宗祠年轻，更何况庭院里还总是默立着一棵孤零零的百年老树呢！清风徐来，枝叶们就会交头接耳，笑谈老宅的陈年往事。

老宅里住着一对慈眉善目，总是心平气和、轻声细语的萧老师夫妻。萧老师也和水莲一样，是循着契丹后裔的足迹慕名而来的。在镇小学退休以后，因为无儿无女又无处可居，学校就安排他和妻子长久地住在老宅里，负责管理祠堂和学校后勤工作。水莲来萧镇之后，老宅自然成了水莲的旅馆和食堂。而这，也是水莲能够留下来的原因之一。

自打和萧老师夫妻相识后，水莲就对"量子纠缠"坚信不疑了！认定人与人的感情，肯定不是"处"出来的，全凭量子的属性。当水莲第一次看到萧老师夫妻，就打心眼里觉得他们亲。那种感觉颇像和赵大婶的第一次见面，彼此什么话都不用说，仅仅看了一眼，生了锈的铁制心门就轰然洞开了。

每次用完晚饭后，水莲都会和萧老师夫妻愉快地闲聊一会儿，可再愉快的闲聊，也都是有时限的，当老式的座钟在某一时刻当当敲响之时，就算水莲不走，萧老师也会提醒她的，因为水莲站桩的时间已经到了。

水莲修炼大成拳养生桩，萧老师是她的启蒙老师。"两脚与肩同宽，脚尖向前平行站立，身体正直，小腹放松，两手抬至胸前，环抱成半圆形，两眼似闭非闭……"包括这些口诀，都是萧老师口授给她的。等水莲的功夫达到了更高的境界，特别一些慢性病，比如低血糖、气管炎、浅表性胃炎，全都不知不觉痊愈了之后，萧老师反倒成了水莲的学生，经常带着虔诚的表情向水莲讨教。

水莲的站桩，不仅时间固定，地点也固定，总是站在那棵百年老树前，因为水莲觉得这棵老树，长得非常像自己的父亲。每次修炼完成，面对清风明月、满庭花香，慢慢放下手臂，慢慢睁开眼睛之时，水莲总会看到一片神光笼罩着自己，每当这时，水莲就会深信：自己真的已经变成神仙了。

神仙一般的时光就这么无知无觉地飞逝了，当水莲的日记本足足积攒了 20 多本时，她才突然意识到：自己可怜的光阴，全都固化在这一本本看似普通的日记里了。有一天，水莲翻阅了一下所记的日记，突然心潮澎湃起来：如果把这些日记分成卷、章、节，不就是一部充满契丹风情的意识流派的长篇小说了吗？

这么想到之后，水莲立即忙了起来。按照长篇小说的基本要求，她不仅把这些日记删减归类，还用了很久很久的一段时间，把日记里的文字都敲进了学校配给她的电脑里。

抱着试试看的想法，水莲以《寻找消失的部落》为题，把小说的电子稿邮给了一家名叫《契丹文学》的杂志社。没想到电子稿传出去仅仅两个多月，水莲就收到了《契丹文学》编辑部的采稿通知。责任编辑在电子邮件中是这样回复水莲的："长篇小说《寻找消失的部落》经过编辑部的三级审稿，决定分三期连载。"看到这样的回复，水莲一时不敢相信自己的眼睛。直到第一本样刊和第一张汇款单邮到了萧氏宗祠，水莲才相信：自己真的已经变成一位作家了。

拿到样刊，水莲马上跑到父亲树下，高捧起刊物，向故乡的方向呢喃起来："静客啊静客，你什么时候才能读到这本刊物呢？当你读到这本刊物的时候，你就一定能猜到……你的水莲到底在哪里吧？如果你猜到了，你能来找我吗？"

小说全文连载后，水莲接到了一家出版社打来的电话，打电话的人单刀直入："水莲老师是否愿意出版该小说？"

"当然愿意了，需要我出钱吗？"水莲懵懵懂懂地问。

打电话的人笑了："不仅不用你出一分钱，如果书畅销，我们还会付您稿费的。"

出版图书合同很快寄过来了，又过去了几个月的时间，这部《寻找消失的部落》就真的变成一本书了，书的封面很简约，仅仅印着一把镔铁剑。事后水莲才知道：这本封面并不起眼的厚书，竟然成了那家出版社最畅销的书籍之一，据说还挤入了全国畅销书的排行榜。

小说成了畅销书以后，水莲不仅年年都会接到稿费，也眼见着忙了起来。要么收到邀请函去参加各种研讨会议，要么与许多作家一起去著名的景点采风。随着新文友的增多，水莲也由原来的那个什么都不懂的"文学青年"，摇身一变成了"国内最具潜力的新锐作家"了。是的，在一次非常重要的小说研讨会上，主持人当着那么多著名作家的面，就是这样介绍水莲的。虽然第一次听到这样的介绍时，水莲的脸都窘成了镔铁的颜色，可随着说的人增多，水莲也渐渐接受了这样的称谓。

因了这种前提，当《寻找消失的部落》被吉林省吉剧团看中，想要把它改编成吉剧时，自信心爆棚的水莲，"当之无愧"地从一名"小说家"

变成了一位"戏曲编剧"了。水莲之所以很痛快就答应了前来与她洽谈的人，仅仅是因为他无意中所说的这样一句话："水莲老师，据我们了解：您不仅文笔超群，音乐造诣也相当深厚，但我们更看中的，是您对契丹文化的了解……所以我们剧团希望您能亲自改编这部戏曲。"

"契丹文化？是啊，如果在吉剧里融入契丹音乐的元素，这岂不是静客最希望看到的？哪怕为了帮静客圆梦，这个任务我也接了！"水莲心里这么想，嘴上也这么说了。

"静客？静客是谁？"来人好奇地问。

水莲笑了，沉吟了一下才说："静客哪里是一个人啊？他应该是整个达斡尔族人的代表。"

大约又用了一年半的时间，水莲这个对吉剧一窍不通、平时也很少看戏的"槛外人"，硬是照葫芦画瓢，把小说改编成了具有浓郁契丹风情的吉剧《春捺钵》。当然，无论是长篇小说还是吉剧，水莲用的都是她和静客共同的笔名：莲静。

令水莲万万没有想到的是：在政府的支持下，吉剧《春捺钵》不仅在吉林省内一共上演了500余场，还被国内的越剧、评剧、黄梅戏、河北梆子、唐剧等15个剧种移植演出，最令水莲感到欣慰的，是吉剧《春捺钵》后来还被一家影视公司拍成了电影戏曲片，并刻制成光碟，发行到了国内外。该剧不仅荣获了多项大奖，还为吉剧团捧回了全国戏曲界最高殊荣"文华奖"的奖杯。当然，这是后话。

影视公司在改编这部电影戏曲片之时，经过千挑万选，竟然把拍摄地点，选在了8000里之外的古庙乡雾中村。水莲作为戏曲编剧，自然接到了回雾中村参加开机仪式的邀请。

水莲接到电话时，正在一个风景区参加"国际研讨会"，她第一个反应是惊奇！这怎么可能呢？《春捺钵》虽然取材于"雾中村"，但这个秘密水莲并没有告诉任何人啊？全国有那么多云遮雾罩的秀美村落，可影视公司为什么偏偏把拍摄地点选在了雾中村？

站在悬挂着"热烈庆祝契丹文明密码文化国际研讨会隆重召开"电子屏幕的大厅里，水莲再一次神情恍惚、如堕梦中了，包括从手机里传出的清丽的声音，都变得不真实起来。

　　"莲静老师，您还在听我说话吗？开机仪式您能保证参加吧？"

　　"您……容我想想啊！"水莲关掉了手机。

　　水莲的犹豫不决，来自担心："如果我回去参加开机仪式，那不就是在证明：《春捺钵》所写的故事的确发生在'雾中村'？要真是那样，'雾中村'人会不会都来'对号入座'啊？如果是正面的人物，他们可能会高兴；可反面人物呢？如果这些人都跑来辱骂我？我该怎么应对？"

　　水莲的眼前突然显现出了妈妈的脸。"是啊！这里面最难应对的人，当属妈妈了！她会不会因此气出病来呀？作为女儿，自己还从未在妈妈床前尽过一天的孝心呢！如今离家出走这么多年，好容易见了面，还要用这种方式刺激她……这算不算是一种不孝啊？"

　　水莲越想越忐忑，越想越恐惧："最为可怕的：是家乡的人又该怎么评价我和静客的关系？我这个人倒是脸皮厚，不会受到什么影响，可静客呢？那么在乎自己名誉的静客？他还有什么脸面面对自己的父老乡亲？如果他始终躲着不回去了……我在有生之年还能见到静客吗？"

　　其实，在水莲瞻前顾后之时，一阵纷乱的脚步就已经靠近了，只不过水莲因为思虑太重，才没有注意到。"既然后果这样严重，那就干脆不去参加开机仪式了吧？这样'雾中村'的人就算看了这部戏曲片，也会像以前观看吉剧时一样，以为这些故事都是'别人家'的故事！更何况长篇小说的扉页，不是已经标明了吗？'本故事纯属虚构，如有雷同，实属巧合。'"

　　想到这里，水莲立即回拨了影视公司的电话，她以没有时间为由，委婉地拒绝了回雾中村参加开机仪式的邀请。影视公司当然不满意水莲的答复，一开始还声音柔和地劝说，劝到最后，语气都带威胁了："水老师，我们可是签过合同的，配合影视公司进行宣传，也是其中的一条，我们希望您再慎重考虑一下，最好不要违约。"

手机都挂断了半天了，水莲还傻傻地站在原地发愣呢！冷不防后背被人打了一下，水莲回头一看，才发现刘阿浏不知什么时候已经站在了身后，汗津津的一张圆脸上，笑出了弥勒佛的模样。

20年的岁月，早已让刘阿浏褪去了青涩的外衣，换上了成熟稳重的成功人士的形象，但水莲还是一眼就认出了刘阿浏。她发现刘阿浏不仅发福了，举手投足甚至多了许多禅意。乍一看他服饰的样式，水莲还以为他皈依佛门了，不仅脖子上戴着念珠，手腕上戴着佛珠，一张"佛面"也显得慈眉善目的。作为"'美丽乡村'建设研究会常务副会长兼秘书长"，水莲至今也弄不清楚，刘阿浏为什么也参加了这种规格的国际会议，并且还在自己毫不觉察的情况下，偷偷地完成了对自己的采访？

"水莲老师，你真的认不出我了吗？那天你到台上发言时，我可是一眼就认出了你呀，尽管你改了名字！"刘阿浏宽厚地笑着。

"我也一眼就认出您来了，但您的变化……的确很大，不是我当面夸奖您啊！您可比原来帅多了。"

"帅什么帅？只不过从原来的青涩小生，变成了现在的油腻大叔了！"刘阿浏自谦地说罢，随即压低声音，"你刚才的电话……我全都听到了，参加开机仪式，这是多少人想都不敢想的好事啊！为什么要拒绝？"

水莲支支吾吾地说："虽然艺术高于现实，但也来自现实不是？我不想回去就是怕……那里的人对号入座。"

"你不回去，他们就不会对号入座了吗？逃避是解决不了任何问题的！"刘阿浏收住了笑容。

"我不是逃避，我是这样想的：如果我不去参加开机仪式，家乡的人就一定想不到……这部戏是我写的了！我不回去，就是不想提醒大家。"水莲的声音越来越低。

"对，不是逃避，是掩耳盗铃！"刘阿浏指着会议大厅里的一排沙发说："你过来，我给你看一个视频，这是我们'美丽乡村'栏目组刚刚发布的，你瞧，还没过一个小时呢！点击量已经10万+了。"

水莲被刘阿浏拉到沙发上坐下，一边翻出一个小视频让水莲看。

展现在水莲眼前的，是一个面容清丽的女主持人，伴着优美的音乐，她微笑地说：

"观众朋友们大家好！欢迎来到美丽乡村故事汇，我是主持人合德，今天我要带大家一起走进大岭县古庙乡雾中村，去认识一位颇具传奇色彩的乡村女教师水莲。"

水莲愣住了，说："你们什么时候走进大岭县古庙乡雾中村了？我说刘阿浏，你怎么总改不了以前的……呃……本性？就像你当年戴过的空眼镜。"

刘阿浏微笑地说："我说大作家，不要总是先入为主好不好？'源于现实高于现实'仅仅是属于你们的特权吗？"

水莲没有时间反驳刘阿浏了，因为合德已经开始介绍水莲了：

"水莲作为一名普通的乡村教师，不仅创作了具有契丹风情的长篇小说《寻找消失的部落》，还把这部长篇小说改编成了吉剧《春捺钵》。"

更让水莲瞠目结舌的，是合德下面的话：

"向大家披露一个秘密：你们知道吉剧《春捺钵》所讲的故事，究竟发生在哪里吧？我告诉你们吧！这些故事全都发生在'雾中村'！并且影视公司马上就要到'雾中村'去拍摄这部戏曲电影了！"

水莲呆愣愣地看着刘阿浏问："你们是怎么知道这些事情的？"

刘阿浏笑着说："你是网盲吗？影视公司早把这件事大张旗鼓地宣传出去了，人家说得可是比我们的节目详细多了！怎么样？还想继续隐瞒吗？"

水莲再一次恍惚了，说："可是……雾中村那么闭塞，他们又是怎么知道雾中村的？更何况，我从来都没有把这个秘密告诉任何人啊！"

"雾中村闭塞？我说水莲，你是不是从来都不上网啊？雾中村现在还了得？早就冲出亚洲，走向世界了！"刘阿浏突然压低声音，"能不能透露一下，我在这部戏曲电影里……到底是一个什么角色啊？"

水莲一愣，问："你从来都没看过这部吉剧吗？对不起，我……还真把你给忘了。"

"我哪有时间去看剧啊？电影倒是可以在网上浏览一下。你真的把我给忘了？你怎么能把我这么一个重量级的大人物给忘了呢？哪怕你把我写成大坏蛋呢！也不枉我当初那么狂热地追求过你！"刘阿浏的失望之语，瞬间就把水莲心上的包袱抖落了。

后来的事实证明：水莲的担心完全是多余的。戏曲电影播出后，不仅没有一个人过来讨说法，水莲还发现了一个奇怪的现象：那就是所有的"正角"全都因为自己"入了戏"而沾沾自喜；而所有的"反角"，全都不认为电影里的那个角色就是他自己。

有一天，水莲回到家中，正赶上妈妈在看这部电影，水莲的心就悬了起来，因为当时所演的，正是妈妈冲女儿"河东狮吼"的情节。水莲偷偷地瞟了妈妈一眼，发现她果然在喘粗气，喘着喘着突然破口大骂："这个败家老太太，实在太恶毒了，生了这么好的女儿都不知道珍惜，她的眼睛是'泡儿'啊？我也是五个女儿的妈妈，虽然你们个个都是窝囊废，可我却从来没有如此虐待过你们！"一番话说得水莲直乐。当然，这也是后话。

见自己的劝说起到了效果，刘阿浏就快乐地说："为了制作你这个节目，我可是连中午饭都没吃呢！敢问水莲老师，刘阿浏能不能凭着20年的故乡情谊，邀请您共进一次烛光晚餐？"

水莲笑了，说："既然情谊这么重，不如就让我请您吧！"

那天，二人所谓的"烛光晚餐"，不仅没有烛光，也不在晚上。下午三时的钟声刚刚敲响，他们就坐到了离会展中心不远的"东北老乡"的餐馆里了。真没想到，在这个处处洋溢着南方风情的繁华城市，还藏着这么一个有着酸菜大酱的东北餐馆。

"对于一个东北人来说，你可以没亲没友，也可以身无分文，甚至都可以没有自尊，但你绝对不能没有酸菜大酱！"刘阿浏的嘴可真是全能啊！一边吃着猪肉酸菜，蘸着大葱大酱，一边滔滔不绝，"酸菜大酱在东北的餐桌上，与电灯十分相似，有它的时候，谁也不会拿它当回事，没它，则是一片漆黑。"

水莲夸张地感叹："经典啊！"

刘阿浏笑了，说："这话哪是我说的？我只是拾人牙慧。"

因为根本不饿，水莲大部分时间是看着刘阿浏吃，时而喝一口酸菜汤。

刘阿浏也许意识到自己的吃相难看了吧，自嘲地一笑："我真的是太想吃咱们的东北菜了！按理，我离开东北也没多久啊？也就一个多月吧！你呢？你出来多久了？"

"也没多久吧。"水莲笑了。

"对了，这么多年你一直都住在雾中村吗？也一直都在雾中村小学任教？你可真能耐得住寂寞啊！也是，没有这股子劲儿，怎么能写出那么好那么长的长篇小说？对了，还有那么好看的吉剧？"

"这部戏你连看都没看过，怎么张口就来？你们记者说话全都这样望风扑影吗？"水莲到底没忍住，说出了想说的话。

"不是所有的人都有时间去剧场看剧！能够有闲暇时间看剧的人，还真都是有福之人！"刘阿浏突然想起了什么，从酸菜汤里抬起眼睛看了看水莲："自打你爸爸的版画被评为国家级非物质文化遗产后，你姐姐水荷没少得钱吧？她不是被认定为传承人了吗？不是向你邀功啊！当年为了跑这个申报项目，我也是出了很多力的，毕竟是咱们县里第一个被评上国家级非物质文化遗产的项目。"

水莲一愣，再次敷衍地点了点头，此时此刻，刘阿浏说出的每一句话，都让水莲觉得新鲜，此时水莲别说接话了，连气儿都不敢大喘，生怕打断了刘阿浏的话茬。

"自打那次采访你之后，我只在去年从你们雾中村路过一次！虽然依然云雾缭绕的，可走进去以后，我们一车的人全都傻眼了：那里实在太漂亮了，简直是人间仙境！尤其是那些新盖的具有契丹风情的小楼，比水墨山水画都要美。对了，现在你三姐一家不也住到契丹小楼里了吗？我听说当年修这些小楼时，你三姐夫还亲自参与了设计！你三姐夫真不愧为契丹学专家，那些小楼让他设计的，真是太有特色了！任何人看了，都感觉重回契丹了！"

水莲心里又一惊，问："我三姐夫？哪个三姐夫？"

刘阿浏似乎看出了水莲眼睛里的疑问，立即说："李水芙不就是你三姐吗？我没有说错吧？你二姐和你三姐是双胞胎，那天你二姐不是搭我们的车回城的吗？那一路上，我们净听你二姐一个人说了，简直在说评书呢！所以你们家的事儿我们全都知道！你二姐这个人咋那样啊？"刘阿浏突然掩口不说了。

"她……到底咋了？你直说吧！我不会怪你的！"

"你二姐下岗以后，就住在我单位包保的一个小区里，她家一直吃低保，那家伙懒的，整天就知道把自己打扮得花枝招展的，天天出去跳舞扭秧歌，家里埋汰的都出了奇。因为要创建卫生示范小区，社区怕她拉后腿，三番五次地去做她的工作，她就是油盐不进。没办法，社区只好安排人轮流到她家帮她收拾卫生，每次去她家收拾卫生时，她的脸都不红不白的，该唱唱，该跳跳。"

"你就别提我二姐了，她……就是一个人渣！"水莲无奈地叹了口气。

"唉，同样的姐妹，你们俩怎么一点都不一样呢？那天我们从你们村经过的时候，还特意向你们家老房子那边看了一眼，你们家的房子也翻倒重建，变成契丹风情楼了。当时我就想啊！那个高傲的水莲老师是不是还住在这幢楼里啊？"

"咱就先别说我了，还是说点……别的吧！"水莲本来想说"还是说说我三姐的事吧"，临时改了口。

刘阿浏便继续说："尽管我一直都很嫉妒钱望，但我也不得不夸奖一下他啊！他的确是一个好官。一个地方究竟能不能发生天翻覆地的变化，一把手太重要了！这么说吧！领导所管辖的那一方热土，就是这个领导的一块大画布，只要他有大胸怀、大智慧、大能量，就一定能在这片热土上画出惊天地泣鬼神的大图景。"

水莲终于没管住自己的嘴："这个钱望……又是哪个钱望？"

"当然是那个……和你关系最密切的钱望了！我虽然不知道你们俩现在发展到哪一步了，但我必须得公正地评价一下这个人啊！别看他的父亲做过咱们县的一把手，但他没干几年不就调走了吗？我的意思是说，钱望这么些年能够青云直上，全是靠自己的实力一步一步做起来的。"

"我早就预言……他能当上古庙乡最大的父母官！"水莲插了一句。

"他这个父母官的确实至名归！自打他到了古庙乡，他就以点带面，把建设重点放在你们雾中村了。他的目标非常远大，就是要把雾中村打造成全世界独一无二的契丹风情村！事实上，经过十几年的打造，这个目标已经达到了，现在的雾中村不仅受到了国内契丹学者的高度赞誉,连国外的专家也都不得不竖大拇指。要不是雾中村的名气大，你这部戏曲电影怎么会选那里拍摄？"

水莲不仅耳朵不够用似的，连脑袋都不够用了。"雾中村已经成了全世界独一无二的契丹风情村了？可那个所谓的三姐夫……到底又是哪个三姐夫？"水莲心里这般想着，嘴里却假装随意地问："你刚才说，我三姐也搬到契丹小楼里了，我是不是听错了？我三姐工作在城里，怎么可能搬回乡下去住？"

这下，轮到刘阿浏"画魂"了，说"我说水莲老师，你是不是想瞒着我什么呀？你三姐的事情在咱们大岭县早就妇孺皆知了，你再瞒下去还有意思吗？其实想开了也没啥丢人的，不就是一个精神病患者吗？”

"你说什么？精神病？”水莲的脑袋都要爆炸了。

"不过她这个精神病算是特殊，属于炫耀型的，总是喜欢到人多的地方演讲！你三姐的口才可是真好，不仅口齿伶俐，声音也悦耳，说的全都是大道理。当然，听她说的时候，谁的心里都知道那是胡话。唉！真是白瞎了她这个人才了！我听说她后来……连上厕所都不知道避人了！她们俩这一对双胞胎啊！都是奇葩！”

水莲的眼前渐渐幻化出患了精神病的水芙，在众目睽睽之下激情演讲的影像，一种悲凉之情慢慢涌上心头。

"也是，正在前途一片大好之时，突然丢了乌纱帽，一下子从云端落到了淤泥里，搁谁能受得了？幸好你三姐夫听说她有病之后，马上回到了她的身边，一天 24 小时不离左右地照顾她，不然，就她那种病，连大小便都不能自理了，能活几天还真不好说呢！”

"你所说的……我三姐夫……到底是哪个三姐夫？”水莲实在太想知道答案了。

"你还有几个三姐夫啊？水莲，你就别再瞒我什么了，这不都是秃子头上的虱子，明摆着的事儿吗？你三姐为了上位，背着你三姐夫所做的那些事，咱们县的晚报都大篇幅地报道过，写得多详细啊？我是记者，这样的文章怎么会看不到？”

"这种事……也都登在报纸上了？”水莲惊讶不已。

"我甚至还知道你三姐夫早就和你三姐分居了。你三姐出事儿以后，就凭他们之间的关系，他完全可以对她不管不问的，可他不仅回到你三姐身边了，还把你的老父老母也接了过去，这事做的多有担当啊！虽然我并没有见过你这个三姐夫，但我真的发自内心地佩服他！他才是真爷们！大丈夫！咱东北最好的汉子！”刘阿浏越说声音越大，边说边竖大拇指。

水莲的心一点一点沉到了潭底，并且渐渐波澜不惊了：是的，不用再质疑了，刘阿浏嘴里的三姐夫，就是静客无疑了！照他这么说，静客不仅已经回到家乡了，还回到水芙身边了。如果这个消息放在20年之前，水莲不一定会有多痛苦、多忧伤呢！可此时的她到底怎么了？心灵为什么会如此平静？

难道，这就是20年修炼的果？

刘阿浏的眼睛突然定在水莲的脸上了，问道："冒昧地问一句啊，你直到现在……也还单身吗？"

水莲点了点头。

刘阿浏说："你们两个……这到底唱的是哪出大戏啊？尽管全世界的人都知道我是他的情敌，但我还得替他说一句公道话！20年的时光不短了吧？看在20年时光的份上，你是不是也应该低下高贵的头颅下嫁给他了？况且他现在也算功成名就了，都当上副县长了，嫁给一个副县长……你也不算屈了吧？"

"你……要我嫁……给谁？"水莲云里雾里。

"当然是钱望了？他都为你独身20年了，全世界的人哪个不知道？行啦！既然你始终不肯向我敞开心扉，我也没有必要和你聊下去了！"刘阿浏说罢就大口吃饭，恨不得马上离开。

水莲抱歉地对刘阿浏说："刘阿浏，和你说句实话吧！我真的不是有意向你隐瞒什么，因为你所说的一切全都是我不知道的。我……已经离开家乡20年了！"

刘阿浏惊得张开了嘴，露出一口白白的米饭，问道："你的意思……你已经离开雾中村20年了？"

"是的，我也没想到时光会过得这么快。仿佛一转眼的工夫……就过了20年了！"

刘阿浏傻了一般看着水莲说："那你……这些年都在哪里过的？"

"我一直在南方一所小学任教，一边教学一边写作。"

"你的意思是说……这20年你一直都没有和你的家人取得联系？怎么回事？离家出走吗？"

"应该……算是离家出走吧！"

"你们家的人也一直没有找过你？"

"我也不知道他们是否找过我，反正20年来，我没有受到过任何打扰。"

"现在的科学这么发达，如果想找一个人，应该很容易吧？莲静不是你的笔名吗？你使用的……还应该是原来的身份证吧？"

"我们家的情况和别人家不一样，全都自立，各过各的，自生自灭。"

"可你当初……为什么要离家出走啊？"刘阿浏好奇地问。

"是啊！为什么呢？我也这样问过自己，也许只是因为不想麻木，不想被同化吧！行啦，就别再说我的事情了，我刚才之所以不敢打岔，就是非常想听你说，我太想知道我们家的情况了，比如我三姐……到底是因为什么……患了那种病？她被免职了吗？"

"准确地说：她是被人牵连了，被人事局的陈局长牵连的。陈局长因为贪腐被查以后，她也被查了，但具体犯了什么错误，我还真不清楚，但其中有一项是作风问题。我听说那个陈局长被查，也是受他儿子牵连的，他儿子原来就有前科，后来因为盗窃古庙里的文物又被抓进去了！对了，包括你三姐和陈局长的事儿之所以暴露，好像也因为他所拍的一张什么照片……父亲被儿子抓奸在床，还拍了照片，真的太奇葩了，当时城里人都把这件事当成笑话讲。"

"他儿子……不就是陈天亮吗？你的意思……陈天亮拍了一张他父亲和我三姐的照片？"水莲突然想起了许多年前，自己被陈天亮拉到他家新房的那个滑稽夜晚。

"应该叫这个名字，因为他的江湖绰号就叫'亮哥'。"

"对了，他还盗窃了古庙文物被抓了，哪个古庙？"

"当然是你们学校的那个古庙了！"刘阿浏的眼睛又定在水莲脸上

了，"这件事要是从根儿上说，还是因你而起呢，我记得你不是写过一篇考古文章吗？那上面不是提到了古庙下面埋有财宝吗？陈天亮不知道从哪儿听到了这个消息，就利用他父亲的关系，混进了修缮古庙的工程队。当时就有人奇怪了，陈天亮一个纨绔子弟，怎么干起瓦匠活儿了？原来他的目的就是为了盗宝，我听说盗出老多文物了。他们被抓的时候，有的文物都被卖到国外去了，这么大的事儿你也没有听说？为了找回国宝，你三姐夫和钱望全都立了大功，现在这些国宝都在古庙里陈列着呢！对了，那座古庙现在已经不叫古庙了，叫雾中山院契丹博物馆。"

水莲感慨万分："真没想到，仅仅 20 年……变化就这么大！"

刘阿浏自豪地说："变化最大的，当然是你们雾中村！对了，前几天我还听说了一个奇闻。"

"奇闻？什么奇闻？"

刘阿浏奇怪地瞪着水莲说："你平时真的不上网啊？网络时代不上网，那你可真是落伍了！"

刘阿浏说着打开手机，很快找到一则消息，让水莲看。

展现在水莲面前的，是一则图文并茂的短消息：

《雾中村"汤圆湖"自然奇观火出了天际》

世界著名的契丹风情村——雾中村，今年因为"汤圆湖"，再次火出了东北，火出了中国，火到了全世界。

……

刘阿济把一张汤圆湖图片点击放大，说"你瞧，这一个个冰团簇拥在一起，像不像一锅汤圆？"

"太美了！真是奇观啊！"水莲惊叹着。

"这的确是世界少见的奇观！已经被权威部门认定为中国规模最大的'冰汤圆'天然冰雪景观了。"

"这些'冰汤圆'到底是怎么形成的呢？"

"专家已经解读了。每年的 11 月中下旬，寒流来袭，雾中村的这些天然湖就进入了封湖阶段。在湖面封冻前，移动的冰层被水浪推向岸边冲击成碎块，再被风和浪推来推去。碎块的棱角经过推挤，逐渐变得光滑。当这个湖水冻结在碎块的表面时，就会以碎块为核心进一步凝结，这样它们可以变得更大更光滑，最终就形成了这种光滑的冰球。就凭这个奇闻，你也应该回家乡回去参加开机仪式了吧？"

水莲向外面看了看说："春天不是已经来了？那里的冰雪马上就要融化了吧？"

"那你还等什么？国际会议不是已经结束了吗？趁冰雪还未融化，现在就回去吧！"刘阿浏边说边摆出打电话的姿势，"如果你确定回去，我马上给钱望打电话，他一定会亲自去机场接你的！"

"凭啥让他……接我？"

"就凭他爱你呀！20 年了，这种爱还不够吗？"

"你怎么能确定……他一直不成家，就是为了等我？这 20 年，连我们家的人都不知道我的情况，万一我成家了呢？"

"别的我不敢说，但这一点我敢用脑袋担保！因为我和他聊过，虽然他只回了我一句诗：'曾经沧海难为水，除却巫山不是云。'"

水莲不再说话了，眼神也渐渐变得迷离。在一片虚空里，她不仅看到了雾中村，还看到了一幢非常独特、非常唯美的契丹小楼，虽然隔着厚厚的云雾，隔着坚硬的墙壁，她还是非常清晰地看到了生活在小楼里的每一位亲人……